웃는 남자

웃는 남자
L'homme qui rit

빅토르 위고 장편소설   이형식 옮김

L'HOMME QUI RIT
by VICTOR HUGO (1869)

이 책은 실로 꿰매어 제본하는 정통적인 사철 방식으로 만들어졌습니다.
사철 방식으로 제본된 책은 오랫동안 보관해도 손상되지 않습니다.

머리말

 잉글랜드에서 말미암은 것은 모두 위대하다. 좋지 않은 것도 그러하며, 심지어 과두정치조차 그러하다. 잉글랜드의 귀족은, 그 말의 절대적 의미 그대로 귀족이다. 그곳의 봉건 제도보다 더 명성 드높고, 더 무시무시하며, 더 강력한 봉건 제도는 없다. 하지만 봉건 제도 역시 전성기에는 유용했다는 점도 말해 두자. 영주권이라는 현상은 마땅히 잉글랜드에서 연구되어야 하리니, 왕권이라는 현상을 프랑스에서 연구해야 하는 것과 같은 이치이다.

 이 책의 진정한 제목은 〈귀족 정치〉 정도일 것이다. 뒤이어 나올 다른 책에는 〈군주 정치〉라는 제목을 부여할 수 있을 것이다. 그리고 두 책을 완성하는 일이 필자에게 허락된다면, 그 두 책을 필두로 다른 책 하나가 또 뒤따르리니, 그 책의 제목은 〈1793년〉이 될 것이다.

머리말　5

제1부　바다와 밤

예비 이야기 두 편

    1. 우르수스 13　2. 콤프라치코스 44

제1권　인간보다 덜 어두운 밤

    1. 포틀랜드 곶 67　2. 고립 75　3. 고독 80　4. 의문 88　5. 인간이 고안한 나무 90　6. 죽음과 밤 사이의 전투 96　7. 포틀랜드의 북쪽 끝 105

제2권　바다 위의 우르카

    1. 인간의 영역 밖에 있는 법칙 113　2. 고정된 처음의 모습들 117　3. 불안한 바다에 떠 있는 불안한 사람들 124　4. 여타와는 다른 구름의 출현 130　5. 하드콰논 143　6. 그들은 자신들이 도움을 받았다고 믿는다 146　7. 신성한 공포 148　8. 닉스 에트 녹스 153　9. 격노한 바다에 맡기고 157　10. 거대한 야생녀, 폭풍 159　11. 캐스키츠 군도 164　12. 암초와의 육박전 167　13. 밤과의 정식 대면 172

14. 오태치 174 15. 포르텐토숨 마레 176 16. 불가사의한 존재의 급작스러운 부드러움 184 17. 마지막 수단 187 18. 절대적 수단 192

제3권 어둠 속의 아이

1. 체실 203 2. 눈이 가져온 결과 210 3. 괴로운 길은 짐으로 인해 복잡해진다 216 4. 황무지의 다른 형태 222 5. 인간 혐오증이 가족을 만들어 준다 230 6. 깨어남 251

제2부 국왕의 명령으로

제1권 항존하는 과거, 개체가 인간을 반영한다

1. 클랜찰리 경 259 2. 데이비드 더리모이어 경 277 3. 여공작 조시언 287 4. 마기스테르 엘레간티아룸 303 5. 여왕 앤 315 6. 바킬페드로 328 7. 바킬페드로의 굴착 작업 337 8. 인페리 345 9. 사랑만큼 강한 증오 348 10. 인간이 투명하다면 보일 불길 359 11. 매복 중인 바킬페드로 371 12. 스코틀랜드, 아일랜드, 잉글랜드 377

제2권 그윈플레인과 데아

1. 우리가 아직까지 그 행적만 본 사람의 얼굴 391 2. 데아 398
3. 오쿨루스 논 하베트, 에트 비데트 402 4. 어울리는 연인들 405
5. 어둠 속의 푸른 하늘 409 6. 가정교사 우르수스, 후견인 우르수스 415 7. 실명이 통찰력을 가르쳐 준다 421 8. 행복뿐만 아니라 번영도 426 9. 감식안 없는 이들이 시(詩)라고 칭하는 괴상한 언동 434 10. 모든 것의 밖으로 밀려난 이가 사물과 인간에게 잠시 던진 눈길 443 11. 그윈플레인은 정의를, 우르수스는 진실을 451 12. 시인 우르수스가 철학자 우르수스를 이끌어 가다 465

제1부 바다와 밤
La mer et la nuit

예비 이야기 두 편

1. 우르수스

⁜

　우르수스와 호모는 깊은 우정으로 맺어져 있었다. 우르수스는 사람이었고 호모는 늑대였다. 그들의 기질은 서로 잘 맞았다. 사람이 늑대에게 그러한 이름을 지어 주었다. 아마 자기의 이름도 스스로 선택했을 것이다. 우르수스가 자기에게 적합하고, 호모는 짐승에게 걸맞다고 생각했을 것이다.[1] 인간과 늑대의 협동이, 장터에서, 마을 축제 마당에서, 사람들이 우르르 몰려드는 거리 모퉁이에서, 그리고 어디에서든 객쩍은 이야기에 귀를 기울이며 엉터리 묘약(妙藥)을 사고 싶어 하는 대중의 충동 덕분에, 그 둘에게 짭짤한 이익을 안겨 주었다. 고분고분하고 우아하게 복종하는 늑대가 구경꾼의 호감을 샀다. 길들이기를 구경하는 것 또한 즐거운 일 중 하나이다. 온갖 종류의 길들이기 과정이 우리 눈앞에 펼쳐지는 것을 바라보는 것, 그것이 우리에게 주어진 최상의 즐거움이다. 왕의 행차가 지나갈 때 그토록 많은 사람이 몰려드는 것도 그러한 이유 때문이다.
　우르수스와 호모는, 한 네거리에서 다른 네거리로, 애버리스트위스 광장에서 예드버그 광장으로, 이 고장에서 저 고장

---

1 Ursus는 곰을, Homo는 인간을 뜻한다.

으로, 이 백작령(領)에서 저 백작령으로, 이 도시에서 저 도시로, 함께 떠돌아다녔다. 장이 섰다가 파하면 다른 장터를 찾아 이동했다. 우르수스는 바퀴 달린 오두막에서 기거했는데, 충분히 훈련된 호모가 낮에는 그것을 끌고 다니다가 밤이면 곁에서 지키기도 했다. 험하고 비탈진 길에서는, 그리고 수레바퀴 자국이 너무 깊거나 진흙이 너무 많을 경우, 사람도 가죽 멜빵을 목덜미에 걸고, 늑대와 나란히 의좋게 끌곤 했다. 둘은 그렇게 함께 늙어 갔다. 그들은 묵혀 버려진 밭이나 숲 속의 빈 터, 도로가 교차하는 지점 주변의 공터, 작은 마을 입구, 읍내로 들어가는 길목, 장터, 산책장, 공원 변두리, 교회당의 앞뜰 등 닥치는 대로 아무 곳에서나 야영을 했다. 작은 포장마차가 장터 마당에 멈춰 서고, 아낙네들이 눈을 휘둥그렇게 뜨고 달려오면, 그리고 호기심 많은 사람들이 마차를 둥그렇게 둘러싸면, 우르수스가 열광적으로 연설을 했고, 호모는 동감을 표하곤 했다. 그런 다음 호모가 주둥이에 작은 쪽박 하나를 물고 사람들 앞을 공손히 지나가며 동냥을 했다. 그것이 그들의 생계였다. 늑대는 교양 있었고, 사람도 그러했다. 늑대는 사람에 의해 친절한 행동에 길들어 있었고, 아니 스스로 길들었을지도 모르지만, 그것이 수입에 도움이 되었다. 〈특히 인간으로 퇴화하지는 마라.〉 늑대에게 그의 벗이 자주 하던 말이다.

 늑대는 결코 누구를 물지 않았지만, 사람은 가끔 다른 이를 물곤 했다. 적어도 무는 것이 우르수스의 특권이었다. 우르수스는 인간 혐오자였다. 그리고 자기의 인간 혐오증을 두드러지게 하기 위해 곡예사, 마술사가 되었다. 또한 생계 때문이기도 했다. 밥통[胃]이 사람의 신분을 억지로 안겨 주는 법이다. 게다가 그 곡예사, 마술사, 인간 혐오자는, 자신을 더 복잡하게 만들기 위해서였는지 혹은 자신을 완성시킬 생각이었는지, 의사 노릇도 했다. 하지만 의사 노릇쯤은 별것 아니다. 우르수스는 복화술자(腹話術者)였다. 그가 입을 움직이지 않고 말하는 것이 사람들 눈에 띄곤 했다. 그는 그 누구의 억양이나 발음도 완벽하게 모방해, 듣는 사람이 혼동할 지경이었다. 그가 누구의 음성을 흉내 내도 그 사람이 직접 말하는 것 같았다. 그는 혼자서도 군중의 웅얼거리는 소리를 낼 수 있었고, 따라서 그에게 앙가스트리미트[2]라는 칭호를 줄 만했다. 그는 그 칭호를 받아들였다. 그는 지빠귀, 밭구지, 흔히 열성 수녀라고도 부르는 수다꾼 종달새, 흰 가슴 티티새 등 철 따라 이동하는 온갖 새들의 소리를 흉내 내곤 했다. 또한 가끔, 사람들의 웅성거림으로 뒤덮인 광장이나, 짐승들의 울부짖음으로 가득한 초원 등의 소리를 사람들에게 들려주곤 했다. 그 소리가 때로는 거대한 군중처럼 소란스러웠고, 때로는 새벽녘처럼 유순하고 평온했다. 비록 드물긴 해도 그러한 재능을 가진 사람들이 실제로 존재한다. 지난 세기에 투젤이라는 사람이 있었는데, 그는 사람들과 짐승들이 뒤섞여 내는 요란한 소음과 모든 짐승의 울부짖는 소리를 흉내 낼 수 있었다. 그는 뷔퐁[3]의 휘하에 들어가 동물 사육장

---

2 *engastrimythe*는 라블레가 자신의 작품 『제4의 책』 58장 허두에서 고유명사처럼 사용한 단어로, 입 대신 배로 말하는 사람을 뜻한다. 라블레의 설명에 따르면, 옛 아테네의 점쟁이 에우리클레스가 예언을 할 때 오직 배만 사용했으며, 그 사실을 아리스토파네스가 그의 작품 「말벌 떼」에서 이야기하고 있다는 것이다(1017~1020행). 또한 에우리클레스처럼 복화(腹話)로만 예언하는 사람들을 가리켜 히포크라테스가 앙가스트리미트라고 했는데, 그 말을 프랑스어로 바꾸면 〈복화술자〉로 번역한 *ventriloque*가 된다.

3 자연 연구가이자 문필가로, 왕립 식물원(오늘날 파리 중심부에 있는 식물원)의 총관리인이었다. 왕립 식물원은 원래 약초 연구를 목적으로 만든 것이었으나, 대혁명 이후 관상용 식물원으로 성격이 바뀌었고, 1793년에 동물 사육장이 증설되었다. 따라서 뷔퐁 백작 휘하에 있던 사람이 동물 사육장 관리를 맡았을 리 없다.

관리원으로 일했다. 우르수스는 예민한 데다 기발하고 호기심이 많았으며, 우리가 흔히 우화라고 부르는 괴이한 이야기를 좋아했다. 그는 그것을 믿는 척했다. 그러한 뻔뻔스러움도 그가 즐기는 장난의 일부였다. 그는 사람들의 손금을 유심히 살피고 책 몇 권을 뒤적인 다음, 결론을 얻었다는 듯 점괘를 알려 주곤 했다. 그의 점괘란 가령, 검은 암말과 마주치면 위험한 일이 닥친다든지, 혹은 여행을 떠나는 순간에, 자신의 행선지를 모르는 사람에게 자기를 부르는 소리가 들리면 더 위험한 일이 닥칠 것이라는 등의 예언이었다. 그러고는 자신을 가리켜 〈미신 장사치〉라고 했다. 또한 이런 말도 지껄이곤 했다. 「캔터베리 대주교와 나 사이에는 다른 점 하나가 있다. 그것은 내가 고백한다는 사실이다.」 그런 말을 하도 자주 해 대주교가 당연히 노했고, 어느 날 그는 소환되었다. 그러나 기민한 우르수스는, 성탄절에 대해 자신이 지은 강론을 줄줄 외어 대주교의 마음을 누그러뜨렸고, 그 강론에 매료된 대주교는 그것을 암기해 두었다가, 강단에서 마치 자기 것인 양 널리 알렸다. 그 덕분에 대주교는 그를 용서했다.

우르수스는 또한 의사로 병을 고치기도 했다. 그럴 이유가 있거나 없거나를 따지지 않았다. 그는 약초를 두루 사용했다. 많은 약초에 관한 해박한 지식을 가지고 있었다. 개암나무 순이나 흰 갈매나무, 아르도,[4] 가막살나무, 가시갈매나무, 사위질빵, 흑갈매나무 등 하찮은 식물 속에 숨어 있는 오묘한 효능을 이용했다. 그는 결핵을 끈끈이주걱으로 다스렸고, 등대풀을 사용함에 있어서도, 줄기 아래쪽에서 딴 잎은 하제(下劑)로, 위쪽에서 딴 잎은 토제(吐劑)로 썼다. 흔히들 유대

---

[4] 현대 프랑스어 사전뿐만 아니라, 중세 프랑스어, 라틴어, 고대 그리스어 등의 사전에도 용례가 없는 단어(*le hardeau*)이다. 어느 후미진 지방에서 사용되던 방언이거나, 보헤미안 혹은 바스크인의 용어인 듯하다.

인의 귀라고 부르는 나무의 혹으로 인후 통증을 가라앉혔고, 어떤 골풀이 소의 병을 고치는지, 그리고 어떤 종류의 박하가 말의 병을 고치는지도 잘 알고 있었다. 그는 만드라고라스의 아름다움과 착한 효능을 잘 알고 있었다. 그 식물이 남자이면서 여자임을 모르는 사람은 없다.[5] 그는 많은 비결을 알고 있었다. 살라만드라의 털로 화상을 치료하기도 했는데, 플리니우스의 말에 따르면, 네로는 그 가죽으로 만든 수건을 가지고 있었다 한다.[6] 우르수스에게는 증류기 하나와 목이 긴 유리 플라스크 하나가 있었는데, 그는 그것들을 가지고 물질의 성질을 자유자재로 바꾸었으며, 만병통치약도 만들어 팔았다. 소문에 따르면 그는 지난 날 베들램 정신병원에 잠시 유폐된 적이 있다고 한다. 그를 정신 이상자로 대우했던 것이다. 그러나 한낱 시인에 불과하다는 것을 알아채고는 그를 즉시 풀어 주었다고 한다. 이 이야기는 아마 사실이 아닐 것이다. 우리는 누구나 자신에게 불가항력적인 영향을 끼치는 전설을 가지고 있다.

분명한 사실은 우르수스가 학자연하는 사람이었고, 고상한 취향의 소유자였으며, 늙은 라틴 시인이었다는 것이다. 그는 두 분야에서 학자연했는데, 히포크라테스와 핀다로스처럼 처신했다. 허풍을 떠는 일에 있어서는 라팽이나 비다 등과도 능히 겨룰 만했다.[7] 그는 부우르 신부에 못지않을 만

---

5 *mandragore*는 그리스어에서 온 라틴어인데, 적합한 번역어가 없어 원음 그대로 적는다. 뿌리가 두 갈래로 뻗어서 작은 인형을 연상시키며, 옛날에는 그것을 부적(호신부)으로 사용하던 사람들도 있었다고 한다. 〈아름다움과 착한 효능〉, 〈남자이면서 여자〉 등의 표현은 그러한 민속을 염두에 두고 사용한 것 같다.

6 흔히 〈불도마뱀〉으로 옮기는 살라만드라는 불 속에서도 타지 않는다는 전설이 있다. 플리니우스는 고대 로마의 자연 연구가이자 군인으로, 『박물지』라는 방대한 저술을 남겼다.

큼 의기양양하게 바로크풍의 비극 작품도 쓸 수 있을 것이다.[8] 옛 사람들의 존경할 만한 리듬과 운율에 친숙한 나머지, 그는 고유한 이미지와 일단의 고전적 은유를 갖게 되었다. 그리하여 어머니가 딸 둘을 앞세우고 가는 모습을 가리켜 닥틸루스라 했고, 아버지 뒤를 두 아들이 따르는 모습은 아나파이스토스, 그리고 어린아이가 할아버지와 할머니 사이에 서서 걷는 모습은 암피마크로스라고 했다.[9] 그토록 풍부한 학식이 기근으로 귀착되었다. 〈조금씩 자주 먹으라.〉 살레르노 의학 전문 학교에서 하던 말이다.[10] 우르수스는 조금씩 그리고 드물게 먹었다. 그렇게 가르침의 반은 따르고 나머지 반은 따르지 않았다. 하지만 그것은 몰려듦에 한결같지 않고, 물건 구입함에 빈번하지 않은 구경꾼들의 잘못이었다. 우르수스는 이렇게 말하곤 했다.「금언 한마디를 뱉으면 마음이 진정된다. 늑대는 울부짖음으로, 양은 털로, 숲은 꾀꼬리로, 여인은 사랑으로, 그리고 철학자는 이야기의 끝을 맺는 감탄적 금언으로 위안을 삼는다.」 우르수스는 필요할 경우 손수 희극 몇 편을 지어 그럭저럭 공연도 했다. 그것이 약을 파는 데 도움이 되었다. 그러한 작품을 쓰면서도 그는,

7 핀다로스는 고대 그리스의 〈서정 시인〉이고, 라팽은 17세기 프랑스의 신학자이자 문필가. 비다는 15세기 이탈리아의 주교이자 라틴 시인이었다. 라팽과 비다 모두 헛소리만 늘어놓던 자들이라는 뜻이다.
8 예수회 신부로, 문법학자이며 또한 문예 평론가였으며, 부알로 및 라신의 친구였다고 한다. 〈바로크풍〉은 17세기 예수회 문인들의 문체를 가리킨다.
9 닥틸루스, 파이스토스, 암피마크로스는 각각 장단단음격(長短短音格), 단단장음격(短短長音格), 장단장음격(長短長音格)을 뜻하는 고대 운율학 용어이다.
10 중세에 살레르노(나폴리 동남부의 항구 도시)의 의학 전문 학교가 큰 명성을 얻은 듯하다. 12~13세기 작품인 『여우 이야기』에도 그곳 의사들이 언급되어 있다.

1608년에 런던으로 개천 한줄기를 이끌어 온 휴 미들턴 기사를 찬양하는, 영웅적 목가 한 수를 지었다. 그 개천은 런던에서 95킬로미터쯤 떨어진 하트퍼드 백작령에서 평화롭게 흐르고 있었다. 그런데 미들턴 기사가 문득 나타나 개천에 달려들었다. 그는 삽과 곡괭이로 무장한 사낸 6백여 명을 이끌고 와서, 땅을 뒤집어엎으며, 어떤 곳은 깊게 파고 어떤 곳은 돋우었는데, 곳에 따라 6미터 정도 높이로 돋우는가 하면 9미터 정도 깊이로 파기도 했다. 그리고 허공에 목제 수로를 설치하며, 돌과 벽돌과 두꺼운 널판으로 여기저기에 다리 8백 개를 놓았다. 그리하여 어느 날 문득, 항상 물이 부족하던 런던으로 개천이 들어왔다. 우르수스는 그 평범한 이야기를, 템스 강과 새로운 서펜타인 개천 간의 사랑 이야기인 양, 아름다운 목가로 변형시켰다. 템스 강이 서펜타인 개천을 자기 집으로 초대해, 침대를 권하며 이렇게 말했다는 것이다. 「나는 여인을 즐겁게 해주기에는 너무 늙었소. 그러나 여인에게 돈을 지불할 수 있을 만큼은 부유하오.」 휴 미들턴 경이 그 모든 토목 공사를 자비로 해냈다는 뜻을 담은, 독창적이고 품위 있는 말솜씨이다.

우르수스는 독백에 탁월했다. 비사교적이되 수다스러운 기질인지라, 아무도 만나기 싫어하는 주제에 누구에겐가 말을 하고 싶어 하던 그는, 자신에게 말을 하는 것으로 문제를 해결했다. 누구든 홀로 살아 본 사람이라면 독백이 얼마나 자연스러운 것인지를 안다. 내면의 말이란 못 견딜 정도로 근질거린다. 허공을 향해 연설을 토하는 것, 그것이 곧 배출이다. 큰 소리로 그리고 홀로 말하는 것은, 자신의 내면에 있는 신과의 대화와 같은 효과를 낸다. 모르는 이 없겠지만, 그것이 소크라테스의 버릇이었다. 그는 젠체하며 자신에게 장광설을 늘어놓곤 했다. 루터 역시 그랬다. 우르수스는 그 위인들과 흡사했다. 그는 자기가 자신의 청중이 될 수 있는 양성적(兩性的) 능력을 소유하고 있었다. 자신에게 질문을 던지고 자기가 대답하는가 하면, 자신을 추켜세우다가 자기에게 욕설을 퍼부었다. 그가 자신의 오두막 속에서 홀로 지껄이는 소리가 행인들에게도 들렸다. 재사(才士)를 평가하는 나름대로의 기준을 가지고 있던 행인들은 한마디씩 했다. 「백치로군!」 조금 전에 말한 바대로, 그는 가끔 자신에게 욕설을 퍼붓곤 하지만, 자신이 옳다고 인정할 때도 있었다. 어느 날, 여느 때와 마찬가지로 자신에게 연설을 하던 도중, 그의 언성이 문득 높아졌다. 「나는 식물의 줄기, 싹, 꽃받침, 꽃잎, 수술, 심피(心皮), 배젖, 자낭(子囊), 홀씨주머니, 지의류(地衣類) 자낭 등 모든 비밀을 탐구했어. 또한 크로마티코스, 오스모스, 키모스를,[11] 다시 말해, 색깔과 냄새와 맛의 형성 과정을 세밀하게 연구했어.」 우르수스가 우르수스에게 스스로 발급한 그러한 자격증에는 약간의 자만이 물론 섞여 있다. 그러나 크로마티코스, 오스모스, 키모스 연구를 심화시키지 못한 이들만이 그에게 먼저 돌을 던져라![12]

다행히 우르수스는 네덜란드에는 단 한 번도 가본 적이 없었다. 만약 그곳에 갔다면, 네덜란드인들은 그의 체중이 표준치인지 확인하기 위해 그를 저울에 달았을 것이다. 표준 체중을 초과하거나 미달하면 마법사로 간주하는 곳이다. 네덜란드에서는 표준 체중이 지혜롭게 법으로 정해져 있었다. 그것보다 더 간명하고 독창적인 것은 없었다. 일종의 확인

---

11 작가는 *chromatie*, *osmosie*, *chymosie* 등으로 표기했으나, 실제로 그 용례를 찾기 어려워 그 단어들의 어원대로 적는다. 크로마티코스는 색깔을, 오스모스는 냄새를, 키모스는 맛을 의미하는 그리스어이다.

12 〈너희 중에 누구든지 죄 없는 사람이 먼저 저 여자를 돌로 쳐라.〉「요한의 복음서」 8장 7절에 나오는 구절을 반어법으로 희화한 듯 보인다.

절차였다. 사람을 저울 위에 올려놓는 순간, 균형이 깨지면 진실이 백일하에 드러나는 것이었다. 체중이 초과되면 교수형에 처했고, 미달되면 불에 태워 죽였다. 오늘날에도 오우데바테르에 가면 마법사들의 체중을 달던 저울을 볼 수 있는데, 이제는 그것을 치즈 무게 다는 데 사용한다. 종교가 그만큼 퇴화한 것이다! 우르수스도 틀림없이 그 저울과 한바탕 다투어야 했을 것이다. 그는 떠돌아다니면서도 네덜란드에 가는 것만은 삼갔다. 잘한 일이다. 게다가 우리가 믿기로는, 그는 그레이트브리튼 밖으로 나간 적이 없다.

여하튼 몹시 가난하고 성품 사나운 데다, 어느 숲 속에서 호모와 사귀게 되자, 그에게 떠돌이 생활에 대한 취향이 생겼다. 그는 늑대를 동업자로 삼아 함께 정처 없이 떠돌며, 자유로운 대기 속에서 운수에 내맡긴 위대한 삶을 영위했다. 그는 술책에 능했고, 모든 일에서 탁월한 솜씨를 보여, 치유하거나 수술해 사람들을 병고에서 구해 내는 등 놀랍고 특이한 일들을 행했다. 사람들은 그를 착한 곡예사이자 훌륭한 의사로 여겼다. 또한 이해할 수 있는 일이지만, 그를 마법사로 여기기도 했다. 하지만 사람들의 그러한 생각은 강도가 매우 약해 지나치지 않았다. 그 시절에는 마귀의 친구로 여겨지는 것이 위험했기 때문이다. 사실 우르수스는, 제약술에 열중하고 식물을 사랑해, 자신을 위태로운 처지에 놓이게 하고 있었다. 루시퍼의 샐러드[13]가 있는 거친 숲 속으로 풀을 채취하러 자주 들어갔기 때문인데, 그곳에서는 고등법원 판사 랑크르가 이미 확언한 대로,[14] 저녁나절 안개가 짙을 때,

---

13 교회나 사제들이 약초를 그렇게 칭했을 법하다.
14 랑크르는 고향 보르도 최고 법원 판사로 재직하며, 마법을 행했다는 죄목으로 4개월 동안 6백 명 넘는 사람을 화형대로 보냈다고 한다. 불더미 속으로 던져진 그 가련한 사람들을 심문할 때, 바스크어 통역인을 고용했다

〈오른쪽 눈이 먼 애꾸눈에 외투를 입지 않고, 허리에 검을 찼으며, 맨발에 샌들을 신은 채〉, 땅속에서 불쑥 솟아 나오는 남자와 마주칠 위험이 있었다. 하지만 우르수스는, 비록 거조(擧措)와 성질은 기이해도 매우 점잖은 사람이었던지라, 우박이 쏟아지다가 멈추게 한다든가, 유령들이 나타나게 한다든가, 어떤 남자로 하여금 지나치게 춤을 추게 해 그를 죽음으로 몰아넣는다든가, 선명하고 구슬프며 공포로 가득한 꿈을 야기한다든가, 혹은 날개 넷 달린 수탉이 태어나게 하는 등의 짓은 하지 않았다. 그에게는 그러한 짓을 할 만한 악의가 없었다. 특히 몇몇 혐오스러운 짓은 그가 결코 저지를 수 없는 것이었다. 예를 들면 독일어나 히브리어 혹은 그리스어를, 전혀 배운 적이 없음에도 유창하게 말하는 행위가 그중 하나이다.[15] 그러한 행위는 저주받을 악행의 징후이거나, 어떤 우울한 기분에서 비롯된 자연적인 질환의 증상이다. 물론 우르수스는 라틴어를 구사했다. 하지만 그것은 그가 라틴어를 알고 있었기 때문이다. 그는 결코 시리아 말을 하려 하지 않았을 것이다. 자신이 그 말을 몰랐기 때문이다. 뿐만 아니라 시리아 말이 샤바트[16]의 언어라고 공인되었기 때문이다. 의학에서도 그는 카르다노보다 갈레노스를 선호했다. 카르다노가 유식한 사람이기는 하나, 갈레노스에 비하면 한 마리 지렁이에 불과하기 때문이다.[17] 요컨대 우르수스

고 한다.
 15 열성 신도들이 한다는 소위 〈방언〉을 가리키는 듯하다.
 16 *schabbat*는 유대인들의 안식일인 토요일 휴식을 뜻하는 말인데, 중세 이후 기독교도들이 악의적인 의미를 부여해, 오늘날의 프랑스어(*sabbat*)에서는 〈마법사와 마녀들이 뒤섞여 질탕하게 떠드는 야연〉을 뜻하는 경우가 많다.
 17 카르다노는 16세기 이탈리아의 철학자이자 의사였는데, 기이한 학자로 알려져 있다. 그는 점성술로 자신이 죽을 날을 정확히 예측했다고 한다.

는 경찰 때문에 불안해할 이유가 없는 사람이었다. 그의 오두막 안은 상당히 널찍해, 호사롭지 못한 누더기들이 담긴 큰 궤짝을 들여놓고, 그 위에서 누워 자기에 충분했다. 그는 초롱 하나와 가발 몇 개, 그리고 식기 몇 개의 소유주였다. 식기들은 벽의 못에 걸려 있었고, 그것들 사이에 악기들도 함께 걸어 두었다. 그 이외에 곰의 모피를 가지고 있었는데, 큰 공연이 있는 날에는 그것으로 온몸을 감쌌다. 그러면서 그는 정장을 차려입는다고 했다. 그리고 이렇게 말했다. 「나에게는 껍데기 둘이 있는데, 이것이 나의 진짜 껍데기라오.」 그러면서 다시 곰의 모피를 가리키곤 했다. 바퀴 달린 오두막은 그와 늑대의 공동 소유였다. 오두막과 증류기 그리고 늑대 이외에, 그에게는 플루트와 비올라다감바[18] 하나가 있었고, 그 악기들을 듣기 좋게 연주했다. 그는 소용되는 영약(靈藥)들을 손수 만들었다. 가끔 솜씨를 발휘해 밤참거리를 장만하기도 했다. 오두막 천장에는 구멍 하나가 뚫려 있어, 궤짝 옆에 놓인 주물(鑄物) 난로의 연통을 그곳으로 뽑았다. 난로는 나무를 그슬기에 충분했다. 난로는 두 칸으로 나뉘어 있어, 한쪽에다가는 감자를 삶았다. 늑대는 밤이 되면 다정하게 사슬에 묶인 채 오두막 밑에서 잤다. 호모의 털은 검었고, 우르수스의 털은 회색이었다. 우르수스의 나이는 쉰쯤 되었다. 아직 예순은 되지 않았으니 말이다. 그는 인간의 운명에 묵묵히 순응해, 앞에서 보았듯이, 감자로 끼니를 때웠다. 돼지나 도형수에게 주는 오물이었다. 그는 분개하며, 그러나 또한 체념

그러나 그가 자신의 예언이 적중토록 하기 위해, 스스로 굶어 죽었다고 주장하는 이들도 있다. 한편 갈레노스는 2세기 그리스의 의사로, 짐승을 해부해 생리학의 영역을 확충한 것으로 유명하다. 라블레의 작품에 히포크라테스 및 아비센나 등과 함께 자주 인용되는 의사이다.

18 다리 달린 비올라, 즉 첼로의 전신이다.

하며, 그것을 먹었다. 그의 체구는 거대하지 않았다. 기름할 뿐이었다. 그는 이미 구부러져 침울한 기색이었다. 노인의 구부러진 몸, 그것은 삶의 침하물이다. 서글프라고 자연이 그렇게 만들었다. 그에게는 미소 짓는 것이 몹시 어려웠고, 우는 것은 항상 불가능했다. 그에게는 눈물이라는 위안도, 즐거움이라는 일시적 완화제도 없었다. 늙은이란 생각하는 폐허, 우르수스는 그러한 폐허였다. 돌팔이의 수다스러움, 선지자의 깡마름, 초조한 얼굴의 성마름, 그것이 우르수스였다. 젊은 시절에는 철학자로 어느 귀족의 막하에 있었다.

지금부터 180년 전, 사람들이 오늘날보다 조금 더 늑대 같던 시절의 이야기이다.

하지만 훨씬 더 늑대 같지는 않았다.

✢

호모는 평범한 늑대가 아니었다. 서양모과와 사과를 달게 먹는 것을 보면 초원의 늑대 같고, 털의 색깔이 짙은 것을 보면 리카온을 연상시키며, 짖을 때의 조심스러운 울부짖음을 들으면 쿨페오로 여길 것이다. 그러나 아직까지는 그 누구도 쿨페오의 동공을 충분히 관찰하지 못했기 때문에, 그것이 여우가 아니라고는 확신하지 못한다. 그런데 호모는 진정한 늑대였다.[19] 몸길이는 1미터 50센티미터 정도인데, 그만하면 리투아니아에서도 신장 큰 늑대 축에 들 것이다. 또한 힘이 세었다. 눈은 사시(斜視)였는데, 그것이 그의 탓은 아니었다.

---

19 리카온 *lycaon*은 〈에티오피아 늑대〉를 뜻하는 라틴어로, 늑대와 하이에나를 닮은 아프리카의 포식 동물을 가리킨다. 쿨페오 *culpeo*는 남아메리카 토속어에서 빌려 온 듯한 스페인어인데, 몸집 큰 남아메리카 여우를 가리킨다. 한편 〈초원의 늑대〉는 〈아메리카 늑대〉라고도 하며, 코요테를 가리킨다.

혀가 매우 부드러웠고, 그것으로 가끔 우르수스를 핥았다. 등줄기 털은 짧고 촘촘했으며, 숲 속에 사는 늑대처럼 몸이 야위었다. 우르수스를 만나 포장마차를 끌어야 할 처지가 되기 전에는, 하룻밤에 4백 리를 경쾌하게 달리곤 했다. 우르수스는 늑대를 빽빽한 수림 속에서 만나, 맑은 물 흐르는 냇가에서 지혜롭고 신중하게 가재를 잡는 것을 보고 호감을 품었으며, 게잡이 개의 일종인 정직하고 진정한 쿠파라 늑대임을 알았다.[20]

우르수스는 짐바리 짐승으로 당나귀보다는 호모를 더 좋아했다. 당나귀로 하여금 자기의 오두막을 끌게 하는 것이 마음에 내키지 않았을 것이다. 그런 일을 시키기에는 그가 당나귀를 너무 존경하고 있었다. 게다가 그는, 사람들에게 별로 이해받지 못하는 네 발 달린 몽상가인 당나귀가, 철학자들이 멍청한 말을 할 때마다 불안한 듯, 가끔 귀를 쫑긋 세우는 것을 이미 본 적이 있었다. 일상생활에서 당나귀는, 우리와 우리의 생각 사이에 끼어드는 제삼자이다. 매우 거북스러운 존재이다. 우르수스는 친구로 개보다는 호모를 더 좋아했다. 그 늑대가 우정을 찾아 더 먼 곳에서 왔다고 생각했기 때문이다.

그러한 이유로 우르수스는 호모로 만족했다. 호모가 우르수스에게는 동료 이상이었다. 그의 상사체(相似體)였다. 우르수스가 호모의 홀쭉한 옆구리를 툭툭 치며 말하곤 했다. 「나의 제2권을 만났어.」

또한 이렇게 말하기도 했다. 「내가 죽은 후 나를 알고자 하는 사람은 호모를 연구하면 그만이야. 내가 그를 나의 정확한 사본으로 남길 테니까.」

20 게를 잡아먹는 곰이 있다고는 하나, 그러한 개도 있는지 여부는 확인하지 못했다. 쿠파라 늑대 또한 어느 지역의 어떤 늑대인지 알 수 없다.

숲에 사는 짐승들에게 별로 곰살궂지 않은 잉글랜드의 법이, 호모에게 싸움을 걸어오든가, 거리낌 없이 여러 도시로 돌아다니는 늑대의 대담성을 트집 잡을 수도 있었을 것이다. 그러나 호모는 에드워드 4세의 법령이 〈하인들에게〉 부여한 불가침권의 혜택을 입었다. 〈주인을 수행하는 하인은 누구든 자유롭게 왕래할 수 있느니라.〉 뿐만 아니라 스튜어트 왕조 말기에 궁정의 여인들이, 큰 비용을 들여 아시아에서 들여온, 아디브라고도 하는 고양이 크기의 코르삭 늑대를[21] 개 대신 데리고 다니던 유행 덕분에, 늑대에 대한 통제가 느슨해졌다.

우르수스는 호모에게 자기 재간의 일부를 전수해 주었는데, 예를 들면 두 다리로 서기, 노여움을 불쾌감으로 묽게 만들기, 울부짖는 대신 투덜대기 등이었다. 그리고 늑대 또한 자기가 아는 것을 사람에게 가르쳐 주었다. 지붕과 빵과 불 없이도 견디며, 궁궐 속에서의 노예 생활보다는 숲 속에서의 배고픔을 택하는 것 등이었다.

다양한 이정표를 따라 움직이면서도, 잉글랜드와 스코틀랜드를 결코 벗어나지 않던 오두막, 그 포장마차에는 바퀴 넷 이외에, 늑대가 사용하는 끌채 하나와 사람이 사용하는 물추리막대 하나가 있었다. 물추리막대는 험한 길을 만날 경우에 대비한 것이었다. 벽 속의 간주(間柱)처럼 얇은 널빤지로 지었지만, 오두막은 튼튼했다. 오두막 앞쪽에는, 유리를 끼운 문과, 연설할 때 사용하는 작은 발코니 하나가 있었다. 설교단 위에 있는 간소화된 연단이었다. 그리고 오두막 뒤쪽에는 구멍창 하나가 뚫린 큰 문이 나 있었다. 경첩을 달아 문

---

[21] corsacs이나 adives 모두 그 의미도 어원도 밝혀지지 않은 말들이다. 벵갈 지방에 사는, 늑대와 개의 중간쯤 되는 짐승이라는 설도 있고, 또 어떤 이들은 작지만 몹시 사나운 짐승이라고도 한다.

뒤로 걸어 올려 두었던 세 계단 디딤대를 내리면, 그것을 딛고 오두막 안으로 들어가게 되어 있었다. 밤이면 빗장과 자물쇠로 문을 단단히 잠갔다. 오두막 위로 많은 비와 눈이 내렸다. 색을 칠한 적은 있으나, 더 이상 무슨 색인지조차 분별할 수 없었다. 포장마차들에게는 계절의 변화가 궁정인들에게 닥치는 통치의 변화와 마찬가지이기 때문이다. 포장마차 앞쪽 바깥 정면에 간판처럼 붙인 얇은 판자에서, 옛날에는 백색 바탕에 검은색 글씨로 쓴 다음 구절을 읽을 수 있었다. 물론 글자가 조금씩 뒤섞여 이제는 흐릿해져 있었다.

금은 해마다 마찰로 인해 부피의 100분의 14를 잃는다. 흔히들 마손(磨損)이라고 하는 것이 바로 그것이다. 따라서 이 지구상에 유통되는 금이 1천4백만간이라면, 그중 1백만이 해마다 손실된다. 손실된 황금 1백만은 먼지가 되어 날아올라 둥둥 떠다니다가, 원자 상태르 변해 호흡기를 통과할 수 있게 되어, 양심들에게 짐을 실어 주고, 용량을 정해 주며, 추를 달아 주고, 활기를 잃게 하면서, 부자들의 영혼과 결합해서는 그들을 오만하게 만들고, 가난한 자들의 영혼과 결합해서는 그들을 사납게 만든다.

비와 창조주의 착한심 덕분에 지워지고 삭제된 그 문구는, 다행히 더 이상 판독할 수 없다. 수수께끼 같으면서도 뻔한, 호흡된 황금에 관한 그러한 철학이, 주 조정관이나 즉결 재판소 판사, 순회 판사의 서기, 그리고 기타 법관들의 취향에 맞지 않을 수 있기 때문이다. 잉글랜드의 법률이 그 시절에는 농담을 할 줄 몰랐다. 툭하면 역적으로 몰렸다. 사법관들은 전통에 따라 사납게 처신했고, 잔혹함이 관례였다. 종교 재판관처럼 꼬치꼬치 캐는 판사들이 우글거리고 있었다. 제프리스가 이미

새끼를 친 것이다.[22]

✢

오두막 안에도 다른 두 문구가 있었다. 궤짝 위쪽에 있는 석회수 바른 판자벽에서는 잉크로 쓴 다음 문구를 읽을 수 있었다.

알아야 할 유일한 것들

잉글랜드의 귀족 가운데 남작은 진주 여섯 개 박힌 남작관(冠)을 쓴다.

왕관에 버금가는 진정한 관은 자작부터만 쓴다.

자작은 진주의 수가 한정되지 않은 관을 쓴다. 백작은, 진주와 소귀나무 잎으로 장식하되, 잎을 아래쪽에 배치한 관을 쓴다. 후작의 관에는 진주와 소귀나무 잎이 같은 높이로 배치되어 있다. 공작의 관에는 진주 없이 꽃장식만 있다. 왕족인 공작은 관 둘레를 십자가와 백합으로 장식한다. 웨일스 대공[23]은, 왕관과 유사하나 닫히지 않은 관을 쓴다.

공작은 〈지극히 높고 지극히 세력 있는 왕족〉이다. 후작과 백작은 〈지극히 고귀하며 세력 있는 영주〉이다. 자작은 〈고귀하며 세력 있는〉 영주이다. 남작은 〈진정한 영주〉이다.

공작에 대한 경칭은 그레이스*grâce*이고, 나머지 다른 귀족은 세이녀리*seigneurie*라 칭한다.

---

22 제프리스는 가혹한 판결로 유명하다. 제임스 3세의 모신(謀臣)으로 왕에 반하는 이들을 가혹하게 처단하여 〈피의 심판〉으로 일컬어졌다.
23 영국 황태자, 또는 영국 왕의 법정 추정 상속인이 될 장자의 칭호.

귀족은 신성불가침이다.

피어 *pairs*는 곧 의회이며 조정(朝廷)이다. 콘킬라움 에트 쿠리아*concilium et curia*, 다시 말해 입법과 사법이다.

모우스트 오너러블은 라이트 오너러블 이상이다.[24]

피어 귀족은 〈당연한 귀족〉으로 지칭되고, 피어가 아닌 귀족은 〈의례적 귀족〉일 뿐이다. 따라서 피어만이 귀족이다.

귀족은 국왕 앞에서도, 사법 앞에서도, 결코 선서하지 않는다. 그의 말로 족하다. 그는 이렇게 말한다. 〈나의 명예를 걸고.〉

하원 의원은 평민으로, 상원의 부름을 받을 경우, 모자를 벗지 않은 귀족 앞에 공손히 모자를 벗고 현신한다.[25]

하원은 상원에 의안이나 법안을 보낼 때, 의원 40인으로 하여금 그것을 받들고 가서, 깊숙이 허리 숙여 세 번 예를 표한다.

상원은 의안이나 법안을 평범한 서기 한 사람의 손에 들려 하원에 보낸다.

분규가 생길 경우 상원과 하원 의원은 채색된 홀에 모여 상의하는데, 귀족은 모자를 쓴 채 앉아서 말하며, 평민은 모자를 벗고 서서 말한다.

에드워드 4세의 법령에 따라 귀족은 임의살인 특권을 갖는다. 귀족이 임의로 어떤 사람을 죽이더라도 그 귀족은 사법의 소추를 받지 않는다.

남작은 주교와 같은 지위를 갖는다.

24 *most honorable*은 후작 및 바스*bath* 훈위를 가진 사람에 대한 경칭이다. *right honorable*은 정부의 각료나, 추밀 고문관, 후작 이하의 귀족 등에 대한 경칭이다.

25 옛 잉글랜드의 하원은 평민의 집*House of Commons*이라는 뜻을 가지고 있었으며, 상원은 귀족의 집*House of Lords*을 뜻했다. 〈하원〉과 〈상원〉이라는 표현은 *Lower Chamber*와 *Upper Chamber*를 번역한 것이다.

남작이 피어가 되고자 할 경우, *baroniam integram*, 즉 남작령을 몽땅 국왕에게 예속시켜야 한다.

남작령은 13과 1/4개의 봉토로 구성되어 있고, 각 봉토의 조세가 20파운드이니, 도합 4백 마르크이다.

남작령의 중심지, 즉 *caput baroniae*는 잉글랜드 그 자체처럼 상속권을 통해 관리되는 성채이다. 다시 말해, 아들이 없을 경우를 제외하고는 딸들에게 성채가 상속될 수 없고, 아들이 없는 경우에는 맏딸에게 귀속된다. *coeteris filiabus aliunde satisfactis*(다른 딸들에게는 형편에 따라 마련해 준다. 우르수스가 벽 여백에 써놓은 주석이다).

남작은 로드*lord*의 자격을 갖는데, 로드는 색슨어로 *laford*이고, 고전 라틴어로 *dominus*이며, 후기 라틴어로 *lordus*이다.

자작과 남작의 아들은 장자나 차자를 불문하고 모두 왕국의 예비 기사이다.

피어의 장자는 가터 훈장을 받은 기사보다 상위에 선다. 차자는 그렇지 않다.

자작의 장자는 행렬에서 모든 남작의 뒤에 서며, 모든 준남작의 앞에 선다.

귀족의 딸은 모두 레이디이다. 잉글랜드의 다른 딸들은 모두 미스이다.

모든 판사는 피어보다 하위이다. 집달리는 어린 양의 모피로 만든 두건을 쓴다. 판사는 작은 은회색 다람쥐 모피로 지은 두건을 쓰며, 흰담비를 제외한 모든 종류의 작은 백색 모피를 소유할 수 있다. 흰담비는 피어와 왕만이 소유할 수 있다.

귀족에게는 체형을 가하지 못한다.

귀족의 신체적 자유는 구속될 수 없다. 런던탑에 갇히는 경우는 예외이다.

국왕의 초대를 받은 귀족은, 왕의 사냥터에서 흰 점박이 사슴 한두 마리를 죽일 수 있다.

귀족은 자신의 성에서 제후 회의를 개최할 수 있다.

귀족이 외투 차림으로, 종복 둘만 뒤따르게 한 채, 거리를 배회하는 것은 체통에 어울리지 않는다. 젊은 귀족 수행원들과 함께할 때만 사람들에게 자신의 모습을 보일 수 있다.

피어는 화려한 사륜마차를 타고 행렬을 지어 의회에 간다. 평민들(하원 의원들)은 그러지 않는다. 몇몇 피어들은 웨스트민스터[26]에 갈 때, 뒤로 젖힌 바퀴 넷 달린 가마를 탄다. 가문(家紋)과 왕관 모양으로 장식한 가마와 사륜마차는 오직 귀족에게만 허용되고, 그것도 권위의 일부이다.

귀족은 오직 귀족만이 벌금형에 처할 수 있되, 벌금 액수는 5실링을 초과하지 못한다. 공작은 예외로, 10실링까지 부과할 수 있다.

귀족은 집에 외국인 여섯 사람을 유숙시킬 수 있다. 다른 모든 잉글랜드인은 그 수를 넷으로 한정한다.

귀족은 포도주를 여덟 통까지 면세로 구입할 수 있다.

오직 귀족만이 순회 집정관 앞에 출두하는 의무를 지지 않는다.

전쟁 비용을 충당하기 위해 귀족에게 과세할 수 없다.

귀족은 원할 경우, 병력 일개 연대를 일으켜 국왕에게 바칠 수 있다. 아솔 공작과 해밀턴 공작, 노섬벌랜드 공작 등이 그렇게 했다.

귀족은 오직 귀족에게만 의존한다.

---

26 잉글랜드의 의회와 최고법원이 모두 웨스트민스터에 있다.

귀족은 민사 재판에서, 재판관 중 기사가 단 한 명도 없을 경우, 사건을 다른 법원으로 이송해 달라고 요구할 수 있다.

귀족은 자신의 전속 사제를 지명한다.

남작은 전속 사제 셋을, 자작은 넷을, 백작과 후작은 다섯을, 그리고 공작은 여섯을 임명할 수 있다.

귀족은 대역죄의 혐의가 있어도 고문당하지 않는다.

귀족을 손가락으로 가리킬 수 없다.

귀족은 글을 읽을 줄 몰라도 식자(識者)이다. 아는 것은 귀족의 당연한 권리이다.

공작은 국왕이 없는 곳이면 어디든지 닫집 하나를 대동할 수 있다. 자작은 저택에 닫집 하나를 가질 수 있다. 남작은 임시 뚜껑 하나를 가질 수 있고, 술을 마시는 동안 사람을 시켜 그것을 술잔 밑에 받쳐 들게 한다. 남작 부인은 자작 부인 앞에서도 한 남자로 하여금 드레스 뒷자락을 받쳐 들게 할 권리가 있다.

귀족 혹은 귀족의 장자 86명이 식탁 86개를 주관하고, 각 식탁마다 5백 명이 앉아 식사를 하는데, 국왕 폐하를 위해 차리는 식사 비용은 행궁(行宮) 인근 지역에서 부담한다.

평민이 귀족을 구타하면 손목을 자른다.

귀족은 준(準)국왕이다.

국왕은 준(準)신이다.

토지는 귀족의 통치 아래에 있다.

잉글랜드인들은 신을 마이 로드라고 부른다.

그 문구 맞은편에 같은 식으로 쓴 두 번째 문구가 있었는데, 내용은 다음과 같다.

가진 것 없는 이들을 충족시킬 만한 보상

그랜섬 백작이자 상원 회의실에 저지 백작과 그리니치 백작 사이에 좌석을 가지고 있는, 헨리 오버쿼크의 임대료 수입은 10만 파운드이다. 그랜섬 테라스 궁은 그 나리 소유인데, 대리석으로 지었고, 사람들이 복도의 미로라고 부르는 것으로 유명하다. 매우 진귀한 것으로, 그곳에는 사란콜린의 대리석으로 장식한 담홍색 복도, 아스트라칸의 루마첼라[27] 대리석으로 장식한 갈색 복도, 라니의 대리석으로 장식한 흰 복도, 알라반다의 대리석으로 장식한 검은 복도, 스타렘마의 대리석으로 장식한 회색 복도, 헤센의 대리석으로 장식한 노란색 복도, 티롤의 대리석으로 장식한 초록색 복도, 보헤미아의 아그리오타[28] 대리석과 코르도바의 루마첼라 대리석으로 반씩 장식한 붉은 복도, 카탈루냐의 화강암으로 장식한 보랏빛 복도, 무르비에드로 편암(片岩)으로 장식해 흰색과 검은색 결이 교차된 우중충한 복도, 알프스 지역의 치폴리노[29] 대리석으로 장식한 분홍색 대리석 복도, 노네트의 루마첼라 대리석으로 장식한 진줏빛 복도, 그리고 마름모꼴 각력암(角礫岩)으로 장식했으며 일명 조신(朝臣)의 복도라고도 하는 색채 다양한 복도가 있다.

론즈데일 자작인 리처드 로더는 웨스트멀랜드에 로더 궁을 가지고 있는데, 주변이 화려하고, 현관 앞 층계는 왕들을 부르는 듯하다.

스카버러의 백작이고, 럼리 자작이자 남작, 아일랜드 워

---

27 조개껍질 화석이 상당량 포함되어 있는 대리석이다.
28 붉은색과 갈색이 섞인 대리석이다.
29 양파를 뜻하는 *cipolla*에서 유래한 명칭으로, 그 결이 양파의 단면을 연상시키는 대리석이다.

터퍼드의 자작, 노섬벌랜드와 더럼의 백작령에서 주지사이며 해군 부제독인 리처드는, 고색창연하면서도 근대적인 스탠스티드 성을 가지고 있는데, 그곳에는 비할 데 없는 분수를 갖춘 연못을 감싸고 있는 반원형의 아름다운 철책이 있다. 그것 이외에도 그는 럼리 성을 가지고 있다.

홀더니스 백작 로버트 다르시는 홀더니스에 영지를 가지고 있는데, 그곳에는 조망탑들과 끝이 보이지 않는 프랑스풍 정원이 있다. 그는 말 여섯 필이 끄는 화려한 사륜 포장마차를 타고 정원을 둘러보는데, 말 탄 하인 둘이 앞에서 길을 연다. 잉글랜드의 피어에게 어울리는 일이다.

세인트앨번스 공작이며 버퍼드 백작이고 헤딩턴 남작인 찰스 보클러크는, 잉글랜드 왕실의 매사냥을 관장하는 관리로, 윈저에 저택을 가지고 있는데, 왕궁 근처에 있으며 왕궁 못지않다.

트루로 남작이며 바드민 자작인 라버츠 경 찰스 바드빌은 케임브리지셔에 윔플 궁을 가지고 있는데, 전각 셋으로 구성되어 있으며, 전각 하나의 전면은 활처럼 휘었고, 나머지 둘의 전면은 삼각형이다. 궁 입구에는 나무를 네 줄로 심었다.

지극히 고귀하고 지극히 세력 있는 필립 허버트 경은, 카디프 자작이고, 몽고메리 백작이며, 펨브룩 백작인데, 캔들, 마미온, 세인트퀜튼, 슈어랜드의 사나운 영주로, 콘월과 데번 백작령의 주석 도금소[30] 관리인이며, 예수회 학교의 세습 감독관으로, 경이로운 윌턴 정원을 소유하고 있

---

[30] *l'étanerie*라는 정체 불명의 단어를 *l'étamerie*(도금소)로 고쳐 옮긴다. 데번과 콘월 지방이 주석 산지로 유명하고, 특히 콘월에서는 17~19세기 간에 주석이 집중적으로 채광된 점을 고려할 때, *l'étamerie*의 오기(誤記)일 가능성이 높다.

다. 그 정원에는, 지극히 신심 깊은 루이 14세의 베르사유에 있는 것보다 더 아름다운, 분수 갖춘 연못 둘이 있다.

서머싯 공작인 찰스 시모어는 템스 강이 내려다보이는 곳에 서머싯 하우스를 가지고 있는데, 로마에 있는 빌라 팜필리에 버금간다. 커다란 벽난로 위에 놓여 있는 중국 원(元) 왕조 시대의 커다란 자기 항아리 두 개의 값은 50만 프랑을 호가한다.

어윈 자작 잉그럼 경 아서는, 요크셔에 템플 뉴섬 궁을 가지고 있는데, 입구는 개선문 형태이고, 평평하며 넓은 지붕은 무어식 테라스와 유사하다.

차틀리, 바우처, 루베인의 영주인 페러스 경 로버트는, 레스터셔에 스턴튼 해럴드 궁을 가지고 있는데, 그 실측도(實測圖)는 사원의 모양을 닮았다. 연못 앞에 있고, 정방형 종각을 갖춘 거대한 교회당은, 영주의 소유이다.

선덜랜드 백작이며 국왕 폐하의 고문 중 한 명인 찰스 스펜서는, 앨스로프 궁을 소유하고 있는데, 상단에 군상(群像)을 조각한, 대리석 기둥 넷이 서 있는 쇠창살 대문을 통해 들어간다.

로체스터 백작 로렌스 하이드는, 서리에 뉴파크 궁을 가지고 있는데, 아름답게 조각된 아크로테리온[31]과, 나무로 둘러싸인 잔디밭, 그 바깥쪽으로 이어지는 숲 등이 어울려 더욱 장려하다. 숲 끝에는 예술적으로 둥글린 듯한 작은 동산 하나가 있고, 그 정상에는 멀리서도 잘 보이는 커다란 떡갈나무 한 그루가 서 있다.

체스터필드 백작 필립 스탠호프는, 더비셔에 브렛비 궁

---

[31] *acrotère*. 라틴어로는 *acroterium*이라고도 하며, 건물 정면의 상단이나 양측단에, 조각상 및 기타 치장물을 설치할 때 소용되는 받침돌을 가리킨다.

을 가지고 있다. 그 궁에는 화려한 시계탑 하나가 있고, 매 조련사들, 사냥용 토끼 사육장, 사각형이나 타원형의 긴 연못들이 있는데, 그중 거울 모양을 한 연못에는 아주 높이 치솟는 분수 둘이 있다.

아이 남작 콘월리스 경은 브롬 홀을 가지고 있는데, 그것은 14세기의 궁궐이다.

몰던 자작이며 에식스 백작인, 지극히 고귀한 앨저넌 카펠은, 하트퍼드셔에 캐시오베리 궁을 가지고 있는데, 궁은 커다란 H자 형태이고, 사냥감 풍부한 사냥터를 구비하고 있다.

오술스턴 경 찰스는, 미들섹스에 단리 궁을 가지고 있는데, 이탈리아풍 정원을 통해 들어간다.

솔즈베리 백작 제임스 세실은, 런던에서 70리 되는 곳에 해트필드 하우스를 가지고 있는데, 영주의 거처로 사용되는 전각 넷과, 중앙에는 망루 및 바닥을 검은색과 흰색 포석으로 깐 안뜰이 있고, 그 안뜰은 생제르맹 궁[32]의 안뜰과 유사하다. 전면의 폭이 80여 미터에 달하는 그 궁은, 제임스 1세 치세에 잉글랜드의 왕실 재정관이 지었고, 그 재정관은 현 백작의 증조부이다. 그 궁에는 역대 솔즈베리 백작 부인 중 한 사람이 쓰던 침대가 있다. 그 가격은 매길 수조차 없고, 독사들에게 물렸을 경우 특효가 있다는 브라질 산 나무로 만들었는데, 흔히들 그 독사들을 가리켜 밀옴브레스라고 하며, 그 뜻은 남자 천 명이다.[33] 침대에는 황금 글자로 쓴 다음과 같은 문구가 적혀 있다. 〈사념(邪

---

[32] 프랑수아 1세 치세에 보수했고, 루이 14세가 1682년까지 머물렀던, 생제르맹앙레의 궁궐을 가리키는 듯하다.

[33] *milhombres*. 글자대로 옮기면 물론 〈남자 천 명〉이지만, 스페인어의 관용적 의미는 〈쓸모없는 남자들〉이다.

念)을 품은 자에게 화 있을진저.〉

워릭과 홀런드의[34] 백작 에드워드 리치는 워릭 성을 가지고 있는데, 성의 벽난로에는 떡갈나무 한 그루가 통째로 들어간다.

벅허스트 남작이고 크랜필드 자작이며, 도싯과 미들섹스의 백작인 찰스 색빌은, 세븐오크스 교구에 노올 궁을 가지고 있다. 크기는 작은 도시와 같으며, 전각 셋이 보병 대원들처럼 꼬리를 물고 늘어서 있다. 정면에는 계단형 합각머리 열 개가 있고, 망루 밑에는 허름한 출입문 하나가 있다.

웨이머스 자작이며 워민스터 남작인 토머스 사인은 롱리트 궁을 가지고 있는데, 그곳에는 국왕 소유인 프랑스의 샹보르 성[35]에 못지않게, 많은 굴뚝과 정탑(頂塔)과, 정각(亭閣), 후추 통 모양의 망루, 별채, 작은 탑들이 갖추어져 있다.

서퍽 백작 헨리 하워드는, 런던에서 120리 되는 곳 미들섹스에, 오들리 궁을 가지고 있는데. 크기나 웅장함에 있어, 스페인 왕이 소유하고 있는 에스코리알 궁에 뒤지지 않는다.

베드퍼드셔에 있는 레스트 하우스 앤드 파크는, 전체가 해자(垓字)와 성벽으로 둘러싸여 있고, 숲과 내와 동산을 두루 갖추고 있는데, 켄트 후작인 힌리의 소유이다.

헤리퍼드셔에 있는 햄프턴 코트 궁은, 아성(牙城) 주루(主樓)가 튼튼하고 감시구가 잘 뚫려 있으며, 연못 하나가 그 정원과 둘레의 숲을 갈라놓고 있는데, 코닝스비 경인

---

34 잉글랜드 동부 링컨셔 백작령의 한 지역을 가리킨다.
35 프랑스의 블루아 지방에 있는 전형적인 봉건 영주의 성이며, 요새와 같은 외형을 갖추었으나, 이탈리아 건축 양식의 영향이 짙은 것으로 유명하다. 프랑수아 1세 치세에 축조되었다.

토머스의 소유이다.

  링컨셔에 있는 그림소프 궁은, 높은 망루들이 그 전면을 방패의 세로무늬처럼 장식하고 있으며, 정원과 늪과 꿩 사육장, 양 우리, 나무공 놀이터, 주사위의 5점 눈 모양으로 나무를 배치해 심은 산책로, 큰 나무 숲, 꽃으로 네모꼴과 마름모꼴 수를 놓아 커다란 융단처럼 보이는 화단, 경마장용 풀밭, 사륜마차가 궁으로 들어가기 전에 한 바퀴 돌아야 하는 웅장한 원형 광장 등을 갖추고 있는데, 그것은 월샘 숲의 세습 영주이며 린지 백작인 로버트의 소유이다.

  서식스에 있는 업 파크는 서로 잘 어울리는 전각 둘로 이루어졌으며, 안뜰 양쪽에 망루가 배치되어 있는데, 글렌데일 자작이며 탱커빌 백작인 그레이 경, 그 지극히 존경스러운 포드의 소유이다.

  워릭셔에 있는 뉴냄 패독스 궁은, 사각형의 양어지(養魚池)와 네 폭 색유리창을 끼운 합각머리를 갖추고 있는데, 독일에서는 라인펠덴 백작으로 알려진 덴비 백작의 소유이다.

  버크 백작령에 있는 윗섬 궁은 프랑스풍의 정원을 갖추고 있는데, 그 정원에는 석조 정자 넷과 감시구가 뚫린 높은 망루가 있고, 망루 양쪽에는 거대한 전함 두 척을 바싹 대 놓았다. 궁은, 애빙던 백작이며 리콧 남작인 몬터규 경의 소유인데, 그 정문에는 다음과 같은 글귀가 새겨져 있다. *Virtus ariete fortior*〔용기는 파성추(破城椎)보다 강하다〕.

  데번셔 공작 윌리엄 캐번디시는 성채 여섯을 가지고 있는데, 그중 두 층으로 지은 체스워스 성은 그리스풍의 아름다운 조화를 자랑한다. 그 이외에 공작께서는 런던에도 저택 하나를 가지고 있는데, 그곳에 있는 사자 조각상은 왕궁 쪽으로 등을 돌리고 있다.

아일랜드의 코크 백작이기도 한 키널미키 자작은, 피커딜리에 벌링턴 하우스를 가지고 있는데, 그 정원이 하도 넓어, 런던 외곽의 전원 지역과 맞닿아 있다. 그는 치스윅 궁도 가지고 있는데, 그 궁에는 화려한 전각 아홉이 있다. 또한 그의 런데스버러는 옛 궁궐 곁에 지은 새로운 저택이다.

보포트 공작은 첼시 궁을 가지고 있는데, 그 궁은 고딕 양식으로 지은 전각 두 채와 피렌체풍으로 지은 전각 하나로 구성되어 있다. 또한 글로스터에 비드민턴 궁이 있는데, 거처로 사용되는 그곳에서, 별 하나로부터 빛이 사방으로 퍼져 나가듯, 무수한 길이 뻗어 나온다. 지극히 고귀하고 세력 있는 왕족이신 보포트 공작 헨리는, 우스터의 후작이며 백작이고, 래글랜드 남작, 가우어 남작, 그리고 쳅스토의 허버트 남작이기도 하다.

뉴캐슬의 공작이며 클레어의 백작인 존 홀스는 볼소버 궁을 가지고 있는데, 그 사각형 망루가 매우 웅장하다. 그 외에 노팅엄의 호턴 궁이 있는데, 그곳 연못 중앙에는 바벨탑을 모방해 축조한 둥근 피라미드 하나가 있다.

햄스테드의 크레이븐 남작인 크레이븐 경 윌리엄은, 워릭셔에 콤 애비 저택을 가지고 있는데, 그곳에 가면 잉글랜드에서 가장 아름다운 분수를 구경할 수 있다. 또한 버크셔에 남작령 성 둘이 있는데, 그중 햄스테드 마셜 궁의 정면에는 고딕 양식의 채광창 다섯이 벽에 깊숙이 파여 있다. 그리고 애시다운 파크 궁이 있는데, 그것은 숲 속 교차로의 교차점 위에 있다.

클랜찰리와 헌커빌의 남작이며, 시칠리아에서는 코를레오네 후작인 린네우스 클랜찰리 경은, 914년에 늙은 에드워드[36]가 덴마크인들을 막기 위해 지은 클랜찰리 성에 대한 지배권을 가지고 있다. 그 이외에, 헌커빌 하우스가 런던에 있는데, 그것은 하나의 궁궐이며, 윈저에 있는 코를레오네 로지 또한 궁궐이다. 그리고 영지 여덟이 있는데, 그 하나는 버턴온트렌트 유역이며, 그곳의 백색 대리석 채석장에 대한 권리 일부가 영지에 귀속된다. 다른 영지들로는 검드레이스, 험블, 모리캠브, 트레워드레이스, 경이로운 우물 하나와 필린모어 늪지대의 이탄(泥炭)을 가지고 있는 헬커터스, 배그니액 고도(古都) 근처의 리컬버, 모일엔라이 산 위의 비니카운턴 등이 있다. 또한 영주 예하의 법관이 있는 읍과 마을 열아홉과 펜네스 체이스 전 지역이 있는데, 그곳에서 영주 나리께 들어오는 임대 수입은 4만 파운드이다.

제임스 2세 치세 아래에서 세력을 떨치는 172명의 귀족에게 귀속되는 수입은 대략 127만 2천 파운드에 이르며, 그것은 잉글랜드 전체 수입의 11분의 1에 해당한다.

마지막 이름, 즉 린네우스 클랜찰리 경의 이름 옆에는, 우르수스가 직접 쓴 다음의 짧은 문구가 곁들여 있었다. 〈반역자, 망명 중, 재산 및 성채와 영지, 압류. 잘된 일이다.〉

╬

우르수스는 호모를 칭찬했다. 자기 가까이에 있는 것을 칭찬하게 마련이다. 그것도 자연의 법칙이다. 항상 소리 없이 격노하는 것, 그것이 우르수스의 내면적 실상이었고, 으르렁거리는 것은 그의 외면적 실상이었다. 우르수스는 대자연 속

---

36 늙은 에드워드 *Édouard le Vieux*라는 표현은 〈선임(선왕) 에드워드 *Édouard l'Ancien*〉의 변형인 듯하다. 웨식스 왕(재위 889~924)으로, 덴마크인들의 침공을 막으며 왕국의 국경을 북동쪽으로 넓혀 갔다고 한다.

의 불평분자였다. 그는 자연 속에서 반대를 일삼는 자였다. 그는 우주를 나쁜 의미로 이해했다. 그는 그 누구에게도 그 무엇에도 상(賞)을 주지 않았다. 꿀을 만든다 해서 꿀벌이 사람 쏘는 것을 무죄로 인정하지 않았고, 활짝 핀 장미꽃 때문에 황열병과 보미토 네그로[37]의 원인이 되는 태양을 무죄로 인정하는 일도 없었다. 우르수스가 속으로는 아마 신에게 많은 비난을 퍼부었을 것이다. 그는 자주 말하곤 했다.「물론 마귀에 용수철이 장착된 것은 분명하다. 그러나 신의 잘못은 방아쇠를 당겼다는 사실이다.」 그는 군주나 왕자들 이외의 다른 사람들에게 동감을 표하는 일이 거의 없었고, 특유의 방법으로 군주나 왕자들에게 박수를 보냈다. 어느 날 제임스 2세[38]가, 한 아일랜드 가톨릭 성당의 성처녀에게 순금 램프 하나를 봉헌했는데, 그보다는 매사에 무관심한 호모와 함께 그곳을 지나던 우르수스가, 많은 사람들 앞에서 찬사를 터뜨리며 소리쳤다.「저기 맨발로 서 있는 어린아이들이 신발을 갈망하는 것보다, 순금 램프에 대한 성처녀의 갈망이 더욱 절실함에 틀림없군.」

그러한 〈충성〉의 증거와 기성의 권력에 대한 그의 명백한 존경이, 그의 떠돌이 생활과 늑대와의 부적절한 관계를 사법관들이 용서해 주는 데 적잖게 기여했다. 그는 가끔 저녁이면, 우정에 이끌려, 호모가 다리를 쭉 뻗어 기지개를 좀 켜고, 오두막 주위를 자유롭게 돌아다니도록 내버려 두곤 했다. 늑

---

37 *vomito negro*는 흑인들의 구토 증세(병)라는 뜻인데, 그 말 역시 프랑스인들은 〈황열병*fièvre jaune*〉이라고 옮긴다. 따라서 *la fièvre jaune et le vomito negro*라는 위고의 표현 중 두 번째 것은 스페인어의 음가만 적는다.
38 찰스 1세의 아들이자 찰스 2세의 아우. 형 찰스 2세의 뒤를 이어 그레이트브리튼 및 아일랜드의 왕으로 즉위(재위 1685~1688). 찰스 2세의 사생아로 알려진 몬머스 공작의 반란을 제압(1685년). 1688년, 프랑스로 망명. 그의 퇴위 후 사위 윌리엄 3세와 딸 메리 2세가 통치권을 계승했다.

대는 신뢰를 악용할 줄 몰라, 〈사회 속에서〉, 즉 사람들과 어울려, 푸들처럼 조심스럽게 처신했다. 하지만 성질 못된 사법관들에게 발각되면, 그것도 매우 성가신 결과를 초래할 수 있었다. 그리하여 우르수스는, 가능한 한 그 점잖은 늑대를 사슬로 매어 두었다. 정치적 문제에 있어서는, 황금에 관해 벽에 써놓은 그의 문구가 판독할 수 없게 되었고, 게다가 이해하기 힘들었던지라, 벽의 낙서쯤으로 여겨져, 그를 위험에 빠트리지 않았다. 제임스 2세 퇴위 후에도, 그리고 윌리엄과 메리의 〈존경스러운〉[39] 치세하에서도, 잉글랜드의 여러 지방 소도시들에서 그의 포장마차가 평화롭게 돌아다니는 것을 볼 수 있었다. 그는 손수 조제한 묘약과 기타 자질구레한 약을 판매하고, 늑대와 협동으로 광장 의사의 유치한 수작을 연출하면서, 그레이트브리튼의 방방곡곡을 자유롭게 돌아다녔다. 또한 떠돌이 패거리를 색출하기 위해, 특히 〈콤프라치코스〉를 길목에서 체포하기 위해, 그 시절 잉글랜드 전역에 쳐놓은 경찰의 그물망 사이를 유유히 뚫고 다녔다.

여하튼 당연한 일이었다. 우르수스는 어떠한 패거리에도 속하지 않았다. 우르수스는 오직 우르수스와 함께 살았다. 자신과 마주해, 자신을 벗 삼아 살아가는데, 늑대 한 마리가 그 속으로 다정하게 주둥이를 쑤셔 넣었을 뿐이다. 우르수스의 열망은 카리브 지역의 인디언이 되는 것이었을지도 모른다. 그것이 불가능해 그는 홀로 사는 사람이 되었다. 홀로 사는 사람은 문명 세계가 용인한 야만인의 축소형이다. 사람이란 떠돌면 떠돌수록 그만큼 더 외롭다. 그것에서 그의 끊임없는 이동이 비롯된다. 어디에 정착한다는 것이 그에게는 길

---

[39] 〈존경스러운〉이라고 한 작가의 뜻이 무엇인지 분명치 않다. 윌리엄과 메리의 치세에, 스페인, 네덜란드, 오스트리아 등과 대동맹 *Grande Alliance* 을 결성해 루이 14세의 팽창 정책에 맞섰다.

들여짐으로 여겨졌다. 그는 자신의 길을 계속 가며 생을 흘려보냈다. 도시들을 볼 때마다 그의 내면에서는, 잡목림과 빽빽한 나무들, 가시덤불, 바위굴 등에 대한 그리움이 더욱 절실해졌다. 그의 진정한 고향집은 숲이었다. 나무들의 함성과 유사한 광장의 소음 속에 들어가 있으면, 타향에 왔다는 느낌이 그리 심하지 않았다. 군중이 사막에 대한 욕구를 어느 정도까지는 충족시켜 준다. 그의 포장마차에 불만스러운 점이 있었다면, 그것에 출입구와 창문이 있어, 일반 주택을 닮았다는 사실이었다. 그가 바위 구멍 하나를 네 바퀴 위에 올려놓고 끝없는 동굴 속으로 유랑했다면, 그의 꿈은 충족되었을 것이다.

이미 앞에서 말했지만, 그는 미소 짓는 법이 없었다. 하지만 웃었다. 가끔, 아니 상당히 자주, 씁쓸하게 웃었다. 미소에는 만족감이 있다. 반면 웃음은 대개의 경우 거부의 표현이다.

그의 가장 중요한 일은 인간을 증오하는 것이었다. 그의 그러한 증오는 집요했다. 인간의 삶이라는 것이 끔찍함을 명백하게 밝혔으면서도, 백성을 짓누르는 군주를, 군주를 짓누르는 전쟁, 전쟁을 짓누르는 흑사병, 흑사병 위에 덮치는 기근, 모든 것을 뒤덮는 어리석음 등 온갖 재앙의 중첩을 목격했으면서도, 존재한다는 사리(事理) 속에서만도 상당량의 형벌을 확인했으면서도, 그리고 죽음이 곧 해방임을 깨달았건만, 그는 사람들이 자기에게 데려오는 환자를 치료했다. 그는 심장 기능 강화제와 노인의 생명을 연장시키는 여러 가지 탕약도 가지고 있었다. 그는 앉은뱅이를 치료해 두 발로 서게 한 다음, 그에게 빈정거리며 한마디 던지곤 했다. 「자, 이제 두 다리로 걷게 되었군. 눈물의 골짜기에서 오래오래 걷기를 바라네!」 굶어 죽어 가는 가난한 사람을 보면, 수중에 있던 동전까지 톡톡 털어서 건네주며 입속말로 투덜거리기도 했다. 「살아라, 불쌍한 것! 먹어라! 오래오래 존속해라! 너의 도형수 신세를 짧게 마감해 줄 사람은 내가 아니야!」 그러고는 자신의 손을 비비면서 말하곤 했다. 「나는 사람들에게 내 능력껏 못된 짓을 행하지.」

행인들은, 포장마차 천장에 있는, 안에다 써놓았지만 밖에서도 보이는, 목탄으로 굵게 쓴 간판을, 뒤쪽 구멍창을 통해 읽을 수 있었다.

〈우르수스, 철학자.〉

2. 콤프라치코스

✢

오늘날 콤프라치코스라는 단어를 누가 알며, 누가 그 의미를 알겠는가?

콤프라치코스 혹은 콤프라페케뇨스는 흉측하고 기이한 떠돌이 집단이었는데, 17세기에 널리 알려졌고, 18세기에는 상당히 잊혔으며, 오늘날에는 아무도 모른다. 콤프라치코스는 〈상속용 가루〉처럼,[1] 전형적인 옛 사회의 단면이다. 그것들 모두 오래된 인간적 추태의 일부이다. 전체를 보는 역사의 커다란 시선으로 바라보면, 콤프라치코스 또한 노예 제도라는 거대한 현상과 관련되어 있다. 형제들이 팔아넘긴 요셉 이야기 역시 콤프라치코스 전설의 한 편일 뿐이다. 콤프라치코스는 스페인과 잉글랜드의 형법에도 흔적을 남겼다. 숲 속에서

---

1 〈가루〉는 독약을 가리킨다. 상속 일자를 앞당기기 위해 피상속인이 사용하던 독약을 가리키는 표현으로, 1670~1680년대에 프랑스에서 처음 사용되었다고 한다.

야만인의 발자국을 발견하듯, 잉글랜드 법률의 모호한 혼란 속 여기저기에서도 그 흉악한 일들의 자국을 발견할 수 있다.

콤프라치코스는 콤프라페케뇨스처럼 스페인어인데, 복합어로 〈어린아이 사는 사람들〉을 의미한다.[2]

콤프라치코스는 어린아이 장사를 했다.

아이들을 사기도 하고 팔기도 했다.

그들을 훔치지는 않았다. 아이들을 훔치는 일은 또 다른 사업이다.

그 아이들을 무엇에 썼을까?

괴물을 만들었다.

왜 괴물을 만들었을까?

웃기 위해서였다.

백성들은 웃기를 원한다. 왕들도 마찬가지이다. 거리의 광장에는 곡예사가 있어야 하고, 왕궁에는 어전 광대가 있어야 한다. 하나는 이름 하여 튀를뤼팽이라 하고 다른 하나는 트리불레라고 한다.[3]

인간이 즐거움을 얻기 위해 기울이는 노력 중, 가끔 철학자의 관심을 끌 만한 것도 있다.

이 처음 몇 페이지에서 우리가 희미한 윤곽이나마 잡으려 하는 것은 무엇인가? 그것은 책 중 가장 구시무시한 책, 다음과 같이 제할 수도 있을 책의 한 장(章)이다. 〈운수 좋은 이들이 자행하는, 불운한 이들에 대한 착취.〉

---

2 *compra*는 구입, 구매, 쇼핑 등을 뜻하는 명사이고, *chicos*와 *pe-queños*는 모두 어린아이(꼬마)를 뜻하는 명사의 복수형이다.

3 튀를뤼팽은 중세의 익살극에 등장하는 인물인데, 17세기에 익살극으로 명성을 떨치던 벨빌 또한 자신을 그렇게 칭했다. 한편 트리불레는 루이 12세와 프랑수아 1세의 어전 광대였다. 튀를뤼팽은 거리의 익살꾼이나 곡예사를 상징하고, 트리불레는 어전 광대를 상징한다.

✢

 사람들의 장난감이 되어야 할 운명에 놓이는 아이, 그러한 일이 실제 있었다(그러한 일은 오늘날에도 존재한다). 무지하고 잔인한 시절에는 그것이 하나의 특별한 산업으로 확립된다. 위대한 세기라고들 하는 17세기가 그러한 세월 중 하나였다. 그러한 세월은 매우 비잔틴적인[4] 세기여서, 부패한 순진함과 잔인한 섬세함을 동시에 가지고 있었다. 문명의 기이한 다양성이다. 호랑이가 입 짧은 척했다. 세비녜 부인이 화형과 차형(車刑) 이야기를 하며 얼굴을 찡그렸다. 그 세기는 아이들을 마구 착취했다. 그 세기의 아첨꾼들인 역사가들은 그 상처를 감추었다. 그러나 그 상처의 치료사인 뱅상 드 폴[5]은 드러나도록 내버려 두었다.

 장난감 인간을 성공적으로 만들려면 어린 나이에 착수해야 한다. 난쟁이를 만들려면 아주 작을 때 시작해야 한다. 사람들은 그렇게 인간의 유년기를 이용했다. 하지만 몸이 반듯한 아이는 별로 재미가 없다. 꼽추, 그것이 더 즐겁다.

 그리하여 전문 기술이 생겼다. 사육사들도 있었다. 멀쩡한 인간을 데려다가 미숙아로 만들었고, 멀쩡한 얼굴을 짐승의 낯짝으로 변형시켰다. 압축해 성장을 억제했고, 용모를 뜻대로 빚어냈다. 기괴한 인간의 인위적 생산에는 나름대로의 법칙이 있었다. 그것은 하나의 전문적인 지식 체계였다. 정반

---

4 지나치게 치밀하다 못해 기묘하고, 또한 부질없거나 한가하기로 유명했던, 비잔틴 공의회에서의 신학적 입씨름을 연상시키는 대화나 글, 기타 모든 것을 가리킬 때 쓰는 말이다.
5 17세기 프랑스의 사제로 어린아이들, 특히 버려진 아이들의 구호와 교육에 헌신했다. 따라서 교회와 왕권에 아첨하던 당시 역사가들이 그의 행적을 상세하게 기록했는데, 그러다 보니 그 세기의 참상도 드러내게 되었다는, 작가의 야유이다.

대 방향을 추구하는 정형외과를 상상해 보라. 신이 시선을 만들어 놓은 곳에 그 기술은 사시(斜視)를 대신 가져다 놓았다. 신이 조화를 만들어 놓은 곳에 기형을 가져다 놓았다. 신이 만들어 놓은 완성품을 초벌로 되돌려 놓았다. 그리고 감식가들의 눈에 완벽하게 보이는 것은 초벌이었다. 짐승을 대상으로 기초부터 다시 하는 작업도 있었다. 그리하여 얼룩박이 말도 고안해 냈다. 튀렌[6]도 얼룩박이 말을 타고 다녔다. 오늘날에도 사람들이 개에게 쪽빛과 초록색을 칠하지 않는가? 자연은 우리의 캔버스이다. 인간은 항상 신이 이루어 놓은 것에 무엇인가를 덧붙이고 싶어 했다. 어떤 때는 선의로, 어떤 때는 악의로, 신의 창조물을 수정한다. 궁궐의 어전 광대는 인간을 원숭이로 되돌려 놓으려는 시도와 다름없는 것이었다. 뒤로 가는 진보이다. 퇴보하는 걸작이다. 동시에 사람들은 인간 같은 원숭이들을 만들려고 노력했다. 클리블랜드 공작 부인이며 사우샘프턴 백작 부인인 바버라는, 거미원숭이 한 마리를 시동 삼아 데리고 있었다. 남작석에서 여덟 번째 자리에 앉는 여귀족 더들리 남작 부인 프랜시스 서턴의 경우, 비비에 금란(金襴)으로 지은 옷을 입혀 차 시중을 들게 했다. 레이디 더들리는 그 원숭이를 〈나의 검둥이〉라고 부르곤 했다. 도체스터 백작 부인 캐서린 시들리는, 가문의 문장이 새겨진 사륜마차를 타고 의회에 가곤 했는데, 그럴 때마다 마차 뒤편에는, 하인의 제복을 차려입은 비비 세 마리가, 주둥이를 의기양양하게 쳐들고 서 있었다. 메디나코엘리 백작 부인의 경우, 폴루스 추기경이 아침 문후를 여쭈러 갈 때마다, 오랑우탄 한 마리가 그녀의 스타킹을 신겨 주고 있었다고 한다. 진급한 그 원숭이들은, 학대받아 짐승처럼 변한 인간들

6 17세기 프랑스 대원수.

과 균형을 맞추고 있었다. 세력 있는 이들이 원하던, 인간과 짐승의 그러한 뒤섞임은, 특히 난쟁이와 개의 경우에 두드러졌다. 난쟁이는 결코 개의 곁을 떠나는 법이 없었고, 항상 개가 난쟁이보다 더 컸다. 개는 난쟁이의 짝이었다. 겹쳐 놓은 두 개의 목걸이와 같았다. 인간과 짐승의 대등한 지위는 무수한 소형 기념품에서 확인되는데, 제프리 허드슨의 초상화가 그 대표적인 예이다. 그는 앙리 4세의 딸이자 찰스 1세의 아내인, 앙리에트 드 프랑스[7]를 모시던 난쟁이였다.

인간을 훼손하는 행위는 그를 보기 흉하게 변형시키는 것으로 귀착된다. 모습을 흉하게 변형시켜 신분 정지 작업을 완성시키곤 했다. 그 시절의 몇몇 생체 해부학자들은, 인간의 얼굴에서 신성한 초상(肖像)을 지워 버리는 일을 능숙하게 했다. 아멘스트리트 대학의 일원이자 런던의 화학 약품상 검사관인 콘퀘스트 박사가, 그 거꾸로 가는 외과술에 관해 라틴어로 책 한 권을 썼는데, 그 책에서 콘퀘스트 박사는 그 수술 방법을 상세히 제시하고 있다. 저스터스 드 캐릭퍼거스의 말에 따르면, 그 외과술의 고안자가 아벤모어라고 하는 어느 수도사인데, 그 이름은 아일랜드어로, 큰 냇물을 뜻한다고 한다.

선거후(選擧侯)[8] 페르케오의 난쟁이 모습을 본떠 만든 인형이 ─ 혹은 유령이 ─ 하이델베르크의 지하 카바레에서, 사람들을 놀래 주기 위해 만든 장난감 상자에서 불쑥 튀어나오곤 하는데, 그것이, 매우 다양하게 응용할 수 있는 그 기술의 대표적인 견본이다.

---

7 Henriette는 Henri의 지소사(指小辭)로, 〈어리고 귀여운 작은 앙리〉라는 뜻이다. 1625년에 찰스 1세와 결혼해, 그가 로마 가톨릭을 옹호하고 전제 군주로 변하는 데 큰 영향을 끼쳤다고 한다.
8 황제 선출권을 가진 왕후와 대주교.

그따위 기술로 말미암아, 잔혹하게 간결한 생존 법칙에 묶인 많은 사람들이 생겨났다. 그 생존 법칙이란, 수난당할 수 있다는 허락과, 사람들을 즐겁게 해주라는 명령뿐이다.

✢

괴물 제조라는 작업은 대규모로 이루어졌고, 만들어 내는 괴물의 종류 또한 다양했다.

괴물은 술탄에게도 필요했고, 교황에게도 필요했다. 술탄의 경우 여인들을 관리하기 위해서였고, 교황의 경우 그를 대신해 기도를 하도록 시키기 위해서였다. 그러한 괴물들은 스스로 번식할 수 없었으니, 정말 특별한 종류였다. 그 유사 인간들은, 관능적 쾌락에도, 종교에도 유용했다. 하렘과 시스티나 성당은 같은 종류의 괴물을 소비했는데, 한쪽에서는 사나운 괴물을, 다른 쪽에서는 사근사근한 괴물을 필요로 했다.

지금은 더 이상 생산하지 못하는 것들을 그 시절에는 만들 줄 알았다. 우리에게는 없는 재주를 보유하고 있었던 것이다. 그러니 탁월한 지성들이 기술의 쇠퇴를 소리쳐 규탄하는 것도 무리가 아니다. 우리는 이제 더 이상 인간의 생생한 살에 조각을 할 줄 모른다. 고문 기술이 사라진다는 사실과 관련된 현상이다. 그런 일에 우리가 달인이었으나, 이제는 더 이상 그렇지 못하다. 그 기술을 어찌나 단순화시켰던지, 그것이 아마 머지않아 완전히 사라질 것이다. 살아 있는 사람의 팔과 다리를 자르면서, 배를 가르면서, 내장을 뽑아내면서, 우리는 현장에서 많은 현상을 포착하고, 의외의 사실을 발견할 수 있었다. 그러나 이제 그러한 일은 포기해야 한다. 또한 망나니가 외과학〔術〕에 가져다 준 발전을, 우리는 더 이상 누릴 수 없다.

지난 세월의 생체해부학은, 거리 광장에 내놓을 기괴한 사람이나, 궁궐에 바칠 어전 광대(〈궁정인〉에 붙는 일종의 강화접사이다).[9] 그리고 술탄과 교황을 위한 내시를 제조하는 것만으로 그치지 않았다. 다른 형태의 제조도 풍성했다. 그 성공적인 제조 작업 중 하나가, 잉글랜드의 왕을 위해 수탉을 만드는 일이었다.

잉글랜드 왕의 궁궐에서는, 수탉처럼 노래를 부르는 일종의 야행성 인간을 궁에 배치하는 것이 관례였다. 사람들이 모두 자는 동안에도 깨어 있는 그 사람은, 궁궐 안을 배회하면서, 매 시간마다, 종소리를 대신할 수 있도록, 가금 사육장에서 들리는 소리를 필요한 횟수만큼 반복해 질러 댔다. 수탉으로 승진한 그 사람은, 그로 인해 어릴 때 인두(咽頭) 수술을 받는데, 그 수술 또한 콘퀘스트 박사가 상세히 기록해 놓은 기술의 일부이다. 찰스 2세 치세에, 그 수술과 불가분의 관계가 있는 타액 분비증이 포츠머스 공작 부인의 비위를 상하게 한지라, 왕권의 화려함을 추호나마 퇴색시키지 않기 위해 그 관직은 유지시키되, 수술 받지 않은 남자로 하여금 수탉 소리를 지르게 했다. 그 명예로운 직책에는, 보통 퇴역 장교 하나를 선발해 임명했다. 제임스 2세 재위 시절에, 윌리엄 샘슨 콕[10]이라는 사람이 그 자리에 임명되었는데, 그는 그 노래의 대가로 매년 9파운드 2실링 6수[11]를 받았다.[12]

---

9 〈강화접사(强化接辭)〉는 *l'augmentatif*를 번역한 것이다. 한 단어의 의미를 강화시켜 주는 접두어나 접미사를 가리킨다. 예를 들어 *rechercher*(열심히 찾다, 연구하다)와 *parsemer*(흩뿌리다)는 각각, *chercher*(찾다)와 *semer*(뿌리다)에 의미 강화접사 *re*와 *par*를 붙여 만든 것이다. 〈궁정인〉 혹은 〈조신〉에다가 〈어전 광대〉라는 접두사나 접미사를 붙이면 그 의미가 어찌 되겠는가? 한편 원서에는 괄호 없이 동격으로 사용되었으나, 우리말의 통사적 편의를 위해 괄호 속 부연 설명 형태로 옮긴다.
10 〈수탉 윌리엄 샘슨〉이라는 뜻이다.
11 수는 옛 프랑스 화폐의 최소 단위이다. 페니 정도로 읽을 수 있을 것

불과 백 년 전, 페테르부르크에서 있었던 일인데, 러시아의 황제인지 혹은 황후가 어느 귀족을 몹시 못마땅하게 여겨, 그로 하여금 궁궐의 커다란 대기실에 쭈그리고 앉아 있게 했다고 한다. 예카테리나 2세의 회고록에 있는 이야기인데, 그 귀족은 명령에 따라 고양이처럼 야옹거리거나, 알을 품고 있는 암탉처럼 바닥에 있는 음식을 꼬꼬거리며 주둥이로 쪼아 먹었고, 그러한 상태로 여러 날을 대기실에서 보냈다고 한다.

그러한 풍습은 이제 한물갔다. 하지만 사람들이 생각하는 것만큼 크게 퇴조하지도 않았다. 오늘날에는, 궁정인들이 환심을 사기 위해, 꼬꼬거리면서 억양을 조금 바꾼다. 먹을 것을 진흙탕에서 줍는다고까지는 하지 않겠다. 하지만 그것을 땅바닥에서 줍는 사람이 한둘이 아니다.

왕들은 결코 오류를 범할 수 없다는 것이[13] 매우 다행스러운 일이다. 그리하여 그들의 모순된 말이 누구를 당혹스럽게 하는 법은 절대 없다. 끊임없이 찬동만 하면 옳은 말을 한다고 인정받을 것이 확실하니, 매우 기분 좋은 일이다. 루이 14세는 베르사유 궁에서 수탉 시늉하는 장교나 칠면조 흉내 내는 귀족 보는 것을 좋아하지 않았을 것이다. 잉글랜드나 러시아에서 왕이나 황제의 권위를 드높여 주던 것이, 위대한 루이 왕이 보기에는, 성왕 루이[14]의 왕국에 걸맞지 않았을 것이다.

이다.
12 체임벌린 박사가 저술한 『잉글랜드의 현황』을 참고. 1688년 발행, 제1부, 13절, p. 179 — 원주.
13 절대 군주의 궁정에서 조신들이 군주의 말에 무조건 동조하던 세태를 가리키는, 거의 관용적인 표현이다.
14 루이 9세를 가리킨다. 그의 치세에 소르본 대학 설립 계획이 확정되었고, 토마스 아퀴나스, 베이컨 등 유럽의 석학들이 프랑스에서 가르쳤다. 학문과 예술을 장려하는 한편, 유럽 국가들 간의 분쟁을 중재하곤 했다. 제8차

앙리에트 부인[15]이 어느 날 밤, 자신의 신분을 잊고 꿈속에서 암탉 한 마리를 보았다는 사실에, 그가 몹시 불쾌해했다는 것은 모두들 아는 일이다. 사실, 궁정인에게는 어울리지 않는 중대한 결례이다. 지체 높은 사람이라면, 천한 것을 꿈속에서라도 보아서는 안 된다. 모두들 기억하겠지만, 보쉬에도 루이 14세의 불쾌감에 동감을 표했다.

⚜

아이들을 사고파는 거래가, 이미 설명한 바와 같이, 17세기에는 일종의 제조업으로 보완되었다. 콤프라치코스는 한편으로 거래를 하고, 다른 한편으로는 그 제조업에 종사했다. 그들은 아이들을 구매해, 원자재를 약간 가공한 다음, 즉시 되팔았다.

아이를 파는 사람들은, 가족을 떨쳐 버리려는 가난한 아비부터 노예 번식장을 운영하는 나라에 이르기까지, 매우 다양했다. 인간을 판매한다는 것이 지극히 간단한 일이었다. 오늘날에도 그러한 권리를 존속시키기 위해 싸움질을 벌인 적이 있다. 불과 한 세기 전에, 아메리카에 가서 죽어야 할 사내들이 필요했던 잉글랜드의 왕에게, 헤센 지역 선거후가 종들을 팔아넘긴 일을 우리 모두 기억하고 있다. 고기를 사러 푸줏간에 가듯, 헤센의 선거후는 대포에 장전할 고기를 비치해

십자군 원정 중 튀니지에서 흑사병으로 사망했다. 1297년에 성인품에 올려졌다.

15 잉글랜드의 찰스 1세와 앙리에트 마리 드 프랑스 사이에서 태어난 앙리에트 안을 가리킨다. 루이 14세의 아우인 오를레앙 공작과 결혼했으나, 남편의 남색 취향과 질투 때문에 그를 멀리했다고 한다. 반면, 그녀의 미모와 뛰어난 기지를 매우 아끼던 시숙 루이 14세와 가까워져, 염문이 퍼지기도 했다.

놓고 팔았다. 그 귀족은 자기의 종들을 점포에 매달아 진열했다. 〈흥정하시오, 팔 물건입니다.〉 잉글랜드에서는, 제프리스가 기세를 떨치던 시절, 몬머스의 비극적인 사건[16] 이후, 많은 영주들과 귀족들이 참수되거나 능지처참되었다. 그렇게 처형된 이들이 남긴 아내들과 딸들, 즉 미망인들과 고아로 전락한 여자 아이들을, 제임스 2세가 왕비에게 넘겼다. 왕비는 그 레이디들을 윌리엄 펜[17]에게 팔았다. 왕도 아마 몇 퍼센트의 수수료를 챙겼을 것이다. 놀라운 일은, 제임스 2세가 그 레이디들을 팔았다는 사실이 아니라 윌리엄 펜이 그녀들을 샀다는 사실이다.

펜의 구매 행위에 대한 변명 혹은 설명은, 인간을 뿌려 퍼뜨려야 할 황무지를 가지고 있어, 그에게는 여인들이 필요했다는 것이었다. 결국 여인들이 장비(황무지 개간에 필요한)의 일부였다는 말이다.

그 레이디들이, 우아하고 자애로운 왕비 전하에게는 쏠쏠한 사업이었다. 젊은 레이디들은 비싼 값에 팔렸다. 펜이 아마도 늙은 공작 부인들을 헐값에 샀을 것이라는 생각이 떠오를 때마다, 복잡한 추문을 접할 때처럼 마음이 불편하다.

콤프라치코스들은 자신들을 체일러스*cheylas*라고도 칭하는데, 그 말은 힌두어로 아이들을 둥지에서 끄집어내는 사람들이라는 뜻이다.

오랜 세월 동안 콤프라치코스는 자신들을 반쯤만 감추었다. 사회에는 간혹, 범죄적 산업에 호의적인, 어슴푸레한 구

---

16 몬머스는 찰스 2세의 사생아로, 1685년 찰스 2세의 아우 제임스 2세가 옥좌에 오르자, 모반을 꾀하다 실패해 처형되었다.
17 퀘이커교도로, 아메리카로 건너가 1682년이 펜실베이니아에 식민지를 개척했다. 펜실베이니아 주의 명칭은 그의 이름에서 유래한 것이라고 한다.

석이 있다. 그리하여 범죄적 산업이 미명 속에 자신을 보존한다. 오늘날에 이르러서도, 산적 라몬 셀레가 이끄는 그러한 집단이, 1834년부터 1866년까지 버티며, 발렌시아, 알리칸테, 무르시아 등 세 지방을 3년 동안 공포 속에 몰아넣는 것을 보았다.

스튜어트 왕조[18] 치하에서는 콤프라치코스가 총애를 잃지 않았다. 필요에 따라서는 국가적 구실을 앞세워 그들을 이용했다. 제임스 2세에게는 그들이 하나의 인스트루멘툼 레그니[19]였다. 그의 치세는, 거추장스럽거나 반항적인 가문은 잘라 버리고, 혈통을 끊고, 상속자들을 문득 없애 버리던 시절이었다. 어떤 경우에는, 한 가계(家系)를 위해 다른 가계를 털기도 했다. 콤프라치코스에게는 한 가지 재주가 있었으니, 그것은 사람의 얼굴을 바꾸어 놓는 재주였고, 그러한 재주 덕분에 정치적 집단에 천거되었다. 얼굴을 흉하게 바꾸어 놓는 것이 죽이는 것보다는 낫다. 물론 철가면이 있었다. 하지만 그것은 투박한 방법이다. 전 유럽을 철가면들로 우글거리게 할 수는 없는 일이다. 반면, 얼굴 흉한 곡예사들은 거리를 자연스럽게 오간다. 게다가 철가면은 벗길 수 있는데, 살가면은 그렇지 않다. 한 사람의 얼굴에, 그 사람의 얼굴로 만든, 영영 벗을 수 없는 가면을 씌우는 것보다 더 독창적인 방법은 없을 것이다. 콤프라치코스는, 중국인들이 목재를 다루듯, 인간을 다루었다. 이미 말했듯이, 그들은 비밀을 가지고 있었다. 그들에게는 비술(秘術)이 있었다. 이제는 사라진 기술이다. 특정 부분의 기이한 발육 부진 현상이 그들의 손에서 나왔다. 우스꽝스러우나 오묘한 일이었다. 그들이 어린것

---

18 17세기 초부터 18세기 초(1603~1714)까지 잉글랜드를 통치한 왕조.

19 *instrumentum regni*. 통치 도구, 연장.

에게 어찌나 기묘하게 손을 댔던지, 아비도 자기의 어린것을 알아보지 못할 지경이었다. 〈그리고 그의 부친의 눈조차 (그를) 부인할 것이다.〉 라신이 프랑스어의 오류를 범하면서 한 말이다.[20] 그들은 가끔, 척추는 곧은 상태로 내버려 두고, 얼굴을 다시 만들었다. 손수건의 상표를 제거하듯, 아이의 모든 특징을 지워 버렸다.

곡예사로 쓰일 제품의 경우, 교묘한 방법으로 관절을 탈구(脫臼)시켰다. 모든 뼈가 제거된 사람 같았다. 그리하여 모두 체조 선수가 되었다.

콤프라치코스는, 아이에게서 얼굴만 빼앗는 것이 아니라, 기억마저 제거했다. 적어도 그들이 제거할 수 있는 기억만은 완벽하게 지워 버렸다. 아이는 자기가 입은 손상을 전혀 의식하지 못했다. 무시무시한 외과 수술이 얼굴에는 흔적을 남기되, 뇌리에는 아무 흔적도 남기지 않았다. 자신이 어느 날 사람들에게 붙잡혔고, 그런 다음 잠들었으며, 그리고 누가 자기를 치유해 주었다는 등의 사실, 그것들이 고작 그가 기억해 낼 수 있는 전부였다. 무엇에서 치유되었을까? 아이는 까마득히 모른다. 유황으로 지지고 칼로 절개했다는 사실을 아이는 기억해 내지 못했다. 콤프라치코스는 수술이 이루어지는 동안, 마법의 약으로 통하고 또 통증을 없애 주는, 일종의 마취용 가루약을 사용해 어린 환자를 잠들게 했다. 그 가루가 중국에서는 예부터 잘 알려진 것이며, 그곳에서는 지금도 사용된다. 중국은 인쇄술, 대포, 기구(氣球), 클로로포름

---

20 작품에 인용된 라신의 구절은 다음과 같다. *Et que méconnaîtrait l'oeil même de son père*. 이 구절에서 오류라고 지적된 부분은 *méconnaîtrait*인 듯한데, 그 동사가 〈알아보지 못한다〉는 의미로도, 혹은 〈부인한다〉는 의미로도 읽힐 수 있기 때문이다. 다시 말해 의미의 애매성 때문이다. 작가의 의도를 감안해 〈부인한다〉로 번역한다.

등 우리의 발명품들을, 우리보다 훨씬 일찍부터 보유하고 있었다. 다만, 새로 발견된 것이 유럽에서는 즉시 활기를 얻어 성장해 기적과 경이로움이 되는 반면, 중국에서는 태아 상태로 남아 사장될 뿐이다. 중국은 하나의 태아 표본병이다.

기왕에 중국 이야기가 나왔으니, 잠시 자질구레한 이야기 하나만 더 하자. 예부터 중국에서 발전시켜 온 기술과 산업이 하나 있는데, 그것은 살아 있는 사람을 주형(鑄型)에 넣어 다시 만들어 내는 일이다. 그들은 나이 두세 살쯤 된 아이를 골라, 뚜껑도 밑바닥도 없는 상당히 기괴한 모양의 자기 항아리 속에 넣는데, 머리와 다리만 밖으로 나오게 한다. 낮에는 항아리를 세워 놓았다가, 밤이 되면 그것을 눕힌다. 아이가 잠을 잘 수 있도록 하기 위함이다. 그러면 아이가, 신장은 커지지 않고 몸집만 불어나, 아이의 압축된 살과 뒤틀린 뼈들이 항아리의 불룩한 공간을 채운다. 그러한 항아리 속에서의 성장은 여러 해 동안 계속된다. 그리고 일정한 시기가 지나면 성장의 양태를 바꿀 수 없게 된다. 드디어 모양이 잡혀 괴물이 완성되었다고 판단되면, 항아리를 깨뜨리고 아이를 꺼낸다. 항아리 모양을 한 사람을 그렇게 얻는다.

아주 편리하다. 원하는 형태의 난쟁이를 미리 주문할 수 있으니 말이다.

✢

제임스 2세는 콤프라치코스에게 관대했다. 그럴 만한 충분한 이유가 있었으니, 그들을 이용했기 때문이다. 그들을 이용한 것이 한두 번이 아니었다. 누구든 자기가 멸시하는 것을 항상 무시하지만은 않는다. 흔히 정치라고 일컫는 상류 계층의 산업에 가끔 탁월한 방편을 제공하는 그 밑바닥 계층의 산업이, 의도적으로 비참한 처지에 내버려져 있었지만, 그러나 박해는 당하지 않았다. 일체의 감시는 없으나, 어느 수준의 관심은 보였다. 그렇게 하는 것이 유용할 수 있었다. 법은 한쪽 눈을 감았고, 왕은 다른 눈을 열어 주고 있었다.

때로는 왕이 자기의 공모 행각을 드러내기까지 했다. 그것이 바로 군주가 자행하는 공포 정치의 뻔뻔스러움이다. 얼굴을 흉하게 변형시킨 아이의 얼굴에 백합 모양의 낙인을 찍기도 했다.[21] 얼굴에서 신의 표시를 지워 버리고 대신 왕의 표시를 남긴 것이다. 노퍽 주의 고위 경찰관이자, 멜턴의 영주이며, 기사이자 준남작인 제이콥 애스틀리는, 팔려 온 아이 하나를 집안에 데리고 있었는데, 판매 담당자가, 아이를 넘기기 전에, 달군 쇠로 아이의 이마에 백합 모양의 낙인을 찍었다. 경우에 따라서는, 아이에게 닥친 그 일이 국왕의 뜻에서 말미암았다는 사실을, 무슨 이유에서든 증명하고자 할 때, 흔히 그러한 방법을 썼다. 잉글랜드는 항상 우리에게 명예를 안겨 주었으니, 사적인 용도로 백합을 사용하곤 했기 때문이다.[22]

콤프라치코스는, 하나의 직업과 광신주의를 구별시켜 주는 미묘한 특색을 가지고 있어, 인도의 직업 교살단(絞殺團)과 유사했다. 그들은 자기들끼리 무리를 지어서 살며, 가끔 거리의 곡예사 노릇도 했지만, 그것은 구실에 불과했다. 그렇게 함으로써 내왕하기가 훨씬 수월했기 때문이다. 그들은 닥치는 대로 아무 곳에서나 야영했지만, 엄숙하고 경건해, 다른 떠돌이들과는 닮은 점이 전혀 없었으며, 도둑질과는 거리가 멀었다. 사람들은 오랫동안 그들을 스페인이나 중국의 아랍인들과 혼동했다. 하지만 그것은 잘못이었다. 스페인의

---

21 일반적으로는 죄인의 얼굴에 그러한 낙인을 찍었다.
22 백합은 프랑스 왕실의 문장에 사용되어, 프랑스 왕을 상징하던 꽃이다.

아랍인들은 위폐범이었고, 중국의 아랍인들은 소매치기였다. 콤프라치코스에게는 그러한 점이 전혀 없었다. 그들은 정직한 사람들이었다. 그들을 어떻게 생각하든, 그것은 각자의 자유이다. 하지만 그들은 때로는 진정으로 양심적이기도 했다. 그들은 대문을 통해 집으로 들어가, 아이의 가격을 흥정하고, 대금을 지불한 다음, 아이를 데리고 떠나곤 했다. 그 일은 정확하고 예절 바르게 이루어졌다.

그들은 온갖 나라에서 온 사람들이었다. 잉글랜드인, 프랑스인, 카스티야인, 독일인, 이탈리아인이 〈콤프라치코스〉라는 이름 아래에서, 상호간의 우의를 돈독히 하고 있었다. 같은 생각과, 같은 미신과, 공동으로 영위하는 같은 직업이, 그러한 융합을 만들어 낸다. 산적들처럼 우애 돈독한 그 집단 내에서, 해 뜨는 쪽에서 온 이들은 동양을 대표했고, 해 지는 쪽에서 온 이들은 서양을 대표했다. 많은 바스크인들이 많은 아일랜드인들과 대화를 나누었다. 바스크인과 아일랜드인 사이에는 의사소통이 가능하다. 그들 모두, 옛 카르타고어에서 파생, 변질된 언어를 사용한다. 게다가 가톨릭을 신봉하는 아일랜드와 열성 가톨릭 국가인 스페인 간의 친밀한 관계까지 있다. 그러한 관계가 결국에는, 아일랜드의 왕이나 다름없는 웨일스의 브레이니 경이 런던에서 교수형 당하는 결과를 초래했고, 그 사건으로 인해 레트림 백작령이 생겼다.

콤프라치코스는 작은 이주민 집단이라기보다는 일종의 연맹이었고, 연맹이라기보다는 잔재(殘滓)였다. 범죄를 직업으로 삼는 세계의 거지 행각 그 자체였다. 온갖 누더기로 구성된 일종의 익살광대 집단이었다. 한 사람을 어느 집단에 가입시킨다는 것은, 넝마 한 조각을 꿰매어 붙이는 것과 다름없다.

방랑이 콤프라치코스의 생존 법칙이었다. 나타났다가는

이내 사라지는 것이다. 기껏 묶인되는 것이 고작인 사람은 뿌리를 내리지 못한다. 그들의 기술이 조정의 단골 상품이고, 필요한 경우, 왕권의 보조자 역할을 하는 왕국에서조차, 그들은 가끔 뜻하지 않은 학대를 받기도 했다. 왕들은 그들의 기술을 이용한 다음, 기술자들을 도형장에 처박곤 했다. 그러한 자가당착이, 오락가락하는 왕들의 변덕 속에 있다. 그것이 우리 인간의 즐거움이다.

구르는 돌과 떠도는 직업에는 이끼가 끼지 않는다. 콤프라치코스는 가난했다. 비쩍 마르고 누더기를 걸친 어느 마녀가, 화형대의 횃불이 타오르기 시작하는 것을 바라보며 했다는 다음 말을, 그들도 했을 법하다. 〈부질없는 낭비로군.〉 아마, 아니 거의 틀림없이, 아이 거래를 대규모로 하면서 신분을 노출시키지 않던 그들의 두목들은, 부자였을 것이다. 그점을, 두 세기가 흐른 후에 밝히기란 쉽지 않을 것이다.

이미 말했듯이 그것은 일종의 연맹이었다. 그리고 고유의 규율과 선서와 의식을 가지고 있었다. 거의 강신술(降神術)과 같은 것도 가지고 있었다. 오늘날에 이르러 콤프라치코스에 관해 상세히 알고자 한다면, 비스카야와 갈리시아에 가면 된다. 그들 중에 바스크인이 많았기 때문에, 그 산악 지역에 그들의 전설이 숨어 있다. 지금도 오야르순, 우르비스톤도, 레소, 아스티가라가 등지에서는 콤프라치코스에 관한 이야기를 한다. *Aguarda te, niño, que voy a llamar al comprachicos*(조심해, 콤프라치코스를 부르겠어)! 그 고장에서 어머니들이 아이들에게 겁줄 때 쓰는 말이다.

콤프라치코스는 치간과 집시처럼[23] 은밀히 회동하곤 했다.

---

23 치간과 집시는, 인도에서 13세기경에 유럽으로 이동해 온 종족을 가리키는 말들이다. 그들은 자신들을 가리켜 롬*rom*이라고 하며, 그들의 언어는 *romani*라고 한다. 〈집시〉는 영국에서 사용되는 말이고, 프랑스에서는

그들의 우두머리들은 가끔 만나 토론도 했다. 그들은 17세기에 주요 회동 장소 넷을 가지고 있었다. 스페인의 판코르보에 하나가 있었고, 독일에 있었던 하나는, 디키르슈 근처에 있는, 못된 여인이라는 별명을 가진 숲 속 공터였다. 디키르슈에는 수수께끼 같은 저부조(低浮彫) 둘이 있는데,[24] 머리가 있는 여인상과 머리가 없는 남자상이 함께 조각되어 있다. 프랑스에 있었던 회동 장소는, 부르본레쉬뱅 근처의 신성한 숲 보르보 토모나 속 거대한 조각상 마쉬라프로메스가 서 있던 언덕이었다. 그리고 나머지 하나는 잉글랜드에 있었는데, 요크 지방 클리블랜드에 살던 지스브로 예비 기사 윌리엄 첼로너의 정원 담장 뒤, 정방형 탑과 고딕식 첨두형(尖頭型) 출입문이 있는 커다란 합각머리 건물 사이가, 그 장소였다.

※

유랑자들에 관한 법이 잉글랜드에서는 항상 엄격했다. 잉글랜드는 특유의 고딕식[25] 입법 과정에서, 다음과 같은 원칙에서 영감을 얻은 듯하다. *Homo errans fera errante pejor* (떠돌아다니는 인간은 떠돌아다니는 야수보다 더 위험하다).

〈치간〉을 비롯해 *bohémien*, *égyptien*, *gitan*, *zingaro*, *zingari* 등이 같은 뜻으로 사용된다. 독일에서 사용하는 *Zigeuner* 역시 같은 뜻이다.

24 *Diekirch*가 언뜻 보기에 지명 같지만, 실은 교회당 *die Kirche*을 뜻하는 보통 명사로 읽어야 할 듯하다. 〈디키르슈에…… 저부조 둘이 있다〉는 원문이 부자연스러워 보이는 것은, 〈디키르슈〉가 문맥상 그리고 어형상 특정 지명을 가리키는 고유 명사처럼 보이기 때문이다. 〈그곳 교회당에는……〉 정도로 이해하면 될 것이다.

25 중세적 혹은 시대에 뒤떨어진 것을 야유적으로 지칭할 때 사용하는 말이다.

그들의 특별 법령 중 하나는, 거처 없는 사람을 〈코브라, 용, 스라소니, 바실리코스[26]보다 더 위험하다a:rocior aspide, dracone, lynce et basilikos〉고 규정한다. 잉글랜드는, 털어 내고 싶어 하던 집시들에 대해, 이미 깨끗이 쓸어 낸 늑대들 못지않게, 오래전부터 신경을 곤두세우고 있었다.

그 면에 있어서는 잉글랜드인이 아일랜드인과 다른데, 아일랜드인은 성자들에게 늑대의 건강을 빌며, 늑대를 〈나의 친척〉이라고 부른다.

하지만 잉글랜드의 법률은, 이미 앞에서 이야기한 것처럼, 길들여 집에서 기르며 어느 면에서는 일종의 개가 되어 버린 늑대를 용인하듯이, 일정한 직업을 갖고 신민이 된 유랑인은 용인했다. 곡예사, 떠돌이 이발사, 행상인, 떠돌이 현학자 등은 생계를 위한 직업이 있기 때문에 근심할 필요가 없었다. 그러한 사람들을 제외한, 자유인 축에 속하는 유랑인들은 법의 경계 대상이었다. 행인은 누구든 공공의 적일 수 있었다. 산책이라는 비교적 현대적인 것을 까마득히 모르던 시절이었다. 아는 것은 오직 태곳적인 것, 즉 어슬렁거리는 것뿐이었다. 모든 사람들이 이해하는 듯하지만 아무도 정의 내리지 못하는 말, 즉 〈불량한 용모〉라는 말 한마디면, 사회가 한 사람의 덜미를 잡기에 충분했다. 어디에 살지? 직업이 무엇이지? 그러한 추궁에 대답을 못할 경우, 혹독한 벌이 기다리고 있었다. 철과 불이[27] 법규에 있었다. 법률이 유랑벽의 부식법(腐蝕法)을 시행했다.

그리하여 잉글랜드 전역에 떠돌이들, 즉 작정한 악당들, 그리고 특히 집시들에게 적용되는, 명실상부한 〈용의자 체포

26 흘끗 보기만 해도, 자기를 본 사람을 죽인다는, 그리스 전설 속의 뱀이다. 바실리코스는 〈작은 왕〉이라는 뜻이다.
27 철은 칼이나 도끼 등 형구를, 불은 화형대를 가리킨다.

령〉²⁸이 내려졌다. 그리고 집시의 축출이, 스페인에서의 유대인 및 아랍인 축출과, 프랑스에서의 신교도 축출에 비교되곤 하는데, 그것은 잘못된 비교이다. 우리로서는, 몰이꾼을 동원한 사냥과 박해, 그 둘을 혼동할 수가 없다.

다시 강조하는 바이지만, 콤프라치코스에게는 집시와의 공통점이 전혀 없었다. 집시는 하나의 민족이었으나, 콤프라치코스는 여러 민족의 복합체였다. 이미 말했듯이 일종의 잔재였다. 더러운 물 가득한 끔찍한 대야였다. 콤프라치코스는 집시에게 있는 고유의 언어를 가지고 있지 못했다. 그들이 사용하던 은어(隱語)는 여러 언어의 혼합물이었다. 온갖 언어가 뒤섞인 것, 그것이 그들의 언어였다. 그들은 하나의 혼돈을 구사했다. 그들 역시 집시처럼, 사람들 사이로 굼실굼실 기어 다니는 집단이 되었다. 하지만 그들을 결속시키는 공동의 끈은 연맹이지 종족이 아니었다. 역사의 어느 시기에서건, 인류라고 하는 거대한 액체 덩어리 속에, 독성 강한 사람들로 이루어진 냇물 줄기들이, 자기들 주위를 중독시키며 별도로 흐르고 있음을 확인할 수 있다. 집시는 하나의 가족이었다. 반면 콤프라치코스는 일종의 프리메이슨²⁹이었다. 엄숙한 목적을 가지고 있는 연맹이 아니라, 흉악한 사업을 하는 연맹이었다. 마지막 다른 점은 종교이다. 집시는 이교도였는데, 콤프라치코스는 기독교도였다. 뿐만 아니라 독실한 기독교도였다. 비록 온갖 민족이 뒤섞여 형성된 연맹이지만, 열성 신도의 고장 스페인에서 태동한 그 연맹에 어울리

28 1793년 9월 17일에 채택된 프랑스 혁명의회의 법령을 암시하는 듯하다. 그 무렵 혁명의회가 근본주의적 경향을 띠기 시작했다.
29 *freemason*의 원의는 〈자유로운 석공〉이다. 프랑스에서는 1740년대부터 사용된 말인데, 상호 부조와 박애를 실천 강령으로 삼아 결성된, 국제적 연맹 *franc-maçonnerie*을 가리킨다.

는 일이다.

그들은 기독교도일 뿐만 아니라 더 나아가 가톨릭교도였다. 아니 가톨릭교도 이상이었다. 로마 가톨릭교도였다.[30] 그리하여 신앙이 어찌나 까다롭고 순수했던지, 그들은 페스트[31] 지역의 헝가리 떠돌이들과는 연합하기를 거부했다. 그 떠돌이들은, 둥근 은 손잡이 위에 머리 둘인 오스트리아 독수리상을 얹은 막대기를 왕홀(王笏)인 양 손에 든, 어느 늙은이의 지배를 받는 자들이다.[32] 그 헝가리인들이 교회 분리주의자들인지라, 성모 승천일 의식을 8월 27일에 거행하는 것은 사실이다.[33] 매우 고약한 일이다.

잉글랜드에서는, 스튜어트 왕조 통치 시절에, 이미 동기를 짐작할 수 있겠지만, 콤프라치코스 집단이 거의 보호받다시피 했다. 열성적인 사람으로, 유대인과 집시를 박해하던 제임스 2세가, 콤프라치코스에게는 착한 군주였다. 그 이유는 앞에서 이미 말했다. 콤프라치코스는 인간 식량의 구매자들이었고, 왕은 그것을 조달하는 상인이었다. 그들은 사라지게 하는 데 탁월한 재주를 가지고 있었다. 국가적 이득이 때로는 사라짐을 요구한다. 어린 나이에 그들의 수중에 들어가 새로이 가공된, 성가신 상속자는, 자신의 본래 모습을 잃는다. 그것이 압류를 수월하게 해주었다. 영지의 소유권을 총

---

30 정통 로마교회에는 〈가톨릭의(온 누리의)*catholique*〉, 〈로마의 *romaine*〉, 〈사도의*apostolique*〉 등 세 부가어가 붙는다.

31 부다페스트의 다뉴브 강 좌안 지역을 가리킨다. 원래 독립된 도시였으나, 1874년에 건너편 지역인 부다와 합쳐져 오늘날의 부다페스트가 되었다.

32 헝가리가 18세기 초부터 19세기 중반까지(1711~1848) 오스트리아의 지배하에 있었던 사실을 상기시키는 말이지만, 〈어느 늙은이〉가 누구를 가리키는지 단정하기 어렵다.

33 성모 승천일은 8월 15일이다. 8월 27일은, 성 아우구스티누스의 모친이며, 아들을 신앙으로 인도한, 성녀 모니카의 축일이다.

신(寵臣)에게 이전시켜 주는 일도 간편해졌다. 게다가 콤프라치코스는 매우 은밀하고 과묵했고, 소리 없이 일에 착수했으며, 약속을 지켰다. 국가적 일에는 그러한 것들이 필요하다. 그들이 왕의 비밀을 누설한 예는 거의 없었다. 그것이 곧 그들의 이해관계였다. 또한 왕이 만약 그들을 신뢰하지 않게 된다면, 그들은 심각한 위험에 놓일 수도 있었다. 따라서 정치적 관점에서는, 그들이 타개책 중 하나일 수 있었다. 그러한 일 이외에, 그 기술자들은 신성한 아버지[34]에게 가수들을 공급했다. 콤프라치코스는 알레그리가 작곡한 찬송가[35]에 유용했다. 그들은 특히 마리아에 대한 신앙이 독실했다. 그 모든 점이, 가톨릭교도였던 스튜어트 왕조의 호감을 샀다. 제임스 2세는, 내시들을 만들어 바칠 만큼 성처녀를 숭배하던, 그 신앙심 깊은 사람들에게 적대적일 수 없었다. 1688년, 잉글랜드에서 왕조가 바뀌었다. 오렌지 가문[36]이 스튜어트 가문을 밀어내고 대신 들어섰다. 윌리엄 2세가 제임스 3세를 대신해 옥좌에 올랐다.[37]

제임스 2세는 망명지에서 세상을 떠났는데, 그의 무덤 위에서 많은 기적이 일어났으며, 특히 그의 유골이, 오툉의 주교가

---

34 교황.
35 알레그리가 1621년 「시편(詩篇)」에 붙인 곡인데, 곡명은 〈미제레레 *Miserere*〉, 즉 〈하느님 저를 불쌍히 여기소서*Miserere mei, Deus!*〉이다. 교황이 이 곡의 복사 및 유포를 엄히 금했으나, 어린 모차르트가 이 곡을 단 두 번 듣고 채보했다는 일화로 유명하다.
36 프랑스 남부 아비뇽 지역에 있던 오랑주 공국을 통치하던 가문을 가리킨다.
37 〈윌리엄 2세〉는 메리 2세의 부군 오랑주의 기욤을 가리키는 듯한데, 영국 역사에는 그가 윌리엄 3세로 기록되어 있다. 한편 〈제임스 3세〉는 제임스 2세의 아들을 가리키는데, 그 칭호는 잉글랜드에 적대적이던 루이 14세가 부여한 것일 뿐, 유럽 왕조사 속에서 공인된 호칭은 아니다. 제임스 프랜시스 에드워드 스튜어트가 그의 공식 이름이다.

앓던 누관(瘻管) 질환을 치유해 주었다고 한다.[38] 그 군주의 기독교적 미덕에 합당한 보상이다.

윌리엄은, 생각이나 행동이 제임스와 달라서, 콤프라치코스를 엄하게 다루었다. 그는 그 벌레들을 각멸하는 데 열성을 다했다.

윌리엄과 메리의 통치 초기에 공포된 법령 중 하나가, 아이 구매자들에게 심한 타격을 가했다. 그것은 콤프라치코스에게 가해진 철퇴였고, 그 이후 그들은 가루가 되어 흩어졌다. 그 법령에 의거해 체포되고, 죄가 충분히 입증된 연맹 가입자들의 어깨에는, 달군 쇠로 R자 낙인을 찍었다. *rogue*, 즉 부랑배를 뜻하는 글자였다. 또한 왼손에는 *thief*, 즉 도둑을 뜻하는 T자 낙인을, 그리고 오른손에는 *man slay*, 즉 살인범을 뜻하는 M자 낙인을 찍었다. 〈비록 거지 행색이지만 부자로 추정되는〉 우두머리들은 콜리스트리기움, 즉 죄인공시대(罪人公示臺)에 묶어 처벌했고, 그러한 벌*pilori*을 받았다는 표시로 이마에 P자 낙인을 찍은 다음, 재산을 압류하고, 그들 소유의 숲에 있는 나무를 깡그리 뽑아 버리게 되어 있었다. 콤프라치코스를 고발하지 않는 사람들에게는 불고지죄를 적용해, 재산을 압류하고 종신징역형에 처했다. 그러한 남자들과 함께 사는 여자들은 커킹스툴형을 받았다. 커킹스툴은 일종의 대형 투석기(投石器)인데, 프랑스어 *coquine*와 독일어 *Stuhl*의 합성어인 그 명칭은 〈p……의 의자〉를 뜻한다.[39] 잉글랜드의 법률은 기이하게도 수경이 길어서, 그러한

38 그의 무덤은 생제르맹앙레의 생 루이 성당 안에 있다.

39 *cucking-stool*은 죄인을 그 위에 앉혀서 높이 들어올려 여러 사람들에게 보이거나, 물속에 담갔다 꺼내기를 수차례 반복하는, 옛 형구이다. *cucking*의 어원처럼 제시된 *coquine*는 음란한 여인을, *Stuhl*은 의자를 뜻한다. 〈p……〉는 *pute*, *putain*(매춘부)을 뜻하며, 언사를 삼가는 뜻에서 옛 문인들이 사용하던 축약형이다.

형벌이 아직까지도 존속하며, 지금은 〈싸움질 좋아하는 여인들〉에게 적용된다. 커킹스툴을 개천이나 연못 위 허공에 정지시키고, 그 속에 문제의 여인을 앉힌 다음, 의자를 물속으로 떨어뜨렸다가 다시 꺼내기를 세 차례 반복한다. 〈그녀의 노여움을 식혀 주기 위해서이다.〉 체임벌린의 설명이다.

제1권 인간보다 덜 어두운 밤

1. 포틀랜드 곶

 북쪽의 고집스러운 삭풍이, 1689년 12월 내내, 그리고 1690년 1월 내내, 유럽 대륙 위로 간단없이 불어 댔고, 특히 잉글랜드를 더욱 혹독하게 휩쓸었다. 그로 인해 재앙 같은 추위가 닥쳤고, 런던에 있는 논 주어러스 장로교회의 낡은 성서 여백에는, 그 겨울이 〈가난한 이들에게는 잊지 못할 겨울〉이었노라고 간략하게 적혀 있다. 공식 등록부에 사용하던 고풍스러운 왕실 양피지의 견고함 덕분에, 배고픔과 헐벗음 때문에 죽은 극빈자들의 긴 명단을, 오늘날까지도 많은 지역의 총람(總覽)에서 읽을 수 있다. 특히 서더크 주의 클링크 리버티 재판소와, 가루투성이 발들을 위한 재판소를 뜻하는 파이 파우더 재판소, 그리고 스테프니 마을에서 영주 예하 대법관이 주재하는, 화이트 채플 재판소 등에 있는 재산 대장에서, 더욱 선명하게 읽을 수 있다 템스 강물도 잡혔다. 한 세기에 채 한 번도 생기지 않는 일이다. 바다의 동요로 인해 템스 강은 잘 얼지 않기 때문이다. 얼어붙은 강 위로 수레들이 왕래했다. 템스 강 얼음 위에 텐트를 치고 장터를 마련했고, 곰싸움과 소싸움이 벌어졌다. 얼음 위에서 소 한 마리를 통째로 굽기도 했다. 두꺼운 얼음은 두 달 동안이나 꺼떡도 하지 않았다. 그해 1690년은, 고통스러움에 있어서,

17세기 초엽의 유명했던 겨울들의 혹독함을 능가했다. 그 겨울들의 실상은 닥터 기드언 딜레인이 상세하게 관찰해 기록했는데, 그는 제임스 1세의 약제사였던지라, 런던 시는 작은 받침대를 갖춘 그의 흉상 하나를 제작해 그에게 예를 표했다.

1690년 1월, 유난히 차갑던 어느 날 저녁 무렵, 포틀랜드 만의 삭막한 내포(內浦) 중 하나에서는, 평소와 다른 무슨 일이 벌어졌음인지, 갈매기들과 바다거위들이, 감히 내포 안쪽으로 들어오지 못하고, 입구 상공을 선회하며 요란하게 울부짖고 있었다.

바람이 유난스러울 때는, 그 만의 모든 내포 중 가장 위험하고, 따라서 가장 한적하며, 또 그 위험 덕분에 선박들이 숨기에 적합한 어느 내포에, 깊은 수심을 이용해 절벽 가까이까지 접근한 작은 선박 한 척이 바위 끝에 잇대어 정박하고 있었다. 흔히 밤이 내린다고들 하지만, 반대로 밤이 피어오른다고 함이 옳을 것이다. 어둠이 땅에서 비롯되기 때문이다. 절벽 아래쪽에는 이미 밤이었으나, 위쪽에는 아직도 낮이었다. 정박하고 있는 선박으로 다가가서 보면, 그것이 비스카야의 우르카[1]임을 쉽게 알아볼 수 있었을 것이다.

온종일 안개 속에 숨어 있던 해가 막 지고 난 후였다. 해 진 후의 근심이라 칭할 수 있을 법한, 그 깊고 어두운 불안을 느끼기 시작할 때였다.

바람이 바다에서 불어오지 않아, 포구의 물은 잔잔했다.

---

[1] 작가는 *ourque*라는 단어를 사용하고 있으나, 그것은 프랑스어로 통용되지 않는 단어이다. 라틴어 *orca*에서 파생한 스페인어 *urca*를 프랑스어 형태로 변형시켰을 뿐이다. 어원적 의미는 범고래, 통, 원뿔형 주사위통 등인데 작품에서는 〈화물 운반용 소형 범선〉을 뜻한다. 이 책에서는 〈우르카〉 혹은 〈범선〉으로 적는다. 한편 비스카야 주는 이베리아 반도 북단, 즉 대서양 연안의 바스크 지역을 가리킨다.

그것이, 특히 겨울에는, 예외적으로 다행스러운 현상이었다. 포틀랜드의 포구들은 거의 항상 거센 파도 몰아치는 항구들이었다. 날씨가 거칠 때는, 그곳 바다가 심하게 요동해, 그곳을 안전하게 지나려면 숙련된 솜씨와 경험이 필요했다. 실용적이기보다는 외양만 그럴듯한 그 작은 항구들은, 선박들에게 별 도움이 되지 못한다. 항구 안으로 들어가기도 겁나고, 다시 나오기도 무섭다. 그날 저녁에는 기이하리만큼 아무 위험도 없었다.

비스카야의 우르카는 더 이상 사용되지 않는 옛날 짐배이다. 그런데 일찍이 많은 공을 세웠고, 심지어 해군에도 봉사한 적이 있는 그 우르카는, 선체가 매우 튼튼했다. 크기를 보면 나룻배이나, 견고함을 보면 전함이었다. 그 우르카는 아르마다[2]의 일원이기도 했다. 사실, 전함으로 사용되던 우르카 중에 중량급에 이르는 것도 있었다. 예를 들어 로페 데 메디나가 타던 함장선 대(大) 그리핀 호는, 배수량(排水量)[3]이 650톤에 이르렀고, 대포 40문을 적재했다. 그러나 상선이나 밀수선으로 사용되는 우르카는 선체가 매우 작은 배였다. 바닷사람들은 그 보잘것없는 짐배를 귀하게 여겼다. 우르카의 동아줄들은 대마를 꼬아 만들었는데, 더러는 그 속에 철사 심선(心線)을 넣었다. 비록 과학적이지는 못하지만, 자기(磁氣) 팽창시에, 방향을 지시해 주는 단서를 얻으려는 의도로 그랬던 것 같다. 그 색구(索具)들이 아무리 정교해도, 굵은 닻줄들과 스페인 갤리선 특유의 기중기, 3층으로 노를 배치한 로마식 전함의 부양(浮揚) 장치 등도 등한히 하지 않았

---

[2] 1587년 메리 스튜어트를 처형한 엘리자베스 1세를 응징하고, 잉글랜드에 다시 가톨릭을 정착시키기 위해, 스페인의 펠리페 2세가 1588년에 보낸 무적 함대.

[3] 물에 뜬 배가 배제(排除)하는 물의 분량. 즉, 그 배의 중량.

다. 키의 손잡이는 매우 길어, 지렛대 손잡이의 이점이 있었으나, 활처럼 휘는 단점이 있었다. 키 손잡이 끝에 달린 두 활차공(滑車孔) 속의 도르래 두 개가, 그러한 단점을 보완해 주었고, 힘의 손실을 다소나마 막아 주었다. 나침반은 완벽한 정방형 나침함(羅針函) 속에 반듯하게 놓였고, 카르다노의 진공관 속에서처럼,[4] 작은 볼트들 위에 수평으로 삽입 배치된 두 개의 구리 틀로 균형을 유지하고 있었다. 우르카의 건조에는 과학과 기묘함이 동원되었다. 그러나 무지한 과학이었고, 야만스러운 오묘함이었다. 우르카는 너벅선처럼 그리고 카누처럼 원시적이었다. 안정성에서는 너벅선을 닮았고, 속도에서는 카누를 닮았다. 그리고 해적과 어부의 본능에서 탄생한 모든 소형 선박처럼, 바다에 적응하는 탁월한 기능을 가지고 있었다. 내수(內水)에도 바다에도 적합했다. 버팀줄이 복잡하고 특이한 돛을 조작하면, 예를 들어 파사헤스[5]처럼, 거의 못이나 다름없는 아스투리아스의 닫힌 포구들 안에서는 천천히 움직일 수 있고, 난바다에서는 시원스럽게 항해할 수 있었다. 다시 말해, 호수를 한 바퀴 돌 수도 있었고, 세계 일주도 할 수 있었다. 연못에도 적합하고, 바다의 폭풍우를 헤쳐 나가기에도 적합한, 두 가지 용도를 가진 기이한 선박이었다. 우르카를 다른 배들과 비교하면, 다른 새들 속에 있는 할미새 같았으니, 가장 작은 것 중 하나이되, 가장 과감한 것 중 하나였다. 할미새가 앉으면 갈대 한 줄기가 겨우 휠 정도이지만, 날아오르면 대양을 건너간다.

  비스카야 지방의 우르카는, 비록 가장 소박한 것일지라도, 금박을 입히고 채색을 했다. 그러한 문신(文身) 넣기는, 조금

---

4 카르다노가 선박의 움직임에 나침반이 영향을 받지 않도록 하기 위해 발명했다는 연동 장치를 가리키는 듯하다(커플링 혹은 만능 연결 장치).
5 산세바스티안 근처에 있는 스페인의 도시.

원시적이되 매력적인 그곳 사람들의 기질에서 비롯된다. 눈과 초원이 바둑판무늬를 그려 놓은 그곳 산악 지역의 비할 데 없이 잡다한 빛깔이, 그들에게 장식의 거친 매력을 계시해 준다. 그들은 적빈하지만 화려한 것을 좋아한다. 자기들의 초옥에 가문(家紋)을 내건다. 커다란 당나귀를 방울로 요란하게 장식하고, 커다란 황소 머리에 깃털을 꽂아 준다. 바퀴 삐걱거리는 소리가 20리 밖에까지 들리는 그들의 짐수레도, 채색을 하고, 조각을 하고, 리본을 달아 장식했다. 한낱 구두 수선인도, 자기 집 출입문에 저부조를 조각했다. 성자 크리스피우스[6]와 헌 신발을 돌에 새겼다. 그들은 가죽 상의에 장식줄을 붙인다. 해진 옷은 꿰매지 않고 대신 수를 놓는다. 심오하고 숭고한 쾌활함이다. 바스크인은 그리스인처럼 태양의 아들이다. 발렌시아 지역 사람들이, 머리를 내놓기 위해 구멍 하나만 뚫어 놓은 다갈색 양모로 짠 천을 서글프게 알몸 위에 두르는 반면, 갈리시아와 비스카야 지역 사람들은, 이슬을 맞혀 하얗게 표백한 천으로 지은 셔츠를 입는 즐거움을 누린다. 그들의 출입문과 창문은, 화환처럼 엮어 매단 옥수수 아래에서 웃는, 담황색의 싱싱한 얼굴들로 가득하다. 쾌활하되 의연한 평온함이, 그들의 소박한 예술에서, 일에서, 관습에서, 소녀들의 몸치장에서, 노래에서, 자연스럽게 발산된다. 거대한 오두막인 산도, 비스카야에서는 온통 빛으로 가득하다. 모든 틈으로 햇살이 드나든다. 그 사나운 하이스키벨도 목가로 가득하다. 사보이아가 알프스의 맵시이듯, 비스카야는 피레네의 맵시이다. 산세바스티안과, 레소, 폰타라비아 근처에 있는 포구들은, 폭풍과 구름과 갑(岬)

---

6 3세기에 프랑스의 수아송에서 순교했다는 전설적인 신발 수선공인데, 6세기에 성자로 공인되었고, 중세에는 신발 수선공들의 수호성인으로 받들어졌다고 한다.

들을 넘나드는 포말과, 파도와 바람의 광기와 전율과 굉음에, 장미꽃 화환을 머리에 걸친 뱃사공들을 뒤섞어 놓는다. 바스크 지방을 한 번 본 사람은 다시 보고 싶어 한다. 축복받은 땅이다. 한 해에 두 번 수확하는 땅, 명랑하고 항상 흥겨운 소리가 들리는 마을들, 오만한 가난, 일요일이면 들리는 기타 소리, 춤, 캐스터네츠, 사랑, 정갈하고 밝은 집들, 종각 위의 황새들이 있는 땅이다.

이제, 바다에 있는 모진 산, 포틀랜드로 다시 돌아오자.

작은 반도인 포틀랜드는, 지형적으로 보면 새의 머리를 닮았는데, 부리는 대양을 향하고 있으며, 후두부는 웨이머스를 향하고 있다. 지협(地峽)은 목에 해당한다.

포틀랜드는 야생 상태에 큰 손상을 입은 채, 이제는 산업을 위해 존재한다. 포틀랜드의 해안은, 18세기 중엽, 채석장 소유주들과 석고 채굴인들이 발견했다. 그 이후, 사람들은 포틀랜드의 암석을 가지고 로마 시멘트라고 하는 것을 생산한다. 그 고장을 부유케 하고 포구의 모습을 흉하게 바꾸는 유익한 개발이다. 2백 년 전에는 그 해안이 여느 절벽처럼 자연스럽게 무너져 가고 있었다. 오늘날에는 채석장으로서 무너져 간다. 곡괭이는 조금씩 깨물고, 파도는 덩어리째 깨문다. 그로 인해 아름다움이 감소된다. 대양의 장엄한 낭비에 인간의 규칙적인 절개 작업이 뒤따랐다. 비스카야의 우르카가 정박해 있던 그 포구를, 규칙적인 절개 작업이 지워 버렸다. 무너진 작은 정박지의 흔적이나마 발견하려면, 반도의 동쪽 해안, 반도의 끝자락, 폴리피어와 디들피어 너머, 웨이크엄 너머까지, 처치홉이라는 곳과 사우스웰이라는 곳의 중간까지 뒤져야 할 것이다.

그쪽보다 더 높은 절벽으로 사방이 둘러싸인 포구는, 시시각각 저녁 기운이 짙어지고 있었다. 황혼녘에만 나타나는 불안한 안개가 점점 두터워지고 있었다. 우물 밑바닥으로 내려 갈수록 증대되는 어둠 같았다. 좁은 복도와 같은 바다로 통하는 포구의 출구는, 물결 넘실거리는 어두운 안쪽에, 희끄무레한 균열을 그려 놓고 있었다. 바위에 밧줄로 묶여 있고, 어둠의 거대한 외투 자락 속에 숨겨져 있는 듯한 우르카를 발견하려면, 아주 가까이 다가가야만 했다. 절벽으로 발을 옮겨 놓을 수 있는 유일한 지점인, 낮고 평평한 돌출부와 선박 사이에 던져 놓은 널빤지 하나가, 배와 육지를 연결시켜 주고 있었다. 검은 형체들이 널빤지 위로 부지런히 오고갔다. 그 어둠 속에서 사람들이 승선하고 있었다. 포구 북쪽에 드리운 바위 장막 덕분에, 포구 안은 바다보다 덜 추웠다. 하지만 그 차이가 사람들이 오들오들 떠는 것을 막아 주지는 못했다. 모두들 서두르고 있었다.

황혼으로 인해, 모든 형체가 끌로 쪼아 놓은 것 같았다. 그들이 입은 옷의 톱니 모양 장식이 가끔 보였고, 그들이, 잉글랜드에서 래기드라고 불리는, 즉 누더기 걸친 사람들이라고 불리는 계층에 속함을, 그러한 장식이 입증해 주고 있었다.

절벽 여기저기에 있는 돌출부를 따라 구불구불 뚫려 있는 오솔길 하나가 희미하게 보였다. 코르셋 끈을 안락의자의 등받이에 걸려 늘어지게 내버려 둔 처녀가, 자신도 모르는 사이에, 절벽과 산에 있는 거의 모든 으솔길의 모양을 그린다. 굴곡과 매듭투성이에, 거의 수직으로 뚫려, 사람보다는 염소들이 다니기에 좋은 포구의 오솔길이, 널빤지 한쪽 끝이 닿아 있는 돌출부로 연결되어 있었다. 절벽의 오솔길이란, 대개 그 경사도 때문에 선뜻 내키지 않는 길이다. 길보다는 투신 장소로 더 적합하다. 그것들은 내려가지 않고 굴러 내린다. 아마 평지의 어느 도로에서 찢겨 나온 듯한 오솔길은, 바라보기만 해도 불쾌했다. 너무나 수직적이었다. 밑에서 바라보면, 오솔길이 갈지자 모양으로 구불거리며 절벽의 최상층에 이르러, 상층부의 함몰된 무더기의 바위 틈새를 통해 고원 지대에 이어져 있었다. 선박이, 포구 안에서 기다리고 있던 승객들은, 오솔길을 통해 왔음이 틀림없었다.

움직임이 눈에 띄게 당황한 듯하고 불안한, 포구에서의 출항 준비와는 대조적으로, 주위는 온통 적막하기만 했다. 발걸음 소리도, 작은 소음도, 숨소리조차도 들리지 않았다. 정박지 건너편, 링스테드 만 입구에, 분명 항로를 잘못 들어선, 상어잡이 소선단만이 보였다. 극지를 오가는 그 배들은, 바다의 변덕 때문에, 덴마크 해역에서 잉글랜드 해역으로 밀려온 것들이었다. 북풍이 어부들에게 그러한 장난을 친다. 그래서 어부들이 포틀랜드의 정박지로 대피한 것이다. 예측할 수 있는 악천후와 난바다의 위험을 알리는 징후였다. 그들은 열심히 닻을 내리고 있었다. 노르웨이 선단의 전통적인 관습에 따라 초계 위치에 있던 지휘선의 선구(船具)들이, 희끄무레한 바다 위에 검은 윤곽을 그렸다. 배 앞쪽에는 세임누스 글라키알리스 상어, 아칸티아스 상어, 스피낙스 니게르 상어 등을 잡는 데 사용되는 온갖 종류의 갈고리와 작살, 그리고 기타 연골어류를 잡는 데 쓰는 그물이 보였다. 한구석에 몰려 있는 몇 척의 선박을 제외하고는, 포틀랜드의 넓은 수평선에 어떤 생명체도 눈에 띄지 않았다. 집 한 채, 배 한 척 보이지 않았다. 그 시절, 그 해안에는 주민이 없었고, 특히 그 계절에는 그 정박지에 사람이 살 수 없었다.

날씨가 어떠했건, 비스카야의 범선이 실어 가야 할 사람들은, 그렇다고 출발을 덜 서두르지는 않았다. 그들은 해변에서, 분주하고 혼란스러운 무리를 이루어, 잰걸음으로 움직였다. 그들의 모습을 하나하나 분별하는 것은 어려운 일이었다. 그들이 젊은지 혹은 늙었는지 알 수도 없었다. 흐릿한 황혼이 그들을 뒤섞어 얼버무려 놓았다. 어둠이라는 가면이 그들의 얼굴을 덮고 있었다. 그들은 어둠 속의 그림자들이었다. 그들은 도합 여덟 사람이었다. 그들 중 아마 여인이 두셋 있었을 것이다. 그러나 찢기고 조각난 옷을 걸치고 있어 분별하기가 쉽지 않았다. 모두가 괴상한 옷차림을 하고 있었는데, 여자의 옷도 남자의 옷도 아니었다. 넝마에게는 성(性)이 없다.

커다란 그림자들 속에 섞여 분주히 오가는 작은 그림자 하나는, 난쟁이거나 어린아이가 분명했다.

그것은 어린아이였다.

2. 고립

그들을 가까이에서 관찰한다면 다음과 같이 적을 수 있을 것이다.

모두들, 뚫어져서 헝겊을 대서 기운, 그러나 두건에 천 조각이 달린, 긴 외투를 입고 있었다. 그리하여 필요할 경우, 얼굴을 눈 밑까지 감출 수 있었다. 삭풍과 호기심을 막기에 좋은 물건이었다. 그러한 외투를 뒤집어쓰고도 그들은 날렵하게 움직였다. 그들 중 대부분은 손수건을 하나씩 머리에 감고 있었다. 일종의 원기(原基)로, 스페인에서는 그것에서 터번이 비롯되었다. 그러한 머리치장이 잉글랜드에서는 전혀 이상하게 여겨지지 않았다. 그 시절, 유럽 남부가 북부에서 유행했다. 그러한 현상은 아마 북부가 남부를 쳐부수고 있었던 것에 기인했을 것이다. 북부가 승리하고 있었고, 따라서 남부를 찬미하고 있었다. 아르마다의 패퇴 이후, 카스티아어가 엘리자베스의 궁정에서는 우아한 은어로 변신했다. 잉글랜드의 여왕이 거처하시는 곳에서 잉글랜드어를 지껄인다는 것은, 거의 〈쇼킹〉한 일이었다. 명령을 받는 사람들의 풍습을 조금 따르는 것, 그것은 세련된 피정복자를 대하는 야만스러운 정복자의 버릇이다. 타타르인은 중국인을 경이로운 눈으로 바라보다가 모방한다.[1] 그러한 이유로 카스티야의 유행이 잉글랜드에 침투했고, 대신 잉글랜드의 욕심이 스페인에 스며들었다.

   승선하던 무리의 남자 중 하나가 우두머리인 듯했다. 그는 알파르가타[2]를 신었고, 장식끈과 금박으로 꾸민 누더기와, 외투 자락 사이로 물고기의 복부처럼 번쩍이는 놋쇠잎 조끼로,[3] 한껏 야하게 치장을 했다. 다른 남자 하나는, 챙이 넓은 솜브레로 펠트모를 깊숙이 눌러 써, 얼굴을 감추고 있었다. 그 모자에는 파이프 꽂이 구멍이 없었다. 학식 있는 사람임을 짐작케 해주는 점이었다.

   아이는, 어른의 상의가 아이의 외투를 대신한다는 원칙에 따라, 무릎까지 내려오는 장루(檣樓) 담당자의 거친 반코트로, 입고 있던 누더기를 괴상하게 덮고 있었다.

   몸집으로 보아 나이는 열 살이나 열한 살쯤 되어 보였다. 그는 맨발이었다.

   우르카의 승무원은 선장 하나와 선원 둘이었다.

   우르카는 스페인에서 왔다가 그곳으로 다시 돌아가는 것 같았다. 그 배는 두 해안 사이를 비밀리에 운항함에 틀림없었다.

---

1 타타르족이 몽골족의 후예라고 알려진 점을 염두에 둔 말 같다.
2 스페인 농부들이 신던, 골풀과 노끈으로 삼은 투박한 신발.
3 나뭇잎처럼 얇은 놋쇠 조각으로 장식한 조끼.

배에 승선하는 사람들은 자기들끼리 속삭이고 있었다.

사람들이 나누는 속삭임은 혼합된 언어였다. 카스티야 말이 들리는가 하면 독일어가 들렸고, 그러다가 프랑스어도 들렸다. 웨일스어와 바스크어도 듬성듬성 섞여 있었다. 은어가 아니라면 일종의 사투리였다.

그들은 여러 민족 출신이면서 같은 집단 소속인 듯했다.

승무원들도 그들과 한동아리였을 것이다. 그 출항에는 다소간의 공모가 있었다.

색깔 잡다한 그 무리는 동료 집단인 듯했다. 아마 공범자 무더기였을지도 모른다.

해가 좀 더 밝았다면, 그리하여 좀 더 관심을 가지고 관찰했다면, 그 사람들이 묵주와 스카풀라레[4]를 누더기 옷자락 밑에 반쯤 감추고 있었음을 알아챘을 것이다. 무리 속에 섞여 있는 여인 비슷한 사람 중 하나는, 묵주 알의 크기가 탁발승[5]들의 것과 비슷한 로사리오(黙珠)를 가지고 있었는데, 래님세프리(래넌디프리라고도 한다)의 아일랜드 로사리오임을 쉽게 알아볼 수 있었다.

조금 덜 어두웠다면, 우르카 뱃머리에 있는 누에스트라 세뇨라와 니뇨의[6] 황금색 조각상도 볼 수 있었을 것이다. 짐작컨대, 그것은 바스크인들의 노트르담, 옛 칸타브리아인들의 파나기아[7]와 비슷한 것이었던 모양이다. 뱃머리 닻줄 매는

---

4 수도사나 수녀가 어깨에 걸쳐 가슴팍까지 드리우는 천 조각.
5 이슬람교의 결승을 뜻하는 *derviche*를 옮긴 것이다. 프랑스어로 사용될 경우 경멸적 의미가 강하다.
6 *Nuestra Señora*는 〈성모 마리아〉, *niño*는 〈아기〉, 즉 〈아기 예수〉라는 뜻이다.
7 *panagia*, 〈온전히 성스럽다〉는 뜻의 그리스어이다. 그리스 정교에서는 〈성처녀〉를 가리킨다. *Notre-Dame*은 〈우리의 귀부인〉을 뜻하며, 흔히 〈성모〉라고 옮긴다.

기둥으로 사용되는 조각상 아래에는, 초롱 하나가 있었는데, 아직 불은 밝히지 않았다. 자신들을 감추려는 극도의 조심성을 짐작케 하는 예방책이었다. 초롱은 분명 두 가지 용도를 가지고 있었다. 불을 밝히면, 성처녀에게 촛불을 바치며, 동시에 바닷길을 비추었다. 제단의 촛불 역할을 하는 신호등이었다.

이물의 기움 돛대 아래에 있는, 길고 굽으며 날카로운 물결 가르개는, 초승달의 뿔처럼 전면으로 돌출해 있었다. 물결 가르개가 시작되는 부분에, 즉 성처녀의 발밑에, 천사 하나가 날개를 접고 무릎을 꿇은 채 등을 이물 나무판에 기대고 망원경으로 수평선을 바라보고 있었다. 천사 역시 노트르담처럼 황금빛으로 칠했다.

물결 가르개에는, 물결이 통과하도록 하기 위해 뚫어 놓은, 커다란 틈과 구멍창이 있었다. 금칠을 하거나 아라베스크 문양을 그려 넣을 때에도 이용되는 것들이다.

노트르담 밑 부분에는 황금색 대문자로 MATUTINA[8]라고 써놓은 단어가 있었다. 마투티나는 이 우르카의 이름인데, 어둠 때문에 선명하게 보이지 않았다.

절벽 아래에는, 여행객들이 가져가는 짐들이, 출발의 와중에 무질서하게 쌓여 있었고, 그것들은 다리로 사용하는 널빤지 덕분에 선박으로 신속하게 옮겨졌다. 비스킷 몇 포, 절인 대구 한 통, 휴대용 수프 한 상자, 식수 한 통, 맥아(麥芽) 한 통, 타르 한 통, 에일 너덧 병, 여러 가닥 가죽띠로 동여맨 커다란 여행 가방, 작은 여행 가방들, 고리짝들, 횃불을 밝히거

---

8 *stella matutina*, 즉 새벽별을 가리킨다. 초저녁별이라는 뜻을 가진 *stella vespera* 역시 같은 별, 즉 〈밝은 별*stella lucifera*〉이라는 뜻을 가진 금성Lucifer을 가리킨다. 성모 마리아의 별로 여겨지기도 했다. 중세 이후에는 사탄에게 그 이름(루키페르 혹은 루시퍼)을 부여했다.

나 신호를 보낼 때 쓸 삼 부스러기 한 뭉치 등, 그들의 짐은 그런 것들이었다. 누더기를 걸친 사람들은 그러나 저마다 여행 가방을 가지고 있었다. 유랑 생활의 징표(徵表)였다. 떠돌아다니는 거지들은 무엇인가를 항상 소지할 수밖에 없다. 그들도 가끔은 새들처럼 훌쩍 날아가고 싶겠으나, 끼니 수단을 내동댕이치지 않는 한 불가능한 일이다. 그들의 떠돌이 직업이 무엇이든, 연장 궤짝이나 기타 작업 도구를 소지할 수밖에 없다. 배를 타려는 사람들도 그러한 보따리를 끌고 가는 것이었고, 그것이 거추장스럽기 한두 번이 아니었을 것이다.

그 보따리들을 절벽 아래로 옮기기가 쉽지 않았을 것이다. 또한 그 사실이, 영영 떠나 버리려는 그들의 의도를 보여 주고 있었다.

그들은 시간을 조금도 허비하지 않았다. 해안에서 선박으로, 그리고 다시 선박에서 해안으로, 끊임없는 왕래가 계속되었다. 각자 자기 몫의 일을 했다. 어떤 사람은 포대 하나를, 어떤 사람은 고리짝 하나를 운반했다. 아마 여자일지도 모를 사람들도, 다른 이들처럼 그 와중에 섞여 일을 했다. 아이에게도 벅찬 일을 시켰다.

무리 가운데 아이의 아버지와 어머니가 있을지, 매우 의심스러웠다. 그에게는 아무 말도 건네지 않았다. 그저 일만 시킬 뿐, 그것이 전부였다. 아이는, 가족 속에 섞인 아이가 아니라, 어느 종족에게 잡혀 온 노예 같았다. 아이는 모든 사람을 도왔으나, 아무도 그에게 말을 건네지 않았다.

뿐만 아니라 아이도 서두르고 있었다. 그리고 자기가 소속된 정체 모를 무리의 다른 모든 사람처럼, 그 역시 속히 출항하려는 생각뿐인 것 같았다. 아이가 그 이유를 알고 있었을까? 아마 그렇지 않았을 것이다. 아이는 기계적으로 서둘렀다. 다른 사람들이 서두르는 것을 보았기 때문이다.

　우르카는 갑판이 있는 배였다. 화물창에 짐 쌓기가 신속하게 이루어졌다. 출항할 순간이 다가왔다. 마지막 궤짝도 갑판 위로 옮겨졌고, 사람들이 승선할 일만 남았다. 무리 가운데, 여자인 듯한 사람 둘은, 이미 배에 올라가 있었다. 아이를 포함한 여섯 사람은 아직도 절벽 밑 낮은 승강대 위에 있었다. 배 안에서는 출항 움직임이 시작되었다. 선장이 키의 손잡이를 잡고, 선원 하나가 밧줄을 끊기 위해 도끼를 집어 들었다. 끊는다는 것은 서두름의 징표이니, 시간이 넉넉할 경우에는 끊지 않고 푼다. 안다모스![9] 여섯 사람 중 우두머리인 듯하고, 또 누더기 위에 번쩍이는 금속 조각을 단 사람이 나지막하게 말했다. 먼저 건너가려고 아이가 널빤지 쪽으로 돌진했다. 아이의 발이 널빤지에 닿는 순간, 두 남자가 자칫 아이를 물속으로 처박을 위험도 무릅쓰고 달려들더니, 아이보다 먼저 배 안으로 들어갔다. 세 번째 남자가 아이를 팔꿈치로 밀어젖히고 지나가더니, 네 번째 남자가 주먹으로 그를 밀쳐 버리고 세 번째 남자의 뒤를 따랐으며, 우두머리인 다섯 번째 남자는 껑충 뛰어 배 안으로 들어갔다. 또한 배 안으로 뛰어들면서, 발꿈치로 널빤지를 밀어 바다에 떨어뜨렸고, 도끼질 한 번에 밧줄이 끊겼으며, 키의 손잡이가 빙그르르 돌자, 배가 해안을 떠났고, 아이는 육지에 남았다.

3. 고독

　아이는 시선을 고정한 채, 바위 위에서 꼼짝도 하지 않았

---

9 *Andamos*. 〈출발!〉쯤의 뜻이다.

다. 그는 누구를 부르지도 않았다. 항의도 하지 않았다. 하지만 전혀 예기치 않던 일이었다. 그는 단 한마디 말도 하지 않았다. 선박 안에도 같은 침묵이 감돌았다. 그 사람들에게로 향한 아이의 고함이 단 한 차례도 없었다. 아이에게 던지는 그들의 인사도 없었다. 점점 커지는 간격을 쌍방이 묵묵히 받아들이고 있었다. 스틱스 강변에서 이루어지는 망혼들의 이별과 같았다. 밀물에 잠기기 시작한 바위에 못 박힌 듯 서서, 아이는 멀어져 가는 배를 응시했다. 아이는 이해하는 것 같았다. 무엇을? 무엇을 이해했을까? 밤을.

잠시 후 우르카는, 포구에서 난바다로 이어지는 해협으로 들어섰다. 쪼개진 바윗덩이들 위 밝은 하늘에 돛대 끝이 보였다. 해협은 바윗덩이들 사이로, 마치 두 장벽 사이를 지나듯, 구불구불 이어졌다. 돛대 끝은 바위들 위를 떠돌았다. 그러고는 그것들 속으로 처박힌 것 같았다. 돛대 끝이 더 이상 보이지 않았다. 끝이었다. 배가 난바다로 접어든 것이다.

아이는 그러한 소멸을 응시했다.

놀랐으나 또한 몽상에 잠겼다.

아이의 경악은 삶의 어두운 확인으로 복잡해지고 있었다. 이제 막 인생을 시작하는 그 어린것 속에 상당한 경험이 축적되어 있는 것 같았다. 혹시 벌써 판단하고 있었을까? 너무 일찍 닥친 시련이, 때로는 아이들의 모호한 생각 밑바닥에, 무엇인지 모를 무서운 저울을 만들어 주고, 가엾은 어린 영혼들은, 저울 위에 신(神)을 올려놓는다.

스스로 무고하다고 느끼는지라, 아이는 동의하고 있었다. 단 한마디 원망도 없었다. 나무랄 데 없는 사람은 나무라지 않는다. 그를 그토록 급격하게 제거했지만, 아이는 아무 반응도 보이지 않았다. 일종의 내면적 긴장을 얻었을 뿐이다. 거의 시작도 하기 전에, 자신의 삶에 종지부를 찍으려는 듯한 운명의 폭거에, 아이는 굽히지 않았다. 아이는 서서 그러한 운명의 벼락을 받아들였다.

놀라되 낙담하지 않은 아이를 보았을 사람에게는, 아이를 버린 무리 가운데 아무도 아이를 좋아하지 않았고, 아이 역시 그들 중 아무도 좋아하지 않았다는 사실이 명백해 보였을 것이다.

생각에 잠겨 아이는 추위를 잊고 있었다. 별안간 물이 그의 발을 적셨다. 밀물이었다. 한 가닥 숨결이 그의 머리카락 사이로 지나갔다. 삭풍이 일어나고 있었다. 아이는 온몸을 으스스 떨었다. 머리끝부터 발끝까지 전율이 이어졌다. 깨어남이었다.

아이는 주위를 둘러보았다.

그는 홀로였다.

아이에게는, 그날까지 이 지구상에, 그 순간 우르카 속에 있던 사람들 이외에, 다른 사람들이 없었다. 그 사람들이 사라진 것이다.

이상한 말이지만, 아이가 유일하게 알았을 그 사람들이, 그에게는 미지의 사람들이었다는 사실을 덧붙여 두자.

그 사람들이 누구인지, 아이는 단 한마디도 할 수 없었을 것이다.

그의 유년 시절이 그들 속에서 흘러갔건만, 아이는 자기가 그들의 일원이라고 느낀 적이 단 한 번도 없었다. 그들 옆에 나란히 놓여 있었을 뿐, 그 이상은 아무것도 없었다.

이제 막 그는 그들에게 망각되었다.

아이의 수중에는 돈 한 푼 없었다. 신발도 없었다. 몸에 걸친 옷 한 벌뿐, 주머니에는 빵 한 조각 없었다.

겨울이었다. 저녁이었다. 인가가 있는 곳에 닿으려면 수십 리를 걸어야 했다.

그는 자신이 어디에 있는지조차 까마득히 몰랐다.

자기와 함께 그 해변으로 왔던 사람들이, 자신을 버리고 떠났다는 사실 이외에, 아이는 아무것도 알지 못했다.

그는 자신이 삶의 밖으로 밀려났다고 느꼈다.

그는 자신 속에서 인간이 사라짐을 느끼고 있었다.

그의 나이 열 살이었다.

아이는 어느 황무지에, 어둠이 올라오고 있는 것이 보이는 심연과, 파도의 으르렁거리는 소리가 들리는 심연 사이에, 놓여 있었다.

아이는 여위고 가냘픈 두 팔을 뻗어 기지개를 켜며 하품을 했다.

그러더니, 별안간, 무엇을 작정한 사람처럼, 과감하게, 활기를 되찾은 듯, 그리고 다람쥐처럼 날렵하게 — 아마 광대처럼 날렵하게 — 포구 쪽으로 등을 돌리더니, 절벽을 기어오르기 시작했다. 오솔길을 사다리 타듯 오르다가 거기에서 벗어나고, 민첩하고 아슬아슬하게 다시 길을 찾았다. 이제 아이는 육지를 향해 걸음을 재촉하고 있었다. 마치 그에게 정해진 여정(旅程)이라도 있는 것 같았다. 하지만 아이는 아무 곳도 향하고 있지 않았다.

그는 목적지 없이 걸음을 재촉하고 있었다. 운명에게 쫓기는 도피자였다.

걸어서 오르는 것은 인간의 속성이고, 기어서 오르는 것은 짐승의 속성인데, 아이는 걷기도 하고 기기도 했다. 포틀랜드의 급사면(急斜面)은 남향이었기 때문에, 오솔길에는 눈이 거의 없었다. 뿐만 아니라 혹독한 추위가 눈을 먼지로 바꿔 놓았다. 걷는 사람에게는 상당히 불편한 일이다. 아이는 그 난관을 잘 헤쳐 나갔다. 입고 있던 어른의 옷이 너무 커서, 불편하고 거추장스러웠다. 가끔, 돌출부나 경사면에 붙어 있던 약간의 얼음 때문에, 미끄러져 넘어지기도 했다. 그럴 때마다, 낭떠러지에 잠시 매달려 있다가, 마른 가지나 돌 한 귀퉁이를 잡고 오솔길 위로 다시 올라섰다. 어느 순간에는 각력암층(角礫岩層)이 발밑에서 별안간 무너져 그를 휩쓸어 가기도 했다. 각력암의 붕괴는 예측할 수가 없다. 아이는 한순간 지붕에서 미끄러져 내리는 기왓장 꼴이 되었다. 지붕의 물매 끝자락까지 굴러갔다. 무심코 움켜잡은 풀 한 포기가 그를 구했다. 사람들 앞에서 절규하지 않았던 것처럼, 심연 앞에서도 비명 지르지 않았다. 스스로를 다잡고 묵묵히 다시 올라갔다. 급사면은 높았다. 그리하여 뜻밖의 일들을 겪었다. 절벽은 점점 어두워지고 있었다. 깎아지른 바위산은 끝이 없었다. 아이에게서 도망치듯, 위쪽 심연으로 끊임없이 물러서고 있었다. 아이가 오를수록 정상도 오르는 것 같았다. 아이는 오르면서도, 하늘과 자신 사이에 둑처럼 가로 놓인 검은 갓돌을 유심히 바라보곤 했다. 드디어 도달했다.

아이는 고원 위로 깡충 뛰어 올라섰다. 그가 상륙했다고 말해도 무리는 아닐 것이다. 절벽에서 솟아올랐기 때문이다.

절벽에서 빠져나오기가 무섭게 아이는 오들오들 떨었다. 밤이면 더욱 심하게 물어뜯는, 삭풍을 얼굴로 느꼈다. 살을 에는 듯한 북서풍이 몰아치고 있었다. 아이는 걸치고 있던 거친 선원 작업복을 가슴팍 위로 여몄다.

그것은 좋은 옷이었다. 선원들은 그 옷을 쉬루아라고 부른다. 남서풍에 실려 오는 비가 선원 작업복 속으로는 스며들지 못하기 때문이다.[1]

고원에 도달한 아이는 문득 걸음을 멈추고, 언 땅 위에 맨발로 굳건히 서서, 사방을 둘러보았다.

---

[1] 쉬루아의 어원인 *suroit*는 남서풍을 뜻한다.

뒤에는 바다, 앞에는 대지, 머리 위에는 하늘이 있었다.

그러나 별 없는 하늘이었다. 두꺼운 안개가 하늘을 가리고 있었다.

암벽 정상에 도달하면서, 아이는 대지 쪽을 향했고, 대지를 응시했다. 대지는 그의 앞에 까마득히 펼쳐져 있었다. 평평하고, 얼어붙고, 눈에 덮여 있었다. 히스 몇 무더기가 파르르 떨고 있었다. 길이 보이지 않았다. 아무것도. 하다못해 목동의 오두막 하나 보이지 않았다. 여기저기에 창백한 나선형 소용돌이가 보였다. 바람에 휩쓸려 땅바닥에서 날아오르는 눈 회오리였다. 연속되는 대지의 물결 같은 기복이, 이내 안개에 덮이며, 지평선에서 주름살 지고 있었다. 희미한 대평원이 하얀 안개 속으로 사라지고 있었다. 깊은 고요. 그것이 영겁처럼 펼쳐지고 무덤처럼 침묵하고 있었다.

아이는 바다를 향해 돌아섰다.

바다 역시 육지처럼 희었다. 하나는 눈 때문에, 다른 하나는 포말 때문에. 그 두 백색이 발산하는 빛만큼 구슬픈 것은 없다. 야간에 발산되는 빛 중 어떤 것은 매우 선명한 견고함을 띤다. 그리하여 바다는 강철 같았고, 절벽은 흑단 같았다. 아이가 서 있던 고도에서 보면, 포틀랜드 만이 거의 지도처럼 나타났고, 동산들로 이루어진 반원이 창백했다. 그러한 밤 풍경은 꿈속 풍경과 유사했다. 어두운 초승달에 박힌 창백한 구형(球型), 달이 가끔 그러한 풍경을 제공한다. 만의 이쪽 갑에서 저쪽 갑까지, 해안을 샅샅이 둘러보아도, 불 지핀 아궁이나 불 밝힌 창문, 사람이 사는 집 등을 알려 주는 반짝임이, 단 하나도 보이지 않았다. 하늘에도 지상에도 빛이라곤 없었다. 아래에는 등불 하나 없었고, 위에는 별 하나 없었다. 만 안쪽에 넓게 펼쳐진 수면 여기저기에서 문득문득 물결이 굽이쳤다. 바람이 수면을 방해하며 주름 짓게 하고 있었다. 우르카가 아직도 만 안쪽에 있는 것이 보였고, 도망을 치고 있었다.

우르카는 창백한 납빛 위를 미끄러져 가는 하나의 까만 삼각형이었다.

멀리, 광막한 공간의 음산한 미광 속에서, 넓게 펼쳐진 수면이 희미하게 일렁이고 있었다.

마투티나 호는 빠르게 도망치고 있었다. 윤곽이 매순간 작아지고 있었다. 바다 멀리에서 배의 모습이 용해되듯 엷어지는 것보다 더 신속한 것은 없다.

어느 순간 우르카는 뱃머리 등을 밝혔다. 주위의 어두움이 염려스러워져서, 물길 안내인이 수면을 밝혀야 할 필요를 느꼈던 모양이다. 그 빛을 발하는 점, 멀리서도 보이는 반짝임은, 선박의 높고 긴 형태에 음산하게 들러붙어 있었다. 시신 덮는 천이 일어서서 바다 한가운데를 걷고 있는데, 손에 별 하나를 든 어떤 사람이 그 밑에서 어슬렁거리는 것 같았다.

대기에는 금방이라도 폭풍우가 몰아칠 것 같은 촉박함이 감돌았다. 아이는 그것을 깨닫지 못하고 있었으나, 선원이라면 누구나 두려워 떨었을 것이다. 자연의 모든 구성 요소가 저마다 그 누군가로 변하고, 평범한 바람이 맹렬한 북풍으로 바뀌는, 신비한 변모의 현장을 목격할 것 같은 불안한 예감에 사로잡히는 순간이었다. 바다가 대양으로 바뀌고, 모든 힘이 자신의 의지를 드러내며, 하찮은 사물이 영혼으로 변할 것이다. 그러한 일을 곧 보게 될 것이다. 그것에서 공포가 비롯된다. 인간의 영혼은 자연의 영혼과 대면하는 것을 두려워한다.

하나의 대혼돈이 등장하려 하고 있었다. 바람은 안개를 강타하며, 또 자기 뒤에 구름을 쌓아 올리며, 흔히들 눈폭풍이라고 부르는, 파도와 겨울의 무시무시한 드라마를 위한 무대

장식을 설치하고 있었다.

 선박들이 귀항하려는 조짐이 점점 더 뚜렷해지고 있었다. 어느 순간 이후, 정박지는 더 이상 한적하지 않았다. 매순간, 불안한 듯 정박지로 서둘러 향하는 선박들이, 갑 뒤에서 불쑥불쑥 나타났다. 어떤 배들은 포틀랜드 빌을, 다른 배들은 세인트앨번스 헤드를 돌아가고 있었다. 아주 먼 곳에서도 범선들이 돌아오고 있었다. 각자 다투어 피난처를 찾고 있었다. 남쪽에서는 어둠이 더욱 짙어지고 있었으며, 어둠 가득한 구름이 바다로 접근하고 있었다. 앞으로 불쑥 나와 매달려 있는 폭풍우의 무게가, 물결을 음산하게 진정시키고 있었다. 떠날 때가 아니었다. 하지만 우르카는 떠났다.

 우르카는 뱃머리를 남쪽으로 돌렸다. 이미 만을 벗어나 난바다에 도달해 있었다.

 별안간 질풍이 일어났다. 아직도 선명히 보이는 마투티나호가, 돌풍을 이용하려는 듯, 돛으로 자신을 뒤덮었다.[2] 옛사람들이 갈레른이라고 부르던, 음흉하고 사나운 삭풍, 노루아였다.[3] 노루아는 즉시 우르카에게 열정을 보이기 시작했다. 측면을 잡힌 우르카는 한쪽으로 기울었으나 조금도 멈칫거리지 않았고, 난바다를 향해 질주를 계속했다. 여행이라기보다는 탈주이고, 육지보다는 바다를 덜 무서워하며, 바람의 추격보다는 인간의 추격을 더 근심한다는 징표였다.

 우르카는 모든 축소 단계를 거치며 수평선으로 깊숙이 들어갔다. 어둠 속에서 달고 가던 작은 별도 창백해졌다. 우르카는 점점 더 밤과 혼합되어, 결국 사라졌다.

---

 2 돛들을 있는 대로 모두 활짝 폈다는 뜻인 듯하다.
 3 갈레른은 프랑스 서부 지역 선원들의 용어로, 서북서풍을 가리키며, 노루아는 북서풍을 가리킨다. 한편 〈삭풍〉으로 옮긴 *bise*는 건조하고 차가운 북풍과 북동풍을 뜻하며, 원의는 검은 바람*aura bisa*이다.

이번에는 영영 사라졌다.

아이가 적어도 그것만은 이해한 것 같았다. 그는 바다 바라보기를 멈추었다. 그는 시선을 평원으로, 황무지로, 동산들로, 즉 혹시 살아 있는 존재와의 만남이 불가능하지만은 않은 공간들로, 다시 돌렸다. 그는 그러한 미지의 세계 속에서 걷기 시작했다.

4. 의문

아이를 버리고 도주한 무리는 어떤 사람들이었을까?

그 탈주자들이 콤프라치코스였을까?

우리는 앞에서, 콤프라치코스, 콤프라페케뇨스, 체일러스 등으로 호칭되는 남녀 악당들에 대해, 윌리엄 3세가 취한 조치와 의회에서 가결한 법안의 상세한 내용을 이미 이야기했다.

사람들을 분산시키는 법률이 있다. 콤프라치코스의 머리 위로 떨어진 법령이 대대적인 탈주를 야기했다. 콤프라치코스뿐만 아니라 온갖 떠돌이들의 탈주였다. 저마다 다투어 능력껏 빠져나가고 배를 탔다. 콤프라치코스의 대부분은 스페인으로 돌아갔다. 이미 말한 바와 같이, 대다수는 바스크인들이었다.

아동 보호법은 초기에는 기이한 결과를 낳았으니, 그것은 아동 유기의 급작스러운 증가였다.

그 처벌 법령이 무수한 유기아를 만들어 냈다. 이해하기 쉬운 현상이다. 어떤 유랑민 집단이건, 아이를 데리고 있으면 의심을 받았다. 아이가 있다는 사실 하나만으로도 고발당할 수 있었다. 〈아마 콤프라치코스일 거야.〉 그것이 주 집정관이나 재판관, 경찰관들이, 먼저 뇌리에 떠올리던 생각이었다. 그리하여 체포와 수색이 마구 자행되었다. 그저 가난해서 떠돌며 구걸할 처지에 놓인 사람들도, 무고하게 콤프라치코스로 몰릴까 봐 두려움에 떨었다. 비록 콤프라치코스가 아니더라도, 힘없는 사람들은 사법의 실수가 없으리라고 안심할 수 없었다. 게다가 떠돌이 가족들은 습관적으로 당황하기 일쑤다. 콤프라치코스가 규탄받았던 것은, 그들이 타인의 아이들을 무자비하게 이용했기 때문이다. 그러나 절망과 적빈이 하도 심하게 겹쳐서, 아비와 어미라도 아이가 자기 아이임을 입증하기가 용이하지 않았다. 아이를 어떻게 얻었는가? 그러한 질문에, 아이를 신에게서 받았다고 무슨 수로 증명한단 말인가? 아이는 위험물이 되었고, 결국 아이를 처분하게 되었다. 홀가분하게 도주하는 것이 더 쉽다. 아비와 어미가 아이를 처분하기로 작정하고, 숲이나 바닷가 모래톱이나 우물 속에 아이를 버리곤 했다.

저수통 속에서 익사한 아이들을 발견하기도 했다.

덧붙여 말해 둘 것은, 콤프라치코스가 이제는 유럽 전역에서 몰이꾼들에게 쫓기는 신세가 되었다는 사실이다. 그들을 추격하려는 대대적인 움직임이 시작된 것이다. 그야말로 비로소 경종이 울린 것이다. 모든 경찰이 그들을 서로 많이 잡으려는 경쟁심에 사로잡혔다. 그리하여 알구아실이라 해서, 컨스터블보다 감시를 느슨하게 하지 않았다.[1] 23년 전까지만 해도, 오테로 성 정문에는 번역하기 민망한(법령의 용어들이 정중함을 무시했기 때문이다) 문구 하나가 돌에 새겨져 있었다. 그런데 그 문구에는, 형벌의 현격한 차이를 통해, 아동 매매 상인과 아동 절도범 간의 미묘한 차이가 명시되어 있다.

---

1 알구아실은 스페인의 경찰관이고, 컨스터블은 잉글랜드의 경찰관이다.

조금 상스러운 카스티야 지방 말로 쓴 문구는 다음과 같다.

Aqui quedan las orejas de los comprachicos, y las bolsas de los robaniños, mientras que se van ellos al trabajo de mar.
 (갤리선으로 가는, 아동 매매 상인의 귀와 아동 절도범의 돈주머니는, 모두 이곳에 남는다.)

 귀 등 압류된 것들이, 갤리선으로 끌려가는 신세를 면하게 해주지 못했음을 알 수 있다. 그러한 연유로, 유랑인들이 다투어 피신하는 사태가 벌어졌다. 그들은 공포감에 사로잡혀 떠났고, 어디에 도착하든 두려움에 덜덜 떨었다. 유럽의 모든 해안에서는 밀항자를 감시했다. 어떠한 무리든, 아이를 데리고 출항하는 것은 불가능한 일이었으니, 아이를 대동하고 상륙하는 것이 너무나 위험했기 때문이다.
 아이를 버리는 것이 훨씬 손쉬운 일이었다.
 우리가 황량한 포틀랜드의 황혼 속에서 잠시 본 그 아이는, 누가 버린 것일까?
 어떤 면에서 보든, 콤프라치코스임에 틀림없다.

5. 인간이 고안한 나무

 저녁 일곱시쯤 되었을 성싶다. 이제 바람이 약해지고 있었다. 곧 다시 시작될 징후였다. 아이는 포틀랜드 곶의 남쪽 고원 끄트머리에 있었다.
 포틀랜드는 작은 반도이다. 하지만 아이는 반도가 무엇인지 알지 못했다. 포틀랜드라는 말이 있다는 것조차 몰랐다.

오직 한 가지만 알고 있었던 바, 쓰러질 때까지 걸을 수 있다는 것뿐이었다. 하나의 개념은 곧 하나의 안내자이다. 그에게는 아무 개념도 없었다. 사람들이 그를 그곳에 데려왔고 그를 그곳에 내버려 두었다. 사람들과 그곳, 그 두 수수께끼가 그의 운명 전부를 대변했다. 사람들은 인류였고, 그곳은 우주였다. 그는 이 지상에, 자신의 발뒤꿈치가 딛고 있는 극소량의 흙, 그의 맨발에는 너무나 거칠고 차가운 그 흙 이외에, 다른 아무 받침점도 가지고 있지 않았다. 사방으로 열린 거대한 황혼녘의 세계에, 아이를 위해 만들어진 것으로 무엇이 있었을까? 아무것도 없었다.

아이는 허무를 향해 걷고 있었다.

인간들의 거대한 유기(遺棄)가 그를 둘러싸고 있었다.

그는 첫 번째 지층판(地層版)을 대각선으로 건넌 다음, 다시 두 번째, 세 번째, 지층판을 건넜다. 각 지층판 끝에 도달할 때마다 아이 앞에 단면(斷面)이 나타났다. 단면의 경사가 때로는 몹시 급했으나, 길이는 항상 짧았다. 포틀랜드의 헐벗은 고원은, 상하로 반쯤 맞물려 놓은 거대한 타일들과 유사하다. 그리하여 경사가 생겼는데, 아이는 그것을 날렵하게 뛰어 건넜다. 아이는 가끔 걸음을 멈추고 생각에 잠기는 듯했다. 밤이 몹시 어두워지고 있었으며, 가시거리가 짧아지고 있었다. 몇 걸음 밖까지만 겨우 보였다.

아이가 별안간 걸음을 멈추었다. 잠시 귀를 기울였다. 만족한 듯, 한 번, 눈에 띄지 않을 만큼 약하게 머리를 끄덕였다. 힘차게 돌아서더니, 자기 오른편에 희미하게 보이는 높지 않은 둔덕을 향해 이동했다. 평지에서 절벽에 가장 인접한 지점이었다. 둔덕 위에 어떤 윤곽 하나가 보였는데, 안개 속에 있는 모습이 한 그루 나무 같았다. 아이가 그쪽에서 나는 소리를 들었던 것이다. 바람 소리도 바다 소리도 아니었다. 짐승의 소리 또한 아니었다. 아이는 그곳에 누가 있다고 생각했다.

성큼성큼, 단 몇 걸음에, 그는 둔덕 밑에 도달했다.

정말 누군가가 있었다.

둔덕 위에 있던 희미한 것이 이제는 잘 보였다.

땅속에서 솟아 올라온 큰 팔처럼 생긴 것이었다. 팔 상단에는, 집게손가락 같은 것이, 엄지손가락으로 밑에서 받친 채, 수평으로 뻗어 있었다. 팔과, 엄지손가락, 그리고 집게손가락이, 하늘에 하나의 직각 형태를 그리고 있었다. 집게손가락과 엄지손가락의 접합점에 줄 한 가닥이 있었는데, 줄에는 검고 형태 불분명한, 무엇인지 모를 것이 매달려 있었다. 줄은 바람에 흔들려 쇠사슬 소리를 내고 있었다.

아이가 들은 것은 바로 그 소리였다.

줄은, 가까이에서 보니, 소리가 짐작게 했던 것, 즉 쇠사슬이었다. 고리가 갸름한 선박용 쇠사슬이었다.

온 자연 속에서, 외양을 실체에 중첩시켜 놓는 신비한 혼합 법칙에 따라, 장소와 시각, 안개, 비극적 바다, 수평선의 환상과 같은 먼 소동 등이 그 윤곽에 덧붙어, 그것을 거대하게 만들고 있었다.

쇠사슬에 매달린 그 거대한 덩어리는 칼집 모양을 하고 있었다. 그것은 어린아이처럼 포대기에 둘둘 말려 있었고, 어른처럼 길었다. 위쪽에는 둥근 것이 하나 있었는데, 그 둘레를 쇠사슬 끝 부분이 감고 있었다. 칼집의 밑 부분은 잘게 찢겨 있었다. 앙상한 것들이 찢어진 부분에서 삐죽 솟아나 있었다.

약한 바람이 쇠사슬을 흔들었고, 그러자 쇠사슬에 매달려 있던 것이 천천히 흔들거렸다. 그 수동적인 덩어리는 광막한 평원의 분산된 운동에 복종하고 있었다. 그것은 무엇인지 모를 공포스러운 것을 가지고 있었다. 사물의 부조화를 야기하는 혐오스러움이, 그것에 윤곽만 남겨 놓고, 그 실제 크기를 거의 박탈하고 있었다. 그것은 하나의 모습을 가진 검은색 응축물이었다. 그것의 밖에도 그리고 안에도, 밤이 있었다. 그것은 무덤의 확대에 시달리고 있었다. 황혼, 월출(月出), 절벽 뒤로 지는 별들, 대기의 부유물들, 구름, 모든 방향에서 불어오는 바람 등이 가시적인 허무의 형성으로 귀결되었다. 바람 속에 매달려 있는 하찮은 덩어리가, 멀리 바다 위에 그리고 하늘에 흩어져 있는 보편성을 닮아 가고 있었으며, 일찍이 하나의 인간이었던 그것을 어둠이 종결시키고 있었다.

그것은 더 이상 존재하지 않는 것이었다.

하나의 잔재로 존재한다는 것, 그것은 인간 언어의 영역을 벗어난다. 더 이상 존재하지 않되 존속하고, 구덩이 속에 있되 구덩이 밖에 있으며, 가라앉을 수 없는 물체처럼 죽음 위로 다시 나타난다고 하나, 그러한 현실 속에는 일정량의 불가능이 섞여 있다. 그리하여 설명할 수 없는 것이 비롯된다. 그 존재 ─ 그것이 하나의 존재일까? ─ 그 검은 증인은, 하나의 잔재였고, 게다가 무시무시한 잔재였다. 무엇의 잔재일까? 우선 자연의 잔재이고, 그다음 사회의 잔재였다. 무(無)이며 동시에 전체였다.

절대적인 무자비가 그를 수중에 넣고 있었다. 적막의 깊은 망각이 그를 둘러싸고 있었다. 그는 아무도 모르는 존재의 변덕에 내맡겨져 있었다. 그는 자신을 멋대로 다루는 어둠의 횡포에 무방비 상태였다. 그는 영원한 수형자(受刑者)였다. 당하고만 있었다. 폭풍이 그를 짓누르고 있었다. 바람이 음산한 역할을 맡고 있었다.

그 망령은 온갖 노략질에 내맡겨져 있었다. 그는 바람 속에서의 부패라는 폭력을 감내하고 있었다. 관 속 법률의 권역 밖에 있었다. 그에게는 평화 없는 소멸밖에 없었다. 여름에는 재가 되어, 겨울에는 진흙이 되어, 떨어져 내리고 있었다. 죽음에는 너울이 있어야 하고, 무덤에는 삼감이 있어야 한다. 이곳에는 삼감도 너울도 없다. 냉소적이고 승인된 부패만 있다. 죽음이 자신의 일을 내보이는 행위 속에는 다소나마 뻔뻔스러움이 있다. 자신의 실험실인 무덤 밖에서 작업을 할 경우, 죽음은 망자의 평온을 깡그리 모욕한다.

숨을 거둔 그 존재는 이미 수탈당해 앙상한 유해가 되었다. 그러한 유해에서 무엇을 수탈하다니, 불가사의한 마무리이다. 그의 골수는 더 이상 그의 뼛속에 있지 않았고, 그의 내장도 더 이상 그의 뱃속에 있지 않았으며, 그의 음성 또한 더 이상 그의 목구멍 속에 있지 않았다. 시신이란, 죽음이 홀딱 뒤집어 비워 버린 하나의 주머니이다. 그에게 하나의 자아(自我)가 있었다면, 그것은 어디에 가 있을까? 아마 그 자리에 있을지도 모른다. 그러나 생각만 해도 폐부를 찌르는 일이다. 사슬에 묶여 있는 그 무엇 주위를 배회하는 무엇이다. 어둠 속에서 그보다 더 음산한 윤곽을 상상할 수 있겠는가?

이 지상에는 미지의 것으로 통하는 출구와 같은 현실이 있다. 그러한 출구를 통한 사상의 외출이 가능해 보이고, 가설(假說)이 그곳으로 돌진한다. 추측도 자기의 콤펠레 인트라레[1]를 가지고 있다. 누구든 특정 장소에서 특정 사물 앞을 지나게 되면, 몽상에 사로잡혀 걸음을 멈출 수밖에 없으며, 자신의 영혼이 선뜻 앞으로 나서서, 그 사물 속으로 들어가도록 내버려 둘 수밖에 없다. 눈에 보이지 않는 것에는 반쯤 열

---

1 *compelle intrare*. 〈억지로 불러들인다〉는 뜻이다. 예수가 청해야 할 손님들에 관해 설교하면서 비유로 든 이야기 중에 있는 표현을 인용한 듯하다. 〈그러면 어서 나가서 길거리나 울타리 곁에 서 있는 사람들을 억지로라도 데려다가 내 집을 채우도록 하여라.〉(「루가의 복음서」 14:23)

린 어두운 문들이 있다. 저 세상으로 건너간 존재와 마주치며 깊은 명상에 잠기지 않을 이 아무도 없을 것이다.

대대적인 분산(分散)이 그를 조용히 마모시키고 있었다. 그에게도 피와 가죽과 살이 있었지만, 모두들 달려들어 그것들을 마시고 먹고 훔쳐 갔다. 그에게서 무엇이든 취하지 않고 지나간 것은 없다. 12월은 그에게서 차가움을 빌렸고, 자정(子正)은 갑작스러운 공포를, 쇠는 녹(錄)을, 흑사병은 독기(毒氣)를, 꽃은 향기를 빌렸다. 서서히 진행된 그의 풍화는 통행세였다. 시신이 폭풍에게, 비에게, 이슬에게, 파충류에게, 새들에게 지불한 통행세였다. 밤의 모든 음침한 손이 그 주검을 샅샅이 뒤졌다.

정체를 알 수 없는 기이한 주민, 밤의 주민이었다. 그는 평원에 그리고 동산 위에 있었다. 또한 그곳에 있지 않았다. 그는 촉지할 수 있었으되, 또한 자취도 없이 사라진 존재였다. 암흑을 보완해 주는 암영이었다. 해가 사라진 후, 침묵이 지배하는 광막한 어둠 속에서, 그는 모든 것과 음산하게 조화를 이루었다. 오직 그곳에 있다는 이유만으로, 폭풍우의 슬픔과 별들의 침묵을 증대시켰다. 황야에 있는 형언할 수 없는 것이 그의 속에서 응축되었다. 알려지지 않은 운명의 부유물인 그는, 밤의 모든 완강한 침묵에 자신을 보태고 있었다. 그의 신비 속에는 모든 수수께끼의 몽몽한 반향이 있었다.

그의 주위에서는, 심연에까지 이르는 생명의 쇠퇴 같은 것이 느껴졌다. 그를 둘러싸고 있는 광막한 평지에는, 확신과 신뢰의 감축이 있었다. 덤불과 풀들의 떨림, 절망한 우수, 마치 의식이 있는 듯한 불안, 그것들이 온 지역을, 쇠사슬에 매달려 있는 검은 형체에 적응시키고 있었다. 시야에 들어와 있는 망령은 고적함을 가중시킨다.

그는 모의체(模擬體)였다. 수그러지지 않는 바람을 수중에 가지고 있었기 때문에, 그는 달래기 어려운 존재였다. 끊임없는 떨림이 그를 무시무시하게 만들었다. 그가 공간 속에 있는 하나의 중심 같았고, 물론 말하기 두려운 일이나, 거대한 무엇이 그에게 기대어 서 있었다. 누가 알랴? 아마 우리의 사법 저 너머에 있는, 어렴풋이 보았으나 무시된, 공정성이었을지도 모른다. 무덤 밖에서의 그러한 존속에는, 인간들의 복수와, 그가 자신에게 행하는 복수가 있었다. 그는 황혼 속에서, 그리고 황야에서, 증언을 하고 있었다. 그는 사람들을 불안하게 하는 질료의 증거였다. 사람들을 두려움에 떨게 하는 질료는 영혼이 남긴 폐허이기 때문이다. 죽은 질료가 우리를 뒤흔들려면, 영혼이 그 속에 살았어야 한다. 그는 이 아래의 법을 저 위의 법에 고발하고 있었다. 인간에 의해 그곳에 놓여, 그는 신을 기다리고 있었다. 그의 머리 위로는, 뒤엉켜 꼬여 선명하지 않은 구름과 파도와 함께, 암영의 거대한 몽상이 둥둥 떠다니고 있었다.

그 환영 뒤에는 무엇인지 모를 불길한 폐색(閉塞)이 있었다. 한 그루 나무에 의해서도, 지붕 하나에 의해서도, 행인 하나에 의해서도, 그 무엇에 의해서도 한정되지 않은 무한이, 그 주검 둘레에 있었다. 하늘과 심연과 생명과 무덤과 영겁 등 우리를 지배하는 진실들이 명백해 보이지만, 그 순간 우리는, 모든 것이 접근할 수 없고, 금지되었으며, 벽으로 둘러싸였음을 느낀다. 무한(無限)이 열리는 순간, 그것보다 더 무시무시한 폐쇄는 없다.

6. 죽음과 밤 사이의 전투

아이는 묵묵히, 놀란 채, 눈을 떼지 못하고, 그 물건 앞에서 있었다.

어른이 보았다면 그것은 분명 교수대였겠으나, 아이에게는 유령이었다.

어른이라면 시체를 보았으련만, 아이는 유령을 보고 있었다.

게다가 아이는 아무 영문도 몰랐다.

낭떠러지 인력[1]에는 여러 종류가 있다. 그 둔덕 위에도 그러한 인력이 작용했다. 아이는 한 걸음 옮겨 놓은 다음 두 걸음을 옮겼다. 그는 내려가고 싶었건만 올라갔고, 물러서고 싶었건만 다가갔다.

그는 과감하게, 그러나 두려워 떨면서, 유령을 확인하기 위해 가까이 다가갔다.

말뚝 밑에 도달해 그는 머리를 쳐들고 유심히 살폈다. 유령에는 역청(瀝靑)이 칠해져 있었다. 유령의 여기저기가 번질거렸다. 아이는 유령의 얼굴을 분간해 냈다. 얼굴에도 역청이 칠해져 있었다. 그리하여 점액질로 끈적거리는 듯한 그 가면이, 밤의 희미한 반사광 속에서 모습을 드러내고 있었다. 아이는 입을 보았다. 하나의 구멍이었다. 코를 보았다. 역시 구멍 하나였다. 두 눈을 보았다. 구멍들이었다. 몸뚱이는 나프타(石腦油)를 먹인 거친 천으로 대강 감싸 놓았다. 천에는 곰팡이가 슬었고, 또 갈가리 찢겼다. 무릎 하나가 천을 뚫고 나와 있었다. 찢긴 틈으로 옆구리가 보였다. 어떤 부분은 시체 같았고, 다른 부분은 해골이었다. 얼굴은 흙빛이었는데, 괄태충(括胎蟲)들이 그 위로 돌아다니며 희미한 은빛 띠

---

1 *les attractions d'abîme*를 옮긴 것이다. 〈공혈인력(孔穴引力)〉이나 〈심연인력(深淵引力)〉으로 옮길 수도 있을 것이다. 높은 절벽 위에서 혹은 거대한 구멍 앞에서 느끼는, 잡아당기는 힘을 가리킨다. 빨려드는 듯한 느낌을 말한다.

의 흔적을 남겨 놓았다. 뼈다귀에 들러붙은 천은, 조각상에 입혀 놓은 가운처럼, 울퉁불퉁한 기복을 드러내고 있었다. 금가고 갈라진 두개골에는 썩은 과일의 파열된 구멍[裂孔]이 나 있었다. 치아는 인간적인 모습으로 남아 있었다. 웃음을 간직하고 있었다. 비명의 잔여분이, 열린 입 속에서 희미한 소리를 내고 있는 것 같았다. 뺨에는 몇 가닥 수염이 남아 있었다. 숙인 머리는 조심하는 모습이었다.

그것에 손질을 한 지 얼마 되지 않았다. 얼굴과 천을 뚫고 나온 무릎, 그리고 옆구리에는 역청을 새로 칠했다. 발은 밑으로 삐져나와 있었다.

바로 밑 풀 속에 신발 한 켤레가 있었는데, 눈과 비를 맞아 형태가 일그러져 있었다. 죽은 이에게서 떨어진 신발이었다.

맨발인 아이는 그 신발을 유심히 바라보았다.

불안감을 점점 증대시켜 주던 바람은, 폭풍의 준비 과정 중 한 부분인 중단 현상을 보였다. 잠시 전부터 바람이 완전히 멈추었다. 시신도 더 이상 움직이지 않았다. 쇠사슬은 납덩이 달아 놓은 줄처럼, 수직 상태에서 미동도 하지 않았다

태어난 지 얼마 안 되는 모든 생명체처럼, 그리고 자기 운명의 특별한 압력을 가늠하면서, 아이는 틀림없이 내면에서 유년기 특유의 사념적 각성을 겪고 있었을 것이다. 그러한 각성이란, 뇌를 열려는 노력이고, 어린 새가 알 속에서 부리로 알 껍데기를 쪼아 대는 것과 유사하다. 그러나 그 작은 의식 속에 있던 모든 것이, 그 순간에는, 한 덩이로 뒤섞여 경악으로 변했다. 느낌이 어느 도를 넘으면, 과다한 향유(香油)를 사용했을 때처럼, 사유의 질식으로 귀착된다. 어른이었다면 이런저런 질문을 스스로에게 던졌겠으나, 아이는 그러지 못했고, 오직 바라볼 뿐이었다.

역청으로 인해 얼굴이 젖어 있는 것 같았다. 눈이 있던 자

리에 방울져 굳어 버린 역청은 눈물과 흡사했다. 또한 역청 덕분에, 시신의 훼손이 멈추지는 않았어도, 상당히 지연되었으며, 파손이 최소화되었다. 아이 앞에 있던 것은 사람들이 정성스럽게 돌보는 것이었다. 그 사람이 귀중함에는 틀림없었다. 그를 산 채로 보존하는 데는 관심이 없었더라도, 죽은 그를 간수하는 일만은 중요시했다.

교수대 말뚝은 비록 견고하지만, 낡고 벌레 먹었으며, 여러 해 전부터 사용되던 것이었다.

밀수꾼들의 시신에 역청을 칠하는 것은 잉글랜드의 유구한 관습 중 하나이다. 해변에서 그들을 교수형에 처한 다음, 시신에 역청을 칠해 현장에 매달린 채로 내버려 두었다. 본보기는 훤히 보이는 밖에 두어야 하는데, 역청 칠한 본보기가 더 오래 보존된다. 역청을 칠하는 관습은 인간애에서 비롯되었다. 그것을 사용함으로써 목을 매다는 빈도를 줄일 수 있었기 때문이다. 오늘날에 가로등 세우듯, 교수대 말뚝을 해안에 띄엄띄엄 세웠다. 목 매달린 이가 가로등 역할을 했다. 그가, 자기 방식으로, 밀수꾼 동료들에게 길을 밝혀 주었다. 밀수꾼들은 바다 멀찌감치에서 말뚝들을 알아보았다. 말뚝 하나가 첫 번째 경고였고, 말뚝 둘은 두 번째 경고였다. 그것이 밀수를 막지는 못했다. 그러나 질서는 그러한 것으로 구성된다. 그러한 방법이 잉글랜드에서는 금세기 초까지 존속되었다. 1822년에도, 도버 성 앞 해변에서, 역청을 입혀 매달아 놓은 시신 셋이 발견되었다. 뿐만 아니라 그러한 보존방식은 밀수꾼들의 경우에만 한정되지 않았다. 잉글랜드는 절도범과 방화범, 살인범에게도 같은 방법을 적용했다. 포츠머스 해안 창고에 불을 지른 존 페인터는, 1776년에 교수형에 처해져 역청으로 도포(塗布)되었다. 그를 장 르 팽트르[2]라고 부르는 쿠아예 사제는 1777년에도 그를 보았다고 한다. 존 페인터는 자신이 만들어 놓은 폐허 위에, 쇠사슬에 묶여 매달려 있었고, 가끔 다시 도포되었다. 그의 시신은 거의 14년 동안이나 존속되었다. 아니 살았다고 할 수도 있을 것이다. 그는 1788년에도 아직 훌륭하게 봉사하고 있었다. 그러나 1790년에 그를 다른 사람으로 대체했다. 이집트인들은 왕의 미라를 귀하게 여겼다. 하지만 이름 없는 백성의 미라도 못지않게 유용한 것 같다.

둔덕 위에는 바람이 강해 그곳의 눈을 모두 거둬 가버렸다. 그곳의 풀이 모습을 드러냈고, 여기저기 엉겅퀴가 보였다. 둔덕은 짧고 촘촘한 바다잔디로 덮여 있었는데, 잔디가 모든 절벽의 상단 표면을 초록색 시트처럼 보이게 한다. 교수대 말뚝 밑, 처형된 이의 발이 늘어져 있던 지점에는, 키 크고 실한 풀포기가 있었다. 척박한 흙에서 자란 풀포기임을 감안한다면, 매우 놀라운 일이다. 수세기 전부터 그곳에 점점이 떨어진 시체들이, 그처럼 풀이 무성하게 자란 곡절을 설명해 주었다. 흙은 인간에게서 영양을 취한다.

아이는 음산한 기운에 홀려 있었다. 그는 멍하니 그곳에 서 있을 뿐이었다. 한 마리 짐승처럼 아이는 다리를 찌르는 쐐기풀 때문에, 잠시 고개를 숙였다가, 다시 머리를 벌떡 쳐들었다. 자기 위에서 자기를 바라보고 있던 얼굴을 쳐다보았다. 그 얼굴은 눈이 없음에도 그를 응시하고 있었다. 흩어진 시선이었다. 미광(微光)과 어둠이 아울러 있고, 두개골과 치아와 텅 빈 눈썹 자리의 궁상부(弓狀部)로부터 나오는, 형언할 수 없을 만큼 고정된 시선이었다. 죽은 이의 얼굴과 머리는 전

---

2 Jean le Peintre. 〈화가 장〉이라는 뜻이다. John Painter는 단순한 인명인데, 인명의 뜻을 프랑스어로 옮기다 보니 엉뚱한 이름으로 바뀐 것이다. 프랑스인들이 아라비아나 페르시아, 인도, 중국 등의 고전을 프랑스어로 옮길 때 자주 범하는, 실수 아닌 실수이다.

체가 시선이며, 또 무시무시하다. 눈동자가 없건만, 누구든 그것이 자기를 바라보는 것 같다. 원혼처럼 공포스럽다.

 아이 자신도 조금씩 무시무시한 모습으로 변하고 있었다. 그는 더 이상 움직이지 않았다. 무감각 상태가 그를 점령해 들어오고 있었다. 그는 자신이 의식을 잃고 있음을 깨닫지 못하고 있었다. 온몸이 마비되고 관절에 경직이 일어났다. 겨울이 그를 조용히 밤에 내맡기고 있었다. 겨울은 배신자의 모습을 지니고 있다. 아이는 거의 조각상이 되어 있었다. 돌같이 차가운 냉기가 그의 뼛속으로 스며 들어왔고, 어둠이라는 파충류가 그의 몸뚱이 속으로 미끄러져 들어오고 있었다. 눈(雪)에서 나오는 졸음은 어두운 조수처럼 사람의 몸속으로 올라오는 법이다. 아이는 시신의 부동성을 닮은 미지의 부동성에 천천히 점령되고 있었다. 잠이 들려 하고 있었다.

 졸음의 손에는 죽음의 손가락이 있다. 아이는 자신이 그 손에 잡혀 있음을 느꼈다. 그는 교수대 밑에 쓰러질 찰나에 있었다. 자기가 서 있는지조차 더 이상 모르고 있었다.

 항상 촉박한 종말, 존재 상태에서 존재 중단으로 전이되는 과정의 부재, 도가니 속으로의 귀환, 어느 순간에건 미끄러질 수 있는 가능성 등 그러한 벼랑이 삼라만상의 실상이다.

 한순간만 지나면, 아이와 죽은 이, 초벌 생명과 폐허로 변한 생명이, 함께 지워지며 뒤섞일 참이었다.

 망령은 그러한 사실을 깨달은 듯했고, 그것을 원치 않았던 모양이다. 그가 별안간 움직이기 시작했다. 그가 아이에게 경고를 보내는 것 같았다. 바람이 다시 불기 시작했던 것이다.

 움직이는 주검처럼 기이한 것은 없다.

 쇠사슬 끝에 매달린 시신은, 보이지 않는 숨결에 밀려 비스듬한 자세를 취했고, 시계추의 움직임처럼 느리고 음산한 정확성을 보이며, 왼쪽으로 올라갔다가는 다시 떨어지고, 오른쪽으로 다시 올라갔다가 다시 떨어지기를 반복하고 있었다. 고집스러운 왕복 운동이었다. 어둠 속에서 영겁을 재는 시계의 추를 보는 것 같았다.

그러한 움직임이 잠시 동안 지속되었다. 아이는 죽은 이의 동요 앞에서 자신이 문득 깨어남을 느꼈고, 자신을 덮친 오한을 통해 두려움을 분명하게 보았다. 쇠사슬은, 흔들릴 때마다, 흉측스러우리만큼 규칙적으로 삐걱거렸다. 가끔 숨을 가다듬는 듯하다가 다시 시작했다. 그 삐걱거림은 매미의 노래를 흉내 내고 있었다.

광풍의 접근이 바람의 급작스러운 팽창을 유발한다. 별안간 미풍이 삭풍으로 바뀌었다. 시신의 흔들거림이 음산하게 강렬해졌다. 더 이상 시계추의 움직임이 아니었다. 격렬한 뒤흔들림이었다. 삐걱거리던 쇠사슬이 울부짖었다.

그 울부짖음이 누군가에게 들린 것 같았다. 그것이 일종의 부름이었다면, 그 부름에 응하는 것이 있었다. 지평선 끝에서 거대한 소음이 달려왔다.

날갯짓 소리였다.

문득 말썽이 일어났다. 묘지와 인적 없는 곳에서 일어나는 요란한 말썽, 까마귀 떼의 출현이었다.

날아다니는 검은 점들이 구름을 찌르고 안개를 뚫으며 수가 늘어나더니, 점점 다가와 뒤섞인 후, 둔덕을 향해 급히 날아가며, 또 울부짖으며, 짙은 덩어리로 변했다. 일개 군단이 몰려온 것 같았다. 날개 달린 암흑세계의 기생충들이 교수대 말뚝으로 덤벼들었다.

아이는 질겁해 흠칫 물러섰다. 동물의 무리는 명령에 복종한다. 까마귀들은 말뚝 위에 모여 있었다. 시신 위에는 단 한 마리도 앉지 않았다. 자기들끼리 이야기를 나누고 있었다. 까악거리는 소리가 끔찍했다. 고함지르고, 식식거리고, 포효하는 것, 그것이 삶이다. 까악까악 하는 소리는 썩은 것을 흔쾌히 받아들인다는 뜻이다. 무덤의 고요가 깨지면서 내는 소리를 듣는 것 같았다. 까악까악 하는 소리는, 속에 밤을 간직한 음성이다. 아이는 얼어 있었다.

추위보다는 두려움 때문에 그러했다.

까마귀들이 문득 입을 다물었다. 무리 중 한 마리가 해골 위로 성큼 뛰어올랐다. 그것이 신호였다. 모두들 다투어 달려들었다. 날개들이 구름 같았다. 그러고는 모든 날개가 다시 접혔다. 그러자 매달린 이가, 어둠 속에서 움직이는 검은 유리병들의 북적거림 속으로 사라졌다. 그 순간, 죽은 이가 몸을 흔들었다.

그였을까? 바람이었을까? 그가 무시무시하게 한 번 도약했다. 마침 일고 있던 질풍이 그를 도왔다. 유령이 발작을 일으켰다. 이미 난폭해진 돌풍이 그를 수중에 넣고 마구 뒤흔들고 있었다. 유령의 모습이 무시무시해졌다. 그가 날뛰기 시작했다. 교수대의 쇠사슬을 조종 끈으로 삼은 무시무시한 인형이었다. 어느 유령 모방꾼이 그 끈을 낚아채어 미라 놀이를 하고 있었다. 미라는 분해될 준비가 되어 있는 듯, 빙글빙글 돌고 마구 겅둥거렸다. 새들이 겁을 먹고 일제히 날아올랐다. 그 더러운 짐승들이 한꺼번에 쿤출되는 것 같았다. 그런 다음 다시 몰려들었다. 그러자 싸움이 시작되었다.

죽은 이가 기괴한 생명을 얻은 것 같았다. 아예 가져가 버리려는 듯, 바람이 그를 마구 들어 올렸다. 죽은 이는 몸부림을 치며 도망치려 애쓰는 것 같았다. 그의 목에 걸린 쇠고리가 그를 붙잡고 있었다. 새들은, 성이 나고 악착스러워져서, 물러섰다가는 다시 덤벼들며, 그의 모든 움직임에 반향(反響)하고 있었다. 한편에서는 시험 삼아 해보는 기이한 도주가, 다른 한편에서는 사슬에 묶인 이의 추격이 시도되고 있었다. 죽은 이는 삭풍의 대대적인 경련에 충동을 받아, 요동하고 충격을 주고, 분노를 폭발시키며, 오고 가고 올라가고 내려오면서, 흩어진 까마귀 떼를 격퇴하고 있었다. 죽은 이는 곤봉이었고, 까마귀 떼는 먼지였다. 공격하는 사나운 새떼는 포기하지 않고 악착스럽게 들러붙었다. 죽은 이는, 떼를 지어 몰려드는 부리들 때문에 문득 광기에 사로잡힌 듯, 투석기 끝에 매달린 돌 휘두르듯, 허우적거리며 무수히 허공을 때렸다. 때때로, 모든 발톱과 날개가, 그를 몽땅 뒤덮다가 깨끗이 사라졌다. 떼거리가 자취를 감춘 것인데, 즉시 맹렬한 기세로 돌아오곤 했다. 삶이 끝난 후에도 계속되는 무시무시한 체형이다. 새들은 광란에 빠진 듯했다. 지옥의 채광창으로 그러한 새떼가 드나듦에 틀림없다. 발톱질, 부리질, 깍깍거리기, 더 이상 살이 아닌 누더기 찢어 내기, 말뚝의 삐걱거림, 뼈다귀 부딪는 소리, 철물들이 달그락거리는 소리, 질풍의 포효, 소동 등 그보다 더 음산한 투쟁은 없을 것이다. 악마들을 상대로 싸우는 하나의 망령이었다. 유령의 전투였다.

가끔, 삭풍이 배로 강해져, 매달린 이가 자신을 축으로 삼아 회전했고, 따라서 몸뚱이의 모든 쪽을 새떼에게 동시에 보여 주기도 했다. 그럴 때마다, 그가 새들을 추격하려는 듯했고, 그의 치아가 새들을 깨물려 하는 듯했다. 마치 검은 신들이 개입한 듯, 바람은 그의 편이었고, 쇠사슬은 그의 적이었다. 태풍도 전투에 가담하고 있었다. 죽은 이는 자신을 비틀어 꼬고 있었으며, 새떼는 그의 몸 위에서 나선형으로 구르고 있었다. 소용돌이 속에서의 선회였다.

저 아래쪽에서 거대하게 으르렁거리는 소리가 들려왔다. 바다였다.

아이는 그러한 꿈을 보고 있었다. 문득 그의 사지가 떨기 시작했다. 그의 온몸에 물 흐르듯 경련이 일었다. 그는 비틀거리고, 소스라치고, 넘어질 듯하다가, 몸을 돌려, 마치 받침점인양 이마를 두 손으로 눌렀다. 그러고는 넋을 잃은 듯, 머리칼을 바람에 날리며, 눈을 감고 성큼성큼 둔덕을 내려오는데, 거의 유령과 다름없었다. 그는 고통을 뒤에 있는 어둠 속에 내버려 두고 도망을 쳤다.

7. 포틀랜드의 북쪽 끝

그는 숨이 가쁠 때까지 뛰었다. 무작정, 실색한 채, 눈 속으로, 평원 속으로, 허공 속으로. 탈주가 그의 몸을 덥혀 주었다. 그에게는 그것이 필요했다. 그러한 질주와 공포감이 아니었다면 그는 죽음을 면치 못했을 것이다.

숨이 찼을 때 그는 걸음을 멈추었다. 그러나 감히 뒤를 돌아볼 엄두는 내지 못했다. 틀림없이 새들이 자신을 쫓아오는 것 같았고, 죽은 이도 쇠사슬을 푼 다음 가마 자신과 같은 방향으로 걸어오리라 여겨졌으며, 말뚝도 의심할 여지없이, 죽은 이를 뒤쫓아 달리며 둔덕을 내려오고 있으리라 생각했기 때문이다. 고개를 돌리면 그러한 것들을 보게 될까 봐 두려웠던 것이다.

조금 숨을 가다듬은 후, 그는 다시 도주하기 시작했다.

실상을 파악한다는 것이 아이가 할 수 있는 일은 아니다. 증폭된 두려움을 통해 그는 여러 인상을 감지했지만, 그것을 오성(悟性)으로 상호 연관시켜 결론을 내리지는 못했다. 그는 아무 곳으로나, 또 아무렇게나, 무작정 가고 있었다. 꿈속에서 흔히 겪는 불안과 괴로움에 휩싸인 채 달리고 있었다. 세 시간 전에 버려진 이후, 그가 향하던 목표는, 그것이 비록 막연했지만, 이제 완전히 바뀌었다. 처음에는 무엇인가를 찾아 떠났으나. 이제는 피하는 처지가 되었다. 더 이상 시장기도 추위도 느끼지 못했다. 그저 두려울 뿐이었다. 하나의 본능이 다른 본능의 자리를 차지한 것이다. 피해야 한다는 것이 이제 그의 유일한 생각이었다. 무엇을 피한단 말인가? 모든 것을. 자신의 주위 어느 쪽으로 눈을 돌려도, 삶이 무시무시한 절벽처럼 보였다. 할 수만 있었다면 그 역시 뭇 사물로부터 탈출했을 것이다.

그러나 아이들은 흔히 자살이라고 지칭하는 파옥(破獄)을 모른다.

그는 달리고 있었다.

그렇게 한동안을 달렸다. 그러나 호흡은 고갈되는 법이다. 두려움 또한 고갈된다.

문득, 뜻하지 않던 기력과 지혜에 사로잡힌 듯, 그가 우뚝 멈춰 섰다. 도망치는 것을 부끄럽게 여기는 것 같았다. 그의 태도가 굳어지는 듯하더니, 발로 땅을 구른 다음, 단호하게 머리를 번쩍 쳐들면서, 고개를 돌렸다.

둔덕도, 교수대도, 까마귀들의 날갯짓도 더 이상 없었다.

안개가 다시 지평선을 차지하고 있었다.

아이는 가던 길을 다시 계속해서 갔다.

이제 그는 더 이상 달리지 않았다. 걸었다. 주검과의 조우가 그를 어른으로 만들어 놓았다고 말한다면, 그가 받은 복합적이고 혼란스러운 인상을 한정 짓는 꼴이 될 것이다. 그 인상에는 그보다 훨씬 많은 것이 있었고, 그 이하의 것도 있었다. 이해의 초보 단계에 있던 그의 생각 속에서는 매우 수상했던 교수대가, 그에게는 하나의 유령으로 남아 있었다. 그가 자신의 내면을 탐조할 나이였다면, 그는 자신 속에서 다른 수천 가지 명상의 실마리를 발견했을 것이다. 그러나 아이들의 사유는 틀이 잡혀 있지 않다. 따라서 기껏, 훗날 어른이 되어 분개(憤慨)라고 칭하는, 그 모호한 것의 씁쓸한 뒷맛만을 느낄 뿐이다.

아이에게는 느낌의 끝을 아주 신속히 받아들이는 재능이 있다는 사실을 덧붙여 두자. 고통스러운 일들의 폭을 형성하며, 멀리서 스쳐 지나가는 윤곽들은, 아이에게 포착되지 않는다. 아이는 나약함이라는 자신의 한계로 인해, 지나치게 복잡한 감동으로부터 보호를 받는다. 그는 사실을 볼 뿐, 그 주변에 있는 것은 거의 보지 못한다. 부분적인 사념들로 만족해야 하는 어려움이 아이에게는 없다. 인생에 관한 소송에서, 그 심리(審理)는 훨씬 후에, 경험이 서류를 가지고 도착할 때 비로소 시작된다. 그러면 겪은 사실 사이의 대질이 이루어지는데, 견문을 넓히고 성숙한 지성이 비교 작업을 맡는다. 그 순간, 젊은 시절의 추억이, 표면 깎아 낸 양피지 초고처럼,[1] 숱한 걱정 밑에서 다시 모습을 드러낸다. 그러한 추억이 논리의 받침점이며, 아이의 뇌리에서는 공상이었던 것이, 어른의 뇌리에서는 삼단논법으로[2] 변한다. 뿐만 아니라 경험이라는 것 자체가 다양한 양상을 띠어, 경험 당사자의 천성에 따라, 인품이 호전되기도 하고 악화되기도 한다. 좋은 천성은 무르익되, 나쁜 천성은 썩는다.

아이는 10리의 4분의 1쯤 되는 거리를 달음박질했고, 다시 그만큼을 더 걸었다. 별안간 그는 배가 몹시 시달리고 있음을 느꼈다. 둔덕 위의 유령마저 즉시 지워 버린 한 가닥 생각이 맹렬히 고개를 쳐들었다. 먹어야겠다는 생각이었다. 다행히 인간 속에는 한 마리 짐승이 있어, 그 짐승이 인간을 현

---

[1] 양피지에 쓴 글을 지우거나 수정하려 할 때, 표면을 깎아 냈다고 한다. 하지만 표면을 깎더라도, 깊이 흡수된 잉크 때문에, 먼저 쓴 글씨가 희미하게나마 남았을 것이다.

[2] 단순히 〈명확한 추론〉으로 읽을 수도 있다.

실로 다시 데려온다.
 하지만 무엇을 먹는단 말인가? 어디에 가서 먹는단 말인가? 도대체 무슨 수로 먹는단 말인가?
 그는 호주머니를 더듬어 보았다. 기계적인 동작이었다. 주머니가 비어 있음을 자신도 잘 알고 있었으니 말이다.
 그러고는 걸음을 재촉했다. 자신이 어디로 가고 있는지도 모르는 채, 그는 혹시 있을지도 모를 인가를 향해 걸음을 재촉했다.
 여인숙에 대한 그러한 믿음이, 인간의 내면에서, 구세주의 근원적 뿌리를 형성한다.
 거처에 대한 믿음은 곧 절대신에 대한 믿음이다.
 게다가, 눈 덮인 평원에, 지붕을 닮은 것이라고는 아무것도 없었다.
 아이는 계속 걸었다. 황야 또한 헐벗은 채 끝없이 이어졌다.
 그 고원에는 일찍이 인간의 거처가 있었던 적이 없었다. 물론 절벽 아래쪽에서는 원주민들이, 오두막을 지을 목재가 없어, 바위 구멍 속에 살았던 적이 있다. 그들의 무기는 기껏 팔매질용 가죽띠뿐이었고, 소의 말린 배설물을 연료로 사용했으며, 종교라야 도체스터 숲의 어느 공터에 서 있는 헬[3]의 조각상을 모시는 정도였고, 생업은 웨일스 지방 사람들이 〈플린〉이라 불렀고 그리스인들이 〈이시디스 플로카모스〉라고 부르던, 회색 산호를 채취하는 것이 고작이었다.[4]
 아이는 나름대로 최선을 다해 방향을 가늠하고 있었다. 운

---

 3 작가는 Heil이라 표기했으나, Hel을 프랑스어 음으로 적은 듯하다. 헬(혹은 헬라)은 튜튼 신화에 등장하는 저승의 여신인데, 병사했거나 늙어 죽은 사람들을 다스리는 임무를 맡고 있다.
 4 플린이 어떤 산호인지 확인하지 못했다. 한편 이시디스 플로카모스는 〈이지스 여신의 곱슬머리〉쯤으로 옮길 수 있을 듯하다.

명이란 하나의 교차로이다. 방향을 선택한다는 것은 두려운 일이다. 그 어린것은 일찍부터 모호한 가능성 중 하나를 선택해야 하는 처지에 있었다. 그는 여하튼 앞으로 나아갔다. 하지만 그의 오금이 비록 강철로 만든 것 같았어도, 그는 피로를 느끼기 시작했다. 벌판에는 오솔길 하나 없었다. 아니, 있었다 하더라도 눈이 덮어 버렸을 것이다. 아이는 본능적으로 방향을 계속 동쪽으로 틀고 있었다. 날카로운 돌들이 그의 발뒤꿈치 가죽을 찢었다. 날이 밝았다면, 그가 눈 위에 남긴 발자국에서, 발그레한 점들을, 즉 그의 피를 볼 수 있었을 것이다.

아이에게 낯익은 것이라곤 아무것도 없었다. 그는 포틀랜드 고원을 남쪽에서 북쪽으로 가로지르고 있었다. 그런데 그를 데리고 왔던 사람들은, 혹시 누구와 마주치는 것을 피하기 위해, 고원을 서쪽에서 동쪽으로 가로질렀던 것 같았다. 그 무리는 아마, 우르카가 자신들을 기다리고 있던 포틀랜드로 가기 위해, 소형 어선이나 밀수선을 타고, 세인트캐서린챕이나 스웬크리 등 어게스쿰 해안의 어느 지점에서 출발했을 것이다. 그리고 웨스턴의 어느 작은 포구에 상륙한 다음, 에스턴의 내포(內浦) 중 하나로 이동해 다시 배를 탔을 것이다. 그 이동 경로는 아이가 이동하는 경로와 십자형으로 교차했다. 그러니 아이가 낯익은 길을 찾는 것은 불가능했다.

포틀랜드 고원에는, 해안 쪽이 무너져 해변 낭떠러지를 이루고 있는, 수종(水腫) 모양의 높은 언덕들이 군데군데 있다. 아이는, 길을 찾아 헤매던 끝에, 언덕 중 하나의 정상에 이르러 걸음을 멈추었다. 더 멀리까지 트인 곳에서 찾아보면 어떤 실마리를 발견할 수 있지 않을까 하는 기대에서였다. 그의 앞에 펼쳐진 지평선이라고는 막막한 납빛 어둠뿐이었다. 그는 어둠을 주의 깊게 관찰했다. 그러자 꼼짝도 하지 않는 그의 시선 아래에서, 어둠이 조금 엷어지는 것 같았다. 평원 멀리, 동쪽 끝 구릉 지대의 어두운 창백함 밑에, 밤의 절벽을 닮은, 일종의 창백하고 움직이는 절벽 밑에, 어렴풋하고 검은 조각들이 기어 다니기도 하고 둥둥 떠다니기도 하는데, 흩어져 내리는 산사태와 흡사했다. 창백한 어둠은 안개였고, 검은 조각들은 연기였다. 연기가 있는 곳에는 사람들이 있다. 아이는 그쪽을 향해 발걸음을 옮겼다.

상당히 멀리 내리막 경사지가 어렴풋이 보였는데, 경사지 아래쪽 끝에는, 안개에 가려 형체가 불분명한 암석 사이로, 모래톱 혹은 가느다란 반도 같은 것이 있었다. 아마 그가 건너온 고원과 지평선 쪽의 평원을 연결해 주는 땅 조각인 듯했다. 틀림없이 그곳을 지나야 할 것 같았다.

아이는 얼마 후 정말 포틀랜드의 지협(地峽)에 도착했다. 홍수로 인해 생긴 충적지였다.

그는 고원의 경사면으로 들어섰다.

내려가기가 힘들었고, 또 몹시 험했다. 포구에서 빠져나오기 위해 그가 감행한 등반과는 정반대 방향의 고역이었다. 하지만 덜 고되었다. 모든 등반은 항상 약간의 하강을 수반한다. 그는 한동안 기어오르다가 다시 굴러 떨어지곤 했다.

삐거나 잘 보이지 않는 구렁텅이로 처박힐 위험을 무릅쓰고, 아이는 이 바위에서 저 바위로 건너뛰었다. 바위나 얼음 덩이에서 미끄러지지 않으려고, 그는 황무지에 서식하는 긴 넝쿨이나 가시투성이 아종[5]을 한 줌 가득히 움켜잡았고, 그럴 때마다 가시가 손가락을 파고들었다. 가끔 경사가 조금

---

5 대서양 연안의 거친 토양에 서식하는 관목인데, 가시가 많고 노란 꽃이 피며, 브르타뉴 사람들은 그 재를 비료로 사용했다. 〈가시양골담초〉라 번역하는 이들도 있으나, 정체 불분명한 번역어라 취하지 않고, 라틴어의 영향을 받기 이전부터 사용되던 *ajonc*이라는 명칭의 음을 그대로 적는다.

완만한 지점이 나타나 숨을 돌리곤 했지만, 급경사가 다시 시작되면, 한 걸음 옮길 때마다 새로운 방편을 찾아야 했다. 절벽을 내려갈 때는, 동작 하나가 곧 한 문제의 해결이다. 동작이 능란하지 못하면 죽음과 직결된다. 아이는 그러한 문제를, 원숭이가 눈여겨보아 두어야 할 본능과 곡예사가 찬탄하지 않을 수 없을 재주로, 모두 해결했다. 경사면은 가파르고 길었다. 그러나 아이는 거뜬히 그 끝에 도달했다.

그는 어렴풋이 본 지협의 땅에 안착할 순간에 조금씩 접근하고 있었다.

이 바위에서 저 바위로 건너뛰며 무너지듯 급히 내려오다가도, 그는 간간이, 조심성 많은 사슴처럼, 귀를 쫑긋 세우곤 했다. 특히, 왼쪽 멀리서부터 들려오는, 은은한 나팔소리와 유사한, 거대하되 약한 소음에 귀를 기울였다. 그 순간 대기에는, 무시무시한 북풍에 앞서 나타나는 바람결의 동요가 정말 일어나고 있었다. 북풍이 북극에서 오는 소리는, 대개 트럼펫 소리가 멀리서 들려오는 것과 비슷하다. 또한 동시에, 아이는 이마와 눈과 볼 등 얼굴에, 차가운 손바닥 같은 것이 이따금씩 와닿는 듯한 느낌을 받았다. 그것은, 처음 허공에 부드럽게 뿌려졌다가, 그다음 빙글빙글 돌며 눈폭풍의 도래를 알리는, 커다란 눈송이들이었다. 아이는 눈으로 뒤덮였다. 벌써 한 시간여 전부터 바다에 일던 눈폭풍이 육지로 퍼지기 시작했다. 눈폭풍은 서서히 평원을 침범하고 있었다. 북서쪽에서 비스듬히 포틀랜드 고원으로 들어오고 있었다.

제2권 바다 위의 우르카

1. 인간의 영역 밖에 있는 법칙

눈폭풍은 바다에서 일어나는 미지의 현상 중 하나이다. 대기 현상 중 가장 모호한 현상이며, 또한 모든 의미에서 그러하다. 그것은 안개와 폭풍의 혼합인데, 오늘날에도 그 현상을 정확히 파악하지 못하고 있다. 그리하여 많은 재난이 발생한다.

사람들은 바람과 파도만을 가지고 모든 것을 설명하려 한다. 그런데 대기 중에는 바람 아닌 다른 하나의 힘이 있으며, 물속에도 파도 아닌 다른 힘이 있다. 대기 속과 물속에 있는 것이 서로 다르지 않은 그 힘, 그것은 에플루비움[1]이다. 공기와 물은, 거의 유사하며, 응축이나 팽창을 통해 서로에게 포함될 수 있는, 두 액체 덩어리이다. 그리하여 호흡한다는 것은 곧 마신다는 것을 의미한다. 오직 에플루비움만이 유체(流體)이다. 바람과 파도가 부유물에 불과한 반면, 에플루비움은 하나의 조류이다. 바람은 구름을 통해 볼 수 있으며, 파도

---

[1] *effluvium*의 원의는 〈배출〉 혹은 〈호수의 배출구〉이다. 그리하여 18세기 중반부터는 〈유기체의 발산물〉이라는 의미로 사용되었고, 19세기 중엽부터는 일부 신비주의자들이 영기[*l'effluve magnétique*, 즉 동물의 자기류(磁氣流)]라는 뜻으로도 사용했다. 작가가 사용한 *effluve*의 적합한 번역어를 찾지 못해 그 어원을 대신 사용했다. 간혹 자기류라는 번역어도 함께 사용했다.

는 포말을 통해 볼 수 있다. 그러나 가끔 에플루비웅이 말한다. 〈나 여기 있노라!〉 그 말이 곧 천둥이다.

눈폭풍은 마른 안개[2]와 유사한 문제를 제시한다. 만약 스페인인들이 칼리나라고 부르며 에티오피아인들이 쿼바르라고 부르는 것[3]의 설명이 가능하다면, 틀림없이 그 설명은 자기류의 세심한 관찰을 통해 이루어질 것이다.

자기류가 없다면 많은 현상이 수수께끼로 남을 것이다. 엄밀히 말해, 폭풍이 일어날 때, 풍속이 초속 3피에에서 220피에로 변하면, 파고 3푸스의 잔잔한 바다가 파고 36피에의 노한 바다로 변하는 동기가 된다.[4] 또한 비록 광풍이 불 때라 할지라도, 높이 30피에인 물결의 길이가 어떻게 1천5백 피에에 달할 수 있는지는, 바람의 수평 상태가 설명해 준다. 그러나 태평양의 파도가 아시아 근해에서보다 아메리카 근해에서 네 배나 더 높은 것은 무슨 연유일까? 다시 말해 동쪽에서보다 서쪽에서 더 높은 것은 무슨 까닭일까? 대서양에서는 왜 그 반대 현상이 나타날까? 적도 해역에서는 왜 바다의 중앙 물결이 가장 높을까? 대양의 부어오름 현상이 이동하는 것은 무엇에서 비롯될까? 지구의 자전 및 항성의 인력 등과 결합된 자기류만이 설명의 열쇠를 가지고 있다.

예를 들어, 서반부에서, 남동쪽에서 북동쪽으로 가다가 갑자기 크게 선회해 북동쪽에서 남동쪽으로 돌아와, 결국 36시간 동안에 놀랍게도 560도를 일주하는 바람의 왕복 운동을 설명하려면, 그 신비한 병발(倂發) 현상이 필요하지 않겠는

---

2 *brouiilard sec*를 옮긴 것이나, 구체적으로 무엇을 가리키는지 불분명하다.
3 칼리나는 안개를 뜻한다. 쿼바르 또한 안개를 가리키는 듯하다.
4 푸스(27밀리미터)와 피에(32.4센티미터)는 프랑스의 옛 척도이다. 우리의 치[寸]나 자[尺], 잉글랜드의 인치나 피트 등과 같은 개념이다.

가? 그러한 바람의 왕복 운동이, 1867년 3월 17일에 일어난 눈폭풍의 전징(前徵)이었다.

오스트레일리아에서는 폭풍이 일 때 파드의 높이가 80피에까지 이른다. 그것은 남극과 근접해 있기 때문이다. 그러한 위도에서 일어나는 급작스러운 폭풍은, 바람의 격변보다는 지속적인 해저 방전에서 비롯된다. 1866년에는 대서양 횡단 해저 케이블이 하루 두 시간씩, 정오부터 오후 두시까지, 일종의 간헐적인 흥분 상태로 인해, 규칙적인 기능 장애를 일으켰다. 힘의 일정한 조합과 분해가 그러한 현상을 일으키며, 항해사의 계산에 필수 불가결한 그 현상을 등한히 할 경우, 파선의 위험이 뒤따른다. 지금은 하나의 숙련된 기술인 항해가 일종의 수학이 되는 날, 예를 들어 우리 지역의 경우, 왜 더운 바람이 북쪽에서 불고 찬바람이 남쪽에서 부는지, 그 이유를 밝히려 노력하는 날, 온도의 저하가 바다의 깊이에 비례한다는 사실을 이해하게 되는 날, 지구라는 것이, 그 중심부에서 교차하는 자전축과 자기축을 가지고 있어, 자기극이 항상 자전축의 양쪽 끝 주위를 선회하며, 광막한 자기장 내에서 분극(分極)된, 하나의 거대한 자석이라는 사실을 항상 염두에 두게 되는 날, 자신의 생명을 거는 이들이 그것을 과학적으로 걸게 될 때, 사람들이 이미 연구된 위험 위를 항해하게 될 때, 선장이 기상학자일 때, 항해사가 화학자일 때, 그러한 때가 오면, 무수한 재난을 피할 수 있을 것이다. 바다는 물의 성질 못지않게 자석의 성질도 가지고 있다. 강한 힘을 가진, 그리고 미지의, 대양 하나가 물결로 이루어진 대양 속을 떠다닌다. 물결 따라 움직인다고 말할 수 있을 것이다. 바다에서 하나의 거대한 물의 덩어리만을 본다면, 바다를 제대로 본다고 할 수 없다. 바다란 밀물과 썰물 운동에 못지않은 유체의 왕복 운동이다. 그리하여 아마 온갖 폭풍보다도 여러 인력이 바다를 더 복잡하게 만든다. 여러 다른 현상 중 모세관 인력을 통해 표출되는 분자 접착(分子接着) 현상은, 비록 현미경을 통해서만 볼 수 있는 극미한 것이지만, 대양 속에서는 면적의 크기와 관련되어 있다. 또한 자기파는 공기의 파동과 물의 파동을 돕기도 하고 억제하기도 한다. 전력의 법칙을 모르는 이는 수력의 법칙을 모른다. 그 둘이 서로 깊숙이 상대 속으로 침투하기 때문이다. 사실 그보다 더 까다롭고 애매한 연구는 없을 것이다. 그 연구와 경험주의와의 관계는 천문학과 점성술과의 관계와 유사하다. 하지만 그 연구 없이는 항해도 없다.

이쯤 이야기했으니 다음으로 넘어가자.

바다의 가장 무서운 구성 요소 중 하나는 눈폭풍이다. 특히 눈폭풍은 자기를 띠고 있다. 자극(磁極)이 북극광뿐만 아니라 눈폭풍도 만든다. 그리하여 자극은 북극광 속뿐만 아니라 눈폭풍이라는 안개 속에도 있다. 또한 섬광의 줄무늬 속에서처럼 눈송이 속에서도 자기류가 보인다.

폭풍이란 바다의 히스테리이며 정신 착란이다. 바다도 나름대로의 두통 증세를 가지고 있다. 폭풍을 여러 질병에 비교할 수 있을 것이다. 어떤 것은 치명적이고, 다른 것은 그렇지 않다. 어떤 것에서는 무사히 빠져나오지만, 또 어떤 것에서는 영영 빠져나오지 못한다. 눈폭풍은 예부터 치명적인 것으로 알려져 있다. 마젤란 휘하의 항해사 중 하나였던 하라비하는, 눈폭풍을 〈*Una nube salida del malo lado del diabolo*(악마의 못된 측면에서 나온 구름)〉이라고 말했다.

쉬르쿠프[5]는 이렇게 말했다. 〈눈폭풍 속에는 급살병이 있다.〉

옛 스페인의 뱃사람들은, 눈송이가 날릴 때는 그 폭풍을

---

5 프랑스의 유명한 항해사이자 해적.

라 네바다(강설)라고 불렀고, 우박이 쏟아지는 순간에는 라 엘라다(동결)라고 불렀다. 그들은 하늘에서 눈과 함께 박쥐들이 떨어진다고 생각했다.

눈폭풍은 북극권 특유의 기후 현상이다. 하지만 때로는 그것이 우리의 기후 영역까지 미끄러져 내려온다. 아니, 그것이 무너져 내린다고 해도 무방할 듯하다. 그 무너짐이 대기의 변덕과 크게 연관되어 있기 때문이다.

이미 우리가 보았듯이, 마투티나 호는 포틀랜드를 떠나는 순간, 폭풍의 접근으로 인해 더욱 심각해진, 야간의 엄청난 위험 속으로 결연히 들어섰다. 그 모든 위협 속으로 일종의 비극적 대담성을 보이며 들어갔다. 그러나 이 점은 강조해 두자, 그 경고는 틀리지 않았다.

2. 고정된 처음의 모습들

우르카가 포틀랜드 만 안에 있는 동안에는 바다를 실감하지 못했다. 물결은 거의 정지 상태에 있었다. 대양은 비록 거무스레했으나, 하늘은 아직 밝았다. 미풍도 별로 선박에 와 부딪히지 않았다. 우르카는 훌륭한 방풍벽 역할을 해주는 절벽 밑으로 가능한 한 가까이 접근해 항해했다.

비스카야 지방의 그 소형 범선에는 열 사람이 타고 있었다. 선원 셋과 승객 일곱이었는데, 승객 중 둘은 여자였다. 난바다의 빛을 받아 — 황혼녘에는 난바다가 다시 밝아지기 때문이다 — 모든 얼굴이 이제 선명하게 보였다. 게다가 모두들 더 이상 자신을 감추지 않았고, 거북해하지도 않았다. 각자 자유로운 거조(擧措)를 되찾았고, 소리를 지르기도 했으며, 얼굴을 당당히 쳐들기도 했다. 출발이란 해방이기 때문이다.

무리의 잡다한 색채가 훤히 드러나 있었다. 여인들은 그 나이를 짐작할 수가 없었다. 방랑 생활은 노화를 앞당기고, 빈곤은 그 자체가 주름살이다. 두 여인 중 하나는 피레네 산악 지역 출신의 바스크족 여인이었고, 굵은 로사리오를 가진 다른 여자는 아일랜드 여인이었다. 그녀들은 함께 승선한 가엾은 사내들에게 무관심한 기색이었다. 배에 오르는 순간부터 두 여인은 돛대 밑에 있는 큰 고리짝 위에 나란히 앉아 있었다. 그녀들은 한가하게 이야기를 하고 있었다. 이미 말한 바대로, 아일랜드어와 바스크어는 친족어이다.[1] 바스크 여인의 머리에서는 오니스와 바실리쿰[2] 향기가 피어올랐다. 우르카의 선장은 기푸스코아 지방 출신의 바스크인이었다. 선원 하나는 피레네 산맥 북쪽 사면(斜面) 지역 출신의 바스크인이었고, 다른 나머지 선원은 남쪽 사면 지역 출신의 바스크인이었다. 다시 말해 비록 하나는 프랑스인이었고 다른 하나는 스페인인이었지만, 그들은 같은 민족이었다. 바스크인은 공식적인 조국을 인정하지 않는다. *Mi madre se llama montaña*, 즉 〈나의 어머니 이름은 산이다〉라는 말은 노새 몰이꾼 살라레우스가 자주 하던 말이다. 두 여인과 동행인 다섯 남자 중 하나는 랑그도크 출신 프랑스인이었고, 또 하나는 프로방스 출신 프랑스인이었으며, 다른 하나는 제노바 출신이었다. 파이프 꽂이가 없는 챙 넓은 펠트모자를 쓴 늙은 이는 독일인처럼 보였고, 무리의 우두머리인 다섯 번째 남자

---

1 하지만 언어학자들은 바스크어가 어떤 언어와 공통점을 가지고 있는지 밝힐 수 없다고 한다. 어떤 언어 계보에도 속하지 않는 언어라는 것이다.

2 *onis*는 양파, 튤립, 백합 등 일체의 구근을 가리키는 말이다. *basilicum*은 향신료로 쓰이는 꿀풀과 식물을 가리킨다. 작가는 그 두 어휘 대신 *oignon*과 *basilic*을 사용하고 있으나, 그 의미 범주가 너무 넓어 어원을 적는다.

는, 랑드 지방의 소읍 비스카로스 출신의 바스크인이었다. 아이가 우르카에 오르려는 순간, 발뒤꿈치로 널빤지를 바다에 밀어 넣은 이가 바로 그 사람이다. 건장하고, 돌발적이고, 신속하며, 장식끈들과 금 은 자수, 금박 등으로 뒤덮여 활활 타오르는 듯한 누더기를 걸친 그는, 한자리에 편안히 머물지를 못했다. 그는 조금 전에 자신이 저지른 짓과 장차 닥쳐올 일 때문에 불안한 듯, 앉았다가는 일어서고, 다시 선박의 앞뒤 끝을 끊임없이 왕복했다.

우두머리와 우르카의 선장 그리고 두 선원, 그 네 사람은 모두 바스크인인지라, 어떤 때는 바스크어로, 어떤 때는 프랑스어로, 또 어떤 때는 스페인어로 대화를 나누었다. 그 세 언어가 피레네 산맥의 양쪽 사면 지역에 뒤섞여 퍼져 있었기 때문이다. 또한 두 여인을 제외한 모든 사람이 거의 프랑스어로 대화했다. 프랑스어가 그 무리에서 사용하는 은어의 밑바탕이었다. 여러 나라에서 그 무렵부터 프랑스어를 선호하기 시작했는데, 북유럽 언어에 나타나는 자음의 과잉과, 남부 유럽 언어에 보이는 모음 과잉 현상이, 프랑스어에는 없기 때문이다. 유럽의 상인들은 모두 프랑스어를 사용했다. 도둑들도 마찬가지였다. 런던의 도둑이었던 기비가 카르투슈[3]의 말을 알아들었다는 것은 모두 아는 일이다.

우르카는 날씬한 범선이어서 빠른 속도로 전진했다. 그러나 한편, 사람 열과 보따리들이 약한 선체에는 과중한 짐이었다.

그 선박으로 무리를 탈출시켰다 해서, 선원들과 무리가 반드시 같은 패거리였던 것은 아니다. 배의 선장이 바스콘가도[4]

---

[3] 18세기 초에 파리와 그 인근 지역을 휩쓸고 다니던 강도 무리의 두목. 카르투슈는 〈화약통〉을 의미하는 별명이다.

[4] 바스크(코) 사람.

이고 무리의 우두머리가 그러하면 그것으로 족했다. 그 종족 내에서는 서로 돕는 것이 하나의 의무이며, 어떠한 예외도 없다. 조금 전에 말한 바와 같이, 한 사람의 바스크인은, 스페인인도 프랑스인도 아닌, 그저 바스크인일 뿐이다. 또한 언제 어디에서나 바스크인은 무조건 구출해야 한다. 피레네 지역 특유의 형제애는 그러하다.

우르카가 포틀랜드 만 안쪽에 있을 동안에는, 하늘이 비록 잔뜩 찌푸린 상태였지만, 도망자들에게 근심을 안겨 줄 만큼 악화되지는 않았다. 목숨을 구하기 위해 탈출하다 보니, 모두들 문득 쾌활해졌다. 어떤 사람은 크게 웃었고, 어떤 사람은 노래를 불렀다. 메마른 웃음이었으나 자유스러웠다. 노래는 나지막했으나 태평스러웠다.

랑그도크 지방 출신이 외쳤다. 〈카우카뇨〉, 〈코카뉴!〉는[5] 나르본 사람들이 절정의 만족감을 나타낼 때 지르는 소리이다. 그는 얼치기 선원이었는데, 클라프 봉의 남쪽 사면 지역 해안에 있는 그뤼상 마을 출신이며, 항해 선원이라기보다는 나룻배 사공으로, 바주 늪에서 카누 젓는 일과, 생트뤼시 해변의 소금기 머금은 모래 위에서 물고기 가득한 그물 끄는 일에 더 익숙한 사람이었다. 또한 붉은 모자를 쓰고, 스페인식으로 복잡한 성호를 그으며, 염소 가죽으로 만든 병에 포도주를 담아 마시고, 가죽 술주머니를 빨아 대면서, 절인 돼지 허벅지 고기를 깎듯 저미는 부류에 속하는 사람이었다. 그리고 기도를 한답시고 무릎을 꿇으면, 불경스러운 말을 마구 쏟아내면서, 자기가 모시는 수호성인에게 위협적으로 탄원

---

[5] 코카뉴는 그 어원이 알려지지 않은 프랑스 남부 지방 말이다. 독립적인 의미는 없고, 예를 들어 *Pays de cocagne*(모든 것이 풍족한, 상상 속의 고장)와 같은 형태로 사용된다. 카우카뇨는 코카뉴의 스페인풍 사투리인 듯하다.

하는 사람 중 하나였는데, 그들의 기도는 이러하다. 〈위대하신 성자시여, 저의 소청을 들어주시오. 만약 그러지 않으시면, 당신의 머리에 돌을 던지거나, 당신을 찌르겠소.〉

그는 필요할 경우, 선원들에게 요긴한 도움이 될 수도 있었다. 프로방스 출신 남자는, 허름한 주방에서, 무쇠 솥 밑에 이탄(泥炭) 불을 열심히 지피며 수프를 끓이고 있었다.

수프는 일종의 푸체로였는데, 고기 대신 생선을 넣었고, 프로방스 사내는 수프 솥에다 시슈 콩과 네모꼴로 잘게 썬 비계, 그리고 붉은 고추 쪼가리들을 던져 넣었다. 부이야베스 먹는 사람이 오야 포드리다 먹는 사람들에게 양보를 하는 셈이었다.[6] 식료품 자루 중 하나가 풀린 채 그의 곁에 놓여 있었다. 그는 주방 천장 고리에 걸려 흔들거리는, 철과 활석 유리로 만든 등에 불을 밝혀 놓았다. 그 옆에 있던 다른 고리에는 물총새 풍향기가 걸려 흔들거리고 있었다. 죽은 물총새의 부리를 끈으로 묶어 매달아 두면, 새의 가슴이 항상 바람이 불어오는 방향을 가리킨다는 것이, 당시 사람들의 믿음이었다.

수프를 끓이면서도, 프로방스 남자는 이따금씩 호리병 주둥이를 입에 밀어 넣고, 아구아르디엔테[7]를 한 모금씩 들이켰다. 투구 귀 덮개 모양의 넓고 납작한, 그리고 고리버들로 감싼 호리병으로, 가죽띠를 이용해 허리에 차고 다닐 수도 있어, 〈허리 호리병〉이라고도 했다. 한 모금을 마실 때마다 그는, 주제가 정말 아무것도 아닌, 촌스러운 노래 한 소절을 웅얼거렸다. 주제라야 기껏, 움푹 팬 시골 길이나 울타리 따

---

6 푸체로와 오야 포드리다는 스페인 음식으로, 여러 종류의 고기와 강한 향신료, 특히 고추를 많이 넣어 끓인 일종의 전골이며, 부이야베스는 프로방스 지방의 생선국이다. 토마토와 기타 향신료를 넣어 끓인다. 시슈 콩은 옛 로마인들이 키케르 콩이라 부르던, 한 깍지 속에 황색 콩 두 알이 들어 있는 식물이다. 시슈의 원의는 〈인색하다〉는 뜻이다.
7 소주 비슷한 증류주의 일종이다.

위인데, 석양을 받아 풀밭 위에 길게 늘어진 짐수레와 말의 그림자가 관목 덤불숲 사이로 보이고, 가끔 울타리 위로, 건초를 듬뿍 뜬 쇠스랑이 나타났다가 사라진다는 내용이었다. 노래 한 편을 짓는 데 그 이상은 필요하지 않다.

떠남이란, 가슴속이나 뇌리에 간직하고 있는 것에 따라, 위안일 수도 있고 낙담일 수도 있다. 모두들 홀가분해진 듯한데, 무리 중 가장 연장자이자 파이프 꽂이 없는 모자를 쓴 사람만 예외였다.

원래의 모습이 사라져 민족적 특색이 지워지긴 했어도, 다른 나라 아닌 독일 사람임이 분명한 노인은, 모발이 없는 데다 매우 엄숙해. 그의 대머리는 삭발례를 받은 성직자의 머리 같았다. 그는 뱃머리에 있는 성처녀 상 앞을 지날 때마다 모자를 조금 쳐들어 예를 표했는데, 그때마다 노쇠해 불뚝 솟은 두개골 혈관이 보였다. 그가 두르고 있던, 도체스터 산 갈색 서지로 지은 낡고 너덜거리는 긴 외투는, 몸에 꼭 낄 정도로 좁고, 수단(法衣)처럼 목까지 고리단추를 채운 상의를, 반쯤밖에 가리지 못했다. 그는 두 손을 교차해 뻗은 다음, 일상 기도하듯 기계적으로 두 손을 모았다. 그의 용모는 창백한 편이었다. 용모는 특히 하나의 반영(反影)이다. 따라서 생각에 색깔이 없다고 믿는다면 그것은 잘못이다. 그의 그러한 용모는 분명 기이한 내적 상태의 표면이었다. 선으로 빠져들기도 하고 악으로 빠져들기도 하는, 서로 모순된 것들의 복합에서 도출된 잔여물이었다. 그리하여 관찰자의 눈에는, 인간성 비슷한 것이 그에게서 문득 발견된다 하더라도, 그것이 호랑이 이하로 보일 수도 있고, 인간 이상으로 보일 수도 있었다. 영혼의 그러한 대혼돈은 틀림없이 존재한다. 그의 용모에는 읽어 낼 수 없는 것이 있었다. 그 비밀스러움은 추상의 수준에 이르렀다. 그 사람이, 악의 미리 느껴지는 맛, 즉 계산과, 악의 뒷맛, 즉 무zero를 일찍이 겪혔음을, 모두들 짐작하고 있었다. 아마 표면적인 것에 불과할지도 모를 그의 냉정함에는, 두 가지 무감각이 각인되어 있었는데, 그중 하나는 망나니 특유의 감정의 무감각이고, 다른 하나는 고위 관리 특유의 정신의 무감각이었다. 그에게는 모든 것이, 심지어 감동하는 것조차, 가능하다고 단언할 수 있었다. 기괴한 사람도 나름대로 완전해지는 방법을 가지고 있기 때문이다. 모든 학자는 시체를 조금 닮았는데, 그 사람은 학자였다. 그를 한번 쳐다보기만 해도, 도저한 학식이 그의 모든 동작과 그가 입은 옷의 주름에 자국 나 있음을 짐작할 수 있었다. 그의 얼굴은 일종의 화석이 된 얼굴이었는데, 그 진지함이 여러 나라 말에 능통한 사람의 주름진 유동성[8]으로 인해 장애를 받았으며, 그 유동성은 찡그림에까지 이르렀다. 게다가 준엄했다. 위선의 흔적조차 없었지만, 전혀 냉소적이지도 않았다. 비극적인 몽상가였다. 죄를 짓고 깊은 생각에 잠긴 사람이었다. 그의 눈썹은 대주교의 눈총을 받고 누그러진 갈썽꾼[9]의 눈썹이었다. 그의 몇 가닥 안 되는 회색 머리카락 중 관자놀이 위로 늘어진 것은 모두 백발이었다. 그에게서는 투르크인의 숙명론이 복잡하게 뒤얽힌 기독교도의 냄새가 났다. 여위어 이미 가늘어진 그의 손가락은, 통풍결절(痛風結節)로 인해 형체를 알아볼 수 없었다. 키가 큰 데다 몸매가 꼿꼿해, 우스꽝스러

---

8 〈유동성〉은 자주 변하는 표정을 가리키는 듯하다. 그러나 〈여러 국어에 능통한 사람〉이 작중 인물을 가리키는지 혹은 보편적인 속성을 가리키는지 선뜻 단언하기 어렵다. 작중 인물이 물론 그런 사람이긴 하나, 그러한 사실은 뒤에 가서야 드러난다.

9 〈말썽꾼〉은 trabucaire를 옮긴 것이다. 하지만 프랑스어 사전에서는 용례를 찾을 수 없는 말이다. 그러나 나팔총trabucっ으로 무장하고 반란을 일으켰던 무리를 스페인에서는 trabucaire라고 칭하는 바, 작가가 무심히 그 단어를 사용하지 않았나 여겨진다.

울 지경이었다. 그는 움직이는 배 위에서도 자유롭게 걸었다. 확신에 차고 음산한 기색으로, 아무에게도 시선을 주지 않고, 갑판 위를 천천히 걸어 다녔다. 그의 눈동자는, 암흑을 조심하고 양심의 잦은 재출현에 예속된 영혼의, 미동도 하지 않는 어렴풋한 빛으로 가득 차 있었다.

거칠고 민첩한 무리의 우두머리가, 가끔 빠른 갈지자걸음으로 그에게 다가와, 그의 귀에다 무슨 말을 소곤거리곤 했다. 그럴 때마다 노인은 머릿짓으로 대꾸했다. 어둠에게 조언을 청하는 번개 같았다.

3. 불안한 바다에 떠 있는 불안한 사람들

배에 타고 있던 사람 중 두 남자만이, 즉 노인과 우르카의 선장만이 ― 선장과 무리의 우두머리를 혼동하지 말아야 한다 ― 여념이 없었는데, 선장은 바다를, 노인은 하늘을 살피느라, 여념이 없었다. 한 사람은 물결에서 눈을 떼지 않았고, 다른 사람은 구름을 감시했다. 물결의 움직임이 선장의 근심거리였고, 노인은 하늘을 수상히 여기는 것 같았다. 그는 구름 틈으로 별들을 염탐하고 있었다.

아직 낮의 밝음이 남았으되, 몇몇 별들이 밝은 초저녁 하늘을 약하게 찌르기 시작할 무렵이었다.

수평선이 기괴했다. 그곳의 안개가 다양했다.

육지에 안개가 더 많았고, 바다 위에는 구름이 더 많았다.

포틀랜드 만을 빠져나오기 전부터 선장은, 물결에 신경을 곤두세우며, 조종에 세심한 주의를 쏟기 시작했다. 배가 갑을 벗어나 난바다로 나갈 때까지도 기다리지 않았다. 그는 좌현과 우현의 돛대 버팀줄들을 서로 묶어 주는 밧줄을 다시 꼼꼼히 살폈고, 아래쪽 돛대 버팀줄을 제대로 동여맸는지를 확인했으며, 장루(檣樓) 버팀줄의 켕김줄을 힘주어 눌러 보았다. 무모하게 속도를 내려는 사람의 신중한 조치였다.

우르카는 앞쪽이 뒤쪽보다 반 바라[1]쯤 더 물속에 잠겼다. 그것이 우르카의 단점이었다.

선장은 항로 컴퍼스에서 편차 측정용 컴퍼스로 자주 눈을 돌렸다. 그러면서 두 개의 조준의(照準儀)로 해안에 있는 사물을 관찰했다. 사물의 움직임을 보고 바람의 방향을 확인하기 위해서였다. 처음에는 비스듬히 불어오는 미풍이 확연히 드러났다. 하지만 그 바람이 비록 항로에서 5포인트[2] 벗어났지만, 그는 별로 난처해하지 않는 것 같았다. 그는 가능한 한 자신이 몸소 키를 잡았다. 약간의 힘이라도 낭비하지 않으려 오직 키에 의존하는 것 같았다. 키의 작용이 빠른 항진 속도를 통해 유지되기 때문이다.

실제 방위와 외견상 방위 간의 차이는, 선박의 항속이 크면 클수록 그만큼 더 커지는지라, 우르카 역시 실제보다 더 바람의 시발점을 향해 거슬러 항해하는 것처럼 보였다. 우르카는 옆에서 불어오는 바람을 받지 못했고, 따라서 바람을 타고 항진하지 못했다. 그러나 순풍을 닫났을 때만 실제 방위를 곧바로 알 수 있다. 긴 구름 띠들의 한쪽 끝이 수평선에서 만나는 곳이 보이는 경우가 있는데, 그 지점이 바람의 시발점이다. 하지만 그날 저녁에는 바람이 여럿 일어났고, 따라서 바람의 방향이 혼란스러웠다. 그리하여 선장은 배가 착각을 일으키지 않을까 조심했다.

그는 조심스럽게, 그러나 또한 과감하게 키를 잡았다. 바

1. 스페인에서 통용되던 길이의 단위(0.835미터).
2 나침반 위에 표시된, 32방위를 가리키는 검이나 선으로 등분된 부분을 가리킨다. 각 부분의 각거리(角距離)는 11° 15′이다.

람을 향해 활대를 돌리고, 급작스러운 항로 이탈을 조심하며, 침로 이탈을 경계했다. 뱃머리가 바람이 불어 가는 쪽으로 돌아가지 않도록 했고, 편류를 유심히 살폈으며, 키에 느껴지는 작은 충격도 놓치지 않았다. 배의 움직임에 수반되는 모든 상황, 가령, 고르지 않은 항진 속도나 질풍에 대해서도 주의를 늦추지 않았다. 뜻하지 않은 일이 생길까 봐 두려워, 끼고 항해하던 해안과의 각거리를 약 1포인트로 유지했다. 특히 풍향기가 용골과 이루는 각을, 돛이 용골과 이루는 각보다 항상 더 넓게 유지했는데, 항해용 컴퍼스가 너무 작아, 나침(羅針)이 가리키는 풍향은 의심스러웠기 때문이다. 침착하게 아래쪽으로 향한 그의 눈동자는, 시시때때로 변하는 물의 모든 형태를 관찰했다.

그러면서도 어느 순간, 그는 창공을 향해 고개를 쳐들더니, 오리온 좌에 있는 별 셋을 찾으려 애를 썼다. 그 세 별을 가리켜 세 동방 박사라고도 하는데, 스페인의 옛 항해사들 사이에는 다음과 같은 속담이 전해 온다. 〈세 동방 박사를 발견한 사람은 구원자로부터 멀리 있지 않다.〉

선장이 그렇게 하늘을 살피고 있는데, 공교롭게도 배의 다른 쪽 끝에서, 노인이 웅얼거리는 독백이 들려왔다.

「북극성도 안 보이고, 그 붉은 안타레스[3]조차 볼 수 없군. 선명히 보이는 별은 하나도 없군.」

나머지 다른 탈주자들은 천하태평이었다.

하지만 탈출의 최초 기쁨이 가라앉았을 때는, 자신들이 1월의 바다 위에 떠 있으며, 삭풍이 얼음장 같다는 사실을 깨닫지 않을 수 없었다. 선실에 자리를 잡기란 불가능했다. 너무 좁을 뿐만 아니라 보따리와 봇짐이 가득 들어차 있었기 때문

---

3 전갈좌의 우두머리 별로, 여름 날 초저녁 남쪽 하늘에 보이며, 붉은빛을 낸다.

이다. 보따리는 승객의 것이었고, 봇짐은 승무원의 것이었다. 우르카는 유람선이 아니었고, 따라서 밀수도 했다. 승객들은 갑판에 자리를 잡을 수밖에 없었다. 유랑민들에게는 그러한 체념이 쉬운 일이었다. 한데서 지내던 습관 덕분에, 유랑민들은 밤을 그럭저럭 보내는 일에 익숙했다. 아름다운 별은 그들의 친구 중 하나였다. 또한 추위도 그들이 잠드는 것을 도왔다. 때로는 죽는 것도 도왔다.

그날 밤에는, 조금 전에 보았듯이, 아름다운 별이 나타나지 않았다.

랑그도크 출신 사내와 제노바 출신 사내는, 저녁식사를 기다리며, 돛대 밑동에서, 선원들이 던져 준 방수포를 뒤집어쓰고 몸을 공처럼 움츠린 채, 여인들 곁에 앉아 있었다.

대머리 노인은, 꼼짝도 하지 않고 또 추위에 무감각한 듯, 뱃머리 쪽에 서 있었다.

우르카의 선장이 키를 잡고 선 채, 목구멍소리〔喉音〕로 누구를 부르는 것 같았다. 그 소리는, 아메리카에서 흔히 〈탄성꾼〉이라고 부르는 새의 감탄사와 비슷했다. 그 소리에 무리의 우두머리가 다가왔고, 그러자 선장이 그에게 다시 소리쳤다. 「*Etcheco jaüna!*」〈산 속의 농부여!〉를 뜻하는 그 두 바스크어 단어가, 옛 칸타브리아 사람들 사이에서는 엄숙한 이야기의 시작을 뜻했고, 명심해서 들으라는 명령이기도 했다.

선장이 무리의 우두머리에게 노인을 손가락으로 가리켰다. 그리고 나서 별로 정확치 않은 스페인어로 대화가 계속되었다. 산악 지방의 스페인어였기 때문이다. 그들이 묻고 대답한 것은 다음과 같다.

「*Etcheco jaüna, que es este hombre*(산 속의 농부여, 저 사람은 어떤 사람이오)?」

「*Un hombre*(하나의 사람이오).」

「*Que lenguas habla*(어떤 나라 말을 할 줄 아오)?」

「*Todas*(모든 나라 말).」

「*Que cosas sabe*(아는 것이 무엇이오)?」

「*Todas*(모든 것).」

「*Qual païs*(고향은 어디요)?」

「*Ningun, y todos*(없소, 그리고 모든 고장이오).」

「*Qual Dios*(어떤 신을 모시고 있소)?」

「*Dios*(신).」

「*Como le llamas*(그를 당신은 어떻게 부르오)?」

「*El Tonto*(미치광이).」

「*Como dices que le llamas*(그를 어떻게 부른다고)?」

「*El Sabio*(현인).」

「*En vuestre tropa, que esta*(당신네 집단에서 그는 무엇이오)?」

「*Esta lo que esta*(그는 그요).」

「*El gefe*(우두머리)?」

「*No*(아니오).」

「*Pues, que esta*(그러면 무엇이오)?」

「*La alma*(영혼이오).」

무리의 우두머리와 선장은 각자 생각에 잠겨 헤어졌고, 그리고 잠시 후 마투티나 호는 만을 벗어났다.

난바다의 커다란 흔들림이 시작되었다.

거품이 밀려 잠시 멀어진 순간에는 바다가 끈적끈적해 보였다. 물결을 황혼녘의 으슴푸레함 속에서 보니 담즙 웅덩이 모습도 띠었다. 여기저기에 물결이 납작하게 떠다니며, 돌팔매질당한 유리창처럼, 균열과 별들을 보여 주고 있었다. 그 별들 한가운데에, 빙글빙글 도는 구멍 속에', 인광(燐光) 한 가닥이 파르르 떨고 있었다. 그것은 올빼미의 눈동자 속에 남아 있는, 사라진 빛의 음흉한 반사광과 상당히 유사했다.

마투티나 호는 챔버스 모래톱 위의 무시구시한 물결을 의연하게 그리고 용감한 수영꾼처럼 건너갔다. 챔버스 모래톱은 포틀랜드 정박지 출구에 감춰져 있는 장애물로, 둑이 아니고, 오히려 야외 원형 극장과 유사하다. 물속에 있는 모래 원형 경기장, 둥그렇게 도는 물결이 조각한 계단식 관람석, 균형 잡히고 둥글며, 융프라우처럼 높으나 물속에 잠긴 투기장(鬪技場)이다. 환상적인 투명함 속에서 잠수부가 언뜻 본 대양의 콜로세움, 그것이 챔버스 모래톱이다. 히드라들이 그곳에서 싸움을 벌이고 레비아단들이 그곳에서 회합한다.[4] 전설에 따르면, 그 거대한 깔때기 밑바닥에는, 사람들이 산 같은 물고기라고 부르는 거대한 거미 크라컨[5]에게 잡혀 좌초한 선박들의 유해가 있다고 한다. 바다의 무시무시한 암영이 그러하다.

인간에게 알려지지 않은 그러한 유령 같은 실체들이, 약간의 떨림으로 수면에 자신들을 드러낸다.

19세기에 이르러 챔버스 모래톱은 폐허가 되었다. 최근에 쌓은 방파제로 인해 생긴 암류(暗流)가, 해저의 그 높은 건축물의 상단을 자르고 무너뜨려 버렸다. 또한 1760년, 크로이직에 건설한 부두로 인해, 조수가 드나드는 시각이 15분쯤 바뀌었다. 하지만 조수는 영원하다. 그렇지만, 흔히들 생각하는 것과는 달리, 영원이 인간에게 복종한다.

---

4 히드라는 그리스 신화에, 레비아단은 「욥기」(40:25)에 등장하는 괴물이다.
5 노르웨이 근해에 산다는 전설적인 문어. 지나가는 선박을 움켜잡아 세우기도 했다고 한다.

4. 여타와는 다른 구름의 출현

 무리의 우두머리가 처음에 미치광이라고 했다가 다음에 현인이라 칭한 노인은, 뱃머리를 더 이상 떠나지 않았다. 챔버스 모래톱을 지난 이후, 그의 관심은 하늘과 대양 쪽으로 나뉘어 기울었다. 그는 한동안 내려다보다가는 다시 올려다보곤 했다. 특히 그가 유심히 살핀 방향은 북동쪽이었다.

 선장은 키를 선원 하나에게 맡기고, 밧줄 보관함을 건너뛰더니, 중갑판을 지나 앞갑판으로 왔다.

 그는 노인에게로 다가갔다. 그러나 정면으로 접근하지 않았다. 노인 뒤쪽에 조금 물러서서, 두 팔꿈치를 허리에 밀착시키고, 두 손은 옆으로 뻗은 채, 머리를 한쪽 어깨 위로 갸우뚱 기울였으며, 눈을 크게 뜨고 눈썹을 치켜올린 채 입 한 귀퉁이에 미소를 지었다. 호기심이 빈정거림과 존경심 사이에서 오락가락할 때 나타나는 태도이다.

 노인은, 가끔 홀로 중얼거리는 습관이 있어서인지, 혹은 누가 자기 뒤에 있어서 말할 의욕을 느꼈음인지, 광막한 공간을 응시하면서 독백을 시작했다.

 「적경(赤經)을 측정하는 기점이 되는 자오면(子午面)을, 금세기에는 북극성과 카시오페이아의 의자, 안드로메다의 머리, 페가수스 좌에 있는 알게니브 별 등 네 별이 표시해.[1] 하지만 그중 어느 것도 보이지 않아.」

 그의 말은 자동 기계의 소리처럼 이어졌는데, 뒤범벅이 되어 겨우 말 비슷한 정도였고, 어찌 들으면 아예 발음조차 하려 하지 않은 것 같았다. 그의 말들은 입 밖으로 나와 둥둥 떠

---

1 〈카시오페이아의 의자〉는 그 별자리의 β성(星)을, 그리고 〈안드로메다의 머리〉는 그 별자리의 α성을 가리키는 듯하다. 〈알게니브〉는 페가수스 좌의 β성을 가리킨다.

다니다 흩어져 사라졌다. 독백이란 영혼 속 불길에서 피어오르는 연기이다.

선장이 그를 불렀다.

「어르신…….」

아마 귀가 좀 어둡고, 또 무슨 생각에 골똘해 있었던 탓인지, 노인은 독백을 계속했다.

「별은 충분하지 않은데, 바람이 너무 많다. 바람은 항상 자신의 길을 버리고 육지로 달려들지. 자신을 아예 수직으로 처박지. 그것은 육지가 바다보다 더 따뜻하기 때문이야. 육지의 대기가 더 가볍거든. 차갑고 무거운 바다의 바람이 대기의 자리를 차지하려고 육지로 서둘러 달려들지. 그리하여 넓은 하늘에서는, 모든 방향에서 육지를 향해 바람이 불어 대지. 계측된 위선(緯線)과 추정된 위선 사이를 지그재그로 항해하되,[2] 진로를 바꾸지 않은 채 항진 거리를 늘리는 게 중요해. 1백 리를 항해했는데, 관측된 위도와 추정된 위도 간의 차이가 3분도를 넘지 않거나, 2백 리를 항해했는데 4분도를 넘지 않으면, 항로를 벗어나지 않은 것이야.」

선장이 다가가서 인사를 했으나, 노인은 그를 보지 못했다. 옥스퍼드나 괴팅겐 대학 교수의 긴 옷과 흡사한 옷을 걸친 노인은, 거만하고 무뚝뚝한 자세로 꼼짝도 하지 않았다. 그는 파도와 인간의 감정가인 양 바다를 유심히 관찰했다. 그는 물결을 관찰하고 있었지만, 시끄러운 물결에게 발언권을 요구해 그것들에게 무엇인가를 가르치려는 것 같았다. 그에게는 점쟁이다운 점과 현학자적인 점이 함께 있었다. 그에게는 심연의 현학자[3] 같은 기색이 있었다.

2 범선이 역풍을 받으며 항해할 경우, 그 역풍을 이용하기 위해 선박의 좌우 측면을 번갈아 바람 쪽으로 향하게 하며 항진하는 방법이다.
3 〈심연의 현학자〉는 연금술이나 마법 등 비술(祕術)에 통한 사람을 가리

그는 독백을 계속했다. 하지만 아무리 독백이라 할지라도, 아마 누가 들어주기를 바랐을 것이다.

「막대 대신 타륜(舵輪)이 있으면 싸울 수 있으련만. 시속 40리로 항진할 경우, 타륜에 가해진 힘 30리브르[4]가 조타(操舵) 작용에 끼치는 힘은 30만 리브르에 달하지. 또한 그 이상이야. 타륜에다 릴 둘을 더 만들어 다는 경우도 있으니까.」

선장이 다시 인사하며 그를 불렀다.

「어르신……」

노인의 시선이 그에게 꽂히듯 고정되었다. 몸뚱이는 미동도 하지 않고 머리만 그에게로 향했다.

「나를 박사라고 부르게.」

「박사님, 접니다. 이 배의 선장.」

「좋소.」〈박사〉가 대꾸했다.

박사는 — 이제부터는 노인을 그렇게 부르자 — 대화에 동의할 기색을 보였다.

「선장, 잉글랜드 팔분의(八分儀)를 가지고 계신가?」

「없습니다.」

「잉글랜드 팔분의가 없으면, 앞쪽에서건 뒤쪽에서건, 위도를 측정할 수 없을 걸세.」

「바스크인들은 잉글랜드 팔분의가 만들어지기 전부터 이미 위도를 측정했습니다.」 선장이 반박했다.

「이물을 바람 불어오는 쪽으로 함부로 돌리지 말게.」

「저는 필요할 경우에 밧줄을 늦춥니다.」

「선박의 속도를 측정해 보았나?」

「예.」

키는 듯하다.
4 프랑스의 옛 중량 단위로. 지방에 따라 380그램~550그램에 해당했다. 현재는 5백 그램으로 통일되었다.

「언제?」
「조금 전에.」
「어떻게?」
「로그[5]를 사용했습니다.」
「로그의 나무판을 지켜보았는가?」
「예.」
「모래시계는 정확히 30초를 나타내는가?」
「예.」
「두 유리 공 사이의 구멍이 모래에 닿지 않았는지, 확신할 수 있는가?」
「예.」
「화승총 탄환 하나를 매달아, 그것의 떨림을 이용해 모래시계를 점검했는가……」
「대마 껍질에서 뽑은 납작한 줄 끝에 매단 탄환 말씀이시죠?」
「줄이 늘어나지 않도록 그것에 밀랍을 먹였는가?」
「예.」
「로그도 점검해 보았는가?」
「모래시계는 화승총 탄환을 이용해 점검했고, 로그는 둥근 포탄을 이용해 점검했습니다.」
「사용한 포탄의 지름은?」
「한 피에.」
「적당한 중량이군.」
「우리의 옛 전함 라 카스 드 파르그랑에서 사용하던 포탄입니다.」
「아르마다에 속해 있던 전함 말인가?」

---

5 네덜란드어 어원(*log*)대로 적는다.

「예.」

「또한 병사 6백 명과 승무원 50명을 태우고, 대포 25문을 탑재했던 전함 말이지?」

「하지만 난파했습니다.」

「포탄에 가해지는 물의 충격은 어떻게 측정했는가?」

「독일 저울을 사용했습니다.」

「포탄을 매단 밧줄에 가해지는 물결의 충격도 감안했는가?」

「예.」

「결과는?」

「물의 충격은 170리브르였습니다.」

「다시 말해, 배의 시속이 4 프랑스 리외[6]군.」

「그리고 3네덜란드 리외입니다.」

「하지만 그것은 조류의 유속(流速)을 제외한, 배의 항속일 뿐이지.」

「물론 그렇습니다.」

「이 배는 어디로 가는가?」

「로욜라와 산세바스티안 사이에 있는, 그리고 제가 잘 아는, 작은 만으로 갑니다.」

「즉시 도착지 위선을 확인하게.」

「예. 편차를 최소화하겠습니다.」

「바람과 조류를 조심하게. 바람이 조류를 충동질한다네.」

「*Traidores*(배신자들).」

「욕설을 삼가게. 바다가 듣는다네. 그 무엇도 모욕하지 말게. 관찰하는 것으로 만족하게.」

---

6 프랑스의 옛 거리 측정 단위로, 약 4킬로미터에 해당한다. 그러나 프랑스 내에서도 지방에 따라 실제 거리가 다양하다. 경우에 따라 〈10리〉로 적는다.

「살폈고 또 살피고 있습니다. 지금은 조류가 바람의 반대 방향입니다. 그 둘이 같은 방향으로 움직이게 되면 우리에게 큰 득이 될 것입니다.」

「해로도(海路圖)는 가지고 있는가?」

「없습니다. 이 바다의 것은 없습니다.」

「그렇다면 자네는 더듬어 가며 항해하나?」

「그렇지 않습니다. 저에게는 나침반이 있습니다.」

「나침반은 한쪽 눈에 불과해. 나머지 다른 눈은 해로도야.」

「애꾸도 사물을 봅니다.」

「배의 항로와 용골이 이루는 각(角)을 자네는 어떻게 측정하나?」

「편차 측정용 컴퍼스가 제게 있습니다. 그리고 제가 짐작도 합니다.」

「짐작하는 것도 좋지. 그러나 정확히 아는 것이 나아.」

「크리스토프[7]도 짐작했습니다.」

「그러나 혼란이 일어나 장미[8]가 꼴사납게 마구 돌면, 더 이상 무슨 마구(馬具)[9]로 형세를 살펴야 할지 알 수 없게 되며, 짐작된 방위도 수정된 방위도 알 수 없네. 해로도를 가진 당나귀[10]가 예언 잘하는 점쟁이보다 낫지.」

「북풍 속에는 아직 혼란이 없습니다. 따라서 왜 잔뜩 경계해야 하는지 이유를 모르겠습니다.」

「선박이란 바다의 거미줄에 걸린 파리야.」

「지금은, 파도나 바람 모두 양호한 상태입니다.」

「물결 위에서 파르르 떨고 있는 검은 점들, 그것이 대양에

---

7 콜럼버스를 가리킨다.
8 32방위를 표시하는 나침반의 별 모양(장미 모양) 방위 표시도.
9 여기에서는 항해 도구를 뜻한다.
10 멍청이.

떠 있는 인간들의 모습이야.」

「오늘 밤에는 아무 일도 없을 것입니다.」

「도무지 분간할 수 없는 일이 닥칠 수도 있고, 그러면 자네는 그 간계에서 벗어나기 위해 고역을 치를 걸세.」

「지금까지는 모든 일이 순조롭습니다.」

박사의 눈이 북동쪽으로 고정되었다.

선장은 이야기를 계속했다.

「가스코뉴 만에만 도착하면 제가 모든 것을 알아서 하겠습니다. 아! 이를테면 그곳이 제 집이나 마찬가지죠. 저의 가스코뉴 만은 제가 훤히 압니다. 그것은 자주 성을 내는 대야이지만, 저는 그곳의 수위(水位)와 해저면의 특색을 잘 압니다. 산시프리아노 앞 바다 밑은 개흙이고, 시사르케 앞은 조개껍질, 페냐스 갑 근처 바닥은 모래이며, 보우카우트 데 미미산에는 작은 자갈들이 깔려 있습니다. 저는 그 자갈들의 색깔까지 알고 있습니다.」

선장이 이야기를 중단했다. 박사가 더 이상 자신의 말에 귀를 기울이지 않았기 때문이다.

박사는 북동쪽을 유심히 바라보고 있었다. 그의 얼음장처럼 차가운 얼굴 위로 무엇인가 범상치 않은 것이 스쳐 지나갔다. 돌 가면 위에 나타날 수 있는 두려움의 전부가 그의 얼굴에 떠올라 있었다. 그의 입에서 한마디가 튀어나왔다.

「좋아! 잘됐군!」

부엉이 눈처럼 동그랗게 변한 그의 눈동자는, 광막한 공간 속 한 지점을 응시하면서, 놀라움으로 잔뜩 팽창되었다.

그가 덧붙였다.

「당연한 일이야. 동감일세.」

선장이 그를 물끄러미 바라보았다.

박사가 다시 한마디 했다. 자신에게 하는 말 같기도 하고,

심연 속에 있는 어떤 이에게 하는 말 같기도 했다.
「나는 찬성이야.」
그가 입을 다물었다. 그러고는 자기가 보고 있던 것에 잔뜩 주의를 쏟으며, 눈을 점점 더 크게 떴다. 그러더니 다시 한마디 했다.
「저것이 아주 멀리에서 오는군. 하지만 저것은 자신이 하는 일을 알고 있어.」
박사의 시선과 사념이 깊숙이 잠겨 있던 공간은 해 지는 쪽의 정반대편이라, 황혼녘의 광대한 반사광 때문에 대낮처럼 밝았다. 매우 한정되어 있고 회색빛 안개 조각들로 둘러싸인 그 공간은, 그저 푸를 뿐이었는데, 창공보다는 납의 빛깔에 더 가까운 푸른색이었다.
이제는 더 이상 선장을 쳐다보지도 않고, 바다를 향해 완전히 돌아선 박사가, 집게손가락으로 그 공간의 하늘을 가리키며 말했다.
「선장, 저거 보이나?」
「무엇 말씀입니까?」
「저거.」
「무엇 말씀입니까?」
「저 멀리.」
「예, 푸른색입니다.」
「저것이 무엇일까?」
「하늘 한 귀퉁이입니다.」
「하늘로 가는 이들에게는 그렇겠지. 다른 곳으로 가는 이들에게는 전혀 다른 것이지.」
그리고 그는, 어둠 속으로 향한 무시무시한 시선으로, 수수께끼와 같은 자신의 말을 강조했다.
잠시 침묵이 흘렀다.

선장은, 무리의 우두머리가 노인에게 부여한 두 가지 칭호를 뇌리에 떠올리며, 자신에게 질문을 던졌다. 〈한낱 미치광이일까? 현인일까?〉

뼈마디가 드러났고 뻣뻣한 박사의 집게손가락은, 수평선의 혼미하고 푸른 구석을 향해 뻗힌 채, 마치 안전장치가 되어 있는 듯 허공에 머물러 있었다.

선장은 그 푸른 구석을 유심히 살폈다. 그러더니 홀로 중얼거렸다.

「정말, 하늘이 아니군. 구름이야.」

「푸른 구름은 검은 구름보다 더 몹쓸 것이지.」 박사가 그렇게 대꾸하고 다시 덧붙였다.

「눈구름이야.」

「*La nube de la nieve*.」 번역을 하면 이해가 더 잘되기라도 한다는 듯, 선장이 그렇게 화답했다. 박사가 그에게 물었다.

「눈구름이 무엇인지 아는가?」

「모릅니다.」

「곧 알게 될 걸세.」

선장이 다시 수평선을 살피기 시작했다.

구름을 관찰하면서 선장은 나지막하게 중얼거렸다.

「한 달 동안의 광풍과 한 달 동안의 비, 기침하는 1월과 우는 1월, 그것이 우리 아스투리아스 지방 사람들의 겨울이야. 우리 고장 비는 따뜻해. 눈은 산에만 내려. 물론 눈사태를 조심해야지! 눈사태는 막무가내야. 그것은 짐승이야.」

「그리고 물기둥은 괴물이지.」 박사가 대꾸했다.

박사가 잠시 말미를 두었다가 덧붙였다.

「저기 오는군.」

그가 다시 말했다.

「여러 바람이 동시에 일을 시작하는군. 서쪽에서 부는 큰 바람 하나와 동쪽에서 부는 몹시 느린 바람 하나.」

「서쪽 바람은 위선자입니다.」 선장이 대꾸했다.

푸른 구름 덩어리가 점점 커지고 있었다.

「눈이 산에서 내려올 때 무섭다면, 그것이 북극에서 무너져 내려오면 어떠할지, 한번 생각해 보게.」 박사가 선장의 말을 받았다.

박사의 눈은 흐릿했다. 수평선에서처럼 그의 얼굴에도 동시에 눈이 쌓이는 것 같았다.

그가 몽상에 잠긴 어조로 다시 중얼거렸다.

「분(分)들이 시간을 데려온다. 저 높은 곳의 뜻이 살짝 열린다.」

선장은 자신에게 다시 질문을 던졌다. 〈미치광이일까?〉 그 순간 박사가, 눈동자는 여전히 구름에 고정한 채, 그에게 물었다.

「선장, 망슈 해역[11]을 자주 항해했는가?」

선장이 대답했다.

「오늘이 처음입니다.」

푸른 구름에 골몰해 있던 박사는, 그러나 해면동물이 일정량의 물만 몸속에 간직할 수 있듯이, 일정량의 두려움밖에 가지고 있지 않은지라, 선장의 그러한 대답에, 어깨를 아주 약하게 움찔하는 것 이상으로 놀라지 않았다.

「그것은 무슨 연유인가?」

「박사님, 저는 평소에 아일랜드 항로만 왕래합니다. 폰타라비아를 출발해 블랙하버 혹은 섬 두 개로 이루어진 아킬

---

11 그레이트브리튼 남부와 프랑스 북서부 사이에 있는 해역을 가리킨다. 대서양과 북해를 잇는 해역이며, 가장 좁은 곳은 넓이가 40킬로미터에 불과하다. 잉글랜드 측 명칭은 영국 해협 *English Channel* 혹은 해협 *Channel* 이다.

군도에 가곤 합니다. 가끔, 웨일스 지방의 곶에 있는 브레치풀트에도 갑니다. 하지만 항상 실리 군도를 지나 항해합니다. 저는 이 바다를 전혀 모릅니다.」

「심각한 일이군. 대양을 더듬더듬 읽는 사람은 불운을 피할 수 없는 법! 망슈는 유창하게 읽어야 할 바다라네. 망슈는 곧 스핑크스야. 특히 그 밑바닥을 조심하게.」

「우리가 있는 이곳 수심이 25브라스[12]입니다.」

「55브라스 되는 서쪽 지점에 이르러야 하고, 동쪽의 20브라스 지점은 피해야 하네.」

「중도에 수심을 측정하겠습니다.」

「망슈는 다른 바다와 같지 않네. 한사리 때는 조수가 50피에나 높아지고, 조금 때도 25피에 높아진다네. 이곳에서는 썰물이라 해도 그것이 에브[13]가 아니고, 에브라 해도 그것이 간조(干潮)가 아니라네. 아! 자네 정말 당황한 모양이군.」

「오늘 밤에 수심을 측정하겠습니다.」

「수심을 측정하려면 정지해야 하는데, 그것이 불가능할 걸세.」

「왜 그렇습니까?」

「바람 때문에.」

「그래도 해보겠습니다.」

「질풍은 옆구리를 파고드는 검이라네.」

「그래도 측정하겠습니다, 박사님.」

12 바다의 수심을 재는 길이의 단위로 약 1.6미터이다. 우리의 〈한 발〉 혹은 〈한 길〉과 같은 개념으로, 어원적 의미로는 〈두 팔〉이라는 뜻이다.

13 *èbe*는 프랑스에서 통용되지 않는 말이다. 영어의 *ebb*나 덴마크어의 *ebbe*에서 차용한 것이 아닌가 여겨진다. *ebb*의 경우, 〈조수가 써다〉라는 자동사적 의미와 〈썰물〉이라는 명사적 의미를 가지고 있을 뿐이다. 작가가 왜 구태여 *reflux*(썰물)와 *èbe*와 *jusant*(간조)을 구분했는지 모르겠다. 더구나 *èbe*가 *reflux*를 뜻하는 어느 지방 사투리일 가능성도 있다.

「배를 측면으로 돌려 멈출 수도 없을 걸세.」

「제기랄!」

「언사를 조심하게. 성마른 이름을[14] 가볍게 입에 담지 말게.」

「박사님께 장담하거니와, 제가 측정해 보겠습니다.」

「겸손하시게. 잠시 후면 바람이 자네의 따귀를 때릴 걸세.」

「하지만 측정을 시도해 보겠습니다.」

「물의 충격이 납덩이가 내려가지 못하도록 방해할 뿐만 아니라 줄을 끊을 걸세. 아! 자네 정말 이 해역엔 처음이군!」

「처음입니다.」

「좋아, 그러면 내 말 유의해 듣게, 선장.」

유의해 들으라는 말의 억양이 어찌나 강압적인지, 선장은 허리를 굽실했다.

「박사님, 말씀하십시오.」

「아딧줄을 당겨 침로를 좌현 쪽으로 돌리고, 우현 쪽 돛을 팽팽하게 당기게.」

「그게 무슨 뜻입니까?」

「뱃머리를 서쪽으로 돌리게.」

「*Caramba*(제기랄! 빌어먹을)!」

「뱃머리를 서쪽으로!」

「그렇게는 못하겠습니다.」

「자네 뜻대로 하게. 그렇게 하라고 자네에게 말하는 것은 다른 사람들을 위해서일세. 나는 받아들이네.」

「하지만 박사님, 뱃머리를 서쪽으로 돌리는 것은······.」

「그래, 선장.」

「그것은 바람을 거스르는 것입니다!」

「그렇지, 선장.」

---

14 툭하면 성내는 존재의 이름, 즉 신의 이름(*Foi de Dieu!*).

「그것은 마귀의 키질[15]이 될 것입니다!」
「다른 용어를 고르시게. 그렇지, 선장.」
「배를 고문용 목마 위에 올려놓는 격입니다!」
「그렇지, 선장.」
「아마 돛대가 부러질 것입니다!」
「그럴지도 모르지.」
「서쪽으로 뱃머리를 돌려야겠습니까?」
「그렇다네.」
「못 하겠습니다.」
「그러면 자네 뜻대로 바다와 아귀다툼을 벌이게.」
「바람의 방향이 바뀔 겁니다.」
「밤새도록 바뀌지 않을 걸세.」
「왜 그렇습니까?」
「이것은 길이가 1만 2천 리에 이르는 긴 바람일세.」
「그러한 바람을 거슬러 항해하다니, 불가능한 일입니다.」
「다시 말하네만, 뱃머리를 서쪽으로 돌리게!」
「시도해 보겠습니다. 하지만 무슨 짓을 하더라도 항로 이탈은 불가피할 것입니다.」
「그것이 위험일세.」
「삭풍이 우리를 동쪽으로 내몰고 있습니다.」
「동쪽으로는 가지 말게.」
「무슨 이유에서입니까?」
「선장, 오늘 우리에게 적합한 죽음의 이름이 무엇인지 아는가?」
「모릅니다.」
「죽음의 이름은 동쪽이라네.」

---

15 배가 앞뒤로 요동하는 현상을 가리킨다.

「배를 서쪽으로 몰겠습니다.」

박사가 이번에는 선장을 응시했다. 또한 뇌수에 생각 하나를 깊숙이 박아 주려는 듯, 지그시 누르는 시선으로 선장을 바라보았다. 그가 선장을 향해 완전히 돌아서더니, 한 음절씩 천천히 다음과 같이 말했다.

「만약 오늘 밤, 우리가 바다 한가운데에 이르렀을 때, 종소리가 들려오면, 이 배는 끝장이네.」

선장은 어이가 없다는 듯 박사를 물끄러미 쳐다보았다.

「무슨 말씀입니까?」

박사는 아무 대답도 하지 않았다. 잠시 밖을 향했던 그의 시선은 이제 다시 안으로 들어가 버렸다. 그의 눈은 다시 내면을 향했다. 그는 놀란 선장의 질문을 듣지 못한 것 같았다. 오직 자기 내면에서 들려오는 소리에만 몰두하고 있었다. 그의 입술이 기계적으로 움직이며 다음 몇 마디를 중얼거림처럼 흘려보냈다.

「검은 영혼들이 자신을 정화할 순간이 도래했도다.」

선장은 안면 아랫부분을 몽땅 코 가까이로 밀어 올리며 입을 삐죽거렸다.

「현인이라기보다는 미치광이군.」 그렇게 중얼거리며 그는 물러갔다.

하지만 그는 뱃머리를 서쪽으로 돌렸다.

그러나 바람과 바다는 점점 더 부풀고 있었다.

5. 하드콰논

온갖 종류의 종창(腫脹)이 안개의 형태를 흉측스럽게 만들어 놓고 있었다. 또한 보이지 않는 입들이 폭풍 주머니들을 열심히 부풀리고 있는 듯, 그 종창들이 수평선 모든 지점에서 일시에 부풀어 오르고 있었다. 구름 덩어리가 부각되는 모양이 염려스러워지고 있었다.

푸른 구름이 하늘을 온통 점령했다. 그것들이 이제는 동쪽에 못지않게 서쪽에도 있었다. 구름은 바람을 거슬러 전진하고 있었다. 그러한 모순도 바람의 속성 중 하나이다.

잠시 전까지 비늘로 덮여 있던 바다가 이제는 가죽을 뒤집어썼다. 그 용이 그러하다. 더 이상 악어가 아니었다. 보아였다. 납빛이고 더러운 그 가죽은 두꺼워 보였고, 육중하게 주름 지고 있었다. 표면에서는, 여기저기 흩어져 있고 농포(膿疱) 같은 파도 거품이, 둥글게 구르다가 터졌다. 거품은 나병과 흡사했다.

버려진 아이의 눈에도 아직 보이던 우르카가 신호등을 밝힌 것은 바로 그 순간이었다.

15분이 흘렀다.

선장은 갑판 위로 눈을 돌려 박사를 찾았다. 그러나 박사는 더 이상 그곳에 없었다. 선장이 물러간 즉시, 그는 거추장스럽고 기다란 몸뚱이를 구부려 뚜껑문을 열고 선실로 들어가 버렸다. 그러고는 화덕 옆 나무 판 위에 걸터앉았다. 그는 호주머니에서, 오돌토돌한 가죽으로 만든 잉크병 하나와 코르도바산 가죽으로 만든 지갑을 꺼냈다. 그런 다음, 낡고 얼룩졌으며 노랗게 찌든, 네 조각으로 접힌, 양피지를 지갑에서 꺼냈다. 양피지를 펴고, 잉크병 케이스에서 펜을 집어 들더니, 지갑을 무릎 위에 펼친 후, 그 위에 양피지를 펴놓았다. 그리고 요리사를 밝혀 주던 등불에 의지해, 양피지 이면에 무엇인가를 쓰기 시작했다. 파도의 진동이 그를 방해했다. 박사는 오랫동안 계속해서 썼다.

글을 쓰면서도 박사는, 프로방스 출신 남자가 간을 보듯,

푸체로에 고추 하나씩을 넣을 때마다 홀짝거리던, 아구아르디엔테가 담겨 있는 호리병을 눈여겨보았다.

박사가 호리병을 유심히 바라본 것은, 그 속에 있던 화주(火酒) 때문이 아니라 호리병을 감싸고 있는 백색 버들 가운데에 붉은색 버들로 엮어 새긴 어느 이름 때문이었다. 선실 안은 이름을 읽을 수 있을 만큼 충분히 환했다.

박사는 쓰기를 중단하고 그 이름을 나지막하게 소리 내어 읽어 보았다.

「하드콰논.」

그런 다음 요리사에게 물었다.

「내가 그 호리병을 아직 유의해서 보지 못했는데, 혹시 하드콰논이 가지고 있던 것인가?」

「우리의 가엾은 동료 하드콰논 말씀입니까? 그렇습니다.」 요리사의 대답이었다.

박사가 이어서 물었다.

「플랑드르 출신 플라망 사람 하드콰논인가?」

「그렇습니다.」

「지금 감옥에 있는?」

「예.」

「채텀 조망탑 속에 있는?」

「이것은 그의 호리병이고, 그는 제 친구입니다. 그를 잊지 않으려고 이 호리병을 간직하고 있습니다. 그를 언제 다시 만날 수 있겠습니까? 그렇습니다. 그가 허리에 차고 다니던 것입니다.」

박사는 다시 펜을 집어 들고 양피지에다 구불구불 힘들게 쓰기 시작했다. 자신이 쓰는 것을 잘 알아볼 수 있도록 하기 위해 신경을 쓰고 있음이 분명했다. 선박의 동요와 고령으로 인한 손의 떨림에도 불구하고, 그는 자신이 기록하려 하던 것을 완성했다.

박사는 그 일을 적시에 마쳤다. 그가 일을 끝내자마자 별안간 바다가 요동질을 쳤다. 맹렬한 물결이 우르카를 덮쳤고, 흔히 선박들이 폭풍을 맞을 때 추는 무시무시한 춤이 시작됨을 느낄 수 있었다.

박사가 자리에서 일어섰다. 그리고 거대한 파도의 퉁명스러움을 무릎의 세련된 유연함으로 완화시키며, 화덕 가까이 다가가서, 솥을 덥히고 있던 불에 자신이 쓴 것을 정성껏 말린 다음, 양피지를 다시 접어 지갑에 넣은 후, 지갑과 필기구를 다시 호주머니에 넣었다.

화덕은 우르카의 내부 비품 중 다른 어느 것 못지않게 독창적이었다. 아주 훌륭하게 유리(遊離)되어 있었다. 그렇건만 솥이 흔들거렸다. 프로방스 사내가 솥을 지키고 있었다.

「물고기 국입니다.」

「물고기들에게 줄 국이지.」 박사의 대꾸였다.

그런 다음 박사는 갑판으로 돌아갔다.

6. 그들은 자신들이 도움을 받았다고 믿는다

점점 증대되는 염려 속에서 박사는 상황을 전반적으로 점검해 보았다. 누가 그의 곁에 있었다면 그의 입술 사이로 새어 나오던 이런 말을 들을 수 있었을 것이다.

「옆질[1]이 지나치고 키질은 부족해.」

그런 다음 박사는, 자기 영혼의 신비로운 작업에 호명되어, 광부가 수갱(竪坑) 속으로 내려가듯, 사념 속으로 다시

---

[1] 배가 좌우로 요동하는 것을 가리킨다.

빠져 들어갔다.

그러한 사색이 바다의 관찰을 등한케 하는 일은 전혀 없었다. 관찰된 바다는 하나의 몽상이다.

영원히 괴로움 당한 물들의 고초가 시작되려 하고 있었다. 바다 전체에서 비탄의 소리가 솟아 나오고 있었다. 어렴풋이 음산한 준비가 거대한 덩어리 속에서 진행되고 있었다. 박사는 눈에 보이는 것들을 유심히 살피며, 아주 미세한 것도 놓치지 않았다. 게다가 그의 시선에는 명상의 기미조차 어려 있지 않았다. 지옥 앞에서는 명상에 잠기지 않는 법이다.

아직은 반쯤 잠재적이되, 망망한 수면의 동요 속에 이미 어른거리기 시작한 대대적인 격동이, 바람과 안개와 파도를 점점 더 강화하고 심각하게 만들고 있었다. 대양만큼 논리적인 것도 없고, 대양처럼 어처구니없어 보이는 것도 없다. 그러한 자신의 분산은 자기의 존엄성에 내재하며, 그것이 또한 자기의 풍만함을 구성하는 요소 중 하나이다. 파도는 찬성했다가 반대하기를 끊임없이 반복한다. 매듭을 짓는가 하면 이내 풀린다. 파도의 한쪽 경사면이 공격을 하면, 반대편의 다른 경사면은 해방을 시킨다. 물결과 같은 환영도 없다. 번갈아 이어지고 현실 같지 않은 기복, 골짜기, 그물침대들, 말의 실한 가슴팍들이 소멸되는 모습, 희미한 윤곽, 그것들을 어떻게 묘사한단 말인가? 산과 꿈이 뒤섞인 포말의 빽빽한 숲을 어떻게 묘사한단 말인가? 필설로 다할 수 없는 것은, 모든 곳에, 찢김 속에, 찌푸림 속에, 불안 속에, 끊임없는 배신 속에, 모호함 속에, 구름으로 만든 펜던트 속에, 항상 망가져 있는 궁창(穹蒼) 받침대 속에, 공백도 중단도 없는 풍화 작용 속에, 그리고 그 모든 발광 상태가 내는 음산한 소음 속에 있다.

북쪽에서 바람이 자신의 도래를 알렸다. 바람은 몹시 난폭해, 잉글랜드에서 멀어지는 데 어찌나 호의적이고 유익한지,

마투티나 호의 선장은 배를 돛으로 몽땅 뒤덮기로 결심했다. 우르카는 포말 속에서, 굽을 모아 달리듯, 모든 돛을 활짝 펴고, 이 물결에서 저 물결로, 미친 듯 즐거운 듯, 겅둥거리며 탈출하고 있었다. 도망치는 이들도, 황홀한 듯 크게 웃었다. 그들은 손뼉을 치며, 거대한 파도와 물결, 바람, 돛, 속도, 도주, 까맣게 모르는 미래에, 갈채를 보냈다. 박사는 그들이 보이지도 않는 듯, 깊은 생각에 잠겨 있었다.

낮의 잔해가 모두 자취를 감추었다.

그 순간이 바로, 멀리 절벽 위에서 아이가 유심히 바라보던 우르카가, 시선에서 사라지던 시점이었다. 그 순간까지는 아이의 시선이 고정되어, 선박에 의지하고 있던 바와 다름없었다. 그 시선이 운명에서 어떤 역할을 했을까? 먼 거리가 우르카를 지워 버리고, 또한 아이에게 더 이상 아무것도 보이지 않게 된 순간, 아이는 북쪽으로 떠났고, 그동안 우르카는 남쪽으로 가고 있었다.

7. 신성한 공포

우르카가 실어 가고 있던 이들은, 환희와 명랑함에 휩싸여, 차츰 뒤쪽으로 멀어져 작아지는, 적의를 품은 땅을 바라보고 있었다. 포틀랜드와 퍼벡, 타인험, 킴머리지, 매트레버스, 안개 낀 절벽의 긴 띠, 등대가 점점이 찍혀 있는 해안 등을 황혼 속에서 왜소하게 만들며, 대양의 검고 동그란 모양이 조금씩 떠오르고 있었다.

드디어 잉글랜드가 완전히 지워졌다. 도망자들 주위에는 이제 바다밖에 없었다.

별안간 밤이 공포감을 불러일으켰다.

더 이상 면적도 공간도 존재하지 않았다. 하늘은 검정 일색이었고, 범선 위에서 다시 닫혔다. 눈이 천천히 내리기 시작했다. 커다란 눈송이 몇이 나타났다. 마치 영혼들 같았다. 바람의 경주장에서는 이제 아무것도 보이지 않았다. 모두들 뭔가에 넘겨진 듯한 느낌에 사로잡혔다. 무슨 일이 닥칠지 모르는 처지, 덫이었다.

 북극의 사이클론은 그러한 동굴 속 어둠으로 시작된다.

 히드라 밑에 걸려 있는 듯한 거대하고 뿌연 구름 덩어리가 대양을 짓누르고 있었으며, 군데군데에서는 그 납빛 복부가 물결에 맞닿아 있었다. 그렇게 맞닿아 있는 부분 중 몇몇은 터진 주머니 같아, 그것이 바다에 펌프질을 해, 자신이 가지고 있던 안개를 내보내고 대신 물로 자신을 채우고 있었다. 그러한 빨아들이기로 인해, 물결 위 여기저기에, 포말 원추가 불쑥불쑥 솟곤 했다.

 북쪽에서 온 폭풍이 우르카에게 달려들었고, 우르카는 그 속으로 자신을 던졌다. 광풍과 배가 서둘러 마중하며 서로를 모욕하는 것 같았다.

 그처럼 미치광이 같은 첫 접촉이 이루어지는 동안, 단 한 폭의 돛도 줄이지 않았고, 이물의 삼각돛 하나도 내리지 않았으며, 축범부(縮帆部) 하나도 건드리지 않았다. 탈출이라는 것이 그만큼 광증을 수반한다. 돛대는, 마치 겁을 먹은 듯, 뒤로 휘어지며 와지끈거렸다.

 사이클론이 북반구에서는 왼쪽에서 오른쪽으로, 즉 시계침과 같은 방향으로 움직이는데, 이동 속도가 때로는 시속 95킬로미터 정도에 이른다. 비록 난폭하게 선회하는 발작 증세에 내맡겨져 있었지만, 우르카는 마치 온순한 반원 속에라도 있었던 양 처신했다. 물결을 정면으로 받으면서, 뒤에서 비스듬히 가해지는 충격을 피하기 위해 강풍을 우현으로 받고, 뱃머리를 앞쪽 바람에게로 향하도록 하는 것이 고작이었다. 하지만 그 어설픈 조치가, 풍향이 급변할 경우에는 아무 도움도 주지 못했을 것이다.

인간이 접근할 수 없는 깊은 곳에서는 신비한 소음이 들려오고 있었다.

심연의 울부짖음, 그것에 견줄 만한 것은 없다. 그것은 이 세계의 짐승스럽고 광막한 음성이다. 우리가 질료라고 칭하는 그것, 도저히 그 신비를 밝힐 수 없는 유기체, 때로는 전율의 소이연(所以然)이 되는 극미한 의도가 그 속에서 촉지되는 무한한 에너지들의 혼합물, 야간에 움직이며 눈 먼 코스모스, 그 불가해한 목신 판은, 특유의 울부짖음을 가지고 있는데, 그것은 기이하고, 오래 이어지고, 집요하고, 지속적인 울부짖음이며, 언어 이하이고 천둥 이상이다. 그 울부짖음이 폭풍이다. 다른 음성, 가령 노래나 멜로디, 아우성, 말소리 등은 둥지나 가족, 짝짓기, 결혼, 거처 등에서 나온다. 그러나 폭풍은 〈전체〉라고 하는 〈무〉에서 나온다. 다른 음성은 세계의 영혼을 표현하지만, 폭풍은 괴물을 표현한다. 폭풍은 형태가 없으되 노호하는 존재이다. 규정되지 않은 것이 쏟아 놓은 불분명한 발음이다. 비장하고 무시무시한 그 무엇이다. 그것의 몽몽한 소음은, 인간을 넘어, 인간 저 너머와 대화를 한다. 그 소음은 스스로 높아지고, 낮아지고, 일렁거리고, 소리로 물결을 규정하고, 영혼에게 뜻밖의 사나운 짓을 자행하는데, 우리의 귀 가까이에서 브라스 밴드처럼 터져 귀찮게 굴다가는, 멀리서 들려오는 목이 쉰 소리를 내기도 한다. 언어를 닮은 현기증 나는 함성, 아니 그것은 정말 하나의 언어이다. 그것은 코스모스가 말을 하려 기울이는 노력이며, 비범함의 말더듬기이다. 캄캄하고 거대한 꿈틀거림이 견디고, 감내하고, 용서하고, 받아들이고, 거부하는 모든 것이, 강보

속 아기의 울음소리 같은 그 소음 속에서 희미하게 자신을 드러낸다. 대개의 경우 그것은 헛소리를 한다. 주기적으로 도지는 병과 유사하다. 또한 동원된 힘이라기보다는 꾸역꾸역 솟아나 흩어진 간질이다.[1] 또한 간질이 무한 속으로 추락하는 현장을 보는 듯하다. 이따금씩 질료가 자기의 권리를 요구하는 것이 언뜻 보이기도 하는데, 무슨 부질없는 생각으로 혼돈이 창조를 상대로 권리의 재탈환을 시도하는지 모르겠다.[2] 그 소음이 때로는 곧 불평이다. 광막한 공간이 탄식하며 자신의 무죄를 증명한다. 세계의 입장을 변론하는 소리와 흡사하다. 우주가 하나의 재판임을 짐작할 수 있을 것 같다. 개진된 주장들과 찬반 의견을 귀 기울여 듣고, 그 진위를 파악하려 노력한다. 어떤 망령의 탄식은 삼단논법의 집요함을 보이기도 한다. 오성에는 대대적인 혼란이다. 신화와 다신교의 존재 이유가 거기에 있다. 거대한 웅얼거림이 유발하는 공포 이외에, 언뜻 보이다 사라지는 초인적인 윤곽들도 있다. 제법 선명한 에우메니데스, 구름 속에 그려진 푸리아의 젖가슴, 거의 확인된 플루톤의 키메라 등이 그것이다.[3] 어떠한 공포도, 그 흐느끼는 소리, 그 웃음소리, 그 날렵한 소음, 그 이해할 수 없는 질문과 답변들, 그 미지의 보조자들을 부

---

1 간질병자의 입에서 나오는 거품을 환유하는 듯하다.

2 〈혼돈〉과 〈창조〉를 작가는 소문자로 적었으나, 그 두 단어는 구약의 「창세기」를 염두에 두고 사용한 것임에 틀림없다. 혼돈이란 질료의 완전한 자유 상태인데, 창조주(창조 작업)의 개입 이후 질료가 자유를 상실했다는 시각이다.

3 에우는, 옛 그리스 신화에 나오는 복수의 여신들 에리니에스를 가리킨다. 그 여신들의 노여움을 살까 두려워, 그녀들의 환심을 사기 위해 붙여 준 이름으로, 그 뜻은 〈온정 넘치는 여신들〉이다. 푸리아 역시 에리니에스를 가리키는 로마식 명칭이며, 그 뜻은 〈격렬한 노여움〉이다. 한편, 플루톤과 키메라 간에 어떤 신화적 관계가 있는지, 확인하기 어렵다.

르는 소리 등에는 비할 수 없다. 그러한 무시무시한 주문 앞에서는 인간이 어찌 될지 알 길이 없다. 그 준엄한 억양의 수수께끼 밑에서 인간은 오그라들 수밖에 없다. 어떤 암시가 거기에 있을까? 그 주문들은 무엇을 뜻할까? 그것들이 누구를 위협하는 것일까? 누구에게 하소연하는 것일까? 낭떠러지로부터 낭떠러지로, 대기로부터 물로, 바람에서 파도로, 비로부터 바위로, 천정점(天頂點)에서 천저(天底)로, 별들로부터 포말로 쏟아지는 울부짖음, 망가지는 심연 부리망,[4] 대소동은 그러한데, 꺼림칙한 마음과의 정체 모를 신비한 다툼으로 소동이 더욱 복잡해졌다.

밤의 수다가 밤의 침묵보다 덜 음산한 것은 아니다. 밤의 수다에서는 잊혀진 자의 노여움을 느낄 수 있다.

밤은 하나의 임재(臨在)이다. 누구의 임재일까?

또한 밤과 암흑을 구별해야 한다. 밤 속에는 절대가 있으나, 암흑 속에는 다수(多數)가 있다. 문법은, 그 논리는, 암흑의 경우 단수(單數)를 인정하지 않는다.[5] 밤은 하나이고, 암흑은 여럿이다.

밤의 신비를 간직하고 있는 안개는, 그 자체가 산만함, 덧없음, 무너짐, 불길함이다. 그 속에서는 더 이상 대지를 느끼지 못한다. 전혀 다른 현실을 느낄 뿐이다.

무한하고 규정할 수 없는 어둠 속에는, 살아 있는 무엇이, 혹은 누군가가 있다. 하지만 살아 있는 것은 우리의 죽음에 속한다. 우리가 이 지상에 체류한 후, 그러한 어둠이 우리에게 빛이 될 때, 우리의 삶 저 너머에 있는 생명이 우리를 수중에 넣을 것이다. 그때를 기다리며 생명은 우리를 더듬는 것 같다.

---

[4] 심연의 입구에 씌운 부리망이 망가져, 부리망 풀린 가축들처럼 심연이 소동을 피우기 시작하는 현상을 말한다.

[5] 〈암흑〉을 뜻하는 *ténèbres*는 항상 복수 형태로만 사용된다.

어둠은 정신적 억압이다. 밤은 우리의 영혼에 가해지는 일종의 압류 행위이다. 무시무시하고 장엄한 어떤 순간에는, 묘석 뒤에 있는 것이 우리들을 잠식하는 것이 느껴진다.

그러한 미지의 존재가 우리와 가까이 있음이, 바다의 폭풍 속에서보다 더 생생히 촉지되는 경우는 없다. 그 속에서는 공포가 기이함을 자양 삼아 증대된다. 인간 활동의 잠재 중단꾼, 즉 태고의 구름 집합꾼[6]은, 사건을 자기 멋대로 빚어내기 위해, 그 속에 변화무쌍한 질료와, 한량없는 무질서 그리고 편견 없는 확산력 등을 확보하고 있다. 폭풍이라는 신비는, 매 순간, 표면적이건 혹은 실질적이건, 어떤 의지의 변화를 수용하고 그 의지에 따른다.

시인들은 아주 옛날부터 그것을 물결의 변덕이라고 칭했다.

그러나 변덕은 존재하지 않는다.

뜻하지 않은 일들이 자연 속에서 일어날 경우, 우리는 그것을 변덕이라 칭하고, 운명 속에서 일어날 경우 우연이라 칭하지만, 그것은 모두 우리 눈에 언뜻 포착된 법칙의 토막이다.

8. 닉스 에트 녹스[1]

눈폭풍의 특징은, 그것이 검다는 것이다. 일반 폭풍우 속에서는 대지나 바다가 어둡고 하늘이 창백하지만, 눈폭풍 속에서는 자연의 그러한 일상적 모습이 정반대로 뒤바뀐다. 하늘이 까맣게 되고 바다가 하얗게 된다. 아래에는 포말이요, 위에는 암흑이다. 수평선에는 연기 담벼락이 쌓이고, 하늘에

---

[6] 〈구름 집합꾼〉은 제우스를 가리키는데, 헤시오도스가 『신통기(神統記)』에서 사용한 표현이다.

[1] *nix et nox*(눈과 밤).

는 검은 크레이프 천장이 만들어진다. 눈폭풍은 장의용 검은 장막이 드리운 교회당 내부와 흡사하다. 하지만 그 교회당에는 조명등이 전혀 없다. 물결 위에 성 엘모의 불[2]도 없고, 불티나 인(燐)도 없다. 오직 광막한 어둠뿐이다. 북극의 사이클론과 적도의 사이클론이 서로 다른 것은, 하나가 모든 빛을 밝히는 반면, 다른 하나는 그것들을 모두 꺼버린다는 데 있다. 세상은 순식간에 동굴의 천장으로 변한다. 그러한 어둠 속에서 창백한 반점들이 먼지처럼 떨어지며 하늘과 바다 사이에서 머뭇거린다. 그러한 반점, 즉 눈송이는, 미끄러지고, 방황하고, 둥둥 떠다닌다. 그것들은 하얀 수의를 입은 유령의 눈물과 비슷하며, 그 눈물들이 다시 생명을 얻어 움직임을 시작할 것 같다. 그러한 씨뿌리기에 미치광이 같은 삭풍이 끼어든다. 하얀 부스러기로 변하는 칠흑 덩어리 하나, 어둠 속에서 맹렬히 화를 내는 자, 무덤이 피울 수 있는 온갖 법석, 영구대(靈柩臺) 밑의 태풍, 눈폭풍이란 것이 그러하다.

  밑에서는, 미지의 어마어마한 깊이를 회복하며, 대양이 전율한다.

  전기를 일으키는 북극의 바람 속에서는 눈송이가 즉각 우박으로 변한다. 그리하여 대기는 탄환들로 가득 채워진다. 물은 산탄 세례를 받아 탁탁 튄다.

  천둥은 없다. 북극의 폭풍을 수반하는 번개는 조용하다. 가끔 사람들이 고양이를 가리키며 하는 말, 〈녀석이 맹세하는군〉, 그 말을 번개를 가리키면서도 할 수 있을 것이다. 그 번개는 살짝 벌린, 기이하게 냉혹한, 주둥이의 위협이다. 눈폭풍은 눈먼 벙어리 폭풍이다. 그것이 지나간 다음에는 선박들

---

  [2] 에라스무스라고도 하는 성자로, 선원의 수호성인이다. 그 성자의 이름을 부르며 가호를 빌었다고 한다. 〈성 엘모의 불〉은 폭풍이 치는 날 돛대 위에 빛의 끄트머리처럼 보이는 빗살 같은 방전을 동반하는 불을 가리킨다.

까지 눈이 멀고, 선원들은 벙어리가 되는 경우가 빈번하다.

그러한 구렁텅이에서 빠져나오기란 쉽지 않다.

하지만 난타를 절대로 피할 수 없다고 믿는 것은 잘못이다. 디스코와 발레신의 덴마크 어부들이나, 검은 고래를 찾아 나섰던 사람들, 동광(銅鑛)에서 발원한 강의 하구를 확인하기 위해 베링 해협 쪽으로 갔던 헌, 그리고 허드슨, 매켄지, 밴쿠버, 로스, 뒤몽 뒤르빌 등도, 그것도 북극에서, 가장 사나운 눈폭풍을 만났지만 무사히 탈출했다.

우르카가 모든 돛을 활짝 펴고 의기양양하게 들어선 곳은 그러한 눈폭풍 한가운데였다. 광란과 광란의 충돌이었다. 몽고메리가 루앙을 탈출하며 전함을 전속력으로 몰아, 부이유 인근 센 강에 매어 놓은 쇠사슬에 처박았을 때도, 아마 그러한 광기에 사로잡혀 있었을 것이다.

마투티나 호는 계속 달렸다. 항해 중 선체가 잔뜩 기울어, 때로는 수면과의 각이 아슬아슬하게도 15도에 불과한 경우도 있었다. 그러나 불룩한 용골은, 끈끈이에 붙듯, 파도에 들러붙어 있었다. 폭풍이 떼어 내려 했지만, 용골은 잘 버텼다. 초롱불이 앞을 밝히고 있었다. 바람 가득한 구름이 자신의 종처(腫處)를 대양 위로 끌고 다니며, 우르카 주위의 바다를 오므라들게 하고 또 조금씩 갉아먹고 있었다. 갈매기 한 마리 없었다. 심지어 칼새 한 마리도 없었다. 눈 이외에는 아무것도 없었다. 물결들의 투기장은 작고 무시무시했다. 터무니없이 거대한 물결 서너 개만이 보였다.

이따금씩, 하늘과 수평선이 어둡게 겹쳐 있는 곳 뒤에서, 광대한 구릿빛 번개가 나타나곤 했다. 주홍빛 넓은 폭이 구름의 끔찍한 모습을 드러냈다. 그처럼 심연 위로 급작스러운 조명이 비추자, 그 위로 한순간, 구름들의 전경과, 천상의 대혼돈이 멀리 도주하는 모습이 선명히 드러났고, 심연이 한눈에 들어왔다. 그 깊은 불 위에서 눈송이는 검게 변했다. 그리하여 용광로 속에서 날아다니는 검은 나비처럼 보였다. 그다음 순간 모든 것이 일시에 꺼졌다.

그와 같은 첫 번째 폭발이 끝나자, 질풍은, 여전히 우르카를 급히 내몰면서, 지속적인 저음으로 울부짖기 시작했다. 그것은 으르렁거리기 단계이며, 두려워해야 할 폭음의 감소이다. 폭풍의 독백만큼 불안감을 주는 것은 없다. 그 음울한 서창부(敍唱部)는, 서로 싸우던 신비한 힘들이 잠시 싸움을 멈추는 시간과 흡사하며, 미지의 존재가 엿보고 있다는 징후이기도 하다.

우르카는 미친 듯 질주를 계속하고 있었다. 주 돛 둘이 특히 무섭게 기능을 발휘했다. 하늘과 바다는 먹물 같았는데, 게 침 같은 포말이 돛대보다 더 높이 뛰어올랐다. 그때마다 물 보따리들이 홍수처럼 갑판을 가로질렀다. 그리하여 배가 좌우로 요동칠 때마다, 좌현과 우현의 닻줄 구멍은 모두, 거품을 바다로 쏟아 내는 벌린 입들 같았다. 여인들은 모두 선실로 대피했으나, 사내들은 갑판 위에 머물러 있었다. 눈이 회오리 같아 앞이 보이지 않았다. 거대한 파도가 토해 내는 거품이 그것에 합세했다. 모든 것이 미친 듯 맹렬했다.

그 순간, 고물 덕판[3] 위에 서 있던 선장이, 한 손으로는 돛대 버팀줄을 잡고, 다른 한 손으로 머리에 둘렀던 천 조각을 풀러, 신호등 불빛 아래에서 흔들며, 득의양양하게, 만족한 듯, 오기 가득한 얼굴에, 헝클어진 머리로, 어둠에 취한 듯, 고함을 쳤다.

「우리는 해방되었다!」

「해방! 해방! 해방!」 도망자들이 따라서 합창했다.

---

3 선미 늑골재(船尾肋骨材)들을 이어 주는 넓은 막대를, 편의상 〈고물 덕판〉으로 옮겼다. 덕판은 보통 이물에 있다.

그리고 무리 전원이 색구(索具)들을 잡고 갑판 위에 일어섰다.

「우라!」[4] 우두머리가 소리쳤다.

그러자 무리 전원이 폭풍 속에서 부르짖었다.

「우라!」

그 함성이 질풍 속으로 잦아드는 순간, 장중한 음성 하나가 선박 반대쪽 끝에서 들려왔다.

「조용히들 하시오!」

모두 일제히 머리를 그쪽으로 돌렸다.

그들은 박사의 음성임을 즉시 알아차렸다. 어둠이 짙고, 박사는 돛대에 등을 기대고 서 있었는데, 그의 몸둥이가 어찌나 여위었는지 돛대와 혼동될 지경이었다. 그의 모습이 선명히 보이지 않았다.

그의 음성이 다시 들려왔다.

「잘 들어 보시오!」

모두들 입을 다물었다.

그러자 암흑 속에서 종소리가 선명하게 들려왔다.

9. 격노한 바다에 맡기고

키를 잡고 있던 선장이 웃음을 터뜨렸다.「종소리라고! 잘되었군. 우리는 좌현 쪽으로 밀리고 있소. 종소리가 무엇을 뜻하오? 우현 쪽에 육지가 있다는 뜻이오.」

단호하고 느린 박사의 음성이 그 말에 대꾸했다.

「우현 쪽에는 육지가 없네.」

---

4 *Hurrah*! 프랑스에서는 19세기 초부터 사용되는 열광과 환호의 소리이다. 해병들이 처음 사용했으며, 〈후라!〉라고도 한다.

「틀림없이 있습니다!」 선장이 소리쳤다.

「없네.」

「하지만 종소리는 육지에서 들려오는 것입니다.」

「종소리는 바다에서 들려오는 것일세.」

대담하기 그지없는 사내들 사이에 오싹한 전율이 흘렀다. 두 여인의 놀라고 짜증난 듯한 얼굴이, 두 원령(怨靈)처럼, 선실의 뚜껑문 틈 사이로 나타났다. 박사가 한 걸음 움직이자 그의 길쭉한 몸뚱이가 돛대에서 떨어져 나왔다. 어둠 속에서 종소리가 선명하게 들려왔다.

박사가 다시 이야기를 계속했다.

「포틀랜드와 망슈 군도 중간 바다 한가운데에 경고용 부표 하나가 있소. 그 부표는, 수심이 얕은 해저 바닥에 쇠사슬로 묶여 있어, 수면에 나타날 듯 말듯 떠 있소. 부표 위에 철제 사각대(四角臺)가 설치되어 있고, 거기에 비스듬히 종 하나를 걸어 놓았소. 날씨가 험할 때는, 바다가 요동하며 부표를 흔들어, 종이 울리는 것이오. 바로 지금 당신들이 듣고 있는 저 종소리라오.」

박사는, 문득 거세어진 바람이 지나가, 종소리가 바람 소리보다 더 커지기를 기다렸다. 그리고 다시 말을 이었다.

「북서풍이 불 때 폭풍 속에서 저 종소리를 듣는다는 것은, 살아날 가망이 없음을 뜻하오. 무엇 때문이냐고? 그 이유는 이렇소. 저 종소리가 들리는 것은 소리가 바람에 실려 오기 때문이오. 그런데 바람은 서쪽에서 불고, 오리니의 암초는 동쪽에 있소. 당신들이 종소리를 들을 수 있는 것은 당신들이 부표와 암초 사이에 있기 때문이오. 바람이 당신들을 암초 쪽으로 밀고 있소. 당신들은 부표가 금하는 쪽에 와 있소. 만약 옳은 방향에 있었다면, 넓은 난바다의 안전한 항로로 들어섰을 것이고, 지금 당신들에게 저 종소리가 들리지 않을 것이오. 바람이 저 소리를 당신들에게 실어다 주지 못할 것이기 때문이오. 또한 그렇다면, 우리가 비톤 부표 곁으로 지나간다 해도, 그것이 거기에 있음을 알지 못할 것이오. 우리는 항로에서 벗어났소. 저 종소리는 난파를 알리는 경종이오. 자, 이제 대책을 강구해 보시오!」

박사가 그렇게 말하는 동안, 조금 약화된 바람에 평온을 되찾은 듯, 종은 천천히 띄엄띄엄 울렸고, 그 간헐적인 종소리가 노인의 말을 법적으로 인정하는 듯했다. 심연에서 들려오는 조종 소리 같았다.

모두들 조마조마한 마음으로 박사의 음성에 귀를 기울이다가는 다시 종소리에 귀를 기울였다.

10. 거대한 야생녀, 폭풍

선장은 이미 메가폰을 손에 들고 있었다. 그가 소리쳤다.

「*Cargate todo, hombres*(여러분, 모든 돛을 졸라매시오)![1] 범각색(帆脚索)들을 푸시오, 돛 내리는 밧줄들을 당기시오, 아래 돛의 도르래 동아줄을 늦추시오! 서쪽으로 파고듭시다! 뱃머리를 종 있는 쪽으로! 넓은 바다가 그쪽에 있소! 절망할 단계는 아니오.」

「시도해 보시오.」 박사가 말했다.

일종의 해상 종각(鐘閣)인 그 소리 나는 부표가, 1802년에 제거되었다는 사실을 지나는 길에 말해 주자. 고령에 이른 항해사들은 아직도 그 종소리를 기억하고 있다. 종소리가 경고를 보냈지만, 문제는 항상 조금 늦었다는 것이다.

---

[1] *cargater*는 프랑스어 *carguer*의 스페인식 변형인 듯하다. 즉, 프랑스어와 스페인어의 혼합형이다. 물론 어느 쪽 문법에도 맞지 않는다.

선장의 명령은 즉각 이행되었다. 랑그도크 출신 남자가 세 번째 선원 역할을 했다. 모두들 거들었다. 돛을 돛대나 활대에 졸라매는 것에 그치지 않고 아예 말아 올렸다. 가로돛 하단을 활대 중앙부로 끌어올리는 줄과, 가로돛 자락을 추켜올리는 줄 및 돛 가장자리 밧줄 등 모든 밧줄을 단단히 묶었다. 보조 장색(檣索)을 띠줄에 묶어, 가로로 당긴 돛대 고정 밧줄 역할을 하게 했다. 돛대에 덧나무를 붙였다. 현창(舷窓) 문짝에 못질을 했다. 선박을 벽으로 둘러치는 방법이었다. 새그물에 갇힌 듯한 혼란 속에서도 작업은 정확하게 이루어졌다. 우르카는 조난선답게 간소화되었다. 그러나 모든 것을 졸라매어, 선박이 점점 작아짐에 따라, 대기와 물의 혼란이 더욱 위세를 떨쳤다. 파도의 높이가 거의 정점에 이르렀다.

폭풍은 성급한 망나니처럼 선박을 갈가리 찢기 시작했다. 눈 깜짝할 사이에 무시무시한 찢김이 자행되었다. 중간 돛들이 망가졌고, 외피판(外皮板)이 면도질당한 듯 뜯겨 나갔으며, 아딧줄 고리가 뽑히는가 하면 돛대가 부러져, 재난의 소음이 파편처럼 날아다녔다. 굵은 닻줄도 견디지 못했다.

눈폭풍 특유의 자력이 밧줄을 끊는 데 가세했다. 밧줄은 바람의 영향 못지않게 자기류의 영향을 받아서도 끊어졌다. 여러 사슬이 도르래에서 벗어나 더 이상 역할을 못했다. 앞쪽에서는 현측(舷側)이, 뒤쪽에서는 후반부 선측(船側)이, 과도한 압력에 휘었다. 물결 한 가닥이 나침함과 함께 나침반을 쓸어가 버렸다. 다른 물결 하나는, 아스투리아스의 기이한 습관에 따라 제1기움돛대〔斜檣〕에 외투걸이처럼 기대어 세워 놓은 보트를 휩쓸어 갔다. 또 다른 물결 하나는 제1기움돛대의 돛에 달린 활대를 쓸어가 버렸다. 그리고 다른 물결 하나가 달려들어 이물에 있던 마리아 조각상과 초롱불을 휩쓸어 갔다.

남은 것은 키뿐이었다.

없어진 신호등 대용으로, 불이 잘 붙는 삼 부스러기와 역청으로 가득 채운 횃불 통 하나를, 이물에 매달았다.

바람에 떠는 넝마, 밧줄, 도르래 장치, 활대 등으로 삐죽삐죽 무장한 채 둘로 꺾인 돛대가, 갑판 위에 어지럽게 나뒹굴고 있었다. 또한 그것이 쓰러지면서 우현 쪽 현창을 부수었다.

선장이 키를 잡은 채 소리쳤다.

「키를 잡고 있는 한 희망은 있습니다. 뼈대는 잘 버티고 있소. 도끼를! 도끼를 잡으시오! 그리고 돛을 바다로 처박으시오! 갑판을 비우시오!」

선원들과 승객들은 열병 걸린 사람들처럼 절체절명의 싸움에 임했다. 도끼질 몇 번으로 끝이 났다. 돛대를 뱃전 위로 밀어 버렸다. 갑판이 드디어 깨끗이 치워졌다. 그러자 선장이 다시 말했다.

「이제 돛을 올리는 줄 한 가닥으로 나를 키 자루에 묶으시오.」

그를 즉시 키에 묶었다.

사람들이 그를 묶는 동안, 그가 웃음을 터뜨리며 바다를 향해 고함을 쳤다.

「소처럼 어디 울부짖어 봐라, 이 늙은 년아! 울부짖어 봐! 나는 더 험한 것을 일찍이 마치차코 곶에서 보았노라.」

그리고 몸이 완전히 묶이자, 그는 위험이 가져다주는 이상한 즐거움에 사로잡혀, 두 손으로 키의 자루를 움켜잡았다. 그리고 다시 소리쳤다.

「친구들이여, 모든 것이 완벽해! 뷔글로즈의 성모 마리아 만세! 서쪽으로 뱃머리를 돌립시다!」

그 순간, 배의 측면에서 거대한 물결이 밀려와 고물을 강타했다. 폭풍이 불 때는 항상 일종의 호탕이 파도가 이는데, 그것은 사납고 결정적이며 때 맞춰 나타나는 물결로, 한동안 바다 위로 납작 엎드려 기어 다니다가, 껑충 뛰어올라 포효하고 이를 갈며, 조난당한 배를 덮쳐 수족을 잘라 낸다. 포말이 마투티나 호의 고물 전체를 삼켰는데, 물과 어둠의 육박전 속에서 무엇이 부서지는 소리가 들렸다. 포말이 흩어져 배의 뒷부분이 다시 모습을 드러냈을 때는, 선장도 키도 더 이상 그 자리에 없었다.

모든 것이 뽑혀 나갔다.

키와 그것에 묶어 놓은 사람이 물결과 함께, 말의 울음소리 같은 폭풍의 혼란 속으로 사라져 버렸다.

무리의 우두머리가 어둠을 뚫어지게 노려보며 소리쳤다.

「*Te burlas de nosostros*(네가 우리를 조롱하느냐)?」

그렇게 항거하는 소리에 뒤이어 다른 고함 하나가 터져 나왔다.

「닻을 내립시다! 선장을 구출합시다.」

사람들이 캡스턴[2] 쪽으로 달려갔다. 즉시 닻을 내렸다. 우르카에는 닻이 하나밖에 없다. 결국 닻을 잃고야 말았다. 바다 밑바닥은 날카로운 바위투성이였고, 물결은 광란하고 있었다. 닻줄이 한 가닥 머리카락처럼 끊어졌다.

닻은 바다 밑바닥으로 가라앉았다.

이물 끝의 물결 헤치는 부분 중 망원경을 들여다보고 있는 천사상만 남았다.

그 순간부터 우르카는 표류하는 한 조각 잔해에 불과했다. 마투티나 호는 더 이상 손 쓸 수 없을 만큼 운행 불능 상태가 되었다. 조금 전까지만 해도 날개를 단 듯 무서운 기세로 질주하던 선박이, 이제는 수족조차 움직일 수 없는 불구가 되었다. 잘리거나 뒤틀리지 않은 밧줄은 하나도 없었다. 마비

---

2 닻이나 돛을 감아 올리는 일종의 권양 장치이다.

되어 수동적으로 변한 배는 물결의 괴이한 광증에 고분고분 복종했다. 단 몇 분 사이에 독수리가 앉은뱅이로 둔갑하는 것, 그러한 일은 오직 바다에서만 볼 수 있다.

 허공의 헐떡거림은 점점 더 흉측스러워지고 있었다. 폭풍은 공포감을 주는 허파이다. 그것은 색조가 없는 것을, 즉 어두움을, 끊임없이 더 음산하게 만든다. 바다 한가운데에 있던 종은, 사나운 손에 마구 뒤흔들리는 듯, 절망적으로 울리고 있었다.

 마투티나 호는 물결의 변덕에 따라 이끌려 다녔다. 코르크 마개가 둥둥 떠다니는 꼴이었다. 더 이상 항해하지 않고 표류했다. 매 순간, 마치 죽은 물고기처럼 뒤집혀, 복부를 수면으로 드러내려 하고 있었다. 그러한 파멸로부터 선박을 구한 것은, 완벽하게 방수된 선체였다. 흘수선(吃水線) 아래의 내현(內舷)에 둘러친 널빤지 중 단 한 장도 압력에 밀려 떨어지지 않았다. 금 하나, 틈 하나 없어, 단 한 방울의 물도 화물창 안으로 들어오지 않았다. 다행스러운 일이었다. 배수용 펌프가 손상을 입어 더 이상 사용할 수 없었으니 말이다.

 우르카는 물결의 불안함 속에서 흉측하게 춤을 추고 있었다. 갑판은 토하려고 하는 사람의 횡격막처럼 경련을 일으키고 있었다. 갑판이 조난자들을 토해 내려 애를 쓰고 있는 것 같았다. 조난자들은, 무기력해져, 밧줄 끝의 고정부, 판자, 가로장, 닻줄, 돛대 잡아매는 밧줄, 매듭처럼 불룩하고 그곳에 박힌 못이 손을 찢는 평판(平板) 붙임의 깨진 부분, 구부러진 늑골 보강재 등 비참한 파손의 잔해물에 들러붙어 있었다. 그러면서도 가끔 귀를 기울이곤 했다. 종소리가 차츰 약해지고 있었다. 종소리 또한 임종을 맞고 있는 것 같았다. 그 울림은 간헐적인 헐떡거림에 불과했다. 그런 다음 헐떡거림마저 멈추었다. 도대체 그들이 어디쯤에 있었던 것일까? 부표에서 얼마나 떨어진 곳에 있었을까? 종소리가 그들에게 겁을 주었지만, 종의 침묵은 그들을 극도의 공포 속으로 몰아넣었다. 북서풍이 그들로 하여금 영영 돌아올 수 없을지도 모를 길을 가게 하고 있었다. 그들은 다시 시작된 광적인 입김에 자신들이 휩쓸려 가고 있음을 느꼈다. 부유물은 암흑 속에서 질주하고 있었다. 앞을 보지 못하며 하는 질주, 그보다 더 끔찍한 일은 없다. 그들은 자신들의 앞과 밑과 위 도처에 낭떠러지가 있는 것 같았다. 더 이상 질주가 아니었다. 추락이었다.

문득, 눈안개의 거대한 소요 속에서 붉은 기운 하나가 나타났다.

「등대야!」 조난자들이 함성을 질렀다.

11. 캐스키츠 군도

그것은 정말 캐스키츠 군도의 등대였다.

19세기의 등대란, 그 위에 아주 과학적으로 만든 조명 기계를 얹은 높다란 석재 원추체이다. 특히 오늘날[1] 캐스키츠 군도에 있는 등대는 백색 삼중탑이며, 조명실(옥탑) 셋을 갖추고 있다. 세 조명실이 시계의 톱니바퀴 위에서 어찌나 정확하게 방향을 전환하고 회전하는지, 난바다에 떠 있는 선박의 당직 근무자가 등대를 관찰하며, 발광(發光) 시간 동안에는 갑판 위에서 10보를, 빛이 가려지는 동안에는 25보를 옮길 수 있다. 초점이나 팔각 원통의 회전 운동을 중심으로 모든 것이 정확히 계산되고 고안되었으며, 팔각 원통은 넓은 반사렌즈 여덟 개로 구성되었다. 1밀리미터 두께의 유리로

---

1 물론 19세기를 가리킨다.

바람과 바닷물을 차단했으며, 수학처럼 정확하게 맞물린 장치이다. 그러나 가끔, 그것을 향해 날아드는 바다 수리 때문에 유리창이 깨지기도 한다. 바다 수리는 마치 거대한 등불에 날아드는 커다란 자벌레나방 같다. 그 기계 장치를 둘러싸고, 지탱하며, 고정시켜 주는 건물 역시 마찬가지로 수학적이다. 그곳에서는 모든 것이 간소하고, 정확하고, 군더더기가 없고, 간명하고, 엄정하다.

17세기에는 등대라는 것이 해변 육지에 세운 일종의 장식용 깃털이었다.[2] 등대탑의 건축 양식은 화려하고 지나치게 사치스러웠다. 등대에다 발코니, 난간, 망루, 작은 방, 정자, 바람개비까지 듬뿍 설치했다. 등대에는 보이는 거라곤 온통 장식용 괴인면(怪人面), 조각상, 당초문(唐草紋), 소용돌이꼴 기둥머리 장식, 환조(丸彫), 크고 작은 조상, 글귀를 새겨 넣은 타원형 액자 모형들뿐이었다. *Pax in bello*(전쟁 속의 평화). 에디스톤의 등대에 새겨 놓은 글귀이다. 하지만 그러한 평화 선언이, 항상 대양의 마음을 누그러뜨리지는 못했음을 지나는 길에 지적해 두자. 윈스턴리는 플리머스 앞 험요처에 자비로 등대 하나를 세우며 그러한 선언문을 새겼다. 등대탑이 완성되자, 그는 탑 속에 들어가 앉아, 그것이 폭풍을 견디는지 직접 관찰하고자 했다. 폭풍이 밀려오더니 등대와 윈스턴리를 함께 휩쓸어 갔다. 게다가 지나치게 꾸민 그러한 건축물은, 요란스럽게 꾸민 장군들이 싸움터에서 적의 표적이 되듯, 모든 방향에서 질풍에 실마리를 제공한다. 석조 장식품 이외에도 철과 구리와 목조 장식품이 있었다. 금속 장식품은 요철을 만들었고, 목조 장식품은 돌출부를 만들었다. 어느 쪽에서 바라보아도, 등대의 윤곽에서 온갖 종류의 연장

---

[2] 옛 군모의 앞에 수직으로 꽂던 장식용 깃털을 말한다.

이, 벽면의 아라베스크 문양에 들러붙은 채 불거져 나와 있었는데, 권양기(捲楊機), 도르래, 평형추, 사다리, 적재용 기중기, 인명 구조용 갈고리 등 유용한 물건과 쓸데없는 물건이 뒤섞여 있었다. 용마루 위 조명실 둘레에는, 섬세하게 다듬은 철물에 철제 등들이 매달려 있고, 각 등에는 수지(樹脂)에 흠뻑 담가 두었던 밧줄 토막을 끼워 놓았다. 끈질기게 타며, 어떤 바람에도 꺼지지 않는 심지였다. 그리고 등대는 위로부터 밑에 이르기까지 해양기, 길쭉한 작은 기, 네모꼴 기, 국기, 삼각기, 신호용 깃발 등으로 어수선했으며, 그것들이 이 깃대에서 저 깃대로, 한 층에서 그 위층으로, 모든 색깔과 형태와 가문(家紋)과 신호와 온갖 소란을 뒤섞으며, 등대의 조명실까지 올라가, 폭풍 속에서 그 횃불 둘레에 누더기들의 즐거운 소요를 일으키곤 했다. 심연 언저리에 있는 그러한 빛의 뻔뻔스러움은 도발과 유사했고, 또한 조난자들에게 호방한 기백을 불어넣었다. 그러나 캐스키츠 군도의 등대는 그러한 유행과는 전혀 상관이 없었다.

그 시절에는, 앙리 1세가 블랑슈네프의 파선 이후 축조케 했던, 단순하고 유치한 등대밖에 없었다.[3] 그것은 바위 꼭대기에 설치한 격자 철망 밑에서 타는 모닥불, 철책 속에서 이글이글 피어오르는 숯불, 혹은 머리채처럼 바람에 날리는 불길에 불과했다.

12세기 이후 그 등대에 보완한 것이라곤, 1610년에 만능 갈고리를 이용해, 대장간에서 사용하는 풀무를 화덕에 설치한 것뿐이었다.

---

3 비록 잉글랜드의 왕이었지만, 그의 치세에는 프랑스어가 공용어였고, 또 그가 노르망디공의 아들인지라 Henri를 〈헨리〉 대신 〈앙리〉라 표기한다. 한편 블랑슈네프는 〈하얀 선박〉이란 뜻이며, 앙리 1세는 1120년에 이 난파 사고로 아들을 잃었다고 한다.

그 태곳적 등대에서 바닷새들이 당하는 사고는, 오늘날의 등대에서 당하는 사고보다 더 비극적이었다. 불빛에 이끌려 급히 날아온 새들이, 등대로 뛰어들어 화덕 속으로 떨어지곤 했는데, 새들이 그 속에서 강동거리는 모습이 보였다. 새들은 지옥에서 죽어 가는 검은 영혼들이었다. 또한 때로는, 이글거리는 화덕 밖으로 탈출해 바위 위로 다시 떨어지기도 했는데, 몸에서 연기가 나고 절룩거리며 앞을 보지 못하는 모습은, 이미 반쯤 탄 채 램프의 불꽃에서 탈출한 파리 같았다.

　모든 선구(船具)가 갖추어져 있어 조종 가능하고, 또 선원의 뜻대로 움직일 수 있는 선박에게는, 캐스키즈의 등대가 유용하다. 등대는 선박에게 소리친다. 〈조심해!〉 그렇게 암초가 있음을 알린다. 그러나 파손되어 불구가 된 배는, 등대가 오히려 무섭기만 하다. 마비되어 무기력해진 선체는, 무심한 물결에 저항도 못 하고, 바람의 압력에 속수무책이어서, 지느러미 없는 물고기처럼, 날개 없는 새처럼, 바람이 미는 곳으로밖에 갈 수 없다. 등대는 선체에게 최후의 장소를 보여 주고, 사라지는 곳을 알려 주며, 매장 작업을 밝혀 준다. 그것은 무덤의 횃불이다.

　냉혹한 구덩이를 불을 밝혀서 보여 주고, 불가피한 것을 미리 알려 주는 것보다, 더 비극적인 빈정거림은 없다.

12. 암초와의 육박전

　조난에 가중된 그러한 신비한 조롱을, 마투티나 호의 불쌍한 조난자들은 즉시 깨달았다. 등대의 출현이 처음에는 그들을 고무했지만, 곧 이어 그들을 절망 속으로 처박았다. 속수무책이었다. 어찌 해볼 방도가 없었다. 왕들에 대해 이러쿵

저러쿵 하던 이야기는, 파도에 대해서도 그대로 적용할 수 있을 것이다. 우리가 왕들의 백성이듯, 우리는 파도의 먹이이다. 그들의 모든 광기를 우리는 감수할 수밖에 없다. 북서풍이 우르카를 캐스키츠 군도 쪽으로 표류시키고 있었다. 모두들 그리로 가고 있었다. 거부할 방법은 추호도 없었다. 암초 쪽으로 빠르게 밀려가고 있었다. 해저(海底)가 높아지고 있음을 느꼈다. 측연(測鉛) 하나라도 유익하게 사용할 수 있을 경우의 이야기지만, 그것으로 측정했다면 수심은 서너 브라스를 넘지 못했을 것이다. 조난자들은 해저 암석의 깊은 파열공(破裂孔)으로 물결이 빨려 들어가는 둔탁한 소리에 귀를 기울였다. 그들은 또한, 등대 밑에서, 칼날 같은 두 화강암 덩이 사이에 놓여 있는 얇게 저며 놓은 듯한 검은 조각 하나를 발견했다. 작고 끔찍한 천연 항구로 들어가는 좁은 수로였다. 그곳에는 인간의 해골과 난파선의 잔해가 쌓여 있었다. 항구의 입구라기보다는, 야수나 산적이 사용하는 동굴 입구 같았다. 저 위 화덕에서 무엇이 타면서 탁탁 튀는 소리가 그들에게까지 들려왔다. 살기등등한 주홍빛이 폭풍을 장식하듯 밝혀 주고 있었다. 화염과 싸락눈의 만남이 안개에 파문을 일으키고 있었다. 검은 구름 덩어리와 붉은 연기 덩어리가 두 마리 독사처럼 맹렬히 싸우고 있었다. 튀어나온 숯덩이 하나가 바람에 날렸고, 그러자 급작스러운 불티의 공격에 눈송이들이 도망을 치는 것 같았다. 처음에는 흐릿하던 암초가 이제 선명하게 윤곽을 드러내고 있었다. 뾰족한 봉우리와 기타 돌기부 척추 등을 갖춘 바위의 퇴적물이었다. 각은 붉고 힘찬 선들로 이루어졌고, 비스듬히 기운 면은 불빛을 받아 핏빛으로 번들거리고 있었다. 다가갈수록 암초는 더욱 부풀어 올라 높아졌고, 음산해졌다.

여인 중 하나가, 아일랜드 여인이, 가지고 있던 로사리오의 묵주 알들을, 하나하나 미친 듯이 손가락으로 밀고 있었다.

항해사였던 선장이 사라진지라, 무리의 우두머리가 선장 역할을 했다. 바스크인들은 모두 산과 바다에 익숙하다. 그들은 낭떠러지에서도 과감하며, 커다란 재앙 속에서도 창의력을 발휘한다.

점점 다가가고 있었다. 곧 닿을 참이었다. 문득, 캐스키츠 군도의 북쪽 암석에 어찌나 가까이 접근해 있었던지, 암석이 등대를 가렸다. 보이는 것은 이제 암석과, 그 뒤에 어른거리는 불빛뿐이었다. 안개 속에 서 있는 바위는 불길로 머리를 단장한 검고 거대한 여인 같았다.

그 악명 높은 암석을 사람들은 비블레'라고 부른다. 그것은, 또 다른 암석 에타크오기유메가 남쪽에서 버티고 있는 암초를, 북쪽에서 버텨 준다.

우두머리가 비블레를 바라보며 큰 소리로 물었다.

「밧줄 한 가닥을 저 암석 덩어리로 가져갈 지원자가 있어야겠는데! 헤엄칠 줄 아는 사람 있습니까?」

아무 응답이 없었다.

배에 탄 사람들 중 아무도 헤엄을 칠 줄 몰랐다. 선원들도 마찬가지였다. 바닷사람들 사이에서도 흔한 경우이다.

연결 부분이 거의 분리된 뱃전판 하나가 흔들거리고 있었다. 우두머리가 그것을 두 손으로 움켜잡으며 말했다.

「나를 도와주시오.」

뱃전판을 떼어 냈다. 그것을 임의로 사용할 수 있도록 수중에 넣은 것이다. 방어용이었던 뱃전판이 이제 공격용 물건으로 변했다.

떡갈나무 심으로 깎아 매우 견고한, 그리고 상당히 긴 일종의 들보로, 공격용 무기나 지렛대로 사용할 수 있었다. 무거운 짐을 상대로 해서는 지렛대로, 방어탑을 상대로 해서는 파성추로 사용할 수 있는 물건이었다.
「주의하시오!」우두머리가 소리쳤다.
여섯 사나이가 돛대 밑동에 단단히 기대어 선 다음, 뱃전판을 수평으로 들어 올려 그 끝을 뱃전 밖으로 삐죽 내민 다음, 그것이 한 자루 창처럼 암초의 둔부를 향하게 했다.
위험한 시도였다. 산을 떼민다는 것은, 그야말로 우악스러운 짓이다. 여섯 사나이가 반사 충격을 받아 물속으로 내동댕이쳐질 수도 있었다.
폭풍과의 싸움은 그렇게 다양하다. 질풍 다음에는 암초, 바람 다음에는 화강암이 있다. 촉지할 수 없는 것을 상대하다가 다시 꿈쩍도 하지 않는 것을 상대해야 한다.
머리가 하얗게 셀 몇몇 순간이 흘렀다.
암석과 선박이 서로에게 다가가려 하고 있었다.
암석은 환자이다. 그러한 암석이 기다리고 있었다.
거대한 물결 하나가 무질서하게 우르르 달려왔다. 그것이 기다림에 종지부를 찍었다. 물결은 선박을 밑에서 들어 올리더니, 투석기가 발사체를 흔들 듯, 그것을 잠시 흔들었다.
「굳건히 버티시오! 바위 하나에 불과하오. 우리는 인간이오.」우두머리가 소리쳤다.
들보를 정지시켰다. 여섯 사람은 들보와 한 덩어리가 되었다. 뱃전판의 날카로운 고리가 그들의 겨드랑이에 쟁기질을 했다. 하지만 그들은 그것을 느끼지도 못했다.
물결이 우르카를 바위에게로 던졌다.
충격이 일어났다.
그것은 항상 뜻밖의 일들을 감추는 포말의 구름 밑에서 일어났다.
구름이 바다로 떨어지고, 파도와 바위 사이에 다시 거리가 벌어졌을 때, 여섯 사나이는 갑판 위에 나뒹굴고 있었다. 그러나 마투티나 호는 암초 언저리를 따라 도망치고 있었다. 들보가 훌륭히 버티었고, 덕분에 방향 전환이 이루어졌다. 물결의 활주가 제지된지라, 캐스키츠의 암초는 단 몇 초 만에 우르카의 뒤로 물러섰다. 마투티나 호는 일단은 당장의 위험에서 벗어났다.

그러한 일은 종종 일어난다. 테이 강 하구에서 우드 데 라르고가 목숨을 구할 수 있었던 것은, 기운돛대가 절벽에 수직으로 꽂혔기 때문이다. 해밀턴 함장의 지휘하에 있던 로열 메리 호가, 비록 스코틀랜드식으로 지은 프리게이트 함에 불과했건만, 윈터턴 곶의 험한 해역에서 난파를 면할 수 있었던 것은, 브레너듐 암석을 상대로 지렛대를 그렇게 사용한 덕분이었다. 파도란 순식간에 분해되는 힘인지라, 그 힘의 전이가 수월하고, 아무리 격렬한 충돌에서도 그것이 가능하다. 폭풍 속에는 짐승 같은 것이 있는데, 특히 회오리성 돌풍은 한 마리 황소와 다름없어, 그것을 속여 엉뚱한 쪽으로 내닫게 할 수 있다.

분할선에서 접선으로 이동하려는 노력, 난파를 피하는 모든 비밀은 그 안에 있다.

뱃전판이 우르카에게 끼친 것은 그러한 공헌이었다. 그것이 노의 역할을 했고, 키를 대신했다. 하지만 그러한 구원책은 단 한 번으로 그만, 그것을 다시 반복할 수가 없었다. 들보가 바다에 있었기 때문이다. 충격이 너무 강해 그것이 사나이들의 손아귀를 벗어났고, 다시 뱃전 밖으로 밀려 물결 속으로 사라졌다. 다른 재목 하나를 더 뜯어낸다는 것은 배의 골격을 몽땅 분해하는 것과 다름없었다.

질풍이 마투티나 호를 휩쓸어 갔다. 이내 수평선에 보이는 캐스키츠 군도는 쓸모없는 더미 같았다. 그러한 경우의 암초처럼 당황스러운 기색을 드러내는 것도 없다. 자연 속에는,

특히 가시적인 것이 보이지 않는 것과 뒤얽혀 있는 미지의 경개(景槪)에는, 놓쳐 버린 먹이 때문에 화가 난 듯한 부동의 성마른 모습들이 있다.

마투티나 호가 도망치는 동안, 캐스키츠 군도의 모습이 그러했다.

등대는 점점 뒤로 물러서며 창백해지고 흐릿해지더니, 다음 순간 지워졌다.

그렇게 불빛이 사라지는 모습에는 서글픔이 감돌았다. 두꺼운 안개 층들이 흩어진 불길 위에 중첩되었다. 불빛의 반짝임은 광막한 젖은 공간 속에서 용해되었다. 불꽃이 부유하며 싸우다 가라앉더니 형태를 잃었다. 그것이 익사했다고 할 만하다. 등대의 화덕은 작은 심지로 변해, 창백하고 희미한 떨림에 불과했다. 그 둘레에는, 스며 나온 빛으로 이루어진 원(圓)이 점점 커지고 있었다. 어둠의 밑바닥에서 빛이 으스러지고 있는 것 같았다.

하나의 위협이었던 종은 입을 다물었다. 또 다른 위협이었던 등대 또한 사그라졌다. 하지만 두 위협이 사라지자 더욱 무시무시했다. 하나는 음성이었고, 다른 하나는 횃불이었다. 그것들은 인간적인 무엇을 가지고 있었다. 그것들이 자취를 감추자 오직 심연만 남았다.

13. 밤과의 정식 대면

우르카는 측량할 수 없는 암흑 속에서 다시 어둠에 맡겨졌다.

캐스키츠 군도에서 탈출한 마투티나 호는 놀에서 놀로, 처박히듯 흘러가고 있었다. 휴식이었다. 그러나 대혼돈 속에서의 휴식이었다. 바람에 가로로 밀리고, 파도에 수천 가지 형태로 당겨져 농락당하며, 물결의 미친 듯한 요동질을 몸으로 반향시켰다. 더 이상 키질도 거의 하지 않았다. 선박의 죽음을 알리는 무서운 징후이다. 부유물들은 옆질밖에 모른다. 키질은 투쟁하는 동안에 나타나는 경련이다. 오직 키만이 바람을 떳떳이 맞을 수 있다.

 폭풍 속에서는, 특히 눈이 내리는 대기 현상 속에서는, 바다와 밤이 결국 혼융되어 아말감으로 변하며, 한 덩이 연기가 된다. 안개, 회오리바람, 질풍, 사방으로의 활주, 받침점의 부재, 지표 상실, 한순간의 정지도 없는 질주, 끊임없이 반복되는 시작, 연속되는 협로, 암흑의 수평선, 깊고 검은 공간 등 우르카는 그 속에서 부유하고 있었다.

 캐스키츠 군도에서 빠져나온 것, 암초를 피한 것, 그것이 조난자들에게는 하나의 승리였다. 하지만 오히려 커다란 놀라움이었다. 그들은 〈우라!〉 하며 환호성을 지르지 않았다. 바다에서는 그렇게 경솔한 짓을 두 번 저지르지 않는다. 수심 측정용 납덩이를 던질 수 없는 곳에서 도발적 환호성을 던진다는 것은, 매우 중대한 실수이다.

 암초를 물리쳤다는 것, 그것은 불가능한 일을 해냈다는 뜻이다. 그 사실 앞에서 그들은 돌처럼 굳어 아연해졌다. 그러나 조금씩 다시 희망을 품기 시작했다. 결코 물속에 잠길 수 없는 영혼의 환영이 그러하다. 아무리 위험한 순간에도 내면 깊숙한 곳에서, 형언할 수 없는 희망의 꿈틀거림이 빛을 잃지 않을 경우, 그 사람은 조난자가 아니다. 그 가엾은 사람들은 자신들이 구조되었다고 서둘러 자신에게 고백했다. 그들은 속으로 그렇게 더듬거렸다.

 그러나 어마어마하게 큰 것이 별안간 어둠 속에 모습을 드러냈다. 좌현 쪽 안개 속에, 높고 불투명하고 수직이며, 귀퉁이들이 모두 직각인, 거대한 덩어리 하나가 불쑥 솟아올랐다. 심연에서 솟아 오른 사각형 탑이었다.

그들은 눈이 휘둥그레져 바라볼 뿐이었다.

질풍이 그들을 그 덩어리 쪽으로 밀었던 것이다.

그들은 그것이 무엇인지 알지 못했다. 그것은 암석 오태치였다.

14. 오태치

암초가 다시 시작되었다. 캐스키츠 군도 다음에 오태치가 나타났다. 폭풍은 예술가가 아니다. 난폭하고, 절대적인 힘을 가지고 있으며, 수단에 변화를 주지 않는다.

어둠은 고갈되지 않는다. 그것의 덫과 배신은 결코 한정이 없다. 인간은 금방 그 계책의 한계에 이른다. 인간은 스스로를 소진하지만, 심연은 그러지 않는다.

조난자들은 자신들의 희망인 우두머리에게로 얼굴을 돌렸다. 그가 할 수 있는 일이라야 고작 어깨를 움찔해 보이는 것뿐이었다. 자신의 무능력에 대한 서글픈 경멸의 표시였다.

대양 가운데에 있는 한 장의 포석(鋪石), 그것이 오태치 암석이다. 전체가 한 조각으로 이루어진 오태치 암석은, 높은 파도들에 저지당한 충격을 극복하고, 80피에 높이까지 솟아 있다. 파도도 배도, 모두 그것에 부딪혀 부서진다. 요지부동의 입방체인 암석은, 직선으로 이루어진 면(面)을, 바다의 구불구불한, 이루 헤아릴 수 없는 곡선 속에 수직으로 담그고 있다.

밤이면 그것은, 검은 천의 주름 위에 놓인 거대한 단두대 형상을 한다. 그리고 폭풍우가 일면, 도끼 세례를, 즉 천둥의 일격을 기다린다.

그러나 눈폭풍 속에는 결코 천둥이 없다. 또한 사실이지만, 선박의 눈에는 띠가 둘러 놓여 있다. 모든 암흑이 배를 둘둘 감고 있기 때문이다. 배는 사형수처럼 준비가 되어 있다. 그러나 신속히 끝맺음 해줄 번개는 기대하지 말아야 한다.

마투티나 호는 이제 부유하는 좌초선에 불과한지라, 다른 쪽으로 끌려갔던 것처럼, 다시 이 암석 쪽으로 밀려왔다. 한순간 자신들이 구조되었다고 믿었던 불쌍한 사람들은, 다시 극도의 불안에 사로잡혔다. 이미 당해 지난 일인 줄 알았던 조난이 그들 앞에 다시 나타났다. 암초가 바다의 밑바닥에서 다시 나타나고 있었다. 끝난 것은 아무것도 없었다.

캐스키츠 군도는 칸이 수천 개에 이르는 와플 굽는 틀임에 반해, 오태치는 하나의 장벽이다. 캐스키츠에서 조난당한다는 것은 갈가리 찢김을 의미하고, 오태치어서 조난당한다는 것은 으깨짐을 뜻한다.

하지만 무사할 가망도 있었다.

오태치의 암석처럼 수직으로 서 있는 벽에 부딪히는 파도는, 철환(鐵丸)이 그렇듯이, 이리저리 튀며 날지는 않는다. 아주 단순한 움직임에 한정되어 있다. 밀려왔다가 물러가는 것이 고작이다. 바람이 일으키는 수면 위의 물결이 달려들고, 깊숙한 곳에서 일어나는 놀이 그 물결을 수행한다.

그러한 경우, 삶과 죽음은 이렇게 결정된다. 만약 표면의 물결이 선박을 암벽까지 끌고 오면, 선박이 암벽에 부딪혀 부서지고, 끝장을 보게 된다. 반면에 선박이 암벽에 부딪히기 전에 놀이 되돌아와 선박을 다시 이끌어 가면, 선박은 구조되는 것이다.

고통스러운 불안감이 그들을 사로잡았다. 조난자들은 어둠 속에서 거대한 파도가 자신들을 향해 밀려오는 것을 발견했다. 자기들을 어디까지 끌고 갈까? 만약 파도가 배에 와서 부딪히면, 그들 모두 암벽까지 굴러가 산산조각 날 판이었다. 하지만 그것이 선박 밑으로 지나가면…….

물결이 선박 밑으로 지나갔다.

그들은 한숨 돌렸다.

하지만 그다음에는 어떤 일이 벌어질 것인가? 암류가 그들을 어떻게 할 것인가?

암류가 그들을 다시 실어 갔다.

잠시 후, 마투티나 호는 암초의 수역을 벗어나 있었다. 오태치 또한 캐스키츠처럼 그들의 시야에서 사라졌다.

두 번째의 승리였다. 우르카는 다시 한 번 난파의 언저리에 도달했다가 적시에 뒤로 물러섰다.

15. 포르텐토숨 마레[1]

그러는 동안 가엾은 표류자들 위로 문득 두꺼운 안개가 뒤덮였다. 우르카 주위를 둘러보아도 그들의 시야가 닿을 수 있는 거리는 고작 몇 앙카블뤼르[2]에 불과했다. 싸락눈이 죄인에게 돌 날아들듯 그들을 사정없이 두드려 댔지만, 그리하여 모두들 고개를 숙이고 있었지만, 여인들은 선실로 내려가지 않겠다고 버텼다. 아무리 절망한 사람이라도 하늘이 열린 상태로 파선을 맞으려 한다. 죽음에 너무나 가까이 다가가 있기 때문에, 머리 위에 있는 천장이 관(棺)을 연상시키는 모양이었다.

---

1 *portentosum mare*. 〈경이로운(기괴한, 엄청난, 흉악한) 바다〉라는 뜻이다.
2 닻줄의 길이나 멀지 않은 거리를 눈대중해 말할 때 사용하던 단위이다(약 2백 미터). 연(鏈), 즉 쇠사슬로 옮기는 사전도 있으나, 그 번역어가 우리나라에서는 통용되지 않는 듯해, 프랑스어 원음대로 적는다.

점점 더 부풀어 오른 파도가 짧아지고 있었다. 물결의 종창(腫脹)은 길목이 좁아졌음을 뜻한다. 안개 속에서 물결이 부어오름은 해협이 있다는 신호이다. 사실 그들은, 자신들도 모르는 사이에, 오리니 섬[3]의 해안을 따라가고 있었다. 서쪽에 있는 오태치 암석과 캐스키츠 군도, 동쪽에 있는 오리니 섬, 그 사이의 바다는 잔뜩 죄어져 옹색한데, 바다의 그러한 불편함이 국부적으로 물결의 거침의 세기를 결정짓는다. 바다 역시 다른 것과 마찬가지로 괴로워하며, 또한 괴로우면 역정을 낸다. 그리하여 모두들 그러한 항로를 두려워한다.

마투티나 호가 그러한 항로에 있었다.

물 밑에 하이드파크나 샹젤리제만큼 큰 거북의 등딱지 하나가 있다고 상상해 보라. 등딱지의 각 줄무늬는 여울이고, 각 돌출부는 암초이다. 오리니 섬의 서쪽 근해가 그러하다. 바다가 난파 기구를 덮어 감추고 있다. 해저 방파제인 갑각(甲殼) 위에서, 갈가리 찢긴 파도가 뛰어오르고 거품을 내뿜는다. 평온할 때는 찰랑거리지만, 폭풍우가 칠 때면 대혼돈으로 변한다.

조난자들은 직감적으로 새로운 난관을 알아차렸다. 순식간에 그것이 난관임을 깨달았다. 하늘이 일시적으로 창백하게 개이면서, 약간의 창백함이 바다 위에 펼쳐졌다. 그러한 창백함이 좌현 쪽에, 즉 동쪽에, 가로로 놓인 둑을 드러냈다. 바람은 선박을 그 앞으로 몰고 가며, 그것을 향해 달려들고 있었다. 그 둑이 오리니 섬이었다.

저 둑이 무엇이란 말인가? 그러한 의문에 사로잡힌 채, 그들은 두려움에 떨었다. 하지만 혹시 누가, 그것이 오리니 섬이라고 대답했다면, 그들은 더욱 두려워했을 것이다.

[3] 노르망디의 코탕탱 해안에서 약 15킬로미터 되는 곳에 있는 섬이다. 잉글랜드식 명칭은 올더니 섬이다.

오리니만큼 인간의 접근을 금지하는 섬은 없을 것이다. 그 섬은 물 밑과 물 위에 사나운 수비대 하나를 가지고 있는데, 오태치 암석이 그 수비대의 보초이다. 서쪽에는 뷔르후, 소트리오, 앙프록크, 니앙글르, 퐁뒤크록, 쥐멜, 그로스, 클랑크, 에기용, 브라크, 포스말리에르 등이 있고, 동쪽에는 소케, 오모 플로로, 브린브테, 켈랭그, 크로클리우, 푸르슈, 소, 누아르 퓌트, 쿠피, 오르뷔 등이 있다.[4] 그 괴물들, 그 히드라들이 무엇이냐고? 그렇다, 괴물들이다, 암초라고 하는 것들이다.

그 암초 중 하나는 뷧[5]이라고 불리는데, 모든 여행이 그곳에서 끝난다는 사실을 암시하는 듯한 명칭이다.

물과 어둠으로 인해 형태가 단순해진 암초 무더기가, 조난자들에게는 단순하고 희미한 무리의 형태, 수평선에 남은 검게 삭제된 흔적처럼 보였다.

난파는 무능의 전형이다. 육지 가까이에 있되, 그곳에 도달할 수 없고, 떠다니되 항해할 수 없고, 튼튼한 듯 보이나 부서지기 쉬운 것 위에 서 있고, 생명과 죽음으로 동시에 가득 차 있고, 광막한 공간 속에 갇혀 있고, 하늘과 대양 사이에서 옴짝달싹 못 하고, 지하 감옥의 천장 같은 무한한 공간을 머리 위에 두고, 주위에서는 바람과 물결의 대대적인 탈주가 자행되고, 붙잡혀 포박되고 마비되는, 견딜 수 없는 압박이,

---

4 암초들의 명칭이 쌍둥이(쥐멜), 뚱보 여인(그로스), 바늘(에기용), 뒤죽박죽(브라크), 쇠스랑(푸르슈), 검은 창녀(누아르 퓌트) 등처럼 대부분 보통 명사적 성격을 가지고 있으나, 철자 및 어원이 노르망디 지방 사투리인지라, 이제는 통용되지 않거나 의미가 모호한 것들도 많다. 따라서 음(音)만 옮긴다.

5 But〔by〕. 보통 명사로 사용될 경우, 〈목표〉, 〈목적지〉, 〈표적〉 등을 의미한다. 또한 사전에 제시된 발음 기호만을 따른다면 〈뷔〉라 적어야 하겠지만, 대부분의 경우, 프랑스인들의 발음에 무의식적으로 〔t〕의 여운이 섞이는지라 뷧으로 적는다.

아연케 하고 울화를 돋운다. 도저히 접근할 수 없는 적의 비웃는 모습이 언뜻 보이는 듯하다. 새들을 놓아 주고 물고기들을 해방시키는 바로 그것이, 사람들을 잡고 있다. 그것은 아무것도 아닌 듯하면서 또한 전부이다. 입을 동요시킬 수 있는 공기에 예속되어 있고, 오목한 손바닥으로 떠 올릴 수 있는 물에 예속되어 있다. 험한 물결에서 한 잔을 떠 올려 보라. 그것은 약간의 쓴맛에 불과하다. 물 한 모금은 구토를, 거대한 물결은 절멸을 의미한다. 사막의 모래 알갱이와 대양의 포말은 현기증을 일으키는 발현(發顯)들이다. 절대적인 힘은 수고스럽게 자기의 원자를 감추지 않는다. 약함을 힘으로 변화시키고, 자기의 전부로 허무를 가득 채운다. 그리하여 무한히 큰 것이 무한히 작은 것으로 사람을 괴멸시킨다. 대양은 물방울로 우리를 으깨어 부순다. 누구든 장난감이 된 감회에 사로잡힌다.

장난감, 얼마나 무시무시한 말인가!

마투티나 호는 오리니 섬 조금 위쪽에 있었다. 유리한 지점이었다. 그러나 섬의 북쪽 돌출부 쪽으로 밀려가고 있었다. 치명적인 일이었다. 북서풍은, 시위를 당긴 활이 화살을 쏘아 보내듯, 선박을 그 북쪽 돌출부로 급히 몰아가고 있었다. 그 돌출부에, 코르블레 항구 쪽으로, 노르망디 군도[6]의 선원들이 〈원숭이〉라고 부르는 것이 있다.

원숭이는 — 스윈지라고도 한다 — 매우 격렬한 축에 속하는 조류이다. 바다 밑바닥에 묵주 알처럼 연이어 파인 구멍들이, 물결에 묵주 알처럼 연속되는 소용돌이를 만들어 낸다. 그리하여 하나의 소용돌이에서 빠져나오기가 무섭게, 다른 소용돌이 속으로 휩쓸려 들어간다. 어떠한 선박이든, 그

---

6 앵글로 노르만 군도를 가리킨다.

원숭이에게 붙잡히기만 하면, 그렇게 나선형으로 굴러가다가, 날카로운 바위 끝에 선체가 갈라진다. 그러면 선박의 복부가 파열되어 항해를 멈추고, 선미가 물결 밖으로 나오며 뱃머리가 물속으로 잠기는데, 그때 심연의 소용돌이질이 완수되어 선미가 물속으로 처박히며 모든 것이 다시 덮인다. 뒤이어 거품 구덩이 하나가 점점 넓어지며 둥둥 떠다니고, 물결 위에는 여기저기에 거품 몇 방울만 보일 뿐이다. 물속에서 막힌 호흡에 기인된 것이다.

망슈 해역에서 가장 위험한 세 원숭이는, 거들러 샌즈의 그 유명한 모래톱 인근에 있는 것과, 저지 섬 피뇨네와 누아르몽 곶 중간에 있는 것, 그리고 오리니 섬의 원숭이이다.

마투티나 호에 그 지역의 선원이 타고 있었다면, 조난자들에게 새로운 위험을 알렸을 것이다. 그러한 선원이 없었지만 그들에게는 본능이 있었다. 극단의 상황에서는 제2의 눈이 작용한다. 바람의 미친 듯한 약탈이 자행되는 동안, 높은 물거품 회오리가 해안을 따라 날아오르고 있었다. 원숭이가 뱉는 침이었다. 무수한 소형 선박들이 그 함정에 걸려 전복되었다. 조난자들은 그곳에 무엇이 있는지도 모르는 채, 두려워하며 접근하고 있었다.

그 돌출부 곁을 어떻게 지나갈 것인가? 방법이 없었다. 캐스키츠 군도가, 그다음에는 오태치 암석이, 불쑥 나타나는 것을 보았듯이, 그들은 이번에도 온통 바위로 이루어진 오리니 섬의 돌출부가 불쑥 치솟는 것을 보았다. 하나씩 차례로 나타나는 거인들 같았다. 일련의 무시무시한 결투였다.

카리브디스와 스킬라는[7] 둘뿐이었으나, 캐스키츠와 오태

---

[7] 카리브디스와 스킬라는 메시나 해협(이탈리아 반도와 시칠리아 섬 사이의) 양안에 있던 두 괴물이다. 카리브디스는 해안 동굴 속에 숨어서, 하루에 세 번씩 바닷물을 입 안으로 빨아들여, 바다에 떠 있는 모든 것을 먹어 치웠

치와 오리니는 셋이었다.

 암초가 수평선을 침범하는 같은 현상이, 심연의 거대한 단조로움과 함께 재현되고 있었다. 대양의 전투에도 호메로스의 전투처럼[8] 숭고한 장광설이 있다.

 그들이 다가갈수록, 각 물결 하나가, 안개 속에서 이미 끔찍하게 높아 보이는 암석의 높이를, 20여 쿠데쯤 더 높여 주었다. 암석과의 거리는 돌이킬 수 없을 만큼 가까워지고 있는 것 같았다. 그들은 〈원숭이〉의 가장자리에 거의 닿으려 하고 있었다. 그들이 어느 물결의 골에 들어가기만 하면 영영 끌려갈 판이었다. 물결 하나만 넘어서면 모든 것이 끝장날 판이었다.

 별안간, 거인의 주먹세례를 받은 듯, 우르카가 뒤로 밀렸다. 놀이 선박 밑에서 몸을 구부리는 듯하더니, 뒤로 벌떡 몸을 젖히면서, 포말 갈기를 통해 그 부유물을 떨쳐 버린 것이다. 마투티나 호는 그 충격으로 오리니 섬에서 멀리 밀려났다.

 다시 난바다에 도달해 있었다.

 구원은 어디로부터 온 것일까? 바람으로부터였다.

 바람이 이동했던 것이다.

 얼마 전에는 물결이 그들을 농락했으나, 이제는 바람의 차례였다. 캐스키츠 군도에서는 그들 자신의 힘으로 위험에서 벗어났다. 오태치 암석 앞에서는 거대한 물결이 운명의 급변을 초래했다. 오리니 섬 앞에서는 삭풍의 차례였다. 북쪽에서 남쪽으로의 급격한 풍향 전환이 있었다.

다. 스킬라 또한 맞은편 해안 동굴 속에 숨어서, 지나가는 모든 생물체를 잡아먹었다. 그리하여 그곳을 지나던 선원들이 카리브디스를 피하다 스킬라에게 잡히고, 스킬라를 피하다 카리브디스에게 희생되곤 했다. 오디세우스는 키르케의 조언 덕분으로 그 해협을 통과하는 데 성공했으나, 동료 여섯이 스킬라에게 희생되었다(『오디세이아』 7장).
 8 『일리아스』에 묘사된 전투를 가리키는 듯하다.

북서풍이 남서풍으로 바뀌었다.

조류란 물속에 있는 바람이다. 바람이란 공기 속에 있는 조류이다. 그 두 힘이 서로를 방해했고, 바람이 변덕을 부려, 조류에게서 먹이를 빼앗은 것이다.

대양의 돌발성은 모호함 그 자체이다. 그러한 돌발성은 영원한 불확실성이다. 누구든 그것에 걸려들면, 희망을 품을 수도 절망할 수도 없다. 그것은 무엇을 행하다가는 이내 그만두기도 한다. 대양은 스스로 즐긴다. 야수적 사나움의 온갖 색조가 광막하고 음흉스러운 바다 속에 있다. 그리하여 장 바르[9]는 바다를 가리켜 〈거대한 짐승〉이라 했다. 자기의 뜻대로, 바다는 벨벳 같은 발로 유예를 두다가는, 발톱으로 공격을 가한다. 폭풍이 때로는 선박들의 조난을 아무렇게나 마구 유발하고, 때로는 정성 들여 준비한다. 조난을 준비하는 경우, 바다가 그것을 애지중지한다고 말할 수 있을 정도이다. 바다에게는 시간이 얼마든지 있다. 조난자들도 그 사실을 어렴풋이 깨닫는다.

가끔은 그러한 처형의 연기가 해방을 뜻하는 경우도 있음을 말해 두자. 하지만 그러한 경우는 매우 드물다. 그렇건만 조난자들은 구원을 믿음에 있어서 신속하다. 폭풍의 위협이 티끌만큼만 감소해도 그들에게는 충분해 보인다. 그들은 자신들이 위기에서 벗어났다고 확신한다. 이미 매장되었다가 부활했다고 증언하고 싶어 한다. 아직 수중에 들어오지 않은 것을, 열에 들뜬 듯 서둘러 받아들인다. 불운이 함유하고 있던 것은 모두 고갈되었다. 명백한 사실이다. 그들은 만족스럽다고 선언한다. 자신들이 구조되었다는 것이다. 더 이상 신에게 빌 것이 없다. 하지만 미지의 존재에게 영수증을 너

---

[9] 프랑스의 해적. 루이 14세에게 봉사하며, 네덜란드 및 잉글랜드의 선박을 상대로 많은 성과를 얻었다 한다.

무 서둘러 발급해서는 안 된다.

남서풍은 회오리바람으로 시작되었다. 조난자들에게는 항상 거친 보조자들밖에 없게 마련이다. 마투티나 호는 죽은 여인이 머리채를 잡혀 끌려가듯, 격렬하게 난바다로 끌려 나갔다. 겁간이라는 대가를 치르고서야 티베리우스에게서 얻어낸 사면과 흡사했다.[10] 바람은 자신이 구출한 사람들을 난폭하게 다루었다. 바람은 격노하며 그들을 도왔다. 무자비한 도움이었다.

부유물은 자신을 해방시킨 그러한 학대 속에서 결국 와해되었다.

나팔총의 탄환으로 사용할 수 있을 만큼 굵고 단단한 우박이, 선박에 체처럼 촘촘한 구멍을 낼 기세로 떨어졌다. 물결이 뒤척일 때마다 우박 알갱이들이 구슬처럼 갑판 위로 굴렀다. 우르카는 물결의 낙하와 포말의 붕괴가 반복되는 속에서, 그 모습을 알아볼 수 없게 되었다. 선박 안에 있던 사람들은 저마다 자신에 대한 생각에 잠겨 있었다.

각자 최선을 다해 매달렸다. 물 한 보따리가 선박을 후려치고 지나간 다음에는, 모든 사람이 다 그곳에 남아 있음을 보고 서로 놀랐다. 몇몇 사람은 나무 조각에 얼굴이 찢겼다.

다행히 절망 속에서는 손아귀 힘이 강해진다. 두려움에 사로잡힌 아이의 손은 거인의 포옹만큼이나 강하다. 극도의 불안이 여인의 손가락을 바이스로 만든다. 소녀가 두려움에 사

---

10 티베리우스는 양부(養父) 아우구스투스의 뒤를 이어 로마 황제로 등극(재위, 14~37)해, 재정과 사법 및 지방(정복지, 즉 *provincia*) 통치에 주력했다. 특히 그가 법을 엄정히 세웠다는 것은 역사가들의 공통된 견해이나, 〈겁간의 대가로 죄인을 사면했다〉는 이야기는 허구에 불과한 듯하다. 스토아 철학에 심취해 있었고, 염세주의자였던 그가, 그러한 짓을 저질렀을 가능성은 희박하다. 그의 인간 기피증을 위선이라 야유하던 타키투스의 『역사』에서조차, 그토록 추한 면모는 발견되지 않는다.

로잡힐 경우, 그녀의 발그레한 손톱은 능히 쇠를 파고든다. 조난자들은 무엇이든 잡고 매달렸으며, 서로를 잡았고, 자신을 추슬렀다. 하지만 물결마다 그들을 휩쓸어 갈 듯한 기세였다.

문득 그들은 진정되었다.

16. 불가사의한 존재의 급작스러운 부드러움

폭풍이 뚝 그쳤다.

대기에는 서남풍도 서북풍도 더 이상 없었다. 허공에서 들려오던 미치광이 같은 나팔 소리도 멈추었다. 거대한 회오리바람이, 미리 약해지지도 않고, 중간 과정도 없이, 스스로 심연 속으로 미끄러져 처박히듯, 하늘에서 빠져나왔다. 그것이 어디에 있는지조차 알 수 없었다. 우박 대신 눈송이가 나타났다. 눈이 다시 천천히 내리기 시작했다.

물결도 더 이상 일지 않았다. 바다가 평평해졌다.

그러한 급작스러운 멈춤은 눈폭풍에서만 발견되는 현상이다. 전류가 고갈되어 모든 것이 평온을 되찾는다. 일반적인 폭풍 속에서는, 오래 지속되는 동요를 간직하기 일쑤인 물결조차도 그러하다. 눈폭풍이 멈춘 후에는 물결의 동요가 조금도 없다. 물결 속에서도 노여움이 연장되지 않는다. 고된 일을 마친 노동자처럼, 물결은 즉시 잠든다. 물론 정력학(靜力學)의 법칙에 거의 반(反)하는 현상이다. 그러나 늙은 항해사들은 그러한 현상에 놀라지 않는다. 그들은 자신들이 전혀 예측하지 못하는 것이 바다에 있음을 알기 때문이다.

매우 드물기는 하지만, 그러한 현상은 일반 폭풍 속에서도 생기는 경우가 있다. 가령 우리 시대에도 1867년 7월 27일,

저지 섬에 일어났던 그 잊지 못할 폭풍은, 열네 시간 동안의 광기 끝에 문득 멈추었고, 바다 또한 조용해졌다.

몇 분 후, 우르카의 주위에는 잠든 물밖에 없었다.

마지막 단계는 최초의 단계를 닮는 법이다. 그 순간, 아무것도 분간할 수 없었다. 대기 현상으로 형성되었던 구름 덩어리들이 발작하는 동안에는 보이던 것들이, 모두 희미해졌다. 창백한 윤곽들이 확산된 용해 상태 속으로 녹아 들어갔다. 그리고 무한의 어둠이 모든 방향에서 선박을 향해 다가오고 있었다. 그러한 어둠으로 쌓은 벽, 원형 폐색, 지름이 순간순간 줄어드는 원통이, 마투티나 호를 감싸고 있었고, 그 모습은, 거대한 부빙(浮氷)들이 서서히 모여 다시 합쳐지는 모습만큼이나 음산했다. 하늘에는 아무것도 없었다. 안개 뚜껑 하나뿐이었다. 우르카는 깊은 우물 밑바닥에 있는 것 같았다.

그 우물에는 액화된 납 웅덩이 하나가 있었으니, 바로 바다였다. 물은 더 이상 움직이지 않았다. 음울한 부동성이었다. 대양이 늘 같을 때보다 더 사나운 적은 없다.

모든 것이 침묵이었고, 평온이었으며, 암흑이었다.

사물의 침묵은 아마 과묵함에서 비롯될 것이다.

마지막 찰랑거림이 뱃전을 따라 미끄러졌다. 갑판은 수평을 되찾았고, 경사는 감지할 수 없을 정도였다. 몇몇 탈구(脫臼)된 부분이 약하게 건들거리고 있었다. 삼 부스러기와 역청을 태워 신호등을 대신하던 석류 모양의 초롱도, 더 이상 제1 기움돛대에서 흔들리지 않았고, 따라서 불티를 더 이상 바다 위로 떨어트리지 않았다. 구름 속에 남은 바람은 더 이상 아무 소리도 내지 않았다. 눈은 촘촘하고 부드럽게, 약간 비스듬히 내리고 있었다. 암초나 방파제로 인한 포말 소리가 전혀 들리지 않았다. 암흑 속의 평화였다.

격노와 절정의 발작 끝에 찾아온 휴식이, 오랫동안 시달리던 가엾은 사람들에게는 형언할 수 없을 만큼 편안했다. 그들에게는 엄한 문초가 드디어 끝난 것 같았다. 자기들 주위와 위에서, 자기들을 구출하려는 동의가 이루어진 것 같았다. 그들은 다시 신뢰하기 시작했다. 맹렬한 노기였던 것들이 이제 모두 평온함으로 바뀌었기 때문이다. 그들에게는 평화 협정이 조인된 것 같아 보였다. 그들의 가엾은 가슴이 후련해졌다. 그들은 드디어, 잡고 있던 밧줄이나 널빤지 끝을 놓고, 몸을 일으켜 반듯이 펴서, 서고, 걸으며 꿈지럭거릴 수 있었다. 그들은 자신들이 형언할 수 없을 만큼 평온해졌음을 느꼈다. 낙원과 같은 그 모호한 심연 속에서는 또 다른 일이 벌써 준비되고 있었다. 그들이 질풍과 포말과 온갖 바람과 광증에서 해방되었음은 분명했다.

이제 여러 가능성이 그들 앞에 놓여 있었다. 서너 시간 후면 날이 밝을 것이고, 근처를 지나던 배가 그들을 발견할 것이며, 그러면 구조될 것이다. 가장 어려운 고비는 넘겼다. 다시 삶의 영역으로 돌아오고 있었다. 중요한 것은 폭풍이 멈출 때까지 물 위에서 견디었다는 사실이다. 모두들 속으로 중얼거렸다. 〈이제 끝났어.〉

문득 그들은 정말 끝났음을 깨달았다.

피레네 산맥 북쪽 바스크 지역 출신인, 갈데아순이라는 선원이 밧줄을 찾으러 화물창으로 내려가더니, 이내 다시 올라와 말했다.

「화물창이 가득 찼습니다.」
「무엇으로?」 우두머리가 물었다.
「물로.」 선원이 대답했다.
우두머리가 언성을 높였다.
「그게 무슨 뜻이야?」
「무슨 뜻이냐 하면, 반 시간 후에 우리가 모두 가라앉는다는 뜻입니다.」 갈데아순의 대꾸였다.

17. 마지막 수단

용골에 틈 하나가 있었다. 물길이 하나 생긴 것이다. 언제? 그것을 아는 이는 아무도 없었다. 캐스키츠 군도에 접근했을 때였을까? 오태치 암석 앞에서였을까? 오리니 섬 서쪽 여울에서였을까? 그들이 〈원숭이〉를 건드렸을 가능성이 가장 컸다. 멧돼지의 코 같은 돌 끝에 일격을 당했음이 틀림없었다. 바람이 경련하듯 거세어지며 그들을 뒤흔들던 와중에, 그들이 그 사실을 알아차리지 못했을 것이다. 강직성 경련이 일어나는 동안에는 주사 바늘을 느끼지 못한다.

피레네 산맥 남쪽 바스크 지역 출신인 다른 선원 아베마리아가, 화물창으로 내려갔다가 올라오더니, 사람들에게 말했다.

「용골에 있는 물의 깊이가 두 바라쯤 됩니다.」

약 6피에였다.

아베마리아가 덧붙였다.

「40분 이내에 침몰합니다.」

침수로가 어디에 있단 말인가? 그것이 보이지 않았다. 물에 잠겨 있었다. 화물창에 고인 수량(水量) 때문에 갈라진 틈이 보이지 않았다. 선박의 복부 어딘가에, 흘수선 밑 물에 잠기는 부분에, 구멍 하나가 있음에 틀림없었다. 그것을 살펴보기란 불가능했다. 그것을 틀어막는 것도 불가능했다. 상처가 있는데 그것을 동여맬 수가 없었다. 게다가 물이 빠른 속도로 들어오는 것도 아니었다.

우두머리가 큰 소리로 말했다.

「펌프질을 해야겠어.」

갈데아순이 대꾸했다.

「펌프도 사라졌습니다.」

「그렇다면 상륙합시다.」 우두머리의 말이었다.

「육지가 어느 쪽에 있습니까?」

「모르겠소.」

「저도 모릅니다.」

「어디엔가는 있겠지.」

「그렇지요.」

「누구든 우리를 그곳으로 인도하시오.」 우두머리가 다시 말했다.

「항해사가 없습니다.」 갈데아순의 대답이었다.

「자네가 키 손잡이를 잡으시게.」

「키 손잡이도 없습니다.」

「아무 막대기라도 좋으니, 그것으로 키 손잡이 하나를 만듭시다. 못이며, 망치며, 연장들을 어서 가져오시게!」

「연장통은 물속에 있습니다. 연장이라곤 남은 것이 하나도 없습니다.」

「하지만 어느 쪽으로든 키를 움직여 봅시다.」

「키도 사라졌습니다.」

「보트는 어디에 있소? 그것을 타고 노를 저읍시다!」

「보트도 사라졌습니다.」

「부유물을 타고 노를 저읍시다.」

「노도 없습니다.」

「그러면 돛을 이용합시다!」

「돛포도, 돛대도, 모두 없어졌습니다.」

「뱃전판 하나를 떼어 내어 돛대를 만들고, 방수포로 돛포를 만듭시다. 여기에서 빠져나갑시다. 바람에 우리를 맡깁시다!」

「바람이 멈추었습니다.」

바람이 정말 그들을 떠났다. 폭풍이 떠나 버렸는데, 구원이라고 여겼던 그 떠남이, 그들의 파멸이었다. 남서풍이 지속되었다면, 그들을 미친 듯이 어느 해안으로 밀고 갔거나, 신속히 수로로 접어들게 해, 그들이 가라앉기 전에 아마 어느 모래톱까지 그들을 휩쓸어 가서, 표착(漂着)하게 했을 것이다. 폭풍의 격정이 그들을 육지에 닿게 할 수도 있었을 것이다. 바람이 없으니 그러한 희망도 없었다. 폭풍이 없어 그들은 죽어 가고 있었다.

최후의 상황이 모습을 드러내고 있었다.

바람과 우박, 돌풍, 회오리바람 등은 제압할 수도 있는 적이다. 폭풍에게는 갑옷이 없으니 잡힐 수도 있다. 끊임없이 자신을 노출시키고, 멋대로 움직이며, 자주 헛손질을 하는 폭력에 대해서는 방어책이 있을 수 있다. 그러나 고요함에 대해서는 속수무책이다. 수중에 들어오는 돌출부가 하나도 없기 때문이다.

바람이란 코사크 기병대의 공격이다. 잘 버티기만 하면 스스로 와해된다. 반면에 고요함은 망나니의 집게이다.

물은 서두르지 않고, 그러나 멈추지도 않고, 육중하게 그리고 항거할 수 없는 기세로, 화물창 안으로 들어오고 있었으며, 수위가 오를수록 그만큼 배는 내려가고 있었다. 매우 느린 속도였다.

마투티나 호의 조난자들은, 자신들 밑에서 재앙 중 가장 절망적인 재앙, 즉 무기력한 재앙이 시작되고 있음을 조금씩 더 절실하게 느끼고 있었다. 무의식적인 현상에 대한 조용하고 불길한 확신이 그들을 사로잡고 있었다. 대기는 조금도 흔들리지 않았고, 바다 역시 움직이지 않았다. 움직이지 않음, 그것은 냉혹함이다. 삼키는 힘이 그들을 조용히 흡입하고 있었다. 묵묵하며, 노여움도, 열정도, 의지도, 지식도 없는 물의 그 두꺼운 저쪽에서, 지구의 숙명적인 중심부가 그들을 무심히 끌어당기고 있었다. 휴식중인 공포가 그들을 자신과 혼합시키고 있었다. 더 이상, 파도의 딱 벌린 아가리도, 바람과 바다로 이루어진 위협적이고 사나운 이중 턱뼈도, 물기둥의 비웃음도, 놀의 거품을 머금은 식욕도 아니었다. 그 가엾은 사람들 밑에 있던 것은, 정체를 알 수 없는, 무한의 검은 하품이었다. 그들은 죽음이라는 평화로운 심연 속으로 자신들이 빠져 들어가고 있음을 느꼈다. 물결 밖으로 노출되어 있던 선박의 부분이 점점 줄어들고 있다는 것, 그것이 전부였다. 남은 부분이 언제 완전히 사라질지 예측할 수 있었다. 밀물에 잠기는 것과는 정반대였다. 물이 그들을 향해 올라오지 않고, 그들이 물을 향해 내려가고 있었다. 그들의 무덤이 저절로 파이고 있었다. 그들의 체중이 곧 무덤구덩이 파는 인부들이었다.

그들은 인간의 법이 아니라 사물의 법에 따라 처형되고 있었다.

눈이 내리고 있었고, 또한 부유물이 움직이지 않는지라, 그 하얀 거즈가 갑판 위에 층을 이루며 선박에 수의를 입히고 있었다.

화물창은 점점 무거워지고 있었다. 새어 들어오는 물을 감당할 방도가 없었다. 그들에게는 물을 퍼낼 삽조차 없었다. 그것이 있었다 하더라도, 그것은 환상적인 연장일 뿐, 사용할 수 없었다. 우르카에 갑판이 있었기 때문이다. 불을 밝혔다. 횃불 서너 개를 만들어 그럭저럭 각 구멍에 꽂아 세워 놓았다. 그리고 갈데아순이 낡은 가죽 물통 서너 개를 가져왔다. 그들은 화물창의 물을 퍼내기 위해 일렬로 줄지어 섰다. 그러나 물통들은 더 이상 사용할 수 없는 상태였다. 어떤 것은 가죽의 꿰맨 부분이 뜯겨 나갔고, 다른 것은 밑창이 뚫려 있었다. 그리하여 물이 퍼내는 중간에 다 새어 버렸다. 받는 것과 돌려주는 것 사이의 불균형이 실소를 자아내게 할 지경이었다. 한 톤이 들어오는 동안 한 잔이 나갔다. 다른 결과는 얻을 수가 없었다. 백만금을 한 푼씩 지출해 다 쓰겠다는 노랑이의 지출 방법과 다름없었다.

문득 우두머리가 말했다.

「이 부유물의 짐을 덜어 줍시다!」

폭풍이 몰아치는 동안 갑판에 있던 고리짝 몇 개를 묶어 둔 바 있었다. 그것들이 아직도 토막 난 돛대에 묶여 있었다. 일제히 달려들어 묶인 것을 풀고, 고리짝들을 깨진 뱃전을 통해 물속으로 굴려 버렸다. 그 짐 중 하나는 바스크 여인의 것이었는데, 그녀가 한숨을 지으며 탄식했다.

「오! 빨간 천으로 안을 댄 나의 외투! 오! 자작나무 껍질로 만든 레이스를 단 나의 가엾은 양말! 오! 마리아 축일 미사에 갈 때 달려고 했던 나의 은장식 귀걸이!」

갑판은 깨끗이 비워졌고, 선실만 남았다. 선실에는 짐이 가득했다. 그 속에는, 앞에서 말했듯이, 승객들의 짐과 선원들의 보따리가 있었다. 승객들의 짐을 꺼내어 몽땅 깨진 뱃전을 통해 털어 버렸다.

선원들의 보따리도 모두 대양 속으로 밀어 넣었다.

선실을 깨끗이 비웠다. 등과, 나무토막, 통, 자루, 들통, 육류 저장통, 수프가 들어 있는 냄비 등 모든 것이 물결 속으로 사라졌다.

이미 오래전에 불이 꺼진 철제 화덕의 나사를 풀고, 그것을 떼어 낸 다음 갑판 위로 끌어 올려, 뱃전으로 끌고 가서 선박 밖으로 곤두박질시켰다.

선박 내현에 둘러친 널빤지나 늑골 보강재, 켕김줄, 기타 선구에서 떼어 낼 수 있는 것은, 모두 떼어 물속으로 던졌다.

가끔 우두머리가, 횃불 하나를 들고 선박 앞부분에 표시된 수준(水準) 계측표를 살피며, 배의 침몰 상태를 확인하곤 했다.

18. 절대적 수단

가벼워진 부유물은 조금 덜 가라앉았다. 그러나 여전히 가라앉고 있었다.

이처럼 절망적인 상황에서는 더 이상 타개책도, 일시적 완화제도 없었다. 마지막 수단도 이미 써버렸다.

「혹시 아직도 바다에 던져 버릴 것이 남아 있소?」 우두머리가 소리쳤다.

그때까지 아무도 염두에 두지 않았던 박사가, 선실 뚜껑문 한구석에서 불쑥 나오며 말했다.

「있소.」

「무엇이오?」 우두머리가 물었다.

박사가 대답했다.

「우리가 지은 죄.」

순간 전율이 흘렀다. 그리고 일제히 외쳤다.

「아멘.」

박사는 창백한 얼굴로 서서 손가락 하나를 쳐들어 하늘을 가리키며 말했다.

「무릎을 꿇으시오.」

모두들 비틀거렸다. 무릎을 꿇는 첫 동작이었다.

박사가 다시 말했다.

「우리의 죄를 바다에 던집시다. 그것이 우리를 무겁게 짓누르고 있소. 그것이 이 배를 바다 속으로 처박고 있소. 더 이상 구출될 것을 생각하지 말고 구원받을 생각을 합시다. 특히 우리가 저지른 마지막 죄가, 아니 우리가 조금 전에 보충한 죄가, 제 말을 듣고 계신 가엾은 분들이시여, 그것이 우리를 짓누르고 있소이다. 뒤에 살인 의도를 남겨 놓은 채 심연의 뜻을 시험함은 불경스러운 오만불손이오. 어린아이에게 저지른 짓은 곧 신에게 저지른 짓이오. 출항할 수밖에 없었소. 나도 그 사실은 알고 있소. 그러나 출항이 곧 불가피한 파멸이었소. 우리의 행위가 던진 암영으로 인해 예고된 폭풍이 결국 닥치고 말았소. 잘된 일이오. 또한 그 무엇도 아쉬워할 것 없소이다. 이곳에서 멀지 않은 곳, 저 어둠 속에, 보빌의 모래톱과 우그의 갑이 있소. 그곳은 프랑스요. 우리가 피신할 수 있었던 곳은 오직 스페인뿐이었소. 프랑스가 우리에게는 잉글랜드보다 덜 위험한 것은 아니오. 우리가 바다를 무사히 벗어났다면, 아마 교수대에 이르렀을 것이오. 목이 매달리거나 익사하거나, 둘 중 하나밖에, 다른 선택이 우리에게는 없었소. 우리를 위해 신께서 선택해 주셨소. 신께 감사드립시다. 그분께서 우리에게 정화하는 구덩을 허락하시는 것이오. 형제들이여, 불가피한 일이었소. 조금 전에 우리가 저 높은 곳으로 어떤 이를, 그 아이를, 보내기 위해 할 수 있는 일을 했고, 지금 이 순간에는, 내가 말하고 있는 바로 이 순간에, 우리의 머리 위에서, 우리를 바라보고 있는 심판관 앞에서, 우리를 규탄하는 영혼 하나가 있을지도 모른다는 사실을 생각하시오. 이 절대적인 집행 유예의 순간을 값지게 보냅시다. 만약 그것이 아직도 가능하다면, 우리의 능력이 닿는 한, 우리가 저지른 악을 속죄하도록 힘써 노력합시다. 만약 그 아이가 우리보다 오래 산다면, 그를 도웁시다. 그가 죽는다면, 그의 용서를 얻도록 노력합시다. 우리가 저지른 가증할 죄악을 벗어 던집시다. 우리의 의식을 짓누르는 이 무거운 짐을 내려놓읍시다. 우리의 영혼이 신 앞에서 심연 속으로 처박히지 않도록 진력합시다. 그것이 진정 무서운 조난이기 때문이오. 몸뚱이는 물고기들에게로 가고, 영혼은 악마들에게 갈 수밖에 없기 때문이오. 여러분 자신을 불쌍히 여기시오. 다시 말씀드리지만, 무릎을 꿇으시오. 회개는 침몰하지 않는 배입니다. 나침반이 없다고 하셨습니까? 틀린 말씀입니다. 여러분에게는 기도가 있습니다.」

늑대들이 문득 양으로 변했다. 그러한 변화는 극도의 고뇌에 사로잡혔을 때 일어난다. 어두운 문이 살짝 열리면, 믿는 것이 어려울지 모르되, 믿지 않는 것은 불가능해진다. 인간이 애써 그린 종교의 다양한 초벌 그림이 아무리 불완전하더라도, 신앙의 형태가 아무리 조잡하더라도, 교리의 윤곽이 언뜻 본 영원의 윤곽과 일치하지 않더라도, 절대의 순간에는 영혼의 전율이 나타난다. 삶 이후에 무엇인가가 시작된다. 그와 같은 압박이 임종을 짓누른다.

임종은 계약 기간의 만기이다. 그 운명적인 순간에는, 누구든 희미한 책임감을 느낀다. 이미 있었던 것이 장차 있을 것을 복잡하게 만든다. 과거가 돌아와 다시 미래 속으로 들어간다. 알려진 것도 미지의 것 못지않게 심연이 되는데, 그 두 심연이, 한쪽에는 저지른 잘못이 있고 다른 한쪽에는 기대가 있어, 그것들의 반향을 뒤섞는다. 죽어 가는 사람을 두려움에 사로잡히게 하는 것은 두 심연의 뒤섞임이다.

그들은 삶 쪽에 대한 마지막 희망을 모두 소진했다. 그들이 다른 쪽으로 돌아선 것은 그러한 이유 때문이다. 그쪽의 어둠 속 이외에는 희망이 없었다. 그들은 그러한 사실을 깨달았다. 그것은 음산한 광명이었다. 그러나 공포감이 뒤를 이었다. 죽어 가며 깨닫는 것은 번개 속에서 목격하는 사물과 유사하다. 전부가 보이는가 싶다가 이내 아무것도 보이지 않는다. 보다

가는 이내 더 이상 보지 못한다. 죽음 후에 눈이 다시 뜨일 것이고, 그러면 번개였던 것이 태양으로 변할 것이다.[1]

그들은 박사에게 일제히 소리쳤다.

「당신! 당신! 오직 당신밖에 없어요. 우리는 당신에게 복종하겠어요. 이제 어찌 해야 하나요? 말씀해 주세요.」

박사가 대답했다.

「미지의 심연을 건너, 무덤 저 너머, 즉 삶의 저편에 이르는 일이 남았소. 내가 이것저것 가장 많은 것을 아니, 내가 감당해야 할 위험이 가장 크오. 가장 무거운 짐을 진 사람에게 건너갈 다리를 선택하라 한 것은 잘한 일이오.」

그가 덧붙였다.

「지식이 의식의 무거운 짐이 되오.」

그리고 다시 말했다.

「우리에게 아직 남은 시간이 얼마나 되오?」

갈데아순이 뱃머리의 눈금을 들여다보고 나서 대답했다.

「15분 남짓입니다.」

「좋소.」 박사의 대답이었다.

그가 팔꿈치를 괴고 있던 뚜껑문이 일종의 탁자 역할을 했다. 박사는 호주머니에서 잉크병과 펜, 그리고 지갑을 꺼낸 다음, 지갑에서 양피지 한 장을 꺼냈다. 몇 시간 전, 그가 이 면에 무엇인가를, 구불구불하고 촘촘하게 스무 줄쯤 기록한, 바로 그 양피지였다.

「불 좀 비춰 주시오.」 그가 말했다.

폭포의 포말처럼 떨어지던 눈이 횃불을 하나하나 꺼버리고, 이제 남은 것은 하나뿐이었다. 아베마리아가 그것을 뽑아 들고, 박사의 곁에 와서 서 있었다.

---

[1] 의미가 매우 모호하나 그대로 옮긴다.

박사가 지갑을 호주머니에 다시 넣은 다음 펜과 잉크병을 뚜껑문 위에 놓고, 접혀 있던 양피지를 펴면서 말했다.
「잘 들으시오.」
그러고 나서 바다 한가운데에 떠 있는, 흔들거리는 무덤의 판자와 같은 점점 작아지는 주교(舟橋) 위에서, 박사의 엄숙한 낭독이 시작되었고, 모든 어둠조차 그 소리에 귀를 기울이는 듯했다. 그의 주위에 둘러선 죄인들은 모두 고개를 숙이고 있었다. 횃불의 타오르는 불길이 그들의 창백함을 더욱 부각시켰다. 박사가 읽던 것은 영어로 쓰여 있었다. 가끔 처량한 시선 중 하나가 설명을 갈망하는 듯하면, 박사는 낭독을 중단하고, 방금 읽은 부분을 프랑스어나 스페인어, 혹은 바스크어나 이탈리아어로 옮겨 다시 읽었다. 억눌린 흐느낌 소리와 가슴팍을 둔탁하게 치는 소리가 들렸다. 부유물은 계속해서 가라앉고 있었다.

낭독이 끝나자 박사는 양피지를 뚜껑문 위에 펼쳐 놓은 다음, 펜을 집어 들더니, 자신이 쓴 글 아래쪽에 남겨 둔 여백에 서명했다.
〈닥터 게르나르두스 게에스터문더〉
그러고는 다른 사람들을 돌아보며 말했다.
「와서 서명하시오.」
바스크 여인이 다가와 펜을 집어 들고 서명했다.
〈아순시온〉
그녀가 펜을 아일랜드 여인에게 건넸다. 아일랜드 여인은 글을 쓸 줄 몰라 십자가 하나를 대신 그렸다.
박사가 십자가 옆에 이렇게 썼다.
〈에뷔드 지방 티리프 섬 출신의 바라바라 페르모이〉
그런 다음 펜을 무리의 우두머리에게 넘겼다.
우두머리가 서명했다. 〈가이스도라, 캅탈〉

제노바 출신 남자는 〈지안지라테〉라고 서명했다.

랑그도크 출신 남자의 서명은 이러했다. 〈자크 카토르즈, 일명 나르본 사람〉

프로방스 출신 남자가 서명했다. 〈마옹 도형장에서 온 뤽. 피에르 카프가루프〉

그 서명들 밑에 박사가 간략하게 덧붙여 기록했다.

「승무원 세 사람 중 선장은 파도에 휩쓸려 갔고, 남은 두 사람만 서명한다.」

두 선원은 그 언급 아래쪽에 서명했다. 북쪽 바스크인은 〈갈데아순〉이라 서명했다. 남쪽 바스크인의 서명은 이러했다. 〈도둑놈 아베 마리아〉

그런 다음 박사가 말했다.

「캅가루프.」

「예.」 프로방스 사내가 대답했다.

「자네, 하드콰논의 호리병을 간직하고 있는가?」

「예.」

「그것을 나에게 주게나.」

캅가루프는, 마지막 남은 화주 한 모금을 비운 다음, 호리병을 박사에게 내밀었다. 선박 내부의 물이 점점 증가하고 있었다. 부유물은 더욱 깊숙이 바다로 처박히고 있었다.

갑판의 사면(斜面)은, 점점 커지며 잠식해 오는 얇은 물결로 덮여 있었다.

모두들 선박의 현호(舷弧) 위에 모여 있었다.

박사는 서명한 잉크를 횃불에 쪼여 말렸다. 그러고는 양피지를 호리병의 지름보다 더 좁게 접은 다음, 그것을 호리병 속으로 밀어 넣었다. 그리고 다시 소리쳤다.

「마개.」

「그것이 어디에 있는지 모르겠습니다.」 캅가루프가 대답했다.

「여기 밧줄 끄트머리 한 토막이 있습니다.」 자크 카투르즈가 말했다.

박사가 밧줄 끄트머리로 호리병을 봉했다. 그리고 다시 소리쳤다.

「역청.」

갈데아순이 뱃머리로 가서, 막 꺼져 가고 있던 석류 모양의 신호등을 숯불 끄는 단지로 누른 다음, 그것을 선수재(船首材)에서 내려 박사에게 가져왔다. 끓는 역청이 반쯤 채워져 있었다.

박사가 호리병 목을 역청에 담갔다가 다시 꺼냈다.

모든 사람들이 서명한 양피지를 담은 호리병을, 이제 봉하고 역청 칠까지 끝냈다.

「다 됐군.」 박사가 말했다.

그러자 둘러 서 있던 사람들의 입에서, 온갖 언어로 불분명하게 웅얼거리는, 납골당의 음산한 소음이 들려왔다.

「*Ainsi soit-il*(그렇게 이루어지리다)!」

「*Mea culpa*(저의 죄이옵니다)!」

「*Asi sea*(그렇게 이루어지리다)!」

「*Aro raï*(마침 잘됐어)!」

「아멘!」

그들의 말을 듣지 않겠다는 하늘의 무시무시한 거부 앞에서, 바벨의 어두운 음성들이[2] 암흑 속으로 흩어지는 소리를 듣는 것 같았다.

박사는 죄악과 절망을 함께 나눈 동료들에게 등을 돌린 다음, 뱃전으로 몇 걸음 다가갔다. 뱃전에 이르러 그는 무한을

---

2 〈바벨〉은 바빌론의 히브리식 명칭이다. 야훼가 그곳에 잡다한 언어를 뒤섞어 놓아 사람들이 뿔뿔이 흩어졌다고 한다(「창세기」 11:1~9).

한동안 뚫어지게 바라보더니, 가슴속 깊은 곳에서 울려 나오는 소리로 말했다.

「*Bist du bei mir*(그대 내 곁에 있는가)?」

그는 아마 어느 환영에게 말하고 있었을 것이다.

부유물은 계속 밑으로 처박히고 있었다.

박사의 등 뒤에 있는 사람들도 모두 생각에 잠겨 있었다. 기도는 불가항력적인 힘이다. 그들은 스스로 고개를 숙인 것이 아니라, 억지로 꺾이고 있었다. 그들의 회개에는 본의 아닌 것이 있었다. 그들은 바람이 없어 축 쳐지는 돛처럼 휘고 있었다. 그리고 그 흉측한 무리는, 두 손을 모으고 이마를 숙여, 신에 대한 절망적인 신뢰의 자세를 조금씩, 다양하게 그러나 억눌린 듯, 취하고 있었다. 심연에서 올라온 듯한 존경스러운 빛이 악당들의 얼굴에 어렴풋이 어른거리고 있었다.

박사가 그들에게로 돌아왔다. 그의 과거가 어떠했다 할지라도, 종말에 임한 그 노인은 위대했다. 그를 둘러싸고 있던 광대한 망설임이 그의 사념을 붙잡고 있었으나, 그를 당황케 하지는 않았다. 그는 불시에 일을 당한 사람이 아니었다. 그에게는 태연한 잔혹함이 있었다. 신의 위엄이 그의 얼굴에 감돌고 있었다.

늙고 깊은 사념에 잠긴 그 도적은, 자신도 모르게 교황의 거조를 보였다.

그가 말했다.

「정신들 차리시오.」

그러고는 잠시 바다를 유심히 살피더니 한마디 더 했다.

「이제 우리는 곧 죽을 거요.」

그런 다음 아베마리아의 손에서 햇불을 빼앗아 들고 그것을 흔들었다.

불꽃 한 가닥이 햇불에서 떨어져 나와 어둠 속으로 날아올랐다.

  박사가 횃불을 바다로 던졌다.

  횃불이 꺼졌다. 모든 빛이 사라졌다. 남은 것은 미지의 광막한 어둠뿐이었다. 저절로 닫히는 무덤과 흡사한 그 무엇이었다.

  급작스러운 암흑 속에서 박사의 목소리가 들려왔다.

  「기도합시다.」

  모두 무릎을 꿇었다.

  그들이 무릎을 꿇은 것은, 이미 더 이상 눈 위가 아니라, 물속에서였다.

  그들에게 남은 시간은 단 몇 분뿐이었다.

  오직 박사만이 서 있었다. 눈송이가 그의 몸뚱이 위에 멈추며, 그 위에 하얀 눈물을 별처럼 뿌려 놓았고, 어두운 배경에 그의 모습을 드러내 주었다. 암흑 속에서 말을 하는 조각상 같았다.

  그의 발밑에서는, 부유물이 완전히 잠길 순간을 알리는 거의 촉지할 수 없는 흔들림이 시작되었는데, 박사가 성호를 그으며 음성을 높였다.

  「*Pater noster qui es in cœlis*(하늘에 계신 우리 아버지).」

  프로방스인이 프랑스어로 주기도문을 따라 읊었다.

  「*Notre Père qui êtes aux cieux.*」

  아일랜드 여인이 웨일스어로 받았다. 바스크 여인도 이해했다.

  「*Ar nathair ata ar neamh.*」

  박사가 계속했다.

  「*Sanctificetur nomen tuum*(온 세상이 아버지를 하느님으로 받들게 하시며).」

  「*Que votre nom soit sanctifié.*」 프로방스 남자가 따라 읊

었다.

「*Naomthar hainm.*」아일랜드 여인이 중얼거렸다.

「*Adveniat regnum tuum*(아버지의 나라가 오게 하시며).」박사가 계속했다.

「*Que votre règne arrive.*」프로방스 남자가 받았다.

「*Tigeadh do rioghachd.*」아일랜드 여인의 음성이었다.

물은 무릎을 꿇고 있는 사람들의 어깨까지 차올랐다. 박사가 기도를 계속했다.

「*Fiat voluntas tua*(아버지의 뜻이 이루어지게 하소서).」

「*Que votre volonté soit faite.*」프로방스 남자가 겨우 웅얼거렸다.

그리고 아일랜드 여인과 바스크 여인이 동시에 외쳤다.

「*Deuntar do thoil ar an Hhalàmb*(하늘에서와 같이 땅에서도)*!*」

「*Sicut in coelo, et in terra.*」박사의 말이었다.

그의 말에 응하는 음성이 없었다.

그가 아래를 내려다보았다. 모든 머리가 이미 물속에 잠겨 있었다. 단 한 사람도 일어서지 않았다. 그들은 모두 무릎을 꿇은 채 물속으로 들어갔다

박사는 뚜껑문 위에 놓아두었던 호리병을 오른손에 들고, 그것을 머리 위로 추켜올렸다.

부유물은 계속 침몰하고 있었다.

물속으로 빠져 들어가면서도 박사는 주기도문의 나머지 구절을 중얼거렸다.

그의 가슴팍까지 잠시 물 위에 보이더니, 이내 머리만 보였고, 다음 순간, 호리병을 들고 있는 팔만 남았다. 그의 팔이 호리병을 무한에게 보여 주려는 것 같았다.

그의 팔도 사라졌다. 깊은 바다에는 기름 한 통에 이는 주

름만큼도 물결이 일지 않았다. 눈이 계속 내리고 있었다.

　무엇인가가 수면으로 떠올라, 조류를 타고 어둠 속으로 사라졌다. 엮은 버들로 감싼, 마개에 역청을 먹인 호리병이었다.

제3권 어둠 속의 아이

1. 체실

 폭풍의 강렬함이 육지에서도 바다 못지않았다.
 버려진 아이 주위에도 다름없이 광풍이 사납게 몰아쳤다. 눈먼 힘들이 쏟아 내는 무의식적인 노기 속에서, 약하고 순진한 것들이 어떻게 되든 아랑곳하는 이는 없다. 어둠은 분별하는 법이 없고, 사물에게는 기대하던 너그러움이 없다.
 문득 육지에서도 바람이 거의 불지 않았다. 추위 속에는 알 수 없는 부동의 무엇이 있었다. 우박은 단 한 알갱이도 떨어지지 않았다. 내리는 눈의 촘촘함이 공포감을 자아냈다.
 우박은 때리고, 들볶고, 상처를 내고, 귀를 따갑게 하고, 부순다. 그러나 눈송이는 더욱 악질적이다. 냉혹하고 부드러운 눈송이는, 자신의 일을 조용히 한다. 누가 건드리기만 해도 즉시 녹아 버린다. 위선자가 천진해 보이듯, 눈송이는 순결해 보인다. 천천히 쌓이는 백색으로 눈송이는 눈사태에 이르고, 위선자는 범행에 도달한다.
 아이는 안개 속에서 계속해서 앞으로 나갔다. 안개는 부드러운 장애물이다. 그러한 특성에서 위험이 비롯된다. 그것은 물러서며 동시에 버틴다. 안개 또한 눈처럼 배신을 잔뜩 품고 있다. 그 모든 위험 한가운데로 뛰어든 기이한 투사였던 아이는, 어느덧 내리막길 아래에 도달해, 이미 체실에 들어서 있었다. 그는 아무 영문도 모르는 채, 양쪽에 대양이 있는 지협 위를 걷고 있었다. 안개 속에서, 눈 속에서, 그리고 어둠 속에서, 자칫 길을 잘못 들어서면, 오른쪽으로는 깊은 포구로, 왼쪽으로는 난바다의 사나운 파도 속으로 떨어질 수밖에 없었다. 그는 그러한 사실을 모른 채 두 심연 사이를 걷고 있었다.

포틀랜드의 지협은 그 시절 특이하리만큼 거칠고 험했다. 오늘날에는 더 이상 그 시절의 지형을 찾아볼 수 없다. 포틀랜드의 암석을 이용해 로마 시멘트[1]를 만들 생각을 하게 된 이후, 그곳의 모든 암석에 손질을 가했고, 그러한 손질로 인해 암석은 원래의 모습을 잃었다. 아직도 그곳에서는 석회암, 편암, 반암 등의 층이, 잇몸에서 치아 솟아나듯, 역암층에서 솟아나 있는 것을 볼 수 있다. 그러나 오시푸라주[2]들이 날아와 흉측하게 앉아 있곤 하던, 삐죽삐죽하고 험한 그 모든 산봉우리들을, 곡괭이가 자르고 평평하게 만들어 버렸다. 시샘꾼들처럼 정상들만을 더럽히기 좋아하는 랍들과 스테르코라리우스[3]들이 회동할 수 있는 봉우리들은 더 이상 없다. 옛 웨일스어에서 흰 독수리를 뜻하던, 고돌핀이라는 이름을 가진 거대한 돌도 더 이상 볼 수 없다. 아직도 여름이면, 해면처럼 구멍투성이가 된 그 땅에서, 로즈머리와 플레이옴,[4] 야생 히소푸스,[5] 달이면 효능이 뛰어난 강심제를 얻을 수 있는 바

---

1 〈로마 시멘트〉는 수중에서도 응고되는 시멘트라고 한다. 포틀랜드산 시멘트가 현대 시멘트의 모태라고 한다.
2 어원적 의미로는 〈뼈를 부수는〉 동물을 의미하나, 어떤 새를 가리키는지 분명치 않다.
3 랍은 어떤 새를 가리키는지 확인할 수 없고, 〈스테르코라리우스〉는 속칭 〈도둑 갈매기〉를 가리키는 *stercoraire*의 어원이다. 그 어원은 〈스테르쿠스〉라고도 하며, 〈똥〉을 의미한다.
4 경련 진정제 및 홍분제의 원료가 되는 풀이라 한다.

다 회향풀, 그리고 모래에서 자라며 돗자리 엮는 데 유용한, 마디투성이 풀 등을 채취한다. 그러나 용연향이나 흑주석(黑朱錫),[6] 초록색과 푸른색과 샐비어 잎 색 등 세 가지 종류가 있는 판암 등은, 그곳에서 더 이상 구경조차 할 수 없다. 여우들과 오소리, 수달, 담비들도 그곳을 떠났다. 콘월 곶처럼 포틀랜드의 절벽에도 영양(羚羊)이 있었다. 그러나 지금은 더 이상 없다. 움푹 들어간 몇몇 해안에서는 아직도 가자미나 뱅댕이류가 잡힌다. 그러나 질겁한 연어들은, 미카엘 축일[7]과 크리스마스 사이의 기간에도, 알을 낳으려 워이 강을 거슬러 오르지 않는다. 크기는 새매만 하고, 사과를 두 조각으로 쪼개어 씨만을 발라 먹었다는, 그리고 엘리자베스 여왕의 치세에도 볼 수 있었다는, 그 신비한 새도 더 이상 없다. 영어로는 코니시 처프라 하고 라틴어로는 피로카락스라 하며, 불붙은 포도 덩굴 햇가지를 지붕에 떨어뜨리는 못된 짓을 한다는 코르네유[8] 또한 그곳에서 더 이상 볼 수 없다. 스코틀랜드 군도에서 섬 주민들이 등유로 사용하는 기름을, 그곳에서 물고 와서 부리로 뿌린다는, 마법의 새 풀머[9]도 더 이상 볼 수 없다. 저녁나절, 썰물이 나간 번쩍거리는 해변에서도, 돼지의 발을 가졌고 송아지의 울음소리를 낸다는, 전설적인 짐승 네츠[10]를 더 이상

---

5 생명력이 강하고 키가 작은 관목으로, 작은 것의 상징으로 인용되기도 한다.

6 *étain noir*를 직역한 것이다. 어떤 물질인지 확인하지 못했다.

7 천사장 미카엘의 축일은 9월 29일이다.

8 작고 부리가 노란 까마귀이다. 그러나 작가가 제시한 피로카락스는 부리가 붉은 까마귀를 가리키며, 코니시 처프는 〈콘월 까마귀〉라는 뜻이다.

9 어원적으로는 고약한 냄새 풍기는 갈매기(*ful:foul, mar:gul*)라는 뜻이다.

10 *neitse*. 대서양에 서식하는 바다표범을 가리키는 속어 *neit-soak*의 프랑스식 표기라 한다.

만날 수 없다. 귀가 돌돌 말렸고 어금니가 날카로우며, 발톱 없는 발로 몸을 끌고 다니는, 수염 난 물개들도, 이제는 그곳 해변 모래에 밀려오지 않는다. 오늘날에는 옛 모습을 찾아볼 수 없는 포틀랜드에, 옛날에도 숲이 없어 나이팅게일은 없었다. 그러나 그곳에 서식하던 매와, 백조, 바다 거위들은 영영 날아가 버렸다. 오늘날의 포틀랜드 양들은 살집이 좋고 털이 가늘다. 그러나 두 세기 전 그곳에서, 소금기 머금은 풀을 뜯던 많지 않던 암양들은, 체구가 작고 육질이 가죽처럼 질겼으며, 털이 몹시 거칠었다. 마늘을 즐겨 먹고, 일백 세의 수를 누리며, 8백 미터쯤 밖에서 길이 1온느[11]의 화살로 갑옷을 뚫던 옛 목동들이 몰고 다니던, 켈트인들의 가축다운 양이었다. 척박한 땅이 거친 양털을 생산한다. 오늘날의 체실은 옛날의 체실과 닮은 점이 전혀 없다. 돌까지 갉아먹는다는, 솔랭그스 군도의 미친 듯한 바람과 인간이, 그만큼 훼손했기 때문이다.

오늘날에는 혀 모양의 땅에 철로가 놓였으며, 그것이 새로 지은 집들이 장기판처럼 들어선 체실턴까지 이르고, 〈포틀랜드 역〉도 하나 생겼다. 옛날 물개들이 기어 다니던 곳에 열차가 굴러다닌다.

포틀랜드의 지협은, 2백 년 전에는, 암석 척추를 가진 하나의 모래 등성이었다.

어린아이를 노리던 위험의 형태가 바뀌었다. 내리막길에서 아이에게 위험이던 것은, 절벽 밑으로 굴러 떨어지는 것이었다. 반면에 지협에서 봉착할 수 있었던 위험은, 무수한 구덩이 속으로 빠지는 것이었다. 낭떠러지를 겪고 나니 웅덩이가 기다리고 있었다. 해변에서는 모든 것이 함정이다. 바

---

[11] 옛 길이의 척도. 약 1.2미터.

위는 미끄럽고, 모래톱은 끊임없이 움직인다. 의지처로 보이는 것은 모두 덫이다. 유리판 위를 걷는 격이다. 모든 것이 발밑에서 문득 갈라질 수 있다. 그러면 갈라진 틈으로 영영 사라져 버린다. 대양은 잘 설계된 극장처럼 제3의 무대 밑 가동 무대(可動舞臺)를 가지고 있다.

지협의 두 경사면이 등을 맞대고 있는 긴 화강석 뼈대는 접근이 어렵다. 그곳에서는 연출 용어로 〈실물〉이라고 하는 것을 만나기가 어렵다. 인간은 대양에게서 기대할 환대가 전혀 없다. 물결로부터는 물론, 암석에게도 환대받지 못한다. 바다가 맞을 준비를 하고 기다리는 것은 새와 물고기뿐이다. 특히 지협은 벌거숭이인 데다 까다롭다. 양쪽에서 그것을 마모시키고 굴착하는 파도가, 지협의 모습을 가장 비참한 상태로 만들어 놓았다. 어디를 보나 날카로운 돌출부, 닭의 볏이나 톱같이 찢어진 돌의 넝마, 날카로운 어금니투성이인 상어의 턱뼈처럼 돌 레이스를 늘어뜨린 동굴들, 밟아 미끄러지면 목이 부러질 만큼 위험천만인 젖은 이끼, 그리고 급히 굴러 즉시 바닷물에 이르는 바위들뿐이다. 하나의 지협을 건너가려 하는 사람은, 한 걸음 옮길 때마다, 집채만 하고 형태 기이한 덩어리들을 만난다. 경골 모양, 견갑골 모양, 대퇴골 모양 등 껍질 벗긴 암석들의 흉측한 해부 현장을 만난다. 바닷가의 가느다란 선을 공연히 〈코트〉라 부르는 것은 아니다.[12] 그곳을 통과하는 사람은 뒤죽박죽 널려 있는 잔해를 헤쳐 나가야 한다. 거대한 해골을 뚫고 길을 여는 것, 그것이 지협을 통과하는 노고와 거의 비슷하다.

어린아이에게 헤라클레스의 과업[13]을 맡기는 격이다.

---

12 côte. 〈해안〉을 뜻하기도 하고 〈갈비뼈〉를 의미하기도 하는 동음이의 어이다. 어원인 costa는 사람의 옆구리를 의미하며, 〈해안〉이라는 뜻을 갖게 된 것은 16세기에 이르러서이다.

밝은 대낮이었다면 도움이 되었겠으나, 밤이었다. 안내자가 필요했겠으나, 그는 홀로였다. 어른의 강건함도 충분치 못했으련만, 그에게는 아이의 여린 힘밖에 없었다. 안내자가 없더라도 오솔길이나마 그에게 도움이 되었으련만, 오솔길조차 없었다.

그는 본능적으로 암석들의 날카로운 사슬을 피해 가능한 한 해변을 따라갔다. 그가 웅덩이를 만난 곳은 그곳이었다. 웅덩이는 그가 가는 길에 무수히 나타났는데 물웅덩이, 눈 웅덩이, 모래 웅덩이 등 세 종류였다. 모래 웅덩이가 가장 무서운 웅덩이이다. 그것은 곧 매몰됨을 의미한다.

맞닥뜨린 것이 무엇인지 알면 놀라고 두려워한다. 하지만 그것이 무엇인지조차 모른다는 것은 끔찍한 일이다. 아이는 미지의 위험을 상대로 싸우고 있었다. 그는 아마 무덤일지도 모를 그 무엇 속에서 길을 더듬고 있었다.

그는 조금도 멈칫거리지 않았다. 바위들을 우회하고, 위험한 틈바구니들을 피했다. 함정을 직감적으로 알아보며, 장애물로 인한 무수한 굴곡을 마다하지 않았다. 그러나 앞으로 나갔다. 직선으로 갈 수는 없었지만 굳건하게 걸었다.

필요한 경우에는 과감히 물러섰다. 유사(流砂)의 흉측한 끈끈이로부터 적시에 빠져나왔다. 윗몸을 흔들어, 내려앉은 눈을 털기도 했다. 무릎까지 올라오는 물속에 들어간 것이 한두 번이 아니었다. 물에서 나오자마자 그의 젖은 누더기가 끝없는 밤 추위에 즉시 얼었다. 얼어서 뻣뻣해진 옷을 입고

13 헤라클레스의 사촌이며 그의 왕위를 찬탈한, 미케네의 왕 에우리스테우스의 명령에 따라 헤라클레스가 한 열두 가지 일을 가리킨다. 네메아의 사자 처치, 레르네 호수의 히드라 처치, 에리만토스 산에 사는 멧돼지 생포, 케리네이아의 암사슴 생포, 스팀팔리아 호수의 새들 박멸, 아우게이아스 왕의 외양간 청소, 헤스페리데스에 있는 사과 가져오기 등 매번 목숨을 걸어야 했던 어려운 일들이다.

도 그는 신속히 걸었다. 하지만 그의 상체를 감싸고 있던 선원 작업복만은, 젖지 않고 따뜻하게 보존하려 애를 썼다. 그는 여전히 시장기에 시달리고 있었다.

심연에서의 모험은 어느 면에서든 한계가 없다. 무슨 일이든 일어날 수 있다. 심지어 구원도. 출구가 보이지 않으나 발견할 수도 있다. 숨 막히는 눈의 회오리 속에 감싸인 채, 심연의 두 아가리 사이에 있는 좁은 제방 위에서 길을 잃은 아이가, 앞도 보이지 않는 그 속에서, 어떻게 지협을 건넜는지는, 아이 자신도 설명할 수 없었을 것이다. 그가 미끄러졌고, 기어올랐고, 굴렀고, 더듬어 찾았고, 걸었고, 견뎠다는 것, 그것이 전부이다. 모든 승리의 비결이다. 한 시간이 채 못 되었을 무렵, 그는 땅이 다시 높아짐을 느꼈다. 그가 다른 쪽 가장자리에 이르러 체실을 벗어나고 있었다. 진정한 육지에 도달해 있었다.

오늘날 샌드퍼드 캐슬을 스몰마우스 샌즈로 이어 주는 다리가 그 시절에는 없었다. 그렇게 더듬어 나가면서 아이는 아마 와이크 레지스 근처까지 거슬러 올라갔을 것이다. 그곳에는 당시, 혀 모양을 닮은 모래톱 하나가 있었는데, 이스트 플릿을 통과하는, 진정 자연이 만든 두렁길이었다.

지협을 무사히 빠져나오긴 했지만, 그의 앞에는 폭풍과 겨울과 밤이 가로 놓여 있었다.

그의 앞에는 다시 평원의 끝없는 어둠이 펼쳐지고 있었다.

그가 오솔길을 찾으려고 땅을 내려다보았다.

문득 그가 몸을 낮추었다.

무엇의 흔적 같아 보이는 것을 눈 속에서 언뜻 보았기 때문이다.

정말 하나의 흔적, 발자국이었다. 하얀 눈이, 찍힌 자국을 선명하게 드러냈고, 또 잘 보였다. 그는 자국을 유심히 들여다보았다. 맨발 자국이었다. 남자의 발보다는 작고, 아이의 발보다는 컸다.
아마 여인의 발이었을 것이다.
그 자국 다음에 다른 자국 하나가 있었고, 그 너머에 또 하나가 보였다. 발자국은 한 걸음 거리로 이어졌고, 평원 오른쪽으로 향하고 있었다. 발자국은 찍힌 지 얼마 안 되었고, 그 위에 눈이 거의 덮이지 않았다. 여인 하나가 그곳으로 지나갔음이 틀림없었다.
어떤 여인이 걸어갔고, 아이의 눈에 연기가 있는 것처럼 보였던 방향으로 떠났음이 틀림없었다.
아이는 발자국에서 눈을 떼지 않고 따라가기 시작했다.

2. 눈이 가져온 결과

그는 한동안 발자취를 따라 걸었다. 불행히도 발자국이 점점 희미해지고 있었다. 눈발은 촘촘하고 사나웠다. 우르카가 바로 그 눈을 맞으며 난바다에서 종말을 맞은 것도 바로 그 순간이었다.
선박처럼, 그러나 다르게, 곤경에 처해 있던 아이는, 앞을 가로막고 있던 풀릴 수 없는 암흑의 중첩 속에서, 눈 위에 찍힌 발자국 이외의 다른 방편이 없었던지라, 그것이 미로의 실인 양 발자국에 집착했다.
문득 뒤에 내린 눈이 결국 발자국을 메워 버렸는지, 혹은 전혀 다른 이유 때문이었는지, 발자국이 사라졌다. 모든 것이, 반점 하나 없이, 형체도 없이, 평평하고 하나로 이어져, 깨끗이 밀어낸 듯했다. 땅 위에는 하얀 천 한 조각, 하늘에는 검은 천 한 조각뿐, 더 이상 아무것도 없었다.

그곳으로 지나간 여인이 마치 날아가 버린 것 같았다.

당황한 아이는 몸을 굽혀 열심히 찾았다. 헛일이었다.

그가 다시 몸을 일으키는데, 어렴풋한 소리가 들리는 듯했다. 그러나 들었다고 확신할 수가 없었다. 그것은 하나의 음성, 하나의 숨결, 어둠 같기도 했다. 짐승보다는 인간 같았고, 살아 있는 인간보다는 무덤 속 인간 같았다. 그것은 분명 소리였다. 그러나 꿈속의 소리였다.

아이는 유심히 살폈다. 그러나 아무것도 보이지 않았다.

적나라하고 창백한 적막만이 그의 앞에 광막하게 펼쳐져 있었다.

그는 귀를 기울였다. 들었다고 믿었던 것은 이미 사라져 버렸다. 아마 아무것도 듣지 못했을지도 모른다. 다시 귀를 기울였다. 모든 것이 침묵을 지켰다.

엄청난 불안 속에서 아마 환청에 사로잡혔던 모양이다. 그는 다시 걷기 시작했다.

그를 인도해 줄 발자국이 더 이상 없었기 때문에, 무작정 걸었다.

그곳을 채 떠나기도 전에 다시 소리가 들렸다. 이번에는 의심할 여지가 없었다. 그것은 신음 소리였다. 흐느낌에 가까웠다.

그가 돌아섰다. 시선을 천천히 옮기며 어두운 공간을 살폈다. 아무것도 보이지 않았다.

다시 소리가 들려왔다.

림보[1]가 비명을 지를 수 있다면 아마 그렇게 지를 것이다. 그 음성보다 더 폐부를 찌르고 비통하며 약한 것은 없을

---

[1] 영세받기 전에 죽은 아이들의 영혼과, 예수 강림 이전에 살았던 의로운 사람들의 영혼이 머무는 곳. 고성소(古聖所) 및 해스(孩所)로 옮기기도 한다. 원의는 〈지옥의 변경〉이라는 뜻이다.

것이다. 그것이 진정 음성이었기 때문이다. 그것은 하나의 영혼에서 나왔다. 그 가냘픈 음성에는 심장의 두근거림이 있었다. 하지만 거의 무의식적으로 내는 소리인 듯했다. 도움을 청하는 괴로움 비슷한 그 무엇, 하지만 자신이 괴로움이라는 사실도, 도움을 청하고 있다는 사실도 모르는, 그 무엇이었다. 최초의 숨결일 수도 있고 마지막 한숨일 수도 있는 그 비명은, 생명을 마감하는 헐떡거림 및 그것을 여는 고고지성(呱呱之聲)과 등거리에 있었다. 그것은 호흡하기도 하고, 질식하기도 하고, 울기도 했다. 보이지 않는 곳에서 들려오는 가련한 애원이었다.

아이는 먼 곳, 가까운 곳, 깊은 곳, 높은 곳, 낮은 곳 등 모든 곳으로 차례로 주의를 집중했다. 아무도 없었다. 아무것도 없었다.

귀를 기울였다. 다시 음성이 들렸다. 아이는 그 소리를 분명히 들었다. 그 음성에는 새끼 양의 우는 소리 같은 것이 섞여 있었다.

그러자 두려움이 엄습했고, 그는 도망칠 생각을 했다.

신음 소리가 다시 들려오기 시작했다. 네 번째였다. 그 소리는 이상하리만큼 가냘고 호소하는 듯했다. 의도적이라기보다는 기계적인 절박한 몸부림 끝에, 신음이 곧 사그라질 것 같았다. 그것은, 광막함 속에 유보 상태로 있는 많은 도움의 손길을 향한, 절체절명의 그리고 본능적인 간청이었다. 혹시 그곳에 있을지도 모를 절대자에게로 향한, 죽어 가는 자의 알아들을 수 없는 웅얼거림이었다. 아이는 음성이 들려오는 쪽으로 다가갔다.

여전히 아무것도 보이지 않았다.

그는 기웃거리며 더 다가갔다.

신음이 계속되고 있었다. 발음이 분명치 않아 모호했지만,

음성은 맑고 떨렸다. 아이는 음성에 아주 가까이 다가가 있었다. 하지만 그 음성이 어디에 있단 말인가?

그는 어느 탄원 곁에 있었다. 그 탄원의 떨림이 그의 곁을 스쳐 지나가고 있었다. 보이지 않는 것 속에서 둥둥 떠다니는 인간의 신음 소리, 그것이 바로 아이가 만난 것이었다. 아니, 적어도 그것이 그가 받은 인상이었다. 그가 빠져들어 길을 잃은, 그 깊은 안개처럼 어렴풋한 인상이었다.

어서 도망치라고 그를 떼미는 본능과, 그 자리에 머물라고 설득하는 본능 사이에서 한참 망설이고 있는데, 인간의 몸뚱이만 한 물결 같은 기복이, 몇 걸음 앞 눈 속에서 이루어져 있는 것이 눈에 띄었다. 함정의 부풀어 오른 부분과 유사한, 길고 좁은 나지막한 돌출부였는데, 하얀 묘지에 있는 무덤의 모습이었다.

같은 순간 다시 음성이 들렸다.

그 밑에서 들려오는 것이었다.

아이는 몸을 숙여 기복을 이룬 부분 앞에 웅크리고 앉아, 두 손으로 파헤치기 시작했다.

치워 버린 눈 밑에서 형체 하나가 서서히 이루어지는 듯하더니, 문득, 그의 손 밑에, 그가 만든 움푹 파인 공간에, 창백한 얼굴 하나가 불쑥 나타났다.

소리를 낸 것은 그 얼굴이 아니었다. 눈은 감겨 있고 입은 벌어져 있었으나, 입에는 눈이 가득했다.

얼굴은 꼼짝도 하지 않았다. 아이의 손이 닿아도 움직이지 않았다. 아이는, 추위로 인해 손가락 끝이 저렸건만, 그 얼굴의 차가움에 손끝이 닿는 순간 온몸이 오싹했다. 어느 여인의 얼굴이었다. 흐트러진 머리카락이 눈과 뒤섞여 있었다. 여인은 이미 죽어 있었다.

아이는 다시 눈을 파헤치기 시작했다. 여인의 목이 드러났다. 그다음 흉부의 윗부분이 드러났는데, 누더기 밑에 살결이 보였다.

문득, 더듬고 있던 그의 손끝에 움직임이 감지되었다. 눈 속에 파묻혀 꿈틀거리는 작은 그 무엇의 움직임이었다. 아이는 서둘러 눈을 치웠다. 그리고 미숙아의 가엾은 몸뚱이 하나를 발견했다. 가냘프고, 추위에 파랗게 질렸으며, 그러나 아직 살아, 알몸으로, 죽은 여인의 헐벗은 젖가슴에 매달려 있는 아기였다.

작은 여자 아기였다.

아기는 애초 천에 감싸여 있었으나, 그 누더기조차 충분치 못했고, 게다가 몸부림을 치는 바람에 넝마 조각 밖으로 나와 있었다. 아기의 밑에 있던 눈은 비쩍 마른 가엾은 팔과 다리에, 그리고 위에 있던 눈은 숨결에, 조금 녹아 있었다. 유모들은 아기가 태어난 지 다섯 달이나 여섯 달쯤 되었다고 할 수 있었을 것이다. 하지만 아기가 태어난 지 1년쯤 되었을지도 모른다. 가난 속에서의 성장은 가슴 아픈 감축을 피할 수 없어, 때로는 구루병(佝僂病)에 이르기도 하기 때문이다. 얼굴이 대기를 접하자 아기는 울음을 터뜨렸다. 절망적인 흐느낌의 연장이었다. 그 흐느낌을 듣지 못하는 것으로 보아, 아기의 엄마는 정말 깊숙이 죽었음에 틀림없었다.

아이는 아기를 품에 안았다.

뻣뻣해진 아기 엄마의 모습은 음산했다. 유령 같은 발산체가 그녀의 얼굴에서 나오고 있었다. 휑하게 벌린 숨결이 끊긴 입은, 암흑세계의 불분명한 언어로, 보이지 않는 세계에서 사자(死者)들에게 던지는 질문에 답변을 시작하는 것 같았다. 얼어붙은 평원의 창백한 반사광이 그 얼굴 위에 있었다. 갈색 머리카락 밑에 있는 아직 젊은 이마와, 노한 듯한 눈썹의 찡그림, 좁은 콧구멍, 닫힌 눈꺼풀, 서리에 얼어붙은 속

눈썹, 그리고 눈 귀퉁이에서 입 귀퉁이로 이어지는 깊은 눈물 주름 등이 선명하게 보였다. 눈이 죽은 여인을 비춰 주고 있었다. 겨울과 무덤은 서로에게 해를 끼치지 않는다. 시신이란 인간으로 만든 작은 얼음덩이이다. 벌거숭이 젖가슴은 비장했다. 그 젖가슴은 이미 충실히 봉사했다. 그리고 숨이 끊어진 존재가 준 생명의 숭고한 낙인을 간직하고 있었다. 그 위에는 처녀의 순결함 대신 모성의 위엄이 자리 잡고 있었다. 한쪽 젖꼭지 끝에 하얀 진주 하나가 얹혀 있었다. 언 젖한 방울이었다.

먼저 이 사실부터 이야기해 두자. 아이가 길을 잃고 헤매던 평원에서, 구걸하는 여인 하나가, 젖먹이 아기에게 젖을 먹이며 은신처를 찾아 헤매다가, 몇 시간 전에 길을 잃었다. 그녀는 몸이 얼어 마비된 채 눈보라 속에 쓰러져, 다시 일어서지 못했다. 쏟아지는 눈이 그녀를 뒤덮었다. 그녀는 아기를 자신의 몸에 최대한 밀착시켜 꺼안았다. 그리고 숨을 거두었다.

어린것은 그 대리석 덩이를 빨려고 애를 썼다.

자연이 원하는 불가사의한 신뢰이다. 마지막 숨을 거둔 후에도 어미는 젖을 빨릴 수 있는 모양이다.

그러나 아기의 입은 젖꼭지를 찾지 못했고, 죽음에 도둑질당한 젖방울이 그곳에서 얼었으며, 그리하여 눈 밑에서, 무덤보다는 요람에 더 익숙했던 아기가 소리를 쳤던 것이다.

버려진 어린것이 죽어 가는 어린것의 소리를 들은 것이다.

그가 묻혀 있던 어린것을 파냈다.

그리고 자기의 품에 거둔 것이다.

어린것은 아이의 품을 느끼자 울기를 멈추었다. 두 아이의 얼굴이 서로 맞닿았다. 그러자 젖먹이의 파란 입술이 젖꼭지를 찾듯 소년의 볼에 밀착되었다.

215

어린 여자 아이는, 피가 엉겨 심장이 멎기 직전이었다. 그 어미가 죽음의 일부를 이미 그녀에게 주었다. 시신은 스스로 번지는 바, 그때 제일 먼저 옮는 것이 냉각 현상이다. 어린것의 발과 손, 팔, 무릎은, 얼음에 마비된 듯했다. 아이는 무시무시한 차가움을 느꼈다.

그에게는 젖지 않아 따뜻한 옷, 즉 선원 작업복이 있었다. 그는 어린것을 죽은 여인의 가슴팍 위에 내려놓은 다음, 옷을 벗었다. 그것으로 아기를 감싼 후 다시 품에 안았다. 그리고 삭풍이 몰고 온 눈보라 속에서 거의 벌거숭이가 된 채, 어린것을 안고 다시 길을 떠났다.

아기는 아이의 볼을 다시 찾는 데 성공해 그것에 입을 밀착시켰다. 그리고 다시 온기를 느꼈는지, 잠이 들었다. 암흑 속에서 두 영혼이 나눈 첫 입맞춤이었다.

아기의 엄마는, 눈 위에 등을 대고 얼굴은 하늘을 향한 채, 누워 있었다. 그러나 어린 소년이 어린 여자 아이를 감싸려고 옷을 벗었을 때, 무한의 저 깊은 곳에 있던 그녀는 아마 소년을 보았을지도 모른다.

3. 괴로운 길은 짐으로 인해 복잡해진다

우르카가 해변에 아이를 내버려 두고 포틀랜드의 정박지를 떠난 지 네 시간쯤 되었다. 그가 버려진 이후, 그리고 앞만 바라보며 걷기 시작한 이후, 그 긴 시간 동안, 이제 어쩌면 그가 들어가게 될 인간 세상에서, 그는 아직 세 번의 만남밖에 갖지 못했다. 남자 하나, 여인 하나, 그리고 아이 하나와의 만남이었다. 남자란 둔덕 위에 있던 그 남자였고, 여인이란 눈속에 있던 여인이었으며, 아이란 그의 품에 안고 있는 어린 여자 아이였다.

그는 피로와 시장기로 기진맥진해 있었다.

힘은 줄고 짐은 늘었어도, 그는 전보다 더욱 단호하게 앞으로 나갔다.

이제 그는 옷을 거의 입지 않은 것과 마찬가지였다. 그에게 남아 있던 얼마 안 되는 누더기들이 서리에 얼어, 유리 조각처럼 날카로워졌고, 그의 살갗을 벗겼다. 그의 몸은 차가워지고 있었다. 그러나 다른 아이의 몸은 더워지고 있었다. 그가 잃고 있던 것이 사라진 것은 아니었다. 그녀가 그것을 다시 받아들이고 있었다. 그는 그 열기를 느꼈다. 그것이, 가엾은 어린 여자 아이에게는 생명의 재개였다. 그는 계속해서 앞으로 나갔다.

가끔, 아기를 꼭 껴안은 채, 그는 몸을 낮춰 눈을 한 줌 집어서, 그것으로 발을 문질렀다. 발이 얼지 않도록 하기 위해서였다.

또한 어떤 때는, 목이 타는 듯해, 눈을 조금 입에 넣고 빨았다. 갈증이 잠시 완화되었으나, 그것이 곧 신열로 바뀌었다. 악화나 다름없는 완화였다.

눈폭풍이 어찌나 맹렬한지 아예 형체가 없어졌다. 눈 홍수라는 것도 있을 수 있는 일이다. 다름없는 눈 홍수였다. 그 발작 증세가 대양을 뒤집어엎으며 동시에 연안 지역을 박해하고 있었다. 아마 그 순간, 우르카가 암초와의 싸움에서 넋을 잃은 채 와해되고 있었을 것이다.

삭풍 속에서, 계속 동쪽을 향해 걸으며 그는 넓은 설원을 가로질러 건넜다. 몇 시나 되었는지조차 몰랐다. 오래전부터 연기도 보이지 않았다. 그러한 표시가 어둠 속에서는 금방 지워진다. 게다가 불이 꺼질 시각이 훨씬 지난 것 같았다. 또한 그가 잘못 보았을지도 모른다. 그가 향하고 있는 쪽에는 도시도 마을도 없을지 모른다.

그러한 의혹 속에서도 그는 굽히지 않았다.

어린것이 두세 번 울음을 터뜨렸다. 그럴 때마다 그는 서성거리며 걸었다. 그러면 아기가 평온을 되찾고 입을 다물었다. 결국 아기는 잠이 들어 달게 잤다. 그는 오들오들 떨면서도, 아기의 체온이 따뜻한지 확인하곤 했다.

그는 아기를 감싼 작업복 자락으로 어린것의 목둘레를 자주 여며 주었다. 혹시 벌어진 틈 사이로 서리가 들어가는 것을 막기 위해서였고, 녹은 눈이 옷과 아기 사이로 스며들지 않을까 염려스러워서였다.

평원은 물결처럼 기복이 져 있었다. 경사면 아래 낮은 곳에 바람이 몰아다 쌓은 눈이, 어린 그에게는 어찌나 깊었던지, 그의 몸이 거의 묻힐 지경이었고, 따라서 그는 반쯤 파묻힌 채 걸어야 했다. 그는 눈을 무릎으로 밀면서 걸었다.

움푹 파인 지점을 지나면, 삭풍이 비질을 해, 눈이 적은 평지가 나타났다. 그곳에는 빙판이 있었다.

아기의 미지근한 숨결이 그의 볼을 스치며 잠시 따뜻하게 해주고는, 그의 머리카락 사이에 멈춰서 얼었다. 그것이 다시 작은 얼음덩이를 만들었다.

그는 두려워해야 할 일이 있음을 깨달았다. 결코 넘어지지 말아야 한다는 것이었다. 영영 다시 일어날 수 없을 것 같았다. 극도로 지쳐 있었기 때문에, 납덩이 같은 어둠이, 이미 숨을 거둔 여인처럼, 그를 땅바닥에 쓰러트리면, 얼음이 그를 산 채로 땅바닥에 접합시켜 버릴 것 같았다. 그는 급경사를 내려오면서도 무사했다. 무수한 웅덩이 사이에서 비틀거리면서도 무사히 빠져나왔다. 그런데 이제부터는, 단순히 넘어지기만 해도, 그것이 죽음으로 직결될 것 같았다. 헛디딘 한 걸음이 무덤의 뚜껑을 열 판이었다. 결코 미끄러지지 말아야 했다. 더 이상 무릎을 버텨 다시 일어설 기운을 낼 수 없을 것 같았다.

그런데 그의 주위에는 온통 미끄러운 것들뿐이었다. 보이느니 서리와 눈뿐이었다.

그가 안고 가는 어린것이 그의 걸음을 극도로 어렵게 만들었다. 그의 나른함과 기진한 상태를 감안할 때, 그에게는 아기의 무게가 너무나 벅찼다. 하지만 그것만이 아니었다. 아기가 그에게 커다란 장해였다. 아기가 그의 두 팔을 차지하고 있었다. 빙판 위를 걷는 사람에게는, 두 팔이 자연스럽고 필요한, 균형 잡는 장대이다.

그는 장대 사용을 포기할 수밖에 없었다.

그는 그 장대 없이 걸었다. 자기의 짐 때문에 자신이 어찌 될지 까맣게 모르면서.

어린 여자 아이는 곤경에 처한 물그릇을 넘치게 하는 한 방울의 물이었다.

그는 도약판 위에 올라가 있는 듯, 한 걸음 옮길 때마다 좌우로 흔들거리며, 또한 어느 시선을 위한 것도 아닌 균형의 기적을 일으키며, 앞으로 나갔다. 그러나 아마 — 이 점은 다시 말해 두자 — 너무나 고통스러운 길에 나선 그를, 먼 어둠 속에 열려 있는 눈들이 뒤따르고 있었을 것이니, 그것은 어미의 눈과 신의 눈이었을 것이다.

그는 비틀거리고, 넘어지고, 결심을 다시 굳건히 하고, 아기를 돌보고, 옷자락으로 아기를 여며 주고, 머리를 덮어 주고, 다시 비틀거리며 앞으로 나가다가, 미끄러지면 즉시 몸을 일으키곤 했다. 바람은 비겁하게 그를 밀었다.

그가 필요 이상으로 먼 길을 걸었던 것이 분명하다. 정황을 보건대 그는, 훗날 빈클리브스 농장이 들어선 곳, 오늘날 사람들이 스프링 가든과 퍼슨이지 하우스라고 부르는 두 지점 사이에 있는, 벌판에 있었던 것이 틀림없다. 오늘날에는 소작지 농가들과 작은 별장들이 들어섰지만, 당시에는 황무지였다. 한 세기가 채 흐르기 전에 초원과 도시가 서로 갈리는 경우는 빈번하다.

그의 시야를 가리던 얼음장 같은 질풍이 멈추는 순간, 문득 그의 앞 멀지 않은 곳에, 눈 때문에 더욱 부각된 일단의 합각머리와 굴뚝이 보였다. 하나의 윤곽과는 정반대이며, 오늘날 사람들이 사진의 원판이라고 부를 수도 있을 그 무엇, 까만 지평선에 백색으로 그린 하나의 도시였다.

지붕들과 거처들과 하나의 숙소! 그는 이제 어딘가에 도착했다! 그는 희망을 품을 수 있는 형언할 수 없는 용기가 솟는 것을 느꼈다. 표류하는 선박에서 망을 보던 사람이, 〈육지다!〉라고 소리칠 때, 그러한 감동에 사로잡힌다. 그는 걸음을 재촉했다.

그는 드디어 인간에게 접근하고 있었다. 생물체에 도달하려 하고 있었다. 더 이상 두려워할 것이 없었다. 그의 내면에 문득 열기가 생겼다. 그것은 안도감이었다. 지금까지 있다가 드디어 빠져나온 그곳, 그 모든 것은 끝났다. 이제부터는 어둠도, 겨울도, 폭풍도 없을 것이다. 모든 좋지 않은 것은 이제 모두 그의 뒤에 남겨진 것 같았다. 아기도 더 이상 무겁지 않았다. 그는 달음박질치다시피 하고 있었다.

그의 눈은 지붕들 위에 고정되어 있었다. 그곳에는 삶이 있었다. 지붕들에서 시선을 떼지 않았다. 죽어서 땅속에 묻힌 사람이, 살짝 열린 무덤의 뚜껑 사이로 나타나는 것들을, 그렇게 바라볼 것이다. 그가 바라보던 것은, 연기를 내뿜는 것처럼 보였던 굴뚝이었다.

굴뚝에서는 연기가 단 한 가닥도 피어오르지 않았다.

그는 순식간에 사람들의 주거지에 도착했다. 도시의 변두리에 도착했는데, 그곳은 활짝 열린 거리였다. 그 시절, 통행을 막는 울타리는 이미 없어졌다.

거리 초입에 집 두 채가 있었다. 그 두 집에는 촛불도 램프 불도 보이지 않았다. 거리 전체가, 온 도시가, 눈에 보이는 모든 곳이 그러했다.

오른쪽에 있는 집은 집이라기보다는 하나의 지붕에 불과했다. 비할 데 없이 허술했다. 벽은 짚을 썰어 섞은 흙[壁土]으로 발랐고, 지붕은 짚으로 이었다. 벽보다는 지붕이 더 커 보였다.[1] 벽의 발치에 난 키 큰 쐐기풀이 처마 끝에 닿아 있었다.[2] 그 오막살이에는, 고양이 다니는 통로처럼 보이는 출입문 하나와 천장의 채광창에 불과한 창문 하나밖에 없었다. 그것들이 모두 닫혀 있었다. 그 옆에 있는 돼지우리에 짐승이 있는 것으로 보아, 사람이 사는 집임에 틀림없었다. 왼쪽에 있는 집은, 널찍하고, 높고, 온통 석재로 지었고, 지붕은 판암으로 덮었다. 그 집 또한 닫혀 있었다. 부유한 집과 가난한 집이 그렇게 마주하고 있었다.

아이는 망설이지 않았다. 그는 큰 집 앞으로 다가갔다. 굵은 못을 박아, 거대한 떡갈나무 체커 놀이판처럼 보이는 그 두 쪽 출입문은, 안쪽에 실한 빗장과 자물쇠가 있을 법한 대문 중 하나였다. 철로 된 노커 하나가 걸려 있었다.

그가 노커를 추켜올렸다. 그것도 힘들었다. 마비된 그의 손이, 손이라기보다는 잘려 나간 손의 기부(基部)에 더 가까웠기 때문이다. 아이는 한 번 두드렸다.

아무 응답이 없었다.

한 번을 더 치고 나서 다시 두 번을 쳤다.

집 안에서는 아무 움직임도 감지되지 않았다.

---

1 벽이 낮아, 지붕에 덮인 듯이 보였다는 뜻이다.
2 쐐기풀의 줄기는 1미터 높이까지 자란다.

그가 다시 두드렸다. 역시 아무 응답이 없었다.

아이는, 사람들이 모두 잠들었거나, 혹은 일어나기를 원치 않는다고 생각했다.

그렇게 생각하며 그는 초라한 집으로 향했다. 땅바닥 눈 속에 있던 조약돌 하나를 집어, 그것으로 나지막한 문을 두드렸다.

응답이 없었다.

그는 발뒤꿈치를 들고 발끝으로 서서 창문을 두드렸다. 유리가 깨지지 않도록 부드럽게, 그러나 충분히 들리도록 힘을 주어 두드렸다.

아무 음성도 들리지 않았고, 발걸음을 떼는 기미도 없었으며, 촛불 하나 밝히지 않았다.

아이는, 그 집 사람들도 역시, 잠자리에서 일어나고 싶지 않은 모양이라고 생각했다.

돌로 지은 저택과 오막살이 속에는, 가엾은 사람들에 대한 난청증(難聽症)이 있었다.

아이는 더 앞으로 가보기로 작정했다. 그러고는 그의 앞에 연이어 서 있는 집들이 이루고 있던 해협 속으로 뛰어들었다. 그곳은 어찌나 어두웠던지, 도시의 입구라기보다는, 두 절벽 사이에 있는 협곡이라 할 만했다.

4. 황무지의 다른 형태

그가 들어간 곳은 웨이머스였다.

당시의 웨이머스는 오늘날의 영광스럽고 웅장한 웨이머스가 아니었다. 옛날의 웨이머스에는, 오늘날 우리가 보는 직선으로 이루어진 부두나, 조지 3세를 기리는 동상과 여인숙이 없었다. 그 시절에는 조지 3세가 아직 태어나지 않았기 때문이다. 또한 같은 이유로, 동쪽의 푸른 동산 경사면에, 잔디를 머리 가죽 벗기듯 도려내어,[1] 드러난 석회암 선을 이용해 지면에 그린, 아르팡[2] 면적을 차지하는 백마 그림 화이트 호스, 즉 등에 왕 한 명을 태우고, 조지 3세를 기념해 꼬리를 도시 쪽으로 향하고 있는, 그 백마도 아직은 없었다. 그러한 예우는 물론 마땅하다. 조지 3세가 노년에, 젊었던 시절에도 결코 가져 본 적이 없던 기지[3]를 상실했던지라, 그의 치세 중에 일어난 모든 재앙[4]은 그의 책임이 아니다. 그는 무고한[5] 사람이었다. 그러니 그를 기리는 동상을 세우지 않을 이유가 어디 있는가?

180년 전의 웨이머스는 흩어 놓은 옹쉐[6]만큼이나 질서정

1 scalper를 풀어 번역한 것이다. 잉글랜드어 to scalp에서 온 말인데, 18세기 후반에 프랑스어로 사용되기 시작했다. 아메리카 인디언들이 적의 머리 가죽을 벗기는 행위를 가리키는 말로, 이 작품에서는 그 점을 염두에 두고 사용한 듯하다. 잉글랜드인들이 야만인들의 행위를 모방했다고 빈정거리는 듯한 어투이다.
2 프랑스 토속의 경작지 면적 단위이다. 시대와 지방에 따라 다른데 20~50아르에 해당한다.
3 〈기지〉는 esprit를 옮긴 것이다. 〈정신〉이나 〈영혼〉으로도 흔히 옮기지만, 〈기지를 잃었다〉는 말은 〈미쳤다〉는 뜻이다. 실제로 조지 3세는 이미 1765년경부터 정신 이상 증세를 보였다고 한다.
4 조지 3세 치세에 잉글랜드가 당한 주요 재앙이란, 미국의 독립 선언(1776), 브리튼 군대의 항복(1781), 미국 독립 전쟁의 종전 협정 조인(1783, 파리), 프랑스 공화국과의 전쟁 시작(1793), 트라팔가르 해전(1805) 등 역사적 변혁기에 나타나는 현상이다. 또한 7년 전쟁도 그의 치세에 끝났고(1763), 와트의 증기기관 발명이나 애덤 스미스의 『국부론』 출판(1776), 노예 교역 금지령 선포(1807)도 그의 치세에 있었던 일이다. 작가가 사용한 〈재앙〉이란 말이 적절치 못한 듯하다.
5 〈순진한〉이라고 옮겨도 무방하다. 그러나 어떻게 옮기든, 그것이 비아냥거리는 말임에는 틀림없다.
6 종쉐라고도 하며, 그것이 더 일반적이다. 나무나 상아, 뼈, 등으로 깎은

연했다. 전설에 따르면, 아스다롯[7]이 가끔 배낭을 짊어지고 이 땅 위를 배회했는데, 그 배낭 속에는 없는 것이 없어서, 심지어 집 안에 들어앉아 있는 착한 여인들도 있었다고 한다. 그 마귀의 배낭에서 떨어진 어수선한 가건축물 무더기를 상상해 보면, 너저분한 웨이머스의 모습을 알 수 있을 것이다. 게다가 가건축물들 속에는 착한 여인들이 있다. 그러한 거처의 견본으로 아직도 〈음악가들의 집〉이 남아 있다. 조각된, 그리고 벌레 먹은 — 그것도 또 다른 조각이지만 — 목재로 지은 소굴들과, 바닷바람에 쓰러지지 않으려고 서로 기대어 있어, 자기들 사이에 구불구불하고 부자연스러운 비좁은 골목과 도로, 그리고 춘분이나 추분 조류에 빈번히 잠기는 교차로만을 남겨 놓은, 건들거리는 더러운 건물들의 혼합물, 혹은 증조모인 교회당 주위에 몰려 있는 할머니들 같은 낡은 집들의 더미, 그것이 바로 웨이머스였다. 웨이머스는, 잉글랜드 해안으로 흘러와 좌초한, 태곳적 노르망디 마을이었다.

여행객이, 오늘날엔 호텔로 변한 웨이머스의 선술집에 들어가면, 튀긴 솔레아와 포도주 한 병을 즐기고 25프랑을 호기롭게 지불하는 대신, 두어 푼 하는 생선 수프로 만족해야 하는 수모를 겪어야 했다. 물론 수프 맛은 매우 좋았다. 그러

작은 막대기들을 탁자 위에 흩뿌린 다음, 작은 갈고리로 그것들을 하나씩 이끌어 자기 앞에 가져다 놓는 놀이이다. 다른 것을 건드리면 안 된다.

7 페니키아어로는 Ashtart, 그리스어로는 Astarté, 바빌로니아에서는 Ishtar로 칭하던, 풍요와 전투의 여신이다. 또한 계명성(태백성, 금성) 즉 루시퍼를 상징하기도 했다고 한다. 특히 그녀의 무수한 사랑 이야기로 인해, 초기 기독교에서는 그녀를 아프로디테(베누스)와 동일시하기도 했다. 작가가 그녀와 관련해 〈마귀〉나 〈착한 여인들〉(매춘부로 읽을 수도 있다)을 언급한 것은 그러한 이유 때문이다. 볼테르가 「자디그」에서, 바빌론의 왕비에게 〈아스타르테〉라는 이름을 부여한 것도, 그러한 신화를 염두에 두었기 때문인 듯하다.

나 구차했다.

　버려진 아이가 주운 아이를 안고 첫 번째 길을 따라 걸었고, 계속해서 두 번째 길과 세 번째 길을 차례로 훑었다. 그러면서 건물들의 모든 층과 지붕을 샅샅이 살폈다. 그러나 모두 닫혀 있었고 불빛이 보이지 않았다. 이따금씩 대문을 두드려 보았다. 아무도 응답하지 않았다. 따스한 이불 속에 들어가 있는 것만큼 인간의 심장을 돌덩이로 만드는 것은 없다. 문을 두드리는 소리와 움직임에, 잠들었던 아기가 깨어났다. 아기가 그의 볼을 젖꼭지 빨듯 빠는 바람에 그 사실을 알아차렸다. 아기는 울지 않았다. 그가 엄가인 줄 알았던 모양이다.

　그는 자칫, 그 시절, 건물보다는 경작지가, 그리고 거처보다는 울타리가 더 많던, 스크램브리지의 숱한 교차로 속에서 배회할 뻔했다. 그러나 오늘날까지도 트리니티 스쿨 근처에 남아 있는, 좁은 통로로 적시에 들어섰다. 그 좁은 통로가 그를 어느 해변으로 인도했는데, 그 해변은 난간 등을 갖춘 초기 단계의 부두였고, 오른쪽에는 다리 하나가 있었다.

　그것은 웨이머스를 멜콤레지스로 연결시켜 주던 웨이 교였고, 그 다리의 아치 밑으로 부두가 백 워터와 통한다.

　그 시절에는 웨이머스가, 도시이며 항구였던 멜콤레지스의 변두리 마을이었다. 그러나 오늘날에는 멜콤레지스가 웨이머스 지역에 포함된 하나의 소교구에 지나지 않는다. 마을이 도시를 흡수한 것이다. 그러한 일이 그 다리로 인해 이루어졌다. 다리란 사람들을 빨아들이는 기이한 흡착기여서, 때로는 건너편 마을을 희생시켜 한쪽 강가 마을을 비대하게 만들기도 한다.

　아이는 그 다리로 갔다. 그 시절에는 지붕을 얹어 짠 목조 인도교였다. 그는 인도교를 건넜다.

다리의 지붕 덕분에 바닥 나무판에는 눈이 없었다. 그의 벗은 발들은, 마른 널빤지 위를 걸으며, 잠시나마 편안함을 느꼈다.

다리를 건너자, 그는 멜콤레지스에 와 있었다.

그곳에는 석조 가옥보다 목조 가옥이 더 적었다. 그곳은 읍이 아니고 도시였다. 다리에 이어진 거리는 상당히 아름다웠는데, 당시 그곳을 세인트토머스 가(街)라고 했다. 소년은 거기로 들어섰다. 그곳에는 높은 석재 합각머리들이 많았고, 여기저기에 상점 진열장들도 보였다. 그는 다시 문을 두드리기 시작했다. 누구를 부르고 소리칠 기운조차 별로 남아 있지 않았다.

웨이머스에서처럼 멜콤레지스에서도, 꿈적하는 사람이 없었다. 자물쇠들은 모두 단단히 잠겨 있었다. 창문들 또한, 그들의 눈이 눈꺼풀에 덮여 있듯, 덧문으로 덮여 있었다. 놀라서 잠을 깨는 불쾌한 일을 예방하기 위해, 모든 대비책을 마련한 것이다.

어린 방랑자는 잠든 도시의 불가사의한 압력을 감수하고 있었다. 그처럼 마비된 개미탑의 침묵이 현기증을 발산한다. 모든 가사 상태에 있는 사람들이 자신들의 악몽을 뒤섞으며, 따라서 깊은 잠들이 하나의 거대한 군중을 이루고, 널브러져 있는 인간의 몸뚱이들로부터 숱한 꿈들로 형성된 연기가 피어오른다. 잠은 생명 영역 밖의 어두운 접경지대를 가지고 있다. 그리하여 잠든 사람들의 분해된 사유(思惟)는 그들 위에서 둥둥 떠다니는데, 그것은 살아 있으며 동시에 죽은 연무(煙霧)이며, 허공에서 역시 사유하고 있을지도 모를 개연성과 결합된다. 그로 인해 복잡한 뒤얽힘이 비롯된다. 꿈이라는 구름이 자신의 짙은 농도와 투명성을 오성이라는 별 위에 쌓아 놓는다. 그러면 명료한 시각을 환영이 대신하게 되고, 닫힌 눈꺼풀 위에서는, 무덤 속에서 파괴 작용 일어나듯, 실루엣들과 모습들이, 촉지할 수 없는 것 속에서, 풍화되기 시작한다. 그다음에는 신비한 존재들이 분산되어, 잠이라는 죽음의 변두리에서 우리의 생명과 혼합된다. 유충과 영혼의 그러한 교착(交錯)이 허공에서 이루어진다. 잠들지 않은 사람조차도, 음산한 생명으로 가득한 공간이 자신을 짓누르고 있음을 느낀다. 주위의 환영이, 짐작되는 그러한 실체가, 그를 거북하게 한다. 다른 이들의 잠에서 발산된 유령들 사이로 지나가는 깨어 있는 사람은, 곁으로 지나가는 형체들로부터 얼떨결에 물러서고, 보이지 않는 존재와의 적대적인 접촉에 대한 막연한 두려움을 느끼거나 느낀다고 믿으며, 매 순간, 곧 사라져 버릴 형언할 수 없는 만남이[1], 갑작스럽고 모호하게 이루어진다고 느낀다. 꿈들의 야간 분산이 한창 이루어지는 곳 한가운데를 걸어가노라면, 숲 한가운데에 서 있는 것과 같은 느낌을 받는다.

그러한 현상을 일컬어 원인을 알 수 없는 두려움이라고 한다.

어른이 느끼는 그러한 것을 아이는 더 심하게 느낀다.

그러한 야간의 공포감이, 유령과 같은 집들로 인해 더욱 증폭되어, 홀로 투쟁하고 있던 아이를 짓누르는 모든 음산한 것에 가세하고 있었다.

그는 코니카 레인으로 들어섰고, 그 길 끝에 있는 백 워터를 보고는, 그것이 대양이라고 생각했다. 그는 바다가 어느 쪽에 있는지 더 이상 알지 못했다. 그는 발길을 돌려, 왼쪽에 있는 메이든 가로 접어들었고, 다시 세인트앨번스 로(路)까지 거슬러 올라갔다.

그곳에서, 되는 대로, 구태여 고를 것도 없이, 처음 집들부터 문을 두드렸다. 마지막 남은 기운을 쏟아 두드리는 소리는, 급격하고 고르지 못했으며, 잠시 멈추었다가 다시 시작할 때는 거의 신경질적이었다. 그의 신열에 수반된 맥박이 문을 두드리는 것 같았다.

소리 하나가 들려왔다.

시각을 알리는 소리였다.

그의 뒤에서, 세인트니콜라스 성당의 낡은 종각에서, 종소리가 천천히 새벽 세시를 알렸다.

그런 다음 모든 것이 다시 고요 속으로 잠겨 들었다.

단 한 사람의 주민도 창문을 열지 않았다는 사실이 놀라운 일처럼 보일 수도 있다. 하지만 그러한 침묵을 어느 정도는 설명할 수 있을 것이다. 1690년 1월은, 상당히 전염성 강한 흑사병이 런던을 휩쓴 직후였으며, 따라서 병든 떠돌이를 대하는 것이 두려워, 어디에 가든 환대받기 어려웠다는 사실은 말해 두어야겠다. 사람들이 창문조차 살짝 열어 보지 않은 것은, 환자들의 독기(毒氣)를 호흡하게 될까 봐 두려워서였다.

아이에게는 밤의 추위보다 인간의 싸늘함이 더 무서웠다. 그것은 의도적인 추위였다. 그는 무인지경에서도 느껴 보지 못한 낙담과 비통함에 사로잡혔다. 모든 사람들의 삶 속으로 돌아온 이제, 그만 홀로 남게 되었다. 불안의 극치였다. 무자비한 황무지, 그는 이미 그것이 무엇인지 알고 있었다. 그러나 냉혹한 도시는 그에게 지나친 것이었다.

조금 전에 그가 헤아리며 들은, 시각을 알리는 종소리는, 그의 절망감을 가중시켰다. 어떤 특수한 경우에는, 시각을 알리는 종소리처럼 냉혹한 것이 없다. 그러한 종소리는 무관심의 선언이다. 그것은 영겁의 다음과 같은 말이다. 〈나와 무슨 상관이야!〉

아이는 걸음을 멈추었다. 아이가 그 비참한 순간에, 차라리 그곳에 누워 죽어 버리는 것이 간단하지 않을까 하고 자문하지 않았을지, 단언하기 어려운 일이다. 그러는 동안, 아기는 머리를 그의 어깨에 기댄 채, 다시 잠이 들었다. 그 어렴풋한 신뢰가 그로 하여금 다시 걷게 했다.

오직 무너지는 것들로만 둘러싸인 그였건만, 그는 자신이 받침대라고 어렴풋이 느꼈다. 의무에 대한 신비로운 요구였다.

그러한 생각도, 그가 처해 있던 상황도, 굴론 그의 나이에는 어울리지 않는다. 그가 그러한 것을 이해하지 못했을 가능성이 크다. 아마 본능에 따라 행동했을 것이다. 그저 할 수 있는 것을 했을 것이다.

그는 존스턴 로 쪽을 향해 걸었다.

그러나 더 이상 걷는 것이 아니었다. 그는 자신을 끌고 가고 있었다.

그는 왼쪽으로 세인트메리 가를 끼고, 좁은 골목길을 따라 지그재그로 걸었다. 그리고 두 오막살이 사이의 구불구불한 창자를 지나, 상당히 넓은 공터에 이르렀다. 건물이 없는 빈터였는데, 오늘날의 체스터필드 플레이스가 있는 자리일 것이다. 그곳까지만 집들이 있었다. 오른쪽에는 바다가 보였고, 왼쪽에는 도시라고 할 만한 것이 거의 없었다.

이제 어찌 할 것인가? 전원 지역이 다시 시작되었다. 동쪽에, 비스듬한 넓은 눈밭이 레디폴의 넓은 경사지를 보여 주고 있었다. 계속 갈 것인가? 앞으로 나가 다시 황야로 들어설 것인가? 뒤로 물러서서 다시 거리로 돌아가야 하나? 입 다문 평원과 귀머거리 도시 사이에서, 두 적막 사이에서, 어찌 할 것인가? 두 거부 중 어느 것을 선택할 것인가?

문득 위협하는 듯한 소리가 들려왔다

5. 인간 혐오증이 가족을 만들어 준다

 불안감을 주고 기이한, 정체를 알 수 없는 이빨 가는 소리가 어둠 속에서 아이에게까지 들려왔다.
 흠칫 놀라 물러서게 할 만한 소리였다. 그러나 아이는 오히려 앞으로 나섰다.
 침묵 때문에 아연실색한 사람들에게는 포효하는 소리도 반갑다.
 이빨 가는 소리가 아이를 안심시켰다. 그 위협이 그에게는 하나의 언약이었다. 그것이 비록 한 마리 야수일지라도, 그곳에 살아 깨어 있는 존재가 있었기 때문이다. 그는 이빨 가는 소리가 들리는 쪽을 향해 걸었다.
 어느 모퉁이 하나를 돌아가니, 그 뒤에, 무덤을 비추는 거대한 조명등 같은 눈과 바다의 반사광 아래에, 마치 그곳에 피신해 온 듯한 물건 하나가 보였다. 오두막이 아니라면 짐수레임에 틀림없었다. 바퀴가 달려 있었다. 그러니 짐수레였다. 지붕이 있었다. 그것을 보건대 거처임이 틀림없었다. 지붕 위로 도관(導管) 하나가 솟아 있고, 도관을 통해 연기 한 가닥이 치솟고 있었다. 연기는 주홍빛을 띠었다. 안에서 불이 괄게 타고 있음을 알려 주는 징후였다. 뒤에 돌쩌귀가 불룩 나와 있는 것으로 보아 문이 있음에 틀림없었고, 문 한가운데에 뚫린 정사각형 창을 통해 오두막 안의 불빛이 보였다. 아이가 다가갔다.
 이를 갈던 것이 그의 접근을 감지했다. 그가 오두막 가까이 이르자, 위협이 맹렬해졌다. 이제는 단순한 으르렁거림이 아니었다. 울부짖음이었다. 쇠사슬을 격렬하게 당기는 듯한 날카로운 소리가 들리더니, 문득, 출입문 밑 두 뒷바퀴 사이에서, 날카롭고 하얀 치열이 나타났다.

두 바퀴 사이에서 그러한 주둥이가 나타나던 바로 그 순간에, 머리 하나가 거의 동시에 창문 밖으로 불쑥 나왔다.

「조용히 해!」 머리가 한 말이었다.

주둥이가 뚝 그쳤다.

머리가 다시 말했다.

「거기 누가 있소?」

아이가 대답했다.

「예.」

「누구?」

「저예요.」

「너? 누군데? 어디서 왔어?」

「피곤해요.」 아이의 대답이었다.

「몇 시지?」

「추워요.」

「거기서 뭐하니?」

「배고파요.」

그 말에 머리가 대꾸했다.

「모든 사람이 귀족처럼 행복할 수는 없지. 어서 가.」

머리는 창문 안으로 다시 들어갔고, 구멍창이 닫혔다.

아이는 아래를 내려다보며 잠든 어린것을 품에 다시 조여 안은 다음, 다시 길을 떠나기 위해 남은 힘을 모았다. 그가 몇 걸음 옮겨 그곳에서 멀어지기 시작했다.

한편, 구멍창이 닫힘과 거의 동시에 출입문이 열렸다. 그러고는 디딤대 하나가 내려졌다. 조금 전 아이에게 말을 하던 음성이, 오두막 안에서 노한 듯 소리쳤다.

「자, 들어오지 않고 무얼 해?」

아이가 돌아섰다.

「들어오라니까. 배고프고 춥다면서 들어오지 않는 저런 녀석을, 도대체 누가 나에게 보냈담!」

가라고 했다가 다시 들어오라고 하자, 아이는 움직이지 못하고 그 자리에 서 있었다. 다시 음성이 들려왔다.

「들어오라니까, 녀석아!」

아이는 결정을 내린 듯, 디딤대의 첫 계단에 발 하나를 올려놓았다.

그러나 수레 밑에서 으르렁거리는 소리가 들렸다.

아이가 물러섰다. 벌린 주둥이가 다시 나타났다.

「조용히 해!」 남자의 음성이 높아졌다.

주둥이가 다시 들어갔다. 으르렁거림도 멈추었다.

「올라와.」 남자가 다시 말했다.

아이는 몹시 힘들게 세 계단을 올라갔다. 그는 다른 아이 때문에 거동이 자유롭지 못했다. 어린것이 잠들어 있었고, 남서풍이 몰아치던 순간에 작업복으로 둘둘 말아 서둘러 싸 안았기 때문에, 아기의 모습은 전혀 보이지 않았다. 게다가 실제로 형태 불분명한 작은 덩어리에 불과했다.

아이는 세 계단을 지나 문지방에 도달했다. 그리고 멈춰 섰다.

오두막 안에는 양초 한 자루 밝히지 않았다. 아마 절약하기 위해서였던 모양이다. 가건축물 내부는 무쇠 난로의 공기 구멍을 통해 새어 나온 붉은 빛으로 밝혔고, 난로 속에서는 이탄이 탁탁 소리를 내며 타고 있었다. 난로 위에는, 넓고 가운데가 움푹 파인 그릇 하나와, 어느 모로 보아도 먹을 것이 들어 있음직한 냄비 하나가 놓여 있었다. 냄비에서 좋은 냄새가 피어올랐다. 거처의 비품으로, 고리짝 하나, 걸상 하나, 불을 켜지 않고 천장에 매달아 둔 등 하나가 눈에 띄었다. 그리고 판자벽에는, 시렁받이 위에 선반 몇 장을 얹었고, 잡다한 것들이 걸려 있는 막대 하나가 있었다. 선반과 막대 못에는,

유리 제품과 구리 제품, 증류기 하나, 흔히 그를루라 부르는, 밀랍을 잔 알로 만드는 데 쓰이는 그릇 비슷하게 생긴 식기 하나, 그리고 아이는 도무지 무엇인지 짐작조차 못 할 기괴한 물건들, 즉 화학자의 조리 기구들이[1] 쌓여 있고 걸려 있었다. 오두막은 장방형이었는데, 난로는 앞쪽에 있었다. 작은 방 축에도 들지 못했다. 기껏 커다란 상자라고 할 만했다. 난로가 밝혀 주고 있던 오두막 내부보다는, 눈의 반사광을 받은 밖이 더 밝았다. 그 가건축물 속에 있던 모든 것은 불분명하고 흐릿했다. 하지만 난로에서 새어 나온 불빛이 천장에 어리어, 그곳에 굵은 글자로 써놓은 것만은 선명히 보였다. 〈우르수스, 철학자.〉

아이가 호모와 우르수스의 거처에 들어온 것이다. 조금 전에 으르렁거리고 말을 한 주인공이 그들이었다.

문지방에 도달한 아이가 발견한 것은, 키가 크고, 얼굴에 털이 없으며, 깡마르고 늙은 사람이었는데, 쑥색 옷을 입고 난로 곁에 서 있던 그의 벗겨진 머리가 천장에 닿아 있었다. 그 남자가 발돋움한다는 것은 불가능했다. 오두막의 높이가 겨우 그의 키만 했다.

「들어와.」 남자가, 즉 우르수스가 말했다.

아이가 안으로 들어섰다.

「보따리 내려놔.」

아이는 자신의 무거운 짐을 조심스럽게 고리짝 위에 내려놓았다. 짐이 놀라 깨어날까 두려웠기 때문이다.

남자가 아이에게 다시 말했다.

「그 물건을 조심스럽게도 놓는구나! 그것이 성골함(聖骨

---

[1] 〈조리 기구〉는 단순히 〈연장〉이나 〈도구〉로 읽어도 무방할 듯하다. 〈화학자〉는 연금술사를 연상시키기도 하지만, 여기에서는, 이것저것을 섞어 약을 만드는 사람을 뜻한다.

函)이라 할지라도 더 조심할 것 같지는 않구나. 너의 그 넝마 뭉치에 금이라도 갈까 두려우냐? 아! 고약한 건달 녀석! 이 시각에 거리를 쏘다니다니! 너 누구지? 대답해 봐. 아, 참, 아니다, 대답하지 마라. 급한 일부터 해결하자. 춥다고 했지. 그러니 우선 불부터 쬐라.」

그러면서 남자는 아이의 양어깨를 잡고 난로 곁으로 밀었다. 그러면서 말을 계속했다.

「흠뻑 젖었구나! 게다가 잔뜩 얼었어! 이 꼴로 어느 집 안으로 들어갈 수 있었겠느냐! 자, 악당 녀석아, 이 썩은 쓰레기부터 우선 벗어 던져라!」

그러더니, 한 손으로는, 열에 들뜬 듯, 우악스럽게, 아이의 누더기를 잡아채듯 벗기고, 다른 한 손으로는 못에 걸려 있던 남자용 셔츠 하나와, 오늘날에도 사람들이 키스미퀵 $kiss$-me-$quick$이라고 부르는, 뜨개질 한 재킷 하나를 당겨 내렸다. 아이의 누더기는 갈가리 찢겼다.

「자, 받아라, 변변찮은 옷이다.」

남자는 보따리 속에서 양모 넝마 한 조각을 꺼내더니, 그것으로 불 앞에서 아이의 팔과 다리를 문질러 주었다. 황홀해 기절할 지경이 된 아이는, 벌거숭이가 되었건만 따뜻한 그 순간, 천국을 직접 보고 만지는 것 같았다. 팔과 다리를 문질러 준 다음, 남자는 아이의 발을 닦아 주었다. 그러면서 한 마디 했다.

「송장 녀석, 동상은 걸리지 않았구나. 앞발이나 뒷발 중 동상에 걸린 것이 있을까 걱정했는데, 내가 바보였군! 불수(不隨)가 되지는 않겠군. 어서 옷을 입어라.」

아이가 셔츠를 입자, 남자가 그 위에 뜨개질한 재킷을 둘러 주었다.

「자, 이제…….」

남자는 그러면서 등받이 없는 걸상을 아이의 발치께로 민 다음, 그의 양어깨를 다시 잡아서 걸상 위에 앉혔다. 그러고는 난로 위에서 김을 모락모락 피우고 있던 그릇을 집게손가락으로 가리켰다. 아이가 그릇 속에서 언뜻 발견한 것 또한 천국이었다. 즉, 감자와 비계였다.

「시장할 테니 어서 먹어라.」

　그러면서 선반에서 단단한 빵 누룽지 한 덩이와 철제 포크 하나를 집어 아이에게 건넸다. 아이가 멈칫거렸다.

「상을 정식으로 차려 주랴?」 남자가 말했다.

　그러고는 음식 그릇을 아이의 무릎 위에 놓아 주었다.

「몽땅 깨물어 치워!」

　아이는 심한 허기에 당황할 겨를도 없었다. 아이는 먹기 시작했다. 가엾은 것은 먹는다기보다 삼켰다. 빵 깨무는 즐거운 소리가 오두막을 가득 채웠다. 남자가 투덜대듯 말했다.

「그렇게 서둘지 마라, 식충이 녀석! 탐식가군, 불량배 녀석! 허기진 불량배 녀석들은 처먹는 방법도 불쾌하기 짝이 없단 말이야. 귀족이 어떻게 먹는지 한번 보아야 해. 나는 공작들이 식사하는 것을 여러 번 보았지. 그들은 아예 먹지를 않지. 그게 고상한 거야. 그들은 마실 뿐이야. 자, 새끼 멧돼지 녀석, 잔뜩 먹어라!」

　기갈 심한 배에는 귀가 없는 것이 특징이다. 아이는 심한 욕설에도 개의치 않았다. 게다가 욕설은 행위의 자비로움으로 인해 완화되었다. 그러한 자비로움은, 그에게 유리하게 작용하는, 욕설의 반동이었다. 그는 우선 두 가지 급한 일과 두 가지 희열에만 몰두했다. 그것은 몸을 덥히고 먹는 일이었다.

　우르수스는 들릴 듯 말 듯, 작은 소리로 주술 외우듯 중얼거리기를 계속했다.

「나는 제임스 국왕이, 그 유명한 루벤스의 그림들이 걸려 있는 뱅퀴팅 하우스에서 식사하는 것을 직접 보았지. 전하께서는 아무것에도 손을 대지 않았어. 그런데 이 거지 녀석은 아예 뜯어먹고 있어! 뜯어먹는다*brouter*는 말은 짐승*brute*이라는 말에서 파생했지.[2] 지옥의 신들에게 일곱 번이나 맹세한[3] 이 웨이머스에, 내가 도대체 무엇 때문에 올 생각을 했던가! 오늘 아침 이후 아무것도 팔지 못했어. 쌓인 눈을 향해 연설을 해대고, 폭풍을 위해 플루트를 분 꼴이야. 호주머니에는 단 1파딩[4]도 들어오지 않았는데, 저녁나절이 되자 가난뱅이들이 몰려들다니! 흉측한 고장이야! 미련한 행인들을 상대로, 내가 싸움질을 벌이고, 주먹다짐을 하고, 경쟁을 해야 하다니! 그들은 동전 몇 닢만 내놓으려 하고, 나 역시 그들에게 싸구려 약만 건네려 하다니! 젠장, 오늘은 허탕이야! 사거리에 멍청이가 단 하나도 나타나지 않으니, 돈 상자에도 단 1페니가 들어오지 않는군! 어서 먹어라, 지옥에서 온 녀석아! 뒤틀고 깨물어라! 우리는, 식객들의 파렴치를 따를 만한 것이 전혀 없는 세월에 살고 있어. 내 돈으로 부지런히 살을 찌워라, 기생충아! 이 녀석은 배만 고픈 것이 아니라 아예 미쳐 버렸군. 저건 식욕이 아니라 잔혹성이야. 녀석은 광견병 바이러스에 심하게 감염되었어. 누가 알아? 아마 흑사병에 걸렸을지도 모르지. 강도 녀석아, 너 흑사병에 걸렸느냐? 녀석이 병을 호모에게 옮기면 이를 어쩌나! 아! 그건 절대 안 되지! 천한 백성들이 떼거리로 뻗는다 해도 상관없어. 그러나 내 늑대가 죽는 것은 원치 않아. 이런, 나도 배가 고프네.

2 *brouter*와 *brute*가 그 음가(音價)는 비슷하지만, *brouter*는 옛 프랑스어 *brost*가 변형된 것이며, 그 말은 게르만어 *brustjan*에서 온 것인데, 원의는 〈새싹이 돋는다〉라는 뜻이다. 반면 *brute*는 라틴어 *brutus*에서 온 것으로, 그 원의는 〈둔중한〉, 〈생각이 없는〉, 〈우둔한〉 사람을 가리킨다.

3 즉, 저주받은.

4 4분의 1페니에 해당하는 잉글랜드의 옛 동전.

분명히 밝히건대, 이건 불쾌한 사건이야. 오늘 나는 밤늦게까지 일을 했어. 살다 보면 무엇을 다급히 하고 싶을 때가 있지. 오늘 밤 나는 먹고 싶은 마음이 절실했지. 나는 혼자이고, 따라서 내가 불을 지폈어. 내게는 감자 한 알과, 빵 누룽지 한 덩이, 비계 한 점, 그리고 우유 한 방울이 있어. 그것들을 데우며 생각했지. 〈좋아! 이제 다시 풀을 뜯겠군.〉 그런데 덜컥! 바로 그 순간에 저 악어 녀석이 난데없이 나타나다니! 녀석이 내 음식과 나 사이로 당당하게 끼어드는군. 내 식당은 이제 완전히 유린되었어. 먹어라, 곤들매기[5]야, 맘껏 먹어라, 상어 녀석아. 도대체 너의 목구멍[6] 속에는 치열이 몇 개나 있느냐? 게걸스럽게 처먹어라, 새끼 늑대야. 아니야, 그 말은 취소한다. 늑대들에 대한 예의 때문이다. 내 먹이를 몽땅 삼켜라, 보아 녀석아! 나는 오늘 밤 늦게까지, 밥통이 텅 비고, 목구멍이 칭얼대고, 췌장이 절망하고, 내장이 파열되도록 일을 했어. 그런데 그 보수라는 것이 기껏, 다른 녀석이 먹는 것을 구경이나 하는 것이야. 할 수 없지. 두 몫으로 나누어야지. 빵과 감자와 비계는 녀석의 몫이지만, 내게는 우유가 있어.」

그 순간, 몹시 가냘고 긴 울음소리가 오두막 속에서 터져 나왔다. 남자가 귀를 쫑긋했다.

「이제는 고함을 지르는군, 밀고자 녀석! 왜 울어?」

아이가 고개를 돌렸다. 그가 울지 않는 것은 분명했다. 그의 입에는 음식이 가득 차 있었다.

[5] 곤들매기의 특징 중 하나는, 이빨이 매우 날카롭다는 점이다. 또한 그 명칭인 *brochet* 또한, 〈꼬챙이〉를 뜻하는 *broche*에서 파생된 것이다.
[6] *gargamelle*을 옮긴 것이다. 옛 속담에서 〈목구멍〉을 가리키는 사투리로 사용되었다 하나, 실제로 그 용례를 찾아보기는 어렵다. 작가가 이 단어를 사용한 것은, 라블레의 『가르강튀아』에 등장하는 두 폭식가, 즉 국왕 그랑구지에Grandgousier와 왕비 가르가멜Gargamelle을 연상시키려는 뜻이었던 것 같다. Grandgousier 또한 〈큰 목구멍〉을 뜻한다.

울음소리가 그치지 않았다.

남자가 고리짝으로 다가갔다.

「이제 보니 이 보따리가 아가리질을 하는군! 여호사밧의 골짜기[7]로군! 보따리가 부르짖다니! 네 보따리가 왜 저토록 까악거리느냐?」

그가 선원 작업복을 풀어 헤쳤다. 아기의 머리가 모습을 드러내는데, 입을 벌리고 마구 울었다.

「아니, 이게 누구야? 도대체 어찌 된 일이야? 또 하나가 있었군. 아직 끝나지 않았단 말이야? 누구야! 전투 개시! 하사, 보초를 세워! 두 번째 쾅! 나에게 무엇을 가져온 것이야, 이 강도야? 너 몹시 목이 마른 모양이군. 자, 서둘러, 마실 것을 주어야겠어. 젠장! 이제 우유조차 내 몫으로 남지 않게 되었군.」

그는 선반 위에 있던 잡동사니 무더기 속에서, 붕대 두루마리 하나와, 해면 한 조각, 작은 유리병 하나를 집어 들면서 광기 어린 음성으로 중얼거렸다.

「저주받은 고장이군!」

그러고는 어린것을 유심히 살피며 말했다.

「계집아이군. 날카로운 울음소리를 보면 알 수 있지. 이 아이도 흠뻑 젖었군.」

그러고는 아이에게 했듯이, 그녀에게 입혔다기보다는 감겨져 있던 넝마 조각들을 잡아당겨 찢었다. 그런 다음, 거칠고 초라하긴 해도, 깨끗하고 건조한 천으로 그녀를 감쌌다. 신속하고 거칠게 옷을 입히는 바람에, 어린것이 마구 성질을 부렸다.

---

[7] 예루살렘 근처에 있는 기드론 골짜기를 가리킨다. 그곳이 구약에서 예언된 부활의 골짜기 여호사밧과 동일시되어, 유대인과 이슬람 교도 모두 그 골짜기에 묘지를 조성했다 한다.

「막무가내로 야옹거리는군.」 우르수스가 중얼거렸다.

그는 늘어진 해면 한 조각을 이빨로 끊은 다음, 붕대 두루마리에서 천 한 조각을 정방형으로 찢어 나고, 그것에서 실한 가닥을 뽑아냈다. 그리고 다시, 우유가 담겨 있던 냄비를 난로에서 들어 내리더니, 유리병을 우유로 가득 채운 다음, 해면으로 병을 막고 그 위에 천을 씌운 후, 그렇게 만든 병마개에 실을 감았다. 그러고는 유리병을 자신의 뺨에 가져다 댔다. 너무 뜨겁지 않은지 확인하기 위해서였다. 그런 다음, 여전히 울며 미친 듯이 날뛰는 젖먹이를 왼쪽 겨드랑이에 꼈다.

「어서, 먹어라, 어린것아! 제발 이 젖꼭지를 물어라.」

그러면서 병마개를 어린것의 입에 밀어 넣었다.

어린것은 게걸스럽게 마셔 댔다.

우르수스는 우유병을 기울여 주면서 으르렁거리듯 중얼거렸다.

「모두들 마찬가지군, 비겁한 것들! 원하던 것을 얻으면 모두들 즉시 입을 다물지.」

어린것은, 무뚝뚝한 구원자가 마련해 준 젖꼭지를 어찌나 힘차게 빨아 대며 낚아챘던지, 발작적인 기침을 하기 시작했다.

「그러다가 숨이 막히겠구나. 요것이 만만찮은 먹보군!」 우르수스가 으르렁거렸다.

그는 아기가 빨고 있던 해면 젖꼭지를 아기의 입에서 뗀 다음, 기침이 멈추기를 기다렸다가, 다시 입에 물리면서 중얼거렸다.

「빨아라, 갈보년아.」

그러는 동안 아이가 포크를 내려놓았다. 어린것이 우유를 마시는 모습을 보며 먹는 것조차 잊었다. 조금 전, 그가 한창 먹고 있는 동안, 그의 시선에 어려 있던 것은 만족감이었다.

그러나 이제는 감사하는 빛이었다. 그는 아기가 되살아나는 것을 물끄러미 바라보고 있었다. 자신이 시작한 그 부활의 성취가, 그의 눈동자를 형언할 수 없는 반사광으로 가득 채우고 있었다. 우르수스는 화를 토하는 듯한 말을 잇몸 사이로 계속 우물거리고 있었다. 어린 소년은 가끔, 명명할 수 없는 감동으로 축축해진 눈을 쳐들어 우르수스를 쳐다보았다. 항상 학대만 받다가 모처럼 따스함을 맛본 가엾은 아이가 느끼는, 그러나 표현할 수 없는 감동이었다.

우르수스가 문득 화를 내듯 퉁명스럽게 소리쳤다.

「젠장, 어서 먹으라니까!」

「그러면 아저씨는? 잡수실 것이 없잖아요?」 아이가 떨리는 음성으로 눈물을 글썽이며 말했다.

「어서 다 먹으라니까, 불한당 같은 녀석! 너에겐 지나치게 많은 음식이 아니야. 나에게도 충분치 못한 양이니까.」

아이는 포크를 다시 집어 들었다. 그러나 먹을 기미조차 보이지 않았다. 우르수스가 부르짖듯 다시 소리를 질렀다.

「어서 먹어! 나 때문이야? 누가 너에게 내 이야기를 해? 이봐, 빈털터리 교구의 맨발 벗은 못된 새끼 사제 녀석아, 어서 다 먹어. 너는 먹고 마시고 잠자러 이곳에 왔어. 먹어, 그러지 않으면, 너와 너의 우스꽝스러운 꼬마 년을 내쫓겠어!」

우르수스의 협박에 아이는 다시 먹기 시작했다. 접시에 남아 있던 것을 해치우기란 어려운 일이 아니었다.

우르수스가 홀로 중얼거렸다.

「이 건물이 너무 엉성해. 유리창으로 냉기가 들어와.」

정말 앞쪽 유리창 하나가 깨져 있었다. 수레가 심하게 요동칠 때, 혹은 어느 말썽꾸러기의 돌팔매질 때문에 그렇게 된 것 같았다. 우르수스가, 파손된 부분에 별 모양으로 오린 종이 한 장을 붙였으나, 그것이 일부 들떠 있었다. 삭풍이 그

틈으로 들어오고 있었다.
 우르수스는 고리짝 위에 엉거주춤 걸터앉아 있었다. 어린 것은 그의 팔과 무릎에 기대어, 신 앞에 모인 케루빔들처럼 혹은 젖꼭지 앞에 있는 어린아이들처럼, 환희에 찬 반수면 상태에서, 병의 꼭지를 육감적으로 빨고 있었다.
「아예 취했군!」 우르수스가 중얼거렸다.
 그러더니 다시 한마디 했다.
「그러니 절제하라고 어디 설교를 해보시지!」
 바람이 이번에는 유리창에 붙어 있던 고약 같은 것을 아예 떼어 냈고, 그것이 오두막 안을 한 번 선회하며 날았다. 그러나 한창 부활하는 데 몰두하고 있던 두 아이는 그것에 전혀 개의치 않았다.
 어린 여자 아이가 마시고 어린 소년이 덕는 동안, 우르수스는 투덜거렸다.
「음주벽은 젖먹이 시절에 시작되는 거야. 틸롯슨[8] 주교가 되어 지나친 음주를 나무라며 천둥처럼 나무라도 헛수고야. 흉측한 외풍이군! 그런데 내 난로는 너무 낡았어. 연기가 마구 새어 나와 도첩권모증(到睫卷毛症)에 걸린 것 같은 지경이야.[9] 추위도 불편하고 불도 불편하군. 도무지 잘 보이질 않아. 요것이 나의 환대를 맘껏 이용하는군. 그런데 나는 아직 이 콧방울조차 자세히 들여다보지 않았어. 이곳에는 편안함이 없어. 유피테르를 두고 단언하지만, 나는 아늑한 방에서의 달콤한 향연을 매우 귀하게 여기지. 나는 매우 육감적으로 살도록 태어났는데, 그 사명을 완수하지 못했어. 현인 중 가장 위대한 현인은, 식탁의 즐거움을 오랫동안 음미하기 위

---

8 19세기 잉글랜드 국교의 한 지파였던 광교회(廣敎會)의 영향력 있던 사제인 듯하다.
9 속눈썹이 안쪽을 향해 난 것처럼 눈이 따갑다는 뜻이다.

해, 두루미의 목을 가졌으면 좋겠다고 한 필록세네스[10]였어. 오늘의 수입은 제로! 하루 종일 아무것도 팔지 못했으니! 재앙이야. 〈주민들이시여, 시종들이시여, 평민들이시여, 여기 의사가 왔습니다, 약이 있습니다.〉〈이 늙은이야, 헛수고 하고 있어. 너의 약보따리를 어서 다시 싸. 이곳에서는 모든 사람이 멀쩡하게 지내.〉 아무도 병에 걸리지 않다니, 이곳이야말로 저주받은 도시야! 오직 하늘만이 설사를 하는군. 무슨 놈의 눈이 이렇게 퍼붓는담! 아낙사고라스[11]는 눈이 검다고 가르쳤지. 추위가 곧 우울함이니, 그가 옳았어. 얼음, 그것은 밤이야. 이 무슨 놈의 광풍이람! 지금 바다 위에 떠 있는 사람들의 즐거움이 어떠할지 상상이 되는군. 폭풍은 우리의 이 앙상한 상자 위로 지나가는 사탄들의 소리, 떼를 지어 무너지듯 달리는 몰이꾼들의 사냥개 부르는 고함이야. 구름 속에서 어떤 광풍은 꼬리 하나를 가지고 있고, 어떤 녀석은 뿔을, 어떤 녀석은 한 가닥 불길 같은 혀를, 어떤 녀석은 날개에 달린 발톱을, 어떤 녀석은 대법관의 뚱뚱한 배를, 어떤 녀석은 아카데미 회원의 대가리를 가지고 있는데, 소리를 듣고 형태를 구분할 수 있지. 바람에 따라 악마들도 다르지. 귀로 듣고 눈으로 보는데, 폭풍의 요란한 소음은 그것이 곧 형태야. 참 그렇군, 바다 위에도 사람들이 있지. 틀림없어. 친구들이여, 스스로 폭풍에서 벗어나시오. 삶에서 벗어나기 위해 나도 할 일이 많소. 아, 젠장, 내가 여인숙을 차렸나? 왜 나그네들이 나에게 들이닥치지? 온 세상의 곤경이 구차한 나에게까지 구

---

10 기원전 5세기에 키테라 섬에서 태어난 시인으로, 시라쿠사의 폭군 디오누시오스로부터 후한 대접을 받았으나, 그의 시적 재능을 비판하며 폭군의 곁을 떠났다고 한다.

11 페리클레스와 에우리피데스, 소크라테스 등이 그에게서 배웠다고 한다. 생물학자이며 유물론자로, 불경죄를 저지른 혐의를 받아 아테네에서 추방되었다. 그가 인체 해부를 감행했다고 전한다.

정물을 튀기는군. 거대한 인간 진흙탕의 징그러운 물방울이 내 오두막에까지 튀어 들어오는군. 나는 행인들의 맹렬한 식욕 앞에 내던져졌어. 나는 한 덩이 먹이야. 굶어 죽게 된 자들의 먹이야. 겨울, 밤, 판자로 엮은 오두막, 그 밑 한데에 있는 가엾은 친구 하나, 폭풍, 감자 한 알, 한 줌밖에 안 되는 난롯불, 기생충들, 모든 틈바구니로 들어오는 바람, 돈은 땡전 한 푼도 없고, 짖어 대기 시작하는 보따리들! 그것들을 풀어 보면 거지 년들뿐이야. 그것이 운명이란 말인가! 게다가 법조차 유린당했어! 아! 너의 떠돌이 년과 함께 온 부랑자, 간사한 소매치기, 못된 의도를 품은 씨알머리. 아! 네가 통금 시간이 지났는데도 거리를 쏘다니다니! 만으 우리의 착하신 왕께서 그 사실을 아신다면, 너를 구덩이 밑바닥에 처박게 하시어, 네가 절실히 깨닫게 하시련만! 신사께서 한밤중에 아가씨와 함께 어슬렁거리다니! 영하 15도의 추위에, 모자도 쓰지 않고, 맨발로! 그러한 짓이 금지되었다는 것은 알아야지. 규칙과 법령이 있는데, 반역자들 같으니! 떠돌이는 처벌받고, 자기 소유의 집을 가지고 있는 정직한 사람들은 간수되고 보호받지. 왕들은 백성의 아버지야. 나도 내 집이 있어! 누가 너를 보았다면, 너는 광장 한가운데서 채찍질을 당했을 것이고, 그것은 온당한 일이야. 국가가 잘 다스려지려면 질서가 필요해. 너를 경찰관에게 고발하지 않았으니 내가 잘못을 저지른 거야. 하지만 나는 그렇게 생겨먹었어. 나는 선이 무엇인지 알지만 악을 행하지. 아! 누룽지[12] 녀석! 저런 꼴로 나에게 오다니! 저것들이 처음 내 집에 들어설 때는, 묻어 들어온 눈을 미처 보지 못했어. 눈이 녹으니, 내 집이 온통 젖었어. 집 안에 홍수가 났어. 이 호수를 말리려면 엄청난 석탄을

---

12 〈뚜쟁이〉나 〈기둥(서방)〉을 가리킨다.

태워야겠군. 1데느럴[13]에 12파딩 하는 석탄을! 이 가건축물 속에서 셋이 기거하려면 어떻게 해야 하지? 이제 모든 것이 끝장났군. 이제 나는 보육원을 시작하게 되었어. 미래의 잉글랜드 거지들이 내 집에 와서 젖을 떼게 생겼어. 가난이라는 위대한 잡년이 잘못 분만해 놓은 태아들을 대강 다듬고, 교수대의 사냥감들이 더욱 추하게 완벽해지도록 나이 어릴 때부터 훈련시키며, 젊은 협잡꾼들에게 철학자의 형상을 조금 씌워 주는 것이, 나의 직업이며 사명이고 역할이 될 판이야! 곰[14]의 혀는 신의 끌이며 초벌 깎이 대패야. 다시 말해, 만약 내가 지난 30년 동안 저런 종자들에게 깨물려 먹히지 않았다면, 나는 지금 부자일 것이고, 호모도 살이 통통하게 쪘을 거야. 또한, 헨리 8세의 주치의였던 리니커 박사 못지않게 많은 의료 기구를 구비하고, 온갖 종류의 다양한 짐승과 이집트의 미라, 다른 유사한 것 등 희귀물로 가득한 진찰실도 하나 가지고 있겠지! 나도 의과대학의 일원이 되었을 것이고, 그 유명한 하비[15]가 1652년에 세웠다는 도서관을 자유자재로 드나들며, 런던 시 전역이 내려다보이는 그 건물의 옥상 누각에서 연구할 수 있는 권리도 얻었겠지! 그리고 태양의 흑점에 관한 연구를 계속하며, 안개와 같은 성질의 수증기가 그 천체에서 분출됨을 증명할 수도 있겠지. 그것은, 성 바르텔로메오 축일에 일어난 학살 사건 한 해 전에 태어났고, 황제의 보호를 받던, 요하네스 케플러의 견해야.[16] 태

13 중량이나 부피의 단위인 듯하나, 어느 시대 어느 지역에서 통용되던 것인지 알 수 없다.
14 〈곰〉은 우르수스 자신을 가리키는 듯하다.
15 찰스 1세와 제임스 1세의 주치의.
16 성 바르텔로메오 축일 학살 사건은 1572년(8월 23~24일)에 일어났다. 케플러의 후견인이었던 〈황제〉는, 합스부르크 왕가의 루돌프 2세를 가리킨다. 정치보다는 학문과 예술에 더 관심이 컸던 황제라고 한다.

양은 가끔 연기를 뿜어내는 굴뚝이야. 내 눈로도 그렇지. 그래, 나는 재산을 모았을 것이고, 다른 인물이 되어 이렇게 저속하지도 않을 것이며, 네거리에서 과학을 더럽히지도 않겠지. 민중은 학식을 향유할 자격이 없어. 민중이란 지각없는 떼거리에 불과해. 온갖 연령층과 기질과 신분과 남녀가 뒤섞인, 무질서한 혼합물일 뿐이야. 그리하여 어느 시대건, 현인들은 그들을 경멸하는 데 서슴지 않았고, 가장 온건한 현인들조차도, 민중의 몰염치와 발광을 당연히 혐오하지. 아! 존재하는 것은 무엇이든 나에게 권태감만 주지. 이런 감회에 사로잡히면 오래 살지 못해. 인생이란 순식간이야. 아니, 그렇지 않아. 아주 길어. 우리가 용기를 잃지 않도록, 우리가 존재하는 것에 동의하는 멍청함을 간직하도록, 그리고 온갖 밧줄과 못이 우리에게 제공하는, 목을 매 자살할 멋진 기회들을 우리가 이용하지 못하도록, 자연은 간간이 인간을 보살피는 척하지. 물론 오늘 밤에는 그러지 않았어. 자연은, 그 음험한 것은, 말이 자라게 하고 포도가 익게 하며, 나이팅게일로 하여금 노래하도록 하지. 이따금씩 서광 한줄기가 보이기도 하고, 혹은 진을 한 잔 마시기도 하지. 사람들이 행복이라고 하는 것은 고작 그런 것들이야. 고통의 거대한 수의 둘레를 장식하는 얇은 천 조각에 불과하지. 우리 앞에 펼쳐진 운명은, 악마가 그 천을 짰고, 신께서는 가장자리 장식만 만드셨어. 이런, 네가 나의 저녁거리를 먹어 치웠구나, 도적 같으니라고!」

  그러는 동안, 화를 내는 듯하면서도 부드럽게 그가 품에 안고 있던 죗먹이는, 슬그머니 다시 눈을 감았다. 포만감의 표시였다. 우르수스가 유리병을 들여다보더니, 으르렁거리듯 중얼거렸다.

  「다 마셨군, 염치없는 것!」

그가 몸을 일으켰다. 그러고는 왼쪽 팔로 어린것을 받쳐 들고, 오른손으로 고리짝 뚜껑을 열더니 그 속에서 곰의 모피 한 장을 꺼냈다. 그가 자신의 〈진정한 가죽〉이라고 하던 것이었다.

그 일을 하면서도 그는 다른 아이가 먹는 소리를 들었고, 그리하여 아이를 비스듬히 쳐다보며 중얼거렸다.

「이제부터 내가, 한창 크는 저 먹보를 먹이고 길러야 한다면, 만만찮은 고역이겠군! 아무리 일을 해도 배고픔을 면치 못하겠어.」

그러면서도, 여전히 팔 하나만으로, 최선을 다해 곰의 모피를 고리짝 위에 폈다. 어린것의 첫잠을 깨우지 않기 위해, 팔꿈치를 이용하며 모든 동작을 조심했다. 그런 다음 어린것을 모피 위, 난로 가까운 쪽에 눕혔다.

그 일을 마치자, 그는 빈 유리병을 난로 위에 놓으며 투덜댔다.

「이젠 내가 목이 마르군!」

그가 냄비 속을 들여다보았다. 우유가 몇 모금 남아 있었다. 그는 냄비를 입술에 가져다 댔다. 마시려는 순간 그의 눈이 아기의 얼굴 위에 멈추었다. 그는 냄비를 난로 위에 다시 내려놓았다. 유리병을 집어 들더니, 마개를 열고, 남은 우유를 몽땅 그 속에 부었다. 병을 채울 만큼의 우유밖에 남아 있지 않았다. 다시 해면 조각으로 병 주둥이를 막은 후, 천을 씌우고, 실로 동여맸다.

「여전히 시장하고 갈증이 나는군.」 그가 다시 중얼거렸다.

그러고는 다시 한마디 했다.

「먹을 빵이 없으면 물을 마시지.」

난로 뒤에 아가리가 깨진 단지 하나가 보였다.

그가 단지를 아이에게 내밀며 말했다.

「마시겠어?」

아이는 물을 마시고 나서 다시 먹기 시작했다.

우르수스는 단지를 다시 집어 들고 그것을 입으로 가져갔다. 단지 속의 물은, 난로와의 거리 차이로 인해, 그 온도 변화가 고르지 않았다. 그가 몇 모금 마시더니 얼굴을 찡그렸다.

「맑다고 하는 물아, 너는 거짓 친구들을 닮았구나. 너 역시 위는 미지근하고, 밑은 차갑구나.」[17]

그러는 동안에 아이가 식사를 마쳤다. 접시는 텅 빈 것 이상이었다. 깨끗이 닦여 있었다. 그는 재킷 갈피와 무릎 위에 떨어진 빵가루를 모아서 입에 넣고 우물거리며 생각에 잠겨 있었다.

우르수스가 그에게로 얼굴을 돌리며 말했다.

「아직 끝나지 않았어. 이제 우리 두 사람뿐이야. 입이란 먹기 위해서만 만들어진 것이 아니야. 말을 하기 위해서 만들어진 것이지. 이제 몸도 따뜻해졌고, 배도 부르니, 짐승아, 조심해, 이제 내 질문에 대답해 봐. 우선, 어디에서 왔지?」

「몰라요.」

「뭐라고, 모른다고?」

「저는 오늘 저녁, 바닷가에 버려졌어요.」

「아! 부랑배 녀석! 이름이 뭐지? 하도 못된 녀석이라 부모님이 버리셨군.」

「저에게는 부모가 없어요.」

「내 취향을 조금이라도 짐작해 두도톡 해라. 나는 누구든 나에게 허튼 이야기에 불과한 노래를 쏟아 놓는 것은 딱 질색이야. 너에게는 부모님이 계셔. 너에게 누이가 있으니까.」

「제 누이가 아니에요.」

17 〈맑다〉는 〈순수하다〉로, 〈위〉는 〈겉〉으로, 〈미지근하다〉는 〈따뜻하다〉로, 〈밑〉은 〈속〉으로 풀어 읽어야 할 것이다.

「네 누이가 아니라고?」
「아니에요.」
「그러면 뭐야?」
「제가 주운 아이에요.」
「주웠다고!」
「예.」
「도대체 어떻게! 네가 저것을 주웠다고?」
「예.」
「어디에서? 만약 거짓말 하면 너를 없애 버리겠다.」
「눈 속에서 죽은, 어느 여자 위에서 주웠어요.」
「언제?」
「한 시간 전에요.」
「어디에서?」
「이곳에서 10리쯤 되는 곳에서.」

우르수스의 아케이드 모양 이마에 주름이 잡혀, 철학자의 눈썹 움직임을 특징 짓는 날카로운 형태를 취했다.

「죽었다고! 행복한 여자군! 그녀를 그곳에, 그 눈 속에, 내버려 두어야 해. 그녀에게는 그곳이 편하지. 어느 쪽이지?」
「바다 쪽이에요.」
「다리를 건너서 왔느냐?」
「예.」

우르수스는 뒤쪽 구멍창을 열고 밖을 살펴보았다. 날씨는 조금도 나아지지 않았다. 눈이 촘촘히 그리고 음산하게 내리고 있었다.

그가 구멍창을 다시 닫았다.

그는 깨진 유리창으로 다가가서 넝마 한 조각으로 구멍을 막았다. 그런 다음 난로에 이탄을 다시 넣었다. 그러고는 곰의 모피를 고리짝 위에 최대한으로 넓게 펴고, 한구석에 있던 두꺼운 책 한 권을 베개 삼아 머리맡에 놓은 다음, 잠든 아기의 머리를 그 베개 위에 올려놓았다.

그가 아이를 돌아보며 말했다.

「여기에 누워서 자라.」

아이는 고분고분 시키는 대로, 아기 옆에 몸을 쭉 펴고 누웠다.

우르수스는 곰의 모피로 두 아이를 함께 감싼 다음, 나머지 자락을 그들의 발밑으로 접어 넣었다.

그는 선반 위로 손을 뻗더니, 두툼한 주머니가 달린 띠 하나를 꺼내어 허리에 둘렀다. 외과용 의료 기구와 구급약이 들어 있는 주머니였다.

그런 다음 천장에 걸려 있던 등을 내려서 불을 붙였다. 귀머거리 초롱[18]이었다. 불을 붙였지만 아이들은 여전히 어둠 속에 있었다.

우르수스가 살그머니 문을 열면서 말했다.

「나 외출한다. 두려워하지 마라. 곧 돌아온다. 어서 자라.」

그러고는 디딤대를 내리면서 소리쳤다.

「호모!」

다정한 으르렁거림이 그의 부름에 답했다.

우르수스가 손에 초롱을 들고 내려가고, 디딤대가 다시 올려졌으며, 출입문이 다시 닫혔다. 아이들만 남았다.

밖에서 목소리 하나가 물었다. 우르수스의 음성이었다.

「내 저녁거리를 먹어 치운 보이![19] 아직 잠들지 않았느냐?」

「예.」 아이가 대답했다.

---

18 *lanterne sourde*를 직역한다. 앞만 비추되 초롱을 든 사람은 보이지 않게 제작된 것으로, 회중전등의 전신이다.

19 *boy*를 음대로 옮겨 적는다.

「좋아! 혹시 계집아이가 깩깩거리면 남은 우유를 먹여라.」

풀린 쇠사슬 소리와, 사람의 발걸음 소리, 짐승의 발걸음 소리와 섞인 소리가 들리더니, 그것이 점점 멀어졌다.

잠시 후 두 아이는 깊은 잠 속에 빠져 있었다.

두 숨결의 형언할 수 없는 혼융이었다. 그것은 순결 이상의 것, 무지였다. 성에 눈뜨기 전의 신혼 초야였다. 어린 소년과 계집아이가, 벌거숭이로 나란히 누워, 그 고요한 시각에 어둠 속에서, 천사의 혼융을 이루고 있었다. 그 나이에 꿀 수 있는 숱한 꿈들이 둘 사이를 둥둥 떠서 오고갔다. 그들의 닫힌 눈꺼풀 밑에는 아마 별빛이 있었을 것이다. 여기에서 결혼이란 말이 지나치지 않는다면, 그들은 천사들과 같은 남편과 아내였다. 암흑 속에 있는 순진무구함, 포옹의 그러한 순결함, 그러한 천국의 예감은, 오직 아이들에게만 가능하며, 어느 광대한 것도 아이들의 위대함에는 근접조차 못 한다. 모든 심연 중 그 심연이 가장 깊다. 삶의 영역 밖에서 사슬에 묶인 사자(死者)의 기막힌 영속성도, 난파선에 들러붙는 대양의 거대한 악착스러움도, 묻혀 버린 모든 형체를 덮고 있는 눈의 광막한 백색도, 비장함에 있어서는, 깊은 잠 속에서 신성하게 맞닿아 있되 그 만남이 아직 입맞춤이 아닌, 아이들의 두 입에는 견줄 바가 못 된다. 그것이 아마 약혼일지도 모른다. 또한 대재앙일지도 모른다. 그 둘 사이에는 미지의 존재가 짓누르고 있다. 그들의 모습이 매혹적일 수 있다. 하지만 그것이 무시무시한 것이 아닐지 누가 알랴? 그저 조마조마할 뿐이다. 순진무구함은 미덕보다 더 숭고하다. 순진무구함은 신성한 미망(迷妄)으로 이루어졌다. 그들은 자고 있었다. 그들은 평화로웠다. 그들의 몸은 따뜻했다. 뒤엉킨 두 몸뚱이의 벌거벗은 상태가 두 영혼을 혼융하고 있었다. 그들은 마치 심연의 보금자리 속에 있는 것 같았다.

6. 깨어남

 아침은 불길함으로 시작된다. 구슬픈 흰빛이 오두막 안으로 들어왔다. 얼음장 같은 새벽이었다. 밤 동안 환영들의 타격을 입은 사물을 슬픈 현실 위에 부각시켜 소묘(素描)하는 창백함도, 깊이 잠든 아이들을 깨우지는 못했다. 오두막 안은 따뜻했다. 교차되는 그들의 두 숨결이, 조용한 두 물결 소리처럼 들렸다. 밖에는 더 이상 질풍이 불지 않았다. 새벽녘의 밝음이 서서히 수평선을 접거하고 있었다. 별들도, 하나하나 불어 끄는 촛불들처럼, 꺼지고 있었다. 몇몇 굵은 별들만 저항하고 있었다. 무한의 깊숙한 노래가 바다로부터 나오고 있었다.

 난로의 불은 완전히 꺼지지 않았다. 희미함이 점점 환함으로 변하고 있었다. 어린 소년은 어린 계집아이보다 잠이 엷었다. 그의 내면에는 무의식적인 숙직자와 경비원이 도사리고 있었다. 다른 것들보다 유난히 밝은 햇살 한줄기가 유리창을 통과했고, 그 바람에 아이가 눈을 떴다. 어린아이의 잠은 망각으로 귀착된다. 그는 반수면 상태에서, 자신이 어디에 있는지, 자신의 곁에 무엇이 있는지조차 몰랐다. 천장을 바라보며, 그리고 〈우르수스, 철학자〉라고 써놓은 글자들로 모호한 꿈들을 구성하면서도, 기억을 되살리려 노력하지 않았다. 글자들을 유심히 뜯어보았지만 무슨 뜻인지 몰랐다. 읽을 줄을 몰랐기 때문이다.

 열쇠가 자물쇠 후비는 소리에 아이가 목을 벌떡 세웠다.

 출입문이 열리고 디딤대가 내려졌다. 우르수스가 돌아오는 중이었다. 꺼진 초롱을 손에 들고 그가 디딤대 세 계단을 올라왔다.

 동시에 발 넷이, 디딤대를 마구 짓밟는 소리를 내며, 날렵하게 올라왔다. 우르수스를 따르던 호모였고, 그도 함께 돌아오던 중이었다.

아이는 잠이 깨어 흠칫 놀랐다.

필시 시장기를 느꼈을 늑대가 아침 하품을 했고, 그 바람에 이빨이 몽땅 드러났다. 매우 희었다.

그는 반쯤 올라와 두 앞발을 오두막 안으로 들여놓고, 두 앞다리 무릎은, 설교사가 팔꿈치를 강단 끝에 걸치듯, 문지방 위에 올려놓았다. 그는 평소에 보지 못하던 식으로 고리짝이 점거된 것을 발견하고, 멀찌감치서 열심히 냄새를 맡았다. 문의 틀 속에 자리 잡은 늑대의 흉상이, 아침의 밝음 위에 까맣게 부각되고 있었다. 늑대는 드디어 결심을 한 듯, 안으로 들어왔다.

아이는, 늑대가 오두막 안으로 들어오는 것을 보자, 곰의 모피에서 빠져나와 벌떡 일어서더니, 세상모르고 잠들어 있는 아기 앞을 가로막았다.

우르수스는 초롱을 천장의 못에 다시 걸었다. 그러고는 의료 기기 주머니가 달려 있는 띠의 고리를, 조용히 그리고 기계적으로 천천히 풀어, 그것을 선반에 다시 올려놓았다. 그는 아무것에도 시선을 주지 않았고, 또 아무것도 보이지 않는 것 같았다. 그의 눈동자는 유리를 끼워 놓은 듯했다. 무엇인지 모를 심오한 것이 그의 뇌리에서 꿈틀거리고 있었다. 이윽고 평소처럼, 그의 생각이, 급작스럽게 튀어나온 그의 말에 실려 모습을 드러냈다. 그가 큰 소리로 말했다.

「정말 운수 좋은 여자야! 죽었어, 완벽하게 죽었어.」

그는 몸을 굽혀 이탄 한 삽을 퍼서 난로에 넣고, 부지깽이로 불을 쑤시면서 다시 중얼거렸다.

「그녀를 찾기가 힘들어. 미지의 장난꾸러기가 그녀를 두 피에 깊이의 눈 속에 감춰 두었어. 크리스토프 콜롱브[1]가 지성으로 보듯, 못지않게 코로 잘 보는 호모가 없었다면, 나는 아직도 그곳의 눈 더미 속에서 헤매며, 죽은 여인과 술래잡기를 하고 있을 거야. 디오게네스는 손에 등을 들고 남자[2]를 찾아다녔다지만, 나는 등을 든 채 한 여인을 찾아다녔어. 그는 비웃음을 만났지만, 나는 슬픔을 만났어. 몸뚱이가 차기도 하지! 그녀의 손을 만져 보니 돌이었어. 그녀의 눈 속에 있는 그 고요함! 뒤에 아이를 남겨 놓고 죽다니, 어찌 그리도 미련할 수 있을까! 이제 이 상자 속에서 셋이 버티려면 편치 않겠어. 이 무슨 기왓장이란 말인가!³ 이제 나에게도 가족이 생겼어! 딸과 아들이.」

우르수스가 그 말을 하는 동안, 호모가 난로 가까이로 미끄러지듯 다가왔다. 잠든 아기의 손 하나가 난로와 고리짝 사이로 늘어져 있었다. 늑대가 그 손을 핥았다.

어찌나 부드럽게 핥았던지, 어린것이 그 때문에 깨어나지는 않았다.

우르수스가 호모를 돌아보며 말했다.

「그래, 호모. 내가 아빠고, 너는 숙부이다.」

그러고는 독백을 멈추지 않은 채, 불을 돋우는 일을 계속했다.

「입양. 결정되었어. 게다가 호모도 기꺼이 원해.」

그가 다시 상체를 일으켰다.

「이 죽음의 책임이 누구에게 있는지 알고 싶어. 인간들일까? 혹은······.」

1 콜럼버스의 프랑스식 호칭.
2 다음에 나오는 〈여인〉 때문에 불가피하게 〈남자〉로 옮겼으나, 프랑스어에서 *homme*는 〈사람(인간)〉을 뜻하기도 하고 〈남자〉를 뜻하기도 한다. 디오게네스가 찾아나선 것은 사람다운 〈사람〉이지, 〈남자〉가 아니다.
3 우연히 떨어진 기왓장에 맞듯, 뜻하지 않은 횡액을 당했다는 뜻이다. 〈이 무슨 날벼락이란 말인가!〉로 읽어도 무방하다.

그의 눈이 허공을 향했다. 그러나 천장 저 너머로 향했다. 그의 입이 우물거렸다.

「당신입니까?」

다음 순간, 어떤 무게에 짓눌린 듯, 그의 이마가 숙여졌고, 그가 다시 중얼거렸다.

「밤이 수고스럽게 그 여인을 죽였군.」

다시 쳐든 그의 시선이, 깨어서 그의 말을 듣고 있던 아이의 얼굴과 마주쳤다. 그는 아이에게 퉁명스럽게 물었다.

「왜 웃느냐?」

아이가 즉각 대꾸했다.

「웃지 않아요.」

우르수스가 움찔 하더니, 한동안 그를 묵묵히 뚫어지게 바라보다가 말했다.

「그렇다면 너는 무서운 녀석이야.」

밤에는 오두막 안이 너무나 어두워, 우르수스는 아직 아이의 얼굴을 자세히 보지 못했다. 날이 환하게 밝자 비로소 얼굴이 그에게 보였던 것이다.

그는 두 손바닥을 아이의 양어깨 위에 얹고, 점점 더 곤혹스러워지는 표정으로 얼굴을 들여다보다가, 다시 소리쳤다.

「웃지 말라니까!」

「웃지 않아요.」 아이의 대꾸였다.

우르수스의 온몸이, 머리끝부터 발끝까지, 심한 전율을 일으켰다.

「너는 웃고 있어, 분명해.」

그러더니 비록 연민 때문이 아니었을지는 몰라도, 아이를 껴안으며 격렬한 어조로 물었다.

「누가 너에게 이런 짓을 했어?」

아이가 대답했다.

「무슨 말씀인지, 저는 알아들을 수가 없어요.」

우르수스가 다시 물었다.

「언제부터 네가 그렇게 웃느냐?」

「항상 이랬어요.」 아이의 대답이었다.

우르수스는 고리짝 쪽으로 돌아서며 중얼거렸다.

「이런 일을 이제는 더 이상 하지 않는 줄 알았는데.」

그는 베개 삼아 아기의 머리 밑에 놓아 주었던 책을, 아기가 깨지 않도록 가만히 집어 들었다.

「어디 〈콘퀘스트〉[4]를 좀 보자.」 그가 중얼거렸다.

그가 집어 든 것은, 부드러운 양피지로 표지를 만든 2절판 책자였다. 그는 책자를 뒤적이다가 어느 페이지에서 멈추더니, 난로 위로 책을 활짝 폈다. 그리고 소리 내어 읽기 시작했다.

「……*De Denasatis*(코 제거술에 관해), 여기군.」

그러더니 계속해서 읽었다.

「*Bucca fissa usque ad aures, genzivis denudatis, nasoque murdridato, masca eris, et ridebis semper*(귀밑까지 찢긴 입, 드러난 잇몸과 으깨어진 코, 너는 이제 가면, 영원히 웃으리라). 바로 이거야.」

그러고는 책을 선반 위에 다시 놓으면서 중얼거렸다.

「깊이 파헤치면 해로운 사건이야. 겉껍데기에서 멈추자. 웃어라, 아들아.」

아기가 잠에서 깨어났다. 그녀의 아침 인사는 울부짖음이었다.

「어서, 유모, 젖을 물려.」 우르수스가 말했다.

어린것이 누운 자리에서 몹시 보챘고, 우르수스가 난로 위

---

[4] 콘퀘스트 박사가 쓴 책.

에 있던 유리병을 집어 입에 물렸다.

그 순간 태양이 떠오르고 있었다. 태양은 수평선 표면에 있었다. 붉은 햇살이 유리창을 통해 들어와, 태양 쪽을 향하고 있던 아기의 얼굴을 비추었다. 태양을 향해 고정된 아기의 눈동자는, 마치 두 개의 거울처럼, 그 붉은 원을 반사하고 있었다. 눈동자는 미동도 하지 않았다. 눈꺼풀도 마찬가지였다.

「저런, 아이가 소경이군.」 우르수스가 중얼거렸다.

제2부 국왕의 명령으로
Par ordre du roi

제1권 항존하는 과거, 개체가 인간을 반영한다

1. 클랜찰리 경

✥

그 시절에 아주 오래된 이야기 하나가 있었다.

린네우스 클랜찰리 경에 관한 희미한 이야기였다.

크롬웰과 동시대인이었던 린네우스 클랜찰리 남작은, 공화제를 받아들인 몇 안 되는 잉글랜드 피어 중 하나였다. 그 사실은 서둘러 밝혀 두자. 그것을 받아들일 이유가 있었고, 또 엄밀히 말해 설명될 수 있었으니, 공화제가 잠정적으로 성공했기 때문이다. 클랜찰리 경이 공화파로 남았던 이유는 아주 단순하다. 공화제가 승세를 유지하고 있었기 때문이다. 그러나 혁명이 종식되고 의회 정부[1]가 실각한 후에도 클랜찰리 경은 자신의 입장을 고수했다. 복고 정권이란 언제나 참회하는 이들을 환영하는 법이고, 게다가 찰스 2세는 자신에게 다시 돌아오는 이들에게 매우 호의적이었던지라, 귀족들이 재구성된 상원에 복귀하기는 수월했다. 그러나 클랜찰리 경은 사태를 이해하지 못했다. 잉글랜드를 다시 수중에 넣은 왕을 온 나라가 환호하며 맞을 때,[2] 모든 사람들이 왕을 만장

---

1 찰스 1세 처형 후, 1649년부터 1660년까지 지속된, 크롬웰 주도하에 있던 공화정 Commonwealth을 가리키는 듯하다. 절대 군주 체제에 대칭되는 개념이다.

2 찰스 1세의 아들로, 스코틀랜드의 왕으로 추대되었던 찰스 2세는,

일치로 인정할 때, 백성이 군주제에 경의를 표할 때, 지난날을 부인하는 영광스럽고 의기양양한 찬가 속에서 왕조가 다시 일어설 때, 과거가 미래로 변하고 미래가 과거로 변하던 순간에도,[3] 그 귀족께서는 반항자로 남아 있었다. 그는 그 모든 환희를 외면했고, 스스로 기꺼이 망명길에 올랐으며, 능히 중신이 될 수 있음에도 불구하고 추방되는 쪽을 택했다. 그런 상태로 세월이 흘렀고, 이미 죽은 공화제에 대한 충절 속에서 늙어 갔다. 또한 그러한 어린애 같은 고집에 자연스럽게 따라붙는 조롱을 감수했다.

그는 스위스로 물러가 은거했다. 그리고 제네바 호수 변에 있는 오막살이 한 채를 거처로 삼았다. 보니바르[4]가 갇혀 있던 지하 감옥이 있는 쉬용 성과 러들로[5]의 무덤이 있는 베베 사이의 중간 지점, 호반 지역 중 가장 험한 구석에 있는 거처였다. 그늘과 바람과 구름 가득한 알프스의 혹독한 연봉(連峰)이 그의 거처를 에워싸고 있었다. 그곳에서 그는 산맥에서 쏟아져 내리는 거대한 어둠 속에 묻힌 채 살았다. 그와 마주치는 행인은 매우 드물었다. 그 사나이는 자신의 나라 밖으로, 그리고 자신의 세기 밖으로 거의 밀려나 있었다. 그 시절, 당시의 사건들에 밝고 또 내막을 잘 알던 사람들이 보기

1651년에 크롬웰의 군대에 패한 후 프랑스로 망명했다가, 1660년에 잉글랜드, 스코틀랜드, 아일랜드 왕으로 다시 추대되었다.

3 〈과거〉는 군주제를, 〈미래〉는 공화제를 가리킨다. 1852년 12월에 나폴레옹 3세가 선포한 제2제정을 암시하는 듯하다. 위고는 1851년의 쿠데타 이후(제2공화국 종식) 국외로 축출되었다가, 1870년 9월에야 프랑스로 돌아온다.

4 사보이아 공작 샤를 3세를 상대로 제네바 독립 투쟁을 펼쳤던 사람이다. 그의 혹독했던 옥중 생활을 바이런이 노래한 것으로 유명하다(「쉬용의 죄수」).

5 찰스 1세를 심판한 재판관 중 하나로, 찰스 2세 복위 후에 시역죄로 사형을 언도받았으나 스위스로 망명했다고 한다.

에는, 당시의 상황에 대한 어떠한 저항도 정당화될 수 없었다. 당시 잉글랜드는 행복했다. 군주의 복위는 부부간의 화해와 같다. 군주와 백성이 서로 다른 침대 사용하기를 멈춘 것이다. 그보다 더 우아하고 명랑한 일은 없다. 당시 그레이트브리튼은 찬연한 빛을 발산했다. 왕이 있다는 것만도 흡족한 일인데, 게다가 매력적인 왕이었다. 찰스 2세는 친절했고, 즐거움과 통치를 아는 사람이었으며, 루이 14세에 버금가는 위대한 군주였다. 그는 신사인 동시에 귀족이었다. 찰스 2세는 신하들에게 찬미를 받았다. 그는 하노버 전쟁을 벌였는데, 물론 그 전쟁의 이유를 잘 알고 있었지만, 오직 그만 아는 이유였다. 됭케르크를 프랑스에 팔았는데, 그것 또한 고도의 정치적 결단이었다. 민주적 피어들[6]은 양식을 갖추고 있었던지라, 명백한 사실 앞에 무릎을 꿇었고, 자신들의 시대에 순응했으며, 결국 상원에서 자리를 되찾았다. 그것을 얻기 위해서는 국왕에게 충성을 서약하는 것으로 족했다. 그 모든 현실과, 찬연한 통치, 탁월한 국왕, 신성한 자비 덕분으로 백성의 사랑 속으로 다시 돌아온 존엄한 왕족들에 대한 사념에 잠겨 있을 때, 멍크[7]나 뒤에 출현한 제프리스와 같은 주요 인사들이 국왕과 손을 잡았고, 그들의 충성과 열성 덕분에 가장 찬연한 직책과 가장 벌이가 잘되는 직무로 보상을 받았으며, 클랜찰리 경이 그러한 사실을 몰랐을 리 없을 뿐만 아니라, 그가 사람들의 찬사를 받으며 그들 옆에 영광스럽게 앉는 것이 그의 뜻 여하에 달려 있었고, 잉글랜드가 국왕 덕분으로 번영의 정점에 다시 이르렀고, 런던이 온통 축제와 기마 시합

---

6 크롬웰 통치 시절의 공화파 귀족들을 가리키는 듯하다.
7 잉글랜드의 장군으로, 공화파 및 크롬웰과 손을 잡았다가, 스튜어트 왕조의 복위에 큰 공을 세워, 찰스 3세가 그를 중신(피어) 반열에 오르게 했다고 한다.

으로 뒤덮였고, 모든 사람이 풍족하며 열광에 들떠 있고, 궁정은 예의바르며 명랑하고 화려하다는 등의 사념에 잠겨 있을 때, 만약, 우연히, 그 모든 화려함에서 멀리 떨어진 곳, 밤과 다름없는 음산한 땅거미 속에서, 백성과 같은 옷을 입고, 창백하고, 넋이 나가고, 무덤 쪽을 향해 이미 허리가 굽었고, 거친 바람과 추위에 무심한 듯 호숫가에 우뚝 서 있다가, 고정된 시선으로 어둠 속에서 바람에 백발을 흩날리며, 묵묵히, 외롭게, 생각에 잠겨, 발길 가는 대로 배회하는 노인을 발견했다면, 누구든 미소를 짓지 않기가 어려웠을 것이다.

어느 미치광이의 실루엣이다.

클랜찰리를, 그가 처했을, 그리고 그가 처했던 형편을 생각한다면, 미소는 너그러운 반응이었다. 어떤 이들은 소리 높여 웃었다. 또 다른 이들은 분개했다.

신중하고 점잖은 사람들이 그토록 오만한 고립에 충격을 받았다는 것은 이해할 수 있는 일이다.

상황이 누그러지자, 클랜찰리 경의 정신이 성치 못하다고들 했다. 모두들 그러한 견해에 동의했다.

✣

고집 부리는 사람들을 보면 불쾌하다. 누구든 레굴루스[8]의

---

8 로마의 장군으로, 카르타고에서 포로가 되었다가, 양국간의 포로 교환 및 평화 협상을 추진하라는 카르타고 측의 요청을 받고, 협상이 이루어지지 않을 경우 다시 오겠다며 로마로 돌아왔다고 한다. 그는 로마 원로원에서, 카르타고의 협상 조건을 받아들이지 말라고 적극 주장한 다음, 약속대로 카르타고로 가서 다시 포로의 신분으로 돌아갔고, 그곳에서 기꺼이 극형을 받았다고 한다. 이상의 이야기는 후대 전기 작가들이 지어낸 전설일 뿐이다. 그리스 역사가 폴리비오스의 『역사』(제1권 33장)에는, 그가 카르타고의 장군 크산티포스에게 패해 부하들과 함께 포로가 되었다는 기록밖에 없다.

그러한 거조를 좋아하지 않으며, 따라서 여론에 다소간의 빈정거림이 수반된다.

그러한 고집은 나무람과 다름없으니, 그것을 비웃는 것도 일리가 있다.

게다가, 요컨대, 그러한 고집이, 그러한 배수진이, 과연 미덕일까? 그렇게 내세우는 지나친 희생과 절개에 허풍은 없는 것일까? 그것은 오히려 익살광대 짓과 다름없다. 고독과 도피를 왜 그토록 과장한단 말인가? 어떠한 일에서든 지나침이 없는 것, 그것이 현자의 좌우명이다. 반대하려면 하라. 좋다. 원하면 꾸짖어라. 그러나 예의를 갖추어 나무라고, 국왕 폐하 만세를 외치며 그렇게 하라. 진정한 미덕은 사리를 분별하는 것이다. 추락하는 것은 추락하게 되어 있었던 것이고, 성공하는 것은 성공하게 되어 있었던 것이다. 섭리는 나름대로의 동기를 가지고 있어, 자격 있는 이에게 왕관을 씌워 준다. 누가 섭리보다 그 내막을 더 잘 안다고 나설 것인가? 상황이 판결을 내렸고, 하나의 정권이 다른 정권 대신 들어섰으며, 진실과 거짓을 가리는 가위질이 성공 여부에 따라 이루어져, 파멸과 승리가 이쪽과 저쪽으로 갈린 다음에는, 어떠한 의혹을 품는 것도 더 이상 가능하지 않아, 점잖은 이들은 승리한 쪽과 손을 잡는다. 또한 비록 그것이 자신의 영달과 가문에 유익할지라도, 그러한 사실에 추호도 흔들리지 않고, 오직 공적인 것만을 생각하며, 승리자를 강력히 지원한다.

만약 아무도 봉사하는 데 동의하지 않는다면 국가가 어찌 될 것인가? 모든 것이 멈추지 않겠는가? 자신의 자리를 지킴은 좋은 시민의 진면목이다. 당신의 내밀(內密)한 선택을 희생시키는 법을 배우시라. 모든 직무는 수행되기를 원한다. 누군가는 헌신해야 한다. 공적인 역할에 충실함이 곧 충성이다. 공무 담당자들의 은둔은 곧 국가의 마비를 뜻한다. 스스로를 축출하는 행위, 그것은 가증스러운 짓이다. 그것이 하나의 모범이라고? 그 무슨 허풍인가! 그것이 도전이라고? 그 무슨 만용인가! 도대체 당신이 어떤 인물이라고 생각하는가? 우리 또한 당신 못지않다는 것을 명심하시라. 하지만 우리는 내팽개치지 않는다. 우리 또한, 원하기만 하면, 다루기 어렵고 제어할 수 없는 사람이 될 수 있으며, 당신보다 더 못된 짓을 감행할 수 있다. 그러나 우리는 사리 밝은 사람이기를 더 좋아한다. 당신은 내가 트리말키오[9]이기 때문에 카토[10]처럼 될 수 없다고 믿지! 바보 같은 생각이야!

✣

일찍이 1660년의 상황보다 더 분명하고 결정적인 상황은 없었다. 정신 멀쩡한 사람에게는, 지켜야 할 행동 강령이 그 무렵처럼 분명하게 제시된 적은 일찍이 없었다.

잉글랜드는 크롬웰의 수중에서 완전히 벗어나 있었다. 공화 체제하에서는 많은 비정상적인 일이 일어났다. 우선 브리튼의 패권이 탄생했다. 30년 전쟁의 도움으로 독일을 제압했고, 프롱드의 난 덕분으로 프랑스의 기를 꺾었으며, 브라간사[11] 공작의 도움으로 스페인을 축소시켰다. 크롬웰은 마자

---

[9] 페트로니우스의 작품으로 알려진 풍자 소설 『사티리콘』에 등장하는 천한 출세 지향자이다. Trimalchio라는 그의 이름 자체가 천한 노예(Tri는 세 번을, malchio는 노예를 뜻한다)임을 암시한다.

[10] 스토아 철학자이자 정치가로, 로마 공화정을 지키기 위해 크라수스 및 카이사르에 맞서 싸우다가, 기원전 46년, 마지막 전투에서 패하자, 스스로 목숨을 끊어 로마 공화정과 운명을 같이했다고 한다. 그리스의 풍습과 사치를 멀리하고 로마의 굳건한 전통을 보존하려 노력해, 〈검열관〉이라는 별명을 얻었던 그의 증조부 또한 같은 이름이다.

[11] 포르투갈의 도시 이름인데, 브라간사 공작의 후예가 1640년에 포르

랭¹²을 길들여 복종시켰다. 프랑스와 협정을 체결할 경우에는, 〈잉글랜드의 보호자〉¹³가 조인서에 프랑스 왕의 서명 위쪽에 서명했다. 네덜란드 연합주¹⁴에 벌금 8백만¹⁵을 부과했고, 투누스와 엘제자이르를¹⁶ 괴롭혔고, 자메이카를 정복했고, 리스본을 굴복시켰고, 바르셀로나에서는 프랑스의, 그리고 나폴리에서는 마사니엘로¹⁷의 저항을 야기했다. 포르투갈을 아예 잉글랜드에 정박시켰다. 지브롤터에서 헤라클리온¹⁸에 이르는 지역에서 바르바리아인¹⁹들을 깨끗이 쓸어 냈다. 제해권은 전승과 교역이라는 두 가지 형태로 확립했다. 33회의 전투에서 연승한 사람이며, 선원들의 할아버지로 자처하던 늙은 제독, 또한 스페인 함대를 격파한 적이 있는 마틴 하페르츠 트롬프가, 1653년 8월 10일에, 잉글랜드 함대에 패해 파멸을 맞았다. 스페인 해군에게서 대서양을, 네덜란드 해군에게서 태평양을, 베네치아 해군에게서 지중해를 회수했다. 또한 항해 약정서를 통해 전 세계의 연안을 수중에 넣었다. 바다를 제압해 세계를 지배했다. 네덜란드의 선박이 항해 중

투갈의 왕으로 등극해 브라간사 왕조를 열었다. 프랑스에서는 브라강스라고 한다.

12 이탈리아 출신의 프랑스 정치가이며 추기경. 이탈리아식 본명은 줄리오 마자리니이며, 리슐리외 추기경의 뒤를 이어 루이 13세에게 큰 영향력을 행사했다.

13 크롬웰을 가리킨다.

14 1579년에 결성되었던 네덜란드 북부 7개 지방 연합을 가리킨다. 그 연방은 1795년에 해체되었다.

15 화폐 단위는 명시되지 않았는데, 〈파운드〉로 여겨도 무방할 듯하다.

16 〈투누스〉는 튀니지의 수도이고, 〈엘제자이르〉는 흔히 알제라고 칭하는 알제리 수도의 아랍식 명칭이다.

17 스페인의 지배에 항거하던 나폴리의 지도자 중 하나이다.

18 키프로스 섬의 북쪽 해안 지방을 가리킨다(때로는 키프로스 섬 자체를 가리키기도 한다).

19 아프리카 북부 연안 원주민을 가리킨다.

에 브리튼의 선박에 공손히 예를 표했다. 프랑스가 만치니[20] 대사를 보내어, 올리버 크롬웰 앞에서 무릎을 꿇어 경의를 표했다. 크롬웰이, 하나의 라켓 위에 공 두 개 올려놓고 놀듯, 칼레와 됭케르크를 가지고 놀았다. 유럽 대륙을 덜덜 떨게 하는가 하면, 평화를 요구하고 전쟁을 명령하며, 모든 용마루에 잉글랜드 국기를 게양했다. 그 보호자의 철기병 일개 연대가, 대대적인 군대보다도 더 유럽에 공포감을 안겨 주었다. 〈나는 사람들이, 옛날에 로마 공화국 존경했듯이, 잉글랜드 공화국을 존경하기 바란다.〉 크롬웰이 자주 하던 말이다. 신성불가침이란 것도 더 이상 존재하지 않았다. 자유롭게 말할 수 있었고, 언론도 자유로웠다. 대로상에서 자신이 생각하는 바를 누구나 거침없이 말했다. 자기가 원하는 것을, 통제나 검열 없이 출판했다. 왕실 간의 균세(均勢)도 깨졌다. 스튜어트 왕조도 그 일부였던 유럽의 군주제적 질서가 무너졌다. 드디어 그 가증스러운 정치 체제에서 벗어나, 잉글랜드는 사면을 얻었다.

관대했던 찰스 2세는 브레다 선언[21]을 내놓았다. 그는 잉글랜드로 하여금, 헌팅던의 일개 맥주 양조업자의 아들이[22] 루이 14세의 머리에 발을 올려놓던 시절을 잊도록 윤허했다. 잉글랜드는 회개하고 다시 숨을 쉬기 시작했다. 이미 말했지만, 모든 이들의 마음이 활짝 개화해 밝아졌고, 그 온 누리의 환희에 시역자들[23]을 처형하는 교수대가 가미되었다. 복위란

---

20 프랑스에 이주해 살았던 가문(家門)을 가리키는 말인데, 특히 마자랭의 질녀들이 모두 프랑스의 왕실 인척과 혼인한 것으로 유명하다. 〈만치니〉는 곧 마자랭을 가리키는 듯하다.
21 브레다는 브라방 북부에 있는 네덜란드의 도시이다. 찰스 2세가 의회의 요구를 대부분 수용하고, 특히 멍크의 요청대로 공화파에 대한 관용을 약속한 선언이다. 덕분에 그는 1660년에 복위되었다.
22 크롬웰을 가리킨다. 헌팅던은 그의 고향이다.

하나의 미소이다. 약간의 교수대가 그 미소를 어색하게 만들지는 않는다. 게다가 대중의 마음을 충족시켜야 한다. 불복종의 정신은 이미 사그라져 자취를 감추었고, 충성심이 다시 형성되고 있었다. 착한 종이 되는 것, 그것이 이제 유일한 야망이었다. 모두들 정치적 광기를 깨끗이 떨쳐 버렸다. 그리하여 혁명을 우롱하고, 공화제를 야유했으며, 권리, 자유, 진보 등 거창한 단어를 입에 달고 다녔던 기이한 세월을 비웃었다. 허풍을 비웃었던 것이다. 상식의 회복은 찬탄할 만했다. 그때까지 잉글랜드는 꿈을 꾸고 있었다는 것이다. 그러한 방황에서 벗어났으니 얼마나 다행스러운 일인가! 그토록 미친 짓이 또 있겠는가? 아무나 권리를 주장한다면 어찌 되겠는가? 모든 사람이 지배자가 되는 것을 상상할 수 있겠는가? 국가가 국민의 손에 이끌려 가는 것을 상상할 수 있겠는가? 국민이란, 짝을 이루어 수레를 끄는 짐승일 뿐, 마부는 아니다. 투표에 부친다는 것, 그것은 곧 바람에 내던져 맡긴다는 것이다. 국가를 구름처럼 둥둥 떠다니게 내버려 두기를 원하는가? 무질서가 질서를 건설하지는 못한다. 만약 카오스가 건축가라면, 그가 세운 건축물은 바벨탑이 될 수밖에 없다. 게다가 자유라고 하는 것이 어떤 폭군인가! 나는, 누가 뭐라 해도 나만은, 즐기고 싶지 통치하고 싶지 않아. 투표하는 것도 귀찮아. 나는 춤이나 추고 싶어. 모든 것을 도맡아 짊어지는 군주란 얼마나 고마운 구세주인가! 분명, 우리를 의해 그 고역을 감수하는 왕은 자비로움에 틀림없어! 게다가 왕은 그러한 훈련을 받으며 자랐어. 따라서 그는 그것이 무슨 일인지 잘 알아. 그것이 그의 일이야. 평화니 전쟁이니 입법이니 재정이니 하는 것들이 백성과 상관있는 일인가? 물론 백성은 지불해야 하고

---

23 찰스 1세의 사형을 언도한 판사의 수가 67인에 이른다고 한다.

봉사해야 하지만, 그 두 가지 일만 하면 그만이야. 정치에서는 백성이 충분히 고려되었어. 국가의 두 힘, 즉 군대와 재정이 백성에게서 나오지. 경비를 분담하고 병사로 복무하는, 그 두 역할로 충분하지 않은가? 다른 무엇이 더 필요한가? 백성은 군사적 팔이며 또한 재정적 팔이다. 멋진 역할이다. 통치를 하는 것은 백성을 위해서이다. 그러니 그러한 봉사에 대한 대가를 지불해야 한다. 세금과 왕실비(王室費)는, 백성이 지불하고 군주가 버는 봉급이다. 백성은 피와 금전을 내놓고, 군주는 그것으로 백성을 다스린다. 스스로를 이끌어 나가려는 생각이란 그 얼마나 괴이한 생각인가! 백성에게는 안내자가 필요하다. 백성은 무지하기 때문에, 또한 앞을 못 본다. 소경에게는 안내견이 있지 않은가? 다만 백성에게는 왕이라는 사자가 있는데, 그 사자는 기꺼이 개 되기를 수락한다. 얼마나 착한가! 그런데 백성은 왜 무지할까? 그래야 하기 때문이다. 무지는 미덕의 수호 여신이다. 전망이 없는 곳에는 야심이 없다. 무지한 사람은 유익한 어둠 속에 있고, 그러한 어둠이 시야를 없애기 때문에 동시에 욕심도 없앤다. 그것에서 순진함이 비롯된다. 읽는 사람은 생각하고, 생각하는 사람은 사리를 분별한다. 사리를 분별하지 않는 것, 그것이 의무이다. 그것이 또한 행복이다. 이론의 여지가 없는 진리이다. 사회는 그러한 진리 위에 정좌하고 있다.

그렇게 신성한 사회적 교조가 잉글랜드에 회복되어 있었다. 또한 그렇게 국가의 명예가 회복되어 있었다. 같은 무렵에 사람들이 아름다운 문학으로 다시 눈을 돌리고 있었다. 셰익스피어를 멸시하고 드라이든[24]을 찬미했다. 〈드라이든은 잉글랜드의 그리고 금세기의 가장 위대한 시인이다.〉『아

---

24 극작가로, 1660년 이후 복위된 왕실의 공식 문인으로 발탁되었다.

히도벨』²⁵의 번역자인 애터베리가 한 말이다. 일찍이 『실낙원』의 저자에게 욕을 퍼붓고 반박한 바 있는 소메즈²⁶에게, 아브랑슈의 주교 위에 씨가 다음과 같은 편지를 보내던 시절이었다. 〈어떻게 당신이, 밀턴과 같은 하찮은 것에 관심을 보이실 수 있습니까?〉 모든 것이 다시 태어나고, 모든 것이 다시 자리를 잡고 있었다. 드라이든이 높이 올라가고 셰익스피어가 곤두박질쳤다. 찰스 2세는 옥좌에 오르고 크롬웰은 교수대 위로 올라갔다.²⁷ 잉글랜드는 지난 세월의 수치와 비정상을 떨쳐 버리고 다시 일어섰다. 군주제 덕분에 국가가 정연한 질서를 회복하고, 문예가 유익한 취향을 되찾는 것은, 국민의 커다란 행복이다.

그러한 은혜가 인정받지 못할 수도 있다는 것은 믿기 어려운 일이다. 찰스 2세에게 등을 돌려, 옥좌에 다시 오른 그의 너그러움에 배은망덕으로 보답한다면, 가증스러운 일 아닌가? 린네우스 클랜찰리 경은 점잖은 사람들에게 그러한 마음의 상처를 안겨 주었다. 조국의 행복에 뿌루퉁해지다니, 그 무슨 고약한 짓이란 말인가!

의회가 1650년에 다음과 같은 법안의 기초를 선포한 것은 모두들 알고 있다. 〈나는, 국왕도, 지상권자도, 귀족도 없는

---

25 아히도벨은 구약의 「사무엘 하」에 등장하는 인물인데, 그에 관한 저서인 듯하다. 드라이든은 셰익스피어의 〈과격함〉을 조정하듯 잘라 버리고 그를 상당 부분 모방한 극작가로 유명한데, 〈광기의 형제〉라는 별명을 가진 인물인 아히도벨에 관한 책을 번역한 사람이, 오히려 드라이든을 예찬함은 앞뒤가 맞지 않는다는, 일종의 야유이다.
26 프랑스의 문헌 학자였는데, 당시 유럽 전역어 명성이 드높아, 프랑스 및 잉글랜드, 스웨덴 등의 왕실에서 다투어 초빙했지만, 응하지 않았다고 한다.
27 크롬웰은 1658년에 자연사했다. 찰스 2세 복위 후 자행되었다는 부관 참시를 암시하는 말인 듯하다.

공화제에 충성할 것을 약속한다.〉 그 흉악한 서약을 했다는 핑계로, 클랜찰리 경은 왕국 밖에서 살면서, 모든 사람이 열락에 잠겨 있음에도 불구하고, 자신에게는 슬퍼할 권리가 있다고 믿었다. 그는 음울함 속에서, 더 이상 존재하지 않는 것을 존경하고 있었다. 사라진 것에 대한 괴이한 집착이었다.

그를 용서하기란 불가능했다. 가장 호의적이던 사람들도 그를 내동댕이쳤다. 그의 친구들은, 그가 공화파 편에 선 것이, 오직 공화제의 갑옷에 있는 단점을 가까이에서 살펴 두었다가, 때가 되면, 국왕의 신성한 명분을 위해, 공화제에 확실한 일격을 가하기 위해서였노라고, 오랫동안 믿었다. 적을 등 뒤에서 쳐죽일 수 있는 유리한 때를 기다리는 것도 충성의 일부이다. 모두들 클랜찰리 경에게 그것을 기대했다. 그를 그토록 호의적으로 판단했던 것이다. 그러나 공화제에 대한 그의 완강한 집착 앞에서, 사람들은 호의적인 견해를 버릴 수밖에 없었다. 그들이 보기에 클랜찰리 경이 신념을 가지고 있음이 분명했다. 즉, 백치임이 분명했다.

관대한 사람들의 설명도, 그것이 유치한 집착이라는 견해와 노망 든 고집이라는 견해로 갈렸다.

엄격한 사람들은, 즉 의로운 사람들은, 한 걸음 더 나갔다. 그들은 이교(異敎)에 다시 빠진 이단자에게 낙인을 찍었다. 어리석음에게도 권리가 있다. 그러나 한계가 있다. 짐승 같은 사람이 될 수는 있다. 그러나 반역자가 돼서는 안 된다. 게다가, 결국, 클랜찰리 경이라는 사람은 무엇이란 말인가? 변절자이다. 그는 자신의 진영을, 즉 귀족의 진영을 떠나, 반대편 진영으로, 즉 백성에게로 갔다. 그 충신은 배신자였다. 그가 강한 이들에게는 〈배신자〉였고 약한 이들에게는 충신이었다는 것이 사실이다. 그가 버린 진영이 승자들의 진영이었고, 그가 껴안은 진영이 정복된 이들의 진영이었다는 것 또한 사실이다. 그 〈배신〉으로 인해 그가 정치적 특권과, 가정, 중신직, 조국 등, 모든 것을 잃었다는 것도 사실이다. 그는 오직 조소만을 얻었다. 그에게 돌아온 소득이란 망명뿐이었다. 그렇다면 그 모든 것이 무엇을 입증하는가? 그가 멍청이였다는 사실이다. 모두들 동의했다.

배신자이자 속기 잘하는 사람, 명백한 사실이다.

원하면 얼마든지 멍청이 짓을 할 수 있다. 다만 조건이 있으니, 그것은 못된 선례를 남기지 말아야 한다는 것이다. 멍청이들에게 요구하는 것은 점잖게 행동하라는 것뿐이다. 그렇게 함으로써 그들 역시 군주제의 초석임을 당당히 주장할 수 있다. 그런데 클랜찰리라는 자의 소견머리 좁음은 상상할 수 없을 지경이었다. 그는 혁명의 환상에 현혹되어 있었다. 그는 공화제를 통해 그 속에 갇혔고, 다시 그 때문에 쫓겨났다. 그는 조국에 창피를 주고 있었다. 그의 태도는 전형적인 반역이었다! 자리를 비운다는 것, 그것은 모욕을 주려는 처신이다. 그는 공공의 행복을 마치 흑사병인 양 멀리하려는 것 같았다. 그의 자의적인 망명에는 국민적 만족을 거부하는 그 무엇이 도사리고 있었다. 그는 왕권을 전염병 대하듯이 했다. 그는, 그가 항내(港內) 격리소라고 규탄한, 군주제 치하의 대대적 환희 위에 꽂힌 검은 깃발[28]이었다. 아니! 다시 정립된 질서 위에, 다시 일어선 국민 위에, 복권된 종교 위에, 그토록 음산한 표정을 짓다니! 평화로움 위에 그러한 그늘을 던지다니! 만족스러워하는 잉글랜드를 못마땅한 눈으로 바라보다니! 드넓은 푸른 하늘에 검은 점으로 등장하다니! 위협처럼 보이다니! 국민의 소망을 정면으로 부정하다니! 만장일치로 동의하는데 혼자만 찬성을 거부하다니! 광대가 아닐진대, 밉살스러

---

28 〈검은 깃발〉은 해적의 깃발이다.

운 일이다. 클랜찰리는, 크롬웰과 함께하면 길을 잃을지도 모르니, 멍크와 함께 발길을 돌려야 한다는 사실을 깨닫지 못했다. 멍크를 보라. 그는 공화국 군대를 지휘한다. 망명 중인 찰스 2세가 그의 정직함을 알고 그에게 교서를 내린다. 미덕과 책략을 양립시킬 줄 아는 멍크는 처음에는 모른 척한다. 그러다가 문득, 군대를 이끌고 가서, 반역적인 의회를 해산하고 왕을 복위시킨다. 그리하여 멍크는 앨버말 공작이 되고, 왕국을 구출했다는 영광스러운 칭송을 받으며, 매우 부유해지고, 자신의 시대를 찬연히 빛내고, 가터 훈장을 받아, 장차 웨스트민스터에 묻힐 가능성을 연다. 잉글랜드의 충신이 누리는 영광은 그러하다. 클랜찰리 경은 그렇게 실천한 의무를 이해할 수준에 이르지 못했다. 그에게는 망명으로 인한 오만과 침체성밖에 없었다. 그는 실속 없는 말로 만족했다. 그 사람은 오만으로 인해 관절 경직증에 걸려 있었다. 양심이니 품위니 하는 말은, 결국 말일 뿐이다. 그것의 본질을 보아야 한다.

클랜찰리는 본질을 보지 못했다. 어떠한 행동을 개시하기 전에, 그 행동의 냄새를 맡아 보려고, 그것을 상당히 가까이에서 들여다보는 것은 근시안적 양심이다. 그러한 행동에서 터무니없는 혐오감이 비롯된다. 그렇게 섬세해서는 정치인이 될 수 없다. 지나친 양심은 불구로 퇴화한다. 수중에 넣어야 할 왕홀 앞에서의 가책감은 손 없는 병신이고, 아내로 맞아야 할 행운의 여인 앞에서의 가책감은 내시에 불과하다. 양심의 가책을 마땅히 경계해야 한다. 그것이 엄청난 결과를 초래한다. 분별 잃은 충성은 지하실 계단처럼 내려간다. 한 계단, 또 한 계단, 그리고 또 다른 한 계단, 결국 어느 순간 캄캄한 어둠 속으로 들어간다. 꾀바른 자들은 다시 올라오지만, 어수룩한 이들은 그곳에 남는다. 양심이 완강함에 속박되도록 경솔하게 내버려 둬서는 안 된다. 그러면 정치적 정숙함이라는 어둠침침한 색깔에 차츰차츰 이르게 된다. 그렇게 되면 끝장이다. 클랜찰리 경이 겪은 일이었다.

원칙이 결국에는 깊은 구렁으로 변한다.

클랜찰리 경은 뒷짐을 지고 제네바 호숫가를 따라 거닐고 있었다. 꼴불견의 행진이었다!

런던에서는 가끔 떠나 버린 사람 이야기를 꺼내곤 했다. 공론 앞에서는 그가 피고인이나 다름없었다. 그를 두고 찬반 변론이 벌어졌다. 변론이 끝난 다음에는, 천치라는 특전이 그에게 부여되었다.

지난날의 열성 공화파 중 많은 사람들이 스튜어트 왕가에 찬성했다. 칭찬해 주어야 할 일이다. 그들이 클랜찰리를 조금 비방한 것은 자연스러운 일이다. 추종자들에게는, 완강하게 버티는 자들이 성가신 존재로 보인다. 기지 있어서 눈에 들고 조정에서 좋은 자리를 차지한 사람들은, 그의 불쾌감 주는 태도에 마음이 상해, 서슴지 않고 말하곤 했다. 「그가 손을 잡지 않은 이유는, 그에게 충분히 비싼 가격을 제시하지 않았기 때문이야.」 「그는 폐하께서 하이드 경에게 내리신 대법관 자리를 원했지……」 그의 〈옛 친구〉 중 하나는 심지어 이렇게 나지막하게 덧붙이기도 했다. 「그가 나에게 그 사실을 털어놓았어.」 어떤 때는, 린네우스 클랜찰리가 비록 고립되어 살고 있었지만, 그가 만나던 추방자들에게, 예를 들어 로잔에 살고 있던 앤드루 브로턴과 같은 늙은 시역자들에게도, 그러한 말들을 전해 듣곤 했다. 그럴 때마다 클랜찰리는, 감지되지 않을 정도로 어깨를 약간 으쓱할 뿐이었다.[29] 심각하게 얼이 빠진 징후였다.

언젠가는 그렇게 어깨를 으쓱하며, 들릴락 말락 한 음성으

[29] 어이없다든지 혹은 잘 모르겠다는 등의 뜻을 나타내는, 프랑스인들의 매우 일상적인 몸짓이다.

로 다음 몇 단어를 보충했다. 「그런 말을 믿는 사람들이 불쌍하군.」

✣

 찰스 2세는, 그 평범한 사나이는, 그를 무시했다. 찰스 2세 치하에서 잉글랜드가 누리던 행복은 행복 이상이었다. 황홀경이었다. 군주의 복위란, 까맣게 된 옛날 그림에 칠을 새롭게 하는 것이다. 그러면 모든 과거가 다시 모습을 드러낸다. 그 훌륭한 옛 풍습이 다시 돌아와, 예쁜 여인들이 군림하고 다스렸다. 이블린[30]이 그러한 풍정(風情)을 간략하게 기록했는데, 그의 일기에서 다음과 같은 구절을 읽을 수 있다.

> 음란함, 신에 대한 모독과 경멸, 나는 어느 일요일 저녁, 왕이 매춘부들과 함께 어우러져 있는 것을 보았다. 포츠머스, 클리블랜드, 마자랭, 그리고 다른 여인 두셋이었다. 그녀들은 거의 알몸으로 오락실에 있었다.

 이 묘사에 약간의 노기가 드러나 있음을 느낄 수 있을 것이다. 하지만 이해할 수 있는 일이니, 이블린은 성마른 청교도였고, 공화주의적 몽상으로 얼룩져 있던 사람이었다. 그는 왕들이 방만한 바빌론적 쾌락으로 제시하던 유익한 모범을 좋아하지 않았다. 그러한 쾌락은 결국 사치 풍조의 고취로 귀착된다. 그는 악덕의 효용성을 이해하지 못했다. 변함없는 법칙이 하나 있으니, 그것은 이러하다. 즉, 매력적인 여인을 얻고 싶으면 악덕을 뿌리째 뽑아 버리지 마라. 만약 그러한

---

[30] 잉글랜드의 문인으로 1641년부터 1706년까지 이어진 『일기』에, 스튜어트 왕조 후기의 잉글랜드 사회를 생생하게 묘사했다.

짓을 저지르면, 나비를 미친 듯이 좋아하면서 그 유충을 박멸하는 얼간이와 다름없을 것이다.

찰스 2세는, 이미 앞에서 말한 바와 같이, 클랜찰리라고 하는 반항자가 있다는 사실을 어렴풋이 알고 있었을 뿐이다. 그러나 제임스 2세[31]는 매사에 더 용의주도했다. 찰스 2세는 우유부단하게 통치했다. 그것이 그의 방식이었다. 그렇다고 해서 통치가 더 나빴다는 말은 아니다. 때로는 선원이, 바람을 조절하기 위한 밧줄을 동여맬 때, 매듭을 느슨하게 내버려 두어, 바람이 그것을 조이게 한다. 바람이나 백성의 멍청이 짓이 그러하다.

느슨했다가 얼마 후 신속히 조여진 매듭, 그것이 찰스 2세의 정부였다.

제임스 2세 치하에서 조임질이 시작되었다. 혁명의 잔재를 상대로 한 필요한 목 조르기였다. 제임스 2세는 유능한 왕이 되려는 칭송할 만한 야심을 가지고 있었다. 찰스 2세의 통치가 그의 눈에는 복위의 초벌그림쯤으로밖에 보이지 않았다. 제임스 2세는 더 완벽한 질서의 회복을 원했다. 그는 1660년, 시역자 열 명을 교수형에 처한 것으로 그친 사실을 한탄했다. 그는 더 실질적인 왕권의 복구자였다. 그는 중요한 원칙을 강력하게 시행했다. 감상적인 스사(修辭) 따위가 아니고, 무엇보다도 사회의 이익에 몰두하는, 진정한 정의가 지배하게 했다. 보호자적인 그러한 엄격함에서 사람들은 나라의 아버지를 발견한다. 그는 정의의 손은 제프리스에게, 검(劍)은 커크에게 맡겼다. 커크[32]는 빈번하게 본때를 보여 주

---

31 찰스 1세의 아들이며, 형 찰스 2세의 뒤를 이어 옥좌에 올랐다가, 사위 윌리엄 3세에게 왕위를 물려주고 프랑스로 망명했다. 형 찰스 2세의 사생아로 알려진 몬머스의 난을 무자비하게 진압한 사건으로 유명하다. 그는 가톨릭이었고, 몬머스는 프로테스탄트들의 지지를 받았다고 한다.

었다. 그 유용한 대령은 어느 날, 공화파 남자 하나를 연속해 세 번이나 매달았다가 다시 내려놓으며, 매번 반복해 물었다. 「공화제를 버리겠느냐?」 악당 녀석은 끝끝내 거절했고, 결국 처형되었다. 「내가 녀석을 네 번 매달았어.」 커크가 만족스러운 듯 말했다. 다시 시작되는 처형은 권력이 가지고 있는 실질적 힘의 표현이다. 레이디 라일은, 몬머스의 반란군 토벌 작전에 아들을 보냈건만, 집에 반란군 두 사람을 숨겨 주었다 해서 처형되었다. 반면, 어떤 반란군 병사 하나는, 재세례파 여인이 자기를 숨겨 주었노라고 정직하게 밝힌 덕분에, 커크의 용서를 얻었고, 그를 숨겨 준 여인은 산 채로 불더미에 던져졌다. 커크는 또한, 어느 도시에서 그곳 시민 열아홉을 교수형에 처해, 그 도시가 공화파 도시라는 사실을 자신이 잘 알고 있음을 알렸다. 크롬웰 치하에서 사람들이 교회당에 있는 성자들의 석상에서 코와 귀를 잘라 낸 사실을 생각하면, 분명 합법적인 반격이었다. 제프리스와 커크를 능히 발탁할 줄 알았던 제임스 2세는, 진정한 종교에 심취한 군주였다. 못생긴 정부(情婦)들을 두어 고행을 자초한 그는, 콜롱비에르 신부의 말을 항상 경청했다. 거의 슈미네 신부만큼 경건한 마음을 일으키며, 그보다 오히려 더 열정적이었던 그 설교가는, 생애 전반기에 제임스 2세의 조언자라는 영광을 누렸고, 생애 후반기에는 마리 알라코크[33]에게 영감을 주었다고 한다. 훗날 제임

---

32 그의 부하들이 몬머스의 반란을 잔혹하게 진압했다고 한다. 후에 장군이 되었다.

33 성모방문회 소속 수녀로, 특히 성심(聖心, 인간을 사랑하는 존재로서의 예수를 가리킨다)으로부터 계시를 받았다고 선언한 것으로 유명하다. 그녀가 죽었을 때, 그녀의 가슴에 주머니칼 끝으로 예수의 이름이 새겨져 있었다고 한다. 1864년에 교황 피우스 9세가 복자품(福者品)에 올렸다. 그러나 Alacoque라는 그녀의 이름은 물론, 이 문장에 등장한 사제들의 이름 또한 괴이하다. 그녀의 이름은 호두 껍데기나 누에고치 *coque* 혹은 수탉 *coq*과 관

스 2세가 망명 생활을 의연하게 견디고, 생제르맹의 은둔처에서도, 태연히 연주창에 손을 대며[34] 예수회 사제들과 대화하는 등 역경에 흔들리지 않는 군주의 모습을 보일 수 있었던 것은, 모두 그렇게 섭취한 종교적 양식 덕분이었다.

그러한 왕이었으니, 린네우스 클랜찰리와 같은 반역자에게 어느 정도 신경을 쓸 수밖에 없었으리라는 것은 이해할 수 있는 일이다. 유산의 형태로 다음 세대에 전할 수 있는 피어의 권리가 일정량의 미래까지 내포하고 있는지라, 그 귀족과 관련해 대비책을 세워야 할 것이 있었다면, 분명 제임스 2세는 망설이지 않았을 것이다.

2. 데이비드 더리모이어 경

✢

린네우스 클랜찰리 경이 물론 처음부터 늙은이였고 추방자였던 것은 아니다. 그에게도 젊음과 열정의 세월이 있었다. 크롬웰이 젊었을 때, 여인들과 쾌락을 좋아했다는 사실을, 해리슨과 프라이드를 통해 알 수 있는데, 그러한 현상이 때로는 모반자가 되리라는 예고이기도 하다(여성 문제의 다른 측면이긴 하지만). 허술하게 맨 허리띠를 경계하시오.

련된 듯 보이고, 두 사제는 각각 비둘기집(Colombière→*colombier*)과 굴뚝(Cheminais→*cheminée*)을 연상시킨다. 다음 문장에서 사용한 〈종교적 양식〉이라는 표현과 연관시켜 음미해 보아야 할 명칭들이다.

34 유럽에서는 국왕이 연주창에 손을 대면, 그 난치병이 즉시 낫는다고 믿었다 한다. 『페르시아인의 편지』에 그 사실이 가볍게 언급되어 있고, 특히 모리스 드뤼옹이 『저주받은 왕들』에서 그러한 믿음의 실체를 폭로했다.

Male praecinctum juvenem cavete.[1]

크롬웰처럼, 클랜찰리 경 역시 방정하지 못하고 난잡한 짓을 저지른 바 있다. 그에게 사생아인 아들 하나가 있음을 사람들이 알고 있었다. 공화제가 종말을 고하던 무렵에 이 세상에 온 그 아들은, 부친이 망명길에 오른 후에 잉글랜드에서 태어났다. 그리하여 그는 아버지의 모습을 영영 보지 못했다. 클랜찰리 경의 사생아는 찰스 2세의 궁정에서 시동(侍童)으로 자랐다. 사람들은 그를 데이비드 더리모이어 경이라고 불렀다. 모친이 귀족인지라 예의로 붙여 준 귀족 칭호였다. 그의 모친은, 클랜찰리 경이 스위스에서 부엉이가 되어 가고 있는 동안에, 용모 아름다운지라, 덜 토라지는 편을 택했고, 두 번째 정인으로 하여금 야만스러운 첫 번째 정인을 용서하게 했다. 그녀의 두 번째 정인은 확실하게 길들여졌고, 게다가 왕당파였다. 바로 국왕이었다. 그녀는 찰스 2세에게 어느 정도 영향력을 행사했다. 그리하여 국왕께서는 공화국으로부터 그처럼 아름다운 여자를 빼앗은 사실에 매혹되어, 노획물의 아들인 데이비드 경에게, 근위병 직을 하사하셨다. 사생아 출신 장교는 그러한 호의에 감동한지라, 또 궁정에 떠도는 소문에 대한 반동으로, 열렬한 스튜어트파가 되었다. 데이비드 경은, 한동안 근위병 자격으로, 커다란 검을 휴대하는 170인 중 하나로 봉직하다가, 기숙 지밀 근위대로 들어가, 황금 미늘창을 든 40인의 일원이 되었다. 헨리 8세가 신변 호위를 위해 제정한 그 고귀한 집단에 속하는지라, 그는 왕의 식탁에 음식을 진설하는 특전도 누렸다. 그렇게 해서 부친이 망명지에서 늙어 가는 동안, 데이비드 경은 찰스 2세의 막하에서 번영을 구가하고 있었다.

---

[1] 고대 로마의 학자 수에토니우스의 말이다.

그 이후, 제임스 2세 치하에서도 그는 역시 번영을 누렸다. 왕이 죽었으나 〈국왕 폐하 만세!〉를 외치니, *non deficit alter, aureus*〔다른 황금(가지)이 없지 않으리니〕라고 한 말과 다름이 없다.²

그는 요크 공작의 작위 계승식³을 계기로, 데이비드 더리모이어 경으로 호칭될 수 있는 공식적인 허락을 얻었다. 더리모이어는, 타계한 지 얼마 안 되는 그의 모친이 그에게 남겨 준 영지인데, 부리로 떡갈나무 둥치를 쪼아 파서 보금자리를 만든다는 새, 크래그의 서식지인 스코틀랜드의 광막한 숲 속에 있었다.

⚜

제임스 2세는 국왕이었으나 장군 행세를 했다. 그는 주변에 젊은 장교들을 거느리기를 좋아했다. 그는 투구를 쓰고 갑옷을 입은 채 말 위에 올라 사람들 앞에 기꺼이 모습을 드러냈고, 그럴 때마다 가발의 실한 머리채가 투구 밑으로 넘쳐 내려와 갑옷 위로 펼쳐졌다. 얼간이 전쟁신의 기마상 같았다. 그는 젊은 데이비드 경의 우아함을 매우 아꼈다. 그는 그 왕당파 젊은이가 공화파 귀족의 아들이라는 사실에 고마워했다. 아비를 부정하는 것이, 막 시작된 궁정에서의 행운에 해를 끼치지는 않는다. 왕은 데이비드 경을 침실 담당 궁

---

2 아이네아스가 쿠메에 있는 저승 입구에 도달했을 때, 그곳에 있던 시불라가, 저승에 들어가는 방편을 설명하며 아이네아스에게 한 말이다. 즉, 그곳에 있는 황금 나무의 가지 하나를 꺾어다 저승의 여왕 프로세르피나(페르세포네)에게 선물로 바쳐야 하니, 서슴지 말고 꺾을 것이며, 그 가지가 꺾여도, 그 자리에 다른 가지가 돋을 것이라는 뜻이다. 위고가 인용한 부분은 『아이네이스』 제4권 143~144절에 나온다.

3 제임스 2세는 10세 때 요크 공작 작위를 받았다.

내관(宮內官)으로 임명했다. 급료는 천 파운드에 달했다.
 멋진 승차였다. 침실 담당 궁내관은 매일 밤 국왕 지근에서 잔다. 그의 침대는 다른 사람이 보아 준다. 궁내관은 모두 열두 사람으로, 서로 교대하며 근무한다.
 데이비드 경은 그 직무를 수행하는 동시에 왕의 말들에게 귀리를 먹이고 급료 260파운드를 받는 사람들을 통솔했다. 그의 수하에는 왕의 마부 다섯, 왕의 보조 마부 다섯, 왕의 말 돌보는 사람 다섯, 왕의 심부름꾼 열둘, 왕의 가마꾼 넷이 있었다. 그는 왕이 헤이마켓에서 기르며, 매년 그 경비로 6백 파운드를 지출하는, 경주마 여섯 필의 관리를 맡았다. 그는 왕의 의상실에 대해 전권을 가지고 있었는데, 가터 기사들의 예복은 그가 관리하는 의상실에서 제공했다. 검은색 권장(權杖)을 손에 든 어전 안내원도, 이마가 땅에 닿도록 몸을 굽혀 그에게 예를 표했다. 제임스 2세 때의 안내원은 듀파 기사였다. 왕실 서기인 베이커 씨와, 의회 서기인 브라운 씨도, 그에게 깍듯이 예를 갖추었다. 잉글랜드의 궁정은 관후해, 의전(儀典)에서 으뜸이었다. 데이비드 경은 열두 궁내관 중 일원으로, 식사나 접견례를 집전했다. 그는 봉헌일에, 즉 국왕이 교회에 브장 금화[4]를, 〈비잔티움〉을, 하사하시는 날에, 혹은 목걸이 착용일에, 즉 국왕이 품계를 나타내는 목걸이를 착용하시는 날에, 혹은 성체배령일에, 즉 국왕과 왕자들 이외에 아무도 성체배령하지 않는 날에, 항상 왕의 바로 뒤에 시립하는 영광을 누렸다. 성(聖) 목요일마다, 가난한 사람들 열두 명을 국왕께 인도해, 폐하께서 그들에게 보령(寶齡)만큼의 페니 주화와 재위 햇수만큼의 실링 주화를 하사하시게 하는

---

4 이미 십자군 전쟁 이전부터 서유럽에서도 사용되던 비잔틴 금화이다. 비잔티움은 라틴식 명칭이다. 『여우 이야기』나 많은 패설에도, 즉 12~13세기의 작품 속에서도 자주 발견된다.

일도 그가 맡았다. 또한 국왕이 와병 중일 때, 궁중 사제장 집무실에 봉직하는 하인, 즉 사제 둘을 불러 국왕의 수발을 들게 하고, 참사원의 허락 없이는 의사들이 왕에게 접근하지 못하게 막는 일도 그의 직무였다. 뿐만 아니라 그는 근위대 소속 스코틀랜드 연대의 중령이었는데, 그 연대가 스코틀랜드 행진곡을 연주했다.

그러한 신분으로 그는 여러 전투에 참전해 혁혁한 공훈을 세웠다. 그가 용맹한 전사였기 때문이다. 그는 용맹하고, 몸매 출중하며, 용모 수려한 데다, 관대하고, 안색이나 거조가 빼어났다. 그의 인품은 그의 신분에 어울렸다. 지체가 높은 만큼 체구도 높았다.[5]

그는 한때, 왕에게 셔츠를 건네 드리는 영광을 누리는 시종 직에 임명될 뻔하기도 했다. 하지만 그 직위에 임명되려면 피어이거나 왕족이어야 한다.

새로운 피어를 만든다는 것은 보통 일이 아니다. 새로운 작위를 하나 만들어야 하는데, 그러면 동시에 시기하는 사람들도 생긴다. 그것은 하나의 특혜인데, 그러한 호의가 왕에게 친구 하나를 만들어 주는 반면, 적 백 명을 만들어 낸다. 새로운 친구가 배은망덕할 수도 있다는 사실은 고려하지 않더라도 말이다. 제임스 2세는 그러한 정략적 이유 때문에 새로운 작위는 좀처럼 만들지 않았다. 하지만 그것들을 기꺼이 이전하곤 했다. 이전된 작위는 시기심을 유발하지 않는다. 단지 하나의 가문이 연속되는 것이기 때문이다. 그로 인해 귀족 사회가 동요하는 일은 거의 없다.

왕은 데이비드 더리모이어 경에게 호의를 품고 있었던지라, 그가 작위의 대승상속인(代承相續人)으로 상원에 들어가

---

5 키도 컸다.

는 것을 꺼리지 않았다. 왕은, 데이비드 더리모이어를, 의례적 귀족에서 합법적 귀족으로 만들어 줄 기회를 모색하던 참이었다.

※

그러한 기회가 문득 찾아왔다.
어느 날, 늙은 망명자 린네우스 클랜찰리 경에게 일어난 잡다한 소식을 접했는데, 그 소식 중 가장 핵심적인 것은 그가 타계했다는 것이었다. 죽음이 당사자에게 끼치는 장점은, 그것으로 인해 사람들이 조금이나마 죽은 이의 이야기를 한다는 사실이다. 사람들은 린네우스 경의 만년에 대해, 자신들이 알고 있던 것을, 혹은 안다고 믿던 것을, 마구 떠들어 댔다. 아마 대개는 추측이나 전설이었을 것이다. 물론 매우 터무니없어 보이지만, 이야기에 따르면, 클랜찰리 경의 공화주의에 대한 열정에 다시 불이 붙어, 그가 어느 시역자의 딸인 앤 브레드쇼와 결혼했는데, 매우 기이한 고집이라는 것이다. 여인의 이름까지 구체적으로 언급했다. 여인 또한 죽었는데, 아이를 분만하다 그랬고, 태어난 아이는 남자라는 것이다. 따라서 모든 것이 사실일 경우, 그 아이가 클랜찰리 경의 적자(嫡子)이며 합법적 상속자라는 것이다. 그 이야기는 하도 막연해, 사실보다는 소문에 더 가까웠다. 당시의 잉글랜드에서는, 스위스에서 일어나는 일이, 오늘날 중국에서 일어나는 일만큼이나 먼 곳의 일이었다. 클랜찰리 경이 결혼했을 때의 나이가 59세이고, 아들이 태어나던 해가 환갑이었는데, 얼마 후 타계한지라, 아버지도 어머니도 없는 아들을 고아로 남겨 놓았다는 것이다. 물론 가능한 일이나 있음직하지 않은 일이기도 했다. 사람들은 한술 더 떠서, 그 아이가 〈태양처럼 수려하다〉고 했다. 요정 이야기에서 읽을 수 있는 것들이다. 제임스 왕은 어느 날 문득, 린네우스 클랜찰리 경에게는 〈적자가 없고 또한 다른 직계 존속도 없는 것으로 확인될지라〉, 국왕의 권한으로, 데이비드 더리모이어가 혼외 생부인 클랜찰리 경의 유일한 확정적 상속자임을 선포해, 구구한 소문을 종식시켰고, 그러한 내용을 담은 국왕의 공문서가 상원에 전달되었다. 공문서를 통해 왕은, 고(故) 린네우스 클랜찰리 경의 작위와 권리 및 여러 특전을, 데이비드 더리모이어 경에게 상속시켰다. 그러나 한 가지 조건이 있었으니, 국왕께서, 태어난 지 몇 개월밖에 안 되어 아직 요람에 있는 여자 아이에게 공작 작위를 하사하셨는데, 아이가 자라 혼기에 이르면, 데이비드 경이 그 아이와 혼인해야 한다는 조건이었다. 사람들은, 국왕께서 그 아이에게 왜 공작 작위를 하사하셨는지 모르겠다고 했다. 그러나 이야기를 더 읽어 보시라. 사람들은 그 이유를 너무나 잘 알고 있었다. 모두들 그 여자 아이를 여공작 조시언이라고 불렀다.

당시 잉글랜드에서는 스페인식 이름이 유행했다. 찰스 2세의 혼외 자식 중 하나인 플리머스 백작의 이름은 카를로스였다. 조시언Josiane 역시 Josefa-y-Ana의 축약형일지 모른다. 그러나 또한 조시어스라는 이름이 있었듯이, 조시언이라는 이름이 원래부터 있었을지 모른다. 헨리 3세 치세에, 조시어스 뒤 패시지라는 이름을 가진 귀족이 있었다.[6]

그 어린 여공작에게 왕이 클랜찰리의 작위를 준 것이다. 남편이 생길 때까지는 그녀가 여귀족으로 작위의 실질적 소유자였다. 그녀가 혼인을 하면 남편이 피어 지위에 오르게 되어

---

6 Josias du Passage는 의심할 나위 없이 프랑스식 이름이다. 게다가 헨리 3세 치세에는 공용어가 프랑스어였고, 국왕의 이름도 〈헨리〉가 아닌 〈앙리〉로 발음했을 것이다. Passage 또한 〈파사주〉로 발음했을 것이다.

있었다. 그녀가 상속한 작위는 이중의 영지 지배권에 근거하고 있었는데, 그중 하나는 클랜찰리 남작령이었고, 다른 하나는 헌커빌 남작령이었다. 뿐만 아니라 역대 클랜찰리 가문의 나리들은, 옛날에 세운 무공에 대한 포상으로 국왕이 허락해, 시칠리아에 코를레오네 후작령도 가지고 있었다. 잉글랜드의 피어는 외국의 작위를 가질 수 없다. 그러나 예외도 있다. 예를 들어 워더의 애런들 남작은, 클리퍼드 경처럼, 신성 로마 제국의 백작이었으며, 쿠퍼 경은 대공이었다. 해밀턴 공작은 프랑스에서 샤텔르로 공작이며, 덴비 백작인 바질 필딩은 독일에서 합스부르크와 라우펜부르크 및 라인펠덴의 백작이다. 말버러 공작은 슈바벤에서 민델하임 대공이었으며, 마찬가지로 웰링턴 공작은 벨기에에서 와테를로[7] 대공이었다. 웰링턴 공작 또한 스페인에서는 시우다드 로드리고 공작이었으며, 포르투갈에서는 비메이라 백작이었다.

잉글랜드에는 귀족의 땅과 평민의 땅이 분별되어 있었는데, 오늘날에도 그러하다. 클랜찰리 가문의 땅은 모두 귀족의 땅이었다. 그 땅들과 읍, 대법관의 관할구, 봉토, 임대 수입, 자유지, 클랜찰리와 헌커빌 작위에 귀속되는 영지 등은 모두 잠정적으로 레이디 조시언의 소유였다. 그리고 왕이 천명하기를, 조시언이 혼인을 하면, 데이비드 더리모이어 경을 클랜찰리 남작으로 봉할 것이라 했다.

클랜찰리 가문에서 상속받은 것 이외에도, 레이디 조시언에게는 개인 재산이 있었다. 그녀는 막대한 재산을 소유하고 있었는데, 그중 상당 부분은, 꼬리 없는 마담께서 요크 공작에게 선물한 것이었다. 〈꼬리 없는 마담〉[8]이란 아무 부가어

---

7 Waterloo. 흔히 〈워털루〉로 통용되지만, 이 작품의 성격을 살리기 위해 현지음대로 적는다.
8 국왕의 혼인한 누이들이나 형수(제수), 숙모 등 구태여 이름을 밝히지

가 붙지 않는 마담이라는 뜻이다. 오를레앙 공작 부인이자, 프랑스에서는 왕비 다음으로 지체 높은, 잉글랜드의 앙리에트[9]를 그렇게 불렀다.

✢

찰스와 제임스 두 왕의 치하에서 번영을 누린 데이비드 경은, 윌리엄[10]의 치하에서도 역시 번영을 구가했다. 그는 제임스 2세를 지지한다고 했지만, 망명지까지 왕을 따라갈 정도는 아니었다. 합법적인 왕을 여전히 좋아하면서도, 그는 분별력이 있어 찬탈자에게도 봉사했다. 뿐만 아니라 그는, 비록 규율을 약간 등한시했지만, 탁월한 장교였다. 그는 육군에서 해군으로 옮겨, 백병(白兵) 함대에서 두각을 나타냈다. 그는 그 함대에서, 당시의 호칭이지만, 〈경(輕) 프리게이트 함의 함장〉이 되었다. 그것을 계기로 그는, 모든 악덕의 멋을 극대화시키며 매우 품위 있는 남자가 되었다. 다른 모든 사람들처럼 약간은 시인 행세를 하고, 국가의 훌륭한 봉사자이자 군주의 착한 종으로서, 축제와 향연과 극장과 온갖 의식과 전투에 열심히 참석하고, 대상에 따라 시력이 약하기도 하고 꿰뚫는 듯도 하기 때문에, 나무랄 데 없을 만큼 비굴하기도 하며 또한 몹시 오만하기도 하고, 기꺼이 성실하고, 적절하

않아도 누구인지 알 수 있을 경우, 아무 부가어 없이 마담이라고 칭했다. 생시몽의 『회고록』 같은 책에서는, 너무 많은 사람들에게 그러한 칭호를 적용하고 있어, 혼동을 유발하는 경우도 있다(기타 국왕의 남자 형제 등 지친들은 무슈, 공주 등 미혼 여성들은 마드무아젤로 칭했다).

9 요크 공작, 즉 찰스 2세의 여동생이다. 그 가엾은 두 남매의 모후 또한 앙리에트로 이름이 앙리에트 마리 드 프랑스였다. 앙리 4세의 막내딸로, 그녀가 태어나던 이듬해(1610년)에 앙리 4세가 암살당했다.

10 윌리엄 3세(재위 1689년~1702년).

게 공손하거나 방약무인하고, 곧 다시 탈을 바꿔 쓸지라도 처음에는 솔직하며 진지하고, 국왕의 좋고 나쁜 기분을 몹시 열심히 살피고, 날카로운 칼끝 앞에서도 태연해, 국왕의 신호 한 번에, 항상 영웅적이고 겸손하게 목숨을 위험에 내던질 준비가 되어 있고, 정중함과 예의를 중시하는지라, 온갖 미치광이 짓은 할 수 있되, 결례는 결코 범하지 않고, 군주와 관련된 중대한 계제에는 무릎 꿇는 것을 매우 자랑스러워하고, 쾌활한 용맹을 갖춰, 겉보기에는 궁정인이나 그 속을 들여다보면 중세의 방랑 기사 같은, 나이 마흔다섯이지만 새파랗게 젊은 남자였다.

데이비드는 프랑스의 가요를 부르곤 했다. 찰스 2세의 호감을 살 만한 우아한 명랑함이었다.

그는 능변과 멋있는 언사를 좋아했다. 보쉬에[11]의 추도사와 같은 구변 좋은 사설 따위를 찬미했다.

그는 모친에게서 물려받은 것으로 그럭저럭 먹고 살 수 있었는데, 임대 수입이 약 1만 파운드, 즉, 25만 프랑쯤 되었다. 그는 빚을 보태어 그 수입으로 그럭저럭 꾸려 갔다. 사치와 무절제와 새로운 유행에 있어서는 아무도 그를 따르지 못했다. 혹시 누가 자기를 흉내 내면, 그는 즉시 방식을 바꾸었다. 말을 탈 때도, 암소 가죽을 뒤집어 만든 장화에 박차를 달아 신었다. 또한 다른 누구에게도 없는 모자들을 가지고 있었으며, 생전 처음 보는 레이스와 그에게만 있는 가슴팍 장식 등을 달고 다녔다.

---

11 사제이자 신학자, 문필가. 또한 숱한 추도사로 설교사의 명성을 얻었는데, 특히 오를레앙 공작 부인 앙리에트의 장례식에서 한 추도사가 유명하다.

3. 여공작 조시언

✢

　1705년경에는 레이디 조시언의 나이 23세에 이르렀고, 데이비드 경의 나이 44세에 달했건만, 두 사람의 혼인은 아직 이루어지지 않았다. 이 세상에서 가장 타당성 있는 이유 때문이었다. 두 사람이 서로 미워했을까? 전혀 그렇지 않았다. 그러나 우리의 수중을 벗어날 수 없는 것은 우리에게 추호도 서두를 마음을 일으키지 않는다. 조시언은 자유로운 상태를 원했고, 데이비드는 젊은이로 남기를 원했다. 가능한 한 가장 느지막하게 인연을 맺는 것, 그것이 그에게는 젊음의 연장책으로 여겨졌다. 남녀 간의 정분이 구애됨 없던 그 시절에는, 그처럼 늑장을 부리는 남자들이 넘쳐났다. 그들은 귀부인들 주위를 어슬렁거리는 애 녀석으로 늙어 갔다. 가발이 공모자였고, 더 나이가 들어서는 분(粉)이 보조자 역할을 했다. 브롬리의 제러드 가문의 남작 샤를 제러드는, 나이 쉰다섯에 이르렀으나, 그에게 행운을 안겨 준 여인들이 런던에 그득했다. 코번트리 백작 부인이기도 한, 귀엽고 젊은 버킹엄 공작 부인은, 포콘버그 자작인 예순일곱의 토머스 벨러지스를 미친 듯이 사랑했다. 일흔 줄에 이른 코르네유가 남긴 다음과 같은 유명한 구절을 스무 살 여인 앞에서 인용하기도 했다. 〈후작 부인이시여, 만약 나의 얼굴이.〉 여인들 또한 가을날의 성공을 거두는 경우가 있었다. 니농과 마리옹 같은 여인들이 그 증거이다. 이상 예로 든 사람들이 그 두 사람의 귀감이었다.

　조시언과 데이비드는 특이한 색깔을 띠고 서로 희롱거렸다. 그들은 서로를 사랑하지 않았다. 서로에게 즐거운 상대였을 뿐이다. 그들은 가까이 지내는 것으로 만족했다. 그러한 관계를 왜 서둘러 끝낸단 말인가? 당시의 소설은, 연인들과 약혼자들을, 가장 멋있어 보이는 그러한 실습 과정으로 내몰았다. 게다가 조시언의 경우, 그녀는 자신이 사생아임을 알고 있었지만 또한 자신이 공주라 여겼고, 따라서 어떠한 방법을 동원해서라도 그를 거만하게 대했다. 그녀는 데이비드 경에 대해 일종의 취미를 가지고 있었다. 데이비드 경의 용모가 아름다웠으나, 그것은 덤일 뿐이었다. 그녀는 그가 멋을 아는 사람이라고 생각했다.

멋을 안다는 것, 그것이 전부이다. 멋있고 돈 잘 쓰는 캘리반이 가난한 아리엘을 앞지른다.[1] 데이비드 경의 용모는 아름다웠다. 괜찮은 일이다. 그러나 잘생긴 용모 밑에 있는 암초는 무미건조하다. 그런데 데이비드 경은 그렇지 않았다. 그는 도박을 하고 권투를 하고 빚을 졌다. 조시언은 그의 말들과, 개들과, 도박에서 돈을 잃는 행각, 그의 정부들을, 특히 귀중하게 여겼다. 데이비드 경 또한 여공작 조시언에게 매료되어 있었다. 결점도 가책감도 없으며, 오만해 함부로 범접할 수 없고 동시에 자유분방한 처녀였기 때문이다. 그가 소네트[2]를 지어 바치곤 했고, 조시언은 가끔 그것들을 읽었다. 그 노래들 속에서 그는 단언하기를, 자신이 조시언을 소유한다는 것이 별들의 나라에 오르는 것과 다름없지만, 그렇다해서 그러한 승천을 다음 해로 미루지 못할 이유가 없다고 했다. 그는 조시언의 마음으로 들어가는 문 앞에서 면회를 기다리겠노라 했고, 두 사람은 그것에 합의했다. 궁정에서는

---

[1] 캘리반은 셰익스피어의 「폭풍우」에 등장하는 사납고 용모 흉측한 하인이고, 아리엘은 같은 작품에 등장하는 대기의 정령 중 하나이다.
[2] 14행의 짧은 노래로, 특히 16~17세기에 유행하기 시작했다. 연모하는 이에게 사랑을 고백할 때, 혹은 세력가들에게 아부할 때 많이 사용하던 형식이다.

모두들 그러한 연기가 고상한 취향의 극치라고 찬탄했다. 그럴 때마다 조시언은 말했다.「제가 데이비드 경과 혼인해야 한다는 것이 유감이에요. 저는 그 사람을 연모하는 것만으로도 감지덕지하는데!」

조시언은 살 그 자체였다. 그보다 더 장려한 것은 없었다. 그녀의 체구는 거대했다. 지나치게 거대했다. 그녀의 머리카락은, 주홍빛 도는 황금색이라고 명명할 수 있는 색채를 띠고 있었다. 그녀의 몸은 살집 좋고, 싱싱하고, 건장하고, 주홍빛이 감돌았으며, 그러한 몸에 엄청난 과감성과 뛰어난 기지도 겸비했다. 그녀의 눈은 지나치게 투명했다. 연인은 전혀 없었다. 정숙함 또한 없었다. 그녀는 자신을 오만의 담벼락 속에 가두어 두고 있었다. 남자는 모두 하찮게 여겼다. 신이나 괴물이라면 그녀와 어울릴 만했을지 모르겠다. 만약 미덕이 호(濠)의 깎아지른 듯한 내벽 안쪽에 있다면, 조시언은 모든 가능한 미덕 그 자체였다. 하지만 순진무구함이 전혀 없는 미덕이었다. 남자와 정분을 맺는 일도 없었다. 멸시했기 때문이다. 하지만 남자와의 정분이 기이해, 그녀와 같이 생겨먹은 여인에게 어울릴 만한 사건이 벌어졌다면, 비록 염문이 퍼졌다 해도 그녀는 화내지 않았을 것이다. 그녀는 자신에 대한 평판 따위를 별로 중시하지 않았다. 오직 영광에만 집착했다. 쉬워 보이지만 불가능한 것, 바로 그것이 걸작이다. 조시언은 자신이 존엄하며 동시에 질료임을 느꼈다. 그녀의 아름다움은 거북스러움을 주는 아름다움이었다. 매혹하기보다는 침범하는 아름다움이었다. 그녀는 뭇 가슴들을 밟고 지나갔다. 그녀는 세속적이었다. 누가 그녀 가슴속에 영혼이 있다고 하며 그녀에게 보여 주려 했다면, 그녀의 등에 날개가 돋아나 있다고 말하는 것만큼이나 그녀를 놀라게 했을 것이다. 그녀는 로크[3]에 대해 논하기도 했다. 그녀는 예절도 갖추고 있었다. 사람들은 그녀가 아랍어를 안다고[4] 구구한 추측을 했다.

  살덩이라는 것과 여인이라는 것은 별개의 것이다. 예를 들어 쉽게 사랑으로 변하는 연민에 여인이 흔들리기 쉬운데, 조시언은 그렇지 않았다. 그녀에게는 감수성이 없었다는 말은 아니다. 옛 사람들이 살을 대리석에 비유하곤 했는데, 그것은 전혀 터무니없는 비유이다. 살의 아름다움은 그것이 대리석이 아니라는 데 있다. 팔딱거리고, 전율하고, 홍조를 띠고, 피를 흘리는 것, 그것이 살의 아름다움이다. 그 아름다움은 또한, 딱딱하지 않되 단단하고, 차갑지 않되 희며, 고유의 떨림과 결점을 가지고 있다. 한마디로 살의 아름다움이란, 그것이 생명이라는 사실이다. 대리석은 죽음이다. 살은, 그 아름다움이 일정 수준에 이르렀을 경우, 벌거숭이가 될 권리를 갖는다. 살은 눈부심을 너울 삼아 그것으로 자신을 덮는다. 벗은 조시언을 본 사람이 있다면, 누구든 팽창된 반짝임을 통해 그 조각상을 보았을 것이다. 그녀는 자신의 나신을 사티로스[5]나 내시에게는 기꺼이 내보였을 것이다. 그녀에게는 신화적 태연스러움이 있었다. 그녀의 나신으로, 탄탈로스를 속이듯,[6] 어떤 사람에게 고문을 가했으면, 그녀는 매우 재미있어 했을 것이다. 왕은 그녀를 여공작으로 만들어 놓았고, 유피테르는 그녀를 네

---

  3 그의 경험론 및, 개인의 자유에 관해 논한 「시민정부론」(1690)을 염두에 둔 언급인 듯하다.
  4 무슨 뜻인지 선뜻 단정하기 어렵다. 그러나 『천일야화』를 최초로 서유럽에 소개해, 규중 여인들이 동방의 거리낌 없는 관능에 눈뜨게 해준 갈랑이, 1670년대부터 페르시아 및 아라비아의 문물에 관한 일련의 책을 발표한 사실이 연상된다.
  5 사람의 몸뚱이에 염소의 뿔과 굽을 가진 신으로, 음탕한 사람 혹은 변태 성욕자를 상징하기도 한다.
  6 그는 올림포스의 신들에게 죄를 짓고 저승에 가서 여러 형태의 벌을 받는데, 그중에는 물이 목까지 차오르는 곳에 들어가 있으면서도 영영 물을 마시지 못하는 벌이 있다.

레이스[7]로 만들어 놓았다. 그 이중의 발광체가[8] 그 여인의 신비한 광휘로움을 구성하고 있었다. 그녀를 찬미하고 있노라면 자신이 이교도와 시종이 되는 느낌에 사로잡혔다. 그녀의 근원은 사생(私生)이고 바다였다. 그녀는 물거품에서 솟아나온 것 같았다.[9] 처음 물결에 맡겨진 것이 그녀의 운명이었으나, 그녀는 군주의 위대한 영역으로 들어갔다. 그녀는 자신 속에 파도와 우연과 영주의 권리와 폭풍우를 가지고 있었다. 그녀는 문예에 정통하고 학식도 갖추었다. 정염(情炎)이 단 한 번도 그녀에게 접근한 적 없지만, 그녀는 모든 정염의 밑바닥을 이미 탐조했다. 정염의 실행을 싫어했지만, 또한 취향도 가지고 있었다. 만약 그녀가 단검으로 자신을 찌른다면, 루크레티아처럼 사후에 그럴 것이다.[10] 모든 형태의 타락이 환상의 상태로 그 처녀 속에 있었다. 그것은 실존하는 디아나 속에 있던 잠재적인 아스다롯이었다.[11] 명문 출신인지라 매우 도도했던 그녀는, 도발적이었으되 범접하기 어려웠다. 하지만 자신을 위해 스스로 전락의 계기를 만드는 일은 즐겼을지

---

7 바다의 님프. 고대 그리스 문학이나, 그 이후 유럽 문학에서, 여일하게 욕정의 대상으로 몽상되는 존재이다.

8 왕권과 신성(神性)을 가리킨다.

9 〈사생〉이란 말은 헤시오도스가 『신통기』에 나열한 제우스의 숱한 애정 행각과, 그러한 결합에서 태어난 자식들을 연상시킨다. 그러나 한편, 조시언의 근원이 〈바다〉라든가, 그녀가 〈물거품〉에서 나온 것 같다고 한 말은, 헤시오도스가 전하는 아프로디테의 출생 신화를 연상시키기도 한다. 〈하얀 거품이 그 불멸의 잔해(잘린 우라노스의 음경)로부터 끓어 올랐고, 그 거품에서 처녀 하나가 나왔다.〉(『신통기』)

10 로마의 왕인 타르키니우스의 아들 섹스투스에게 겁간당하자, 모욕감을 참고 남편에게 샅샅이 고한 뒤에 스스로 목숨을 끊었다. 그 사건이 로마의 왕정을 종식시킨 혁명의 발단이 되었다고 한다.

11 디아나 즉 아르테미스는 표독스럽게 순결을 지키는 처녀의 전형이고, 아스다롯은 사랑과 전쟁의 여신으로 베누스(아프로디테)와 같은 여신이다.

도 모른다. 그녀는 영광에 휩싸여 님부스[12] 속에 살면서도, 그곳에서 내려올까 말까 망설이고 있었다. 또한 아마 추락해 보고 싶은 호기심도 있었을 것이다. 또한 그녀를 받치고 있던 구름에 비해 그녀의 몸은 좀 무거운 편이었다. 타락이 환심을 산다. 왕족의 거리낌 없음이, 시험 삼아 해보는 특전을 허락한다. 그리하여 평민 여자가 신세를 망치는 일에서, 왕실의 여인은 오락거리를 찾는다. 출생이나 아름다움, 빈정거림, 예지 등 모든 면에서, 조시언은 왕비와 다름없었다. 그녀는 한때, 말굽쇠를 손가락으로 부러뜨리던 루이 드 부플레르에게 열광했다. 그녀는 그 헤라클레스의 죽음을 슬퍼했다. 그녀는 어떤 음탕하고 절륜한 이상형을 기다리며 살고 있었다.

조시언은 「피소에게 보내는 편지」의 다음과 같은 구절, *Desinit in piscem*을 생각게 했다.

여인의 아름다운 흉상이 히드라의 모습으로 끝난다.[13]

그녀는 왕족의 심장이 조화롭게 살짝 들어 올려 받쳐 준 눈부신 젖가슴과, 생생하고 맑은 시선, 순결하고 도도한 얼굴을 갖추었으되, 언뜻 희미하게 들여다보이는 물속에, 혹시 용의 것일지도 모를 흉측하고, 초자연적이며, 물결처럼 일렁

---

12 어원적 의미는 구름이다. 황제나 신들의 초상화 혹은 조각상에서 볼 수 있는 배광(背光)을 가리킨다.
13 호라티우스가 피소 형제들(키네이우스 및 루키우스 피소)에게 보낸 서한문의 첫 구절이다. 흔히 〈문예론*Ars poetica*〉이라 칭하는 짧은 글이다. 호라티우스의 글은 작가가 인용한 것과 약간 다르다. 원문에는 〈히드라〉 대신 〈물고기의 꼬리〉로 되어 있다. 물속에 감추어져 있는 부분의 흉측함을 강조하려던 생각에서 비롯된 오류인 듯하다. 또한 호라티우스는, 회화나 문장에서 각 부분 간의 조화를 강조하기 위해 그러한 비유를 든 것이지, 〈감춰진〉 부분의 추함을 말하고자 하지는 않았다.

이는 꼬리를 감춘, 하나의 고아한 흉상이었다. 꿈의 심연에서 악덕으로 마무리된 찬연한 미덕이었다.

✢

뿐만 아니라 그녀는 재치를 뽐냈다.
그것이 유행이었다.
엘리자베스를 상기해 보자.
엘리자베스는 잉글랜드에서, 16세기와 17세기와 18세기, 이 세 시대를 지배한 전형적인 인물이다. 엘리자베스는 단순한 잉글랜드 여인이 아니라 그 이상이다. 잉글랜드 국교 신도이다. 잉글랜드 감독교회[14]의 그 여왕에 대한 깊은 존경은 그러한 사실에서 비롯된다. 그러한 존경심에 가톨릭교회의 심사가 불편해졌고, 결국 그녀에게 파문이라는 양념을 조금 섞어 주었다.[15] 엘리자베스를 맹렬히 비난하던 교황 식스투스 5세의 입에서, 저주가 어느새 연정 섞인 찬사로 바뀌었다. 〈*Un gran cervello di principessa*(그 왕녀의 위대한 뇌수)……〉[16] 교황의 말이었다. 교회 문제보다는 여성 문제에 관심이 컸던 메리 스튜어트는, 언니[17] 엘리자베스에 대해 별로 정중하지

---

14 잉글랜드 교회 중 가톨릭의 경우처럼, 교직자들 사이에 위계가 존속하는 교파, 즉 잉글랜드 정교를 가리킨다. 그 교파와 반대되는 교파가, 스코틀랜드 지방에서 세력을 떨치던 장로교회, 즉 칼뱅파 교회이다.

15 그녀는 1570년에 파문당했다.

16 탁월한 지성을 갖춘 왕녀라는 뜻이다.

17 메리 스튜어트는 스코틀랜드의 제임스 5세와 마리 드 기즈 사이에서 태어났고, 엘리자베스는 헨리 8세와 앤 볼린 사이에서 태어났다. 메리의 할머니는 헨리 8세의 누이로 두 사람은 친척이다. 여기서 자매 사이에 쓰는 언니라는 호칭을 사용한 것은 혹시, 엘리자베스의 이복 언니인 메리 튜더(헨리 8세와 아라곤의 캐서린 사이에서 태어난)와 혼동한 것이 아닌지 모르겠다.

않았다. 그녀는 여왕이 여왕에게 보내는 그리고 바람둥이 여인이 근엄한 여인에게 보내는, 다음과 같은 편지를 엘리자베스에게 보냈다. 〈당신이 결혼을 멀리하는 것은, 언제나 구애받을 자유를 잃지 않기 위해서예요.〉 메리 스튜어트는 부채를 가지고 놀았고, 엘리자베스는 도끼를 가지고 놀았다. 아예 승부가 되지 않았다. 또한 두 여인은 문학에서도 경쟁 관계에 있었다. 메리 스튜어트는 프랑스어로 운문을 지었고, 엘리자베스는 호라티우스를 번역했다. 엘리자베스는 못생겼지만 자신이 아름답다는 포고령을 내렸고, 4행시와 이합체(離合體) 시를 좋아했고, 도시들의 열쇠를 미소년들로 하여금 바치도록 했고, 이탈리아식으로 입술을 꼭 다물며 스페인식으로 눈망울을 굴렸고, 옷장에 정장과 기타 의상 3천 벌을 가지고 있었는데, 그중 여럿은 미네르바와 바다의 여신 암피트리테의 의상을 본뜬 것이었고, 아일랜드인들은 어깨가 넓다 하여 높이 평가했고, 치마 밑단에 금박(金箔)을 물렸고, 장미꽃을 몹시 좋아했고, 저주했고, 욕설을 퍼부었고, 발을 굴렀고, 시녀들에게 주먹질을 했고, 더들리를 저주했고, 대법관 벌레이에게 매질을 가했고, 매슈에게 침을 뱉고, 해턴의 멱살을 잡았고, 에식스의 따귀를 때렸고, 바송피에르[18]에게 자신의 넓적다리를 보여 주었는데, 그녀는 처녀였다.

그녀가 바송피에르에게 한 일은, 시바의 여왕이 솔로몬을 위해 이미 한 바가 있다.[19] 성서가 이미 전례(前例)를 남겼으니, 그것은 옳은 일이었다. 성서에 합당한 것은 잉글랜드 국교

---

18 프랑스의 대원수였고, 1626년에 프랑스 대사로 잉글랜드에 부임한 바 있다.
19 *Regina Saba coram rege crura denudavit*(시바의 여왕이 왕 앞에서 다리를 드러냈다) — 원주. 작가가 단 주의 뜻은 전후 문맥으로 보아, 엘리자베스가 바송피에르와 은밀한 관계를 맺었다는 말 같다.

에도 합당할 수 있다. 성서가 전하는 옛 이야기에서는 심지어 아이도 하나 태어났는데, 아이의 이름이 에브네하쿠엠 혹은 멜릴레켓이라 하고, 현자의 아들이라는 뜻이다.

그러한 풍습을 거부할 이유가 있겠는가? 개의 행태가 위선보다는 낫다.

오늘날, 웨슬리라고 하는 또 다른 로욜라[20]를 가지고 있는 잉글랜드는, 그러한 과거 앞에서 눈을 약간 내리뜬다. 그러한 과거가 조금 거북하지만, 또한 자랑스러운 모양이다.

그러한 풍습이 만연했던지라 기형적인 것에 대한 취향이 있었다. 특히 여인들이 그러한 취향을 드러냈는데, 기이하게도 아름다운 여인들에게서 그러한 경향이 두드러졌다. 마카코 원숭이[21] 하나 없으면서 예쁘면 뭘 해? 푸사[22]와 격의 없이 지내지 못하면서 여왕이면 무슨 소용이야? 메리 스튜어트는 리치오라는 기형 남자에게 특이한 호의를 보였다. 스페인의 마리아 테레사는 어느 검둥이와 〈조금 친근하게〉 지냈다. 그리하여 검둥이 수녀원장이라는 별명을 얻었다. 그 위대한 세기의 규방에서는 곱사등이 환대를 받았는데, 뤽상부르 대원수가 그 대표적인 증거이다.

뤽상부르 공에 앞서, 〈지극히 귀여운 작은 남자〉라는 찬사를 받은 콩데 공이 있었다.

아름다운 여인들도 스스럼없이 자신들을 기형으로 만들 수 있었다. 그것이 받아들여졌다. 앤 볼린의 경우, 한쪽 젖가슴이 다른 쪽 젖가슴보다 더 컸으며, 한 손에는 손가락이 여

---

20 로욜라는 예수회의 창시자이며, 1622년에 성인품에 올려졌다. 한편 웨슬리는 개신교 목사로, 야외 설교를 하며 많은 신도를 모았다고 한다.
21 볼이 심하게 처지고, 등이 굽고, 꼬리가 시늉만 있는 남아시아 원숭이. 몹시 추하게 생긴 남자를 가리킨다.
22 돌부처를 뜻하는 말로, 뚱뚱한 땅딸보를 가리킨다.

섯이었으며, 덧니가 하나 있었다. 라 발리에르의 다리는 휘어 있었다. 그렇건만 헨리 8세가 미치고, 루이 14세가 넋을 잃는 데 장애가 되지 않았다.

정신 상태 역시 유사한 탈선 현상을 보였다. 상류층 여인 중 기형적이지 않은 사람이 거의 없었다. 아그네스가 멜뤼진을 감추고 있는 격이었다.[23] 낮에는 여인이다가 밤이 되면 굴로 변했다. 어떤 여인은 처형장으로 가서, 막 잘려 창끝에 꿰어져 있는 머리에 입을 맞추기도 했다. 숱한 겉멋쟁이 여인들의 조상 중 하나인 마르그리트 드 발루아는, 허리띠 죔쇠 밑에 작은 양철 함들을 꿰매어 달고, 그 속에 죽은 연인들의 심장을 넣어 가지고 다녔다. 앙리 4세가 그 치마폭 밑에 숨기도 했다.[24]

18세기에는, 섭정공[25]의 딸인 베리 공작 부인이, 그 모든 여인들의 특성을 한 몸에 집약해, 음란하며 왕족의 피를 받은 하나의 전형을 제공했다.

뿐만 아니라 아름다운 귀부인들이 라틴어도 알고 있었다. 그것이 16세기 이후부터 여성적 우아함으로 간주되었다. 제인 그레이는 그러한 우아함을 한껏 과장해 히브리어까지 배웠다.

여공작 조시언은 라틴어를 쓰는 체했다. 그 이외에 또 다른 태깔 하나가 있었으니, 그녀가 가톨릭이었다는 것이다. 물론 그것을 비밀에 부쳤다. 따라서 부친인 제임스 2세보다

---

23 아그네스는 4세기에 순교한 로마의 여인이고, 멜뤼진은 중세 전설에 등장하는 켈트의 요정으로, 토요일에 뱀으로 변하는 형벌에 처해진 고적한 여인이다. 다음 문장에서 멜뤼진을 아라비아 전설에 등장하는 굴에 비유하고 있는데, 굴은 야간에 묘지를 파헤치는 흡혈귀이다. 적절치 못한 비유이다.

24 마르그리트 드 발루아는 흔히 여왕 마르고라고 부르는 여인으로 앙리 2세의 딸이자 앙리 4세의 아내였다. 색광증(色狂症)에 시달리던 여인으로 알려져 있다.

25 루이 15세 유년기에 섭정을 맡았던 오를레앙 공을 가리킨다.

는 숙부 찰스 2세의 방법에 더 가까웠다. 제임스는 가톨릭 때문에 옥좌를 잃었지만, 조시언은 작위를 잃고 싶지 않았던 것이다. 그러한 이유로 절친한 사람들이나 세련된 남녀 인사들과 어울릴 때만 가톨릭 신자로 처신하고, 대외적으로는 프로테스탄트를 표방했다. 천한 떼거리 때문이었다.

그런 식으로 종교와 타협하는 것도 기분 좋은 일이다. 잉글랜드의 국교인 감독교회에 예속된 모든 이권을 맘껏 향유한 다음, 훗날 죽을 때 그로티우스[26]처럼 가톨릭의 냄새를 좀 풍기면, 프토 신부[27]가 미사를 집전해 주는 영광을 누릴 수 있기 때문이다.

비록 살집 좋고 건강했지만, 다시 한 번 강조하건대, 조시언은 완벽한 겉멋쟁이였다.

이따금씩, 그녀가 잠든 듯이 그리고 관능적으로 말끝을 길게 늘일 때는, 정글 속에서 암호랑이가 걸으며 다리를 길게 뻗는 것을 모방하는 것 같았다.

겉멋쟁이 여인의 효용성은, 그러한 사실이 인간이라는 종(種)의 지위를 떨어뜨린다는 데 있다. 인류에 속한다는 사실이 더 이상 명예스럽지 않게 된다.

무엇보다도, 인간이라는 종자를 멀리한다는 것, 바로 그것이 중요하다.

올림포스가 없으면 랑부예 저택[28]을 사용한다.

---

26 네덜란드의 법률가이자 외교관. 특히 그의 『전쟁과 평화에 관한 법률』이라는 저서로 유명하다. 그 책에서 노예 제도를 비판하고, 전쟁 예방책과 통제 방안을 논했다고 하며, 그 책으로 인해 〈인권의 아버지〉라는 칭호를 얻었다.

27 프랑스의 예수회 신부이며, 당대에 가장 명성 높던 신학자 중 하나였다.

28 랑부예 후작 부인 카트린 드 비본이 손수 내부 구조를 설계해 지은 저택이다. 사교계 인사들과 문인들, 소위 〈진정 졻잖은 사람들〉만 모이던 곳으

그곳에서는 유노가 아라맹트[29]로 변한다. 자신이 신이라는 주장이 받아들여지지 않으면 태를 부리는 여자가 된다. 천둥이 없는 대신 건방짐을 지니고 있다. 사원이 오그라져 규방으로 변한다. 여신일 수 없기 때문에 우상이 된다.

  또한 선멋에는 여인들이 좋아하는 현학적인 태도가 있다.

  태깔 부리는 여인과 현학자는 가까운 두 이웃이다. 그들의 유착(癒着)이 겉멋꾼에게서 선명히 드러난다.

  예민함은 육감적인 데서 발원한다. 게걸스러움은 까다로움을 내세운다. 진저리치는 찡그림은 욕심에 어울린다.

  그리고 여인의 약한 측면은, 겉멋쟁이 여인들에 대한 극도의 조심성을 대신하는, 듣기 좋은 온갖 궤변에, 자신이 보호받고 있음을 느낀다. 둘레에 참호를 파놓은 것이나 다름없다. 모든 겉멋쟁이 여인은 싫어하는 내색을 한다. 그것이 자기들을 보호해 주기 때문이다.

  허락할 것이지만, 경멸한다. 때를 기다리며.

  조시언의 깊숙한 내면 한구석은 불안했다. 그녀는 자신의 철면피한 성향이 강함을 느꼈기 때문에 숙녀인 척 태를 부렸다. 자존심에 이끌려 우리의 못된 버릇으로부터 반대쪽으로 물러서면, 우리는 그 반대쪽의 못된 버릇에 이르게 된다. 정숙해지려는 지나친 노력이 정숙한 체하는 여인을 만든다. 지나친 방어 태세는 내밀한 공격 욕구의 징표이다. 사나운 사람은 엄한 모습을 보이지 않는다.

  이미 말한 바처럼, 그녀는 어떤 돌발적인 외출을 궁리하면서, 자신의 신분과 가문이 확보해 준 오만한 예외 속에 칩거하고 있었다.

로. 그곳에서 문학과 사랑에 관한 토론을 벌였다.
  29 마리보의 『솔직한 여인들』에 등장하는, 아름답고 기지 있되 겸손한 여인을 암시하는 듯하다.

18세기가 밝아오고 있었다. 잉글랜드는 프랑스의 섭정 시대[30] 풍정을 초벌 그림처럼 그리고 있었다. 월폴과 뒤부아가 서로를 부축해 주고 있었다.[31] 말버러는 선왕(先王) 제임스 2세를 상대로 전투를 벌이고 있었는데, 소문에 따르면, 왕에게 일찍이 누이 처칠을 팔았다고 한다. 볼링브룩[32]이 빛을 발하고 리슐리외가 떠오르고 있었다. 남녀 간의 수작이 여러 신분을 어느 정도 뒤섞는 효과를 가져왔다. 악습을 통해 수평이 이루어지고 있었다. 천한 사람들 속에 한몫 끼는 그 귀족적 서곡이, 혁명을 통해 완수되어야 할 것을 시작하고 있었다. 젤리오트가 대낮에 공공연히 에피네 후작 부인의 침대에 앉아 있는 것이 낯설지 않았다.[33] 풍습이란 먼 곳에까지 반향을 일으키는지라, 16세기에도, 앤 볼린의 베갯머리에서 스미턴[34]의 나이트캡을 볼 수 있었던 것은 사실이다. 어느 공의회에서 천명되었는지는 모르나, 만약 여인이 과실〔罪〕을 의미한다면, 그 시절만큼 여인이 여인다웠던 때는 일찍이 없었을 것이다. 일찍이 그 시절처럼, 여인이 자신의 약점을 매력으로 덮어 감추고, 나약함을 절대 권력으로 감싸며, 죄 사함을 받은 적은 없었다. 금지된 과일을 가지고 허락된 과일을 만드는 것, 그것이 이브의 타락이다. 그러나 허락된 과일

---

30 오를레앙 공 필리프의 섭정기(1715~1723)를 가리키는 듯하다. 기강이 느슨하고, 풍습이 유연하며 자유로웠던 것이 특징이다.
31 월폴은 옥스퍼드 백작이었고 뒤부아는 추기경이자 정치인. 잉글랜드, 네덜란드, 프랑스가 동맹을 맺는 데 큰 역할을 맡았다고 한다.
32 잉글랜드의 문인이자 철학자이며 정치가. 볼테르와 루소에게 많은 영향을 끼쳤다고 한다.
33 에피네 후작 부인은 여류 문인으로, 한때 루소의 후견인이었고, 몽모랑시에 많은 문인들이 모이는 살롱을 가지고 있었다 한다. 젤리오트는 당시의 대중가수였다고 한다.
34 별로 알려지지 않은 16세기 잉글랜드의 사제였던 것 같다.

을 가지고 금지된 과일을 만드는 것은 그녀의 승리이다. 그녀는 그것에 결국 도달했다. 18세기에는 여인이 남편을 밖에 내버려 둔 채 안에서 빗장을 지른다. 그녀는 사탄과 함께 에덴 안에 칩거한다. 남편은 밖에 있다.

※

조시언의 모든 내밀한 충동은, 자신을 합법적으로 바치기보다는, 우아하게 그리고 흔쾌히 내던지는 쪽으로 기울고 있었다. 자신을 우아하게 쾌척하는 행위는, 문학을 내포하고, 메날카와 아마랄리스를[35] 연상시키며, 그것 자체가 거의 박식한 행위이다.

마드무아젤 드 스퀴데리는, 추한 용모 자체에 대해 느끼는 매력은 별개이지만, 자신을 펠리송에게 허락할 때, 다른 동기를 가지고 있지 않았다.[36]

절대 군주 같은 처녀이다가 종 같은 아내로 변하는 것, 그것이 잉글랜드의 유구한 풍습이었다. 조시언은 자신의 능력이 허락하는 한 종속의 순간을 뒤로 미루었다. 국왕께서 기꺼이 그것을 요구하시니 물론 불가피한 일이로되, 결국 데이비드 경과의 결혼으로 봉착되어야 하다니, 얼마나 유감스러운 일인가! 조시언은 데이비드 경을 좋다고 하면서 동시에 사양하고 있었다. 두 사람 사이에는, 매듭을 짓지는 않되 끊지도 말자는 묵계가 이루어져 있었다. 그들은 서로를 피하고

---

35 두 인물 모두 베르길리우스의 「목가」에 등장하는데, 메날카는 목동이고, 아마릴리스는 그 이름만 두어 번 목동들의 입에 올려지는 〈아름다운〉 여자이다. 두 인물의 어떤 특징이 조시언과 관련될 수 있는지 분명치 않다.

36 마들렌 드 스퀴데리를 흔히 그렇게 부른다. 『위대한 쿠로스』 등을 남긴 프랑스의 소설가이며, 펠리송을 소설 속 인물로 등장시켰다. 펠리송은 천연두로 인해 얼굴이 심하게 망가졌다고 한다.

있었다. 한 걸음 앞으로 내딛고 두 걸음 뒤로 물러서는 방식의 사랑은, 당시에 유행하던 미뉴에트나 가보트 등 춤으로 표현되었다. 결혼한 사람이라는 사실, 그것이 안색과는 어울리지 않으며, 달고 다니는 리본을 시들게 하고, 늙어 보이게 한다. 혼인은 명료하되 절망적인 해결책이다. 공증인의 손을 빌려 한 여인을 건네주다니, 그 얼마나 천한 짓인가! 혼인의 포악성은, 영영 다시 움직일 수 없는 결정적인 처지를 만들어 내고, 개인의 의지를 몰수하며, 선택을 죽인다. 문법처럼 문장 구성법을 가지고 있으며, 영감을 철자법으로 대체하고, 사랑을 받아쓰기로 변질시킨다. 삶의 신비를 궤주(潰走)시키고, 주기적이며 숙명적인 기능에 투명성을 강제로 부과하고, 구름에서 슈미즈 입은 여인의 모습을 지워 버리고, 권리의 행사자나 수혜자 모두에게 한정된 권리만 주고, 저울을 한쪽으로만 잔뜩 기울여, 굳건한 성(性)과 강력한 성 간의, 혹은 힘과 아름다움 간의, 매력적인 균형을 무너뜨리고, 결국 여기에는 상전 하나 저기에는 하녀 하나를 만들어 낸다. 반면, 혼인의 굴레 밖에는, 남자 노예 하나와 여왕 하나가 있다. 침대가 점잖은 물건으로 간주될 만큼 그것을 산문적으로 변질시키다니, 그보다 더 상스러운 일을 상상할 수 있겠는가? 서로 사랑하는 것이 이제 더 이상 잘못이 아니라니, 상당히 멍청한 말이다!

데이비드 경은 원숙해지고 있었다. 나이 마흔, 이제 종을 울릴 때였다. 하지만 그는 그러한 사실을 깨닫지 못했다. 또한 실제로 용모는 여전히 30대였다. 그에게는 조시언을 소유하는 것보다는 갈망하는 것이 더 재미있었다. 그는 다른 여인들을 수중에 넣었다. 그에게는 여러 여인들이 있었다. 조시언 또한 자신의 꿈을 가지고 있었다.

그 꿈은 더 심했다.

여공작 조시언에게는, 두 눈 중 하나는 푸르고 다른 하나는 검다는 특징이 있었다. 물론 사람들이 생각하듯 그렇게 희귀한 일은 아니다. 그녀의 눈동자는 사랑과 증오, 행복과 불행으로 이루어져 있었다. 그녀의 시선에는 낮과 밤이 뒤섞여 있었다.

불가능한 일을 할 수 있음을 입증해 보이는 것, 그것이 그녀의 야심이었다.

어느 날 그녀가 스위프트에게 말했다.「당신들은 모두들 당신들의 경멸이 존재한다고 상상하십니다.」

〈당신들〉은 인류를 가리키는 말이었다.

그녀는 피상적인 교황파였다. 그녀의 가톨릭주의는 멋을 부리는 데 필요한 양을 초과하지 않았다. 오늘날의 퓨지주의[37]와 유사할 것이다. 그녀는 벨벳이나 새틴 혹은 모헤어 등으로 지은 폭 넓은 드레스를 입곤 했는데, 어떤 것은 치수가 15 내지 16온느에 달했고, 천 위에 금박과 은박 무늬를 덧붙였다. 또한 허리띠에는 많은 진주와 각종 보석을 교차해 달았다. 군복 소매에 두르는 계급 줄을 모방한 것이었다. 때로는 기사 후보자처럼, 장식끈을 꿰매어 붙인 천으로 지은 웃옷을 입기도 했다. 이미 14세기에, 리처드 2세의 왕비 앤이 잉글랜드에 소개한, 여자용 안장이 있었음에도 불구하고, 그녀는 남자용 안장을 이용해 말을 탔다. 또한 카스티야식으로, 계란 흰자위에 녹인 얼음사탕으로, 얼굴과 팔과 어깨와 목 언저리를 씻곤 했다. 혹시 누가 그녀 앞에서 재치 넘치는 말을 하고 나면, 그녀는 기이한 우아함이 감도는 웃음으로 반응을 보였다.

게다가 어떠한 악의도 없었다. 죄인은 오히려 착한 편이었다.

---

37 퓨지가 창시한 잉글랜드 국교의 한 지파이다. 퓨지는 잉글랜드 국교를 가톨릭과 조화시키려고 했다.

4. 마기스테르 엘레간티아룸[1]

조시언은 권태에 사로잡혀 있었다. 말하지 않아도 알 수 있는 일이었다.

데이비드 더리모이어 경은 런던의 환락적인 생활 무대에서 지배적인 위치를 점하고 있었다. 노빌리티[2]와 젠트리[3]가 모두 그를 숭배했다.

데이비드 경이 얻은 영광 하나를 우선 얘기해 두자. 그는 감히 머리카락을 드러내고 다녔다. 물론 가발에 대한 반발이 이미 시작되고 있었다. 유진 드베리아가 1824년에, 감히 턱과 뺨과 윗입술의 수염을 기른 것과 같이, 프라이스 데버루는 1702년에, 머리카락을 솜씨 좋게 곱슬거리게 만든 다음, 처음으로 위험을 무릅쓰고 사람들 앞에 나타났다. 머리카락을 가지고 위험을 무릅쓴다는 것은, 목숨을 거는 짓과 마찬가지였다. 모든 사람이 예외 없이 분개했다. 프라이스 데버루가 헤리퍼드 자작이며 잉글랜드의 피어임에도 그러했다. 그는 심한 모욕을 당했고, 당시로서는 또한 그럴 만한 일이었다. 그에 대한 야유가 최고조에 달했을 때, 데이비드 경이 문득, 가발을 쓰지 않고 천연 머리로 모습을 드러냈다. 그러한 일들은 일반적으로 사회의[4] 종말을 예고한다. 데이비드 경은 헤리퍼드 자작보다 더 심한 창피를 당했다. 그는 끄떡도 하지 않고 버텼다. 프라이스 데버루가 처음 시작했고, 그는 두 번째 사람이었다. 그러나 때로는 최초로 시작하기보다 두 번째로 따라 하기가 더 어렵다. 기지는 좀 모자라야 하고

---

1 *magister elegantiarum*. 〈멋의 제왕, 멋의 지배자〉라는 뜻.
2 귀족 계급.
3 귀족 바로 밑의 신사 계급.
4 당연히 〈시대〉라고 해야 할 것 같으나, 원서대로 옮긴다.

용기가 더 필요하기 때문이다. 첫 번째 사람은 처음으로 시작한다는 도취감 때문에 위험을 모를 수 있다. 반면에 두 번째 사람은 심연이 뻔히 보이건만 그 속으로 뛰어든다. 더 이상 가발을 쓰지 않겠다는 심연으로, 데이비드 더리모이어가 자신을 내던졌다. 훨씬 훗날, 사람들이 그들을 모방했으니, 두 혁명가의 출현 이후, 사람들은 대담성을 발휘해 자신들의 모발로 머리를 치장했고, 분(粉)을 사용해 충격을 완화했다.

지나는 길에, 이 중요한 역사적 쟁점을 분명히 해두기 위해, 가발을 상대로 벌인 전쟁에서의 진정한 선취권이 스웨덴 여왕 크리스티나에게 있음을 밝혀 두자. 그녀는 평소에 남장을 했고, 1680년에는 밤색 머리카락을 사람들 앞에 드러냈는데, 모자도 쓰지 않아, 분을 뿌린 머리카락들이 곤두서 있었다고 한다. 뿐만 아니라 그녀에게는 〈수염도 몇 가닥〉 있었다고 하는데, 그것은 미손의 말이다.

한편 교황은, 1694년 3월에 교서를 내려, 주교들과 사제들의 머리에서 가발을 벗겨 버리고, 교회에 속한 사람들은 모두 머리를 기르라는 명령을 내림으로써, 가발에 대한 평판이 조금 나빠지게 했다.

그리하여 데이비드 경은 가발을 쓰지 않았고, 암소 가죽으로 만든 장화를 신었다.

그처럼 엄청난 일들로 인해 그는 많은 사람들의 찬사를 받았다. 그가 리더 아닌 클럽이 없었고, 그를 레프리로 모시기를 원치 않는 권투 경기장 또한 하나도 없었다.[5]

그는 여러 하이 라이프 서클의 내규를 초안했다. 그는 멋쟁이 협회 여럿을 만들었는데, 그중 하나인 레이디 기니는 팔멀에 1772년까지도 남아 있었다. 레이디 기니에는 젊은 귀

---

5 작가가 사용한 *leader* 및 *referee*의 음만을 옮겨 적는다.

족들이 우글거렸다. 그곳에서는 도박을 했다. 내기에 거는 돈은 최하가 50기니[6] 꾸러미 하나였다. 또한 테이블 위에 내놓은 금액이 2만 기니 이하인 적은 없었다. 각 노름꾼 곁에는 다리 하나인 작은 원탁이 있어, 그 위에 찻잔을 놓을 수 있게 했고, 또한 기니 꾸러미를 넣어 두는 황금빛 나무통 하나씩이 있었다. 노름꾼들은, 하인들이 칼을 갈 때처럼, 가죽 토시를 착용하고 있었는데, 그것은 손목 레이스를 보호해 주었고, 또한 가죽 가슴받이는 둥근 주름동정을 보호해 주었다. 또한 환하게 밝힌 등불 빛에서 눈을 보호하고, 곱슬머리가 흐트러지지 않도록 하기 위해, 챙이 넓고 꽃으로 뒤덮인 밀짚모자 하나씩을 쓰고 있었다. 그들은 모두 가면을 쓰고 있었는데, 표정을 감추기 위해서였고, 특히 〈피프틴 게임〉[7]을 즐길 때는 더욱 그러했다. 모두들 상의를 뒤집어서 등에 두르고 있었는데, 행운을 자기에게 이끌어 오기 위함이었다.

데이비드 경은 비프스테이크 클럽과 슈얼리 클럽, 스플릿 파딩 클럽, 클럽 드 부뤼,[8] 클럽 드 그라트수,[9] 왕당파들의 클럽인 클럽 드 뇌 셀레,[10] 즉 실드 넛 클럽, 그리고 밀턴이 만든 로타 클럽을 대체하기 위해 스위프트가 만든 마티너스 스크리블러스 클럽 등에 속해 있었다.

비록 용모는 잘생겼지만 그는 클럽 뒤 레[11]에도 가입되어

---

6 흔히 알려진 21실링 상당의 명목 화폐가 아니라, 1663년에 처음 주조되었다는 금화를 가리키는 듯하다. 기니에서 생산도 는 금으로 주조했고, 기니를 비롯한 아프리카 제국과의 통상을 위해 주조되었기 때문에 그러한 명칭을 부여했다고 한다.
7 1부터 9 사이에 있는 카드 3장으로 수의 총합이 15가 되도록 하는 게임이다.
8 〈거친 녀석들의 클럽〉이라는 뜻을 가진 프랑스식 명칭이다.
9 〈푼돈 갉아내는 자들〉이라는 뜻이다.
10 〈조여진 매듭〉이라는 뜻이다.

있었다. 그 클럽은 추한 용모에 헌정된 모임이었다. 그곳에서는 결투 약속이 이루어지곤 했는데, 아름다운 여인을 위해서가 아닌, 추한 남자를 위한 결투였다. 클럽에는 흉측하게 생긴 사람들의 초상화를 치장 삼아 걸어 놓았다. 테르시테스,[12] 트리불레, 던스,[13] 휴디브러스,[14] 스카롱[15] 등의 초상화였다. 벽난로 위에는 두 애꾸눈이 코클레스[16]와 카모에스(카모엔스)[17] 사이에 아이소포스[18]의 조각상이 놓여 있었다. 코클레스는 왼쪽 눈이 애꾸였고 카모에스는 오른쪽 눈이 애꾸였는데, 두 사람 모두 애꾸인 쪽만을 조각해, 눈 없는 옆모습이 서로 마주하도록 배치했다. 아름다운 비자르 부인이 천연두에 걸리자 레 클럽에서는 그녀를 위해 축배를 들었다. 그 클럽은 19세기 초까지도 번창했다. 그 클럽이 미라보[19]에게

---

11 〈추하게 생긴 이들의 모임〉이란 뜻이다.

12 『일리아스』에 등장하는 희극적 인물인데, 작품 속에서 추함과 비겁함의 상징 역할을 한다.

13 스코틀랜드의 신학자이며 철학자였다고 한다.

14 새뮤얼 버틀러가 1660~1680년 사이에 쓴 풍자 운문 소설의 주인공인데, 크롬웰 군대의 대령으로, 멍청하고 탐욕스러우며 부정직한 인물이다.

15 프랑스의 소설가이며, 『변장한 베르길리우스』 및 『우스개 이야기』 등 명작을 남겼다.

16 에트루스크족이 로마를 침공했을 때, 티베레 강을 건너 로마 시가지로 입성하려는 적군을 수블리키우스 다리 위에서 단신으로 막았다는 일화로 유명하다. 그의 이야기를 전하는 티투스 리비우스의 『로마사』(제2권 10장)에는 그의 용모에 관한 언급이 없다. 〈그들을 벼락 치듯 노려보며…… 욕설을 퍼붓자……〉 적들이 멈칫거렸다는 언급이 고작이다.

17 포르투갈의 시인으로, 방랑 생활을 하며 매우 고달픈 삶을 영위한 사람으로 유명하다. 바스코 다 가마의 인도 항로 개척기를 총 10장으로 노래한 것으로 유명하다.

18 아이소포스(이솝)의 생애 자체가 전설에 가까운 바, 그의 용모에 관한 기록을 작가가 어디에서 읽었는지 모르겠다.

19 사람의 얼을 뺄 정도로 용모가 추했다고 한다.

명예회원 증서를 보내기도 했다.

찰스 2세가 복위한 이후, 혁명적 클럽은 모두 해산되었다. 특히, 무어필즈 근처의 어느 뒷골목에 있던 선술집은 건물을 몽땅 허물어 버렸는데, 그 선술집은 캘프스 헤드 클럽, 즉 송아지 머리 클럽이 회합을 갖던 장소이다. 클럽이 그러한 명칭을 갖게 된 것은, 1649년 3월 30일, 찰스 1세의 피가 단두대 위에 흐르던 날, 그 선술집에 모여서 크롬웰의 건강을 빌며, 송아지 두개골에 적포도주를 담아 축배를 들었기 때문이라고 한다.

공화파 클럽에 뒤이어 군주파(왕당파) 클럽들이 나타났다. 그곳에서는 모두들 점잖게 즐겼다.

시 롬스[20] 클럽이라는 것이 있었다. 거리에 지나가는 평민 여인 중 가능한 한 덜 늙고 덜 추한 여자를 골라, 클럽 안으로 강제로 끌고 들어온 다음, 물구나무를 선 채 두 손으로 걷게 했다. 그러면 치맛자락이 처져 여인의 얼굴을 덮었다. 혹시 여인이 고분고분하게 그 짓을 하지 않는 듯하면, 승마용 채찍으로 그녀의 몸 중 가려지지 않은 부분을 후려쳤다. 가리지 않은 것은 그녀의 잘못이라는 것이었다. 그따위 짓을 시행하는 젊은 귀족들을 〈뜀뛰기 곡예사〉라 불렀다.

에클레르 데 샬뢰르라는 클럽이 있었는데, 메리댄스 클럽을 은유적으로 그렇게 칭했다. 그곳에서는 흑인과 백인 여자들로 하여금 페루의 피칸테스 및 팀티림바스 춤을 추게 했는데, 특히 〈못된 계집〉이라는 뜻을 가진 모사말라 춤은, 그 대단원에 이르러, 무희가 겨 위에 앉았다가 일어서며, 아름다운 엉덩이 자국을 남기는 춤이었다. 그곳에서는 루크레티우스의 책에 나오는 다음과 같은 구절이 묘사한 정경을 펼쳐

---

20 *She romps*. romp는 〈요란하게 떠들며 논다〉는 뜻이다. 어원적 의미는 〈기어 다닌다〉는 뜻이다.

보여 주었다.

Tunc Venus in sylvis jungebat corpora amantum.
(그래서 베누스가 숲 속에서 연인들의 몸뚱이를 서로 밀착시켜 주었다.)[21]

헬파이어 클럽, 다시 말해 〈지옥불 클럽〉도 있었다. 그곳에서는 불경한 자가 되는 놀이를 즐겼다. 그것은 불경한 언사 경쟁이었다. 그곳에서는 지옥이 경매에 붙여져, 가장 불경스러운 언사를 사용하는 사람에게 낙찰되었다.

쿠 드 테트 클럽도 있었다. 그곳에서는 사람들을 머리로 받기 때문에 그러한 명칭이 붙여졌다. 그곳에는 가슴팍 떡 벌어지고 천치처럼 보이는 짐꾼이나 하역부 몇이 준비되어 있었다. 그들이 자신의 가슴팍에 머리 박치기 네 번을 하도록 허용하는 대가로, 그들에게 흑맥주 한 단지를 제공했다. 경우에 따라서는 강제로 먹이기도 했다. 그러고는 내기를 걸었다. 언젠가는, 고겐저드라고 하는, 몹시 비대하고 짐승처럼 생긴 웨일스 사람이, 박치기 세 번만에 숨을 거두었다. 사건이 심각하게 돌아가는 것 같았다. 수사가 이루어졌다. 그러나 검시(檢屍) 배심원의 최종 결론은 다음과 같았다. 〈과음으로 인한 심장 팽창으로 사망.〉 실제로 고겐저드는 흑맥주 한 단지를 마셨다.

펀 클럽이라고 불리던 것도 있었다. 펀*fun*은 캔트*cant*나 유머*humor*처럼, 번역할 수 없는 특수한 말이다. 펀과 익살극과의 관계는 고추와 소금과의 관계와 같다. 어떤 집에 무단

21 루크레티우스의 『자연에 대하여』 제6권 960행에 나오는 태초에 남녀가 숲 속에서 야수처럼 짝을 이루는 정경을 노래한 구절이다. 원전에는 *Tunc*(그래서)가 아닌 단순 연결사 *Et*(그리고)로 시작되는 구절이다.

히 침입하고, 그 가족의 초상화 얼굴에 칼자국을 내고, 그 집 개에게 독약을 먹여 죽이고, 고양이를 붙잡아 큰 새장에 가두는 등의 행위를 가리켜, 〈펀 한 편을 마름질한다〉고 한다. 거짓 홍보를 전해 사람들로 하여금 엉뚱하게 상복을 입도록 하는 것, 그것이 펀이다. 햄프턴 코트에 걸려 있는 홀바인의 그림에 정방형 구멍을 뚫은 자도 펀이다. 멜로스에서 발견된 비너스 석상[22]의 팔을 부러뜨린 장본인이 펀이었다면, 그 펀은 그 사실을 자랑스러워할 것이다. 제임스 2세 치세에, 백만장자인 어느 젊은 귀족이 한밤중에 어느 초가에다 불을 지르자, 런던 전체가 웃음을 터뜨렸고, 그 젊은 귀족은 펀의 왕으로 선포되었다. 초가에 살던 가엾은 마귀들은 내복 차림으로 몸을 피했다. 펀 클럽의 회원들은, 모두 고위층 귀족들로, 일반 시민들이 잠자리에 든 시각에 런던을 헤집고 쏘다니며, 덧문들의 돌쩌귀를 뽑고, 펌프의 도관을 끊어 버리고, 저수통에 구멍을 내고, 간판들을 떼어 내고, 경작지를 짓밟고, 가로등을 꺼버리고, 집들의 지주(支柱)를 톱으로 자르고, 창문의 유리를 깨뜨렸는데, 특히 가난한 사람들의 주거 지역에서 더욱 심했다. 가난한 이들에게 그러한 짓을 자행한 사람들은 부자들이었다. 따라서 어떠한 불평도 불가능했다. 게다가 그것을 가리켜 한낱 코미디일 뿐이라고 했다. 그러한 풍습은 완전히 사라지지 않았다. 예를 들어 건지 섬[23]의 여러 잉글랜드 구역에서는, 이따금씩 밤이면, 누군가가 울타리를 부순다

---

22 고대 멜로스의 유적지에서 1820년에 비너스 석상을 발견했는데, 심하게 훼손된 상태였다. 남은 흉부와 머리를 재접합시켜, 현재 루브르 박물관에 보관하고 있다. 도리아인들이 기원전 1100년경에 파괴한 것으로 추정하고 있다.

23 올더니, 사크, 저지 등의 섬과 함께 소위 잉글로 노르만 군도를 이루고 있는데, 가장 서쪽에 있다. 위고가 망명 시절, 1855년부터 1871년까지 그곳에서 살았다고 한다.

든가, 대문에 달린 망치를 떼어 버리는 등 주택에 손상을 입힌다. 만약 가난한 이들이 그러한 짓을 저질렀다면 그들을 도형수 감옥으로 보냈을 것이다. 그러나 그 짓을 한 이들은 착한 젊은이들이었다.

그런 클럽 중 가장 두각을 드러냈던 것은, 이마에 초승달 무늬를 그리고 스스로 〈위대한 모호크〉[24]라 칭하던 황제가 이끌던 클럽이었다. 모호크 클럽은 펀 클럽을 훨씬 능가했다. 악을 위한 악을 행하는 것, 그것이 그들의 강령이었다. 모호크 클럽은 위대한 목표를 가지고 있었던 바, 그것은 해를 끼치는 것이었다. 그러한 직무를 수행하기 위해서는 모든 방법이 무방했다. 누구든, 모호크 클럽의 일원이 되면서, 해로운 사람이 되겠다는 선서를 했다. 어떠한 대가를 치르든, 언제든, 누구에게든, 어떻게든, 해를 끼치는 것이 의무였다. 모호크 클럽의 회원은 누구나 한 가지 특기가 있어야 했다. 어떤 자는 〈춤 선생〉이었다. 다시 말해 촌뜨기들의 장딴지를 검으로 쿡쿡 찔러 그들이 깡총거리게 하는 자였다. 다른 자들은 〈땀을 흘리게 하는〉 일에 능숙했다. 우선, 아무 비렁뱅이라도 걸려들면, 손에 결투용 장검을 들고 여섯 내지 여덟 신사께서 그를 에워싼다. 사방으로 둘러싸인지라, 비렁뱅이는 그들 중 누구에겐가는 등을 돌리지 않을 수 없다. 그의 등이 자신에게로 향하면 신사께서 칼끝으로 그의 등을 찌르고, 그는 팽이처럼 돌아선다. 다시 그의 옆구리에 칼끝 공격이 가해지면, 그의 뒤에 어느 나리께서 계시다는 경고이다. 그렇게 계속해 각자들 찔러 댄다. 그렇게 검으로 둘러싸여 피투성이가 된 채 충분히 돌고 춤을 추고 나면, 그의 생각을 바꿔 주기 위

---

24 모호크 강(허드슨 강의 지류) 유역에 살던 아메리카 인디언의 부족 이름이다. 실제로 17세기 말부터 18세기 초에 걸쳐 런던의 거리를 휩쓸고 다니던 깡패들이, 자신들을 모호크 전사라 칭했다고 한다.

해, 시종들로 하여금 그에게 몽둥이질을 퍼붓게 한다. 또 다른 자들은 〈사자 때려잡기〉를 즐겼다. 그들은 행인을 웃으며 불러 세운 다음, 주먹으로 코를 으스러트린 후, 두 엄지손가락을 두 눈에 처박았다. 혹시 눈이 멀면 배상을 해주었다.

그런 것이 18세기 초 런던의 부유하고 한가한 사람들의 오락이었다. 파리의 한가한 부자들에게는 다른 파적거리가 있었다. 예를 들어 샤롤레 씨는 자기 집 대문 앞에 서서, 어느 시민에게 총을 쏘기도 했다. 언제 어느 시대에나, 젊은이들은 즐겼다.

데이비드 더리모이어 경은, 그처럼 다양한 쾌락 기관들을, 자신의 후하고 관대한 기질로 도왔다. 물론 그 역시, 다른 모든 사람처럼, 짚과 목재로 지은 오막살이를 즐겁게 태우고, 그 속에 있던 사람들을 조금 눋게 했다. 하지만 그는 즉시 그들에게 돌로 새로 집을 지어 주었다. 그가 시 롬스 클럽에서, 어느 두 여자로 하여금, 두 손으로 걸으며 춤을 추게 한 일이 있다. 한 여자는 처녀였는데, 그가 그녀에게 결혼 지참금을 두둑하게 주었다. 다른 여자는 이미 결혼했던지라, 남편이 한 성당의 전속 사제로 임명되도록 주선해 주었다.

닭싸움은 데이비드 경 덕분에 찬탄할 만한 향상을 이룩했다. 데이비드 경이 싸움닭을 무장시키는 것을 보고 있노라면 경이로움에 사로잡힐 지경이었다. 사람들이 싸울 때 머리채에 들러붙듯, 닭들은 적의 털을 주로 공격한다. 따라서 데이비드 경은 자기의 닭을 최대한 대머리로 만들어 놓았다. 그는 가위로 모든 꼬리 깃을 잘라 버렸고, 머리에서 어깨에 이르는 목털을 깎았다. 「그만큼 적의 부리에 걸려들 것이 줄어들지.」 그가 하던 말이다. 그런 다음 날개를 편 후, 각 날개깃 끝을 하나하나 뾰족하게 깎았다. 두 날개에 많은 침(針)을 달아 주는 격이었다. 「적의 눈을 공격하는 무기야.」 그의 말이었다. 그러고는 주머니칼로 발톱들을 긁어 날을 세웠고, 각 발의 며느리발톱에 뾰족하고 날이 선 강철 박차를 씌웠으며, 머리와 목에 침을 뱉었다. 운동선수의 몸에 올리브유를 바르고 마사지를 해주는 격이었다. 그렇게 타액 도유식을 마친 다음, 무시무시하게 변한 닭을 놓아주며 큰 소리로 떠들었다.「수탉을 이렇게 독수리로 변화시키는 거야! 가끔 사육장의 짐승이 이렇게 산중의 짐승으로 변신하는 것이지!」

데이비드 경은 권투 시합에도 참석했는데, 그가 곧 살아 있는 규칙이었다. 큰 시합이 열릴 때는 그가 손수 말뚝을 박고, 밧줄을 치며, 링의 넓이를 정했다. 그가 조력자일 경우에는, 한 손에 병을 들고 다른 손에는 수건을 든 채, 자기의 선수가 한 걸음 움직일 때마다 따라 움직이며 소리쳤다.「*Strike fair*(모질게 쳐)!」[25] 그러면서 선수에게 온갖 술책을 귀띔해 주고, 조언을 하고, 피를 닦아 주고, 쓰러지면 일으켜 주고, 일으켜서 무릎 위에 앉히고, 치열 사이까지 물병의 목을 밀어 넣어 주고, 입에 물을 가득 물었다가 선수의 눈과 귀에 이슬비처럼 뿜어 주기도 했다. 그럴 때마다 죽어 가던 선수가 다시 살아나곤 했다. 그가 심판을 담당하면, 공격이 정당한지를 엄히 감독하고, 조력자 이외의 그 누구도 선수를 돕지 못하게 하고, 상대 선수에게 등을 돌리면 즉시 패배를 선언하고, 한 라운드가 단 30초도 초과하지 못하도록 하고, 버팅을 금지했고, 즉 머리로 받는 선수에게 반칙을 선언했고, 쓰러져 있는 선수에게 주먹질 가하는 것을 금했다. 그 모든 것에 해박했지만 그는 추호도 유식한 척하지 않았고, 사교계 사람들과 어울릴 때도 유연함을 잃지 않았다.

25 작가는 이 표현을 *Frappe ferme!*로 옮겼다. 작가의 번역대로 옮긴다. 원의대로라면 *Frappe loyalement!* 혹은 *Frappe le plein milieu!*로, 즉 〈정당하게 쳐!〉 혹은 〈명중타를 날려!〉쯤으로 옮겨야 할 듯하다.

그가 심판일 때는, 어느 선수의 응원꾼들이건, 사냥개들처럼 들뜨고, 코끝이 벌겋게 된 그 털투성이 떼거리가, 약세를 보이는 자기 편 선수를 돕는다든가, 그리하여 내기의 공정성을 뒤엎어 버린다든가, 울타리를 성큼 넘어 링 안으로 뛰어들며, 밧줄을 끊고 말뚝들을 뽑아 버린 후, 경기에 사납게 개입하는 등의 짓은 결코 허용하지 않았다. 데이비드 경은, 누가 함부로 두들겨 패지 못하는, 몇 안 되는 심판 중 하나였다.

아무도 그처럼 선수를 훈련시키지 못했다. 어느 권투 선수든, 그가 일단 〈트레이너〉가 되기로 작정하면, 승리를 장담할 수 있었다. 데이비드 경은, 바위처럼 다부지고 탑처럼 신장이 큰 헤라클레스를 물색한 다음, 그를 아예 자식으로 삼았다. 그러한 인간 암초를 방어적 상태로부터 공격적 상태로 변화시키는 것이, 핵심적인 관건이었다. 그는 그런 일에 탁월한 솜씨를 보였다. 키클롭스[26] 하나를 일단 양자로 삼으면 잠시도 그의 곁을 떠나지 않았다. 아예 유모 노릇을 했다. 그가 마시는 술과 먹을 고기의 양을 엄히 즈절했고, 수면 시간도 통제했다. 훗날 몰리가 더욱 발전시킨 찬탄할 만한 운동 선수 식단은 그가 창안한 것이었다. 조반으로는 날계란 하나와 셰리주(酒) 한 잔, 점심에는 살짝 익힌 양의 넓적다리 고기와 차, 오후 네시에는 석쇠에 구운 빵과 차, 저녁에는 색깔 엷은 맥주와 석쇠에 구운 빵을 먹였다. 그런 다음 선수의 옷을 벗기고 온몸을 안마해 준 다음 잠자리에 들게 했다. 거리에 나서면 그에게서 잠시도 눈을 떼지 않고, 우리를 뛰쳐나온 말들이나, 지나가는 마차의 바퀴, 술에 취한 군인들, 예쁜 여자들 등 모든 위험들로부터 그를 떼어 놓았다. 그는 선수

---

[26] 그리스 신화에 등장하는 여러 부류의 거인들을 지칭하는 말이다. 오디세우스의 동료들을 잡아먹은 외눈박이 거인은 시칠리아 키클롭스에 속한다.

의 품행도 감시했다. 그러한 어머니의 정성이 양자의 교육에 끊임없이 새로운 발전을 가져왔다. 그는 또한 양자에게 상대방의 치아를 부러뜨리거나 눈이 튀어나오게 하는 권법도 가르쳤다. 더 감동적인 일은 없었다.

그는 그렇게, 훗날 소명을 받게 될 정치 생활을 준비하고 있었다. 완벽한 귀족으로 성숙하는 것이 작은 일은 아니다.

데이비드 더리모이어 경은, 거리 박람회, 순회 극단의 관객 끌기 위한 익살광대질, 신기한 짐승들이 출연하는 서커스, 곡예사들의 가건물 공연장, 익살광대들, 말더듬이 익살꾼, 풍자적 독설가, 야외 익살극, 장터 묘기 등을 열렬히 좋아했다. 진정한 귀족은 백성의 일원이 되는 체험을 하는 사람이다. 그러한 이유로 데이비드 경은, 런던 및 다섯 항구[27]의 선술집과 거지와 병신 집합소에 자주 모습을 드러냈다. 그러나 돛대 담당 선원들이나 선박의 널판 틈 메우는 직공들과 서로 멱살을 잡고 싸움질을 벌여야 할 경우에 대비해, 그러한 하층민들의 소굴로 들어갈 때는, 평범한 선원의 재킷을 입었다. 함대 내에서 자기가 점하고 있던 지위에 손상을 입히지 않기 위함이었다. 그렇게 변장을 하기 위해서는 가발을 쓰지 않는 것이 편했다. 왜냐하면 이미 루이 14세 치세에도,[28] 백성들은 사자가 갈기 달고 다니듯, 자신들의 머리털을 간직하고 있었다. 그러한 방법으로 그는 자유롭게 돌아다녔다. 그러한 북새통에서 데이비드 경이 만나고 함께 어울리던 평범한 백성들은, 그를 매우 존경하면서도 그가 귀족인 줄은 전혀 몰랐다. 모두들 그를 톰짐잭Tom-Jim-Jack이라 불렀다. 그는 그러한 이름으로 널리 알려졌고, 그 방탕아들 사이에서

---

27 도버, 샌드위치, 하이드, 헤이스팅스, 롬니 등 잉글랜드 동남 해안에 있는 다섯 항구를 가리킨다.

28 즉, 1643년부터 1715년까지.

매우 저명했다. 그는 천한 녀석들의 두목이 되어 가고 있었다. 경우에 따라서는 주먹질도 서슴지 않았다. 그의 그런 멋쟁이 생활을 조시언도 알고 있었으며 또 높이 평가했다.

5. 여왕 앤

卍

 그 한 쌍의 남녀 위에는 잉글랜드의 여왕 앤이 있었다.
 평범하기 그지없는 여인, 그것이 여왕 앤이었다. 그녀는 명랑하고 관대하고 거의 위엄 있는 편이었다. 그녀의 장점 중 어느 것도 미덕의 수준에 이르지 못했고, 그녀의 단점 중 어느 것도 악의 수준에 이르지 못했다. 그녀의 비만증은 부풀어 오른 것이었고, 간사함은 둔했으며, 착함은 미련했다. 그녀는 끈질기면서 흐물거렸다. 아내로서 그녀는 부정(不貞)하기도 했고 정숙하기도 했다. 마음을 준 총신들도 있었고, 부군만을 위해 침대를 지켰으니 말이다. 기독교도로서 그녀는 이단이면서 비고트[1]였다. 그녀에게 한 가지 아름다움이 있었는데, 그것은 니오베[2]의 목 같은 실한 목이었다. 그녀의 몸 나머지 부분은 실패작이었다. 그녀의 교태는 서툴렀다. 그래서 정숙했다. 피부가 희고 섬세했는데, 그녀는 피부를

---

 1 bigot(e). 헤이스팅스 전투 이후에 노르망디인들에게 잉글랜드인들이 붙여 준 별명이다. *bî god*(*by god*)의 프랑스식 표기인데, 신의 이름을 입에 달고 사는, 편협하고 과장된 신도들을 가리킨다. 〈위선자〉라는 파생적 의미도 있다.
 2 호메로스의 작품(『일리아스』)이나 기타 설화에서도 니오베의 용모에 관한 묘사는 발견되지 않는다. 후세 어느 화가나 조각가의 작품을 염두에 둔 언급인 듯하다.

많이 노출했다. 알이 굵은 진주 목걸이로 목을 조이는 유행은 그녀에게서 비롯되었다. 이마는 좁고 입술은 육감적이었으며 볼에는 살이 많았는데, 눈이 컸으나 근시였다. 그 근시안이 기지에까지 연결되어 있었다. 노여움 못지않게 묵직한 명랑함이, 가끔 우연히 산발적으로 드러나는 것을 제외하고는, 무언의 꾸짖음과 시무룩한 침묵이 그녀의 삶을 지배하고 있었다. 그녀가 툭 내뱉는 말의 뜻은 수수께끼 놀이 하듯 열심히 알아 맞혀야 했다. 그녀는 착한 여인과 심술궂은 암마귀의 혼합체였다. 그녀는 뜻밖의 것을 좋아했다. 지극히 여성적인 특색이었다. 앤은 겨우 초벌 깎은 보편적 이브의 견본이었다. 그 초벌 작품의 손에 옥좌라는 우연이 굴러 들어온 것이다. 그녀는 술을 마시는 버릇이 있었다. 그녀의 남편은 혈통상 덴마크 사람이었다.

그녀는 토리 당 편이면서 휘그 당원들의 손을 빌려 통치했다. 여인으로서는 미친 여자처럼 처신했다. 그녀에게는 광증이 있었다. 무엇이든 깨뜨리는 성미였다. 국가의 일을 다루는 데 그녀보다 더 어설픈 사람은 없었다. 그녀는 모든 사건을 땅바닥에 떨어트렸다. 그녀의 모든 정책에는 금이 가 있었다. 그녀는 사소한 원인을 가지고 대대적인 재앙을 만들어 내는 탁월한 솜씨를 가지고 있었다. 권위를 세워 보려는 환상에 사로잡히면, 포커 한 판 치겠다고 말하곤 했다.

그녀는 깊은 몽상에 잠긴 기색으로 다음과 같은 말을 하기도 했다. 「아일랜드의 중신이며 킹세일의 남작인 쿠르시[3] 이외에는 그 누구도 국왕 앞에서 모자를 쓰고 있을 수 없어.」 또한 이러한 말도 했다. 「내 남편이 해군 제독이 되지 않는다면 그것은 불공평한 일이야. 나의 아버님도 해군 제독이셨으

---

3 노르망디 지방의 영지 이름이다. 리처드 1세가 로버트라는 사람을 그 지방 영주로 봉해 시작된 가문인 듯하다.

니까.」⁴ 그리고 부군인 덴마크의 조지를, 잉글랜드 및 〈모든 국왕 폐하 식민지〉의 해군 제독으로 임명했다. 그녀는 끊임없이 좋지 않은 심기를 땀 흘리듯 발산했다. 그녀는 자신의 생각을 표현하지 않고 스며 나오게 했다. 그녀의 그러한 즐거움에는 불가사의한 점이 있었다.

그녀는 짓궂고 적의를 품은 익살극에 불과한 편을 싫어하지 않았다. 만약 아폴론을 꼽추로 만들 수 있었다면, 그녀에게 큰 즐거움이 되었을 것이다. 하지만 앤은 그에게 신의 자격만은 남겨 주었을 것이다. 착한 성품인지라 그녀는 아무도 절망에 빠뜨리지 않되 모든 사람을 괴롭히는 것을 이상으로 삼았다. 그녀는 자주 상스러운 말을 했고, 조금 더 나갔다면 아마 엘리자베스처럼 욕설도 서슴지 않았을 것이다. 그녀는 가끔, 치마에 달린 남자 호주머니 속에, 돋을무늬 세공을 한 작고 동그란 은상자 하나를 넣고 다니곤 했는데, 상자 표면에는 Q와 A(Queen Ann) 두 글자 사이에 그녀의 옆모습이 새겨져 있었다. 그녀는 그 상자를 연 다음, 손가락 끝으로 포마드를 조금 찍어 입술을 붉게 칠하곤 했다. 그렇게 입술을 정돈한 다음에야 웃었다. 그녀는 질랜드 지방 음식인 생강 넣은 과자빵을 매우 좋아했다. 그녀는 자기가 통통하다는 사실을 자랑스러워했다.

그녀가 다른 것 아닌 청교도임에 틀림없었으나, 그녀는 기꺼이 구경거리에 탐닉했을 것이다. 그녀는 프랑스의 것을 본떠서 음악 아카데미를 세울 생각도 어렴풋이 해보았다. 포르트로슈라는 프랑스 사람 하나가, 1700년에 파리에다 40만 리브르를 들여 〈왕립 서커스〉를 세우고자 했는데, 아르장송이 반대했다. 그러자 포르트로슈는 잉글랜드로 건너가, 여왕

---

4 앤 여왕의 부친인 제임스 2세는 형 찰스 2세 재위 시, 해군 제독으로 활약했다.

앤에게 제안하기를, 기계로 조작하는 무대 장치와 무대면 밑에 네 번째 가동 무대(可動舞臺)까지 갖추어, 프랑스 왕의 극장보다 더 멋있는 극장을 세우겠다고 했다. 여왕은 그러한 생각에 잠시 혹하기도 했다. 루이 14세처럼 그녀 역시, 자신의 사륜마차가 굽을 모아 달리는 것을 좋아했다. 어떤 때는 그녀의 마차가 윈저에서 런던까지 오는 데 1시간 15분밖에 걸리지 않았다.[5]

✢

앤의 통치하에서는, 치안판사 두 사람 이상의 허락이 없이는, 어떠한 모임도 가질 수 없었다. 흑맥주를 곁들여 굴을 좀 먹기 위해서라 할지라도, 열두 사람이 모이면 반역 행위로 간주되었다.

그러나 상대적으로 온후하다고 할 수 있었던 앤의 치세에도, 해군을 위한 강제 소집은 극도로 사납게 이루어졌다. 잉글랜드인이 시민보다는 종이었다는 우울한 증거이다. 여러 세기 전부터 잉글랜드의 왕은 그런 면에서 폭군의 방식을 취했는데, 그 사실이, 자유에 관한 지난날의 모든 헌장이 거짓이었음을 드러내 주었다. 또한 그 사실에 대해 프랑스가 의기양양해하며 분개하기도 했다. 하지만 프랑스의 의기양양함을 다소 위축시키는 것이 있었으니, 잉글랜드에 선원 강제 모집 제도가 있었던 것에 상응해, 프랑스에는 육군 강제 모집 제도가 있었다는 사실이다. 프랑스의 모든 대도시에서는, 몸 성한 남자가 일을 보기 위해 거리에 나설 경우, 장정 모집꾼들에게 가마(窯)라고 불리던 집으로 끌려갈 위험에 항상

---

5 윈저에서 런던까지의 거리는 약 40킬로미터이다.

노출되어 있었다. 끌려온 사람들을 그 속에 뒤섞어 가두어 두었다가, 쓸 만한 사람들만을 추려 내어, 장정 모집꾼들이 장교들에게 그들을 팔아 넘겼다. 1695년에만 해도 파리에는 그러한 가마가 30개나 있었다.

앤 여왕 치세에 반포된 아일랜드에 관한 법령은 매우 혹독했다.

앤은 1664년에, 즉 런던 화재가 일어나기 두 해 전에 태어났다.[6] 그러자 점성술사들이 예언하기를, 그녀가 〈불의 누님인지라〉 옥좌에 오를 것이라 했다(그 시절까지도 아직 점성술을 믿었다. 루이 14세를 분만할 때 어느 점성술사의 도움을 받았으며, 별자리가 그려진 천으로 아기를 감쌌다는 이야기가 그 증거이다). 그녀는 점성술 덕분에, 그리고 1688년의 혁명[7] 덕분에, 옥좌에 올랐다. 그녀는 자신의 대부(代父)가 기껏 캔터베리 대주교에 불과한 길버트라는 사실에 모욕감을 느꼈다. 잉글랜드에서는 교황의 영세 대녀가 되는 것이 더 이상 가능하지 않았다. 평범한 수석 주교는 초라한 대부이다. 앤은 그것으로 만족해야 했다. 그녀의 잘못이었다. 왜 프로테스탄트임을 표방했단 말인가?

덴마크는 처녀 구매 비용(옛 헌장들의 표현으로는 *Virginitas empta*이다)으로, 즉 지참금조로 그녀에게 매년 6,250파운드를 지불하게 되어 있었는데, 그 금액은 워딘버그 재판 관할구 및 페마른 섬에서 들어오는 수입이었다.

앤은 아무 신념도 없이 습관적으로 윌리엄의 통치 관행을 답습했다. 잉글랜드인들이, 혁명에서 탄생한 그 왕권 치하에

---

6 1666년의 화재로 런던 시가지의 80퍼센트가 소실되었다고 한다. 반면 인명 피해는 20명에 그쳤다고 한다. 그 전 해(1665)에는 흑사병으로 인해 런던에서만, 6만 8천 명이 죽었다고 한다.
7 제임스 2세를 축출하고 그의 사위를 왕으로 추대한 사건을 가리킨다.

서 자유 비슷한 것이라고 볼 수 있었던 것은, 정치가들을 가두는 런던탑과 문필가들을 묶어 두는 죄인공시대 사이에 한정되어 있었다. 앤은 덴마크어를 조금 구사할 줄 알았는데, 그것은 남편과의 밀담을 위한 것이었고, 프랑스어를 조금 구사한 것은 볼링브룩과 밀담을 나누기 위해서였다. 물론 거의 알아들을 수 없는 말이었다. 하지만 특히 궁정에서는, 프랑스어로 말하는 것이 한창 유행이었다. 멋진 말은 프랑스어로밖에 할 수 없다고들 생각했다. 앤은 주화에 대해, 특히 소액 주화이며 백성들이 사용하는 동전에 대해, 특별한 관심을 보였다. 그녀는 동전을 통해 자신을 크게 부각시키고자 했다. 그녀의 치세 중 1파딩짜리 동전 여섯 가지가 주조되었다. 처음 주조한 세 가지 동전 뒷면에는 옥좌 문양만을 새겼고, 네 번째 동전에는 승리의 전차를 새겨 넣기를 원했다. 그리고 여섯 번째 동전 뒷면에는, 한 손에 검을 들고 다른 한 손에 올리브나무 가지를 든 여신상과 *Bello et Pace*(전쟁과 평화)라는 명구를 함께 새기도록 했다. 어수룩하고 사나웠던 제임스 2세의 딸이었던 그녀는 포악스러웠다.

또한 그러면서도 그 깊숙한 내면은 온화했다. 외면적인 모순일 뿐이었다. 일종의 노여움이 그녀의 외양을 바꾸어 놓곤 했다. 설탕에 열을 가해 보라. 부글부글 끓어오를 것이다.

앤은 백성의 환호를 받았다. 잉글랜드는 통치하는 여인들을 좋아한다. 무슨 이유 때문이냐고? 프랑스가 여인들을 권좌로부터 배제하기 때문이다. 그것만으로도 충분한 이유가 된다. 아마 다른 이유는 없을 것이다. 잉글랜드의 역사가들이 보기에, 엘리자베스는 곧 위대함이고, 앤은 착함 그 자체이다. 각자 보고 싶은 대로 볼 일이다. 여하튼 그렇다 치자. 하지만 그 여성들의 통치에 섬세함이 없었다는 것만은 사실이다. 그 선이 한결같이 둔탁하다. 둔중한 위대함이며 둔중한 착함이다. 잉글랜드는 그녀들의 순결한 미덕을 중시한다. 우리가 그것에 반대할 이유는 없다. 엘리자베스는 에식스[8]가 조금 진정시킨 처녀이고, 앤은 볼링브룩 때문에 착잡해진 지어미이다.

⁜

 백성이 가지고 있는 멍청한 습관은, 자신들이 하는 일의 공을 왕에게로 돌린다는 사실이다. 그들이 전쟁을 한다. 그 영광이 어디로? 왕에게로 간다. 그들이 모든 비용을 지불한다. 누가 후하냐고? 왕이다. 그리고 백성은 왕이 그토록 부유한 것을 좋아한다. 왕은 가난한 사람들로부터 1에퀴[9]를 받고 가난한 사람들에게 1리야르를 돌려준다. 참으로 후하기도 하시지! 거대한 받침대가, 자기 위에 놓여 있는 피그미족 같은 짐을 감격스러워하며 응시한다. 개미처럼 작은 이가 위대하시기도 해라! 내 등 위에 올라와 있어. 난쟁이가 거인보다 더 크게 보일 수 있는 훌륭한 방법이 있으니, 그것은 거인의 어깨 위에 올라서는 것이다. 그런데 거인이 그 짓을 묵과하다니, 참으로 신기한 일이다. 또한 그가 난쟁이의 거대함을 찬미하다니, 진정 멍청하다. 인간 특유의 어리석음이다.
 오직 왕들에게만 헌정되는 기마상이 왕권을 상징적으로 나타낸다. 말은 곧 백성이다. 다만 차이가 있다면, 이 말이 천천히 변형된다는 것이다. 처음에는 당나귀이다가 결국에는 사자로 변한다. 그러면 자기의 등 위에 있던 기사를 땅바닥으로 내동댕이치는데, 그러한 일이 잉글랜드에서는 1642년에 있었

---

8 엘리자베스 1세의 총애를 받던 사람이었으나, 결혼 후 궁정에서 축출되었다.
9 프랑스의 방패*écu* 문양이 새겨진 옛 금화이다. 성왕 루이 치세에 처음 주조되었으며, 가치는 약 120리야르에 해당했다.

고, 프랑스에서는 1789년에 있었다.[10] 또한 때로는 사자가 기사를 삼켜 버리는데, 잉글랜드에서는 1649년에 그러한 일이 벌어졌고, 프랑스에서는 1793년에 같은 사건이 있었다.[11]

사자가 다시 당나귀로 변한다고 하면 모두들 놀라겠지만, 그러한 일이 실제로 일어날 수 있다. 그러한 일이 잉글랜드에서 있었다. 왕권 숭배라는 길마를 다시 짊어진 것이다. 이미 말한 바대로 여왕 앤은 인기를 누렸다. 그러한 대접을 받기 위해 그녀가 무슨 일을 했을까? 아무것도 없다. 아무것도 하지 않는 것, 그것이 잉글랜드 왕에게 사람들이 요구하는 것이다. 아무것도 하지 않는 대가로 왕은 해마다 3천만 파운드 이상을 받는다. 엘리자베스 치세에 13척, 제임스 1세 치세에 36척에 불과하던 잉글랜드의 전함이, 1705년에는 150척에 이르렀다. 잉글랜드인은 군대 셋을 보유하고 있었는데, 5천 명으로 이루어진 카탈루냐 주둔군과, 1만 명에 달하는 포르투갈 주둔군, 5만의 병력을 갖춘 플랑드르 주둔군이 바로 그 세 군대였다. 또한 그들은 유럽의 군주들을 지원하는 경비조로, 그리고 외교 비용으로 해마다 4천만 파운드를 지출했다. 유럽은 잉글랜드 백성이 돌보는 일종의 매춘부였다. 의회가 3천4백만 파운드의 애국 공채안을 가결하자, 돈을 내겠다고 하는 사람들이 재무성으로 빽빽이 몰려들었다. 잉글랜드는 동인도로 함대 하나를 파견했고, 리크 제독이 지휘하는 다른 함대 하나와, 셔블 제독의 지휘하에 있는 예비 전함 4백 척을 스페인 해안 수역으로 파견했다. 잉글랜드는 얼마 전에 아일랜드를 병탄(倂呑)했다. 잉글랜드 군대는 획스테트와 라미예

---

10 찰스 1세를 지지하는 왕당파와 의회파 간의 내전은 1642년부터 1646년까지 계속되었고, 프랑스 대혁명은 1789년에 시작되었다.

11 찰스 1세는 1649년에 처형되었고, 루이 14세는 1793년에 처형되었다.

중간 지점에 있었는데,[12] 그 두 곳 중 한 곳에서의 승리가 나머지 다른 곳에서의 승리도 예견할 수 있게 해주었다. 잉글랜드는 획스테트에서의 그물질 한 번으로, 보병 27개 대대와 용기병 3개 연대를 포로로 잡았고, 다뉴브 강에서 라인 강까지 정신을 잃고 후퇴하는 프랑스로부터, 강역(疆域) 천 리를 빼앗았다. 잉글랜드는 사르데냐와 발레아레스까지 손을 뻗쳤다. 스페인의 전함 10여 척을, 혹은 멕시코나 페루에서 금을 잔뜩 싣고 오던 대형 범선들을, 잉글랜드의 항구로 의기양양하게 끌고 오곤 했다. 허드슨 만과 해협은 이미 루이 14세의 손아귀에서 반쯤 벗어나 있었다. 그가 아카디아,[13] 생크리스토프 및 테르뇌브[14] 등을 놓아 버리려 하는 것을 느낄 수 있었고, 잉글랜드가 그 프랑스 왕으로 하여금, 브르타뉴 연안 해역에서 대구를 잡을 수 있도록 허락만 해주어도 다행으로 여길 형편이었다. 잉글랜드는 또한 됭케르크의 요새를 루이 14세가 스스로 허물어야 하는 모욕을 그에게 안겨 주려 하고 있었다. 그러면서 한편으로는 지브롤터와 바르셀로나를 수중에 넣었다. 위대한 일이 얼마나 많이 이루어졌던가! 그러한 일이 이루어지는 동안 살아가는 노고를 감당한 여왕 앤을 어찌 찬미하지 않을 수 있겠는가?

어떤 관점에서 보면, 앤의 치세가 루이 14세의 치세를 반

---

12 획스테트는 아우크스부르크 서북쪽 다뉴브 강 연안 지역(바이에른 주)을 가리킨다. 스페인 왕위 계승 전쟁 때, 유진 대공과 말버러 장군이 지휘하던 잉글랜드 군이 프랑스 군을 상대로 대승을 거둔 것으로 유명하다(1704년). 라미예는 벨기에의 루뱅 인근 지역이며, 1706년에 말버러 장군이 전승을 거둔 지역이다.

13 오늘날의 뉴브런즈윅 및 노바스코샤 지역이다. 1755년에 프랑스 주민 1만 8천 명이, 그곳에서 루이지애나 등으로 강제 이주되었다. 롱펠로의 「에반젤린」은 당시 프랑스인들의 슬픔을 그린 작품이다.

14 테르뇌브는 오늘날의 뉴펀들랜드이고 생크리스토프는 아카디아 동쪽에 있는 섬이다.

사하고 있는 것 같다. 흔히 역사라고 부르는 만남 속에서 그 왕과 잠시 평행을 이루었던 앤은, 그 잔영에 있어서 루이 14세와 희미한 유사성을 가지고 있다. 그 왕처럼 그녀 역시 위대한 통치 놀음을 한다. 예를 들어 그녀에게도 자신만의 기념 건조물들과 예술, 승리들, 지휘관들, 문인들, 유명 인사들을 부양하는 보석함, 위엄에 부속된 걸작 진열관 등이 있다. 그녀의 궁정인들 역시 행렬을 지어 다니는데, 그 행렬에는 의기양양함과 질서 그리고 행진곡이 있다. 베르사유 궁에 있는 위대한 사람들(실은 그들도 별로 위대하지 않지만)을 축소시켜 놓은 꼴이다. 거기에는 눈속임이 있다. 거기에다 「신이여 여왕을 구하소서 God save the Queen」을[15] 가미해 보라. 그 순간부터 그 곡이 룰리[16]의 손에서 나왔다고 믿길 것이고, 그 모든 것이 환상을 만들어 낸다. 단 한 사람의 인물도 부족하지 않다. 크리스토퍼 렌은 상당히 그럴듯한 망사르[17]이고, 소머스는 라무아뇽[18] 값을 한다. 앤에게도 라신 하나가 있으니 그가 드라이든이고, 부알로 하나가 있으니 그가 포프[19]이고, 콜베르[20] 하나가 있으니 그가 고돌핀이고, 루부아[21] 하나가

---

15 잉글랜드의 국가는 「신이여 왕을 구하소서 God save the King」이다. 헨리라는 사람이 작곡했고, 1746년에 처음으로 불렸다고 한다.

16 루이 14세의 절대적인 신임과 보호 아래, 왕립 음악 아카데미의 수장이 되었고, 무수한 곡을 만들며 프랑스 오페라의 초석을 놓은 사람이다.

17 루이 14세의 두터운 신임을 받은 프랑스의 건축가이다. 많은 궁전을 지었는데, 특히 국왕을 위해 지은 마를리의 궁이 유명하다. 그에 비교된 크리스토퍼 렌은 잉글랜드의 건축가이자 과학자이다.

18 문인들을 보호하던 프랑스의 법조인이다. 부알로도 그의 도움을 받았다 한다. 한편 소머스는 찰스 2세에 반기를 들었던 정치인이다.

19 잉글랜드의 문예 이론가. 그의 「비평론」(1711)과 부알로의 「문예학」이 각각 잉글랜드와 프랑스에서 유사한 역할을 했다고 한다.

20 프랑스의 행정가로, 산업과 무역을 장려하고 예산의 낭비를 줄이는 데 진력한 사람으로 유명하다.

있으니 그가 펨브룩이고, 튀렌 하나가 있으니 그가 말버러이다. 하지만 그들은 가발들을 좀 더 크게 늘리고, 이마들을 좁혀야 할 것이다. 모든 것이 엄숙하고 화려한데, 그 순간에는, 윈저가 마를리와[22] 닮은 듯한 것이다. 물론 여성이지만, 앤의 텔리에[23]는 세라 제닝스[24]이다. 뿐만 아니라 50년 후에는 철학이 될 빈정거림이 문예 속에서 대충 윤곽을 잡기 시작해, 가톨릭 타르튀프[25]가 몰리에르에 의해 고발당했듯이, 프로테스탄트 타르튀프가 스위프트로 말미암아 가면을 벗었다.[26] 그 시절에 잉글랜드가 비록 프랑스와 분쟁을 일으키고 프랑스를 공격하기도 했으나, 한편 프랑스를 모방하며 스스로를 계몽했다. 그리하여 잉글랜드의 얼굴에 드리운 것은 프랑스의 빛이었다. 앤의 치세가 열두 해밖에 계속되지 못한 것은 유감스러운 일이다. 만약 그렇지 않았다면, 우리들이 루이 14세의 세기라고 말하듯, 잉글랜드인들도 자랑스럽게 앤의 세기라고 말하기를 주저하지 않을 것이다. 앤은 1702년에 옥좌에 올랐는데, 그 무렵 루이 14세는 기울고 있었다. 창백한 별의 출현이 주홍빛 별의 기욺과 거의 동시에 이루어지고, 프랑스에 태양왕이 있을 때 잉글랜드에 달과 같은 여왕이 있었다는 사실은, 역사 속에서 일어나는 진기한 현상 중 하나이다.

21 프랑스 군을 개편한 사람이다.
22 각각 윈저 궁과 마를리 궁을 가리키는 듯하다.
23 루부아의 부친 미셸 르 텔리에를 가리킨다.
24 말버러 공작 부인. 앤 여왕에게 큰 영향력을 행사하던 여인이다. 그리하여 〈앤의 텔리에(아비)〉라는 별명을 붙여 준 듯하다.
25 몰리에르의 작품 「타르튀프」의 주인공으로, 신심 깊은 척하는 위선자의 전형이다.
26 스위프트의 『통 이야기』를 암시하는 듯하다. 구교 및 신교, 잉글랜드 교회 등 모든 종파에 편재하는 위선 및 탐욕을 풍자한 작품이다.

한 가지 언급해 두어야 할 점이 있다. 비록 루이 14세를 상대로 전쟁을 했지만, 잉글랜드에서는 많은 사람들이 그를 찬양했다. 「프랑스에는 꼭 필요한 왕이야.」 잉글랜드인들이 자주 하던 말이다. 자신들의 자유에 대한 잉글랜드인들의 사랑은, 다른 사람들의 예속을 어느 정도 용인하는 병을 수반한다. 자기네들의 이웃을 속박하는 쇠사슬에 대한 그러한 호의는, 가끔 이웃 폭군에 대한 열광으로 발전하기도 한다.

한마디로, 비버럴의 책[27]을 프랑스어로 옮긴 역자가, 헌사 6페이지와 9페이지에서, 그리고 자신이 쓴 머리말 3페이지에서, 세 번에 걸쳐 우아하게 강조했듯이, 앤은 백성을 〈행복하게〉 해주었다.

※

앤 여왕은 두 가지 이유로 여공작 조시언에게 원한을 조금 품고 있었다.

첫째 이유는, 여왕이 보기에 조시언이 예뻤다.

두 번째 이유는, 그녀가 보기에 조시언의 약혼자가 귀엽게 생겼다.

한 여인이 질투심에 사로잡히는 데는 두 가지 이유면 족하다. 여왕에게는 이유가 하나만 있어도 족하다.

이 사실도 추가로 밝혀 두자. 여왕은 조시언이 자신과 자매라는 사실을 원망스러워했다.

앤은 여인들이 예쁜 것을 좋아하지 않았다. 그것이 미풍양속에 배치된다고 여겼다.

그녀의 용모에 대해 말하자면, 그녀는 못생긴 여자였다.

---

[27] 제임스 비버럴이 1707년에 출판했다는 잉글랜드의 전통 정원 및 궁궐에 관한 책인 듯하다.

물론 그녀가 선택한 것은 아니었다.

그녀의 신앙 중 일부는 그 못생긴 용모에서 비롯되었다.

아름답고 자유분방한 조시언이 여왕이 보기에는 못마땅했다. 못생긴 여왕에게는 예쁜 여공작이 마음에 드는 자매일 수 없다.

또 다른 불만거리가 하나 더 있었으니, 그것은 조시언의 〈부적절한〉 출생이었다.

앤은, 제임스 2세가 요크 공작이었던 시절에, 합법적으로 그러나 썩 내키지 않은 마음으로 맞아들인 평범한 레이디, 앤 하이드의 딸이었다. 그녀는 자신의 혈관에 미천한 피가 흐르고 있음을 아는지라, 자신이 반쪽 왕족이라는 의식을 떨쳐 버리지 못했는데, 전혀 비정상적으로 태어난 조시언이, 그러한 여왕의 탄생 또한 부정할 수 없는 엄연한 탈선의 결과임을 새삼 부각시켜 주었다. 어울리지 않은 혼인으로 태어난 딸이, 곁에 서출(庶出)의 또 다른 딸을 두고 보는 일은 유쾌할 수 없었다. 두 딸 사이에 매우 불쾌한 유사성이 있었기 때문이다. 조시언은 여왕에게 이렇게 말할 수 있는 처지였다. 「당신 어머니가 내 어머니보다 나을 것이 없어.」 물론 궁정에서는 아무도 그러한 말을 입에 담지 않았다. 그러나 모두들 그러한 생각을 가지고 있었다. 왕권의 존엄성에 누가 되는 일이었다. 도대체 왜 조시언이? 그녀가 무슨 생각으로 태어났단 말인가? 조시언이 왕실에 무슨 도움이 된단 말인가? 모욕감을 안겨 주는 친척들도 있다.

그러나 앤은 조시언을 좋은 낯으로 대했다.

만약 조시언이 자매가 아니었다면, 여왕은 그녀를 아마 좋아했을지도 모른다.

6. 바킬페드로

사람들의 일거수일투족을 모두 아는 것은 불필요하지만, 그러나 약간의 감시는 현명한 조치이다.

조시언은 부리는 사람 하나를 시켜 데이비드 경의 일상을 대강 염탐케 했는데, 그녀가 신뢰하고 있던 그 사람의 이름은 바킬페드로였다.

데이비드 경 역시 자신이 전적으로 신임하는 남자 하나로 하여금 조시언을 은밀히 관찰토록 했는데, 그 사람의 이름은 바킬페드로였다.

한편, 앤 여왕 역시, 전적으로 신임하는 수하 하나에게 밀지를 내려, 서출 자매 조시언과 그녀의 장래 남편인 데이비드 경의 일상 및 그들 주위에서 일어나는 일을, 은밀히 보고토록 했다. 그녀의 밀지를 받은 사람의 이름은 바킬페드로였다.

바킬페드로는 조시언과 데이비드 경 및 여왕으로 구성된 건반을 자신의 뜻대로 두드릴 수 있었다. 두 여인 사이에 남자 하나가 끼어 있는 건반이었다. 얼마나 다양한 변조가 가능하겠는가! 얼마나 멋진 영혼들의 혼합인가!

바킬페드로가 처음부터 세 사람의 귀에다 소곤거릴 수 있는 기막힌 행운을 누렸던 것은 아니다.

그는 본래 요크 공작의 하인이었다. 일찍이 교회에 종사하는 사람이 되려고 애썼으나, 뜻을 이루지 못했다. 왕당파인 교황주의와 공화파인 잉글랜드 교회주의가 뒤섞인, 즉 로마적이면서 동시에 잉글랜드적인 왕족이었던 요크 공작은, 휘하에 가톨릭파와 프로테스탄트를 모두 거느리고 있었다. 따라서 바킬페드로를 두 교파 중 하나에 밀어 넣을 수도 있었다. 하지만 그가 보기에는, 바킬페드로는 주임 사제직에 합당할 만큼 가톨릭적이지도 못했고, 전속 목사가 될 만큼 프로테스탄트적이지도 못했다. 즉, 바킬페드로는 두 종파 사이에서, 영혼을 땅바닥에 내동댕이쳐 놓고 있었다.

파충류 같은 특수 영혼들에게는 그리 나쁜 처지가 아니다. 어떤 길은 배를 깔고 기어서밖에 지나갈 수 없다.

미미하지만 영양가 높은 하인의 처지, 그것이 바킬페드로가 오랫동안 유지해 온 생존 형태였다. 하인의 처지란 것이 실은 무시할 수 없는 것이로되, 그는 그 신분에 덧붙여 권력을 갖기를 원했다. 그러한 야망이 이루어지려는 순간에 제임스 2세가 실각했다. 모든 것을 처음부터 다시 시작해야 할 처지가 되었다. 그러나 윌리엄 3세 치하에서는 어찌 해볼 도리가 없었다. 그 왕은 성품이 침울할 뿐만 아니라 통치 방법에 있어서도, 단지 근엄한 척할 뿐이면서 그것이 엄정함이라고 믿었다. 바킬페드로는 자신의 보호자였던 제임스 2세가 폐위된 후에도 즉시 거지로 전락하지는 않았다. 군주들이 추락한 후에도, 무엇인지 모를 것이 살아남아, 한동안은 그 군주들에게 기생하던 자들을 지탱시켜 준다. 곧 고갈될 나머지 수액이, 뽑힌 나무의 가지 끝에 달린 잎을 2, 3일 더 살아남게 해준다. 그러다가 문득 잎들이 노랗게 되고 말라 버린다. 궁정인 또한 그러하다.

흔히 정통 왕위 계승권자라고 칭하는 방부제 덕분에, 왕은 비록 폐위당해 멀찌감치 던져지더라도, 여전히 존속한다. 하지만 궁정인의 경우는 그렇지 않아, 왕보다 훨씬 완벽하게 죽는다. 저 아래에 던져진 왕은 미라이되, 이곳에 남은 궁정인은 유령에 불과하다. 유령의 유령, 파리함의 극치이다. 그렇게 해서 바킬페드로는 굶주리게 되었다. 그러자 그는 문필가로 변신했다.

하지만 그는 부엌 구석에서도 쫓겨나곤 했다. 잠잘 곳을 찾지 못하는 경우도 종종 있었다. 「누가 나를 아름다운 별 아래에서 구출해 줄까?」 그가 하던 말이다. 그러면서 투쟁했다. 절망 속에서 인내가 발휘할 수 있는 장점들이 그에게 있었다. 뿐만 아니라 그에게는 흰개미의 재능, 즉 밑에서 위로 구멍을 뚫는 재능이 있었다. 그는 제임스 2세의 이름과 그의 추억, 자신의 충성심, 동정심 등을 동원해, 여공작 조시언에 이르기까지 구멍을 뚫으며 올라갔다.

조시언은 가난과 기지, 즉 사람을 감동시키는 그 두 가지를 갖춘 그를 기꺼이 받아들였다. 또한 더리모이어 경에게 소개하는 한편, 부속 건물에 거처를 마련해 주고, 그를 식솔로 대접하며, 그에게 친절을 베풀었을 뿐만 아니라 심지어 말을 건네기도 했다. 바킬페드로는 더 이상 배고픔과 추위에 시달리지 않게 되었다. 조시언은 그에게 하게체를 사용했다. 당시에는 지체 높은 귀부인들이 문인들에게 하게체를 사용하는 것이 일종의 유행이었다. 문인들은 그대로 내버려 두었다. 마이이 후작 부인[1]은, 일면식도 없었던 루아[2]를 누운 채 접견하며, 이렇게 말했다 한다. 「〈바람 피우는 해〉를 쓴 사람이 자네인가? 어서 오게.」 그리고 세월이 조금 더 흘러서는, 문인들이 하게체로 답례하게 되었다. 파브르 데글랑틴[3]이 어느 날 로앙 공작 부인에게 이렇게 말하기도 했다.

「그대가 라 샤보[4] 아닌가?」

---

[1] 1732년부터 1740년까지 루이 15세의 애첩이었다.
[2] 프랑스의 극작가인데, 위고는 그를 촌스러운 현학자의 전형으로 취급했다.
[3] 〈비가 오네, 비가 오네, 양치기 소녀여……〉로 시작되는 노래를 지은 사람으로 유명하다. 1794년에 당통 등과 함께 처형되었다.
[4] 파브르 데글랑틴과 함께 처형된 프랑수아 샤보의 부인인 듯한데 분명치 않다. 로앙 공작 부인 또한 어떤 인물인지 알 수 없으나, 라 샤보가 프랑수아 샤보의 부인을 가리킨다면, 탐욕스러운 여인일 것이다. 극단적 혁명가였던 샤보는, 은행가의 딸과 결혼한 후 사업을 시작했다가 공금 횡령죄로 처

바킬페드로에게는 귀부인이 자신에게 하게체를 사용하는 것이 하나의 성공이었다. 그 성공에 그는 황홀해졌다. 높은 곳에서 아래로 향하는 그 친근함이, 그에게는 야망의 대상이었다.

「레이디 조시언이 나에게 하게체를 사용하다니!」 그는 몇 번이고 그렇게 중얼거리며, 만족스러운 듯 두 손을 비볐다.

그렇게 하게체를 사용하는 관계를 이용해 그는 자신의 영역을 넓혀 나갔다. 그는 조시언의 거처를 수시로 드나들 수 있는 측근이 되었고, 그녀에게 조금도 거북하지 않으며 은밀히 그녀를 방문할 수 있는 사람이 되었다. 그녀가 그가 있는 자리에서 슈미즈를 갈아입을 정도였다. 하지만 그 모든 것이 그에게는 일시적인 것에 불과했다. 바킬페드로는 하나의 지위를 목표로 삼고 있었다. 그에게는 여공작이 중간 과정일 뿐이었다. 여왕에게까지 이르지 못하는 지하 갱도는 실패한 작품이었다.

어느 날 바킬페드로가 조시언에게 말했다.

「자애로움을 베푸시어, 저의 행복을 마련해 주시겠습니까?」

「무엇을 원하는가?」 조시언이 물었다.

「일자리 하나를.」

「일자리를! 자네에게!」

「예, 마담.[5]」

「도대체 무슨 생각으로 일자리를 달라고 하는가? 자네는 아무짝에도 쓸모가 없어.」

형되었다.

5 혼인하지 않은 여자에게도 이러한 경칭을 사용하는지라, 〈부인〉이라 옮기지 않고, 옛 잉글랜드와 프랑스인들이 사용하던 형태를 음 그대로 적는다.

「바로 그런 이유 때문입니다.」

조시언이 웃기 시작했다.

「자네에게 걸맞지 않은 직책 중 어떤 것을 원하는가?」

「대양에서 수집한 병들의 마개를 여는 직책입니다.」

조시언의 웃음소리가 더욱 커졌다.

「그것이 도대체 뭐야? 자네가 지금 나를 조롱하고 있네.」

「그렇지 않습니다, 마담.」

「내가 장난 삼아 자네의 말에 진지하게 대꾸하고 있네만, 자네가 되고 싶은 것이 뭐라고? 다시 말해 보게.」

「대양에서 수집한 병의 마개 여는 직책입니다.」

「궁정에서는 못 할 일이 없지. 그러한 직책이 정말 있다는 말인가?」

「예, 마담.」

「그 새로운 것들을 나에게 가르쳐 주게. 어디 계속해 보게.」

「엄연히 있는 직책입니다.」

「자네에겐 없는 것이지만, 그 없는 영혼이라도 걸고 나에게 맹세하게.」

「맹세합니다.」

「자네를 믿지 못하겠네.」

「감사합니다, 마담.」

「그래, 무얼 원한다고?…… 다시 말해 보게.」

「바다에서 가져온 병들의 마개를 열겠습니다.」

「별로 고단한 직책이 아니겠군. 청동 마상(馬像)에 빗질해 주는 일 정도겠군.」

「거의 그러합니다.」

「결국 아무 일도 안 하는 것이군. 정말 자네에게 합당한 자리야. 자네는 그런 일에 유용하지.」

「보시다시피 저도 무엇엔가는 쓸모가 있습니다.」

「아, 또 그 소리! 자네가 익살을 떠는군. 그 자리가 정말 존재하는가?」

바킬페드로가 공손하면서도 엄숙하게 자세를 바꾸었다.

「마담, 마담의 존귀하신 부친은 제임스 2세이시고, 저명하신 형부이신 덴마크의 조지 공께서는 컴벌랜드 공작이십니다. 마담의 부친께서는 옛날에 잉글랜드의 해군 사령관이셨고, 형부께서는 현재 그 직책을 맡고 계십니다.」

「그것이 무슨 새삼스러운 일이라고 나에게 알려 주나? 자네 못지않게 나도 잘 알고 있다네.」

「하지만 자애로우신 마담께서 모르시는 것이 있습니다. 바다에는 세 가지 종류의 물건이 있습니다. 바다 밑바닥에 있는 물건과, 물 위로 떠다니는 것, 그리고 물결이 육지로 다시 던져 놓은 것이 있는데, 그것들을 가리켜 각각 래건, 풀럿슨, 그리고 젯슨이라고 합니다.」

「그래서?」

「래건, 풀럿슨, 젯슨 그 세 물건은 모두 잉글랜드의 해군 사령관에게 귀속됩니다.」

「그래서?」

「마담께서는 이제 이해하시겠습니까?」

「아니, 전혀.」

「바다 밑으로 가라앉는 것과 떠다니는 것, 그리고 해안에 표착하는 것 등 바다에 있는 모든 것은 잉글랜드 해군 사령관의 소유입니다.」

「모두. 그렇다 치지. 다음 얘기는?」

「철갑상어만 예외인데, 그것은 잉글랜드의 국왕에게 귀속됩니다.」

「내가 믿기에는 그 모든 것이 넵투누스에게 귀속될 것 같은데.」

「넵투누스는 일개 멍청이에 불과합니다. 그는 모든 것을 놓아 버렸습니다. 그는 잉글랜드인들이 모든 것을 수중에 넣도록 내버려 두었습니다.」

「결론을 말하게.」

「해양 취득물이라는 말이 그러한 물건에 부여한 명칭입니다.」

「그렇다 치고.」

「그러한 물건들이 무궁무진합니다. 물 위로 떠다니거나 해안으로 다가오는 물건들이 언제나 있습니다. 그것들은 바다가 내는 세금입니다. 바다가 잉글랜드에 세금을 바칩니다.」

「그렇다 하고, 어서 결론을 말해 보게.」

「그런 식으로 대양이 사무국 하나를 설치한다는 사실을 부인께서도 이해하실 겁니다.」

「어디에다?」

「해군성입니다.」

「사무국 이름이 무엇인가?」

「해양 취득물 사무국입니다.」

「그래서?」

「사무국은 다시 세 부서로 나뉘는데, 각각의 부서 이름이 래건과 풀릿슨, 그리고 젯슨입니다. 그리고 각 부서에 담당관 한 사람씩이 있습니다.」

「그래서?」

「항해중인 선박이, 어느 위도에 있는지, 어떤 해양 괴물을 만났다든지, 어떤 해안이 보인다든지, 절망 상태에 있다든지, 침몰하는 중이라든지, 가망이 없다든지 등 육지로 어떤 소식을 보내고자 할 경우, 선장은 그러한 내용을 종이에 적어 병 속에 넣은 다음, 병마개를 봉인한 후, 병을 바다에 던집니다. 만약 그 병이 바다 밑으로 가라앉으면, 그것은 래건 담당관의 소관 업무가 됩니다. 또한 그 병이 수면 위로 떠다니면, 그것은 풀럿슨 담당관이 알아서 할 일입니다. 그리고 그 병이 파도에 실려 해안에 도달하면 그것은 젯슨 담당관의 소관입니다.」

「그래서 자네가 젯슨 담당관이 되고 싶다는 말인가?」

「바로 그 말씀입니다.」

「대양에서 온 병의 마개 여는 사람이라고 명명한 것이 그 담당관인가?」

「그러한 직책이 있으니 드리는 말씀입니다.」

「다른 둘이 아닌 나머지 직책을 원하는 것은 무슨 이유인가?」

「그 자리가 현재 비어 있기 때문입니다.」

「구체적으로 무슨 일을 하는가?」

「마담, 1598년에, 어느 붕장어 잡이 어부가 에피디움 프로몬토리움[6]의 해변 백사장에서, 역청으로 주둥이를 봉한 병 하나를 주워 엘리자베스 여왕 폐하께 바쳤습니다. 그 병 속에는 양피지 한 장이 있었는데, 그것 덕분에 잉글랜드는, 네덜란드가 아무 말 없이 슬그머니 뉴 젬블[7] 즉 노바 젬블라를 점령했고, 그 점령은 1596년에 이루어졌고, 그 고장에서 모두들 곰에게 잡아먹혔고, 그곳에서 겨울을 지내는 방법은, 네덜란드인들이 머물다 모두 죽어 내버려진 그 섬의 목조 가옥 속에 있는 벽난로 위에 걸려 있던 화승총 케이스 속에서 발견된 종이에 기록되어 있고, 그 벽난로는 밑을 뚫은 통 하나를 지

---

6 그리스의 천문학자이자 수학자, 지리학자였던 프톨레마이오스가, 오늘날 스코틀랜드 서해안에 있는 킨타이어 반도를 그렇게 칭했다고 한다.

7 북극해에 있는 섬이다. 1596년에, 네덜란드의 바렌츠라는 항해사가, 시베리아 연안을 따라 중국에 이르는 항로를 찾으려 그 섬에 갇혀, 9개월 동안을 버티다 탈출을 시도했으나, 그와 대원들 대부분이 곰에게 잡아먹혔다 한다.

붕에 끼워 설치했다는 등의 사실을 알 수 있게 되었습니다.」
「나는 자네가 흥얼거리는 노래가 무슨 소리인지 도통 알아듣지 못하겠네.」
「좋습니다. 그러나 엘리자베스 여왕 폐하께서는 이해하셨습니다. 네덜란드가 한 고장을 더 차지하면 잉글랜드 몫의 고장 하나가 줄어든다는 사실을 이해하신 것입니다. 그러한 소식을 전한 병은, 따라서 중요한 물건으로 여겨졌습니다. 그날 이후, 누구든 해안에서 봉인된 병을 습득할 경우, 그것을 즉각 잉글랜드의 해군 사령관에게 바치되, 그렇게 하지 않는 자는 교수형에 처한다는 명령이 하달되었습니다. 사령관은 그 병의 마개 여는 일을 담당관에게 위임하고, 그 관리는 병 속에서 발견된 내용을 폐하께 상주하게 되어 있습니다.」
「해군성에 그런 병이 자주 들어오나?」
「아주 드문 일입니다. 하지만 저에겐 상관없습니다. 그 직책은 엄연히 존재합니다. 해군성은 그 직책을 위해 사무실과 거처를 확보해 두고 있습니다.」
「그렇게 아무 일도 하지 않는데, 봉급은 얼마나 되나?」
「연 1백 기니입니다.」
「기껏 그것을 얻으려 나를 번거롭게 하나?」
「호구지책입니다.」
「거지 생활이지.」
「저와 같은 사람들에게는 어울립니다.」
「1백 기니는 연기처럼 날아가 버리는 금액이야.」
「부인께서 1분 시시는 데 소용되는 금액이면, 저처럼 평범한 사람들은 1년을 살 수 있습니다.」
「그 직책을 맡게 해주겠네.」
한 주일 후, 조시언의 선의와 데이비드 더리모이어 경의 영향력 덕분으로, 바킬페드로는 잠정적인 신분에서 벗어나

단단한 땅에 발을 딛게 되었고, 연봉 1백 기니에다 거처까지 얻고, 제반 경비를 지원받으며, 해군성에 편안히 자리를 잡았다.

7. 바킬페드로의 굴착 작업

 가장 시급한 일 하나가 있으니, 그것은 은혜를 배신으로 갚는 짓이다.
 바킬페드로는 그 일을 잊지 않았다.
 조시언에게서 그토록 많은 은혜를 입은지라, 필연적으로 그에게는 오직 한 가지 생각밖에 없었다. 그 은혜에 대한 보복을 하는 일이었다.
 또한 조시언은 아름답고 늘씬하고 젊고 부유하고 세력 있고 저명한 반면에, 바킬페드로는 못생기고 왜소하고 늙고 가난하고 보호받는 처지이고 미미한 사람이었다는 사실도 덧붙여 두자. 그러한 사실에 대해서도 그는 복수를 할 수밖에 없었다.
 오직 어둠만으로 형성된 사람이 그토록 밝은 빛을 어찌 용서할 수 있겠는가?
 바킬페드로는 아일랜드를 부정한 아일랜드인이었다. 몹쓸 종자였다.
 바킬페드로가 자부심을 가질 만한 것이 한 가지 있었으니, 그것은 그의 배가 매우 불룩하다는 사실이었다.
 불룩한 배는 선량함의 징후로 통한다. 하지만 그 불룩한 배의 경우, 바킬페드로의 위선을 증대시켜 줄 뿐이었다. 그가 몹시 심보 고약한 사람이었기 때문이다.
 바킬페드로의 나이가 얼마였느냐고? 그에게는 나이가 없

었다. 당시 그가 품고 있던 계획 달성에 필요한 나이뿐이었다. 그는 자신의 주름살과 흰 머리카락만큼 늙었고, 민첩한 기지만큼 젊었다. 그는 민활하면서 동시에 둔중했다. 원숭이 같은 하마와 다름없었다. 왕당파였음에는 틀림없다. 공화파였을까? 누가 알랴! 아마 가톨릭이었을지도 모른다. 프로테스탄트였음에는 의문의 여지가 없다. 아마 스튜어트 왕가 편이었을지도 모르나, 브런즈윅 왕가[1] 편이었음은 분명하다. 지지한다는 것은 동시에 반대한다는 조건하에서만 힘으로 작용한다. 바킬페드로는 그러한 지혜를 실천하고 있었다.

〈대양에서 온 병들의 마개 여는〉 직책이, 바킬페드로가 은근히 부각시키려고 한 것처럼, 그토록 우스꽝스러운 것은 아니었다. 오늘날에는 단순한 수사적 허식이라고 할지 모를 가르시아 페르난데스의 탄원서가, 즉 당연한 권리로 여겨지던 난파선 약탈 행위 및 해안 주민의 표착물 절취 행위를 규탄한 탄원서가, 당시 잉글랜드에서 커다란 반향을 일으켰고, 그 덕분에, 조난당한 사람들의 재산 및 기타 소유물은 촌사람들에게 절취당하는 대신 해군 사령관에게 압류되었다.

상품이든 선박의 잔해이든 보따리든 상자든 잉글랜드 해안으로 밀려온 모든 표류물은 해군 사령관에게 귀속되었다. 그러나 또한 바킬페드로가 그토록 간청한 직책의 중요성이 비로소 드러나지만, 온갖 전언(傳言)과 보고문을 담은 채 떠다니는 병이 특히 해군성의 촉각을 곤두세우게 했다. 선박의 난파가 잉글랜드의 가장 심각한 근심거리 중 하나였다. 항해가 곧 잉글랜드의 생명이니, 난파가 근심일 것은 당연하다. 잉글랜드는 바다 때문에 끊임없는 불안에 사로잡혀 있었다.

---

1 조지 1세(재위 1714~1724)로 시작되는 하노버 왕조의 선조들을 총칭하는 말이다. 하노버 왕조는 20세기 초까지 계속되었다. 독일식으로는 브라운슈바이크라고 한다.

침몰하는 선박이 물결에 맡기는 유리병 속에는, 어떠한 관점에서는 매우 귀중한 절대적인 정보가 들어 있었다. 선박, 승무원, 해역, 난파된 시기와 원인, 선박을 파괴한 바람, 떠다니던 유리병을 해안까지 도달하게 한 조류 등에 관한 정보였다. 바킬페드로가 차지하게 된 직책은 한 세기 이상이나 공석이었다. 그러나 그 직책은 진정 유용한 것이었다. 마지막 담당관은 링컨셔의 도딩턴 출신인 윌리엄 허시라는 사람이었다. 그 직책을 맡는 사람은 바다에서 일어나는 모든 일을 상부에 알리는 일종의 보고자였다. 봉인된 모든 항아리, 단지, 큰 병, 작은 유리병 등 조류에 밀려 잉글랜드 해안에 표착한 모든 것이 담당관에게 넘겨졌다. 그것들을 열 수 있는 권한은 오직 그에게만 있었다. 그가 그 속에 있는 비밀을 최초로 접하게 되어 있었다. 그는 비밀을 분류하고 꼬리표를 붙여 서류 보관함 속에 정리했다. 아직도 망슈 해역의 여러 섬에서 사용되는, 문서를 서류 보관함에 재운다는 표현은, 그일에서 유래한 것이다.[2] 실제로 그 일은 매우 신중하게 처리되었다. 비밀을 지키겠다고 선서한 해군성 소속 심사원들이 배석하지 않고는, 그 물건들의 봉인을 깨뜨리거나 마개를 열 수 없었다. 또한 그들은 젯슨 담당관과 함께 개봉 조서에 서명했다. 하지만 심사원들의 입을 막고, 바킬페드로는 상당한 재량권을 행사했다. 따라서 어느 정도까지는, 그가 임의로 특정 사실을 묻어 버리거나 혹은 공표하는 것이 가능했다.

그 깨지기 쉬운 표류물들이, 바킬페드로가 조시언에게 말한 것처럼, 그토록 희귀하고 별 가치 없는 것들은 아니었다.

---

2 선뜻 수긍할 수 없는 설명이다. 서류 보관함(소)을 뜻하는 *greff*는 이미 12세기 작품 속에서도 발견되는데(*grafe*, *grefe*, *greve*), 어원은 〈펜〉을 뜻하는 *graphium*이다. 〈재운다〉로 옮긴 *loger*라는 표현도 12세기 이후 아주 다양하게 사용되는 말이다.

그 반대였다. 어떤 경우에는 표류물들이 상당히 빨리 해안에 도달하고, 어떤 경우에는 수년이 걸리기도 했다. 바람과 조류에 따라 달랐다. 물결 따라 흘러가도록 유리병을 던지던 풍습은, 기도하며 바치던 봉납물(奉納物)처럼, 조금 퇴색된 구습이 되었다. 그러나 종교가 지배하던 시절에는, 죽음을 앞둔 사람들이, 그러한 방법으로 자신의 최후 사념을 신이나 다른 이들에게 기꺼이 전했다. 그리하여 때로는, 바다에서 보낸 서신들이 해군성에 수북이 쌓이기도 했다. 오들린 성에 보관되어 있고, 제임스 1세 치하에서 잉글랜드 재무관을 지낸 서퍽 백작이 주석을 단, 양피지 기록에 따르면, 1615년 한 해 동안에, 침몰하는 선박에 관한 언급이 담긴 대형 병과 호리병 52개가 해군성에 들어와, 분류되어 문서 보관소에 안치되었다고 한다.

궁궐에서의 직책이란 기름방울과 같아서 무한정 번지기도 한다. 그리하여 문지기가 재상이 되기도 하고, 일개 마부가 원수(元帥)로 승차하기도 한다. 바킬페드로가 간청해 얻은 그 직무를 맡는 특별 담당관은, 관례적으로 신뢰할 수 있는 사람이었다. 그것은 엘리자베스의 뜻이었다. 궁정에서는, 신뢰가 간계와 밀접하며, 간계는 승차와 밀접하다. 따라서 그 담당관 역시 결국에는 상당한 인물이 되곤 했다. 그 직책은 서기에 불과해, 궁정 사제장 예하의 두 마부 바로 다음 직급에 해당했다. 하지만 그는 자유로이 궁궐을 출입할 수 있었다. 물론 흔히들 말하듯 〈겸손한 출입〉, 즉 *humilis introïtus* 이긴 하지만, 국왕의 침실에까지 들어갈 수 있었다. 경우에 따라서는, 발견된 사실을 국왕에게 직접 고해야 했기 때문인데, 절망한 사람들의 유언, 조국에 고하는 마지막 인사, 바다에서 일어난 절도 행위나 기타 범죄, 왕실로의 유증(遺贈) 등 매우 기이한 내용들이 있었다. 또한 궁궐과 긴밀히 내통하며 문서를 보관하고, 그 음산한 유리병들의 개봉에 관해 국왕에게 수시로 보고해야 하기 때문에, 자유로은 궁궐 출입이 허락되었다. 그 사무실은 대양에서 오는 편지를 담당하는 사신(私信) 검열소였다.

엘리자베스는 평소 라틴어로 말하기를 즐겼는데, 당시 젯슨 담당관이었던 버크셔 주 출신 턴필드 콜리가, 바다에서 나온 쪽지들을 가져올 때마다, 그에게 이렇게 말하곤 했다. 〈*Quid mihi scribit Neptunus*(넵투누스가 나에게 어떤 편지를 보냈나)?〉

굴착 작업이 완수되었다. 흰개미가 성공을 거둔 것이다. 바킬페드로가 여왕에게 접근할 수 있게 되었다.

그것이 그가 원하던 전부였다.

행운을 잡기 위해서였을까?

아니다.

다른 사람들의 행운을 파괴하기 위해서였다.

그것이 더 큰 행복이었다.

해를 끼치는 것이 곧 즐거움이었다.

막연하지만 집요한, 해를 끼치려는 욕망을 자신 속에 지니고, 그것을 잠시도 잊지 않는다는 것, 그러한 성벽이 아무에게나 주어진 것은 아니다. 바킬페드로에게는 그러한 움직이지 않는 생각이 있었다.

불독의 아가리에 있는 집착, 그의 생각에는 그러한 집착이 있었다.

자신이 막무가내라는 생각, 그것이 그의 음산한 만족감의 기반을 제공했다. 희생물이 이빨 밑으로 들어와 있거나, 해를 끼칠 수 있다는 확신이 영혼 속에 자리를 잡기만 하면, 그에게는 더 이상 부족한 것이 없었다.

다른 사람들이 추위에 시달릴 것이라는 희망 속에서, 그는 만족스러워하며 덜덜 떨었다.

심보 사납다는 것, 그것 또한 일종의 부유함이다. 다른 이들이 가난하다고 믿으며 또 실제로 가난한 사람도, 자신의 부를 악의에서 찾으며, 또 악의라는 그 부를 선호한다. 모든 것은 각자가 느끼는 만족감 속에 있다. 좋은 장난이라는 것과 같은 것인 못된 장난,[3] 그것은 돈보다 귀하다. 당하는 사람에게는 나쁘지만, 그 짓을 행하는 사람에게는 좋은 것이다. 교황파들이 저지른 화약 음모 사건[4]에서, 가이 포크스에게 협조했던 케이츠비[5]는 다음과 같이 말했다. 「의회가 네 굽을 하늘로 뻗으며 나자빠지는 꼴을 구경하는 일은, 백만 파운드와도 바꾸지 않겠다.」

바킬페드로는 어떤 사람이었는가? 가장 보잘것없으되 가장 무시무시한 자였다. 즉, 질투꾼이었다.

질투가 궁정에서는 항상 할 일이 있다.

궁정에는, 건방지고 무례한 자들, 할 일 없는 자들, 잡담에 굶주린 부유한 건달들, 건초 다발 속에서 바늘 찾는 자들, 거지 만드는 일에 종사하는 자들, 조롱당한 조롱꾼들, 기지 뽐내는 멍청이들, 한마디로 질투꾼과의 대화를 필요로 하는 자들이 우글거린다.

---

3 *bon tour*와 *mauvais tour*를 직역한 것이다. 그러나 *jouer un bon tour*나 *jouer un mauvais tour* 모두 〈골탕을 먹인다〉는 뜻이다. 전자는 골탕을 먹이는 자의 입장에서 나온 표현이고, 후자는 골탕을 먹는 자의 입장에서 나온 표현이다.

4 *Complot des poudres*를 직역한 것이다. 1605년, 상원 건물을 폭파하고, 국왕과 왕비 및 왕세자를 몰살하려 했던 음모이다. 로마 가톨릭이 꾸민 음모라 하며, 주동자들은 케이츠비, 토머스 윈터, 토머스 퍼시 등이었는데, 건물 밑 지하실에 폭약을 설치하기 위해 가이 포크스를 가담시켰다. 그러나 음모가 누설되어, 11월 4일 밤늦게 포크스가 지하실에서 체포되고, 그가 주동자들의 이름을 밝혔다. 사용하려던 폭약의 양은 20배럴에 달했다고 한다.

5 가이 포크스를 도와 폭약을 설치하거나 운반하던 인물인 듯하다.

다른 사람들에 대한 험담, 그 얼마나 상쾌한 일인가!

질투는 정탐꾼 마름질하기에 아주 좋은 피륙이다.

질투라는 자연적 열정과, 정탐질이라는 사회적 기능 사이에는, 매우 깊은 유사성이 있다. 정탐꾼은 개처럼 다른 이를 위해 사냥을 하고, 질투꾼은 고양이처럼 자신을 위해 사냥을 한다.

하나의 표독스러운 자아, 그것이 질투꾼의 진면목이다.

다른 특질도 있었으니, 바킬페드로는 신중했고, 비밀스러웠고, 구체적이었다. 그는 모든 것을 깊숙이 간직하며, 증오로 자신 속에 깊숙한 골을 팠다. 거대한 비천함은 거대한 허영을 내포한다. 그는 농간을 부려 관심을 끈 사람들에게 호감을 샀고, 다른 사람들에게는 미움을 받았다. 하지만 그는 자신을 증오하는 사람들에게는 무시당했고, 자신을 좋아하는 사람들에게는 경멸당했다고 느꼈다. 그는 자신을 억제했다. 그의 모든 심정적 상처는 적의를 품은 그의 체념 속에서 소리 없이 부글거렸다. 마치 악당에게도 그럴 권리가 있기라도 한 듯, 그는 분개했다. 그는 맹렬한 노기에 소리 없이 시달리고 있었다. 모든 것을 삼켜 버리는 것, 그것이 그의 재능이었다. 그에게는 소리 없는 내면의 노여움 지하에 엎드린 분노의 광증, 그리고 사람들이 눈에 띄지 않는 곳 깊숙이 품은 검은 화염이 있었다. 그는 연기를 삼켜 버리는 성마른 자였다. 그의 표면에는 미소가 감돌았다. 그는 싹싹하고, 친절하고, 무던하고, 상냥하고, 호의적이었다. 그는 누구에게나, 그리고 어디에서나, 먼저 인사를 했다. 바깥결 한 가닥만 스쳐도 이마가 땅에 닿도록 굽실거렸다. 갈대와 같은 척추, 그 얼마나 탁월한 행운의 원천인가!

감추어져 있고 독을 품은 그러한 존재가, 흔히들 생각하듯 그렇게 드물지는 않다. 우리는 음산한 산사태에 둘러싸여 산다. 왜 유해한 자들이 존재하느냐고? 폐구를 찌르는 질문이다. 몽상가는 끊임없이 자신에게 그 질문을 던지고, 사상가는 영영 그 의문을 풀지 못한다. 그러한 이유로, 철학자들의 슬픈 눈이 운명이라는 암흑의 산을 향해 항상 고정되어 있는데, 그 산꼭대기에서는, 거대한 악의 환영이 독사를 한 줌씩 집어 땅 위로 떨어뜨린다.

바킬페드로는, 몸은 뚱뚱한데 얼굴은 야위었다. 기름진 몸통에 뼈마디가 드러난 얼굴이었다. 손톱은 골이 지고 짧았고, 손가락은 마디가 굵었고, 엄지손가락은 납작했고, 머리카락은 굵었고, 두 관자놀이 사이가 몹시 넓었고, 넓으면서 좁은 이마는 살인자의 이마였다. 길고, 뾰족하고, 곱사등이처럼 생기고, 물컹거리는 코는, 거의 입에 가서 붙을 지경이었다. 바킬페드로에게 황제의 옷을 그럴듯하게 입혀 놓으면 도미티아누스[6]를 조금 닮았을 것이다. 찌든 노란색 얼굴은 마치 끈적거리는 반죽으로 빚은 것 같았는데, 특히 꼼짝도 하지 않는 두 볼은 충전용(充塡用) 시멘트를 붙여 놓은 듯했다. 온갖 종류의 추하고 끔찍한 주름살투성이였고, 턱 양쪽 굴곡부가 실했는데, 중앙 부분은 무겁게 처졌으며, 귀는 개의 귀 같았다. 움직이지 않을 때 옆모습을 보면, 예각을 이루며 치켜 올라간 윗입술이 이빨 두 대를 드러냈다. 그 두 이빨이 사람들을 주시하는 것 같았다. 눈이 깨물듯, 이빨도 바라본다.

인내와 절제, 금욕, 조심성, 자제, 얌전함, 공손함, 부드러움, 예절, 검소함, 순결 등이 더해져 바킬페드로를 완성시켰다. 그는 그러한 미덕을 가지고 있으면서 그것을 비방했다.

아주 빠른 시간 안에 바킬페드로는 궁정에 확실한 기반을 굳혔다.

---

[6] 로마 제국의 폭군으로, 〈대머리 네로〉라는 별명을 얻고, 결국 암살되었다. 타키투스가 『율리우스 아그리콜라의 생애』라는 책에, 그의 폭정 이외에 그의 허세, 질투, 음탕함 등에 대해 상당히 자세하게 기술했다.

8. 인페리[1]

궁정에서는 두 가지 방법으로 기반을 굳힐 수 있다. 구름 속에 올라갈 경우 위엄을 갖추게 되고, 진흙 속으로 들어갈 경우 세력을 얻는다.

첫 번째 경우 올림포스의 일원이 된다. 두 번째 경우에는 의상실의 일원이 된다.

올림포스에 올라간 사람에게는 벼락[2]밖에 없는 반면, 의상실에 있는 사람은 경찰을 수중에 넣고 있다.

의상실에는 모든 통치 도구가 구비되어 있는데, 의상실이 배신자이기 때문에, 때로는 형벌도 가지고 있다. 엘라가발루스[3]도 그곳에 와서 죽는다. 그러한 경우 의상실을 가리켜 간이 변소라고 한다.

일반적으로는 의상실이 그렇게 비극적이지는 않다. 알베로니가 방돔 공작을 찬양한 것도 그곳에서이다.[4] 의상실이 자연스럽게 알현실 기능도 수행한다. 즉, 옥좌의 기능도 가지고 있다. 루이 14세는 그곳에서 부르고뉴 공작 부인[5]을 접견했고, 필리프 5세 역시 그곳에서 왕비와 팔꿈치를 맞대곤 했다. 사제도 그곳을 드나든다. 의상실은 따라서 가끔씩 고해소 지점(支店) 역할도 한다.

궁정에 밑바닥 행운이 있는 것은 그 때문이다. 그 행운이

---

1 *inferi*. 〈저 아래에 있는 이들〉 혹은 〈지옥(저승)〉을 뜻한다.
2 벼락은 제우스의 권능을 상징한다.
3 14세에 로마 황제가 되었으나, 그의 모친과 조모가 실권을 행사했다. 친위병들에게 모친과 함께 살해당했고, 모자의 시신은 티베레 강에 던져졌다.
4 알베로니는 이탈리아의 추기경이었는데, 방돔 공작의 환심을 사서 스페인의 수상직에까지 올랐다.
5 루이 14세의 손자 루이 드 프랑스의 부인을 가리키는 듯하다.

그렇다고 작지는 않다.

루이 11세 치세에, 위대해지고 싶은 사람은 마땅히 프랑스 대원수 피에르 드 로앙이 되었겠지만, 영향력 있는 사람이 되고자 하는 이들은, 이발사 올리비에 르 댕[6]이 되었을 것이다. 마리 드 메디시스의 통치 시절에, 영광스러움을 취하는 사람은 재상 시예리가 되었겠으나, 유력한 인물이 되기를 원하는 사람은 침실 시녀 라 아농이 되었을 것이다. 루이 15세 치세에서 저명하기를 원하는 사람은 재상 슈아죌의 길을 택했겠지만, 모든 사람들이 두려워하는 인물이기를 원하는 이들은 시종 르벨이 되려 했을 것이다. 루이 14세 시절에도, 왕의 잠자리 시중을 들던 봉탕이, 왕의 군대를 유럽 최정예 군대로 개편한 루부아나, 숱한 승리를 왕에게 안겨 준 튀렌보다 더 큰 세도를 누렸다. 리슐리외에게서 조제프 사제를 제거해 보라. 리슐리외는 거의 껍데기에 불과하다. 그를 감싸고 있던 신비감도 줄어들 것이다. 붉은 예하께서 당당하셨다면, 회색 예하께서는 무시무시했다.[7] 벌레 한 마리, 그 얼마나 무서운 힘인가! 모든 나르바에스들과 모든 오도넬들이 뭉쳐도 파트로시니오 수녀 한 사람을 당하지 못했다.[8]

정말이지, 그러한 힘의 조건은 미미함이다. 누구든 강력한

---

6 루이 11세의 이발사였으나, 왕의 두터운 신임을 얻어, 왕의 특사로 외교 무대에서 활동하기도 했다. 지나친 치부로 사람들의 미움을 받다가, 샤를 8세(루이 11세의 아들)의 누님 안 드 프랑스의 섭정기에 교수형당했다.

7 〈붉은 예하〉는 추기경 리슐리외를 가리키고, 〈회색 예하〉는 조제프 사제를 가리킨다. 조제프 사제는 카푸친회 수도사로, 리슐리외의 긴밀한 협조자가 되었는데, 그러한 사실 때문에 〈회색 예하〉라는 별명을 얻었다. 예하(猊下)는 추기경에 대한 경칭이다.

8 나르바에스와 오도넬은 각각 스페인의 이사벨 2세 치세의 정치가이자 군인이었다. 파트로시니오는 여왕 측근의 수녀였는데, 음모꾼이었던 그녀 때문에, 여왕이 백성들에게 외면당했다고 한다. 여왕은 1868년에 프랑스로 망명했다.

자로 남기를 원한다면 변변치 않은 존재로 남아 있어야 한다. 아예 없는 것처럼 처신해야 한다. 똬리 틀고 앉아 쉬는 뱀이 무한과 무를 동시에 표상한다.

그러한 독사 모양의 행운 중 하나가 바킬페드로의 수중으로 들어온 것이다.

그는 원하는 곳이면 어디든 미끄러져 들어갔다.

납작한 짐승은 어디든 들어갈 수 있다. 루이 14세의 경우, 침대에는 빈대가 있었고, 그의 정치에는 예수회 사제가 있었다.

부조화는 전혀 없었다.

이 세상에서는 모든 것이 추[振子]이다. 인력에 따른 선회는 곧 추의 흔들거림이다. 한 극(極)은 다른 극을 원한다. 프랑수아 1세가 트리불레를 원하고, 루이 15세가 르벨을 원한다. 지극히 높은 것과 지극히 낮은 것 사이에는 현묘한 친화력이 존재한다.

매사를 이끌어 가는 주체는 지극히 낮은 것이다. 그 무엇보다도 이해하기 쉬운 현상이다. 밑에 있는 것이 모든 실마리를 잡고 있다.

그보다 더 편안한 자리가 없다.

자신이 눈인데, 게다가 귀까지 가지고 있다.

자신이 곧 정부의 눈이다.

그런데 왕의 귀까지 가지고 있다.

왕의 귀를 수중에 넣고 있다는 것은, 왕의 의식 속으로 들어가는 문의 빗장을, 멋대로 당겼다 밀었다 할 수 있음을 말한다. 또한 그 의식 속에다 무엇이든 원하는 것을 쑤셔 넣을 수 있음을 뜻한다. 왕의 뇌리는 옷장일 뿐이다. 왕의 귀를 가지고 있는 자가 넝마주이일 경우, 왕의 의식은 채롱에 불과하다. 왕들의 귀는 사실상 왕들의 귀가 아니다. 따라서 왕이라는 가엾은 마귀 녀석들에게는 거의 아무 책임도 없다. 자신의 생각이 없는 사람에게는 그의 것이라고 할 만한 행위도 없다. 왕이라는 것은 복종하는 물건일 뿐이다.

무엇에?

밖에서 그의 귀에다 대고 파리처럼 윙윙거리는, 하찮고 못된 영혼에게 복종한다. 심연에 사는 음산한 파리이다.

그 파리의 윙윙거림이 명령을 내린다. 하나의 통치란 그것을 받아쓰는 행위일 뿐이다. 높은 목소리, 그것은 지상권자이다. 그러나 나지막한 음성은 지상권이다.

하나의 치세에서 그와 같은 나지막한 음성을 분별해 내고, 또 그것이 높은 음성에게 속삭이는 소리를 들을 수 있는 사람들, 그들이 진정한 역사가들이다.

9. 사랑만큼 강한 증오

앤 여왕은 그러한 나지막한 음성 여럿을 주위에 두고 있었다. 바킬페드로 역시 그중 하나였다.

여왕 이외에 그는 조시언과 데이비드 경에게도, 공을 들이고, 영향을 끼치며, 은밀한 접촉을 계속했다. 이미 말한 바와 같이, 그는 세 귀에다 대고 소곤거렸다. 당조[1]보다는 귀 하나가 더 많았다. 당조는 두 귀에다가만 속삭였다. 제수 앙리에트에게 반한 루이 14세와 시숙 루이 14세에게 반한 앙리에트 사이에서, 머리를 이쪽저쪽으로 돌리며 속삭였다. 앙리에트 모르게 루이의 비서직을 수행하고 루이 모르게 앙리에트의 비

---

[1] 문필가였는데, 카드 놀이에 탁월한 재능이 있어, 루이 14세의 부관으로 모든 전장에 왕을 수행했다고 한다.『루이 14세 시절의 궁정 일기』를 남겼는데, 1854년부터 1860년에 걸쳐 완간되었다.

서직을 수행하던 시절이었다. 두 꼭두각시의 사랑 한가운데에 자리 잡고 앉아서, 그가 질문과 대답을 도맡아 했다.

바킬페드로는, 어찌나 싹싹했던지, 어찌나 고분고분했던지, 그 누구로부터도 어찌나 자신을 방어하지 못했던지, 깊은 내면으로는 어찌나 충성스럽지 못했던지, 어찌나 못생겼던지, 어찌나 심보 사나웠던지, 왕권을 누리는 사람이 그가 없이는 지낼 수 없게 된 것이 지극히 당연한 일이었다. 앤은, 바킬페드로를 한 번 맛본 후, 다른 아첨꾼을 원하지 않았다. 그는 사람들이 위대한 루이[2]에게 아첨하던 방법으로 앤에게 아첨했다. 다른 이들을 마구 찔러 대는 방법이었다. 「국왕께서 무식하시기 때문에, 모두들 학자들을 우롱할 수밖에 없었다.」 몽셰브뢰유 부인[3]의 말이다.

그 바늘에다 가끔 독약을 조금 바르면, 그 예술이 절정의 경지에 이른다. 네로는 로쿠스타[4]가 작업하는 것을 구경하기 좋아한다.

왕궁이란 침투하기가 매우 쉽다. 산호석들 내면에 있는 그 통로는, 흔히 궁정인이라고들 부르는 설치류가 즉시 발견하고, 쉴 새 없이 사용하며, 필요에 따라 구멍을 뚫기도 한다. 그곳에 침투하기 위해서는 명분 하나면 족하다. 바킬페드로는 새로 얻은 직책 덕분에 명분을 갖게 되었고, 채 얼마 안 되어, 조시언 곁에서 수행하던 역할을, 즉 불가결한 가축의 역

---

[2] 루이 14세의 시호(諡號)이다.

[3] 스카롱이 죽은 후 그의 부인 프랑수아즈 도비녜는, 몽셰브뢰유의 사촌이자 부유하고 음탕한 빌라르소와 오랫동안 내연 관계에 있었다. 그녀가 훗날 루이 14세와 결혼할 때, 몽셰브뢰유의 부인이 세 사람의 증인 중 하나였고, 그 인연으로 새 왕비(맹트농, 즉 옛 스카롱 부인)의 호의를 얻게 된 여인이다. 생시몽의 『회고록』에 생생한 이야기가 술회되어 있다.

[4] 독약을 잘 다루던 여인이었는데, 그녀가 바친 독약으로 네로가 브리타니쿠스를 독살했다고 한다.

할을, 여왕 곁에서도 수행했다. 어느 날 그는 자신이 우연히 내뱉은 말 한마디로 인해 여왕의 진면목을 파악했고, 여왕 폐하의 선의를 어떻게 요리해야 할지를 즉각 파악했다. 여왕은 매우 멍청했던 데번셔 공작 윌리엄 캐번디시를, 그 스튜어트 경을, 매우 좋아했다. 옥스퍼드의 모든 학위를 다 가지고 있으면서도 철자법조차 모르던 그 나리가, 어느 날 아침 문득, 멍청하게도 세상을 떠났다. 궁정에서는 죽는다는 것이 매우 신중치 못한 짓이다. 죽은 사람에 대해 말을 하면서 아무도 삼가는 이가 없기 때문이다. 여왕은 바킬페드로가 앞에 있건만. 한동안 탄식하더니, 한숨을 지으며 말했다. 「그토록 빈약한 지능이 그토록 많은 미덕들을 짊어지고 다녔다니, 참으로 아까운 일이로다!」

그러자 바킬페드로가 나지막하게 프랑스어로 중얼거렸다. 「*Dieu veuille avoir son âne*(신께서 그의 당나귀를 거두어 주시기를)!」[5]

그 말에 여왕이 미소를 지었다. 그리고 바킬페드로는 그 미소를 마음속에 기록했다.

그리고 결론을 내렸다. 〈깨물어야 즐거워한다.〉

그의 악의에 허가가 난 것이다.

그날 이후 그는 자신의 호기심과 악의를 사방에 쑤셔 넣고 다녔다. 모두들 그가 하는 대로 내버려 두었다. 그만큼 그를 두려워했다. 왕을 웃기는 자는 나머지 사람들을 덜덜 떨게 만든다.

우스꽝스러운 세력가로 변신한 것이다.

그는 날마다, 그러나 지하에서, 한 걸음씩 앞으로 나갔다.

---

5 *âne*(당나귀) 대신 당연히 *âme*(영혼)라 해야 했고, 그러면 상가에서 흔히 주고받는 인사가 된다. 바킬페드로가 나지막하게 중얼거렸으니, 설마 그가 *âme* 대신 *âne*라고 했으리라 생각할 사람이 있겠는가?

모두들 바킬페드로를 필요로 했다. 여러 지체 높은 나리들이 그에게 신뢰를 표하는 영예를 베풀어, 경우에 따라서는, 그에게 수치스러운 사명을 맡기기도 했다.

궁정이란 하나의 연동 장치이다. 바킬페드로는 그 속에서 엔진이 되었다. 여러 기계 장치 속에 있는 동륜(動輪)이 얼마나 작은지, 눈여겨보신 적이 있는가?

특히, 이미 잠시 언급했듯이, 바킬페드로의 정탐꾼 재능을 이용하고 있던 조시언은, 그를 어찌나 신로 했던지, 거처의 비밀 출입문 열쇠 중 하나를 그에게 선뜻 맡겼고, 따라서 그는 어떤 시각에도 마음대로 그녀의 거처에 들어갈 수 있었다. 은밀한 사생활을 남에게 지나칠 만큼 드러내는 것이, 17세기에는 하나의 유행이었다. 그러한 유행을 일컬어 〈열쇠를 준다〉고 했다. 조시언은 두 번 열쇠를 주었다. 한 번은 데이비드 경에게, 다른 한 번은 바킬페드로에게였다.

게다가 단숨에 침실까지 들어가는 것이 옛 풍습에서는 놀랄 만한 일이 아니었다. 그리하여 사고도 자주 생겼다. 라 페르테[6]가 라퐁 아씨의 침대 커튼을 와락 열어젖히자, 그 속에 흑색 근위 기병[7] 생송이 있었다는 등의 이야기가 그 예이다.

바킬페드로는 음흉하게 많은 비밀을 캐내, 그것들을 이용해 윗전을 아랫것 밑에 복속시키는 일에 탁월한 재능을 가지고 있었다. 어둠 속에서 그가 보인 행보는 엉큼했고 부드러웠으며 교묘했다. 모든 완벽한 정탐꾼들이 그러하듯, 그는 망나니의 무자비함과 현미경으로 미세물 관찰하는 사람의

---

6 루이 14세가 매우 아끼던 군인이었는데, 왕의 간곡한 충고와 질책에도 불구하고, 끝내 술버릇을 고치지 못했다는 이야기가 생시몽의 『회고록』(1702~1705년 편)에 보인다.
7 프랑스 국왕의 근위 기병대는 회색 말을 탄 중대와 흑색 말을 탄 중대로 나뉘어 있었다.

인내심을 아울러 구비했다. 그는 타고난 궁정인이었다. 모든 궁정인들은 야간에 쏘다니기를 좋아한다. 궁정인은, 흔히들 지상권이라고도 부르는, 밤 속에서 배회한다. 그는 손에 감등(龕燈) 하나를 들고 있다. 그것으로 자신이 원하는 부분만을 비추고, 나머지 부분은 암흑 속에 내버려 둔다. 그가 그 등을 이용해 찾는 것은 사람이 아니라 한 마리 짐승이다. 그리고 그가 발견하는 것은 왕이다.

왕들은 누구나, 자기 주위에 있는 자들이 커지는 것을 좋아하지 않는다. 또한 자기들에게로 향하지 않는 빈정거림에 황홀해한다. 바킬페드로의 재능은, 국왕의 존엄성에 득이 되도록, 귀족과 종친을 끊임없이 왜소하게 만드는 데 있었다. 그러면 국왕의 위엄이 그만큼 커졌다.

바킬페드로가 가지고 있던 그 은밀한 열쇠는, 양쪽 끝이 서로 다른 두 기능을 갖도록 만들어졌기 때문에, 그것 하나로, 조시언이 특히 좋아하는 두 거처, 즉 런던에 있는 헌커빌 하우스와 윈저에 있는 코를레오네 로지의, 작은 아파트 비밀 출입문을 열 수 있었다. 헌커빌 하우스는 올드게이트와 인접해 있었다. 런던의 올드게이트는 하윅에서 오는 사람들이 통과하게 되어 있는 문인데, 그곳에는 찰스 2세의 조각상 하나가 있고, 조각상 머리 위에는 채색한 천사 하나, 발밑에는 사자 한 마리와 일각수 한 마리가 조각되어 있었다. 헌커빌 하우스에 있으면, 세인트메릴본의 차임종 소리가 동풍에 실려 오곤 했다. 윈저에 있는 코를레오네 로지는, 벽돌과 돌을 자재로 삼았고, 대리석 주랑을 갖춘, 피렌체 양식 궁궐인데, 목조 다리 끝에다 말뚝 기초(基礎) 공법을 사용해 지었으며, 잉글랜드에서 가장 장엄한 의전용 정원 중 하나를 가지고 있었다.

윈저궁과 인접해 있는 그 궁궐에 있으면 여왕과의 거리가 지척이었다. 그러나 조시언은 즐겨 그곳에 머물렀다.

바킬페드로가 여왕에게 끼치는 영향은 거의 밖으로 드러나지 않았고, 모두 뿌리의 형태를 띠고 있었다. 그러한 궁정의 잡초를 뽑아 버리기보다 더 어려운 일은 없다. 그 뿌리는 깊이 파고들 뿐, 손끝에 잡힐 만한 꼬투리를 밖으로 내놓지 않는다. 로클로르[8]나 트리불레 혹은 브러멀[9] 같은 잡초를 뽑아 버리기는 거의 불가능하다.

날이 갈수록 여왕은 바킬페드로를 점점 더 좋아했다.

세라 제닝스는 유명하다. 반면 바킬페드로는 전혀 알려지지 않았고, 그가 받은 호의도 어둠 속에 묻혔다. 바킬페드로라는 이름은 역사에까지 도달하지 못했다. 모든 두더지들이 두더지 잡이에게 잡히는 것은 아니다.

바킬페드로는 지난날 사제 지망생이었던 고로, 모든 것을 조금씩은 공부했다. 모든 것을 살짝 스치기만 한 결과는, 아무것도 남지 않는다는 것이다. 사람은 *omnis res scibilis*(인지될 수 있는 모든 것)의 희생물이 될 수 있다. 두개골 밑에 다나이데스 자매들의 물통[10]을 가지고 있다는 사실, 그것이 거대한 지식인 집단의 불행인 바, 그들을 불모의 지식인이라 칭할 수 있을 것이다. 바킬페드로는 자신의 뇌수 속에 무엇이든 열심히 쌓아 두려 했지만, 결국 그의 뇌수는 텅 비어 있었다.

오성 또한 자연처럼 비어 있음을 몹시 싫어한다. 자연은 빈 공간을 사랑으로 채우지만, 오성은 그것을 증오로 채우는 경우가 빈번하다. 그리고 증오는 점령하는 속성을 가지고 있다.

증오를 위한 증오가 존재한다. 자연 속에는 예술을 위한

---

8 프랑스의 대원수 자리까지 오른 자인데, 광대짓과 파렴치한 음모 및 부인인 마드무아젤 드 라발에 대한 루이 14세의 연정 등을 이용해 영달한 사람이다(생시몽, 『회상록』).
9 잉글랜드의 댄디로, 웨일스 대공의 총신이었다고 한다.
10 밑 빠진 물통을 가리킨다.

예술이 존재한다. 사람들이 생각하는 것보다 훨씬 더 많다.

흔히들 증오한다. 무엇인가는 해야 하기 때문이다.

무보수의 증오.[11] 기막힌 말이다. 그것은 증오가 자신에게 그 보상을 지불하는 경우를 가리킨다.

곰은 자신의 발톱을 핥아 연명한다.

무한정 그러는 것은 물론 아니다. 발톱에 식량을 보급해야 한다. 무엇인가가 발톱 밑으로 들어와야 한다.

무차별적으로 증오하는 것이 즐겁고 또 한동안은 그것으로 족하다. 그러나 결국에는 대상이 있어야 한다. 삼라만상으로 분산된 증오는 자위행위처럼 결국 고갈된다. 대상 없는 증오는 과녁 없는 사격과 유사하다. 사격이라는 놀이에서 중요한 것은 꿰뚫을 심장이다.

오직 경예만을 위해 증오할 수는 없다. 양념이 필요하다. 한 남자이든 한 여자이든, 파멸시킬 그 누군가가 있어야 한다.

그러한 놀이를 재미있게 만들고, 표적을 제공하고, 증오가 조준하며 열광하도록 해주고, 살아 있는 희생물을 보고 사냥꾼이 즐거워하도록 해주고, 매복꾼으로 하여금, 미지근하고 김이 나는 피가 용출해 흐르는 장면을 볼 수 있으리라는 희망을 갖게 하고, 날개가 있어도 소용없는 종달새의 고지식함으로 새잡이의 얼굴에 환희의 웃음이 넘치게 하고, 기지 있는 자의 살해 행위를 위해 정성스럽게 사육된 짐승이 되는 등의 공헌, 또한 그러한 공헌을 하면서도 당사자는 그 감미롭고 끔찍한 봉사 활동을 의식조차 못 하는데, 조시언은 바킬페드로에게 그러한 공헌을 했다.

생각은 일종의 탄환이다. 바킬페드로는 첫날부터, 뇌리에 있는 못된 의도를 가지고 조시언을 조준하기 시작했다. 하나

---

11 〈이유 없는〉 혹은 〈터무니없는〉 증오를 가리킨다.

의 의도와 나팔총 간에는 서로 닮은 점이 있다. 바킬페드로는, 사냥개가 짐승을 발견하고 멈추어 서듯, 은밀한 악의를 그녀에게 몽땅 쏟으며 우뚝 멈추어 섰다. 놀라운 일이라고? 당신이 총으로 쏘는 그 새가 당신에게 무슨 짓을 했는가? 그 새를 먹기 위해서라고 할 것이다. 바킬페드로 역시 그러기 위해서였다.

조시언이 심장에 타격을 입을 가능성은 별로 없었다. 수수께끼가 있는 부분은 여간해서 손상을 입지 않는다. 하지만 그녀는 머리에, 즉 자존심에 치명상을 입을 수 있었다.

그녀는 그 부위를 믿고 자신이 강하다고 믿었지만, 그 부위가 그녀의 약점이었다.

바킬페드로는 그 사실을 이미 간파하고 있었다.

만약 조시언이 바킬페드로의 어두운 세계를 밝게 꿰뚫어 볼 수 있었다면, 또한 만약 그녀가 그 미소 뒤에 매복하고 있던 것을 식별해 낼 수 있었다면, 그 자부심 강한 여인도, 그토록 높은 처지에 있었건만, 아마 두려움에 전율했을 것이다. 그녀의 편안한 수면을 위해 다행스러운 일이었지만, 그녀는 그 남자의 속에 있던 것을 까마득히 모르고 있었다.

전혀 예측치 못한 것이 어디에서부터인지 번진다. 생명의 깊숙한 바다은 정말 무시무시하다. 작은 증오란 없다. 증오는 언제나 거대하다. 증오는 거대한 신장(身長)을 가장 작은 것 속에 숨긴 채 괴물로 남아 있다. 하나의 증오란 총체적 증오이다. 한 마리 개미가 증오하는 코끼리, 그 코끼리는 이미 위험에 놓여 있다.

일격을 가하기도 전에, 바킬페드로는 자신이 저지르려는 악행의 맛을 예감하며 즐거워했다. 그는 아직 조시언에게 무슨 짓을 해야 할지조차 모르고 있었다. 그러나 무슨 짓이든 저지를 결심은 서 있었다. 그러한 방침을 세웠다는 것만으로도 커다란 진척이라 할 수 있었다.

 조시언을 사라져 버리게 하는 것, 그것은 과분한 성공이었을 것이다. 그는 그러한 성공을 기대하지 않았다. 하지만 그녀에게 모욕감을 안겨 주고, 그녀를 왜소하게 만들고, 그녀에게 절망감을 맛보게 해주고, 그 눈부시게 아름다운 눈이 미칠 듯한 분노의 눈물로 충혈되도록 하는 것 등의 일도 훌륭한 성공으로 여겨졌다. 그는 성공을 장담하고 있었다. 끈덕지고, 근면하고, 다른 이의 고통을 위한 정성 변함없고, 결코 뽑아 버릴 수 없는 사람, 자연이 그를 아무 뜻 없이 그렇게 만든 것은 아니다. 그는 조시언의 황금 갑옷에 있는 단점을 찾아내어, 그 올림포스 여신의 피가 줄줄 흐르도록 해주고 싶었다. 다시 강조하지만, 그에게 무슨 이득이 돌아오느냐고? 엄청난 이득이 있었다. 그 이득이란, 자신에게 선을 베푼 사람에게 고통을 가하는 일이었다.

 질투꾼이란 무엇인가? 배은망덕한 자이다. 그는 자신에게 광명을 가져다주고 자신을 따뜻하게 덥혀 주는 빛을 증오한다. 조일로스[12]는 호메로스라는 빛을 증오한다.

 조시언으로 하여금, 오늘날 생체 해부라고 부르는 것을 당하게 하는 것, 경련을 일으키며 꿈틀거리는 그녀를 해부용 테이블에 올려놓고, 허름한 외과 수술실에서, 한가하게 그녀를 산 채로 해부하는 것, 그녀가 울부짖는 동안, 아마추어의 서투른 솜씨로 그녀를 점점이 찢는 것 등 그러한 꿈이 바킬페드로를 황홀케 했다.

 그러한 목적을 달성하기 위해 고통을 조금 감수해야 했더

---

[12] 호메로스의 작품을 끈덕지고 비루하게 비판한 사람으로 유명하다. 호메로스의 작품에서, 상식에 벗어나는 인물이나 사건을 일일이 지적해, 전 9권의 책으로 펴냈다고 한다. 질투심 많고 심보 못된 평론가의 전형으로 간주되는 사람이다.

라도, 그는 그 고통을 달갑게 받았을 것이다. 자신의 집게로 자신의 살을 꼬집을 수도 있는 것이다. 주머니칼을 다시 접다가 자신의 손가락을 벨 수도 있다. 하지만 무슨 상관이랴! 조시언의 고통에 자신이 조금 이끌려 든다 할지라도 그는 개의치 않았을 것이다. 벌겋게 달군 쇠를 다루는 망나니는 제 몫의 화상을 입지만, 그것에는 신경 쓰지 않는다. 다른 사람이 더 고통받기 때문에, 그것은 느끼지조차 못한다. 고문당하는 사람의 몸부림을 보고 있노라면, 그의 통증은 스스로 사라진다.

해를 끼치는 일을 할 뿐이다. 그 이후에는 될 대로 되라.

다른 이에게 고통을 주는 일을 꾸민다는 것은, 애매한 책임을 시인해야 하는 경우, 매우 번거로워진다. 다른 사람들을 처박으려 했던 그 위험 속에 자신이 빠져들 수도 있다. 많은 일이 뒤얽히다 보면, 예측치 못한 붕괴 사고가 일어날 수 있다. 하지만 그러한 사실도, 진정 심보 사나운 자는 막지 못한다. 그는 형벌 받는 사람이 고통스럽게 느끼는 것을 희열로 느낀다. 찢기는 몸을 바라보며 간지럼을 느낀다. 못된 사람은 소름끼치는 웃음만을 짓는다. 고문이 그의 표면에서는 편안함으로 반사된다. 알바 공작[13]은 화형대 불에 손을 덥히곤 했다고 한다. 화형대의 불은 고통인데, 그 불빛이 즐거움의 형태로 반사되었다. 그러한 전환이 가능하다니, 전율할 일이다. 우리의 어두운 측면은 탐조가 불가능하다. 보댕의 저서에 있는 표현이지만,[14] 〈미묘한 고문〉이란 말은 아마 끔찍한 다음 세 가지 의미를 가지고 있을 것이다. 즉, 고통의 탐

---

13 카를 5세 휘하의 장군이며 정치가였는데, 특히 네덜란드 총독 시절에 공포 정치를 펴서, 그곳 민심을 잃었다고 한다. 스페인과 포르투갈에서 화형이 대대적으로 또 빈번히 집행되던 시절 사람이다.

14 보댕의 『공화국』(제1권, p.196)을 가리키는 듯하다. 1576년에 출간된 책으로, 정치사상사의 고전으로 꼽힌다.

구와 고통 받는 이의 괴로움, 그리고 고통 가하는 이의 즐거움일 것이다. 야망이니 욕망이니 하는 말은, 만족감을 맛본 사람에게 희생물로 바쳐진 어떤 사람을 의미한다. 희망이란 것이 악랄할 수 있다니, 슬픈 일이다. 한 사람에게 원한을 품는다는 것은, 그가 잘못되기를 바라는 것이다. 왜 잘되기를 바라지는 못할까? 우리의 의지가 주로 악의 쪽으로 기울어 있다는 말인가? 의로운 사람의 가장 힘든 노고 중 하나는, 좀처럼 고갈시키기 어려운 악의를 영혼에서 뽑아 버리는 일이다. 우리의 욕망 중 대부분은, 그 본질을 세밀히 관찰해 보면, 고백할 수 없는 것들을 내포하고 있다. 완벽하게 못된 이에게는, 그 흉악한 완벽함이 실재하지만, 다른 이들의 유감스러움이 곧 자신의 다행스러움이다. 인간에게 있는 어두운 그늘이다. 지하 동굴이다.

조시언은, 모든 것에 대한 멸시로 형성된 천진스러운 자부심이 가져다주는, 충만한 신뢰를 가지고 있었다. 여성 특유의 무시하는 재능은 참으로 놀랄 만하다. 무의식적이고 무의지적이며 낙천적인 무시, 그것이 곧 조시언이었다. 바킬페드로가 그녀에게는 하나의 물건과 거의 다름없었다. 혹시 누가 그녀에게 말하기를, 바킬페드로가, 그 물건이, 존재한다고 했다면, 그녀는 매우 놀랐을 것이다.

그녀는 자신을 비스듬히 응시하고 있는 그 남자 앞에서, 자연스럽게 왔다 갔다 하며 웃었다.

반면 그는, 생각에 잠겨, 기회를 엿보고 있었다.

그가 기다리면 기다릴수록, 그 여인의 삶에 어떠한 형태의 절망이든 처넣어야겠다는 결의가 점점 굳어졌다.

냉혹한 잠복이었다.

또한 그는 스스로에게 훌륭한 구실을 마련해 두었다. 비루한 악당이라 해서, 그가 스스로를 높이 평가하지 않는다고 믿으면 안 된다. 그들은 오만한 독백을 늘어놓으며 아주 거만해진다. 아니! 조시언 따위가 그에게 적선을 하다니! 그녀가, 마치 거지에게 하듯, 거대한 재산에서 몇 푼 집어, 그에게 빵가루 뿌리듯 던져 주다니! 그를 어울리지도 않는 직책에 못 박아 놓고, 꼼짝 못 하도록 못대가리를 구부리다니! 교회에 봉직하는 사람과 다름없고, 다양하되 심오한 능력을 구비했으며, 사제의 자질을 가진 박식한 사람 바킬페드로가, 기껏 욥의 농포(膿疱)나 긁적거리기에 적합한 사금파리를[15] 일일이 장부에 기록하는 일을 맡게 된 것은, 그리하여 누추한 다락방 같은 문서 보관소 구석에서, 바다의 온갖 오물이 상감(象嵌)되다시피 덕지덕지 낀 멍청한 병들의 마개를 근엄하게 열고, 곰팡이로 뒤덮인 양피지들, 그 썩어 버린 마법서 쪽지들, 쓰레기 같은 유언서들, 도무지 알아들을 수 없는 헛소리들을 판독하며 한평생을 보내게 된 것은, 조시언의 잘못 때문이야! 아니! 그 계집이 그에게 하게체를 쓰다니!

그러니 그가 복수를 하지 않겠어!

그러니 그가 그따위 씨알머리를 처벌하지 않겠어!

아, 그걸 묵인하다니! 그러면 이 지상에 더 이상 정의는 없어!

10. 인간이 투명하다면 보일 불길

뭐라고! 그 계집이, 그 엉뚱한 것이, 임시 처녀인 음탕한 몽상가 계집이, 아직 소비자에게 배달되지 않은 살덩이가, 왕관 쓴 뻔뻔스러움이, 우연한 기회가 없어서, 모두들 그렇

---

15 〈사탄은 야훼 앞에서 물러 나오는 길로 곧 욥을 쳐 발바닥에서 정수리까지 심한 부스럼이 나게 하였다. 욥은 잿더미에 앉아서 토기 조각으로 몸을 긁었다.〉(「욥기」 2:7~8)

게 말하고 나도 동감이지만, 아마, 그래서 아무 놈팡이의 수중에도 아직 들어가지 않은 그 오만한 디아나가, 기지가 모자라 자리를 지키지 못한 어중이떠중이 같은 왕의 사생아 계집이, 지체 높아지니까 여신 흉내를 내지만 가난했다면 창녀가 되었을, 요행수로 공작 작위를 꿰어 찬 계집이, 그 얼치기 레이디가, 추방당한 자의 재산을 훔친 계집이, 그 오만한 거지 년이, 어느 날 바킬페드로에게 저녁거리가 떨어지고 잠잘 곳이 없어졌다 해서, 파렴치하게도 그를 자기 집 식탁 끝에 앉히고, 비위에 거슬려 참을 수 없는 궁궐 한 구멍 속에, 어디인지는 모르되, 하기야 그것이 무슨 상관이 있으랴만, 헛간이건 지하실이건, 아무 구석에나, 종들보다는 조금 낫게, 그리고 말보다는 조금 못하게, 그를 처박다니! 그녀는, 바킬페드로가 곤궁한 처지에 놓인 것을 악용해, 또한 그가 마음 놓고 있는 틈을 타서, 그에게 서둘러 도움의 손길을 뻗쳤는데, 그것은 부자들이 가난한 사람들을 모욕하기 위해, 그리고 줄을 매어 끌고 다니는 다리 짧은 개처럼 그들을 예속시키기 위해, 흔히 하는 짓이다! 게다가 그따위 도움에 무슨 비용이 들겠는가? 도움이란 딱 그 때문에 지출되는 경비만큼의 가치만 있다. 그녀의 집에는 남는 방이 널려 있다. 바킬페드로를 돕다니! 정말 칭송할 만큼 애를 쓰셨군! 그래서 거북이 수프 한 숟가락이라도 덜 먹었나? 가증스럽게 넘쳐흐르는 잉여분 중에서 무엇 하나 희생한 것이 있나? 아무것도 없다. 그녀는 그 잉여분에다, 하나의 허영, 하나의 사치품, 한가한 선행 하나, 도움 받은 지성인 하나, 후원받은 사제 하나를 추가했을 뿐이다! 그녀는 으쓱하며 이렇게 말할 수 있게 되었지. 〈나는 선행을 베풀어. 문인들에게 맛있는 먹이를 주지. 나는 그의 후견인이야! 그 가엾은 것, 나를 만나 얼마나 다행이야! 나 같은 예술의 친구는 없어!〉 지붕 밑 다락방에 간이침대 하나

놓아 준 것을 가지고 그 수선이다! 해군성의 그 직책, 바킬페드로가 그 자리를 조시언 덕에 얻었지. 제기랄! 그 멋진 직책! 조시언이 바킬페드로를 만들었다고 하지만, 그는 예전 그대로야. 그녀가 그를 창조했다고들 하지. 좋아. 그래. 무를 창조했어. 무보다 더 하잘것없는 것을. 그가 그 우스꽝스러운 직책을 수행하며, 자신이 휘어지고, 마비되고, 위조된 느낌을 갖게 되었으니까. 그가 조시언에게 진 빚이 무엇이지? 자신을 기형으로 낳아 준 어미에게 꼽추가 진 빚이지. 저 특혜 입은 자들, 저 부족함 없는 자들, 졸지에 출세한 자들, 행운이라는 흉측한 계모의 선택을 받은 자들, 그들의 실상이야! 그런데 바킬페드로와 기타 재능 있는 사람들은, 복도에서 옆으로 비켜서야 하고, 정복 입은 시종들에게 공손히 인사해야 하고, 저녁마다 수많은 계단을 기어 올라가야 하고, 정중하며 친절하며 상냥하며 공손하며 유쾌하게 굴어야 하고, 항상 주둥이에 짐짓 존경하는 척 주름살을 그려야 하지! 미칠 듯이 노여워하며 이를 갈 만하지 않은가! 또한 그러는 동안에도, 그 화냥년은 목에 진주 목걸이를 걸고, 그 얼간이 데이비드 더리모이어 경과 어우러져, 연정에 들뜬 듯한 포즈를 취하지!

누가 그대에게 도움 주는 것을 결코 허락하지 마시라. 그 도움을 빌미 삼아 그대를 악용할 것이로다. 그대가 영양실조로 죽어 가는 현장이 발각되지 않도록 하라. 저들이 그대를 구해 줄 것이로다. 그에게 빵이 없었기 때문에, 그 여인은 그에게 먹을 것을 줄 충분한 핑계를 발견한 것이다! 그 순간부터 그는 그녀의 하인이 된 것이다! 밥통이 한 번 실수를 저지르면, 그대는 평생 쇠사슬에 묶인다! 은혜를 입는다는 것, 그것은 수탈당함을 뜻한다. 행운아들, 그 힘 있는 자들은, 그대가 손을 내미는 순간을 놓치지 않고, 그대의 손에 한 푼 쥐어 준다. 또한 그대가 비겁해지는 순간을 이용해, 그대를 노예로 만들되, 가장 비참한 노예, 자선의 노예, 사랑하기를 강요받는 노예로 만들어 버린다! 그 얼마나 치욕스러운가! 얼마나 야비한가! 우리의 자존심에는 얼마나 경악스러운 일인가! 또한 그렇게 되면 끝장이다. 그대는 종신토록, 그 남자가 선하다고 생각해야 하고, 그 여자가 아름답다고 여겨야 하고, 항상 부하로 뒷전에 물러서야 하고, 동의하고, 박수치고, 찬미하고, 아첨하고, 엎드리고, 빈번한 무릎 꿇기로 그대의 슬개골(膝蓋骨)에 못〔硬結〕이 박히게 하고, 노여움이 그대를 찢듯이 괴롭힐 때라도, 그대가 맹렬한 노여움의 절규를 씹어삼킬 때라도, 사나운 굽이침과 쓰디쓴 거품이 대양에서보다 더 심하게 그대의 가슴속에서 몸부림칠 때라도, 그대의 말에 설탕을 가미해야 한다는 선고를 받은 것이다!

    부자들은 가난한 사람을 그런 식으로 포로로 삼는다.

    당신에게 저질러진 선행이라는 끈끈이가, 당신을 영영 더럽히고 진흙탕 속에 처박는다.

    하나의 적선은 돌이킬 수 없는 것이다. 사은이란 곧 마비이다. 은혜는 그대의 자유로운 움직임을 박탈하는, 끈적거리고 혐오스러운 접착력을 가지고 있다. 풍족하고 또 꾸역꾸역 처먹어, 더 이상 아무것도 먹을 수 없는 그 흉측한 자들은, 그러한 사실을 잘 안다. 이미 약속된 바이다. 그대는 그들의 것이다. 그들이 그대를 산 것이다. 얼마에? 그대에게 값을 치르려고 자기들의 개에게서 빼앗은 뼈다귀 한 대가 그대의 가격이다. 그들은 그 뼈다귀를 그대의 머리에 던졌다. 그대는 구원을 받은 것에 못지않게, 돌로 쳐 죽이는 형벌도 받았다. 그나저나 마찬가지이다. 뼈다귀를 갉아먹었는가? 그랬나? 아니 그랬나? 그대는 그대 몫의 개집도 얻었지. 그러니 감사하라. 영원히 감사하라. 그대의 주인들을 찬미하라. 영영 끝나지 않는 무릎 꿇기이다. 은혜는 그대가 암묵리에 시인한 열

등성을 함축한다. 그들은, 그대가, 그대는 가엾은 마귀 녀석이고 자기들은 신이라고 생각하기를 강요한다. 그대의 왜소해짐이 그들을 더욱 크게 만든다. 그대의 구부러짐이 그들을 곧게 일으켜 세운다. 그들의 음성에는 부드럽되 건방진 빈정거림이 있다. 결혼이라든지, 세례, 만삭이 된 암컷, 까놓은 새끼들, 그 모든 집안일이 그대의 소관이다. 새끼 늑대가 하나 태어나면 그대는 소네트 하나를 지어야 한다.[1] 그대는 굽실거리며 빌붙어야만 시인이다. 별들이 무너져 내리게 하는 일 아닌가! 조금 더 심한 경우, 그대로 하여금 자기들의 낡은 신발들을 닳아 없애도록 한다.

〈댁에다 도대체 무엇을 가져다 놓으신 거예요, 아가씨? 추하기도 해라! 저 남자는 뭐예요?〉〈저도 잘은 모르겠어요. 제가 먹여 살리는 저질 글쟁이에요.〉 암컷 칠면조들이[2] 그렇게 주고받는다. 그러면서 목소리도 낮추지 않는다. 그 소리를 들어도 그대는 자동적으로 친절하다. 또한 그대가 병이 나면, 그대의 주인들은 의사를 보내 준다. 자기들을 돌보는 의사는 물론 아니다. 때로는 그대의 안부를 묻기도 한다. 그대와는 같은 종(種)이 아니고, 그들 쪽으로는 침투가 불가능하기 때문에, 그들은 정중하고 친절하게 처신한다. 그들은 깎아지른 듯이 높기 때문에 가까이 하기 쉽다. 그들은, 그대가 그들과 수평을 이루기가 불가능함을 잘 안다. 무시하기 때문에 정중한 것이다. 식탁에서도 그들은 그대에게 고갯짓을 한다. 경우에 따라서는 그대 이름의 철자도 안다. 그들은 오직

---

[1] 옛날에는, 특히 16~17세기에는, 왕실이나 기타 세력가의 집안에 혼례나, 아이의 출생, 세례 등 경사가 있을 경우, 소네트라고 하는 14행 노래를 지어 바쳤다. 오늘날까지도 그 이름이 전하는, 소위 〈시인〉이라 하는 사람들의 대부분은, 그렇게 해서 명성을 얻었다.
[2] 멍청한 여자들을 가리킨다.

그대의 가장 민감하고 섬세한 것들을 천진스럽게 짓밟음으로써만, 그대로 하여금 자신들이 그대의 보호자임을 절감하게 한다. 그들이 참으로 어질게 대접한다!

이만하면 충분히 고약스럽지 않은가?

분명, 조시언을 처벌하는 것이 급선무이다. 그녀가 누구를 상대하고 있는지 절실히 깨닫도록 해주어야 한다! 아! 부자 양반들, 당신들이 모두 먹을 수 없기 때문에, 결국 당신들의 밥통도 우리의 것처럼 작기에, 당신들의 호사스러움이 소화 불량으로 귀착될 것이기 때문에, 남는 것을 버리는 것보다는 나눠 주는 것이 낫기 때문에, 당신들은 가난한 이들에게 사료 던져 주는 행위를 관후한 처사로 승격시키고 있어! 아! 당신들은 우리에게 빵을 주고, 거처를 주고, 옷을 주고, 일자리를 주지. 그러고는 더욱 과감해지고, 더욱 미치고, 더욱 잔인해지고, 더욱 어리석어지고, 더욱 어처구니없어져서, 결국에는 우리들이 당신들의 은덕을 입었다고 믿기에 이르지! 그 빵, 그것은 예속의 빵이고, 그 거처, 그것은 심부름꾼의 방이고, 그 옷들, 그것은 시종의 정복이고, 그 일자리, 그것은 보수를 지불하지만 바보로 만드는 조롱에 불과해! 아! 당신들은 거처와 식량을 무기로 우리를 말라 죽게 할 권리가 있다고 믿으며, 우리가 당신들에게 빚을 지고 있다는 엉뚱한 생각을 하고, 따라서 우리가 고마워하리라 기대하겠지! 좋아, 우리가 당신들의 배때기를 먹을 것이야. 좋아! 아름다운 부인이시여, 우리가 당신의 창자를 몽땅 뽑아내고, 당신을 산 채로 먹어 치울 것이며, 당신의 심장이 부착된 부분을 우리의 이빨로 끊어 버릴 것이야!

조시언! 고것이야말로 진정 흉악하지 않은가? 그녀에게 무슨 자격이 있어? 자기 아비의 멍청이 짓과 자기 어미의 수치를 증언하기 위해 이 세상에 태어나는 걸작을 만들었을 뿐이야. 그녀는 자신이 존재한다는 것으로 우리에게 은총을 베풀었지. 온 세상이 다 아는 추문의 당사자가 된 그러한 친절의 대가로 그녀에게 수백만 금을 지불했지. 그녀에게는 토지와 성과 토끼 사육장과 사냥터와 호수와 숲이 있지. 그리고 또, 어찌 다 알 수 있으랴? 그 모든 것을 가지고 그녀는 바보짓을 저질렀어! 그랬다고 그녀에게 시를 지어 바쳤지! 그런데 공부를 하고, 연구를 하고, 엄청난 노고를 감수하고, 두꺼운 책들을 몽땅 눈과 뇌수 속에 잔뜩 쑤셔 넣고, 서적과 학문 속에서 썩었고, 막대한 기지를 구비했고, 많은 군대를 능숙하게 지휘할 수도 있고, 원하기만 하면 오트웨이[3]나 드라이든처럼 비극 작품도 쓸 수 있으며, 황제의 자질을 가지고 태어난 그가, 바킬페드로가, 그 아무것도 아닌 것으로 인해, 굶어 뒈지는 것조차 방해를 받는 신세로 전락하다니! 부자들의, 우연의 선택을 받은 그 가증스러운 자들의, 찬탈 행위는 더욱 심해질 수 있어! 우리에게 관대한 척하고, 우리를 보호하고, 우리에게 미소를 보내지만, 우리는 그들의 피를 마신 다음 우리의 입술을 핥을 것이야! 궁정의 천한 여인이 자선가라는 가증스러운 힘을 휘두르고, 탁월한 사나이가 그따위 계집의 손에서 떨어지는 빵 부스러기나 주워 먹을 운명에 처하다니, 그보다 더 무시무시한 불공평이 있을 수 있겠는가! 이 지경까지 불균형과 불의가 기반을 이루고 있는 사회란 도대체 어떤 사회란 말인가? 네 귀퉁이를 쥐고 몽땅 들어 올려, 식탁보와, 연회와, 통음난무와, 취기와, 음주벽과, 회식자들과, 식탁 위에 두 팔꿈치를 괴고 있는 자들과, 식탁 밑에서 네 발로 기고 있는 자들과, 베푼답시고 오만방자한 자들과, 그것을 받는 백치들을, 모두 뒤죽박죽 섞어 천장으로 던져 버

---

[3] 영국의 극작가. 주요 작품으로 「고아」(1680), 「수호된 베니스」(1682) 등이 있다.

리고, 신의 코 밑에다 모든 것을 가래침 뱉듯 다시 쏟고, 지구를 몽땅 하늘로 던져 버려야 하지 않겠는가! 그러기 전에 우선 발톱을 조시언의 몸뚱이에 깊숙이 꽂자.

바킬페드로는 그러한 생각에 잠겨 있었다. 그것은 그의 영혼 속에서 들리는 울부짖음이었다. 개인적인 불만거리에다 공공의 악을 혼합시켜 스스로에게 무죄를 선언하는 행위, 그것이 질투꾼의 습성이다. 증오 어린 열정의 온갖 표독스러운 형태가, 그 사나운 지능 속에서 오락가락했다. 15세기에 제작된 옛 지구 전도(全圖) 한 귀퉁이에는, 형태도 이름도 없는 모호한 지역이 그려져 있는데, 그 지역 위에는 다음 세 단어가 적혀 있다. *Hic sunt leones*. 그 모호한 구석이 인간 속에도 있다. 우리의 내면 어디에선가는, 여러 열정이 어슬렁거리며 으르렁거린다. 우리의 영혼 속에 있는 어두운 구석을 놓고도 같은 말을 할 수 있을 것이다. 〈여기에 사자들이 있다.〉

그 사나운 사변적 발판이 전적으로 터무니없었을까? 그것에 어떤 판단력이 결여되어 있었을까? 분명히 말해 두거니와, 결코 그렇지 않다.

우리 각자가 내면에 간직하고 있는 것, 즉 판단력이, 그 자체로 정의는 아니라는 생각이 들 때마다 두려워진다. 판단력은 상대적이다. 정의는 절대적인 것이다. 판사와 의인의 차이에 대해 깊이 생각해 보라.

심보 못된 자들은 양심을 권위적으로 난폭하게 다룬다. 허위를 훈련시키는 경우도 있다. 궤변가란 왜곡꾼인데, 때로는 그러한 왜곡꾼이 양식(良識)에 폭력을 가하기도 한다. 매우 유연하고 몹시 집요하며 지극히 날렵한 어떤 논리는, 악에 봉사하며, 암흑 속에서 진실을 살해하는 데 탁월한 재주를 발휘한다. 사탄이 신에게 가하는 음산한 주먹질이다.

멍청한 자들의 찬사를 받는 궤변가에게[4] 돌아가는 영광이란, 인간의 양심에 〈푸른 멍〉이 들게 했다는 사실뿐이다.

바킬페드로가 비통해한 것은, 실패를 예감하고 있었다는 사실이다. 그가 대대적인 일에 착수하고 있었지만, 그러나 결국, 변변찮은 피해를 입히는 데 그치지 않을까 두려워하고 있었다. 자기가 다른 이를 부식시키는 인간이고, 자신 속에 강철 같은 의지와 금강석 같은 증오, 재앙에 대한 뜨거운 호기심을 가지고 있으면서, 아무것도 태우지 못하고, 아무것도 참수하지 못하고, 아무것도 박멸하지 못한대서야! 그 자신이 곧 파괴력이고, 게걸스러운 증오이고, 다른 이의 행복을 쏠아 버리는 존재이고, 온갖 부품으로 창조된(마귀건 신이건 그 누구이건 창조자가 있으니 말이다) 바킬페드로가, 하찮은 손가락으로 튀기기 장난으로 그친다면, 그것이 있을 수 있는 일인가! 자신이 육중한 바위를 투척할 수 있는 용수철인데, 방아쇠를 한껏 당겨서 고작 태깔 부리는 계집의 이마에 혹 하나 붙여 주는 것으로 그친대서야! 노포(弩砲)를 가지고 손가락으로 튀긴 것만큼의 피해만 입힌대서야! 시시포스의 일을 하고서 개미가 거두는 결실만을 거둔대서야! 맹렬하게 증오를 발산하고서도 거의 아무것도 얻지 못한대서야! 이 세상을 으깨어 가루로 만들어 버릴 만한 적대감으로 이루어진 기계 같은 인간에게는 몹시 모욕적인 일 아닌가! 모든 연동 장치를 가동해, 어둠 속에서, 마를리에 있는 양수기처럼[5] 요란

---

4 위고는 초고의 여백에다, 〈궤변가〉를 프루동이라 지목해 두었다고 한다. 무정부주의와 공제회 및 조합(노동)운동의 아버지로 알려진 프루동을, 혁명가로 여기는 사람들이 있는가 하면, 마르크스 같은 이는 그를 〈노동과 자본 사이에서, 그리고 경제학과 공산주의 사이에서 갈팡질팡하는 프티 부르주아〉라고 평했다 한다. 러시아의 무정부주의자 바쿠닌에게 큰 영향을 끼친 것으로 알려져 있다.

5 루이 14세 시절, 마를리에 양수기를 설치해 센 강 물을 베르사유 궁에 공급했다고 한다.

한 굉음을 내고서, 겨우 발그레한 새끼손가락 끝을 꼬집는 것으로 그친대서야! 그는 궁정의 평평한 표면에 혹시 조금이나마 습곡(褶曲)이 생기도록 할 수 없을까 해서, 무수한 덩어리를 뒤집고 또 뒤집으며 돌아다녔다! 신은 힘을 대대적으로 허비하는 이상한 버릇을 가지고 있다. 산을 옮길 듯한 법석이 두더지 흙 둔덕 하나 옮기는 것으로 귀착된다.

뿐만 아니라 궁정이란 곳이 매우 기이한 사격장인지라, 적을 조준했다가 혹시 명중시키지 못하면, 그것보다 더 위험한 일이 없다. 그러면 우선 적에게 얼굴이 노출되고, 적을 화나게 만든다. 또한 그리고 특히 그러한 실패가 상전에게 불쾌감을 준다. 왕들은 어설픈 자들을 별로 달가워하지 않는다. 타박상을 입히지 못하면 주먹질은 없었던 것이나 마찬가지이다. 모든 사람들의 목을 따되, 그 누구에게도 코피를 흘리게 해서는 안 된다. 죽이는 자는 능숙하며, 부상만 입히는 자는 무능하다. 왕들은 누가 자신들의 종을 절름발이로 만드는 것을 좋아하지 않는다. 그들은 누가 자신들의 벽난로 위에 놓인 도자기나 수행원 중 하나에 금이 가게 하면 원한을 품는다. 궁정은 항상 정갈해야 한다. 그러니 차라리 깨뜨려 버리고, 다른 것을 대신 가져다 놓으라. 그러면 잘하는 짓이다.

또한 그것이 군주들의 비방 취향과도 완벽한 조화를 이룬다. 험담은 하되 악은 행하지 마라. 혹시 악을 행하려면 큰 악을 행하라.

단검으로 찌르되 생채기를 내지는 마라. 생채기를 내는 바늘에 독약을 바른 경우는 예외이다. 정상을 참작케 하는 상황이다. 다시 환기시키는 바이지만, 그것이 바킬페드로의 경우였다.

증오심을 품은 피그미족은 솔로몬의 용이[6] 갇혀 있는 작은 유리병이다. 유리병은 극히 작으나 용은 터무니없이 크다.

거대한 확산의 순간을 기다리고 있는 엄청난 응축이다. 폭발을 모의하며 그것으로 위안을 삼는 권태이다. 내용물이 용기보다 더 크다. 잠복하고 있는 거인, 그 얼마나 기이한 일인가! 속에 히드라를 감추고 있는 옴벌레이다! 자신이 소름끼치는 도깨비 상자이며, 자신 속에 레비아단이 있다는 사실이, 그 난쟁이에게는 고문이며 동시에 관능적 쾌락이었다.

또한 어떠한 일이 있어도 바킬페드로는 손에 쥔 것을 놓아주지 않았을 것이다. 그는 때를 기다리고 있었다. 그때가 도래할까? 하지만 무슨 상관이야? 그는 무작정 기다렸다. 성품이 몹시 고약할 경우, 자부심이 끼어든다. 자신보다 높은 궁정의 행운에 구멍을 내고, 그것을 무너뜨리려 그 밑에 구덩이를 파며, 온갖 위험과 생명의 위협을 무릅쓰고 굴착 작업을 해도, 그리고 비록 지하에 숨어 있어도, 다시 강조하는 바이지만, 그 일이 재미있다. 그러한 놀이에 열광하기 마련이다. 자신이 지은 장편 운문 소설인 양 그 작업에 반한다. 지극히 작으면서 지극히 큰 것을 공격한다는 것은 하나의 수훈이다. 사자의 몸에 붙은 벼룩, 멋있는 일이다.

오만한 짐승은 자신이 찔렸음을 느끼고 그 미세한 원자를 상대로 부질없이 펄펄 화를 낸다. 호랑이 한 마리를 만났어도 그토록 괴롭지는 않을 것이다. 드디어 역할이 바뀐다. 모욕당한 사자는 살 속에 그 벌레의 침(針)을 간직하게 되고, 벼룩은 드디어 이렇게 말할 수 있다. 〈내 안에는 사자의 피가 흐르고 있어.〉

---

6 술레이만(『코란』에서 솔로몬을 지칭하는 명칭)의 진(*Djinn* 혹은 *génie*)을 가리키는 듯하다. 진은 공중을 날아다니는 착한 정령 혹은 다이몬(수호 정령)인데, 그들이 술레이만 휘하의 군사가 되기도 한다(『코란』, 27, 34장). 〈작은 유리병〉 속에 갇혀 있는 진의 이야기는 『천일야화』 속에 자주 등장한다.

하지만 그것이 바킬페드로의 오기를 반쯤밖에 진정시켜 주지 못했다. 위안일 뿐이었다. 일시적 완화제였다. 약 올리는 것도 물론 그럴싸한 일이다. 그러나 고문을 가하는 것이 훨씬 낫다. 끊임없이 그의 뇌리에 떠오르던 생각인데, 바킬페드로는 조시언의 피부에 미미한 상처밖에 낼 수 없을 것 같았다. 그토록 광휘로운 그녀를 상대로, 그처럼 보잘것없는 존재가 무엇을 더 바랄 수 있겠는가? 산 채로 껍질을 벗겨 온통 새빨개진 몸뚱이와, 피부라는 슈미즈도 없어, 나체 이상으로 벗은 여인의 울부짖음을 원하는 사람에게, 생채기 하나는 얼마나 미미하겠는가! 그러한 욕구만 있고 힘이 없다는 사실, 얼마나 유감스러운 일인가! 애석하도다! 완전한 것은 없도다!

결국 그는 체념하고 있었다. 궁여지책으로, 그는 자신이 꿈꾸던 것의 반만 실행에 옮길 생각에 잠겼다. 못된 장난을 치는 것 또한 하나의 목표가 될 수 있다.

은혜를 복수로 갚다니, 기막힌 사람이다! 바킬페드로는 그러한 거인이었다. 일반적으로 배은망덕이란 망각을 가리킨다. 그러나 악으로부터 특전을 받은 사람의 경우, 배은망덕은 곧 격분을 뜻한다. 평범한 배은망덕자는 재로 가득 차 있다. 바킬페드로는 무엇으로 가득 차 있었을까? 그의 속에는 이글거리는 도가니 하나가 있었다. 증오와 노기와 침묵과 원한으로 벽을 바른, 그리고 조시언이라는 연료를 기다리는 도가니였다. 일찍이 어떤 남자도, 한 여인을 아무 이유 없이 그토록 미워하지는 않았을 것이다. 참으로 끔찍한 일이다! 그에게는 그녀가 곧 불면증이었고, 강박증이었고, 괴로움이었고, 치통이었다.

아마 그녀를 조금쯤 연모하고 있었을지도 모른다.

11. 매복 중인 바킬페드로

조시언의 급소를 찾아서 그곳에 일격을 가하는 것, 그것이 우리가 말한 모든 동기로 인해, 바킬페드로의 흔들릴 수 없는 의지였다.

원하는 것만으로는 충분치 못하다. 힘이 있어야 한다.

어떻게 착수할 것인가?

그것이 문제였다.

상스러운 불량배들은 자신들이 저지를 못된 짓의 시나리오를 세심하게 짠다. 그들은, 어떤 사건이 불쑥 생겨 자신들 앞을 지나갈 때, 그것을 덮쳐 어떻게든 수중에 넣고, 그것이 자신들에게 도움이 되도록 강요할 수 있을 만큼, 자신들이 강하다고 생각하지 않는다. 그러한 이유 때문에, 달관한 악당들은 멸시하는, 예비 음모를 꾸미게 된다. 달관한 악당들에게는 그 무엇보다도 못된 심보가 있다. 게다가 그들은 온갖 각본으로 무장을 하고, 다양한 여러 비상용 각본을 준비해, 바킬페드로처럼 그저 기회를 엿볼 뿐이다. 그들은, 미리 짜놓은 계획이, 장차 일어날 일에 잘 들어맞지 않을 위험이 있음을 알고 있다. 미리 계획을 세우는 따위의 방법으로는, 장차 일어날 일을 주도하지 못하며, 그 일을 원하는 방향으로 이끌어 가지 못한다. 운명과는 예비 협상이라는 것이 없다. 내일은 우리에게 복종하지 않는다. 우연에게는 불복종의 경향이 있다.

따라서 달관한 악당들은 우연을 엿보다가, 거두절미하고, 단호하게 또 즉각, 우연에게 협력을 요구한다. 계획도, 설계도도, 모형도, 불시에 닥치는 것에 맞지 않는 완제품 신발도 없다. 그들은 비열한 짓 속으로 수직으로 뛰어든다. 자기에게 도움이 될 만한 것이라면 무엇이든 즉각 또 신속하게 이용하는 것, 그것이 곧 유능한 악당을 특징 짓는 능란함이며, 그것이 또한 악당을 악마의 존엄한 지위로 끌어올린다. 운명을 급습하는 것, 그것이 천재적인 재능이다.

진정한 악당은, 처음 손에 잡히는 아무 조약돌이나 집어서, 마치 고무줄 총을 사용한 듯, 정확하게 일격을 가한다.

능력 탁월한 악당은, 무수한 범행에 얼이 빠진 보조자, 즉 예상외의 것을 믿는다.

사건을 움켜잡고 그 위로 뛰어오를 뿐, 그러한 종류의 재능을 가진 자에게는 다른 시작법(詩作法)이 필요치 않다.

또한, 그 외에, 상대가 누구인지 알아야 한다. 그리고 경기장을 면밀히 탐조해야 한다.

바킬페드로에게는 앤 여왕이 경기장이었다.

바킬페드로는 여왕에게 바싹 다가갔다.

어찌나 가까이 다가갔던지, 때로는 폐하의 독백이 그의 귀에까지 들려오는 것 같았다.

가끔 그는 두 자매의 대화를 자연스럽게 들을 수도 있었다. 또한 그러한 경우, 그가 한마디쯤 흘리는 것을 금하지 않았다. 그는 그러한 기회를 놓치지 않고 자신을 더욱 작게 만드는 데 이용했다. 신뢰감을 불어 넣는 방법이다.

어느 날, 햄프턴 코트의 정원에서, 여왕 뒤에 있던 여공작을 따라가는데, 당시의 유행에 어설프게 맞춰, 여왕이 금언들을 쏟아 내는 소리가 들렸다.

「짐승들은 행복하도다. 그것들은 지옥에 갈 위험이 없으니.」 여왕의 말에 조시언이 대꾸했다.

「지옥에도 짐승들이 있어요.」[1]

종교를 문득 철학으로 대체한 대꾸가 여왕의 마음에 거슬

---

1 짐승을 뜻하는 *bête*는 동시에 〈짐승 같은 사람〉과 〈바보〉를 뜻하기도 한다.

렸다. 대꾸가 오묘한 만큼 앤은 마음 한구석이 뜨끔했다. 그녀가 다시 조시언에게 말했다.

「우리가 지금 두 바보처럼 지옥 이야기를 하고 있군. 그곳이 어떤 곳인지 바킬페드로에게 물어 보자꾸나. 그는 그러한 일을 잘 알고 있을 거야.」

「마귀처럼요?」 조시언이 물었다.

「짐승처럼입니다.」 바킬페드로가 얼른 대답했다.

그러고는 즉시 몸을 굽혀 예를 표했다.

「그가 우리들보다 뛰어난 기지를 가지고 있구나.」 여왕이 조시언에게 말했다.

바킬페드로와 같은 사람에게는, 여왕에게 접근한다는 것이 곧 그녀를 수중에 넣는 것을 의미했다. 그는 벌써 이렇게 말할 수 있었다. 〈내 수중에 들어왔어.〉 이제 그는 여왕을 이용할 방법만 찾으면 되었다.

그가 궁정에 발을 들여놓은 것이다. 자리를 얻었다는 것은 정말 멋진 일이다. 어떠한 호기(好機)도 놓치지 않게 되었다. 그가 여왕으로 하여금 악의 섞인 미소를 짓게 한 것이 한두 번이 아니었다. 그것은 곧 사냥 허가를 얻은 바와 다름없었다.

그러나 금지된 사냥감은 혹시 없을까? 그 사냥 허가증이, 폐하의 자매와 같은 사람의 날개나 다리를 꺾는 짓까지 허용할까?

최우선적으로 밝혀야 할 사항이었다. 여왕이 여동생을 진실로 좋아할까?

한 발만 잘못 내딛으면 파멸을 맞을 수도 있었다. 바킬페드로는 우선 관망했다.

게임을 시작하기 전에, 노름꾼은 먼저 자기 손에 있는 카드들을 주시한다. 자기에게 어떤 최상의 패가 있을까? 바킬페드로는 우선 두 여인의 나이를 검토하는 것으로 시작했다.

조시언의 나이는 스물셋, 여왕의 나이는 마흔하나였다. 그만하면 괜찮았다. 상당히 좋은 패였다.

여인이 자신의 나이를 더 이상 봄으로 헤아리지 않고 겨울로 헤아리기 시작하는 때가 되면,² 공연히 마음이 상한다. 마음속에 세월을 향한 말없는 원한이 생긴다. 그러면 활짝 피어나는 아름다운 젊음이, 다른 이들에게는 향기롭지만, 그러한 여인에게는 가시처럼 보이고, 모든 장미꽃 냄새가 따갑게 느껴진다. 그 모든 싱싱함이 자기에게서 빼앗아 간 것처럼 보이고, 자기의 아름다움이 줄어드는 것은 다른 여인들의 아름다움이 증가하기 때문이라고 여긴다.

감추어져 있는 그 상한 심기를 이용하고, 여왕이라는 마흔 줄에 접어든 여인의 주름살을 깊게 파는 것, 그것이 바킬페드로에게 제시된 방책이었다.

쥐가 악어를 물 밖으로 이끌어 내듯, 부러움은 질투를 자극하는 데 탁월한 재능을 가지고 있다.

바킬페드로는 앤에게 단호한 시선을 고정시켰다.

그는, 사람들이 괴어 있는 물속을 들여다보듯, 여왕의 내면을 훤히 꿰뚫어 보고 있었다. 늪지대에도 나름대로의 투명함이 있다. 더러운 물속에는 못된 버릇이 있고, 흐린 물속에는 어리석음이 있다. 앤은 흐린 물에 불과했다.

감정의 배아(胚芽)들과 사념의 유충들이 그 흐리멍텅한 뇌수 속에서 꼼지락거리고 있었다.

전혀 선명하지가 않았다. 겨우 윤곽만 이루고 있었다. 그

---

2 스물 전후의 꽃다운 나이를 헤아릴 때에는 봄의 수를 사용하고(*une jeune fille de dix-huit printemps*), 예순 이후의 나이를 헤아릴 때는 겨울의 수를 사용한다(*un vieillard de soixante-dix hivers*). 〈자신의 나이를 더 이상 방년(芳年)으로 헤아리지 않고 성상(星霜)으로 헤아리게 되면……〉 정도로 옮길 수 있는 문장이다.

래도 실체임엔 틀림없었다. 그러나 형체가 정해지지 않았다. 여왕은 이런 생각을 하기도 하고, 저런 것을 원하기도 했다. 어떤 단정을 내리기가 매우 어려웠다. 괴어 썩고 있는 물속에서 혼란스럽게 이루어지는 변형을 관찰하고 연구하기란 쉽지 않다.

여왕이 평소에는 모호함 속에 틀어 박혀 있으나, 가끔 멍청하고 돌발적인 이탈을 시도하는 경우가 있었다. 그러한 기회를 놓치지 말아야 했다. 그녀를 현장에서 수중에 넣어야 했다.

앤 여왕이 여공작 조시언에 대해 내면 깊숙이 감추고 있는 생각은 무엇일까? 그녀에 대해 호의를 품고 있을까 혹은 악의를 품고 있을까?

문제였다. 바킬페드로는 자신에게 그 군제를 제기하고 있었다.

그 문제만 해결되면 앞으로 더 멀리 나갈 수 있을 듯했다.

다양한 우연이 바킬페드로를 도왔다. 그러나 특히 그의 집요한 매복이 가장 큰 도움이었다.

앤은 남편 쪽을 통해, 프로이센의 새로운 왕비와 먼 인척 관계였다. 그 왕비는 시종 백 명을 둔 왕의 아내였는데, 앤은 그녀의 초상화를 가지고 있었다. 그 초상화는, 튀르케 드 마이에른의 초상화처럼, 에나멜 도료 위에 그린 것이었다. 그 프로이센 왕비에게도 사생아인 손아래 자매 하나가 있었는데, 남작 작위를 가진 드리카였다.

어느 날, 바킬페드로가 곁에 있을 때, 앤이 프로이센 대사에게 드리카에 대해 몇 가지를 물었다.

「그녀가 부유하다고들 하는데?」

「매우 부유합니다.」 대사의 답변이었다.

「궁궐도 가지고 있나요?」

「왕비이신 언니의 것보다도 더 화려한 궁궐을 가지고 계십니다.」
「누가 그녀와 혼인하게 되어 있나요?」
「매우 고귀하신 영주, 고르모 백작이십니다.」
「백작은 잘생겼나요?」
「매력적이십니다.」
「그녀는 젊은가요?」
「한창 나이입니다.」
「왕비만큼 아름다운가요?」
대사가 음성을 낮춰 대답했다.
「더 아름답습니다.」
「무례하군.」 바킬페드로가 중얼거렸다.
여왕은 잠시 침묵을 지키다 내뱉듯이 한마디 했다.
「사생아 년들!」
바킬페드로는 그녀가 복수형을 사용한 사실에 착념(着念)했다.

또 어느 때인가, 예배당 출구에서, 바킬페드로는 여왕을 가까이 모시고 궁중 사제장의 두 시종 뒤에 서 있었다. 마침, 데이비드 더리모이어 경이, 도열해 있던 여인들 앞을 지나갔는데, 그의 서글서글한 얼굴이 여인들에게 큰 반향을 불러일으켰다. 여기저기에서 여인들의 탄성이 소란스럽게 터져 나왔다.
「우아하기도 해라!」「품위가 넘치는군!」「저 풍채를 좀 봐!」「잘도 생겼지!」
그러자 여왕이 혼잣말처럼 웅얼거렸다.
「몹시 불쾌하군!」
바킬페드로가 그 말을 들었다.
방향이 설정되었다.
여공작에게 피해를 입혀도 여왕의 심기를 손상시키지 않

을 것이 확실했다.

첫 문제는 해결되었다.

그러자 두 번째 문제가 대두되었다.

여공작에게 무슨 방법을 이용해 해를 입힌단 말인가?

그토록 까다로운 목적을 달성하는 데, 그의 보잘것없는 직책이 어떤 묘책을 제공할 수 있겠는가?

물론 아무 묘책도 없었다.

12. 스코틀랜드, 아일랜드, 잉글랜드

한 가지 사실을 밝혀 두자. 조시언은 〈투르[1]를 가지고 있었다〉.

비록 부모 중 한쪽이 미천한 출신이더라도, 그녀가 여왕의 자매, 즉 왕족이라는 사실을 감안한다면, 이해할 수 있는 일이다.

투르를 가지고 있다는 말이 무슨 뜻일까?

세인트 존 자작이 — 볼링브룩이라 해두자[2] — 서식스 백작 토머스 레너드에게 보낸 편지에 다음과 같은 구절이 있다.

> 고귀한 신분을 나타내는 것 두 가지가 있습니다. 잉글랜

---

[1] 일상 용례에 입각해서 보면 이 단어의 구체적인 의미가 발견되지 않는다. 작가의 설명에 입각해 단어의 뜻을 구태여 규정한다면, 수도원에서 사용하던 선회 접수 기구쯤이 될 것이다. 〈투르tour를 가지고 있다〉는 관용적 표현은, 뒤에 나오는 〈푸르pour를 가지고 있다〉는 표현과 함께, 오직 이 작품에서만 사용된 듯하다. 그 의미는 작가가 설명하고 있지만, 프랑스어 사전에 수록되지 않은 용례들이다.

[2] 직함은 볼링브룩 자작이고, 세인트 존은 그의 이름이다. 문필가이자 정치가였다.

드에서는 〈투르를 갖는 것〉이고, 프랑스에서는 〈푸르를 갖는 것〉입니다.

푸르라는 것이 프랑스에서는 이러한 것이었다. 왕이 여행 길에 오를 경우, 저녁나절이 되면, 궁내관이 숙박지에 먼저 도착한 다음, 도착하자마자 수행원들의 숙소부터 일일이 지정했다. 그 수행원 나리 중 몇몇은 커다란 특전을 누렸다. 그러한 특전에 대해 1694년도 『역사 일지』 제6페이지에는 다음과 같이 기록되어 있다.

그들에게는 〈푸르〉[3]가 주어진다. 다시 말해, 각 수행원에게 숙소를 지정해 주는 궁내관이, 그중 몇 사람의 이름 앞에 푸르라는 말을 적는다. 예를 들면 푸르 수비즈 대공이라고 적는다. 반면, 왕족이 아닌 사람의 숙소에 이름을 적을 때는, 그 이름 앞에 푸르를 붙이지 않는데, 예를 들면 제브르 공작, 마자랭 공작 등으로 적는다.

숙소 출입문에 적힌 푸르가 왕족이거나 총신(寵臣)임을 알려 주었다. 그것을 총신에게 부여하는 경우, 왕족에게 부여하는 것보다 더 큰 폐해를 낳았다. 왕이 그것을, 성령 기사단[4] 휘장이나 중신 직위 나누어 주듯, 총신들에게 마구 부여했다.
잉글랜드에서 사용되던 〈투르를 갖는다〉는 말에는 허세가 적지만, 반면 훨씬 실질적인 점이 있었다. 그것은 통치자의 진정한 측근이라는 표시였다. 혈통 덕분이건 특별한 호의 덕분이건, 국왕 폐하께 직접 분부를 받을 위치에 있던 사람의

[3] 단어의 의미는 아주 단순하다. 〈……를 위해〉 정도로 옮길 수 있다.
[4] 앙리 3세가 1578년에 만든 기사단이다. 1789년에 해체되었다가, 1814년에 복원되어 1830년까지 존속했다.

침실 벽에는, 투르 하나가 설치되어 있었고, 그 위에 초인종을 부착해 두었다. 먼저 초인종이 울리고 투르가 열리면, 황금 접시나 벨벳 방석 위에 놓인 국왕의 친서가 나타났고, 그 다음 투르가 다시 닫혔다. 매우 친근하면서도 엄숙한 것이었다. 친근함 속에 있는 신비함이었다. 투트가 다른 용도로는 사용되지 않았다. 그것에 부착되어 있던 츠인종 소리는 국왕의 친서가 당도했음을 알리는 소리였다. 그것을 가져온 사람은 보이지 않았다. 대개 여왕이나 왕의 시동이 그 심부름을 했다. 레스터[5]는 엘리자베스 치세에, 그리고 버킹엄[6]은 제임스 1세 시절에 그것을 가졌다. 조시언은 비록 총애를 받지 못했어도 앤 여왕 시절에 그것을 가졌다. 투르를 가진 사람은 하늘에 있는 작은 우체국과 직접 연락이 닿는 사람과 같았다. 그리하여 신께서 가끔 당신의 우체투 손에 편지를 들려서 그에게 보내시는 격이었다. 그것보다 더 부러운 특별 대우는 없었다. 그러한 특전이 더욱 심한 댕종을 초래했다. 그것으로 인해 조금 더 하인이 되었다. 궁정에서는 고귀하게 해주는 것이 미천하게 해주기도 한다. 〈투르를 갖는다〉는 말을 할 때는 프랑스어를 사용했다. 그 유치한 예의가 아마 옛 프랑스인의 진부한 장난에서 유래했기 따문인 듯하다.

 엘리자베스가 처녀 여왕이었듯이, 처녀 귀족이었던 조시언은, 계절에 따라 도시 혹은 전원 지역으로 옮겨 다니며 거의 왕과 같은 생활을 했다. 또한 그녀를 중심으로 궁정을 방불케 하는 무리가 이루어졌는데, 데이비드 경을 비롯한 여러 남자들이 그 궁정의 조신들이었다. 아직 결혼을 하지 않았던지라, 데이비드 경과 레이디 조시언은 자연스럽게 사람들 앞

---

5 엘리자베스 1세가 결혼을 생각할 만큼 아꼈던 로버트 더들리를 가리킨다. 레스터 백작이었다.
6 제임스 1세의 총신이었던 버킹엄 공작 조지 킬리어스를 가리킨다.

에 함께 모습을 드러낼 수 있었으며, 또 기꺼이 그렇게 했다. 그들은 자주 극장이나 경마장에 같은 마차를 타고 가서 같은 관람석에 앉기도 했다. 그들에게 허락되었고 또 강요된 결혼이, 두 사람을 냉각시키고 있었다. 그들의 취향은 서로를 보는 것이었다. 약혼한 사람들에게 허용된 친근한 행동에는 넘기 쉬운 한계 하나가 있다. 그들은 그 한계를 넘지 않았다. 고약한 취향을 가지고 있었던지라, 한계를 넘지 않는 것이 쉬운 일이었다.

당시 가장 멋있는 권투 시합이 램배스에서 열리곤 했다. 그곳 공기가 건강에 좋지 않지만, 캔터베리 대주교가 궁궐 하나와, 귀족들에게만 특정 시간대에 개방하는 장서 풍부한 도서관 하나가 있던 소교구였다. 어느 겨울날, 그곳에 있는, 사방이 자물쇠로 잠겨 있는 풀밭에서, 두 남자가 권투 시합을 벌였는데, 조시언은 데이비드의 안내로 그 시합을 관람했다. 그녀가 물었다. 「여자들도 입장이 허용되나요?」 그러자 데이비드가 대답했다. 「Sunt femine magnates.」 의역하면 이러하다. 〈평민 여인들은 안 되오.〉 그러나 직역하면 이러하다. 〈지체 높은 귀부인은 존재한다.〉 여공작은 어디에든 출입할 수 있다. 그리하여 조시언은 권투 시합을 구경했다.

다만 레이디 조시언이 조금 양보해, 남장을 해야 한다는 조건을 수락했다. 당시에는 흔한 일이었다. 여인들이 남장 이외의 복장으로 여행하는 일이 드물었다. 윈저 시의 합승마차에 탄 여섯 사람 중 남장한 여자 한둘이 섞여 있지 않은 경우는 매우 드물었다. 그것이 또한 신사 계급의 상징이었다.

데이비드 경은, 여인 하나를 대동한지라, 시합에 참여하지 못하고, 단순한 구경꾼으로 남아 있을 수밖에 없었다.

레이디 조시언은 오직 한 가지 일 때문에 신분을 노출했는데, 그것은 그녀가 오페라글라스를 사용했다는 사실이다. 그것을 사용해 관전하는 것은 귀족의 거조였다.

그 〈고상한 만남〉은 저메인 경이 주재했다. 18세기 말에 연대장으로 임명되어 어느 전투에서 후퇴한 다음 육군성 장관이 되었다가, 적의 화승총보다 더 무서운 기관총 세례를 받은, 즉 셰리든[7]의 혹독한 야유를 피하지 못한, 그 저메인 경의 증조부 혹은 종조부 되는 사람이었다. 많은 귀족들이 내기를 했다. 상속자가 없어진 벨라쿠아 영지의 상속권을 주장하던 칼턴의 해리 벨로우는, 던히비드 읍을 대표하는 상원 의원 하이드 경, 일명 론스턴이라고도 불리는 헨리를 상대로 내기를 걸었다. 트루로 읍을 대표하는 존경스러운 상원 의원 페러그린 버티는, 메이드스톤 읍을 대표하는 상원 의원 토머스 콜페퍼 경을 상대로 내기를 걸었다. 로시언 변경 지역 출신인 영주 레미르바우는, 펜린 읍을 대표하는 새뮤얼 트레퓨시스를 상대했다. 세인트이비스 읍을 대표하는 바솔러뮤 그레이스디유 경은, 콘월 주의 영주이자 로바츠라고도 불리는, 지극히 고귀한 찰스 보드빌을 상대했다. 그들 이외에도 다른 귀족들이 많았다.

두 권투선수 중 하나는 아일랜드의 티퍼레리 출신이었는데, 고향에 있는 산의 이름을 따서 스스로 펠름기매돈이라 불렀다. 다른 선수는 스코틀랜드 출신으로, 이름은 헬름스게일이라 했다. 두 나라의 자존심이 마주친 것이다. 아일랜드와 스코틀랜드가 격렬하게 충돌할 참이었다. 에린이 가이오슬에게[8] 주먹질을 가하려 하고 있었다. 내깃돈의 액수 또한,

---

[7] 잉글랜드의 극작가이며 정치가. 그의 두 대표작, 「스캔들 학교」(1777)와 「비평가」(1779)는 가장 혹독한 풍자로 넘쳤다고 한다.
[8] 에린은 기원전 4세기경, 켈트족에게 정복당한 Erainn족을 연상시키며, 실제로 시인들이 아일랜드를 에린으로 칭하기도 한다. 그러나 가이오슬이 스코틀랜드의 어떤 역사적 사건이나 인물과 연관되었는지는 밝히지 못했다.

상금은 계산에 넣지 않더라도, 4만 기니에 이르렀다.
 두 선수는 엉덩이에 걸친 짧은 반바지 하나만을 입어 거의 벌거숭이였고, 밑창에 못을 박은 편상화(編上靴)를 신었는데, 발목을 끈으로 단단히 조였다.
 스코틀랜드 출신인 헬름스게일은 나이 열아홉의 어린 선수였지만, 벌써 이마에는 꿰맨 흔적이 있었다. 그러한 이유로 많은 이들이 그에게 2와 1/3배를 걸었다. 지난달에는, 그가 식스마일스워터라는 선수의 갈비뼈 하나를 안쪽으로 휘게 했으며, 동시에 두 눈을 멀게 했다. 모두들 그에게 열광하는 것은 그러한 이유 때문이었다. 그에게 돈을 건 사람들은 1만 2천 파운드를 땄다. 이마의 꿰맨 자국 이외에도, 헬름스게일은 턱에도 깊은 상흔을 가지고 있었다. 그는 날래고 민첩했다. 신장은 왜소한 여인의 키에 불과했지만, 잔뜩 웅크리고 땅딸막해, 작지만 위협적이었다. 또한 그의 몸뚱이를 형성하고 있는 반죽덩이에, 군더더기란 찾아볼 수 없었다. 주먹다짐에 긴요하지 않은 근육은 단 한 가닥도 보이지 않았다. 그의 탄탄한 상반신에는 일종의 간결함이 있었고, 마치 구리처럼 번쩍이며 갈색을 띠었다. 그가 미소를 지으면, 치아 세 대가 빠져나간 자리로 인해 미소가 더욱 돋보였다.
 그와 상대할 선수의 몸매는 거대하고 헐렁했다. 즉 약했다.
 나이 마흔에 이른 남자였다. 그의 신장은 1미터 80센티미터쯤 되었고, 가슴팍은 하마와 같았으며, 표정은 유순했다. 그의 주먹은 배의 갑판을 쪼갤 만큼 강했으나, 그는 그 주먹을 사용할 줄 몰랐다. 아일랜드 출신 펠름기매돈은 이를테면 일종의 표면이어서, 권투 시합에 임하면 반격하기보다는 공격을 받기에 좋게 생겼다. 다만 그가 오래 견디리라는 것만은 모두들 예상했다. 충분히 구워지지 않아, 씹기 어렵고 먹기 불가능한 쇠고기 같았다. 그곳 방언으로 로 플레시라고 부르는 날고

기였다. 그는 자주 곁눈질을 했다. 체념한 모양이었다.

그 두 사나이는 전날 밤을 같은 침대에서 나란히 누워 보냈고, 잠도 그렇게 잤다. 또한 같은 잔으로 보르도산 포도주를 조금씩 부어 세 잔을 마셨다.

그들 각각에게는 응원단이 있었는데, 모두들 험상궂고, 필요에 따라 심판을 협박하기도 하는 사람들이었다. 헬름스게일을 응원하는 사람들 중 특히 눈에 띄는 사람은, 황소 한 마리를 등에 짊어진 것으로 인해 유명해진 존 그로먼과, 밀가루로 가득 채운 15갤런들이 통 열 개와 방앗간 주인을 한꺼번에 짊어지고 2백 보 이상을 걸었다는 존 브레이였다. 펠름기 매돈의 응원꾼들 중에는, 하이드 경이 렌스턴에서 데려온 킬터라는 사람이 있었는데, 그는 샤토 베르[9]에 살며, 무게 20리브르의 돌을 그 성에서 가장 높은 탑보다도 높이 던질 수 있었다. 킬터, 브레이, 그로먼, 이 세 사람은 모두 콘월 주 출신이어서, 그 지방의 자랑이기도 했다.

다른 응원꾼들은, 등허리가 단단하고, 다리가 활처럼 휘었고, 짐승의 앞발 같은 손의 뼈마디가 옹이처럼 굵고, 멍청한 상판에 누더기를 걸쳤고, 거의 모두 전과자들인지라 아무것도 두려워하지 않는, 짐승 같은 녀석들이었다.

많은 자들이 경찰을 몽롱하게 만드는 일에 기막히게 정통했다. 어느 직업이건 나름대로의 특이한 재주를 가지고 있는 모양이다.

권투 시합 장소로 정해진 풀밭은, 지난날 곰과 황소와 불독을 싸움 시키던, 곰들의 정원보다 멀리에, 한창 짓고 있던 허름한 집들 저 너머에, 헨리 8세가 폐허로 만든 세인트 메리

---

[9] 잉글랜드에 있는 성임에는 틀림없으나, 그 명칭의 어형이 프랑스어인지라, 프랑스어 발음대로 적는다. 영어식으로 구태여 옮긴다면 Green Castle이 될 것이다.

오버 라이 소수도원의 오막살이 옆에 있었다. 북풍이 불고 얼음 꽃이 나뭇가지에 응결되는 날씨였다. 이슬비는 내리자마자 빙판을 이루었다. 그곳에 온 신사 중에는 우산을 펴는 것으로 보아 가장(家長)인 듯한 사람도 있었다.

펠름기매돈 측에서는, 몬크리프 대령이 심판으로 나섰고, 선수 보조자로는 킬터가 자리를 잡았다.

헬름스게일 측에서는, 존경받는 퓨 보마리스가 심판을 맡았고, 킬캐리에서 온 데저팀 경이 선수 보조자를 자청했다.

두 권투선수는, 사람들이 시계를 맞추는 동안, 링 안에서 잠시 동안 꼼짝도 하지 않고 서 있었다. 그런 다음 서로에게 다가가서 악수를 나누었다.

펠름기매돈이 헬름스게일에게 말했다. 「나는 모든 걸 팽개치고 집에 돌아가고 싶네.」

헬름스게일이 정중하게 대답했다. 「신사 분들께서 수고를 마다하지 않은 것은, 무엇인가를 위해서였습니다.」

두 사람 모두 벌거숭이였던지라 몹시 추워했다. 펠름기매돈은 아예 덜덜 떨었다. 그의 위아래 턱이 부딪혀 딱딱 소리를 냈다.

요크 대주교의 조카인 엘리너 샤프 박사가 그들에게 소리쳤다. 「자, 내 건달들, 서로 마음껏 두들겨 봐. 그러면 몸이 후끈해질 거야.」

그 우아한 언사가 그들의 몸을 녹여 주었다.

두 선수가 공격을 시작했다.

그러나 두 사람 모두 전혀 화가 나 있지 않았다. 3회전이 끝나도록 경기는 맥없이 계속되었다. 올 소울스 칼리지의 40인 회원 중 하나인 검드레이스 박사님께서 소리쳤다. 「저것들에게 진을 퍼먹여!」

하지만 두 심판과 두 선수의 대부들은 경기 규칙을 고수했다. 날씨는 계속 추워지고 있었다.

고함소리가 들려왔다. 「*First blood!*」 최초의 피를 요구하는 소리였다. 두 선수를 다시 마주 세웠다.

두 사람은 서로를 바라본 다음, 서로에게로 다가가서, 두 팔을 뻗어 주먹으로 상대방의 주먹을 툭 친 후, 다시 뒤로 물러섰다. 별안간, 키 작은 헬름스게일이 껑둥 뛰었다.

진정한 싸움이 시작되었다.

펠름기매돈이 양미간에 일격을 당했다. 그의 얼굴은 온통 피투성이가 되었다. 군중이 동시에 소리쳤다. 「*Helmsgail has tapped his claret*(헬름스게일이 보르도 적포도주를 흐르게 했다)!」 모두들 박수를 쳤다. 펠름기매돈은, 두 팔을 풍차의 날개처럼 돌리며, 두 주먹을 아무렇게나 휘두르기 시작했다.

존경스러운 페러그린 버티가 말했다. 「앞을 못 보는군, 그러나 아직 눈이 멀지는 않았어.」

그러자 사방에서 헬름스게일을 격려하는 소리가 터져 나왔다. 「*Bung his peepers*(눈깔을 도려내)!」

요컨대 두 선수는 정말 탁월한 선택이었다. 따라서 날씨가 별로 좋지 않았음에도, 시합이 성공적일 것임을 예측할 수 있었다. 거인과 다름없는 펠름기매돈에게는 장점들이 오히려 불리하게 작용했다. 그의 움직임이 몹시 무거웠다. 그의 팔은 철퇴 같았으나, 몸뚱이가 거대한 덩어리였다. 작은 선수는 달리고, 치고, 뛰어오르고, 괴성을 지르고, 속도를 이용해 주먹의 힘을 배로 늘리는 등 온갖 술책을 알고 있었다. 한쪽의 주먹질이 원시적이고, 미개하고, 다듬어지지 않고, 무지한 상태에 있었던 반면, 다른 한쪽의 주먹질은 개명된 것이었다. 헬름스게일은 신경과 근육을, 그리고 사나운 심성과 힘을, 잘 조화시키며 싸웠다. 반면, 펠름기매돈은 무기력한 도살자였는데, 시작하기도 전에 상대의 기세에 조금 눌린 듯했다. 기술과 자연의 대결이었다. 잔인한 사람과 야만인의 대결이었다.

야만인이 패할 것은 뻔한 일이었다. 그러나 신속히 끝날 일은 아니었다. 거기에서 시합에 대한 관심이 유발된다.

작은 것과 큰 것의 대결이다. 승산은 작은 것에 있다. 고양이가 불독을 이긴다. 골리앗이 항상 다윗에게 패한다.

관객들의 아우성이 두 선수들 위로 우박처럼 쏟아졌다. 「*Bravo, Helmsgail! Good! Well done, highlander! Now, Phelem*(브라보, 헬름스게일! 좋아! 잘했어, 산속 사나이! 이제 네 차례야, 펠름)*!*」

그리고 헬름스게일 편 사람들은 합창하듯 그를 반복해서 격려했다. 「눈깔을 도려내!」

헬름스게일이 더욱 재주를 뽐냈다. 그가 몸을 낮추었다가, 뱀처럼 꿈틀거리며 벌떡 다시 솟구치며, 펠름기매돈의 흉골(胸骨)에 일격을 가했다. 거한이 비틀거렸다.

「반칙이야!」 버너드 자작이 소리쳤다.

펠름기매돈이 킬터의 무릎 위에 털썩 주저앉으며 중얼거렸다. 「이제 따뜻해지기 시작하는군.」

데저텀 경이 심판들과 상의한 끝에 말했다. 「5분 동안 시합을 중단하기로 했습니다.」

펠름기매돈은 현격히 기운을 잃고 있었다. 킬터가 그의 눈을 뒤덮고 있는 피와 몸의 땀을 플란넬로 닦아 주며, 그의 입에 물병 꼭지를 물려 주었다. 열한 번째 휴식 시간이었다. 펠름기매돈은, 이마의 상처 이외에도, 두정부(頭頂部)가 일그러졌고, 복부가 부어올랐으며 흉근이 찢겨 있었다. 반면 헬름스게일은 아무 상처도 입지 않았다.

신사들 사이에서 웅성거리는 소리가 더욱 커졌다.

바너드 경이 다시 소리쳤다.

「반칙이야!」

「내기는 무효야.」 레미르바우 영주의 말이었다.

「내깃돈을 돌려받아야겠어.」 토머스 콜페퍼 경도 가세했다.

그러자 세인트이비스 읍을 대표하는 존경스러운 상원 의원 바솔러뮤 그레이스디유 경도, 덩달아 한마디 했다.

「내 5백 기니 돌려줘. 나는 그만 돌아가겠어.」

「이 시합을 중단시키시오!」 관람석에서도 고함이 터져 나왔다.

그러나 펠름기매돈이 거의 동시에 술 취한 사람처럼 흔들거리며 일어섰다. 그리고 관중을 향해 말했다.

「시합을 계속합시다. 다만 조건이 하나 있습니다. 저에게도 반칙을 한 번 할 수 있는 권한을 주십시오.」

「좋아!」 사방에서 일시에 고함이 터져 나왔다.

헬름스게일은 비웃듯이 어깨를 한 번 움찔해 보였다.

5분이 지나 시합이 재개되었다.

펠름기매돈에게는 죽음과 같은 고역이었던 시합이, 헬름스게일에게는 가벼운 장난에 불과했다.

기막힌 싸움 기술이었다! 키 작은 사나이가 거한을 챈서리[10]에 엮어 넣었다. 즉, 헬름스게일이 순식간에, 펠름기매돈의 커다란 머리통을, 강철 반달처럼 둥글게 구부린 왼쪽 팔로 휘감아 잡아서, 목을 꺾어 목덜미를 누르며 왼쪽 겨드랑이에 꼈다. 그러고는 오른쪽 주먹으로, 망치가 못대가리 치듯, 그러나 밑에서, 아래로부터 위로, 그의 안면을 마구 짓이겼다. 펠름기매돈이 드디어 풀려나 머리를 다시 쳐들었을 때는, 얼굴이라고 할 만한 것이 더 이상 없었다.

---

10 잉글랜드 고등법원의 대법관부(府).

코와 눈과 입이었던 부분은, 피에 담갔다가 꺼낸 검은 해면 조각에 불과해 보였다. 그가 입 안에 있던 것을 뱉었다. 땅바닥 위로 치아 네 대가 떨어졌다.

그러고는 그가 쓰러졌다. 킬터가 그를 무릎으로 받쳤다.

헬름스게일은 거의 피해가 없었다. 쇄골(鎖骨)에 약한 멍이 몇 군데 들었고, 가벼운 생채기 하나가 보였다.

모두들 추위를 잊었다. 다투어 헬름스게일에게 16과 1/4배를 걸었다.

칼턴의 해리가 큰 소리로 외쳤다.

「펠름기매돈은 더 이상 존재하지 않습니다. 캔터베리 대주교의 낡은 가발을 상대로, 저는 헬름스게일에게 저의 벨라아쿠아 영지와 벨로우 경이라는 직함을 걸겠습니다.」

「콧방울 이리 돌려.」 킬터가 펠름기매돈에게 말했다. 그러고는, 피에 젖은 플란넬 천 조각을 병 속에 쑤셔 넣었다가 다시 꺼내어, 진으로 그의 얼굴을 닦았다. 그의 입이 다시 모습을 드러냈다. 그가 한쪽 눈꺼풀을 간신히 치켜올렸다. 양쪽 관자놀이가 모두 찢긴 것 같았다.

「친구여, 아직 1회전만 더.」 킬터가 그렇게 말하고 나서 다시 한마디 덧붙였다. 「평지 사람들의 명예를 위해.」

웨일스 사람들과 아일랜드 사람들은 서로 뜻이 잘 통한다. 그렇건만 펠름기매돈은, 아직 뇌리에 무엇이 남아 있다고 할 만한 징후를 보이지 않았다.

펠름기매돈이 다시 일어섰다. 킬터가 그를 부축해 주었다. 제25라운드가 시작되려는 순간이었다. 그 키클롭스가(그에게 눈이 하나밖에 없었으니 말이다) 싸울 태세를 갖추는 모습만을 보고도, 사람들은 경기가 끝날 것임을 짐작했고, 그가 질 것을 의심하는 사람은 아무도 없었다. 그는 아래턱 위로 손을 올려 수비 자세를 취했다. 죽어 가는 사람의 서툰 몸짓이었다. 땀조차 거의 흘리지 않은 헬름스게일이 큰 소리로 외쳤다.「저는 저에게 내기를 걸겠습니다. 천 배를 걸겠습니다.」

헬름스게일이 팔을 쳐들어 일격을 가했다. 그런데 이상하게도 둘이 동시에 쓰러졌다. 또한 즐겁게 으르렁거리는 소리가 들렸다.

즐거워한 사람은 펠름기매돈이었다.

그는, 헬름스게일이 자신의 두개골에 무시무시한 기세로 일격을 가하는 틈을 타서, 헬름스게일의 배꼽에 일격을 가했다. 물론 반칙이었다.

헬름스게일은 쓰러진 채 숨을 거둘 듯 헐떡거렸다.

관객들이 땅바닥에 쓰러져 있는 헬름스게일을 바라보다가 한마디 했다.

「빚을 갚았군.」

모두들, 내기에서 지게 된 사람들까지, 박수를 쳤다.

펠름기매돈은 상대방의 반칙을 반칙으로 갚았고, 그것은 정당한 행위였다.

헬름스게일을 들것에 실어 다른 곳으로 옮겼다. 그가 회복할 수 없으리라는 것이 중론이었다. 로바츠 경이 큰 소리로 떠들었다.「나는 1천2백 기니를 땄어.」펠름기매돈은 평생 치유될 수 없는 불구가 되었음에 틀림없다.

경기장에서 나오면서 조시언이 데이비드 경의 팔을 잡았다. 약혼자들에게는 허락된 동작이었다. 그러면서 그에게 말했다.

「매우 멋있었어요. 하지만······.」

「하지만 뭐요?」

「저의 권태감을 씻어 줄 거라고 믿었어요. 그런데 아니에요.」

데이비드 경이 걸음을 멈추고 조시언을 뚫어지게 응시하

더니, 입을 다물고 고개를 좌우로 저으며 볼을 불룩하게 만들었다. 주의하라는 뜻이었다. 그러고는 여공작에게 말했다.

「그 권태를 치유할 방법은 오직 하나요.」

「어떤 방법인데요?」

「그윈플레인.」

여공작이 물었다.

「그윈플레인이 무엇이에요?」

제2권 그윈플레인과 데아[1]

1. 우리가 아직까지 그 행적만 본 사람의 얼굴

자연은 그윈플레인에게 많은 것을 베풀었다. 귀밑까지 찢어지도록 벌어지는 입과, 저절로 접혀 눈까지 닿는 귀, 점잖은 태 부리는 사람이 안경 흔들거리게 하기에 적합한 보기 흉한 코, 바라보면 그 누구라도 웃지 않고는 못 배기는 얼굴을 그에게 베풀었다.

우리는, 자연이 그윈플레인에게 많은 선물을 베풀었다고 했다. 하지만 그 일을 자연이 했을까?

혹시 누가 자연을 돕지는 않았을까?

이웃의 양해를 얻어 겨우 뚫은 살창〔箭窓〕과 같은 두 눈, 해부하기 위해 뚫어 놓은 듯한 입, 콧구멍이라고 하는 구멍

---

[1] Gwynplaine은 *gwyn*과 *plaine*를 합성해 만든 이름인 듯하다. *gwyn*은 프랑스 서부 브르타뉴어에서 발견되는 *gwenn*과 같은 의미(백색, 흰색의)를 가지고 있는 것으로 보아, 그 뿌리가 켈트어인 듯하다. *plaine*는 〈평원〉이나 〈들판〉을 나타내는 프랑스어이다. 즉, 두 이름의 의미는 〈하얀 평원〉이다. 그 주인공이 눈으로 하얗게 뒤덮인 평원을 가로질러 생환한 사람임을 가리키는 말이다. 따라서 그러한 이름을 조합해 만든 작가의 뜻을 살려, 무대가 비록 잉글랜드라 할지라도, 그 이름을 〈그윈플렌〉이라 표기하는 것이 옳겠으나, 프랑스어 *plaine*이 이미 오래전에 *plain* 및 *plane* 형태로 영어에 유입되어 〈플레인〔plein〕〉으로 발음되었던지라, 이 책에서는 〈그윈플레인〉으로 표기한다. 한편 Dea는 〈여신〉을 뜻하는 라틴어이다.

둘 갖춘 납작한 혹 하나, 완전히 으스러진 안면, 그리고 그 모든 것이 협력해 얻은 결과는 웃음인데, 자연이 홀로 그러한 걸작을 만들어 내지 않은 것임은 분명하다.

그런데 웃음이 기쁨의 동의어일까?

만약 그 곡예사를 앞에 놓고 — 그는 곡예사였다 — 기쁨이라는 최초의 인상이 흩어져 사라지게 한 다음, 그 남자를 주의 깊게 살핀다면, 기술의 흔적을 즉시 발견할 수 있다. 그러한 얼굴은 우연의 산물이 아니라 의도의 소산이다. 그 정도까지 완벽한 존재는 자연 속에 없다. 인간은 자신의 아름다움에 아무것도 보탤 수 없지만, 자신을 추하게 만듦에 있어서는 그 수단이 무한하다. 호텐토트족[2]의 얼굴을 로마인의 얼굴로 만들 수는 없다. 그러나 그리스인의 코를 칼무크족[3]의 코로 변형시키는 것은 가능하다. 코의 뿌리를 제거해 콧구멍을 납작하게 만들면 그만이다. 중세의 후기 라틴어에서 *denasare*라는 동사가 공연히 만들어진 것은 아니다.[4] 그윈플레인이 아직 어렸던 시절, 그토록 애지중지 보살핌 받을 만한 신분이어서, 사람들이 그의 모습까지 바꾸어 놓았을까? 그렇게 하지 못할 이유 또한 없지 않은가? 사람들에게 보여 주고 돈벌이를 하기 위해서라도. 어느 면을 보더라도, 아이들을 솜씨 좋게 다룰 줄 아는 사람들이 그 얼굴을 만들어 놓았음이 분명했다. 오늘날의 화학이 옛날의 연금술이었듯이, 오늘날의 외과술에 해당하는 옛날의 신비한 기술로, 아이가 아직

---

2 아프리카 서남부 지역의 유목민. *Hottentot*는 〈말더듬이〉라는 뜻을 가진 네덜란드어라 한다.

3 몽골의 한 부족으로, 광대뼈가 심하게 불룩하고, 눈이 매우 가늘며, 코는 두 볼 사이에 묻힌 듯 납작하다고 한다.

4 작가의 말과는 달리, 〈코를 떼어 버린다〉는 뜻의 이 동사가, 이미 플라우투스의 「포로」라는 희곡 작품에서 사용된 것으로 전한다. 코를 자르는 잔혹 행위가, 어찌 중세에 이르러서야 비로소 자행되었겠는가?

어렸을 때, 살에 끌질을 가해, 계획적으로 그러한 얼굴을 만들어 냈을 것이다. 절단과 폐색과 동여매기에 능했던 그 비술로, 입을 찢고, 입술 테두리를 절개해 잇몸이 드러나게 하고, 귀를 당겨 늘어나게 하고, 연골을 제거하고, 눈썹과 볼을 흩어 놓고, 관골근(顴骨筋)을 확장시키고, 꿰맨 자국과 기타 상흔을 흐릿하게 지우고, 안면은 갈라진 상태로 유지하며, 그 상처 위로 다시 표피를 이끌어다 덮었을 것인 바, 그윈플레인이란 가면은, 그러한 강력하고 오묘한 조각 기술의 산물이었다.

인간은 결코 그러한 모습으로는 태어나지 않는다.

사연이야 어떻건, 그윈플레인은 찬탄할 만한 성공작이었다. 그윈플레인은 섭리가 인간에게 준 선물이었다. 어떤 섭리일까? 신의 섭리가 있듯이 악마의 섭리도 있을까? 그러한 의문만을 제기해 놓고 그 답은 유보해 두겠다.

그윈플레인은 곡예사였다. 그는 사람들의 구경거리로 자신을 드러냈다. 효과는 비할 데 없었다. 그저 자신을 보여 주는 것만으로 우울증을 치료해 주었다. 상중에 있는 이들은 그를 피해야 했다. 만약 그를 보게 되면, 어찌지 못하고 웃을 수밖에 없어, 예법에 어긋나는 짓을 저지르지 않을 수 없었기 때문이다. 어느 날 망나니가 그윈플레인 앞에 나타났는데, 그 역시 웃었다. 그윈플레인을 보면 누구든 허리를 움켜잡았고, 그가 말을 하면 땅바닥에 대굴대굴 굴렀다. 그는 슬픔의 반대쪽 극이었다. 우울이 한쪽 끝이라면, 그윈플레인은 반대쪽 끝이었다.

그리하여 그는 순식간에, 장터와 광장에서, 흉측한 남자라는 만족스러운 명성을 얻었다.

그윈플레인은 웃으며 사람들을 웃겼다. 하지만 그는 웃지 않았다. 그의 얼굴이 웃었지, 그의 생각은 웃지 않았다. 우연,

혹은 기이하고 특별한 기술이, 그에게 만들어 준, 전대미문의 얼굴이 홀로 웃었다. 그윈플레인은 그 웃음에 전혀 관여하지 않았다. 외양이 내면에 종속되어 있지 않았다. 그의 이마, 볼, 눈썹, 입 등에다 자신이 그러한 웃음을 새겨 넣지 않았으니, 그것들에게서 그가 웃음을 제거하기란 불가능한 일이었다. 다른 사람이 그의 얼굴에 웃음을 영원히 고착시켜 놓은 것이다. 그것은 자동적인 웃음이었다. 또한 고착된 것이니, 불가피한 웃음이었다. 이빨을 드러내 놓고 웃는 그윈플레인의 웃음 앞에서는 아무도 피해 가지 못했다. 입에서 일어나는 경련 중 의사소통 능력을 가지고 있는 것이 두 가지 있으니, 그것은 웃음과 하품이다. 아마도 그윈플레인이 어렸을 때 받았을 미지의 수술로 인해, 얼굴의 모든 부위가, 이빨 드러내고 웃는 모습을 형성하는 데 일제히 참여했다. 그의 용모 전체가 그 웃음으로 귀결되었다. 마치 수레바퀴의 모든 살이 바퀴통에 모이는 것과 같았다. 모든 걱정이, 그것이 어떤 걱정이건, 그 기이한 기쁨의 얼굴을 더욱 선명하게 만들었다. 더 정확히 말하자면, 증세를 심화시켰다. 그를 사로잡는 놀라움, 그가 느낀 고통, 그를 엄습하는 노여움, 그를 뒤흔드는 연민 등 그 모든 감정이 근육의 폭소를 증대시킬 뿐이었다. 그가 아무리 울려 해도 그는 웃었을 것이다. 그윈플레인이 무슨 행동을 하든, 그가 무슨 생각을 하든, 그가 무엇을 하든, 그가 얼굴을 쳐드는 순간, 만약 군중이 그 앞에 있었다면, 그들은 자신들의 시야에, 항거할 수 없는 벼락같은 폭소가 유령처럼 나타나는 것을 보았을 것이다.

 메두사의 기뻐하는 얼굴 하나를 상상해 보라.

 그 뜻밖의 출현에, 그 순간까지 뇌리에 있던 것은 산산이 흩어지고, 모두 웃을 수밖에 없었다.

 고대 건축가들은, 옛 그리스의 극장 정면 박공(牔栱)에, 청동으로, 즐거워하는 얼굴 하나를 만들어 붙였다. 그리고 그 얼굴을 가리켜 코모디아[5]라 했다. 그 청동 조각은 웃는 듯해 사람들을 웃겼지만, 또한 그 속에는 생각에 잠긴 듯한 모습도 곁들여 있었다. 발광 상태로 귀결되는 모든 우스꽝스러운 모방[6]과, 지혜로 귀결되는 모든 빈정거림[7]이, 그 청동 얼굴에 혼융, 응축되어 있었다. 근심과 환멸과 혐오감과 슬픔이, 그 흔들림 없는 이마 위에서 합산되어, 명랑함이라는 음산한 총계(總計)를 제시하고 있었다. 입의 양쪽 귀퉁이가 위쪽으로 치켜 올라가 있었는데, 한 귀퉁이는 인간을 향한 것으로, 조롱하기 위해 올린 것이고, 다른 귀퉁이는 신들을 향한 것으로, 모독하기 위해서였다. 그리하여 사람들은, 저마다 가지고 있는 빈정거림의 견본을 가지고 몰려와, 그 이상적인 빈정거림의 전형에 대조해 보곤 했다. 또한 군중은, 그 무덤처럼 꿈쩍하지 않는 비웃음, 그 고정된 웃음 주위로 끊임없이 몰려와, 기절할 정도로 즐거워했다. 고대 극장의 정면에 있던, 생명 없는 음산한 가면을, 살아 있는 남자의 얼굴에 씌워 준다면, 그것이 곧 그윈플레인의 모습이었을 것이다. 무자비한 폭소를 담은 지옥의 얼굴을, 그는 자신의 목으로 떠받치고 있었다. 그처럼 영원한 웃음이란 한 인간의 어깨가 감당하기에는 얼마나 벅찬 짐인가!

영원한 웃음. 그것을 이해하고 그 의미를 잘 따져 보자. 마니교도들에 따르면, 절대적인 것도 때로는 스스로를 굽히며, 절대신에게도 중단하는 순간들이 있다고 한다. 또한 의지라는 것에 대해 다음 사실만은 분명히 해두자. 즉, 의지라는 것

---

[5] *komodia*. 〈희극〉이란 말의 어원이다. 로마 시대에는 *comœdia*로 불렸고, 그것이 다시 변형되어 *comedy*, *comédie*, *comedia* 등 현대어가 되었다.

[6] *parôdia*. 진지한 작품을 우스꽝스럽게 모방한다는 뜻이다.

[7] 〈조롱〉이라고도 옮길 수 있다. 어원적 의미는, 〈마치 모르는 듯 묻는다 *eirôneia*〉는 뜻이다. 흔히들 〈아이러니〉라고 칭한다.

이 전혀 무력하다는 주장만은 받아들이지 말자. 모든 존재는, 추신(追伸)으로 수정할 수 있는 편지와 유사하다. 그윈플레인에게는 그 추신이 다음과 같았다. 즉, 그의 의지 덕분에, 자신의 온갖 주의를 집중하고, 어떤 격정도 그 노력을 분산시키거나 이완시키지 않을 경우, 그는 자신의 얼굴에 있는 그 영원한 웃음을 중단시키고, 그 위에 일종의 비극적인 너울을 드리울 수 있었다. 그러면 사람들은 그의 앞에서 더 이상 웃지 않고 몸서리를 쳤다.

분명히 말해 두지만, 그윈플레인은 그러한 노력을 거의 하지 않았다. 고통스러우리만큼 힘들었고, 견딜 수 없는 긴장이 필요했기 때문이다. 게다가 조금만 방심하고 약간의 감정만 어른거려도, 잠시 쫓겨났던, 썰물처럼 항거할 수 없는 그 웃음이, 그의 얼굴에 다시 나타났고, 감정이 어떤 것이든, 그것이 강하면 강할수록, 웃음은 그만큼 더 격렬했다.

그토록 예외적인 경우를 제외하면, 그윈플레인의 웃음은 영구한 것이었다.

그윈플레인을 보기만 하면 누구든 웃었다. 웃고 난 다음에는 고개를 돌렸다. 특히 여인들은 전율을 느꼈다. 그 남자가 너무나 무시무시했다. 터뜨리는 발작적인 웃음은, 바친 세금 같았다. 그것을 즐겁게 감수했지만, 거의 자동적인 동작이었다. 그다음에는, 즉 웃음이 식은 다음에는, 그윈플레인이 한 여인의 눈에는 감당할 수 없는 대상이었고, 도저히 쳐다볼 수 없는 존재였다.

게다가 그는 체구가 컸고, 훤칠했으며, 날렵했다. 얼굴을 제외하면 전혀 기형이 아니었다. 그러한 사실이 또한, 그윈플레인이 자연의 작품이 아니라 기술의 창조물일 것이라는 추측을 보강시켜 주는 점이었다. 그윈플레인은, 수려한 몸매로 미루어 보아, 아마 얼굴 역시 아름다웠을 것이다. 태어날 때는 그 역시 다른 아이들과 다르지 않았을 것이다. 그의 몸은 온전히 보존하고, 오직 얼굴에만 가필을 했을 것이다. 그윈플레인은 고의로 그렇게 만들어졌을 것이다.

그것이 최소한 있음직한 일이었다.

그의 치아는 내버려 두었다. 치아는 웃음에 필요하다. 죽은 이의 얼굴에도 치아는 있다.

그에게 가한 수술은 끔찍했을 것이다. 그는 그 사실을 기억하지 못하고 있었다. 기억하지 못한다는 사실이, 그가 수술을 받지 않았음을 입증할 수는 없었다. 그러한 외과적 조각은, 오직 매우 어린아이를 상대로 해서만 가능했을 것이다. 어린지라 자신에게 어떤 일이 닥쳤는지 거의 의식하지 못하고, 상처를 단순한 질병으로 여길 수 있기 때문이다. 뿐만 아니라 이미 그 시절에도, 이미 말한 바와 같이, 환자를 잠들게 해 통증을 느끼지 못하게 하는 방법이 알려져 있었다. 다만 그 시절에는 그것을 마법이라 불렀다. 오늘날에는 그것을 마취라 부른다.

얼굴을 그렇게 만든 것 이외에, 그를 기른 사람들은, 그에게 체조 및 각종 운동을 가르쳤다. 유용하게 탈구되어, 역방향으로도 휘기 쉬운 그의 관절들은, 일찍부터 곡예사 훈련을 받아, 문의 돌쩌귀처럼 모든 방향으로 움직일 수 있었다. 그를 곡예사 직업에 적응시키기 위해, 어느 것 하나 소홀히 하지 않았다.

그의 머리카락은 황토 염료로 물들였는데, 한 번 물이 들면 영구적으로 탈색되지 않는 염료였다. 그 비법은 오늘날에 와서야 다시 발견되었다. 예쁜 여인들이 그 염료를 사용한다. 옛날에는 사람을 추하게 만들기 위해 사용하던 것이, 오늘날에는 아름답게 만드는 데 유용하다고 여겨진다. 그윈플레인의 머리는 노란색이었다. 보기에는 부식시킬 듯한 그 염색이, 머릿결의 감촉을 오히려 양털처럼 거칠게 만들어 놓았다. 모발이라기보다는 갈기에 더 가까운, 황갈색의 곤두선 털들이, 사념을 간직하기 위해 만들어진 깊숙한 두개골 하나를 덮어 감추고 있었다. 안면부의 조화를 박탈하고 그곳의 살을 온통 흩트린 그 거친 수술도, 뼈로 이루어진 그 상자만은 훼손하지 못했다. 그윈플레인의 안면각은 힘차고 인상적이었다. 그의 웃음 뒤에는, 우리 모두처럼, 꿈을 꾸는 영혼 하나가 있었다.

한편, 그 웃음이 그윈플레인에게는 하나의 당당한 재주였다. 자신도 그것에 대해서는 어찌 할 수가 없었고, 따라서 그것을 이용했다. 그 웃음으로 그는 생계를 삼았다.

이미 모두 짐작했겠지만, 그윈플레인은, 어느 겨울날 저녁, 포틀랜드 해변에 버려지고, 웨이머스에서 바퀴 달린 초라한 오두막에 받아들여진, 그 아이였다.

2. 데아

그 아이가 이제 어른이 되어 있었다. 그동안 15년이 흘렀다. 때는 1705년이었다. 그윈플레인의 나이 스물다섯에 이르렀다.

우르수스가 두 아이를 길렀다. 그렇게 떠돌이 무리가 형성되었다.

우르수스와 호모는 이미 늙어 버렸다. 우르수스의 머리에는 모발이 거의 없었다. 늑대는 반백이 되어 있었다. 늑대의 나이는 개의 나이처럼 일정하지가 않다. 몰랭의 말에 따르면, 80살까지 사는 늑대들이 있다고 하는데, 몸집 작은 쿠파라 늑대, 즉 카비오이 보루스와 향기 풍기는 늑대, 즉 카니스

누빌루스 등이 그 예이다.[1]

 죽은 여인의 품에서 발견된 어린 계집아이가, 이제 나이 열여섯의 다 큰 처녀로 성장했다. 안색이 창백하고 머리카락은 갈색인데, 날씬하고 가냘픈 몸매는 너무나 섬세해 파르르 떠는 듯하고, 만지면 부서질까 두려울 지경이었다. 얼굴은 찬탄을 금할 수 없을 만큼 아름답고, 두 눈에는 빛이 가득하건만, 앞을 보지 못했다.

 구걸하던 여인과 아기를 눈 속에 쓰러트린 숙명적인 밤이 두 가지 짓을 저지른 것이다. 그 밤이 어미를 죽이고 딸의 눈을 멀게 했다.

 이제 한 여인으로 성숙한 그 어린것의 눈동자를, 흑내장(黑內障)이 영영 마비시켜 버렸다. 태양빛이 통과하지 못하는 그녀의 얼굴에서는, 슬프게 처진 양쪽 입술 끝이 쓰디쓴 실망감을 드러내고 있었다. 크고 맑은 그녀의 두 눈은 참으로 기이해, 본인에게는 영영 꺼졌으되, 다른 사람들이 보기에는 영롱하게 반짝였다.[2] 오직 바깥쪽만 비추는 신비한 횃불이었다. 그녀는 자신의 몫이 없는 빛을 남에게 주었다. 사라진 눈이 반짝이고 있었다. 그 어둠의 포로가 자신이 처한 어두운 곳을 환하게 밝혔다. 자신의 치유할 수 없는 어둠의 밑바닥에서, 흑내장이라고 부르는 그 검은 벽 뒤에서, 그녀는 한줄기 반짝이는 빛을 발산하고 있었다. 그녀는 자신의 밖에 있는 태양을 보지 못했지만, 사람들은 그녀 속에 있는 그녀의 영혼을 보았다.

 그녀의 죽은 시선에는 형언할 수 없는 천상의 부동성(不動

---

1 쿠파라나 카비오이 보루스는 어떤 종인지 확인할 수 없다. 카니스 누빌루스는, 세이라는 사람이 1823년에 분류한 알래스카 늑대 중 하나인 〈평원의 늑대 *canis lupus nubilus*〉라고 한다.
2 흑내장의 그러한 특성 때문에 프랑스인들은 그 증상을 가리켜 *goutte sereine* 즉 〈맑고 잔잔한 반점〉이라고 한다.

性)이 있었다. 그녀는 밤이었다. 그리고 그녀와 혼융된 그 돌이킬 수 없는 어둠에서 별을 내보냈다.

라틴어 명칭을 편집광처럼 좋아하는 우르수스가 그녀에게 데아라는 이름을 붙여 주었다. 그러기에 앞서 늑대에게 견해를 물으며 말했다. 「자네는 인간을 대표하고 나는 짐승을 대표하지. 자네와 내가 곧 이 낮은 세상이야. 이 어린 계집아이가 저 높은 곳에 있는 세상을 대표할 거야. 지극히 약한 것이 곧 전능(全能)이니까. 그러면 인간과 짐승과 신을 모두 갖춘, 온전한 우주가 우리의 오두막 안에 갖추어지는 셈이지.」 늑대는 그의 뜻에 반대하지 않았다.

그렇게 해서 아이는 데아라고 불리게 되었다.

그윈플레인의 경우, 우르수스가 구태여 그의 이름은 만드는 수고를 하지 않아도 되었다. 소년의 얼굴이 망가졌고 소녀의 눈이 볼 수 없음을 확인하던 그날 아침에, 그가 물었다. 「보이, 이름이 뭐지?」 그러자 소년이 대답했다. 「사람들이 그윈플레인이라고 불러요.」

「좋아, 그윈플레인.」 우르수스의 대답이었다.

데아가 그윈플레인의 연습을 도왔다.

인간의 비참함이 요약될 수 있다면, 그것은 그윈플레인과 데아로 요약될 것이다. 그들은 각자 서로 다른 묘곽(墓廓)에서 출생한 것 같았다. 그윈플레인은 소름끼치는 묘곽에서, 데아는 어두운 묘곽에서. 그들의 삶은, 밤의 무시무시한 두 측면에서 가져온, 서로 다른 두 종류의 암흑으로 이루어져 있었다. 그 암흑을, 데아는 자신 속에, 그윈플레인은 자신의 외면에 가지고 있었다. 데아에게는 환영이 있었고, 그윈플레인에게는 무시무시한 유령이 있었다. 데아는 구슬픔 속에 있었고, 그윈플레인은 그보다 심한 음산함 속에 있었다. 앞을 보는 그윈플레인에게는, 소경인 데아에게는 없는, 고통스러운 가능성 하나가 있었으니, 그것은 자신을 다른 사람들과 비교할 수 있다는 것이었다. 그런데 그윈플레인이 처해 있던 것과 같은 상황에서는, 그가 납득하려 애를 썼다고 가정하더라도, 자신을 다른 이들과 비교한다는 것이, 곧 자신을 더 이상 이해하지 못하게 됨을 뜻했다. 데아처럼, 세계가 부재하는 텅 빈 시야를 갖는다는 것은 물론 극도의 슬픔이다. 그러나 자신이 자신에게도 수수께끼라는 것보다는 덜한 슬픔이다. 또한 자신이었던 그 무엇이 부재함을 느끼고, 세상은 보되 자신만을 보지 못하는 것보다는 덜한 슬픔이다. 데아에게는 밤이라는 너울이 하나 있었고, 그윈플레인에게는 그의 얼굴이라는 가면이 하나 있었다. 형언키 어려운 일이었으니, 그윈플레인은 자신의 살로 만든 가면을 쓰고 있었다. 자신의 얼굴이 전에는 어떤 모습이었는지, 그는 까마득히 몰랐다. 그의 본래 모습은 완전히 소실되었다. 누군가가 그에게 위조된 그를 씌워 놓았다. 그의 얼굴은 행방불명 상태였다. 그에게는 그 얼굴을 본 기억이 없었다. 데아나 그윈플레인에게는, 인류라는 것이 자신들과 무관한 하나의 외적 사실이었다. 두 사람 모두 인류로부터 멀리 떨어져 있었다. 그녀는 혼자였다. 그도 혼자였다. 데아의 고립은 구슬펐다. 그녀에게는 아무것도 보이지 않았다. 그윈플레인의 고립은 불길함에 뒤덮여 있었다. 그에게는 모든 것이 보였다. 데아에게는 삼라만상이 청각과 촉각의 테두리를 벗어나지 못했다. 그녀에게는 현실이라는 것이, 비좁고, 한정되어 있고, 짧고, 즉시 사라져 버리는 것 같았다. 그녀에게는, 어둠 이외의 다른 무한은 없었다. 그윈플레인에게는, 산다는 것이, 사람들을 언제나 자기 앞에, 그러나 밖에, 둔다는 것을 의미했다. 데아는 빛으로부터 추방당한 사람이었고, 그윈플레인은 삶으로부터 추방당한 사람이었다. 분명 두 사람은 절망한 이들이었다. 그들은 있을 수 있는 최악의 재앙 밑바닥을 건드렸다. 그곳에 가 있었다. 혹시 누가 두 사람을 면밀히 관찰했다면, 그의 몽상은 한량없는 연민으로 귀결되었을 것이다. 그들이 겪지 않은 고초가 무엇이겠는가? 그 두 인간 피조물을 불행의 칙령이 짓누르고 있음이 역력했다. 또한 숙명은, 무고한 두 사람을, 일찍이 전례가 없을 만큼 완벽하게, 고통과 지옥 같은 삶으로 둘러쌌다.

그들은 낙원에 있었다.

그들은 서로 사랑하고 있었다.

그윈플레인은 데아를 숭배했다. 데아는 그윈플레인을 우상으로 삼았다.

3. 오쿨로스 논 하베트, 에트 비데트[1]

이 지상에서는 오직 한 여인만이 그윈플레인을 볼 수 있었다. 그 여인이 바로 눈먼 여인이었다.

그윈플레인이 자신에게 어떤 사람인지를, 그녀는 우르수스를 통해 알았다. 포틀랜드 해안에서 웨이머스까지의 혹독했던 여정과, 버림받았을 때의 고통에 대해, 그윈플레인이 우르수스에게 이미 이야기했기 때문이다. 그녀가 아주 어렸을 때, 시신의 젖을 빨며 그 시신 위에서 숨을 거두려는 찰나, 그녀보다 조금 덜 작은 아이가 그녀를 거두었고, 버려져 온 세상의 음침한 거부 속에 묻혀 있던 어린아이가 아기의 울음소리를 들었고, 모두들 그 부름에 귀를 막았건만 그는 그녀의 소리에 귀를 막지 않았고, 고립되었으며, 약하며, 버림 받아, 아

---

[1] *Oculos non habet, et videt.* 〈그녀는 눈이 없으되 본다〉는 뜻으로, 신약성서에 있는 구절을 연상시킨다. 〈너희는 눈이 있으면서도 알아보지 못하고 귀가 있으면서도 알아듣지 못하느냐?〉(「마르코의 복음서」 8:18)

무 의지할 곳 없이, 피곤에 탈진해 낙심한 채 황무지를 헤매면서도 밤의 손에서 그 짐을, 즉 다른 아기를 넘겨받았고, 흔히들 운수라고 부르는 그 모호한 배급에서 기대할 자신의 몫이 전혀 없었건만, 그는 또 다른 하나의 운명을 스스로 짊어졌고, 그리하여 그 어린것을 헐벗음과, 고통과, 절망에서 구원했고, 하늘이 문을 닫았을 때 그는 가슴을 열었고, 죽은 거나 다름없던 그가 다른 생명을 구출했고, 지붕도 피신처도 없으면서 그는 스스로 피신처가 되어 주었고, 엄마와 유모 노릇을 했고, 이 세상에서 혈혈단신이었던 그가, 저버림에 대해 받아들임으로 응답했고, 그러한 수범(垂範)을 깊은 어둠 속에서 보였고, 아직 충분히 시달리지 않았다고 생각했음인지, 다른 이의 비참함을 기꺼이 덤으로 떠안았고, 그를 위해 만들어진 것이라곤 아무것도 없는 듯한 이 지상에서, 그가 자신의 의무를 발견했고, 모두들 멈칫거렸을 곳에서 선뜻 나섰고, 모두들 물러섰을 곳에서 흔쾌히 수락했고, 무덤 구멍으로 손을 들이밀어 그녀를, 데아를, 끌어냈고, 자신은 반 벌거숭이가 되면서도 그녀가 추울까 봐 그녀에게 자신의 넝마를 주었고, 자신이 굶어 죽을 지경이면서도 그녀에게 먹이고 마시게 할 궁리를 했고, 어린 계집아이를 위해 어린것이 죽음을 상대로 싸움을 벌였고, 겨울과 눈과 고독과 두려움과 추위와 배고픔과 갈증과 폭풍 등의 형상으로 달려드는 죽음을 상대로 싸우며, 그녀를 위해, 데아를 위해, 그 열 살짜리 티탄이, 밤의 광막함을 상대로 싸움을 벌였다는 사실을 그녀는 잘 알고 있었다. 그녀는, 그가 어린 시절에는 그러한 일을 했고, 이제 성인이 되어서는, 허약한 자신의 힘이며, 가난한 자신의 부(富)이며, 병든 자신의 약이며, 눈먼 자신의 눈이라는 사실을 잘 알고 있었다. 그에게서 그녀를 갈라놓고 있던 그 미지의 농도를 통해, 그녀는 그러한 헌신과 희생과 용기를 선명히 분별할 수 있었다. 영웅적 행위가, 비 질료적 풍경 속에서는, 일종의 윤곽을 가지고 있다. 그녀는 그 숭고한 윤곽을 촉지하고 있었다. 태양빛이 닿지 않는, 하나의 사념이 기거하는 그 형언하기 어려운 추상(抽象) 속에서, 그녀는 미덕의 신비한 윤곽을 감지하고 있었다. 현실이 그녀에게 주는 유일한 인상이라 할 수 있는, 그녀를 둘러싸고 있는 모호한 것들의 움직임 속에서, 항상 어떤 위험이 닥치지 않을까 감시하는 수동적인 사람의 불안한 침체 속에서, 소경의 삶이 항상 그러하듯, 아무 방어 수단이 없다는 느낌 속에서, 그녀는 자신보다 높은 곳에 있는 그윈플레인을, 영영 냉정해지고, 영원히 떠나 사라져 버린 그윈플레인을, 그리고 감동되어 기꺼이 도우며 따스한 그윈플레인을, 번갈아 확인하곤 했다. 데아는 확신과 감사하는 마음으로 전율했고, 진정된 불안은 환희로 귀결되었으며, 그럴 때마다 그녀는 온통 암흑으로 가득한 눈으로, 암흑의 천정점(天頂點)에 있는 착함을, 그 심오한 빛을 응시하곤 했다.

관념 속에서는, 착함이라는 것이 곧 태양이다. 그리하여 그윈플레인은 데아의 눈을 부시게 했다.

하나의 생각을 가지기에는 머리의 수가 너무 많고, 하나의 시선을 가지기에는 눈의 수가 너무 많은 군중에게는, 기껏 겉껍질에서 멈추며 겉껍질에 불과한 군중에게는, 그윈플레인이 일개 익살극 배우나 곡예사, 우스꽝스러운 돌팔이였고, 한 마리 짐승과 우열을 가릴 수 없을 만큼 기괴한 사람일 뿐이었다. 군중은 얼굴밖에 알지 못했다.

데아에게는 그윈플레인이, 자신을 무덤 속에서 거두어 밖으로 데리고 나온 구원자였고, 자신으로 하여금 삶을 감당케 해준 위안자였으며, 앞이 보이지 않는 미로 속에서 손을 내민 안내자였다.[2] 그녀에게는 그윈플레인이 오빠였고, 친구였고, 안내자였고, 지지자였고, 저 높은 곳과 유사한 존재였고, 날개 달리고 찬연한 빛 발하는 남편이었다.[3] 또한 군중의 눈에 보이는 것은 괴물이었지만, 그녀는 천사장을 보고 있었다.

데아는, 소경인지라, 영혼을 지각할 수 있었던 것이다.

4. 어울리는 연인들

우르수스는 철학자인지라 이해했다. 그는 데아가 그렇게 매혹되는 것에 동의했다.

그가 말했다.

「맹인은 보이지 않는 것을 볼 수 있지.」

또한 이렇게도 말했다.

「의식은 시력이야.」

그는 그윈플레인을 한 번 쳐다보고 나서, 중얼거렸다.

「반은 괴물이야. 그러나 반은 신이야.」

그윈플레인 또한 데아에게 도취해 있었다. 보지 못하는 눈인 영혼과, 볼 수 있는 눈인 눈동자가 있다. 그는 볼 수 있는 눈으로 그녀를 보았다. 데아는 추상적인 눈부심을 느꼈고, 그윈플레인은 사실적인 눈부심을 느꼈다. 그윈플레인의 모습은 추한 것이 아니라 무시무시했다. 그의 앞에는 그와 좋은 대조를 이루는 사람이 있었다. 그의 외모가 무시무시한

---

2 원전에는 〈해방자 *libérateur*〉로 되어 있으나, 문맥상 맞지 않아 〈안내자 *guide*〉로 수정해 옮긴다.

3 〈날개 달리고 찬연한 빛 발하는 남편〉이라는 언급은, 아풀레이우스가 『변신』(혹은 『황금 당나귀』)에서 길게 이야기한 큐피드(에로스)와 프시케의 사랑과 결혼을 연상시킨다. 표현의 유사성은 말할 것도 없고, 『변신』 속의 프시케와 데아의 상징성(이상을 갈구하는 영혼) 또한 완벽하게 일치한다. 그러한 면에서 본다면, 다음 문장의 〈천사장〉이라는 단어는 매우 어색하다. 천사장도 사랑하고 결혼하는가?

만큼, 데아의 모습은 아리따웠다. 그가 흉측함이었다면, 그녀는 우아함이었다. 데아에게는 꿈같은 것이 있었다. 그녀는 살짝 몸뚱이로 현신한 꿈같았다. 그녀의 몸 전체에, 그 바람 같은 구조 속에, 갈대처럼 불안한 가늘고 유연한 허리 속에, 아마 보이지 않는 날개가 돋아나 있을지도 모를 어깨 속에, 그녀가 여성임을 알려 주는(그러나 감각보다는 영혼에게) 몸매 윤곽의 수줍게 둥근 선 속에, 투명함에 가까운 하얀 피부 속에, 이 지상을 향해서는 닫혀 있는 시선의 엄숙하고 고요한 폐색 상태 속에, 그녀가 짓는 미소의 신성한 순진함 속에는, 천사의 매혹적인 그 무엇이 있었으며, 따라서 그녀는 모자람 없이 여인다웠다.

그윈플레인은, 이미 말한 바와 같이, 자신을 비교했다. 또한 그는 데아를 비교했다.

그의 삶은, 그 자체로, 일찍이 들어 보지 못한 두 가지 선택의 결과였다. 그것은 낮은 곳의 광선과 저 높은 곳의 광선, 즉 검은 광선과 흰 광선의 교차점이었다. 같은 빵 부스러기라도, 악의 부리와 선의 부리라는 두 부리에 동시에 쪼일 수 있다. 한 부리는 상처를 주고 다른 부리는 입맞춤을 준다. 그윈플레인은 그러한 부스러기였다. 상처받고 동시에 애무도 받는 원자였다. 그윈플레인은, 구원자가 개입해 복잡해진 숙명의 산물이었다. 불운이 그에게 손가락을 올려놓았는데, 행운도 그렇게 했다. 극단적으로 서로 다른 두 운수가 그의 기이한 운명을 구성하고 있었다. 그에게는 저주가 내렸고 또한 축복이 내렸다. 그는 저주받았으되 선택된 자였다. 그가 누구였을까? 그는 그것을 알지 못했다. 그가 자신을 바라볼 때마다 보이는 것은 낯선 이 하나였다. 하지만 그 낯선 이가 괴물 같았다. 그윈플레인은 일종의 참수형 속에서 살고 있었다. 자신이 아닌 얼굴을 가지고 있었으니 말이다. 그 얼굴이 공포감을 유발할 지경이었고, 어찌나 무시무시했던지 사람들을 즐겁게 해주었다. 어찌나 두려움을 주었던지 결국 사람들을 웃겼다. 그는 지옥에서 온 익살광대였다. 인간의 얼굴이 짐승 같은 괴인면(怪人面) 속에 좌초된 격이었다. 인간의 얼굴에서 인간이 그토록 완전히 사라진 것을, 사람들은 일찍이 본 적이 없었다. 일찍이 그 어떤 우스꽝스러운 모방도 그토록 완벽하지 못했다. 일찍이 어떤 악몽 속에서도 그보다 더 끔찍한 모습이 냉소를 흘리지는 않았을 것이다. 여인에게 혐오감을 일으키는 모든 것이, 한 남자 속에 그토록 흉측하게 혼합되어 있었던 일은 일찍이 없었을 것이다. 그 얼굴로 가려져 부당하게 비난받는 그 불운한 가슴이, 무덤의 뚜껑과 같은 얼굴 밑에서 영영 외롭게 지내도록 판결이 내려진 것 같았다. 하지만 그렇지가 않았다! 미지의 악의가 스스로 고갈되자, 보이지 않는 선의가 차례를 맞아 애를 쓰기 시작했다. 문득 다시 일어선 그 가엾은 낙오자 속에, 혐오감을 일으키는 모든 것 옆에, 선의는 호감을 살 수 있는 것을 가져다 놓았다. 그리고 암초에 자석을 놓는 한편, 영혼 하나가 그 버려진 사람 곁으로 서둘러 달려오게 하고, 비둘기를 시켜 벼락 맞은 사람을 위로케 했으며, 아름다움으로 하여금 흉한 모습을 찬미토록 했다.

그러한 일이 가능하기 위해서는, 아름다운 여인이 흉하게 망가진 얼굴을 보지 말아야 했다. 그러한 행복을 위해서는 그 불행이 필요했다. 구원자가 데아를 소경으로 만들어 놓은 것이다.

그윈플레인은 자신이 구원의 대상임을 희미하게 느꼈다. 무엇 때문에 박해한단 말인가? 그는 그 이유를 몰랐다. 무엇 때문에 구원한단 말인가? 그 이유 또한 알지 못했다. 한 가닥 찬연한 빛이 그의 낙인 찍힌 상처 위에 내려앉았다는 것, 그것이 그가 아는 모든 것이었다. 우르수스는 그윈플레인이 사리를 조금 이해할 수 있는 나이에 이르자, 콘퀘스트 박사의 책에 나오는 *De denasatis*(코 제거술에 관해)에 대한 내용과, 위고 플라공의 책에 있는 *Nares habens mutilas*(콧구멍이 잘려 나간 이들)에 관한 구절을 읽고 설명해 주었다. 그러나 우르수스는 어떠한 〈가정도〉 삼갔다. 또한 어떠한 결론도 내리지 않았다. 여러 추측이 가능했고, 어린 그윈플레인에게 폭력을 가했을 공산이 컸다. 그러나 그윈플레인에게는 오직 한 가지 명백함만이 있었으니, 그것은 그 폭력의 결과였다. 상처의 흔적을 뒤집어쓴 채 사는 것이 그의 운명이었다. 그 상처 자국이 왜 생겼을까? 아무도 대답을 해주지 않았다. 침묵과 고적함만이 그윈플레인을 둘러싸고 있었다. 그러한 비극적 현실을 겨냥할 수 있는 추측 속에서는 모든 것이 희미했고, 끔찍한 현실을 제외하고는, 확실한 것이 전혀 없었다. 그 과중한 절망 속으로 데아가 개입했다. 그윈플레인과 절망 사이로 마치 중재자처럼 끼어든 것이다. 그는 감동하고 다시 덥혀져서, 자신의 흉측한 모습으로 향한 아리따운 소녀의 다정함을 인지하게 되었다. 낙원과 같은 놀라움이 그의 준엄한 얼굴을 누그러뜨렸다. 사람들에게 두려움을 주기 위해 만들어진 그였건만, 그에게는 추상 속에서 빛의 사랑을 받는 경이로운 특전이 있었고, 괴물이건만, 그는 별 하나가 저 위에서 자신을 그윽이 바라보고 있음을 느꼈다.

그윈플레인과 데아는 한 쌍이었고, 두 비장한 가슴은 서로를 열렬히 사랑했다. 둥지 하나와 새 두 마리, 그것이 바로 그들의 역사였다. 그들은, 서로에게 기쁨을 주고, 서로를 찾아 나서며, 서로 만나는, 범우주적 법칙 속으로, 자신들의 역할을 수행하려고 복귀했다.

결국 증오가 착각한 것이다. 그윈플레인을 박해하던 이들은, 그들이 어떠한 사람들이건, 그 불가사의한 악착스러움이 어디에서 왔건, 목표물을 명중시키지 못했다. 절망한 사람을 만들려 했지만, 황홀경에 들어간 사람을 만들고야 말았다. 치유 효능을 가진 상처와 그를 미리 약혼시켜 놓은 것이다. 극단적 불행에서 위안받도록 미리 정해 놓은 것이다. 망나니의 집게가 소리 없이 여인의 손으로 변한 것이다. 그윈플레인의 모습은 흉측했다. 인위적으로 흉측해진 것이다. 사람들의 손에 흉측해진 것이다. 그들은 그를 영영 고립시킬 생각이었다. 그에게 가족이 있다면 우선 가족으로부터, 그다음 인류로부터 영영 고립시킬 생각이었다. 그가 아직 어린아이였을 때, 사람들은 그를 폐허로 만들어 놓았다. 그러나 자연은, 모든 폐허를 되찾아 가듯, 그 폐허도 되찾아 갔다. 그의 고적함 또한, 모든 고적함을 위로해 주듯, 자연이 위로해 주었다. 자연은 모든 버려진 것들을 돕는다. 모든 것이 결여된 곳에 자연은 자신을 몽땅 되돌려 준다. 붕괴된 모든 곳에, 자연은 꽃이 다시 피어나고 다시 푸르러지도록 한다. 돌을 위해서는 담쟁이를, 인간을 위해서는 사랑을 준비해 놓고 있다.

보이지 않는 것의 오묘한 관대함이다.

5. 어둠 속의 푸른 하늘

두 불운한 생명은 그렇게 서로를 자양으로 삼아 살아가고 있었다. 데아에게는 받쳐 주는 이가 있었고, 그윈플레인에게는 받아 주는 이가 있었다.

고아 여자 아이에게 고아 남자 아이가 있었다. 불구자에게 기형아가 있었다.

그 독신자들이 결혼하고 있었다.

그 두 슬픔으로부터 형언할 수 없는 감사의 정이 발산하고 있었다. 그 슬픔들이 감사를 드리고 있었다.

누구에게?

모호한 광대함에.

그저 앞을 향해 감사하는 것으로 족하다. 감사의 기도에는 날개가 달려 있어, 가야 할 곳으로 스스로 찾아간다. 그곳에 대해서는 우리의 기도가 우리보다 더 잘 안다.

얼마나 많은 사람들이, 유피테르에게 기도한다고 믿으면서, 야훼에게 기도했는가! 부적을 신봉하는 사람 중 얼마나 많은 이들이 무한으로부터 응답을 들었던가! 착하고 슬퍼한다는 사실만으로도 이미 자신이 절대신에게 기도하고 있다는 것을 깨닫지 못하는 무신론자는 또 얼마나 많은가!

그윈플레인과 데아는 감사하고 있었다.

기형이란 곧 축출이다. 소경이란 곧 절벽이다. 그런데 추방되었다가 받아들여졌고, 절벽이 살 수 있는 곳으로 변했다. 그윈플레인은, 하나의 꿈을 투영시켜 놓은 것 같은 운수의 배열 속에서, 여인의 형태를 가진 아름다운 하얀 구름 덩이 하나가, 한껏 빛을 발산하며 자신에게로 내려오는 것을 보았다. 찬연한 빛을 발산하는 환영이었는데, 그 속에는 심장이 하나 있었고, 거의 구름 같되 여인인 그 환영이, 그를 껴안고 애무했으며, 그 심장은 그의 행복을 빌었다. 그윈플레인은 더 이상 흉측한 기형아가 아니었다. 사랑받고 있었으니 말이다. 장미꽃 한 송이가 유충에게 구혼하고 있었다. 그 유충 속에서 신성한 나비를 느꼈기 때문이다. 버림받았던 그윈플레인이 선택되었다.

자신에게 필요한 것을 갖는다는 것, 그것이 전부이다. 그윈플레인은 그것을 얻었다. 데아도 그것을 얻었다.

기형아의 천함이, 문득 가벼워지고 숭고해진 듯, 도취경으로, 황홀경으로, 믿음으로 팽창되고 있었다. 그리고 밤 속에 묻힌 소경의 어두운 머뭇거림 앞으로, 마중 나온 손 하나를 내밀었다.

두 슬픔이 서로를 흡수하면서 극치의 경개로 진입하고 있었다. 추방된 두 존재가 서로를 받아들이고 있었다. 두 공백이 결합해 서로를 채우고 있었다. 두 사람은 각자 자신에게 없는 것으로 상대방을 지탱했다. 한 사람의 가난으로 다른 사람이 부유해졌다. 한 사람의 불행이 다른 사람의 보물이 되었다. 만약 데아가 소경이 아니었다면, 그녀가 그윈플레인을 선택했을까? 만약 그윈플레인의 얼굴이 흉측한 기형이 아니었다면, 그가 데아를 선택했을까? 그가 불구를 원하지 않았을 것처럼, 아마 그녀 또한 기형을 원치 않았을 것이다. 그윈플레인의 용모 흉측한 것이 데아에게는 얼마나 다행인가! 데아가 소경이라는 것이 그윈플레인에게는 얼마나 큰 행운인가! 천우신조로 이루어진 그 배합이 없다면 그들은 존재할 수조차 없었다. 서로에 대한 경탄할 만한 욕구가 그들의 사랑 저 아래 깊숙한 곳에 있었다. 그윈플레인이 데아를 구원했고, 데아가 그윈플레인을 구원했다. 비참함끼리 만나 서로 집착하는 현상이었다. 심연으로 빠져 들어가는 이들의 포옹이었다. 그러한 포옹보다 더 강렬하고 더 절망적이며 그보다 더 감미로운 포옹은 없다.

그윈플레인의 뇌리를 떠나지 않는 생각 하나가 있었다.

〈그녀가 없다면 내가 무엇이란 말인가!〉

데아의 뇌리에도 항상 생각 하나가 자리 잡고 있었다.

〈그가 없다면 내가 무엇이란 말인가!〉

추방당한 두 사람이 같은 나라에 도달했다. 그윈플레인의 상처 자국과 데아의 흑내장이라는 치유될 수 없는 숙명적 불행이, 만족감 속에서 합류하고 있었다. 그들은 자신들만으로 족했다. 자신들 저 너머의 것은 아무것도 상상조차 하지 않았다. 서로 말을 주고받는 것이 환희였고, 서로 가까이 다가가는 것이 천상의 기쁨이었다. 상호간의 직관 덕분으로 그들은 같은 꿈을 꾸기에 이르렀다. 둘이 생각하지만 생각은 하나였다. 그윈플레인이 걸으면 데아는 신의 발걸음 소리를 들었다. 그들은 향기와 섬광과 음악과 반짝거리는 건축물과 꿈들로 가득한 별빛의 미광(微光) 속에서 서로를 꼭 껴안았다. 두 사람은 서로의 것이었다. 그들은 자신들이 영원히 같은 즐거움과 같은 황홀경 속에 있음을 알고 있었다. 저주받은 두 사람이 에덴을 건설하는 현상보다 더 기이한 일은 없었다.

그들은 형언할 수 없을 만큼 행복했다.

그들은 자신들의 지옥을 천국으로 만들어 놓았다. 사랑이여, 그것이 당신의 힘이외다!

데아는 그윈플레인이 웃는 소리를 들었다. 그리고 그윈플레인은 데아가 미소 짓는 것을 보았다.

그렇게 이상적인 유열을 찾았고, 생의 완벽한 기쁨이 실현되었으며, 행복의 신비한 문제가 해결되었다. 그런데 누구에 의해서? 가엾은 두 사람에 의해서였다.

그윈플레인에게는 데아가 광휘로움이었다. 데아에게는 그윈플레인이 곧 실재(實在)였다.

실재란 보이지 않는 것을 신성하게 만드는 오묘한 신비이며, 그것에서 믿음이라는 또 다른 신비가 탄생한다. 종교 속에 있는 요지부동의 것은 오직 그것뿐이다. 하지만 그 요지부동의 것이면 족하다. 사람들은 불가결의 광막한 존재를 보지 못한다. 그 존재를 느낄 뿐이다.

그윈플레인은 데아의 종교였다.

때로는 그녀가, 사랑하는 마음을 주체하지 못해, 그윈플레인 앞에서 무릎을 꿇기도 했다. 그럴 때면, 그녀의 모습은, 극

동의 사원에 있는, 희색만면한 그노무스를 찬미하는 아름다운 여사제 같았다.[1]

심연을 상상해 보라. 그리고 심연 한가운데에서 밝게 빛나는 오아시스와, 삶의 영역에서 쫓겨난 두 사람이 오아시스에서 서로에게 현혹되어 있는 모습을 상상해 보라.

그러한 사랑에 비할 만한 순수함은 없다. 혹시 그것을 갈망했을지는 몰라도, 데아는 입맞춤이라는 것이 무엇인지 몰랐다. 특히 한 여인이 소경일 경우, 눈먼 상태 특유의 꿈이 있어, 미지의 존재가 다가오면 비록 두려워 떨더라도, 접근 자체를 모두 혐오하지는 않는다. 그윈플레인의 경우, 전율하는 젊음이 그를 자주 생각에 잠기게 했다. 자신이 도취되었음을 느끼면 느낄수록 그만큼 더욱 소심해졌다. 어린 시절부터의 동반자를 상대로, 빛이라는 것을 모르듯 그릇된 품행이라는 것도 모르는 순진한 여인을 상대로, 그리고 그를 숭배하는 것 이외에는 아무것도 보지 못하는 소경을 상대로, 그는 무슨 짓이든 감행할 수 있었을 것이다. 하지만 그는, 그녀가 자신에게 줄 것을 훔쳤다고 생각했을 것이다. 결국 그는, 천사처럼 사랑하는 것으로 만족하는 우수를 지닌 채 체념했고, 자신이 기형이라는 감정은, 엄숙한 삼감 속으로 녹아 들어갔다.

두 행복한 연인은 극치의 경지에 머물러 있었다. 그들은

---

[1] 〈그노무스〉는 추하고 흉측하게 생긴 작은 정령을 가리키는, 고대 로마의 연금술사들이 사용하던 말이다. 또한 구약성서를 신비적으로 해석하던 이들(카발리스트)은, 그노무스가 땅속의 보물을 지키고 있다고 믿었다 한다. 본 작품에서는 불상(佛像)을 가리키는 듯하다. 한편 〈극동의 사원에 있는…… 그노무스〉는, *un gnome de pagode*를 옮긴 것인데, 그 말 자체가 좀 어색하다. 추하고 작은 〈그노무스〉와 웅장한 〈파고다〉는 서로 어울리지 않는다. 또한 그노무스가 동방의 불당(佛堂) 안에 가서 앉아 있을 리 없다. 그리고 〈아름다운 여사제〉는 델포이 신전 등 옛 그리스의 신전에나 어울리지 불당과는 무관할 듯하다.

멀리 떨어져 있는 두 천체와 같은 부부였다. 그리고 창천(蒼天) 속에서 오묘한 영기(靈氣)를 주고받았는데, 그것이 무한 공간 속에서는 곧 인력(引力)을 뜻하고, 이 지상에서는 성욕을 뜻한다. 두 사람은 영혼의 입맞춤을 나누고 있었다.

그들은 항상 함께 생활했다. 함께하는 것 이외의 다른 방식은 몰랐다. 데아의 유년 시절은 그윈플레인의 소년 시절과 일치했다. 그들은 나란히 함께 자랐다. 오두막이 널찍한 침실이 아니었던지라, 그들은 상당히 오랫동안 같은 침대에서 잤다. 그들 둘은 궤짝 위에서, 우르수스는 마룻바닥에서 잤다. 그것이 해결책이었다. 그런데 어느 날 문득, 데아는 아직 어린데, 그윈플레인은 자신의 성장을 깨달았다. 수치심이 남자 쪽에서 시작된 것이다. 그가 우르수스에게 말했다. 「저도 마룻바닥에서 자겠어요.」 그리고 저녁이 되자, 그는 노인 옆 곰 모피 위에 누웠다. 그러자 데아가 울었다. 그녀는 자신의 침대 동무를 요구했다. 그러나 사랑하기 시작했음인지, 불안해진 그윈플레인은 잘 견뎠다. 그 순간 이후, 그는 우르수스와 함께 마룻바닥에서 잤다. 아름다운 여름밤이면, 호모와 함께 오두막 밖에서 잤다. 데아는 나이 열세 살이 되도록 아직 체념하지 못했다. 그리고 저녁이 되면 자주 그에게 말했다. 「그윈플레인, 내 곁으로 와. 그래야 잘 수 있을 것 같아.」 한 남자가 곁에 있는 것, 그것은 순진무구한 소녀가 잠드는 데 필요한 조건이었다. 나신이라는 것, 그것은 자신의 벗은 몸을 본다는 뜻이다. 따라서 그녀는 나신이라는 것이 무엇인지도 몰랐다. 아르카디아나 오타히티의 순진무구함이었다.[2]

---

2 아르카디아는 펠로폰네소스 중앙 산악 지역을 가리킨다. 님프들이 그곳에서 목욕하는 것을 보았다는 전설이 있고, 고대 그리스나 로마의 목가에서는, 그곳이 고요하고 태평스러운 낙원으로 묘사되어 있다. 오타히티는 타히티를 가리킨다.

야생의 데아가 그윈플레인을 완강하게 만들고 있었다. 때로는, 이미 다 큰 처녀로 성장한 데아가, 침대 위에 앉아서 긴 머리를 빗는데, 슈미즈가 흩어져 반쯤 내려와, 윤곽이 선명해진 몸매와 이브의 초기 모습을 드러낸 채 그윈플레인을 부르는 경우가 있었다. 그럴 때마다 그윈플레인은, 그 천진난만한 살덩이 앞에서, 얼굴을 붉히고 눈을 내려뜬 채 어찌 할 바를 모르다가, 몇 마디 더듬거리며 외면을 하고, 두려운 듯 그 자리를 뜨곤 했다. 암흑의 다프니스가 어둠의 클로에 앞에서 도망을 치곤했다.

비극에서 피어난 목가(牧歌)가 그러했다.

우르수스가 그들에게 말하곤 했다.

「늙은 짐승들아! 열렬히 사랑해!」

6. 가정교사 우르수스, 후견인 우르수스

그리고 우르수스가 한마디 덧붙이곤 했다.

「내가 불원간에 저것들에게 못된 장난을 좀 쳐야지. 저것들을 혼인시켜야겠어.」

우르수스가 그윈플레인에게 사랑의 이론을 강의하며 말했다.

「착하신 신께서 사랑이라는 불을 어떻게 붙이시는지 아느냐? 그는 여자를 밑에 놓으시고, 그다음에, 즉 남자와 여자 사이에 마귀를, 그리고 남자를 마귀 위에 놓으신단다. 성냥 한 개비면, 즉 시선 한 번이면, 모든 것이 활활 타오르지.」

「시선이 꼭 필요하지는 않아요.」 데아를 생각하며 그윈플레인이 대꾸했다.

그러자 우르수스가 반박했다.

「바보 같으니라고! 영혼끼리 서로 바라보는 데 눈이 필요한가?」

우르수스는 가끔 착한 마귀 노릇도 했다. 데아에게 홀딱 반한 그윈플레인은, 때때로 침울해져, 우르수스가 증인인 양 그를 피하곤 했다. 어느 날 우르수스가 그에게 말했다.

「쳇! 거북해할 것 없어. 사랑을 할 때 수탉은 자신을 드러내지.」

「그러나 독수리는 자신을 감춰요.」 그윈플레인이 대답했다.

또 어떤 때에는 우르수스가 홀로 중얼거렸다.

「키테라[1]의 수레바퀴에 막대기를 찔러 넣는 것이 현명하겠어. 저것들이 서로 지나치게 좋아해. 좋지 않은 일이 생길 수도 있어. 화재를 예방해야겠군. 저 두 가슴을 좀 진정시켜야겠어.」

그러고는 다음과 같은 경고를 동원하기로 작정하고, 데아가 잠들었을 때는 그윈플레인에게, 그윈플레인이 자리를 비웠을 때는 데아에게, 각각 이렇게 말했다.

「데아, 그윈플레인에게 너무 집착해서는 안 된다. 다른 사람 속에서 산다는 것은 위험한 일이야. 이기주의가 행복의 좋은 뿌리야. 남자란 항상 여인에게서 도망치는 버릇이 있지. 게다가 그윈플레인이 결국에는 거만을 떨 수도 있어. 그가 커다란 성공을 거두고 있으니! 그가 이미 거둔 성공을 좀 생각해 보아라!」

「그윈플레인, 부조화는 아무짝에도 쓸모없다. 한쪽이 너무 추하고 다른 쪽이 너무 아름다우면, 곰곰이 다시 따져 보는

---

1 키테라 섬은 펠로폰네소스 남쪽 이오니아 해에 있으며, 아프로디테의 섬으로 알려져, 문학과 기타 예술에서는 태평스러운 사랑과 쾌락의 이상향으로 자주 등장한다. 앙투안 와토가 그린 「키테라 섬으로의 항해」(1717)가 그 대표적인 예이다.

것은 불가피한 일이야. 애야, 그러니 너의 열정을 조금 절제해라. 데아에게 너무 열광하지 마라. 네가 그 애의 짝이 될 수 있다고 진정 믿느냐? 그렇다면 너의 기형과 그 애의 완벽함을 놓고 심사숙고해 보아라. 그 애와 너의 차이를 직시해야 해. 데아는 모든 것을 갖추었어! 하얀 피부, 풍성한 머리카락, 딸기 같은 입술, 그 발! 또한 손은 어떻고! 그 애 어깨 곡선은 정말 우아하지! 얼굴은 숭고하기까지 한데, 그 애가 걸을 때면 광채가 발산하지. 그리고 매혹적인 음성으로 말할 때의 그 엄숙한 어조! 그런 것들은 제쳐 두고라도, 그 애 역시 여인임을 염두에 두어야 해! 그 애는 천사일만큼 멍청하지는 않지. 그 애는 절대적인 아름다움이야. 내가 한 말을 곰곰 되씹어 보고 진정해라.」

그러자 데아와 그윈플레인 간의 사랑은 오히려 배로 증대되었다. 우르수스는 자신의 실패에 놀랐다. 하지만 그 놀라움은, 다음과 같은 소리를 지껄이는 사람의 어처구니없는 놀라움이었다.

「이상하군, 불에다 기름을 부어도 소용없군. 도무지 불을 끌 수가 없어.」

그들의 화염을 끄기를, 아니 그 열기를 식히는 것이나마, 그가 진정 원했을까? 그렇지 않았음이 틀림없다. 그가 만약 성공했다면, 그는 스스로 속아 넘어간 꼴이 되었을 것이다. 두 남녀에게는 화염이었고, 그에게는 따스한 열기였던 그 사랑이, 실은 그를 황홀하게 했다.

그러나 우리를 매혹하는 것에는 조금 짓궂게 굴어야 한다. 그 짓궂은 장난을 가리켜 흔히들 절제라고 한다.

그윈플레인과 데아에게는 우르수스가 아버지이자 어머니나 마찬가지였다. 그는 불평을 하면서도 그들을 길렀고, 꾸지람을 하면서도 그들을 먹여 살렸다. 두 아이를 받아들임으로 인해 바퀴 달린 오두막이 더 무거워졌고, 그리하여 호모와 함께 그것을 끌기 위해 멍에를 메는 일이 더 빈번해졌다.

그러다가 처음 몇 해가 지나, 그윈플레인이 거의 성인이 되고 우르수스가 완전히 늙자, 이번에는 그윈플레인이 우르수스를 태우고 마차를 끌 차례가 되었다.

우르수스는 그윈플레인이 무럭무럭 자라는 것을 보며, 그의 흉측한 기형을 놓고 점성술로 점을 쳐보았다. 그리고 그에게 말했다. 「복을 타고 났구나.」

노인 하나와 두 아이 그리고 늑대 한 마리로 구성된 가족은, 이리저리 떠도는 동안, 더욱 공고해졌다.

떠돌이 생활이 교육을 방해하지는 않았다. 「방랑한다는 것은 성장한다는 뜻이지.」 우르수스의 말이었다. 그윈플레인은 분명 〈장터에서 보여 주기 위해〉 만들어졌던지라, 우르수스는 그에게 익살광대 짓을 가르쳤다. 그리고 익살광대 짓에다, 최선을 다해, 지식과 지혜를 새겨 넣어 주었다. 우르수스는 그윈플레인의 그 대경실색케 하는 가면 앞에 서서 중얼거리곤 했다. 「시작이 아주 좋았군.」 그러한 이유 때문에, 철학과 지식 등 온갖 치장물로 그를 가득 채워 완성했다.

그는 자주 그윈플레인에게 말했다. 「철인이 되어라. 지혜롭다는 것은, 그 무엇으로부터도 상처를 입지 않는다는 뜻이다. 네가 보았다시피, 나는 절대 울지 않았다. 지혜의 힘 덕분이었다. 내가 울기를 원했지만, 나에게는 그럴 계기가 없었다고 믿느냐?」

우르수스는 늑대 앞에서 홀로 중얼거리곤 했다. 「나는 그윈플레인에게 모든 것을 가르쳤어. 라틴어까지. 그리고 데아에게는 쓸데없는 것만 가르쳤어. 음악까지.」 그는 두 아이에게 노래하는 법을 가르쳤다. 그 자신도, 뮈즈 드 블레라고 하는 당시의 작은 플루트를 연주하는 데 탁월한 재능을 가지고 있었다. 그 악기를 그는 매우 듣기 좋게 연주했다. 뿐만 아니라 걸인들이 들고 다니던 비엘의 일종인 시포니도 잘 다루었는데, 베르트랑 뒤 게클랭에 관한 연대기에서는, 그 악기를 〈방랑자의 악기〉라 평하고 있되, 그것이 심포니의 근간이 되었다. 그러한 음악이 사람들을 끌어 모았다. 우르수스가 군중에게 시포니를 보여 주며 말했다. 「라틴어로는 오르가니스트룸이라고 합니다.」

그는 오르페우스와 에지드 빈슈아[2]의 창법에 따라, 데아와 그윈플레인에게 노래하는 법을 가르쳤다. 가르치기를 멈추고, 그가 다음과 같이 열광적으로 소리치는 일이 여러 번 있었다. 「오르페우스, 그리스의 음악가! 빈슈아, 피카르디의 음악가!」

그 정성스러운 교육의 번거로움도, 두 아이가 서로를 열렬히 사랑하는 것을 막을 만큼, 그들을 붙잡아 두지는 못했다. 가까이에 심어 놓은 두 그루 묘목이, 큰 나무로 자라면서 가지들을 뒤섞듯, 그들은 가슴을 뒤섞으며 성장했다.

「여하튼 저것들을 혼인시켜야겠어.」 우르수스가 중얼거렸다.

그러고는 다시 투덜거렸다.

「저것들이 사랑이라는 걸 가지고 나를 귀찮게 하는군.」

조금이나마 가지고 있던 과거가, 그윈플레인과 데아에게는, 더 이상 존재하지 않았다. 그들이 자신들의 과거에 대해 아는 것은, 우르수스가 이야기해 준 것들이었다. 그들은 우르수스를 〈아버지〉라고 불렀다.

그윈플레인은 유년에 대해, 마귀들이 요람 위로 지나간 것과 같은 추억밖에 가지고 있지 않았다. 어둠 속에서 흉측하

[2] 벨기에의 몽스에서 태어난 작곡가. 특히, 샤를 도를레앙, 알랭 샤르티에, 크리스틴 드 피장 등의 노랫말에 곡을 붙인 것으로 유명하다.

게 생긴 발들에 짓밟힌 듯한 인상밖에 없었다. 그것이 의도적이었을까, 혹은 자신의 뜻과는 상관없는 것이었을까? 그는 그것조차 모르고 있었다. 그가 선명하게, 그리고 세세하게 기억하는 것은, 그가 버림받은 그 비극적 사건이었다. 데아의 발견이, 그를 위해, 그 음산했던 밤을 찬연히 빛나는 날로 바꾸어 놓았다.

데아의 기억은 그윈플레인의 기억보다도 더욱 안개 속에 묻혀 있었다. 너무나 어렸던지라, 모든 것이 씻겨 가버렸다. 그녀는 엄마를 하나의 차가운 물건으로 기억했다. 그녀가 태양을 보았을까? 혹시 그랬을지도 모른다. 그녀는 자신의 뒤에 있던 소실된 것 속으로, 자신의 오성을 다시 담가 보려 애를 썼다. 태양이라고? 그것이 무엇이지? 그녀는, 그윈플레인으로 대체된, 무엇인지 모를 빛나고 따뜻한 것을 기억하고 있었다.

그들은 무슨 이야기를 할 때 음성을 낮추었다. 비둘기들이 구구거리듯 속삭이는 것이, 이 지상에서 가장 중요함은 분명하다. 데아가 그윈플레인에게 말하곤 했다. 「네가 말할 때, 그것이 광명이야.」

언젠가는, 그윈플레인이 모슬린 소매를 통해 데아의 팔을 보고는, 더 이상 견디지 못하고, 입술로 그 투명한 것을 가볍게 스쳤다. 보기 흉한 입이었으되 이상적인 키스였다. 데아는 신비한 황홀감에 사로잡혔다. 그녀는 온통 장밋빛으로 변했다. 괴물의 입맞춤이, 어둠으로 가득한 아름다운 이마 위에 여명을 떠올려 놓았다. 그윈플레인이 두려움에 시달리며 가쁜 한숨을 짓는데, 데아의 앞섶이 살며시 열리는지라, 그는 그 낙원의 창문을 통해 보이는 하얀색을 바라보지 않을 수 없었다.

데아가 소매를 다시 쳐들어 드러난 팔을 그윈플레인에게

내밀며 말했다.「다시 한 번!」그윈플레인은 자리를 피해 궁지를 벗어났다.

다음 날에도 그 놀이가 다시 시작되었고, 더욱 다양해졌다. 사랑이라는 달콤한 심연 속으로, 천상의 유열을 느끼며 미끄러져 들어갔다.

바로 그러한 것들에, 착한 신께서, 늙은 철학자의 이름으로, 미소를 보냈다.

7. 실명이 통찰력을 가르쳐 준다

때로는 그윈플레인이 자신을 나무랐다. 그는 자신의 행복이 선인지 악인지 판단하지 못해 고심했다. 자기를 볼 수 없는 여인이 자기를 사랑하도록 내버려 두는 것이, 그녀를 속이는 것이라 생각했다. 문득 그녀의 눈이 뜨인다면 그녀가 무슨 말을 할까? 그녀를 매혹하던 것이 그녀에게 얼마나 큰 혐오감을 일으키겠는가! 자기의 무시무시한 연인 앞에서 얼마나 놀라겠는가! 그 비명! 두 손으로 얼굴을 가릴 테지! 그리고 도망을 치겠지! 고통스러운 가책감이 그를 들볶았다. 그는, 괴물인지라, 사랑할 권리가 없다고 자신에게 거듭 강조했다. 별이 숭배하는 히드라 꼴이니, 그 눈먼 별에게 사실을 밝혀 알려 주는 것이 자신의 의무라고 생각했다.

한번은 그가 데아에게 이렇게 말했다.

「내 용모가 몹시 추하다는 것을 너도 알지.」

「네가 숭고하다는 것은 알아.」 그녀의 대답이었다.

그가 다시 말했다.

「사람들이 웃는 소리를 너도 들었겠지만, 그것은 나를 보고 웃는 거야. 내 모습이 보기에도 소름끼치기 때문이지.」

「나는 너를 사랑해.」 데아의 대답이었다.

잠시 침묵을 지키다가 그녀가 덧붙였다.

「나는 죽음 속에 있었는데, 네가 나를 삶 속으로 되돌려 놓았어. 네가 여기에 있다는 것은 곧 천국이 내 곁에 있다는 거야. 손 이리 줘, 신을 만지고 싶어!」

그들의 손이 서로를 찾아 꼭 조였다. 그들은 더 이상 아무 말도 하지 않았다. 서로 사랑하는 충일함으로 조용해졌다.

성미 무뚝뚝한 우르수스가 그들의 대화를 우연히 들었다. 다음 날, 세 사람이 자리를 함께했을 때, 그가 말했다.

「뿐만 아니라 데아의 용모도 추해.」

그 말은 아무 효과도 내지 못했다. 데아와 그윈플레인은 그의 말에 귀를 기울이지 않았다. 서로의 속으로 빨려들어, 그들은 우르수스의 말을 거의 듣지 못했다. 우르수스의 말은 심오했으되, 완전한 헛수고였다.

그러나 〈데아의 용모도 추하다〉고 한 우르수스의 예방책은, 그 해박한 사람이 여인에 대해 상당한 통찰력을 가지고 있다는 징표였다. 그윈플레인이 정직하되 경솔한 말을 한 것은 분명했다. 〈나의 용모가 추하다〉는 말을 데아가 아닌 다른 여인, 그녀가 아닌 다른 소경에게 했다면, 그 말이 위험할 수도 있었다. 소경인 동시에 사랑에 빠진다면, 그것은 이중으로 소경이 되었음을 의미한다. 그러한 상황에서는 누구든 몽상에 잠기는데, 환상은 몽상의 빵이다. 따라서 사랑으로부터 환상을 빼앗는다는 것은 사랑으로부터 양식을 빼앗는 것이다. 모든 형태의 열광이 사랑의 형성에 유익하게 참여한다. 물리적 열광이나 심리적 열광 모두 마찬가지이다. 그리고 한편, 여인에게는 이해하기 어려운 말을 결코 해서는 안 된다. 그 말에 대해 그녀가 몽상하게 되기 때문이다. 게다가 잘못된 몽상이기가 일쑤이다. 몽상 중에 생기는 수수께끼는 그 몽상에 피해를 끼친다. 무심히 흘린 말 한마디의 충격이, 접착되어 있던 것을 풍화시킨다. 그런 현상이 어떻게 일어나는지는 몰라도, 대수롭지 않은 말의 충격을 받아, 하나의 가슴이 부지불식간에 텅 비어 버리는 경우가 종종 있다. 그 순간, 사랑하는 사람은, 행복의 수위가 한 단계 낮아짐을 감지한다. 금 간 단지에서 생기는 느린 삼출(滲出) 현상보다 더 무서운 것은 없다.

다행히 데아는 그러한 진흙으로 빚어지지 않았다. 모든 여인을 빚는 데 사용된 반죽이 데아에게는 첨가되지 않았다. 데아는 매우 희귀한 천성을 가지고 있었다. 몸은 부서지기 쉬웠으나, 가슴은 그렇지 않았다. 그녀의 존재 저변에 있던 것은 사랑의 신성한 확고부동함이었다.

그윈플레인의 말이 데아의 내부에 파헤쳐 놓은 것은, 고작 어느 날, 그녀가 그윈플레인에게 한 다음 말로 귀착되었다.

「추하다는 것이 무엇이야? 그것은 악을 행한다는 뜻이지. 그윈플레인은 오직 좋은 일만 해. 따라서 너는 아름다워.」

그리고 항상 아이들이나 소경들이 자주 사용하는 의문형으로 다시 말했다.

「본다고? 본다고들 하는 말이 무슨 뜻이지? 나는 보지 않아. 하지만 나는 알아. 본다는 것은 무엇을 감추는 것 같아.」

「그게 무슨 뜻이지?」 그윈플레인이 물었다.

그 말에 데아가 대꾸했다.

「본다는 것은 진실을 감추는 그 무엇이야.」

「그렇지 않아.」 그윈플레인이 말했다.

「틀림없어! 네가 말하기를, 네가 추하다고 했으니까.」 데아는 물러서지 않았다.

그녀는 잠시 생각에 잠기더니 한마디 덧붙였다.

「거짓말쟁이!」

덕분에 그윈플레인은, 고백했다는 기쁨과, 그녀가 그 고백을 믿지 않는다는 기쁨을 동시에 맛보았다. 그의 양심은 평온을 되찾았다. 그의 사랑도 마찬가지였다.

그러면서 그녀는 나이 열여섯에, 그는 대략 스물다섯에 이르렀다.

하지만 그들은, 요즈음 사람들의 화법을 빌려 말하건대, 첫날보다 조금도 〈더 진전하지〉 못했다. 오히려 퇴보한 셈이었다. 모두들 기억하다시피, 그녀는 생후 9개월일 때, 그리고 그는 열 살 때, 신혼 초야를 함께 보냈으니 말이다. 일종의 신성한 유년기가 그들의 사랑 속에서 계속되고 있었다. 마찬가지로 늑장꾸러기 나이팅게일이 새벽녘까지 노래를 연장하는 경우가 종종 있다.

그들의 애무는 서로 손을 꼭 잡는 것 이상으로 발전하는 일이 거의 없었고, 가끔 드러난 팔이 가볍게 스치는 것 정도였다. 말을 더듬듯 조심스러워하는, 그러나 부드러운, 관능적 쾌락으로 만족했다.

스물네 살과 열여섯 살. 그러한 이유로, 어느 날 아침, 자신의 〈못된 장난〉을 잊지 않고 있던 우르수스가 그들에게 말했다.

「불원간에 너희들도 종교 하나를 선택해야겠다.」

「무엇 때문에요?」 그윈플레인이 물었다.

「너희들을 혼인시키려고.」

「하지만 우리는 이미 결혼했어요.」 데아의 대답이었다.

데아는 자기들과 같은 방법 이상으로 남편과 아내가 될 수 있다는 것을 이해하지 못했다.

환상적이고 순결한 만족감과, 영혼을 통한 영혼의 그 순진무구한 충족감, 그리고 결혼으로 간주된 그러한 독신 상태가, 사실 우르수스에게는 거슬리지 않았다. 그가 결혼 이야기를 꺼낸 것은, 그 이야기를 분명히 해야 했기 때문이다. 하지만 그가 가지고 있던 의사의 감식안으로 볼 때, 그가 말하는 〈살과 뼈로 치르는 혼인〉을 감당하기에는, 데아의 나이가 비록 너무 어리지는 않다고 할지라도, 몸이 너무 가냘프고 허약했다.

여하튼 그들의 그러한 혼인은 불원간에 성사될 일이었다.

게다가 그들은 이미 혼인한 상태 아닌가? 만약 이 세상 어딘가에 용해될 수 없는 것이 존재한다면, 그것이 그윈플레인과 데아의 결합 속에 있지 않겠는가! 감탄할 만한 일이다. 그들은 불행을 통해 서로의 품 속으로 지극히 아름답게 던져졌다. 그런데 마치 그러한 첫 인연만으로는 충분하지 못하다는 듯, 사랑이 그것에 매달리고, 그것으로 자신을 휘감고, 그것을 꼭 껴안았다. 어떠한 힘이, 꽃 매듭으로 조인 쇠사슬을 끊을 수 있겠는가?

진정, 영영 헤어질 수 없는 이들이 그곳에 있었다.

데아에게는 아름다움이 있었고, 그윈플레인에게는 빛이 있었다. 각자 자기의 지참금을 가져와, 부부 이상의 것을, 진정한 짝을 이루었다. 다만 신성한 간섭꾼인 순진무구함이 갈라놓고 있었다.

그러나 그윈플레인이 아무리 몽상에 잠기고, 데아에 대한 명상과 사랑의 가장 깊숙한 곳에 몰두했다 할지라도, 그는 남자였다. 숙명적인 법칙은 스스로를 속이지 않는다. 그는, 광대한 자연과 마찬가지로, 조물주가 원하는 모호한 발효 작용에 인종(忍從)하고 있었다. 그리하여 그가 관객들 앞에 나타날 때, 때로는 구경꾼들 속에 있는 여인들을 유심히 바라보는 일도 있었다. 하지만 그는 즉시 그 위반적인 시선을 돌리고, 영혼 깊숙이 후회하며 서둘러 들어가곤 했다.

또한 그를 고무시키는 것이 없었다는 점도 덧붙여 두자.

그가 바라보던 모든 여인의 얼굴에서, 그는 염기(厭忌)하는 빛과, 적대감, 혐오감, 거부감 등만을 발견했다. 데아 이외의 어느 여인도, 그에게는 접근할 수 있는 여인이 아니었다. 그러한 현실이 그가 회개하는 것을 도왔다.

8. 행복뿐만 아니라 번영도

옛날이야기 속에는 진실한 것이 많기도 하다! 우리를 건드리는 보이지 않는 마귀가 입은 화상이 곧 못된 생각에 뒤이어 일어나는 후회이다.

그윈플레인에게는, 못된 생각이 부화하는 데까지 이르는 일은 없었고, 따라서 후회란 결코 없었다. 하지만 가끔 미련은 있었다.

양심의 모호한 안개이다.

그것이 무엇일까? 아무것도 아니다.

그들의 행복은 완전무결했다. 어찌나 완전한지, 그들은 더 이상 가난하지도 않았다.

1689년부터 1704년 사이에 하나의 변모가 생겼다.

1704년에는, 가끔 해질녘에, 튼튼한 말 두 필이 끄는 거대하고 육중한 유개마차 한 대가, 연안에 있는 작은 도시 중 하나로 들어서곤 했다. 마차의 모양은 선체를 뒤집어 놓은 것 같았다. 용골이 지붕 역할을, 갑판이 마루 역할을 하며, 네 바퀴 위에 올라앉은 것 같았다. 바퀴의 크기는 넷이 모두 같았는데, 목재나 석재를 운반하는 마차의 바퀴만큼 높았다. 바퀴와 수레의 채 및 몸통을 모두 녹색으로 칠했고, 농녹색으로 칠한 바퀴에서 연두색으로 칠한 지붕에 이르기까지, 색조가 리드미컬하게 또 점진적으로 밝아졌다. 그러한 초록색으로 인해 마차가 사람들의 눈에 띄었고, 장터마다 널리 알려졌다. 사람들은 그 마차를 그린박스라 불렀는데, 초록 상자라는 뜻이었다. 그린박스에는 창문이 둘밖에 없었는데 앞과 뒤에 하나씩 있었고, 뒤에는 출입문과 디딤대가 있었다. 지붕 위에는, 마차의 다른 부분처럼 초록색으로 칠한 굴뚝에서 연기가 솟아 나왔다. 그 이동 가옥은 항상 니스가 칠해져 있었고, 깨끗이 닦여 있었다. 마차 앞쪽, 말들의 엉덩이보다 조금 높이, 그리고 창문을 출입문처럼 사용할 수 있는 위치에, 긴 보조의자 하나가 부착되어 있었다. 그 위에는, 고삐를 잡고 말들을 모는 노인 하나와, 여신의 차림을 한 돌계집, 즉 보헤미아 여인 둘이 앉았는데,[1] 그녀들은 트럼펫을 불었다. 그 당당하게 꺼떡거리는 기계를 사람들이 놀라 휘둥그레진 눈으로 구경하며 각자 한마디씩 했다.

성공을 거두어 확장되고, 작은 연예대가 무대로 탈바꿈한, 우르수스의 옛 작업장이었다.

개인지 늑대인지 분간하기 어려운 짐승 한 마리는 수레 밑에 매어 놓았다. 호모였다.

해크니[2]들을 모는 늙은 마부는 철학자 우르수스 바로 그 사람이었다.

그 초라한 오두막이 올림픽 경기장의 화려한 사륜마차로 바뀌게 된 번영의 원천은 무엇인가?

이러한 사실 덕분이었다. 즉, 그윈플레인이 매우 유명해진 덕분이었다.

우르수스는, 사람들 사이에서 성공을 거둘 수 있는 것에 대한 진정한 감식력을 가지고, 그윈플레인에게 말한 바 있

---

[1] 돌계집〔石女〕, 즉 임신을 하지 못하는 여인과 보헤미아 여인을 동일시한 근거가 분명치 않다.
[2] 수레를 끌거나 짐을 운반하는 말이 아니고 승용마이다.

다. 〈사람들이 너에게 행운을 마련해 주었구나.〉

　우르수스는 그윈플레인을 제자로 삼았다. 누구인지 모를 사람들이 그의 얼굴을 이미 만들어 놓은 바였다. 따라서 우르수스는 그의 지능을 훈련시키며, 완벽하게 만들어진 가면 뒤에다, 최대한의 생각을 집어넣었다. 그리고 아이가 자라, 사람들 앞에 세울 만하다고 판단되자, 그를 무대 위에, 다시 말해, 오두막 앞 연예대 위에 세웠다. 그의 출현에 대한 반응은 놀랄 만했다. 행인들로부터 즉각 감탄사가 튀어나왔다. 그토록 놀라운 웃음 흉내에 비할 만한 것을 사람들은 일찍이 본 적이 없었다. 사람들은, 다른 이들에게 전이되는 그 기적적인 웃음을 어떻게 얻은 것인지 알지 못했다. 어떤 사람들은 그것이 선천적인 것이라 했고, 또 어떤 사람들은 인위적인 것이라고 주장했다. 그리하여 무수한 추측이 사실에 덧붙여졌고, 광장이건 장터건, 장이 서고 축제가 열리는 곳이면 어디에서든, 군중이 그윈플레인에게로 몰려들었다. 그 엄청난 인기 덕분에, 떠돌이들의 전대(錢帶) 속으로 처음에는 동전이 쏟아져 들어오더니, 그것들이 차츰 더 큰 돈으로 바뀌어, 나중에는 실링 주화들이 비 오듯 쏟아졌다. 한곳에서 사람들의 호기심이 고갈된 듯하면 다른 곳으로 이동했다. 돌이 구르면 부유해지지 않지만, 바퀴 달린 오두막이 구르면 부유해진다. 그리하여 한 해 한 해 흐를수록, 이 도시 저 도시로 떠도는 동안, 그윈플레인의 몸집이 커지고 추함이 더 심해지면서, 우르수스가 예언한 행운이 그들에게 돌아왔다.

　「녀석아, 누구인지 모르나 너에게 큰 공헌을 했구나!」 우르수스가 자주 그렇게 말했다.

　그 행운이, 그윈플레인의 성공을 일구어 낸 우르수스로 하여금, 그가 항상 꿈꾸던 수레를 건조할 수 있게 해주었다. 그 수레란, 극장 하나를 싣고 다니며 지식과 예술을 광장에 뿌리기에 족한, 커다란 유개(有蓋) 화물 운송용 마차였다. 뿐만 아니라 우르수스는, 자신과 호모, 그윈플레인, 데아 등으로 구성된 예술단에, 말 두 필과 여인 둘을 추가할 수 있었다. 두 여인은, 이미 앞에서 말했듯이, 예술단의 여신들이었으며 동시에 하녀들이었다. 그 시절, 곡예사들의 가건축물에는 신화적인 앞 벽면이 긴요했다. 「우리는 유랑하는 신전이야.」 우르수스가 자주 하던 말이다.

읍에서 그리고 그 변두리의 너저분한 곳에서 철학자가 주워 온 돌계집 둘은, 못생기고 젊었으며, 우르수스의 뜻에 따라 하나는 포이베, 다른 하나는 베누스라고 불렀다. 그러나 피비와 비너스로 읽어야 할 것이다. 영어 발음에 맞추는 것이 어울릴 테니 말이다.[3]

피비는 취사를 담당했고, 비너스는 신전의 청소를 맡았다.

그 외에, 공연이 있는 날에는, 그녀들이 데아에게 의상을 입혀 주었다.

곡예사들도 왕족과 마찬가지로 〈공식 일정〉이 있다. 그것이 끝나면, 데아와 피비 그리고 비너스의 경우, 꽃무늬 있는 천으로 지은 피렌체식 치마와 여자용 카핀고[4]를 입었는데, 카핀고에는 소매가 없어 팔을 자유자재로 움직일 수 있었다. 우르수스와 그윈플레인은 남자용 카핀고를 걸치고, 전함의 선원들처럼 해군용의 통이 크고 짧은 바지를 입었다. 그윈플레인은 그 외에도, 일을 할 때나 운동을 할 때, 목 주위와 어깨를 덮어 주는 혁제(革製) 슬로베니아 의복[5] 하나를 가지고

---

3 포이베는 포이보스, 즉 아폴론의 누이이다. 한편 작가는, Phoebe와 Venus를 영어식으로 읽으면 Fibi와 Vinos가 된다며, 발음 기호를 제시하고 있다.

4 스페인어로 〈짧은 외투〉라는 뜻인데, 거친 모직으로 지은 선원복이다.

5 앞 혹은 옆이 트이고, 빙거지가 달린 슬로베니아 지방 옷으로, 12세기로부터 17세기에 걸쳐, 선원들이나 성지 순례자들이 입었다 한다.

있었다. 그가 말들을 돌보았다. 우르수스와 호모는 서로를 돌보았다.

데아는 그린박스에 익숙한지라, 마치 그 속에서는 사물을 볼 수 있는 듯, 굴러다니는 집 안을 이리저리 어려움 없이 돌아다녔다.

이동식 건물의 은밀한 곳과 정돈된 물건들을 누가 들여다보았다면, 그 한구석 벽에 기대어 놓은, 그리고 네 바퀴 위에서 꼼짝도 하지 않는, 우르수스의 낡은 오두막을 발견했을 것이다. 이제는 은퇴해, 녹슬 허락도 받았고, 호모가 그것을 끌지 않아도 되듯, 이제는 구르지 않아도 무방했다.

뒤쪽 출입문 오른편 구석에 처박힌 오두막은, 우르수스와 그윈플레인의 침실 겸 갱의실(更衣室)로 사용되었다. 그 속에는 이제 침대 둘이 있었다. 맞은편 구석에는 주방이 있었다.

어떤 선박의 내부도 그린박스의 내부처럼 간결하고 정확하게 정돈되지는 않았을 것이다. 모든 것이 상자들 속에 계획된 대로 정돈되어 있었다.

그 화려한 사륜마차의 내부는 세 칸으로 나누어 칸막이를 했다. 각 칸막이에는 문을 달지 않은 출입구를 내어, 자유롭게 통행할 수 있도록 했다. 천 한 조각을 늘어뜨려 출입구를 대강 막는 척해 두었다. 뒤쪽 칸은 남자들의 거처였고, 앞쪽 칸은 여자들의 거처였으며, 남녀를 갈라놓는 가운데 칸은 극장이었다. 연주에 필요한 물건들과 기계들은 주방에 있었다. 지붕의 곡선 부분 밑에 있는 벽장 속에는 장식품을 넣어 두었는데, 벽장의 뚜껑문 하나를 열면 램프들이 모습을 드러냈다. 조명 마술에 사용되는 것들이었다.

우르수스는 그 마술의 대사를 지었다. 모든 각본은 그가 썼다.

그에게는 다양한 재능이 있었고, 매우 특이한 요술도 부렸다. 그가 들려주는 다양한 음성 이외에도, 그는 아무도 예측하지 못하던 온갖 것들을 만들어 냈다. 빛과 어둠을 충돌시키고, 칸막이 표면에 그의 뜻대로 숫자와 단어가 만들어지도록 하며, 미광 속에 형상들이 나타났다가 소멸되게 했는데, 그는 그 많은 야릇한 현상 한가운데서, 경탄하는 군중은 아예 염두에도 두지 않고 명상에만 잠겨 있는 듯했다.

어느 날 그윈플레인이 그에게 말했다.

「아버지, 아버지는 마법사를 닮았어요.」

그 말에 우르수스가 대답했다.

「내가 마법사이니까 아마 그럴 테지.」

우르수스의 세련된 설계도를 바탕으로 제작된 그린박스는 독창적인 교묘함도 갖추고 있었다. 즉, 앞바퀴와 뒷바퀴 사이에 있는 왼쪽 중앙 벽면 판자에 경첩을 박아 쇠사슬과 도르래를 연결해, 도개교(跳開橋)처럼 필요할 때마다 내려지게 했다. 판자가 내려지는 순간, 도리깨처럼 경첩으로 달아 두었던 받침목 셋이 자유롭게 움직여 수직을 이루며 탁자의 다리처럼 땅바닥 위에 곧게 서고, 문득 저울판으로 변한 벽면을 연단인 양 받쳐 주었다. 동시에 극장이 나타났고, 극장은 전(前) 무대를 이루게 된 연단만큼 넓어졌다. 야외에서 설교하는 청교도들의 말을 빌리면, 그렇게 열린 극장은 지옥의 입구와 비슷했다. 설교사들은 그것을 브기가 무섭게 몸서리를 치며 발길을 돌렸다. 솔론이 테스피스에게 몽둥이 세례를 퍼부은 것은, 아마 유사한 종류의 불경스러운 발명품 때문이었을 것이다.[6]

---

6 솔론은 아테네의 일곱 현인 중 하나로 알려진 사람이며, 입법자이자 문인이었다. 플라톤은 그를 모든 문인 중 으뜸이라 평했다고 한다. 아테네 민주주의의 초석을 놓은 사람이기도 하다. 한편, 테스피스는 그리스의 전설적 비극 작가로, 수레에다 유랑 극단을 태우고 다녔다 한다. 또한 아티케 지역

테스피스[7]는 사람들이 생각하는 것보다 훨씬 오랫동안 존속했다. 수레 극장은 아직도 존재한다. 16세기부터 17세기에 걸쳐, 잉글랜드에서는 앰너와 필킹턴의 발레와 발라드를, 프랑스에서는 질베르 콜랭의 목가들을, 플랑드르의 케르메스[8]에서는 농 파파라고도 불리던 클레망의 이중 가무(歌舞)를, 독일에서는 타일리스의 「아담과 이브」를, 이탈리아에서는 아니무치아와 카포시스의 베네치아 익살광대질, 베누즈 대공인 제수알도의 「실보이」,[9] 라우라 구이디치오니의 「사티로스」, 빈첸조 갈릴레이의 「필렌느의 절망」 및 「우골리노의 죽음」 등을, 모두 그러한 굴러다니는 극장에서 공연했다. 특히, 천문학자[10]의 아버지인 빈첸조 갈릴레이는, 자신이 작곡한 음악을 비올라 다 감바로 연주하며 몸소 노래했고, 더 나아가, 1580년 이후 모든 음악적 영감을 마드리갈레스코[11] 풍으로 바꾸어 놓은, 이탈리아 오페라의 초기 작품들도 노래했다.

우르수스와 그윈플레인 및 그들의 행운을 싣고 다니며, 그 전면에서 피비와 비너스가 두 르노메[12]처럼 트럼펫을 불던, 희망의 색으로 칠한 그 수레도, 그 위대한 유랑 문예 집단의 당당한 일원이었다. 콘그리오[13]가 그윈플레인을 비난하며 부

에서 시작해, 결국 아테네에 최초로 비극을 소개한 사람으로 알려져 있다.

7 〈수레를 타고 다니는 유랑 극단〉을 환유한다고 보아야 할 것이다.

8 네덜란드, 벨기에, 프랑스 북부 지방의, 수호성인 축제일 및 정기시장의 왁자지껄한 행사 등을 가리키는 네덜란드 말이다. 어원적 의미는 〈예배당의 미사〉로, 우리의 〈법석〉과 유사한 말이다.

9 스타티우스라는 고대 로마 시대 시인의 작품집 제목이다. 그것이 오늘날에는 짧고 가벼운 즉흥적 노래를 가리키는 보통 명사가 되었다.

10 수학자이고 물리학자이며 천문학자인 갈릴레오 갈릴레이를 가리킨다.

11 연정을 재치 있고 짧은 운문으로 표현하던 노래 및 기타 목가들을 가리킨다.

12 입에 트럼펫을 대고 있거나 입이 백 개 뚫려 있으며 날개가 달린, 우의적인 인물이다. 소문 퍼뜨리는 여자를 가리킨다.

인할 가능성이 없었듯이, 테스피스 역시 우르수스를 비난하며 부인하지는 않았을 것이다.

마을이나 도시의 광장에 도착해, 피비와 비너스가 화려한 트럼펫 취주를 계속하는 동안, 우르수스는 트럼펫 취주에 대해 논평하며, 아주 유익한 사실을 청중에게 알려 주었다. 그가 큰 소리로 외쳤다.

「이 심포니는 그레고리오 성가입니다. 시민 여러분, 그레고리오의 성례전(聖禮典)이, 그 위대한 발전이, 이탈리아에서는 암브로시우스의 제식에 부딪혔고, 스페인에서는 모사라베[14] 의식에 부딪혀, 겨우 살아남았습니다.」

그린박스 극장은 그림을 그릴 줄 모르는 우르수스가 그린 풍경을 보여 주기도 했다. 그리하여 그 풍경을, 필요에 따라서는, 지하세계를 연출하는 데도 사용했다.

흔히 배경포(背景布)라고 부르는 무대의 막(幕)은, 대조가 강한 격자무늬 실크 천으로 만들었다.

관중은 거리나 광장 노천에서, 무대 앞에 반원형으로 모여 있었고, 햇볕이건 소나기건 피할 길이 없었다. 따라서 그 시절의 극장들은 오늘날의 극장보다 비를 더 싫어했다. 사정이 허락하면 여인숙의 안마당에서 공연을 하는 경우도 있었다. 그러한 경우에는, 건물의 창문 낸 층의 수만큼 칸막이 좌석층을 확보할 수 있었다. 또한 그렇게 관람할 때는, 극장의 관람석이 한정된지라, 관람료가 더 비쌌다.

우르수스는 모든 역을 맡았다. 공연은 물론 일반 단원의

---

13 플라우투스의 「아우룰라리아」(일명 〈냄비 희극〉이라고도 한다)에 등장하는 부엌 하인이다. 그의 이름이 현대 스페인어에서는 〈멍청이〉, 〈바보〉 등을 뜻하는 보통 명사로 사용된다.
14 아랍인 왕에게 복종하는 것을 조건으로 신앙을 허락 받은 기독교도(11~12세기). 즉 이슬람교의 영향을 받은 의식이라는 뜻이다.

일, 부엌일, 음악까지, 그의 손이 닿지 않는 곳이 없었다. 비너스는 작은 막대기를 눈부시게 움직여 카르카보를 두드렸고, 기테른의 일종인 모라슈를 연주했다. 늑대도 한 몫 거들었다. 그도 분명 극단의 일원이었고, 기회 있을 때마다 제 역할을 했다. 우르수스와 호모가 함께 무대에 오르는 경우가 잦았는데, 우르수스는 자신의 곰 모피를 단단히 조여 입었고, 호모는 자신의 모피를 더욱 몸에 잘 맞게 입어, 둘 중 누가 더 짐승다운지 선뜻 판단하기가 어려웠다. 그러한 사실을 우르수스는 매우 자랑스러워했다.

9. 감식안 없는 이들이 시(詩)라고 칭하는 괴상한 언동

우르수스의 작품들은 막간극이었다. 오늘에는 유행이 한물간 작품 유형이다.[1] 그의 작품 중 우리들에게까지 전하지 않은 작품 하나가 있는데, 그 제목은 〈우르수스 루르수스〉[2]였다. 그가 아마 그 작품의 주인공 역을 맡았던 모양이다. 외출하는 척하다가 즉시 되돌아오는 것, 그것이 작품의 소박하되 칭찬할 만한 주제인 듯하다.

이미 보았듯이, 우르수스가 쓴 막간극의 제목은 가끔 라틴어로 되어 있었고, 노래는 가끔 스페인어로 지었다. 우르수스가 지은 스페인어 운문은 거의 모두 그 시절 카스티야 지방의 소네트와 운(韻)이 일치했다. 그것이 일반 사람들의 귀

---

1 고대 그리스에서 비극 공연 시에 관객들의 기분을 잠시 전환시키기 위해 막간에 끼워 넣던 짧은 극이, 중세 프랑스에서 매우 유행했다. 대부분 풍자적 희극이었다.
2 *Ursus Rursus*. 〈되돌아오는 우르수스〉라는 뜻.

에 거슬리지 않았다. 당시 스페인어는 일상적으로 사용되던 언어였고, 특히 잉글랜드 선원들은, 로마의 병사들이 카르타고어를 구사했듯이, 카스티야 지방 말을 할 줄 알았다. 플라우투스의 작품을 보라.[3] 뿐만 아니라 미사에서처럼 극장에서도, 관객이 알아듣지 못하는 라틴어나 기타 다른 언어가, 그 누구에게도 별 불편을 주지 않았다. 알아듣지 못하는 언어에 각자 자기가 아는 말로 응답하며 그럭저럭 잘해 나갔다. 특히 갈리아적인[4] 우리의 옛 프랑스는 그러한 식으로 경건했다. 교회당에서 「봉헌의 기도」 끝에는[5] 프랑스어로 〈*Liesse prendrai*(내가 즐거워하리라)〉를 덧붙였고, 사제가 읊조리는 「성호경」 끝에[6] 역시 프랑스어로 〈*Baise-moi, ma mie*(뽀뽀해 줘, 내 사랑)〉이라고 중얼거렸다. 그토록 무람없는 말들을 금지시킨 것은 트리엔트 공의회[7]에서였다.

우르수스가 특별히 그윈플레인을 위해 막간극 한 편을 지었는데, 그는 그 작품에 대해 만족스러워했다. 또한 그가 매우 중요시하는 작품이었다. 그는 자신의 전부를 그 작품 속에 용해시켰다. 자신의 전부를 작품 속에 넣는 것이, 모든 창조자의 승리이다. 두꺼비 한 마리가 암두꺼비에게는 걸작이다. 설마 그렇겠느냐고? 한번 몸소 실천해 보시라.

우르수스는 그 막간극에 지나치다고 할 만큼 공을 들였다.

---

3 플라우투스의 희극 중 「카르타고인들」이라는 작품이 있다. 그의 작품 20편이 오늘날까지 전한다.
4 자유분방하고 노골적이고 외설스러우며, 조심성 없고 민첩한 기질을 갈리아적 기질이라고 한다.
5 「봉헌의 기도」는 대략 다음과 같이 끝난다. 〈찬미와 봉사의 제물을 드리오니, 어여삐 여기시어 받아 주소서.〉
6 「성호경」의 끝은 이러하다. 〈성부와 성자와 성령의 이름으로. 아멘.〉
7 프로테스탄트들의 종교개혁에 맞서기 위해, 카를 5세의 요청에 따라, 교황 바울로 3세가 1542년에 소집한 제19회 세계 공의회. 1563년까지 계속된 공의회에서 가톨릭의 모든 교리가 하나하나 재검토되었다고 한다.

그가 낳은 새끼 곰의 제목은 〈정복된 카오스〉였다.

무대는 밤이었다. 막이 오르는 순간, 그린박스 앞에 모여 있던 관객의 눈에 보이는 것은 어둠뿐이었다. 그 어둠 속에서 모호한 형체 셋이 파충류처럼 꿈틀거리고 있는데, 늑대 한 마리와 곰 한 마리, 그리고 사람 하나였다. 늑대는 호모였고, 곰은 우르수스였으며, 사람은 그윈플레인이었다. 늑대와 곰은 자연의 사나운 힘과 무의식적인 배고픔, 야만적인 모호함 등을 표상했는데, 그 둘이 그윈플레인에게 달려들고 있었다. 대혼돈이 인간과 싸우는 것이었다. 그 누구의 얼굴도 식별할 수가 없었다. 시신처럼 천으로 덮인 그윈플레인이 몸부림을 쳤고, 그의 얼굴은 흩어져 내린 실한 머리카락에 가려져 있었다. 그렇지 않아도 모든 것이 암흑 그 자체였다. 곰이 으르렁거리고 늑대는 이를 가는데, 인간은 악을 쓰고 있었다. 인간이 수세에 몰리고, 두 짐승이 그를 박해했다. 그는 도움과 구원을 요청하며 미지의 공간에서 처절하게 호소하고 있었다. 그는 헐떡거리고 있었다. 아직 짐승과 구별되지 않는 초벌의 인간이 숨을 거두려 하고 있었다. 음산한 장면이었다. 관객들의 숨결도 가빠졌다. 한순간만 더 지나면 야수들이 승리해 대혼돈이 인간을 다시 흡수해 버릴 것 같았다. 격렬한 싸움과 고함과 울부짖음이 계속되더니, 문득 적막해졌다. 어둠 속에서 한줄기 노랫소리가 들려왔다. 한 가닥 미풍이 지나가더니 어떤 음성이 들렸다. 보이지 않는 사람의 노래와 어우러진 신비한 음악이 나부끼더니, 문득, 어디에서 어떻게 왔는지 모를 한 점 흰빛이 홀연히 나타났다. 그 흰빛은 한줄기 광채였고, 그 광채는 한 여인이었으며, 그 여인은 영혼이었다. 고요하고 순결하며 아름다운, 그리고 지극히 평온하며 부드러운 데아가, 달무리 같은 빛 한가운데에서 모습을 보였다. 달무리 속에서 밝게 빛나는 영상이었다. 음성은 그녀의 것이었다. 가볍고 오묘하며 형언할 수 없는 음성이었다. 보이지 않던 모습이 여명 속에서 점점 선명하게 나타나며, 그녀가 노래를 부르고 있었다. 천사의 노래나 새들의 찬가를 듣는 것 같았다. 그 출현에, 경탄해 벌떡 상체를 일으킨 인간은, 땅바닥에 쓰러져 있는 두 짐승을 주먹으로 내려쳤다.

그러자 어떻게 미끄러져 나타났는지 코를, 그리하여 더욱 감탄을 자아낸 그 모습이, 귀를 기울이고 있던 잉글랜드 선원들도 알아들을 만큼 순수한 스페인어로, 다음 몇 구절을 노래했다.

Ora! Hora!
De palabra
Nace razon,
Da luz el son.
(기도하라! 울어라!
언어에서 이성 태어나니
노래가 광명을 만드노라.)

마치 심연을 본 듯 아래를 내려다보더니 그녀가 노래를 다시 시작했다.

Noche quita te de alli
El alba canta hallali
(밤이여! 물러가라!
새벽이 알랄리를 노래하도다.)

그녀가 노래를 함에 따라, 쓰러져 있던 인간이 차츰 몸을 일으켰는데, 이제는 벼락을 맞은 듯 꼼짝도 하지 않는 두 짐승의 몸뚱이 위로 무릎을 꿇고, 그녀를 향해 두 손을 쳐들었다. 그녀가 그를 향해 돌아서서 노래를 계속했다.

Es menester a cielos ir,
Y tu que llorabas reir.
(하늘로 가야 하리라,
그리고 울던 그대, 웃어야 하리라.)

그러고는 별처럼 장중하게 그의 곁으로 다가가며 노래를 이어 갔다.

Gebra barzon!
Dexa, monstro,
A tu negro
Caparazon.
(멍에를 부수라!
괴물의 모습을 벗으라,
그대의 검은
너울을.)

그러고는 그녀가 한 손을 그의 이마 위에 얹었다.
그러자 더욱 깊숙하고 따라서 더욱 부드러운, 슬프면서도 감격한, 그리고 부드러우면서 강인한 장중함을 띤, 다른 음성 하나가 서서히 솟아올랐다. 별에서 들려오는 노래에 화답하는 인간의 노래였다. 그윈플레인은 여전히 어둠 속에서, 정복된 곰과 늑대의 몸뚱이 위에 무릎을 꿇고, 데아의 손 아래에 머리를 둔 채, 다음 구절을 노래했다.

O ven! ama!
Eres alma,
Soy corazon.
(오! 오라! 사랑하라!
그대는 영혼,
나는 심장이로다.)

그런데 다음 순간 어둠 속에서 빛이 방사(放射)되어, 그윈플레인의 얼굴을 정면으로 비추었다.

암흑 속에 있는 희색만면한 괴물이 관객의 시야에 들어왔다.

관객이 받은 충격을 형언하기란 불가능했다. 웃는 태양이 불쑥 나타난 격이었다. 충격이 그러했다. 웃음이란 의외성에서 비롯된다. 그런데 그 막간극의 대단원 같은 뜻밖의 일은 있을 수 없을 것이다. 익살스러운 동시에 무시무시한 가면을 빛이 후려치는 순간에 비할 만한 충격의 순간은 없을 것이다. 그 웃음 주위에서 사람들이 웃었다. 사방에서, 위에서도 아래에서도, 앞쪽에서도 뒤쪽에서도, 남자들도 여인들도, 대머리 늙은 얼굴들도, 아이들의 발그레한 얼굴들도, 착한 이들도, 심보 못된 이들도, 즐거운 이들도, 슬픈 이들도, 모두 웃었다. 심지어, 거리에서도, 그 광경을 보지 못한 행인들도, 웃음소리를 듣고 웃었다. 그리고 그 웃음소리는 결국 박수소리와 발 구르는 소리로 귀결되었다. 막이 내려지자 사람들이 미친 듯이 그윈플레인을 다시 불러냈다. 그렇게 엄청난 성공을 거두었다. 「〈정복된 카오스〉를 보셨나요?」 그러면서 모두들 그윈플레인에게 달려갔다. 태평스러운 사람들도 웃으러 왔다. 우울한 사람들도 웃으러 왔다. 비양심적인 사람들도 웃으러 왔다. 웃음이 어찌나 걷잡을 수 없었던지, 때로는 그것이 병적으로 보일 수도 있을 지경이었다. 그러나 혹시 인간이 피하지 않는 치명적인 전염병이 있다면, 그것은 즐거움의 감염 현상일 것이다. 게다가 그 성공은 하층민의 한계를 벗어나지 않았다. 거대한 군중이란 곧 이름 없는 백성이다. 1페니만 지불하면 「정복된 카오스」를 관람할 수 있었다. 한 푼 내고 가는 곳에는 상류층 사람들이 출입하지 않는다.

우르수스는 그 작품을 싫어하지 않았다. 자신이 오랫동안 품어서 탄생시킨 작품이었다.

「셰익스피어라고 하는 사람의 작품과 유사한 부류이지.」 그가 겸손하게 가끔 하던 말이다.

데아를 나란히 놓음으로 인해 그윈플레인이 자아내는 형언할 수 없는 효과가 증대되었다. 그노무스 곁에 하얀 모습이 있다는 것, 그것이 신성한 놀라움이라고 할 만한 것을 표상했다. 사람들은 신비한 불안감에 휩싸여 데아를 바라보았다. 그녀에게는, 인간은 모르고 신만을 아는 여사제와 처녀의, 선뜻 규정할 수 없는 지상(至上)의 그 무엇이 있었다. 모두들 그녀가 소경임을 알면서도 그녀가 앞을 본다고 느꼈다. 그녀가 초자연적인 세계의 문턱에 서 있는 것처럼 보였다. 그녀의 반은 우리의 빛 속에 나머지 반은 다른 광명 속에 잠겨 있는 것 같았다. 그녀가 이 땅 위에 일을 하러 왔으되, 천상의 방법으로, 즉 여명을 가지고 일하는 것처럼 여겨졌다. 그녀가 히드라 하나를 발견해 영혼 하나를 만든다고 생각했다. 그녀는, 자신의 창조물에 만족하며 동시에 경악하는, 창조적 권능의 기색을 가지고 있었다. 사랑스럽게 질겁한 그녀의 얼굴에서, 사람들은 동기(動機)의 의지와 결과에 대한 놀라움을 발견했다. 모두들 그녀가 자기의 괴물을 사랑한다고 느꼈다. 그가 괴물임을 그녀도 알았을까? 물론 그럴 수도 있었다. 그를 만지고 있었으니까. 또한 모를 수도 있었다. 그를 받아들였으니까. 그 모든 어둠과 그 모든 밝음이 뒤섞여, 관객의 뇌리에서는 하나의 미광으로 변화되었으며, 그러한 미광 속에 끝없는 경개가 펼쳐졌다. 신성(神性)이 어떻게 초벌품에 점착할까? 영혼의 질료 속으로의 침투는 어떠한 방법으로 이루어질까? 햇살이 어떻게 탯줄 역할을 할까? 기형의 얼굴이 어떻게 변형될 수 있을까? 보기 흉한 얼굴이 어떻게 천상의 얼굴로 변할까? 어렴풋이 감지된 그 모든 신비가, 거의 범우주적 감동을 일으키며, 그윈플레인이 야기한 폭소의 발작을 더욱 이해할 수 없게 만들었다. 사람들은 근저에까지 파고들지 않고도 — 관객은 깊이 파고드는 노고를 좋아하지 않는지라 — 자신들의 눈에 보이는 것 저 너머에 있는 그 무엇인가를 이해했다. 또한 그 기이한 무대 위의 장면에서는 명백한 변신이 있었다.

데아의 경우, 그녀가 느낀 것은 인간의 언어 영역 밖에 있었다. 그녀는 자신이 군중 한가운데에 있음을 느꼈다. 그러면서도 군중이 무엇인지는 몰랐다. 그녀의 귀에 들려오는 것은 웅성거리는 소리뿐, 그것이 전부였다. 그녀에게는 군중이라는 것이 하나의 숨결이었다. 또한 실상은 그것에 불과하다. 대(代)가 이어진다는 것은 숨결이 전함을 뜻한다. 인간은 숨을 쉰다. 들이마시고 내쉰다.[8] 군중 한가운데에서 데아는 자신이 홀로 있음을 느꼈다. 그리고 절벽 위에 매달려 있는 듯한 전율을 느꼈다. 그런데 문득, 절강에 빠져 미지의 존재를 나무라려던 순진무구한 불안 속에서, 혹시 떨어질지도 모른다는 불만 속에서, 그러나 위험에 대한 막연한 불안을 억누르며 평정을 잃지 않던 데아가, 고립이 두려워 속으로 떨면서, 확신과 버팀목을 다시 찾았다. 그녀는 암흑세계 속에서 구명줄을 다시 움켜잡았고, 손을 그윈플레인의 힘찬 머리

---

8 〈숨을 내쉰다〉는 말은 〈숨진다〉는 뜻도 가지고 있다.

위에 올려놓았다. 전대미문의 기쁨이었다! 그녀는 발그레한 손가락으로 굼실거리는 머리카락 숲을 짚었다. 손끝에 닿는 양털이 부드러움이라는 개념을 일깨운다. 데아는 사자인 줄 알았던 양을 만지고 있었다. 그녀의 심장이 몽땅 녹아, 형언할 수 없는 사랑으로 변했다. 그녀는 자신이 위험에서 벗어났음을 느꼈고, 구원자를 되찾았다. 관객은 그 반대의 것을 보고 있었다. 그들에게는, 구원받은 사람이 그윈플레인이었고, 구원자는 데아였다. 〈무슨 상관이랴!〉 데아의 마음을 훤히 들여다보고 있던 우르수스의 생각이었다. 그리고 데아는, 안심하고 위로받고 황홀해 그 천사를 찬미했다. 그동안 관객은, 괴물을 응시하며, 그러나 정반대의 의미로 넋을 빼앗긴 채, 그 거창한 프로메테우스적[9] 웃음을 감내했다.

 진정한 사랑은 결코 싫증나지 않는다. 온통 영혼인지라 미지근해질 수가 없다. 한 덩이 숯불은 재 속에 감추어지나, 별은 그렇지 않다. 그 매혹적인 인상이 데아에게 매일 저녁 반복되었다. 그리하여 사람들이 웃느라고 몸을 비틀어 꼬는 동안, 그녀는 깊은 애정의 눈물을 흘리기 직전에 이르렀다. 그녀 주위에 있던 관객은 기껏 즐거울 뿐이었는데, 그녀는 행복했다.

 또한 그윈플레인의 아연실색케 하는, 그 뜻밖의 이빨 드러내는 웃음에서 기인한 즐거움이, 우르수스가 원하던 효과는 아니었다. 그는 웃음보다 미소가 더 많기를 바랐고, 더 문학적인 찬사를 원했다. 그러나 성공이 위안을 가져다준다. 그는 저녁마다, 파딩 무더기들이 몇 실링에 이르는지, 또한 실링 무더기들이 몇 파운드에 이르는지를 헤아리며, 과도한 성공과 화해했다. 그러고 나서 자신에게 말하기를, 여하튼 그 웃음이 지나간 다음에는,「정복된 카오스」가 많은 뇌리 밑바닥

---

 9 뜻을 행동으로 옮기며, 인간에 대한 믿음을 가진 사람을 가리켜, 〈프로메테우스적 인간〉이라고 한다.

에 되살아나고 그러면 조금이나마, 작품 중 그 무엇이 그들에게 남을 것이라 했다. 그의 생각이 아마 전적으로 틀리지는 않았을 것이다. 작품의 누적 현상이 대중 속에서 일어나기 때문이다. 진실은 이러하다. 늑대와, 곰과, 그 남자와, 음악과, 음악을 통해 제어된 울부짖음과, 여명에 걸친 밤과, 빛을 발산하는 노래 등에 주의를 쏟던 하층민들은, 막연하지만 깊숙한 공감으로, 나아가 감동된 존경심으로, 「정복된 카오스」라는 운문 드라마를, 인간의 기쁨으로 귀착되는 질료에 대한 정신의 승리를, 기꺼이 받아들이고 있었다.

그것이 일반 백성의 상스러운 즐거움이었다.

그들은 그 즐거움으로 만족했다. 백성들은 신사들의 〈고상한 시합〉을 보러 갈 형편이 못되었으며, 영주들이나 일반 귀족들처럼, 펠름기매돈을 상대로 싸우는 헬름스게일에게 천 기니를 걸 수도 없었다.

10. 모든 것의 밖으로 밀려난 이가 사물과 인간에게 잠시 던진 눈길

인간은 한 가지 생각을 가지고 있다. 그것은 누가 자신에게 준 즐거움에 대해 복수하려는 생각이다. 배우에 대한 멸시는 그러한 생각에서 비롯된다.

〈이 사람이 내 마음을 즐겁게 하고, 내 기분을 전환시켜 주고, 무료함을 달래 주고, 내게 교훈을 주고, 나를 매혹하고, 나를 위로하고, 나에게 이상을 불어넣고, 그래서 내 마음에 들고 나에게 유익한데, 나는 어떠한 악으로 그에게 보답할까? 모욕을 안겨 주자. 멸시는 멀찍감치서 때리는 따귀지. 그러니 그의 따귀를 때리자. 그가 나를 즐겁게 해주니, 그는 천한 자야. 그가 나에게 봉사하는지라 나는 그를 증오해. 그에게 던질 돌이 어디에 있을까? 사제 양반, 당신의 돌을 나에게 주시오. 철학자 양반, 당신의 돌도 나에게 주시오. 보쉬에, 그 사람을 파문시키게. 루소, 그에게 욕설을 퍼붓게. 웅변가, 자네의 입에서 나오는 조약돌을 그에게 뱉게. 곰, 그에게 포석(鋪石)을 집어 던지게. 나무에 일제히 돌을 던져 그 열매에 상처를 내고 나무를 몽땅 먹어 치웁시다. 브라보! 문인들의 시구(詩句)를 흥얼거리는 자, 페스트에 걸린 자야. 익살광대, 꺼져버려! 성공이라는 쇠고리에 그를 묶어 둡시다. 그의 성공을 야유하는 함성으로 마무리해 줍시다. 자기의 손으로 군중을 모아들이고, 스스로 자신의 고독을 만들라지.〉 그리하여 흔히 상류층이라고 일컫는 부유층이, 배우를 위해 하나의 고립형태를 창안했으니, 그것이 곧 박수갈채라는 것이다.

하층민은 그토록 사납지 않다. 그들은 그윈플레인을 증오하지 않았다. 그를 멸시하지도 않았다. 다만, 잉글랜드의 모든 항구 중 가장 초라한 항구에 정박해 있는, 가장 초라한 카라카[1] 화물선의 최말단 선원 중, 가장 보잘것없는 선원, 즉 갑판의 틈 메우는 일을 하는 선원만이, 자신이 〈천민〉을 즐겁게 해주는 배우보다 비교할 수 없을 만큼 높은 신분이라고 생각하며, 잉글랜드의 귀족이 자신보다 까마득히 높은 것처럼, 자신도 곡예사보다 까마득히 높이 있다고 여기며 우쭐했다.

그윈플레인 역시, 다른 모든 배우들처럼, 박수갈채를 받음과 동시에 고립되었다. 하기야, 이 지상에서의 모든 성공은 곧 범죄이며, 그 대가를 치르게 된다. 메달을 가진 자는 그 이면도 함께 갖는다.[2]

---

[1] 선체가 큰 포르투갈 화물선.
[2] 메달의 〈이면〉을 가리키는 *revers*는 〈역경〉이나 〈불운〉이라는 뜻도 가지고 있다.

그윈플레인에게는 그 이면이 없었다. 따라서 그의 성공이 가지고 있는 양면이 모두 그의 뜻에 흡족했다. 그는 박수갈채에도, 그리고 고립에도, 만족했다. 박수갈채로 인해 그는 부유해졌고, 고립으로 말미암아 그는 행복했다.

부유하다는 것이, 밑바닥 계층에서는 찢어지게 가난하지 않음을 뜻한다. 더 이상 옷에 구멍이 나지 않고, 아궁이가 더 이상 차갑지 않으며, 배가 더 이상 텅 비어 있지 않음을 뜻한다. 배고플 때 먹고, 목마를 때 마시는 것을 뜻한다. 가난한 이에게 줄 한 푼을 포함해, 필요한 것을 가지고 있음을 뜻한다. 자유롭기에 충분한 적빈의 부유함, 그것이 그윈플레인에게 있었다.

영혼의 측면에서는 호사스러우리만큼 풍족했다. 그에게는 사랑이 있었다. 그가 무엇을 더 바랄 수 있겠는가?

그는 아무것도 바라지 않았다.

조금 덜 흉한 모습, 그것이 그에게 줄 수 있었던 선물이었을지 모른다. 하지만 그는 그것을 완강히 거절했을 것이다! 가면을 벗어 던지고, 아마 수려하고 매력적이었을 얼굴을 되찾아, 본래의 모습으로 되돌아가는 것, 그것만은 원치 않았을 것이다! 그럴 경우, 무엇으로 데아를 부양한단 말인가? 자기를 사랑하는 가난하고 다정한 소경이 어찌 되겠는가? 그를 유례가 없는 익살광대로 만들어 준 그 이빨 드러내고 웃는 모습이 없다면, 그 역시 다른 평범한 곡예사, 흔히 볼 수 있는, 포석 틈에 굴러가 박힌 동전이나 주워 모으는 곡예사에 불과할 것이다. 그러면 데아에게는 그날그날 연명할 빵조차 없을 것이다! 그는 자신이 천상에서 내려온 불구 소녀의 보호자임을 느끼며, 애정의 깊은 자긍심에 휩싸였다. 어둠과, 고독과, 헐벗음과, 힘없음과, 무지와, 배고픔과, 목마름, 가난의 일곱 가지 사나운 입이 쩍 벌어진 채 그녀를 에워싸고 있었는데, 그는 그 용을 상대로 싸우는 성 게오르기우스였다.³ 그리고 가난을 상대로 승리를 거두고 있었다. 어떻게? 그의 기형을 이용해서였다. 기형 덕분에, 그는 유용하고, 사람들을 도울 수 있고, 승리를 얻고, 위대한, 그러한 사람이 되었다. 자신을 보여 주기만 하면 그만이었다. 그러면 돈이 몰려들었다. 그는 군중의 주인이었다. 그는 자신이 하층민의 군주임을 깨달았다. 데아를 위해서는 무엇이든 할 수 있었다. 그녀에게 필요한 것이 있으면 즉시 마련해 주었다. 물론 눈먼 사람이 바랄 수 있는 것이라야 한정되어 있지만, 그녀의 욕망과, 부러워하는 것, 충동적인 욕구 등을 모두 충족시켜 주었다. 이미 입증된 바이지만, 그윈플레인과 데아는 서로에게 구세주였다. 그는 자신이 그녀의 날개를 타고 솟아오르는 느낌을 맛보았고, 그녀는 그의 팔에 안겨서 가는 느낌 속에서 살았다. 우리를 사랑하는 사람을 보호하고, 우리에게 별을 주는 사람에게 필요한 것을 제공하는 것, 그것보다 더 달콤한 일은 없다. 그윈플레인은 그러한 지고(至高)의 유열을 향유하고 있었다. 그런데 그것은 자기의 기형 덕분이었다. 기형이 그를 모든 것 위에 있게 했다. 기형을 이용해 그는 자신의 생계와 다른 이들의 생계를 꾸렸다. 그것 덕분에 독립과, 자유와, 명성과, 내밀한 만족감과, 자긍심을 얻었다. 그가 그 기형 속에 있는 한, 아무도 그를 범접할 수 없었다. 운명조차도 그에게 그 타격을 안겨 주느라 스스로를 소진한지라, 타격 이상의 것을 그에게 가할 수 없었고, 그러한 타격이 그에게 승리를 가져다주었다. 불행의 밑바닥이 엘리시움⁴의 봉우

---

3 성 게오르기우스는 5세기부터 중동 지역에 그 전설이 퍼지기 시작한 기독교 순교자이다. 그가 용에게 희생물로 주어진 리비아의 공주를 구출했다는 전설이 그에 관한 유일한 이야기이다. 그와 용과의 싸움을 비교적 상세하게 묘사한 작품으로는, 야코부스 보라지네의 『황금 전설』과 만테냐의 그림을 들 수 있다.

리로 변했다. 그윈플레인은 자신의 기형 속에 갇혀 있었지만, 데아와 함께였다. 이미 말한 바와 같이, 낙원에 있는 감옥에 갇혀 있는 격이었다. 두 사람과 살아 있는 세상 사이에는 장벽 하나가 있었다. 다행스러운 일이었다. 장벽이 두 사람을 유폐시키고 있었지만, 또한 그들을 보호했다. 그들 주위를 삶에서 그토록 철저히 차단하고 있는데, 데아에게, 그윈플레인에게, 그 누가 무슨 짓을 할 수 있겠는가? 그의 성공을 빼앗는다고? 불가능한 일이었다. 그의 얼굴을 빼앗아야 했기 때문이다. 그의 사랑을 빼앗는다고? 역시 불가능한 일이었다. 데아가 그를 볼 수 없었기 때문이다. 데아의 실명(失明)은 영영 치유될 수 없는 것이었다. 기형이 그윈플레인에게 어떤 불편을 주었을까? 아무 불편도 없었다. 어떤 이점이 있었을까? 모든 이점을 가지고 있었다. 그는 흉측한 모습에도 불구하고 사랑받고 있었다. 아마 그 흉측함 덕분이었을 것이다. 불구와 기형이 본능적으로 서로에게 다가가서 짝을 이루었다. 사랑받는다는 것, 그것이 전부 아닌가? 그윈플레인은 자신의 기형을 생각할 때마다 감사의 정을 느꼈다. 그는 그 상흔으로 말미암아 축복을 받았다. 그는 자신이 결코 상실될 수 없고 영원하다는 사실을 느끼며 기뻐했다. 그 은혜가 돌이킬 수 없는 것이라니, 얼마나 큰 행운인가! 광장과, 장터와, 떠돌아다닐 길과, 땅 위의 백성과, 높은 하늘이 있는 한, 살아갈 방도가 확실했고, 데아에게 부족한 것이 없을 것이며, 사랑을 향유할 수 있었다! 그윈플레인은 자신의 얼굴을 아폴론의 얼굴과도 바꾸지 않았을 것이다. 자신이 괴물이라는 것이 그에게는 행복의 형태였다.

4 베르길리우스의 『아이네이스』에 묘사된, 영웅들과 고매한 사람들이 사후에 가서 머무는 저승의 한 영역이다. 샹젤리제로 널리 알려진 파리의 거리 명칭도 그것에서 유래한다.

이야기를 시작하면서, 운명이 그에게 잔뜩 베풀었다는 말을 했다. 그 버림받은 사람이 실은 선택된 사람이었다.

그는 행복했던지라 주위에 있는 사람들을 딱하게 여기며 한탄하는 경우도 있었다. 다른 사람들에게 연민을 느끼고 있었다. 밖을 잠시 내다보는 것은 또한 그의 본능이었다. 어떤 사람도 한 가지 속성만을 가지고 있지 않으며, 하나의 천성이란 추상적 개념이 아니기 때문이다. 그는 자신이 격리된 것에 황홀해했다. 그러나 가끔 장벽 위로 머리를 쳐들곤 했다. 그리고 외부 세계와 자신을 비교해 본 후, 더욱 기뻐하며 데아 곁의 고립된 세계로 돌아갔다.

그가 자신의 주위에서 본 것은 무엇일까? 유랑 생활이 그에게 보여 주는 온갖 견본, 날마다 다른 것으로 대체되는, 그 견본의 진품은 무엇일까? 항상 새로운 관객이었는데, 항상 같은 군중이었다. 항상 새로운 얼굴들이었는데, 항상 같은 불운 덩어리들이었다. 하나의 폐허더미였다. 저녁마다 온갖 사회적 숙명이 몰려와 그의 지극한 행복을 둘러쌌다.

그린박스는 대중적이었다.

낮은 가격이 낮은 계층을 부른다. 그에게 오는 이들은 약하고 가난하며 신분 낮은 사람들이었다. 진 한 잔 마시러 가듯 그윈플레인에게 갔다. 그윈플레인은 무대 위에서 그 가련한 사람들을 둘러보곤 했다. 거대한 가난에서 연속적으로 솟아오르는 환영들이 그의 뇌수를 가득 채웠다. 인간의 용모는 의식과 일상의 생활을 통해 만들어지며, 신비하게 깎아 낸 무수한 작업의 결과이다. 그윈플레인이 본 주름살 중 고통과 노여움과 모욕감과 절망감 등에 파이지 않은 주름살은 없었다. 어떤 아이들의 입에는 먹지 못한 흔적이 역력했다. 어떤 남자는 하나의 아버지였고, 어떤 여자는 하나의 어머니였으며, 그들 뒤에는 죽어 가는 가족들의 모습이 보였다. 어떤 얼굴은 못된 습관에서 나온 후 범행으로 들어가려 하고 있었다. 그런데 사람들이 그 까닭을 이해하는가? 무지와 가난 때문이다. 또 어떤 얼굴은, 최초의 착함이 사회적 압박에 삭제되어 증오로 변한 흔적을 드러냈다. 어느 노파의 이마에서는 굶주림이 보였고, 어느 소녀의 이마에서는 매춘이 보였다. 소녀에게 돈을 제공하는 매춘은 더욱 음산했다. 군중 속에는 무수한 팔만 있을 뿐 연장은 없었다. 노동자들에게는 오히려 잘된 일, 그러나 일거리가 없었다. 가끔 병사 하나가 노동자 곁에 와서 앉았다. 때로는 부상당한 병사였다. 그리하여 그윈플레인은 전쟁이라는 유령을 보았다. 여기에는 실업, 저기에는 착취, 그리고 또 다른 곳에는 예속. 그윈플레인은 그러한 것들을 읽고 있었다. 또한 어느 이마에서는, 수성(獸性)으로의 역류 비슷한 것을, 즉 저 높은 곳에서 누리는 행복의 보이지 않는 중력에 짓눌려, 인간이 짐승으로 되돌아 가는 퇴행 현상을 발견하기도 했다. 그러한 암흑 속에서도 그윈플레인에게는 채광 환기창 하나가 있었다. 그와 데아 두 사람은 고통 속에서도 얼마간의 행복을 누렸다. 나머지는 모두 저주였다. 그윈플레인은 자신의 위에서 힘 있고, 풍족하고, 화려하고, 지체 높고, 우연의 선택을 받은 사람들이, 무의식적으로 짓밟고 있는 것을 느꼈다. 그의 밑에서는 불우한 사람들의 창백한 얼굴 무더기를 발견했다. 그는 자신을, 아니 자신과 데아를, 그 두 세계 사이에서, 자신들의 그 작은 행복으로 말미암아, 어마어마하게 크다고 여겼다. 그의 위에는 자유롭고 즐겁게 춤추고 짓밟으며 오가는 사람들이 있었고, 그의 아래쪽에는 밟히는 사람들이 있었다. 숙명적인 일이었다. 또한 깊은 사회적 악을 드러내는 징후였다. 빛이 어둠을 무자비하게 짓밟고 있었다. 그윈플레인은 깊은 슬픔을 감지했다. 뭐라고! 그토록 파충류 같은 운명이란 말인가! 그렇게 기어

다니는 인간이! 감히 그 위에 발을 올려놓고 싶을 만큼, 그토록 먼지와 진흙탕에 점착되었고, 그토록 역겹고, 그토록 체념했고, 그토록 천하단 말인가! 이 지상에서의 삶이란 도대체 어떤 나비를 탄생시킬 유충이란 말인가? 뭐라고! 배고프고 무지한 군중 속에, 어디에나, 모든 사람 앞에, 범죄와 수치스러운 것을 캐내려는 의심뿐이란 말인가! 양심의 마모를 야기하는 법의 완고함뿐이란 말인가! 더욱 왜소해지기 위해서 성장하지 않는 아이가 하나도 없단 말인가! 현물로 제공하기 위해서 성장하지 않는 처녀가 하나도 없다니! 벌레들의 점액으로 더럽혀지기 위해 피어나지 않는 장미가 한 송이도 없다니! 그의 눈은 가끔, 격정적인 호기심으로, 그 숱한 부질없는 노력들이 죽어 가고, 또한 사회에 뜯어 먹힌 가정들, 법에 고문당한 풍습들, 형벌로 인해 회저(壞疽) 증세로 변한 상처들, 세금에 갉아 먹힌 가난, 물결 따라 무지의 심연 속으로 삼켜지는 지성, 배고픔에 시달리는 사람들로 뒤덮인 표류하는 뗏목들, 전쟁, 기근, 숨 넘어가는 소리, 비명, 실종 등 무수한 수고로움이 각축하는, 암흑의 밑바닥까지 들여다보려고 애를 썼다. 그리고 폐부를 찌르는 보편적인 고통에, 문득 오싹해짐을 느꼈다. 인간의 어두운 혼란 위로 불행의 거품이 부글부글 끓어오르는 것이 선명히 보였다. 그는 항구에 있었다. 그리고 주위에서 일어난 파선의 정경을 바라보고 있었다. 이따금씩 그는 두 손으로 머리를 감싸 쥐고 생각에 잠겼다.

행복해하다니, 그 무슨 광증인가! 그러한 꿈이 또 있겠는가! 많은 생각이 떠올랐다. 터무니없는 생각이 그의 뇌리를 스쳤다. 지난날 어린아이 하나를 구출했기 때문일까, 세상을 구출해야겠다는 부질없는 생각이 그의 내면에 어른거렸다. 몽상의 구름이 가끔 그 자신의 현실을 어둡게 뒤덮곤 했다. 그리하여 균형감을 상실한 듯, 자기에게는 어울리지도 않는 생각을 하곤 했다. 〈이 가엾은 사람들을 위해 무슨 일을 할 수 있을까?〉 때로는 그러한 생각에 골몰한 나머지, 큰 소리로 중얼거리기도 했다. 그럴 때마다 우르수스가, 어이없다는 듯 어깨를 한 번 으쓱하고 나서, 그를 뚫어지게 바라보았다. 그러나 그윈플레인은 몽상을 계속했다. 〈오! 나에게 힘이 있다면 불행한 사람들을 도우련만! 하지만 나는 무엇인가? 한낱 원자 알갱이야. 내가 무엇을 할 수 있지? 아무것도.〉

그는 잘못 생각하고 있었다. 불행한 사람들을 위해 그는 큰일을 할 수 있었다. 그가 그들로 하여금 웃게 했으니 말이다.

또한 이미 말했지만, 웃게 한다는 것은 잊게 한다는 것이다.

망각을 나누어 주는 사람, 이 지상에서는 얼마나 고마운 사람인가!

11. 그윈플레인은 정의를, 우르수스는 진실을

철학자는 일종의 첩자이다. 다른 이들의 몽상 염탐꾼 우르수스는 제자를 유심히 관찰했다. 우리의 독백은 우리의 이마 위에 희미한 반향을 일으키는데, 그것이 관상가의 눈에는 선명히 보인다. 그러한 이유 때문에, 그윈플레인의 내면에서 일어나는 것들이 우르수스의 눈을 피하지 못했다. 어느 날 그윈플레인이 깊은 생각에 잠겨 있는데, 우르수스가 그의 카핀고 자락을 잡아당기며 큰 소리로 말했다.

「내가 보기에는 네가 꼭 관찰자 같구나, 멍청한 녀석! 조심해, 너와는 상관없는 일이야. 네가 해야 할 일은 데아를 사랑하는 것이야. 너는 두 가지 행운을 누리고 있어. 하나는 군중이 너의 주둥이를 본다는 것이고, 다른 하나는 데아가 그것을 보지 못한다는 것이야. 네가 누리고 있는 행복에 대해 사실 너는 어떠한 권리도 주장할 수 없어. 어떤 여인도, 너의 입을 보면, 너의 키스를 받아들이지 않을 거야. 너에게 행운을 안겨 준 그 입과, 너에게 부를 안겨 주는 그 얼굴은 너의 것이 아니야. 네가 지금의 얼굴을 가지고 태어난 것은 아니야. 무한의 저 깊숙한 밑바닥에 있는 찌푸린 얼굴에서 가져온 것이지. 네가 마귀에게서 그의 탈을 훔쳐 온 것이야. 너의 얼굴은 흉측스러워. 네가 당첨된 복권으로 만족해. 이 세상에는 당연히 행복한 사람들과 요행으로 행복한 사람들이 있지. 아주 잘된 일이야. 너는 요행으로 행복해진 사람이야. 너는 동굴 속에 있는데, 그 속에 별 하나가 잡혀 있어. 그 가엾은 별은 너의 것이야. 이 거미 녀석아, 너의 동굴에서 나오려 애쓰지 말고, 너의 별이나 잘 지켜! 너의 거미줄에는 비너스 석류석이 걸려 있어. 네가 만족해하면 기쁘겠구나. 보자니 망상에 사로잡혀 있구나. 바보짓이야. 잘 들어라. 내가 너에게 진정한 노래의 언어를 들려주마. 데아에게 쇠고기 조각과 양갈비를 자주 먹이면, 여섯 달이 지나지 않아 그녀는 투르크 여인처럼 튼튼해질 것이다. 그러면 군소리 말고 그녀와 결혼해서 그녀에게 아이 하나를, 그리고 둘, 셋, 아니 한 꾸러미를 안겨 주어라. 내가 이름하여 철학한다고 하는 것은 바로 그거야. 게다가 행복하기도 하지. 그것이 바로 현명함이야. 어린것들을 갖는다는 것, 그것이 바로 동화야. 아이들을 낳아, 닦아 주고, 코 풀어 주고, 눕혀 주고, 지저분해지면 세수 시켜 주고, 고것들이 네 주위에서 굼실거리도록 해. 고것들이 웃으면 좋고, 떠들어 대면 더욱 좋고, 아우성치고 울면, 그것이 곧 사는 것이야. 고것들이 여섯 달까지 젖을 빨고, 한 해가 되면 마구 기어 다니고, 두 살이 되면 걷고, 열다섯 살까지 쑥쑥 자라고, 스무 살이 되어 사랑하는 것을 바라보면 알 거야. 그러한 기쁨을 가진 사람은 모든 것을 가진 것이야. 나는 그것을 얻지 못했지. 그래서 나는 일개 짐승이야. 아름다운 시를 짓고, 문인들 중 첫 번째인 그 착한 신께서는, 협력자인 모세에게 이렇게 말했지. 〈번성하라!〉[1] 책에 그렇게 기록되어 있어. 그러니, 짐승아, 너도 번식해라. 이 세상에 관해 말하자면, 생겨먹은 대로 존재하는 거야. 이 세상이 더 나빠지기 위해서 너까지 필요로 하지는 않아. 이 세상 걱정은 하지 마라. 밖에 있는 것에는 신경 쓰지 마라. 네 앞에 펼쳐진 것은 있는 그대로 내버려 두어라. 배우란 구경거리이지 구경꾼이 아니야. 밖에 무엇이 있는지 아느냐? 당연권에 따라 행복한 사람들이 있지. 너는, 다시 말하지만, 요행으로 행복해진 자야. 너는 행복을 소매치기 했는데, 그 행복의 소유주는 그들이야. 그들이 합법적 주인인데, 네가 불법으로 침입한 것이며, 따라서 너는 요행과 부적절하게 동서(同棲)하고 있어. 네가 가지고 있는 것 이상으로 무엇을 더 원해? 쉽볼렛[2]의 도움이 간절히 필요해지는군! 이 악동이 불량배임에 틀림없어. 하지만 여하튼 데아를 통해 번식하는 것은 매우 즐거운 일이야. 그러한 행복은 야바위질과 비슷하지. 저 높은 곳이 베푸는 특전을 입어 이 지상에서 행복을 누리는 사람들은, 자신들 밑에서 어떤 자가 감히 그토록 기뻐하는 것을 좋아하지 않는단다. 혹시 그들이 너에게, 무슨 권리로 그토록 행복해하느냐고 물으면, 너는 대꾸할 말이 없을 것이다. 너에게는 면허장이 없

---

[1] 〈자식을 낳고 번성하여 온 땅에 퍼져서 땅을 정복하여라〉 야훼가 최초의 인간 남녀에게 한 말이다(「창세기」 1:28). 그러나 〈아름다운 시를 짓고 문인들 중 첫 번째인〉 신이라고 한 언급은 아폴론을 연상시킨다.

[2] Schiboleth은 이삭과 강을 뜻하는 히브리어인데, 갈라아드 사람들(요셉의 장자인 므나쎄의 후손들)이 에브라임(요셉의 차자)의 후손들을 가려내기 위해 그 단어를 사용했다고 한다. 〈sch〉를 발음하지 못했던 에브라임의 후손들은 〈쉽볼렛〉을 〈십볼렛〉으로 발음하는지라, 즉시 정체가 드러났고, 그러면 그 자리에서 목을 쳤다.

지만, 그들은 하나씩 가지고 있어. 유피테르, 알라, 비슈누, 사바오트[3] 등 그중 누군가가 저들에게 행복할 수 있는 비자를 발급했어. 그러한 사람들을 두려워해라. 그들의 일에 참견하지 마라. 그래야 그들도 네 일에 참견하지 않을 것이다. 가엾은 녀석, 당연권에 의거해 행복한 사람이 누구인지 아느냐? 무시무시한 존재란다. 바로 로드[4]야. 아! 로드, 그는 세상에 존재하기도 전에, 로드라는 그 문을 통해 생명을 얻기 위해, 마귀조차 모르게 음모를 꾸몄음에 틀림없어! 태어나기가 몹시 힘들었겠지! 그가 감당한 것은 오로지 태어나는 수고뿐이었지. 그러나 젠장! 그것도 수고는 수고지! 요람에서부터 사람들의 주인 행세할 허락을, 그 눈멀고 우둔한 자, 즉 운명에서 얻었으니! 극장에서 가장 좋은 자리를 얻기 위해, 창구 직원을 매수하느라고 애를 썼겠지! 내가 은퇴시킨 저 오두막 안에 있는 비망록을 읽어 보아라. 내 지혜의 성무일도서를 읽어 보면, 로드가 무엇인지 알게 될 것이다. 로드란 모든 것을 소유하고 있으며 동시에 전부이다. 로드란 자신의 천성을 초월해 존재하는 사람이다. 즉, 로드란, 젊어서는 늙은이의 권리를 누리고, 늙어서는 젊은이의 행운을 누리며, 타락해도 착한 사람들의 존경을 받고, 겁쟁이라도 용기 있는 사람들을 지휘하고, 빈둥거려도 노동의 결실을 얻고, 무지해도 케임브리지와 옥스퍼드의 학위를 얻고, 멍청해도 시인들의 찬사를 받고, 추하게 생겼어도 여인들이 그에게 미소를 보내고, 테르시테스일지라도 아킬레우스의 투구를 쓰며, 산

---

3 원래는 〈천상의 군대〉를 뜻하는 히브리어로, 보통 명사로 사용되었으나, 후에 야훼를 가리키게 되었다고 한다. 〈야훼사바오트〉라는 동격 형태로도 사용된다(*Sanctus Deus Sabaoth* ……).

4 로드*lord*는 그 원의가 〈주인〉이다. 군주, 영주, 귀족, 경(경칭), 남편 등은 모두 파생적 의미이다.

토끼일지라도 사자의 모피를 뒤집어쓰는 사람이다. 내 말을 곡해하지 마라. 로드란 반드시 무지하고, 비겁하고, 추하고, 멍청하며 늙었다는 뜻이 아니다. 내가 말하고자 하는 것은 다만, 그가 그 모든 단점을 가지고 있다 할지라도, 그것이 전혀 흠이 되지 않는다는 뜻이다. 그 반대이다. 로드는 모두 프린스[5]이다. 잉글랜드의 국왕도 일개 로드에 불과한데, 다만 로드 중 으뜸일 뿐이다. 그것이 전부이다. 그러나 상당한 것이다. 옛날에는 왕들을 로드라 불렀는데, 덴마크의 로드, 아일랜드의 로드, 서인도 제도의 로드 등이 그 예이다. 노르웨이의 로드가 왕으로 호칭되기 시작한 것은 불과 3백 년 전부터이다. 잉글랜드 최초의 왕인 루키우스를 텔레스포로스 성자는 마이 로드 루키우스라고 불렀다.[6] 로드들은 피어들이다. 즉 그들 모두 동등하다. 누구와 동등하냐고? 왕과 동등하다는 뜻이다. 내가 로드들과 팔러먼트[7]를 혼동하는 것이 오류는 아니다. 정복[8] 이전에 색슨족들이 위트네즈멋[9]이라고 부르던 백성들의 모임을, 정복 이후에는 노르망디인들이 파를리아멘툼이라 부르게 되었다. 그러고는 차츰차츰 백성을 파를리아멘툼에서 몰아내었다. 평민에게 회의 소집을 알리

5 *prince*의 원의는 〈제1인자 *princeps*〉이다. 즉 〈두목〉 혹은 〈사령관〉이다. 결국 〈로드〉와 같은 개념이다.

6 잉글랜드 최초의 왕이었다는 루키우스는 전설적 인물인 듯하다. 그를 마이 로드 루키우스라 칭했다는 텔레스포로스는, 그리스 출신으로 제8대 교황(재위 125~136년)이었다.

7 원의는 프랑스어로, 말한다 *parler*는 뜻이다. 중세 영어에서는 당시의 프랑스어와 마찬가지로 *parlement*이라 했는데, 12세기 이후 앵글로 라틴 형태인 *parliamentum*을 사용했고, 그것이 다시 오늘날의 형태로 변했다. 〈모여서 토론한다〉는 것이 핵심적 의미이다.

8 1066년. 노르망디 공작 기욤(윌리엄) 1세가 헤이스팅스 전투에서 승리를 거두고 잉글랜드를 정복한 사건을 가리킨다.

9 〈재치 있는 말〉이라는 뜻을 갖는 합성어인 듯하다.

는 왕의 봉서(封書)에, 옛날에는 *ad consilium impendendum* (화급한 사안을 심의하기 위해)이라 적었으나, 오늘날에는 *ad consentiendum*(동의를 구하기 위해)이라 적는다. 평민에게는 동의할 권리가 있다는 것이다. 동의하는 것이 그들의 자유이다. 반면 피어들은 반대할 수 있다. 이미 그러한 전례가 있다. 또한 피어들은 왕의 목을 칠 수 있되, 평민들은 안 된다. 찰스 1세의 목을 도끼로 내려친 것은, 국왕에 대한 유린 행위가 아니라 피어들에 대한 유린 행위이다. 그리고 크롬웰의 시신을 장대 끝 쇠갈퀴에 꽂아 높이 걸어둔 것은 잘한 일이다. 로드들에게는 세력이 있다. 왜냐고? 그들에게 부(富)가 있기 때문이다. 누가 『둠즈데이 북』[10]을 뒤적였겠느냐? 그것만으로도 로드들이 잉글랜드를 수중에 넣고 있다는 증거가 된다. 그 책은, 정복자 기욤 치세에 작성된 신민들의 재산 대장이며, 그것을 재무대신이 간직하고 있다. 그 대장에 무엇이든 기록하면, 한 줄당 네 푼씩은 지불해야 한다. 아주 자부심 강한 책이지. 한 해 임대 수입이 프랑스 화폐로 90만 프랑에 이르는, 마머듀크라고 하는 어느 로드의 집에서, 내가 의사 노릇 하던 시절이 있음을 아느냐? 그런 곳은 멀찌감치 피해라, 멍청이 녀석아. 린지 백작의 토끼 사육장에 있는 토끼만으로도 다섯 항구에 거주하는 모든 어중이떠중이들을 먹여 살릴 수 있음을 아느냐? 그러나 혹시 누가 그 사육장을

---

10 *Doomsday Book* 혹은 *Domesday Book*이라고도 한다. 기욤 1세(혹은 정복자 기욤. 윌리엄 1세)가, 잉글랜드의 토지와 모든 재산을 파악하기 위해 1086년부터 작성하게 한 토지 및 재산 대장을 가리킨다. 대형 규격의 책 두 권으로(각각 413페이지 및 475페이지) 되어 있으며, 오늘날까지 남아 있다. 〈한 야드의 토지도, 황소나 암소 한 마리, 돼지 한 마리도 누락되지 않았다.〉 〈둠즈데이 북〉이라는 명칭이 그 대장에 붙여진 것은 12세기 말부터인데, 최후의 심판의 날*doomsday*, 하느님이 검토하실 장부*book*, 즉 생전의 생활 기록부처럼 철저하다는 뜻이다.

살짝 스치기라도 해봐라. 즉시 그자를 깨끗이 처리해 버릴 것이다. 밀렵꾼은 누구든 목을 매달지. 사냥 구럭[11] 밖으로 나온, 길고 털 난 두 귀 때문에, 여섯 아이의 아버지가 말뚝 끝에 매달리는 것을 보았지. 영주의 권한이라는 것이 그러하다. 영주의 토끼 한 마리가, 착한 신이 만든 인간보다 더 귀중하다. 영주들이 존재하니, 우리는 그 사실을 좋다고 생각해야만 해. 알아듣겠어? 이 악당 녀석아? 그리고 혹시 우리가 그것을 좋지 않다고 여긴다 해도, 그따위 생각이 그들에게 무슨 상관이지? 백성이 반대를 하다니! 플라우투스의 작품조차도 근처에 얼씬 못 할 희극이지! 만약 어떤 철학가가 가엾은 군중에게 조언하기를, 로드의 거대함과 육중함에 항거하라고 한다면, 그 철학자는 농담꾼에 불과해. 유충 한 마리를 시켜 코끼리의 발을 문제 삼게 하는 짓이나 다름없지. 어느 날 하마 한 마리가 두더지 흙두덕을 밟고 지나가는 것을 보았다. 녀석이 모든 것을 짓이겨 버렸다. 하지만 녀석에게는 죄가 없어. 그 우직한 거한 녀석은 그 속에 두더지들이 있었다는 사실조차도 몰랐던 거야. 애야, 짓밟혀 으스러진 두더지들이 곧 인류란다. 으스러뜨리기도 하나의 법칙이란다. 두더지는 아무것도 으스러뜨리지 않는다고 믿느냐? 구더기에게는 두더지가 마스토돈도스[12]이고, 볼복스[13]에게는 구더기가 또한 마스토돈도스란다. 그러나 이것저것 따져 생각하지 마라. 애야, 화려한 사륜마차는 엄연히 존재한다. 로드가 그 속에 있고, 백성은 바퀴 밑에 깔렸는데, 현자는 비켜서지.

11 토끼 사육장을 가리킨다. 일정한 면적에 울타리를 치고, 그 안에 토끼들을 방목하며, 그 속에서 손쉬운 사냥을 즐겼던 모양이다. 〈구럭〉은 〈망태기〉와 같은 말이다.

12 *mastos*(젖꼭지)와 *odontos*(치아)를 합성해 만든 그리스어이다. 코끼리와 유사한 거대한 포유동물을 가리킨다.

13 민물에 서식하는 초록색 말을 가리키는데, 원의는 〈유충〉이다.

너 또한 옆으로 비켜서서, 마차가 지나가도록 내버려 두어라. 나는 로드들을 좋아한다. 그러면서도 그들을 피한다. 그들 중 하나의 집에서 살아 본 경험이 있다. 내 추억의 아름다움을 위해서는 그 한 번으로 족하다. 나는 그의 성을, 구름 속에 있는 영광처럼 회상한다. 나의 몽상은 뒤처져 있지. 크기나 아름다운 조화, 풍요로운 수입, 장식물들, 부속물들에 있어, 마머듀크 저택처럼 감탄할 만한 것은 없지. 뿐만 아니라 로드의 별장이나 저택, 궁전은, 이 번창하는 왕국 내에서 가장 위대하고 장엄한 것들의 집적체야. 나는 우리의 나리들을 좋아한다. 그들이 부유하고 세력 있으며 번창하는 것에 대해 고맙게 생각하지. 암흑에 둘러싸여 있는 나로서는, 로드라고 부르는 그 천상계의 견본을 관심 있게 그리고 즐겁게 바라본다. 마머듀크 저택에 들어가려면 엄청나게 넓은 앞마당을 거쳐야 하는데, 긴 직사각형인 마당은 여덟 개의 정사각형으로 나뉘어 각각 난간이 둘러져 있고, 그 마당에서 사방으로 넓은 도로가 뚫려 있지. 마당 한가운데에는 거대한 육각형 분수대가 있는데, 그 양쪽에는 채광창이 있는 둥근 지붕 밑에 못 둘이 있고, 각 지붕은 기둥 여섯 개가 받치고 있지. 내가 뒤 크로스 사제라는 박식한 프랑스인을 만난 것도 그 댁에서였는데, 그는 생자크 로에 있는 도미니크파 수도원에서 온 사람이었지. 마머듀크 저택에는 에르페니우스[14]의 장서 중 반이 있었는데, 나머지 반은 케임브리지의 신학 강론실에 있었지. 나는 예쁘게 장식한 그 댁 정원 입구에 앉아서 많은 책을 읽었어. 그런 것들은 보통 극소수의 호기심 많은 여행객들의 눈에나 띄지. 우스꽝스러운 녀석아, 롤스톤의 그레이 경이시며, 제후 회의에서, 열네 번째 자리에 앉으시는 노스

---

14 당시 유럽에서 가장 저명했던 동양학 전문가로, 네덜란드 사람이다. 본명은 반 에르페였다고 한다.

윌리엄 나리께서는, 너의 그 흉측한 대가리 위에 있는 머리카락보다도 더 많은 수풀이 빽빽이 우거진, 대수림(大樹林)을 당신의 산에 가지고 계시다는 사실을 아느냐? 어빙던 백작이라고도 부르는 리콧의 노리스 경은, 높이가 60미터 정도 되는 사각형 아성(牙城) 주루(主樓)를 가지고 계시는데, 그 탑에 *virtus ariete fortior*라는 명구가 새겨진 것을 아느냐? 그 명구가, 미덕이 거세 안한 숫양보다 더 강하다는 뜻을 가지고 있는 듯하지만, 멍청한 녀석! 그것이, 용기가 파성추보다 더 강하다는 뜻인 줄 아느냐? 그래, 나는 우리의 나리들에게 영광을 돌리고, 그들을 인정하고, 존중하고, 그들에게 경배한다. 국가의 이익을 창출하고 보존시키느라, 국왕의 위엄으로 노력하는 이들은 그 로드들이야 그들의 원숙한 지혜가, 몹시 까다로운 상황에서 빛을 발하지. 모든 사람들에 대한 우선권이라는 것이 있는데, 나는 그들이 그 우선권을 갖지 않았으면 좋겠다. 하지만 그들은 그것을 가지고 있어. 독일과 스페인에서 주권이라고 불리는 것이, 잉글랜드와 프랑스에서는 작위라고 불린다. 이 세상이 상당히 가엾다고 여길 권리가 누구에게나 있었던지라, 신께서도 이 세상의 약점이 어느 부분인지를 감지하셨고, 또 당신께서 사람들을 행복하게 해주실 능력을 가지고 계심을 입증하고 싶으셨지. 그리하여 철학자들을 만족시키기 위해 로드들을 창조하셨단다. 그러한 창조가, 먼저 이루어졌던 창조를 수정하고, 착하신 신을 궁지에서 구해 내었다. 그것이 신에게는 난처한 처지로부터의 깔끔한 탈출이지. 지체 높은 사람들은 모두 크단다. 그리하여 한 사람의 피어가 자신을 가리키면서도 우리라고 하는 것이다. 한 명의 피어는 단수가 아니라 복수라는 거야. 왕은 피어를 가리켜 *consanguinei nostri*(우리들의 혈족)라고 하지. 피어들은 무수히 많은 현명한 법률을 제정했는데, 그중에는 3년 된 버드나무를 자른 사람을 사형에 처하는 것도 있단다. 그들의 지상권(至上權)이 어찌나 지엄한지, 그들에게는 그들만의 언어가 있다. 가문(家紋)에 관해 말할 때도, 평범한 귀족들의 가문에 있는 흑색은 사블이라고 하지만, 대공들의 가문에 있는 흑색은 사튀른이라 하고, 피어들의 가문에 있는 것은 디아망이라고 하지.[15] 다이아몬드의 가루, 별이 총총한 밤, 그것이 행운아들의 검은색이지. 또한 높으신 나리들 사이에서도 서로 간에 미묘한 차이가 있단다. 예를 들어 남작은 자작의 허락 없이는 그와 함께 손을 씻을 수 없다. 그 모든 것이 아주 탁월해, 그것들이 국가를 보존하지. 공작 스물다섯에, 후작 다섯, 백작 일흔여섯, 자작 아홉, 남작 예순하나, 도합 일백 일흔여섯의 피어를 갖는다는 것이, 백성에게는 얼마나 멋진 일이냐! 그들 중 어떤 이들은 그레이스이고, 다른 이들은 세이녀리란다! 그 외에도 여기저기에 몇몇 넝마 조각들이 있지! 모든 것이 황금으로 만든 것은 아니란다. 넝마라고 하자. 하지만 그것들은 비단 넝마 아니냐? 하나가 다른 것을 매입하지. 무엇이든 이용해 무엇인가를 구축해야 하니까. 그런데, 아주 잘되었지, 극빈자들이 있으니. 멋진 거래야! 그들이 풍족한 사람들의 행복에 살을 붙여 주지. 빌어먹을! 우리의 로드들이 우리의 영광이란다. 모훈 백작인 찰스 모훈의 사냥개들에게 들어가는 경비가, 무어게이트에 있는 나병 치료 병원과, 에드워드 4세가 1553년에 세운 보육원인 예수 자혜원에 들어가는 경비와 맞먹는다. 리즈의 공작인 토머스 오스본은, 하인들의 제복 구입비로만 한 해에 금화 5천 기니를 지출한단다. 스페인의 세력가들에게는 국왕이 임명한 관리자 하나씩이 있어, 그들이 파산하는 것을 막아 주

---

15 사블은 흑담비를, 사튀른은 토성을, 디아망은 다이아몬드를 가리킨다.

지. 비열한 조치야. 우리의 로드들은 기상천외하고 씀씀이가 후하지. 나는 그 점을 높이 평가해. 그러니 시샘꾼들처럼 독설을 퍼붓지는 말자. 나는 내 앞으로 지나가는 아름다운 환영들을 고맙게 여긴단다. 나에게 광채는 없지만, 그 반사광만이라도 받을 수 있으니. 내 궤양[16] 위로 스치는 반사광이라고 하겠지. 네가 그따위 소리 하려면 마귀에게나 물려가라. 나는 트리말키오를 바라보면서 행복해하는 욥이란다. 오! 저 높은 곳에서 찬연한 광채 발산하는 아름다운 천체! 그 달빛을 향유한다는 것은 상당한 일이지. 로드를 없애자는 주장은, 아무리 미친 오레스테스[17]라도 감히 내세울 수 없을 것이니라. 로드가 해롭고 쓸모없다고 주장하는 것은, 우선 일체의 신분 제도를 뒤집어엎자는 말이고, 또한 인간이, 풀을 뜯어 먹으며 개들에게 물리는 가축 떼처럼 살도록 만들어지지 않았다는 주장이야. 풀밭은 양에게 깎이고, 양은 목동에게 깎이지. 그보다 더 공평한 일이 있겠느냐? 깎는 자를 조금 더 나은 자가 깎는 것뿐이지. 나에게는 모든 것이 마찬가지야.

16 〈원한〉이라는 뜻이다.
17 트로이아를 멸망시킨 후 그리스의 총사령관 아가멤논은 고국 아르고스에 개선하는데, 그의 처 클리타임네스트라와 아이기스토스가 공모해 그를 살해한다. 당시 어린애였던 오레스테스는 누님 엘렉트라의 도움으로 피신해 목숨을 구하고, 훗날 아폴론의 명령에 따라 아이기스토스와 생모 클리타임네스트라를 살해한다. 그러나 어머니를 살해한 다음 그는 광증에 사로잡히고, 장례식 당일부터 복수의 여신들 에우메니데스(에리니에스)에게 쫓긴다. 아폴론의 지시에 따라 델포이로 피신해 그 신에게 직접 정화 의식을 받으나, 복수의 여신들은 박해를 늦추지 않는다. 복수의 여신들로 인해 좀처럼 떨쳐 버릴 수 없는, 즉 치유되기 어려운 광증의 전형이 오레스테스의 광증이다. 오레스테스의 비극을 소재로 아이스킬로스, 소포클레스, 에우리피데스 등 고대 비극 작가들뿐만 아니라, 라신, 크레비용, 볼테르, 괴테, 지로두 등 많은 문인들이 작품을 남겼으나, 그의 광증에 관한 이야기는 아이스킬로스의 3부작 「오레스테이아」(「아가멤논」, 「코에포로이」, 「에우메니데스」)에 상세히 전한다.

나는 철학자이고, 따라서 나는 한 마리 파리처럼 생에 집착한다.[18] 생이란 날세로 빌린 방에 불과해. 버크셔 백작인 헨리 바우스 하워드가, 마구간에, 화려한 의장마차 끄는 말 스물네 필을 가지고 있으며, 마구는 모두 금이나 은으로 만들었다는 사실을 생각해 봐라! 모든 사람들이 말 스물네 필을 가지고 있는 것은 아니라는 사실을 나는 잘 알고 있어. 그러나 결코 비난해서는 안 된다. 어느 날 밤, 네가 추위에 시달렸을 때, 그 역시 추위에 시달리지 않았겠는가! 너만 그런 것이 아니야. 다른 사람들도 춥고 시장해. 그 추위가 없었다면 데아의 눈이 멀지 않았을 것이고, 그녀가 소경이 되지 않았다면 너를 사랑하지 않겠지! 잘 생각해 봐! 이 말똥가리야![19] 그리고 사방에 흩어져 있는 사람들이 모두 불평을 해댄다면, 그 소음이 볼 만할 것이다. 침묵, 그것이 지켜야 할 규칙이다. 내가 확신하거니와, 착하신 신께서는 저주받은 자들에게 침묵을 명령하셨어. 만약 그렇게 하지 않으면, 그 영원한 아우성을 들어야 하는 신께서 저주를 받은 꼴이 되지. 올림포스의 행복은 코키토스[20] 강의 침묵이 있어야 가능하지. 그러니, 백성아, 주둥이 닥쳐라. 나는 너보다 더 현명하게 처신한다. 동의하고 찬미할 뿐이니까. 조금 전에 내가 로드들을 열거했지만, 거기에다 대주교 둘과, 주교 스물넷을 보태야겠구나! 사실이지, 내가 돌이켜 생각해 볼 때마다 감동하는 일이 하나 있다. 지금도 눈에 선한 일인데, 언젠가, 래포 승원의 존귀하신 승원장께서 부리시는 십일조 징수관의 집에서, 인근 지

18 파리는 생을 초개처럼 여긴다는 말인가?
19 〈바보〉를 뜻한다.
20 저승으로 가기 위해 건너야 하는 강 중 하나로, 〈비명의 강〉이라는 별칭을 가지고 있으며, 강물이 몹시 차다고 한다. 『오디세이아』에 묘사된 아케론 강의 지류이다.

역의 농민들에게서 거두어들인 가장 질 좋은 밀이 산더미처럼 쌓인 것을 보았다. 그 승원장은 세이녀리와 교회에 속하신 분으로, 수고스럽게 그 밀을 손수 뿌리고 거두시지는 않았어. 덕분에, 그분이 신께 기도할 시간이 있었던 것이지. 나의 주인이셨던 마머듀크 경께서 아일랜드의 재무관이셨고, 요크 주의 크나레스버러 자치령의 총괄 집사이셨던 사실을 아느냐? 앵커스터 공작 가문의 세습직인 시종장 직을 받은 나리는, 국왕의 즉위식이 있던 날 국왕의 의복을 입혀 드리고, 그 수고의 대가로 진주홍빛 벨벳 40온느와 국왕이 사용하시던 침대를 하사받았으며, 검은 권장을 든 어전 문지기가 그의 대변자 노릇을 하게 되었다는 사실을 아느냐? 나는 네가 다음 이야기들을 듣고 잘 견디는 모습을 보고 싶다. 잉글랜드에서 가장 오래 된 자작은, 헨리 5세가 자작으로 봉한 로버트 브렌트 경이다. 자기 가문의 이름만을 간직하고 있는 리버스 백작을 제외한 모든 로드의 직함은, 그들이 하나의 영지에 대해 행사하는 절대권을 의미한다. 다른 사람들에게 세금을 부과하고, 예를 들어 지금처럼, 1년 동안 그렇게 해왔듯이, 임대 수입 중 파운드당 4실링을 징수하는 그 권리를 향유하는 것이 얼마나 멋있느냐! 또한 증류된 주정(酒精)과, 포도주 및 맥주의 소비량, 톤이나 파운드로 계산한 선적분, 사과주, 배주, 멈,[21] 맥아(麥芽), 도정(搗精)된 보리, 석탄, 그리고 유사한 수백 가지 물건에 부과하는 세금이 얼마나 멋있느냐! 사제직 또한 로드들에게 종속되어 있다. 맨 섬의 주교는 더비 백작의 신하이다.[22] 로드들은 각자 고유의 사나운 짐승

---

21 15세기에 독일 서북부 브라운슈바이크 지방의 양조업자 크리스티안 무머가 처음 만들기 시작한 맥주라고 한다.
22 아일랜드 해에 있는 섬으로, 1651년까지 스탠리 가문(더비 가문)의 자치령이었다고 한다.

을 가지고 있는데, 그것들을 자기의 가문에 그려 넣는다. 신께서 그러한 짐승을 충분히 만들지 않으셨음인지, 그들은 새로운 짐승을 창안하기도 한다. 그들은 가문에 그려 넣을 멧돼지를 창안했는데, 멧돼지가 일반 돼지보다 월등한 만큼, 또한 주님이 사제보다 월등한 만큼, 일반 멧돼지보다 그만큼 월등하게 창안했다. 그들은 또한 그리핀도 창안했는데, 그것은 사자를 섞은 독수리이자 독수리를 섞은 사자로, 그것이 사자들에게는 날개로 겁을 주고, 독수리들에게는 갈기로 겁을 준다. 그들의 문양에는 독사, 일각수, 암독사, 살라만드라, 타라스코,[23] 드레, 용, 이포그리포[24] 등도 그려져 있다. 그 모든 것이 우리에게는 공포감을 주지만 그들에게는 치장물이란다. 그들에게는 가문(家紋)이라는 동물 사육장이 있어, 그 속에서 미지의 괴물들이 울부짖고 있지. 예측하지 못한 이적(異蹟)을 드러냄에 있어서는 어떠한 숲도 그들의 그 자랑거리에는 비할 수 없지. 그들의 허영심에는 유령들이 가득한데, 그 유령들은, 마치 장엄한 어둠 속에서처럼, 무장을 하고, 투구를 쓰고, 박차를 달고, 황제의 홀을 손에 들고, 그 문양 속에서 어슬렁거리며 이렇게 말하지. 〈우리가 조상들이니라!〉 풍뎅이들은 풀뿌리를 먹고, 갑주(甲冑)들은 백성을 먹는다. 그러지 말라는 법이 있나? 우리가 그러한 법칙을 바꾸겠느냐? 세이녀리 또한 질서의 일부이다. 스코틀랜드에는, 자신의 집에서 문 밖으로 나오지도 않고, 말을 달려 3백 리 길을 가는 공작이 있다는 사실을 아느냐? 캔터베리 대주교 나리께서는 프랑스에서 백만금을 거두어들이고 있음을 아느냐? 국왕 폐하께서는 성들과 숲들과 봉토, 소작지, 자유 경작

---

23 프로방스 지방의 전설적인 용.
24 *hippo*와 *griphus*의 합성어. 이탈리아에서 16세기부터 문헌에 나타나기 시작한 괴물이다. 반은 말이고, 반은 그리핀이라는 뜻이다.

지, 직책 수당, 십일조, 각종 부과금, 압류품, 벌금 등을 통해 들어오는 백만 파운드 이외에도, 매년 왕실비 70만 파운드를 받고 있음을 아느냐? 불만스러워 하는 자들은 고달프니라.」

「그래요.」 그윈플레인이 생각에 잠겨 중얼거렸다. 「부자들의 낙원은 가난한 이들의 지옥으로 이루어졌군요.」

12. 시인 우르수스가 철학자 우르수스를 이끌어 가다

잠시 후 데아가 들어왔다. 그윈플레인이 그녀를 쳐다보았다. 그 순간부터 그의 눈에는 그녀만이 보였다. 사랑이란 그런 것이다. 누구든 잠시 어떤 생각에 문득 사로잡힐 수 있다. 그런데 사랑하는 여인이 나타나면, 그녀 이외의 다른 것들은 모두 안개처럼 스러진다. 또한 그녀가 하나의 세계를 몽땅 지워 버린다는 사실조차 짐작하지 못한다.

여기에서 작은 일화 하나만 이야기해 두자. 「정복된 카오스」를 공연할 때마다, 그윈플레인에게 하는 몬스트로라는 말이 데아의 마음에 들지 않았다. 그리하여 가끔, 순간적 감정에 이끌려, 당시 모든 사람들이 알고 있던 초보적인 스페인어로, 그 말 대신 키에로라고 했다. 〈그를 원해요〉라는 뜻을 가진 말이었다. 우르수스는, 물론 조금 성질은 부렸지만, 그러한 대사 수정을 용인했다. 그 역시, 오늘날의 모에사르가 비소에게 한 것처럼, 데아에게 이렇게 말하고 싶었을 것이다. 〈너는 대사를 존중할 줄 모르는구나.〉[1]

---

[1] 모에사르는 위고와 지면이 있던 문인인 듯하다(1840년대에 위고가 그에게 서신을 보낸 적이 있다). 비소는 어느 배우인 듯한데, 배우가 작가의 허락을 얻지 않고 자기 뜻에 따라 대사를 바꾼 사건이. 위고의 「에르나니」

〈웃는 남자〉. 그윈플레인은 그러한 호칭으로 유명해져 있었다. 그의 얼굴이 웃음 밑에 감추어져 있었듯이, 거의 아무도 모르는 그의 이름 그윈플레인은, 그 별명 밑으로 사라져 버렸다. 그의 명성 또한 그의 얼굴처럼 하나의 가면이었다.

하지만 그린박스의 전면에 붙인 커다란 게시판에서는 그의 이름을 읽을 수 있었으니, 우르수스가 관객을 위해 써 놓은 글귀는 다음과 같았다.

1690년 1월 29일 밤, 나이 열 살 때, 악랄한 콤프라치코스들이 포틀랜드 해안에 버렸던 그윈플레인을 여기에서 보실 수 있습니다. 그 어린것이 성장해 이제는 이렇게 불립니다. 〈웃는 남자〉

그 가두 연예인들의 삶은 나병 수용소 속에 있는 문둥병자의 삶인 동시에, 아틀란티스[2]에 있는 지극한 복을 누리는 사람들의 삶이기도 했다. 가장 소란한 장바닥에 자신을 몽땅 드러내 놓았다가는, 문득 가장 완벽한 몽상의 세계로 이동하는 일이 날마다 반복되었다. 그들은 매일 저녁 이 세상을 떠났다. 다음 날 부활할지언정, 이 세상을 서둘러 떠나는 망자들과 같았다. 배우는 명멸하는 등대이다. 나타났다가는 곧 사라지는지라, 관객에게는 겨우 환영처럼밖에 보이지 않고, 등대 불빛처럼 빙글빙글 도는 이 세상에서는 잠시 어른거리는 미광에 불과하다.

(1830년)를 초연할 때 일어났다고 한다. 극중 여주인공 도냐 솔의 대사 중 〈당신은 저의 당당하고 관대하신 사자이십니다〉라는 구절이 있는데, 위고의 명령과 으름장에도 불구하고, 그 역을 맡은 여배우 마르스는, 〈사자〉가 우스꽝스럽다고 하며, 무대 위에서는 그 단어 대신 〈주군〉을 취했다고 한다.
2 플라톤에 따르면(『크리티아스』) 대서양 가운데에 있던 이상향인데, 9천 년 전에 큰 지진으로 인해 바닷속으로 사라져 버린 섬이라고 한다.

광장 다음에 뒤따르는 것은 유폐(幽閉)이다. 공연이 끝난 직후, 관람석이 풍화되듯 서서히 와해되고 관객의 만족스러워하는 떠들썩함이 거리로 흩어져 사라지는 동안, 그린박스는, 요새의 도개교 들어 올리듯, 내렸던 널판을 다시 세웠고, 그러면 인간 세계와의 소통이 단절되었다. 한쪽에는 광막한 세계가 있었고, 다른 한쪽에는 가건물이 있었다. 하지만 그 가건물 속에는 자유와, 양심과, 용기와, 헌신과, 순진함과, 행복과, 사랑 등 온갖 별자리가 있었다.

앞을 보는 소경과 사랑받는 기형이 나란히 앉아, 서로 손을 꼭 잡고 서로의 이마를 기댄 채, 도취경에 사로잡혀, 소곤소곤 이야기를 나누었다.

마차의 가운데 칸은 두 가지 목적으로 사용되었다. 관중을 위해서는 무대로, 배우를 위해서는 식당으로 이용되었다.

항상 비유어를 찾아야 만족스러워하는 우르수스는, 그린박스 가운데 칸의 용도가 다양함에 착안해, 그것을 아비시니아 오두막의 아라다쉬에 비유했다.[3]

우르수스가 그날 수입을 계산하고 난 후에 저녁식사를 했다. 사랑에게는 모든 것이 이상적이다. 그리하여 사랑하는 사람들이 함께 먹고 마실 때는, 달콤하고 은밀한 온갖 뒤섞임이 이루어져, 음식 한 입 한 입이 모두 입맞춤이 된다. 맥주나 포도주를 같은 잔에 마시면서, 이슬을 같은 백합꽃으로 받아 마시는 것처럼 여긴다. 아가페에 참석하는 두 영혼은, 두 마리 새와 같은 친절을 보인다.[4] 그윈플레인은 데아의 시

---

3 〈아비시니아〉는 에티오피아의 옛 명칭이라고 한다. *arradash*는 프랑스에서 다른 용례를 찾을 수 없다. 아마 순수 에티오피아 말인 듯하다.

4 아가페의 원의(그리스어)는 〈사랑〉이며, 초기 기독교도들의 회식을 가리키던 말이다. 한편 〈두 마리 새〉는 전후 문맥으로 보아 어미새와 새끼를 가리키는 듯하다.

중을 들고, 빵이나 고기를 먹기 좋게 잘라 주며, 마실 것을 부어 주었다. 그러면서 그녀에게 너무 가까이 다가가곤 했다.

「흠!」 우르수스는 그렇게 나무라는 소리를 내다가도, 결국에는 미소를 짓고 말았다.

늑대는 식탁 밑에서 식사를 하며, 자기 몫의 뼈다귀가 아닌 것에는 아무 관심도 표하지 않았다.

비너스와 피비도 함께 식사를 했는데, 별로 거북해하지 않았다. 아직도 야생적이고 놀란 듯한 기색을 간직하고 있던 그 떠돌이 여인들은, 자기들끼리 보헤미아 말로 대화를 나누었다.

식사를 마친 후, 데아는 피비와 비너스와 함께 규방으로 들어갔다. 우르수스는 호모를 사슬에 매어 그린박스 밑에다 데려다 놓았다. 그윈플레인은 말들을 돌보았다. 연인에서 마부로 돌변하는 모습은, 호메로스의 작품에 등장하는 영웅이나, 샤를마뉴 휘하의 기사 같았다. 자정이면 모두들 잠이 드는데, 오직 늑대만이 책임감 때문에, 가끔 눈 하나를 뜨곤 했다.

다음 날, 깨어나는 즉시 모두 한 자리에 다시 모였다. 함께 조반을 먹는데, 보통 햄과 차가 식탁에 올랐다. 잉글랜드에 차가 들어온 것은 1678년부터이다. 그런 다음 데아는, 그녀가 너무 허약하다고 생각하던 우르수스의 권고에 따라, 스페인 사람들의 관습처럼 몇 시간을 더 잤다. 그동안 그윈플레인과 우르수스는, 유랑 생활에 필요한 안팎의 자질구레한 일을 정리했다.

외딴 길이나 인적이 없는 곳에 있을 경우를 제외하고는, 그윈플레인이 그린박스 밖에서 어슬렁거리는 일이 거의 없었다. 도시에 들어가는 경우, 넓은 차양 달린 모자를 쓰고, 오직 밤에만 밖으로 나왔다. 자신의 얼굴을 거리에서 낭비하지 않기 위해서였다.

활짝 드러낸 그의 얼굴을 사람들이 볼 수 있는 것은, 그가 무대 위에 설 때뿐이었다.

게다가 그린박스는 아직 도시에는 별로 들어가지 않았다. 그윈플레인은 나이 스물넷이 될 때까지 다섯 항구보다 더 큰 도시들은 거의 보지 못했다. 하지만 그의 명성은 점점 더 커져만 갔다. 그 명성은 하층민들을 채우고 넘쳐, 높은 곳으로 역류하고 있었다. 장터에서 볼 수 있는 기이한 일들을 좋아하는 사람들이나, 신기하고 불가사의한 것들을 찾아다니는 사람들 사이에서는, 어딘가에, 이곳에 나타났다가는 저곳에 나타나는, 항상 떠돌아다니는 굉장한 가면 하나가 있다는 사실이 알려졌다. 모두들 그에 관해 이야기를 하고, 그를 찾으며, 그가 어디에 있을지 궁금해했다. 웃는 남자는 정말 유명해지고 있었다. 웃는 남자로부터 일종의 조명등이 「정복된 카오스」를 비추고 있었다.

그리하여 어느 날 문득 우르수스는 큰마음을 먹고 이렇게 말했다.

「런던으로 가야지.」

〈하권에 계속〉

열린책들 세계문학 085 웃는 남자 상

옮긴이 이형식 서울대학교 사범대학 불어교육과를 졸업하고, 프랑스 파리 8대학에서 마르셀 프루스트에 대한 연구로 박사학위를 받았다. 현재 서울대학교 불어교육과 명예 교수이다. 지은 책으로는 『마르셀 프루스트』, 『프루스트의 예술론』, 『프랑스 문학, 그 천년의 몽상』, 『현대 문학비평 방법론』(공저), 『그 먼 여름』 등이 있으며, 옮긴 책으로는 루이 페르디낭 셀린의 『외상 죽음』과 『밤 끝으로의 여행』, 사드의 『미덕의 불운』과 『사랑의 죄악』, 조세 카바니의 『철부지 시절』, 로베르 사바티에의 『미소 띤 부조리』, 조셉 베디에의 『트리스탄과 이즈』, 『여우이야기』, 『롤랑전』 등이 있다.

지은이 빅토르 위고 **옮긴이** 이형식 **발행인** 홍지웅·홍예빈
발행처 주식회사 열린책들 **주소** 경기도 파주시 문발로 253 파주출판도시
전화 031-955-4000 **팩스** 031-955-4004 **홈페이지** www.openbooks.co.kr
Copyright (C) 주식회사 열린책들, 2006, 2009, *Printed in Korea.*
ISBN 978-89-329-1002-4 04860 **ISBN** 978-89-329-1499-2 (세트)
발행일 2006년 12월 20일 초판 1쇄 2008년 6월 30일 초판 3쇄 2009년 11월 30일 세계문학판 1쇄 2020년 10월 15일 세계문학판 12쇄

이 도서의 국립중앙도서관 출판예정도서목록(CIP)은 서지정보유통지원시스템 홈페이지(http://seoji.nl.go.kr)와 국가자료공동목록시스템(http://www.nl.go.kr/kolisnet)에서 이용하실 수 있습니다.(CIP제어번호 : CIP2009003460)